EL CHICO
QUE SE COMIÓ
EL UNIVERSO

EL CHICO
QUE SE COMIÓ
EL UNIVERSO

TRENT
DALTON

HarperCollins *Español*

A mi madre y a mi padre
A Joel, Ben y Jesse

Los libros de HarperCollins español pueden ser adquiridos para propósitos educativos, de negocio o promocionales. Para información, escriba un correo electrónico a SPsales@harpercollins.com.

PRIMERA EDICIÓN

Jefe de edición: Edward Benítez
Traductor: Carlos Ramos
Diseñador: Darren Holt

ISBN 978-0-06-293201-3

Se han solicitado los registros de catalogación en publicación (CIP, por sus siglas en inglés) de la Biblioteca del Congreso.

19 20 21 22 23 LSC 10 9 8 7 6 5 4 3 2 1

Contenido

Capítulo 1: El chico escribe palabras — 1

Capítulo 2: El chico hace un arcoíris — 18

Capítulo 3: El chico sigue los pasos — 41

Capítulo 4: El chico recibe una carta — 70

Capítulo 5: El chico mata al toro — 93

Capítulo 6: El chico pierde la suerte — 127

Capítulo 7: El chico se fuga — 155

Capítulo 8: El chico conoce a la chica — 199

Capítulo 9: El chico despierta al monstruo — 218

Capítulo 10: El chico pierde el equilibrio — 233

Capítulo 11: El chico busca ayuda — 244

Capítulo 12: El chico separa los mares — 265

Capítulo 13: El chico roba el océano — 296

Capítulo 14: El chico domina el tiempo — 320

Capítulo 15: El chico tiene una visión — 337

Capítulo 16: El chico muerde a la araña — 342

Capítulo 17: El chico aprieta el nudo — 359

Capítulo 18: El chico cava profundo — 371

Capítulo 19: El chico echa a volar — 385

Capítulo 20: El chico vence al mar — 404

Capítulo 21: El chico llega a la luna — 424

Capítulo 22: El chico que se comió el universo — 496

Capítulo 23: La chica salva al chico — 499

Agradecimientos — 505

El chico escribe palabras

Tu final es un pájaro azul muerto.

—¿Has visto eso, Slim?

—¿Ver qué?

—Nada.

Tu final es un pájaro azul muerto. No hay duda. Tu. Final. No hay duda. Es. Un. Pájaro. Azul. Muerto.

* * *

La grieta del parabrisas de Slim parece un monigote alto y sin brazos haciendo una reverencia ante la realeza. La grieta del parabrisas de Slim se parece a Slim. Sus limpiaparabrisas han dejado un arcoíris de suciedad sobre el cristal que llega hasta mi lado, en el asiento del copiloto. Slim dice que una buena manera para que recuerde los pequeños detalles de mi vida es asociar momentos y visiones a cosas sobre mi persona o cosas de mi vida diaria que veo, huelo y toco con frecuencia. Cosas del cuerpo, cosas del dormitorio, cosas de la cocina. De ese modo, tendré dos recordatorios de cualquier detalle por el precio de uno.

Fue así como Slim venció a Black Peter. Fue así como Slim sobrevivió al agujero. Todo tenía dos significados; uno para «aquí»,
y cuando digo aquí me refiero al lugar en el que se encontraba
entonces, en la celda D9, pabellón número 2 de la prisión de
Boggo Road; y otro para «allí», ese universo sin barreras ni límites que se expandía en su cabeza y en su corazón. En el «aquí» no
habían más que cuatro paredes de hormigón verde y oscuridad,
mucha oscuridad, y su cuerpo solitario e inmóvil. Un camas-
tro metálico de hierro y acero soldado a la pared. Un cepillo de
dientes y un par de zapatillas de tela de la prisión. Pero la taza de
leche agria que un guardia deslizaba por el hueco de la puerta
de la celda le trasladaba «allí», al Ferny Grove de los años 30, a
las delgaduchas vacas lecheras de las afueras de Brisbane. Una
cicatriz en el antebrazo se convertía en el pasaporte a un viaje en
bicicleta durante la infancia. Una mancha solar en el hombro era
un agujero de gusano a las playas de Sunshine Coast. Se frotaba
y se iba. Un prisionero escapado de la D9. Con libertad fingida,
pero nunca a la fuga, lo cual era igual de bueno que antes de que
lo metieran en la cárcel, cuando su libertad era real, pero siempre
estaba a la fuga.

Se acariciaba con el pulgar los contornos de los nudillos y eso
le trasladaba «allí», a las colinas del interior de Gold Coast, hasta
las cataratas de Springbrook, y la cama de hierro de la celda D9
se convertía en una roca caliza desgastada por el agua, y el suelo
de hormigón frío del agujero de la prisión bajo sus pies descalzos
se transformaba en un agua cálida de verano donde sumergir los
dedos de los pies, y se tocaba los labios cuarteados y recordaba lo
que sentía cuando algo tan suave y perfecto como los labios de
Irene rozaban los suyos, recordaba cómo ella aliviaba su dolor y
sus pecados con sus besos, cómo lo limpiaba, igual que lo limpia-
ban las cataratas de Springbrook con aquella agua blanca que le
caía a chorros en la cabeza.

Me preocupa bastante que las fantasías carcelarias de Slim se conviertan en las mías. Irene sentada sobre aquella piedra húmeda y musgosa, desnuda y rubia, riéndose como Marilyn Monroe, con la cabeza hacia atrás, relajada, poderosa, la dueña del universo de cualquier hombre, guardiana de los sueños, una visión del allí que permanece en el aquí, para permitir que la hoja afilada de una navaja de contrabando pueda esperar un día más.

—Yo tenía una mente de adulto —dice siempre Slim. Fue así como venció a Black Peter, aquella celda subterránea de aislamiento de Boggo Road. Lo metieron en ese agujero medieval catorce días, durante una ola de calor veraniego en Queensland. Le dieron media barra de pan para comer en dos semanas. Le dieron cuatro, tal vez cinco vasos de agua.

Slim dice que la mitad de sus compañeros de prisión en Boggo Road habrían muerto pasada una semana en Black Peter, porque la mitad de las cárceles, y la mayoría de las grandes ciudades del mundo, están llenas de hombres adultos con mentes de niño. Pero una mente adulta puede llevar a un hombre adulto a cualquier lugar al que desee ir.

En Black Peter tenía un duro colchón de fibra de coco en el que dormía, del tamaño de un felpudo, tan largo como una de las canillas de Slim. Cada día, dice Slim, se tumbaba de costado sobre el colchón de fibra de coco, apretaba sus largas canillas contra su pecho, cerraba los ojos y abría la puerta del dormitorio de Irene, se colaba bajo sus sábanas blancas, pegaba su cuerpo suavemente al de ella, pasaba el brazo derecho por encima del vientre desnudo de porcelana de Irene y se quedaba allí durante catorce días.

—Hecho un ovillo como un oso hibernando —dice—. Llegué a sentirme tan cómodo en el infierno que nunca tenía ganas de volver a salir.

Slim dice que tengo una mente de adulto en el cuerpo de

un niño. Solo tengo doce años, pero Slim opina que puedo asimilar las historias más duras. Slim opina que debería oír todas las historias carcelarias de violaciones de hombres, de hombres que se rompían el cuello con sábanas anudadas y se tragaban trozos de metal afilados para desgarrarse los intestinos y poder pasar una semana de vacaciones en el soleado Royal Brisbane Hospital. Creo que a veces va demasiado lejos con los detalles, con la sangre que salía de los culos violados y cosas así.

—Luces y sombras, chico —dice Slim—. No se puede escapar de la luz ni de la sombra.

Tengo que oír historias sobre enfermedad y muerte para poder entender el impacto de aquellos recuerdos sobre Irene. Slim dice que puedo asimilar las historias más duras porque la edad de mi cuerpo no significa nada comparada con la edad de mi alma, que él ha ido acotando hasta situarla entre los setenta y pocos, y la demencia. Hace unos meses, sentado en este mismo coche, Slim dijo que no le importaría compartir conmigo una celda en la cárcel porque sé escuchar y me acuerdo de lo que escucho. Una lágrima solitaria resbaló por mi cara cuando me hizo aquel inmenso cumplido.

—Las lágrimas no van muy bien ahí dentro —me dijo.

Yo no sabía si se refería a dentro de una celda o dentro del cuerpo. Lloré un poco por orgullo y un poco por vergüenza, porque no lo merezco, si acaso «merecer» es una palabra que un tipo pueda compartir con un preso.

—Lo siento —dije, disculpándome por la lágrima. Slim se encogió de hombros.

—Hay más en el lugar de donde ha salido esa —respondió.

Tu final es un pájaro azul muerto. «Tu final es un pájaro azul muerto».

* * *

Recordaré el arcoíris de suciedad sobre el parabrisas de Slim cada vez que vea la lúnula blanquecina de mi pulgar izquierdo y, cuando vea esa lúnula blanquecina, recordaré para siempre aquel día en que Arthur «Slim» Halliday, el fugitivo más famoso de todos los tiempos, el grandioso «Houdini de Boggo Road», me enseñó a mí —Eli Bell, el chico del alma vieja y la mente de adulto, principal candidato a compartir celda con él, el chico con las lágrimas por fuera— a conducir su oxidado Toyota LandCruiser azul oscuro.

Hace treinta y dos años, en febrero de 1953, tras un juicio de seis días en el Tribunal Supremo de Brisbane, un juez llamado Edwin James Droughton Stanley sentenció a Slim a cadena perpetua por matar a un taxista llamado Athol McCowan con una pistola .45 Colt. Los periódicos siempre se han referido a Slim como «el asesino de los taxistas».

Yo me refiero a él como mi niñero.

—Embrague —dice Slim.

El muslo izquierdo de Slim se tensa cuando, con su vieja pierna bronceada, surcada por setecientas cincuenta arrugas porque podría tener setecientos cincuenta años, pisa el embrague. La vieja y bronceada mano izquierda de Slim mueve la palanca de cambios. Lleva encendido un cigarrillo liado a mano, consumiéndose y colgando de mala manera de la comisura de su labio inferior.

—Punto muerto.

Veo a mi hermano, August, a través de la grieta del parabrisas. Está sentado en nuestra verja de ladrillo marrón, escribiendo la historia de su vida en letras cursivas con el dedo índice de su mano derecha, dibujando palabras en el aire.

«El chico escribe en el aire».

El chico escribe en el aire del mismo modo en que mi viejo vecino Gene Crimmins dice que Mozart tocaba el piano, como si cada palabra estuviese destinada a llegar, empaquetada y enviada desde un lugar más allá de su propia mente atareada. Ni en papel, ni cuaderno ni escrita a máquina, sino en el aire, palabras invisibles, esas cosas que suponen un acto de fe y que tal vez no sabrías ni que existían, de no ser porque a veces se convertían en viento y te golpeaban en la cara. Notas, reflexiones, diarios, todo ello escrito en el aire, con el dedo índice de la mano derecha estirado, escribiendo letras y frases en la nada, como si tuviera que sacárselo todo de la cabeza, pero, al mismo tiempo, necesitara que su historia se esfumase en el aire también, sumergiendo para siempre su dedo en un tintero, eterno e invisible. Las palabras no van muy bien dentro. Siempre es mejor fuera que dentro.

Tiene a la princesa Leia en la mano izquierda. El chico nunca la suelta. Hace seis semanas Slim nos llevó a August y a mí a ver las tres películas de *La guerra de las galaxias* al autocine de Yatala. Absorbimos aquella galaxia lejana desde el asiento trasero de su LandCruiser, con la cabeza apoyada en bolsas llenas de vino que a su vez estaban apoyadas en una cangrejera que apestaba a pescado muerto y que Slim guardaba allí junto a una caja de aparejos de pesca y una vieja lámpara de queroseno. Había tantas estrellas aquella noche sobre el sureste de Queensland que, cuando el Halcón Milenario voló hacia un lado de la pantalla, creí por un momento que iba a salir despedido hacia nuestras propias estrellas y alcanzaría la velocidad de la luz para llegar hasta Sídney.

—¿Me estás escuchando? —pregunta Slim.

—Sí.

No. Nunca escucho como debería. Siempre estoy pensando demasiado en August. En mamá. En Lyle. En las gafas de Buddy Holly que lleva Slim. En las arrugas de su frente. En su extraña manera de caminar desde que se disparó en la pierna en

1952. En que tiene una peca de la suerte, como yo. En que me creyó cuando le conté que mi peca de la suerte tenía poderes, que significaba algo para mí, que cuando estoy nervioso o asustado o perdido, mi primer instinto es mirar esa peca marrón que tengo en el nudillo central de mi índice derecho. Entonces me siento mejor. Suena absurdo, Slim, le dije. Suena idiota, Slim, le dije. Pero él me enseñó su peca de la suerte, casi un lunar en realidad, en la muñeca derecha. Me dijo que pensaba que podría ser cancerígeno, pero que es su peca de la suerte y no podía quitársela. En la D9, me dijo, aquella peca se convirtió en algo sagrado porque le recordaba a una peca que tenía Irene en la cara interna del muslo izquierdo, no lejos de su lugar sagrado, y me aseguró que algún día yo también conocería ese lugar sagrado entre los muslos de una mujer, y sabría entonces lo que sintió Marco Polo la primera vez que deslizó sus dedos sobre la seda.

Me gustó esa idea, así que le conté a Slim que mi memoria comienza cuando descubrí aquella peca en el dedo índice a los cuatro años sentado, con una camisa amarilla de mangas marrones, sobre un butacón de vinilo marrón. En ese recuerdo hay un televisor encendido. Me miro el dedo, veo la peca, levanto la mirada, giro la cabeza hacia la derecha y veo una cara que creo que es la de Lyle, pero podría ser la de mi padre, aunque en realidad no recuerdo la cara de mi padre.

Así que esa peca siempre representa la consciencia. Mi *Big Bang* particular. El butacón. La camisa amarilla y marrón. Y entonces llego. Estoy aquí. Le dije a Slim que el resto no lo tenía muy claro, que los cuatro años anteriores podrían no haber sucedido nunca. Slim sonrió cuando se lo dije. Me respondió que la peca en el nudillo del índice derecho representa mi hogar.

* * *

Arranque.

—Por el amor de Dios, Sócrates, ¿qué te acabo de decir? —grita Slim.

—¿Que me asegure de bajar el pie?

—Estabas mirándome. Parecía que estabas escuchando, pero no escuchabas una mierda. Me mirabas la cara, mirabas esto, lo otro, pero no oías una sola palabra.

Es culpa de August. El chico no habla. Puede hablar, pero no quiere. No ha dicho una sola palabra desde que recuerdo. Ni a mí, ni a mi madre, ni a Lyle, ni siquiera a Slim. Se comunica bien, transmite conversaciones tocándote el brazo, o con una carcajada o un movimiento de cabeza. Puede decirte cómo se siente por su manera de abrir el bote de mermelada. Puede decirte lo contento que está por su manera de extender la mantequilla en el pan, o lo triste que está por su manera de atarse los cordones.

A veces me siento con él en el sofá y jugamos al *Super Breakout* con la Atari, y lo pasamos tan bien que lo miro en un momento preciso y juraría que va a decir algo. «Dilo», le ordeno. «Sé que quieres. Dilo». Él me sonríe, ladea la cabeza hacia la izquierda, levanta la ceja izquierda y arquea la mano derecha, como si estuviera frotando una bola de nieve invisible, y esa es su manera de decirme que lo siente. «Algún día, Eli, sabrás por qué no hablo. Pero ese día no ha llegado, Eli. Ahora te toca jugar a ti».

Mi madre dice que August dejó de hablar cuando ella huyó de mi padre. August tenía seis años. Dice que el universo le robó las palabras cuando ella no estaba atendiendo, cuando estaba demasiado absorbida por esas cosas que me contará cuando sea mayor, toda esa historia de que el universo le robó a su niño y lo sustituyó por el enigmático chiflado superdotado con el que he tenido que compartir litera los últimos ocho años.

De vez en cuando, algún desafortunado chico de la clase de August se ríe de él y de su rechazo a hablar. Su reacción es siempre la misma: se acerca al abusón malhablado en cuestión, que es ajeno a la vena psicopática oculta de August, y, bendecido por su incapacidad para explicar sus actos, se limita a golpear al otro en la nariz, la boca y las costillas con una de las combinaciones de puñetazos de boxeo que nos ha enseñado Lyle, el novio de mi madre de toda la vida, en los interminables fines de semana invernales con un viejo saco de boxeo de cuero que hay en el cobertizo de atrás. Lyle no cree en casi nada, pero sí cree en la capacidad de una nariz rota para cambiar las circunstancias.

Los profesores generalmente se ponen de parte de August porque es un estudiante brillante, de los que ya no abundan. Cuando llegan los psicólogos infantiles, mi madre improvisa otro halagador testimonio de uno de los profesores, diciendo que August sería una incorporación estupenda para cualquier clase y que el sistema educativo de Queensland se beneficiaría teniendo más niños como él, completamente mudos.

Mi madre dice que, cuando tenía cinco o seis años, August se quedaba durante horas mirando las superficies reflectantes. Mientras yo jugaba con mis camiones y mis construcciones en el suelo de la cocina y mi madre preparaba tarta de zanahoria, él se quedaba mirando un espejo de maquillaje de ella. Permanecía durante horas sentado entre los charcos, contemplando su reflejo en el agua, no al estilo de Narciso, sino más bien en lo que a mi madre le parecía una forma de explorar, como si buscara algo. Yo pasaba por delante de nuestro dormitorio y lo veía poniendo caras en el espejo de la cómoda de madera. «¿Ya lo encontraste?», le pregunté una vez cuando yo tenía nueve años. Él se apartó del espejo y me miró con una expresión perdida, mordiéndose el extremo izquierdo del labio superior, como queriendo decirme que, más allá de las cuatro paredes color crema del dormitorio, existía un mundo para el que no estaba preparado, ni lo necesitaba. Pero seguí preguntándole lo mismo cada vez que lo pillaba mirándose al espejo. «¿Ya lo encontraste?».

Siempre se quedaba mirando la luna y seguía su recorrido por el cielo desde la ventana de nuestro dormitorio. Conocía los ángulos de la luz de la luna. A veces, en mitad de la noche, salía por la ventana de nuestro cuarto, desenrollaba la manguera y, en pijama, la arrastraba hasta el bordillo, donde se quedaba sentado durante horas, llenando en silencio la calle de agua. Cuando obtenía el ángulo correcto, el inmenso charco se llenaba con el reflejo plateado de la luna llena. «La piscina lunar», declaré una noche fría. Y August se puso contento, me pasó el brazo derecho por los hombros y asintió con la cabeza, como podría haber asentido Mozart al final de la ópera favorita de Gene Grimmins, *Don Giovanni*. Se arrodilló y, con el dedo índice derecho, escribió siete palabras en una cursiva perfecta sobre la piscina lunar.

«El chico se come el universo», escribió.

Fue August quien me enseñó a fijarme en los detalles, a interpretar una cara, a leer toda la información posible del lenguaje no verbal, a extraer expresiones, conversaciones e historias de cualquier objeto mudo que tenemos ante nuestros ojos, de las cosas que hablan sin hablar. Fue August quien me enseñó que no siempre había que escuchar. A veces solo había que mirar.

* * *

El LandCruiser se pone en marcha haciendo ruidos metálicos y doy un respingo sobre el asiento de vinilo. Se me salen del bolsillo de los pantalones cortos dos gominolas que llevaba ahí desde hace siete horas y se cuelan entre la espuma del asiento que Pat, el difunto y leal perro de Slim, se dedicó a mordisquear durante los frecuentes viajes que hacían los dos desde Brisbane hasta el pueblo de Jimna, al norte de Kilcoy, en los años posteriores al encarcelamiento de Slim.

El nombre completo de Pat era Patch, pero eso era demasiado para Slim. El perro y él iban con regularidad a buscar oro al cauce de un arroyo perdido en Jimna, donde Slim todavía sigue creyendo que hay depósitos de oro suficientes para dejar pasmado al rey Salomón. Sigue yendo allí con su vieja cacerola el primer domingo de cada mes. Pero dice que la búsqueda de oro no es lo mismo sin Pat. Era Pat el que sabía buscar oro. El perro tenía olfato. Slim asegura que Pat tenía auténtica sed de oro, el primer perro del mundo que sufrió la fiebre del oro.

—La enfermedad dorada —dice—. Eso fue lo que mató a Pat.

Slim mueve la palanca de cambios.

—Cuidado al pisar el embrague. Primera. Suelta el embrague.

Slim pisa el acelerador.

—Cuidadito con el pedalito.

El enorme LandCruiser avanza tres metros junto al bordillo lleno de hierba y Slim frena; el coche queda paralelo a August, que sigue escribiendo en el aire con el índice derecho. Slim y yo giramos la cabeza hacia la izquierda para ver su aparente explosión de creatividad. Cuando termina de escribir una frase completa, clava un dedo en el aire, como si quisiera poner un punto final. Lleva su camiseta verde favorita con la frase «Aún no has visto nada» escrita en letras de colores. Tiene el pelo castaño cortado al estilo *beatle*. Lleva puestos unos viejos pantalones cortos de Lyle de los Parramatta Eels, azules y amarillos, pese a que, a sus trece años —cinco de los cuales los ha pasado viendo partidos de los Parramatta Eels en el sofá con Lyle y conmigo— no tiene el más mínimo interés en la liga de *rugby*. Nuestro querido chico misterioso. Nuestro Mozart. August es un año mayor que yo, aunque en realidad es un año mayor que todo el mundo. August es un año mayor que el universo.

Cuando termina de escribir cinco frases completas, humedece la punta del dedo con la lengua, como si estuviera mojando la pluma en el tintero, y entonces vuelve a conectarse con esa fuerza mística que impulsa aquel bolígrafo invisible que escribe palabras invisibles. Slim apoya los brazos en el volante y da una larga calada al cigarrillo sin apartar los ojos de August.

—¿Qué está escribiendo ahora? —pregunta.

August es ajeno a nuestras miradas, sus ojos solo siguen las letras que escribe en su particular cielo azul. Tal vez para él sea una hoja de papel cuadriculado interminable en la que escribe en su cabeza, o tal vez vea los párrafos negros sobre el cielo. Para mí es una escritura de espejo. Puedo leer lo que escribe si lo miro desde el ángulo correcto, si logro ver las letras con claridad y darles la vuelta en mi cabeza.

—La misma frase una y otra vez.

—¿Qué dice?

El sol asoma sobre el hombro de August, como un dios blanco y luminoso. Me llevo la mano a la frente. No hay duda.

—Tu final es un pájaro azul muerto.

August se queda quieto y me mira. Se parece a mí, pero en una versión mejorada, más fuerte, más guapo, todo en su cara parece suave, suave como la cara que él ve cuando se mira en la piscina lunar.

—Tu final es un pájaro azul muerto —repito.

August me dirige una media sonrisa y niega con la cabeza, mirándome como si fuera yo el que se ha vuelto loco. Como si fuera yo quien se imagina cosas. «Siempre estás imaginándote cosas, Eli».

—Sí, te he visto. Llevo mirándote cinco minutos.

Sonríe otra vez y borra las palabras del cielo con la palma de la mano. Slim también sonríe y niega con la cabeza.

—Ese chico tiene las respuestas —comenta.

—¿Las respuestas a qué? —pregunto.

—A todas las preguntas —responde Slim.

Da marcha atrás en el LandCruiser, retrocede tres metros y frena.

—Ahora te toca a ti.

Slim tose y suelta por la ventanilla un escupitajo marrón de tabaco sobre el asfalto ardiente y lleno de baches de nuestra calle, pasando las catorce casas de una planta de la urbanización, todas ellas, incluida la nuestra, en tonos crema, aguamarina y azul celeste. Sandakan Street, en Darra, mi pequeño suburbio de refugiados polacos y vietnamitas, y refugiados de los malos tiempos como mamá, August y yo, exiliados aquí desde hace ocho años, escondidos del resto del mundo, supervivientes abandonados de ese gran barco que transporta a los australianos de clase baja, separados de América, Europa y Jane Seymour por océanos y una preciosa barrera de coral, y otros siete mil kilómetros de costa de Queensland, y después un puente elevado que lleva los coches hasta la ciudad de Brisbane, y separados un poco más por una cercana fábrica de cemento y cal, que en los días de viento esparce polvo por todo Darra y cubre las paredes azules de nuestra ruinosa casa que August y yo nos tenemos que apresurar a sacudir antes de que caiga la lluvia y lo convierta en cemento, dejando profundas venas grises en la fachada y en el enorme ventanal por el que Lyle lanza las colillas de cigarrillos, y yo tiro los corazones de las manzanas, siempre imitando a Lyle porque, y tal vez sea demasiado joven para entenderlo bien, siempre vale la pena imitarlo.

Darra es un sueño, una peste, un cubo de basura desbordado, un espejo roto, un paraíso, un cuenco de sopa de fideos vietnamita lleno de gambas, carne de cangrejo, orejas de cerdo, manitas de cerdo y tripas de cerdo y panceta. Darra es una chica arrastrada por un desagüe, un chico con mocos colgándole de la nariz, una adolescente en mitad de la vía esperando que pase el tren expreso, un sudafricano fumando hierba sudanesa, un filipino que se inyecta cocaína afgana en la casa de una chica camboyana que bebe leche de Darling Downs. Darra es mi suspiro de paz, mi reflexión de la guerra, mi absurdo deseo de crío, mi hogar.

—¿Cuándo calculas que volverán? —pregunto.

—Pronto.

—¿Qué han ido a ver?

Slim lleva una camisa de algodón de color bronce metida por dentro de sus pantalones cortos azul oscuro. Lleva esos pantalones todo el tiempo y dice que tiene tres pares distintos del mismo modelo, pero cada día veo el mismo agujero en la esquina del bolsillo trasero derecho. Sus chanclas azules de goma se han adaptado a la forma de sus pies viejos y callosos, cubiertos de porquería y con olor a sudor, pero la chancla izquierda se le sale y se queda enganchada en el embrague cuando sale del coche. Houdini ya no es el mismo. Houdini está atrapado en la cámara de agua en las afueras de Brisbane. Ni siquiera Houdini puede escapar del tiempo. Slim no puede huir de MTV. Slim no puede huir de Michael Jackson. Slim no puede escapar de los años 80.

—*La fuerza del cariño* —responde mientras abre la puerta del copiloto.

Quiero mucho a Slim porque él nos quiere mucho a August y a mí. Slim era frío y duro en su juventud. Se ha suavizado con la edad. Siempre se preocupa por August y por mí, y se preocupa por cómo creceremos. Lo quiero mucho por intentar convencerme de que, cuando mi madre y Lyle están fuera tanto tiempo, como ahora, es porque han ido al cine y en realidad no están traficando heroína que han comprado a algún restaurador vietnamita.

—¿Lyle ha elegido esa película?

Sospechaba que mi madre y Lyle eran traficantes de droga desde que, hace cinco días, encontré un paquete con medio kilo de heroína Golden Triangle escondido en el cortacésped del cobertizo del jardín. Ahora estoy convencido de que mi madre y Lyle son traficantes de droga cuando Slim me dice que han ido al cine a ver *La fuerza del cariño*.

Slim me mira con severidad.

—Muévete, listillo —murmura entre dientes.

Piso el embrague. Meto primera. Cuidadito con el pedalito. El coche da una sacudida y empezamos a movernos.

—Pisa un poco el acelerador —dice Slim. Piso el pedal con el pie descalzo y la pierna extendida, y atravesamos nuestro jardín hasta el rosal de la señora Duzinski, en el bordillo de al lado—. Métete en la carretera —dice riéndose.

Giro el volante hacia la derecha y vuelvo al asfalto de Sandakan Street.

—Embrague, segunda —gruñe Slim.

Más deprisa ahora. Pasamos por delante de casa de Freddy Pollard, por delante de la hermana de Freddy Pollard, Evie, que empuja una Barbie sin cabeza por la calle, montada en un cochecito de juguete.

—¿Paro? —le pregunto a Slim.

Slim mira por el espejo retrovisor y después gira la cabeza hacia el espejo del copiloto.

—No, a la mierda. Da una vuelta a la manzana.

Meto tercera y avanzamos a cuarenta kilómetros por hora. Somos libres. Es una huida. Houdini y yo, huyendo. Dos escapistas fugitivos.

—¡Estoy conducieeeendo! —grito.

Slim se ríe y le suena el pecho.

Giro a la izquierda en Swanavelder Street, pasamos frente al centro de inmigrantes polacos de la Segunda Guerra Mundial,

donde los padres de Lyle pasaron sus primeros días al llegar a
Australia. Giro a la izquierda en Butcher Street, donde los Free-
man tienen su colección de aves exóticas: un pavo real, un ganso
común, un pato criollo. Sigo conduciendo. Giro a la izquierda en
Hardy, y después otra vez en Sandakan.

—Ve reduciendo —dice Slim.

Piso el freno, quito el pie del embrague y el coche se detiene
otra vez junto a August, que sigue escribiendo palabras en el aire,
absorto en su obra.

—¿Me has visto, Gus? —le grito—. ¿Me has visto conducir,
Gus?

El chico no aparta la mirada de sus palabras. Ni siquiera nos
ha visto alejarnos.

—¿Qué está garabateando ahora? —pregunta Slim.

Las mismas dos palabras una y otra vez. Una luna creciente en
forma de «C» mayúscula. Una «a» minúscula y rechoncha. Una
«i» escuálida, coronada con una cereza. August está sentado en el
mismo sitio de siempre, junto al ladrillo que falta, a dos ladrillos
de distancia del buzón rojo de hierro forjado.

August es el ladrillo que falta. La piscina lunar es mi hermano.
August es la piscina lunar.

—Dos palabras —le digo a Slim—. Un nombre que empieza
por «C».

Asociaré su nombre con el día que aprendí a conducir y, sobre
todo, el ladrillo que falta, la piscina lunar, el Toyota LandCruiser
de Slim, la grieta en el parabrisas, mi peca de la suerte, mi hermano August, todo aquello me recordará siempre a ella.

—¿Qué nombre? —pregunta Slim.

—Caitlyn.

Caitlyn. No cabe duda. Caitlyn. Ese dedo índice derecho y
una interminable hoja de papel de cielo azul con ese nombre
escrito.

—¿Conoces a alguien que se llame Caitlyn? —pregunta Slim.

—No.

—¿Cuál es la otra palabra?

Sigo con la mirada el dedo de August, que gira por el cielo.

—Spies —respondo.

—Caitlyn Spies —repite Slim—. Caitlyn Spies. —Da una calada a su cigarrillo, pensativo—. ¿Qué coño es eso?

Caitlyn Spies. No hay duda.

Tu final es un pájaro azul muerto. El chico se come el universo. Caitlyn Spies.

No hay duda.

Esas son las respuestas.

Las respuestas a las preguntas.

El chico hace un arcoíris

Esta habitación de amor verdadero. Esta habitación de sangre. Paredes de amianto azul cielo. Trozos de pintura desconchada donde Lyle ha rellenado los agujeros con masilla. Una cama doble hecha, con la sábana blanca remetida por los lados y una vieja manta gris que no habría desentonado en uno de esos campos de muerte de los que huyeron los padres de Lyle. Todo el mundo huyendo de algo, sobre todo de las ideas.

Un retrato enmarcado de Jesús sobre la cama. El Hijo y su corona de espinas, bastante tranquilo pese a toda la sangre que le gotea de la frente, un tipo que se mantiene sereno bajo presión, pero que, como siempre, frunce el ceño porque August y yo no deberíamos estar aquí. Esta habitación azul y silenciosa es el lugar más tranquilo de la Tierra. Una habitación de auténtico compañerismo.

Slim dice que el error de todos esos viejos escritores ingleses y todas esas películas matinales es sugerir que el amor verdadero surge con facilidad, que está esperando en las estrellas y en los planetas, girando alrededor del sol. Espera al destino. Un amor verdadero y latente, para todo el mundo, a la espera de que lo encuentren, explota cuando el hilo de la existencia choca con la casualidad y las miradas de dos amantes se cruzan. *Bum*. Por lo que yo he visto, el amor verdadero es fuerte. El auténtico romance implica muerte. Tiene temblores a medianoche y salpicaduras de mierda sobre la sábana. El amor verdadero como este se muere si tiene que esperar al destino. El amor verdadero como este pide a los amantes que se olviden de lo que debería ser y que trabajen con lo que tienen.

August me guía, el chico quiere enseñarme algo.

—Nos matará si nos encuentra aquí.

La habitación de Lena es terreno prohibido. La habitación de Lena es sagrada. Solo Lyle entra en la habitación de Lena. August se encoge de hombros. En la mano derecha lleva una linterna y pasa por delante de la cama de Lena.

—Esta cama me pone triste.

August asiente con la cabeza. «A mí me pone más triste, Eli. Todo me pone más triste. Mis emociones son más profundas que las tuyas, Eli, no lo olvides».

La cama está hundida por un lado, vencida por el peso de los ocho años que Lena Orlik durmió sola allí sin el contrapeso de su marido, Aureli Orlik, que murió de cáncer de próstata en esa misma cama en 1968.

Aureli murió tranquilo. Murió tan tranquilo como esta habitación.

—¿Crees que Lena está mirándonos ahora mismo?

August sonríe y se encoge de hombros. Lena creía en Dios, pero no creía en el amor, o al menos no en el que está escrito en las estrellas. Lena no creía en el destino porque, si su amor por Aureli estaba predestinado, entonces el nacimiento y la trastornada vida adulta de Adolf Hitler también estaban predestinados, porque ese monstruo, «ese bastardo *potwor*», fue la única razón por la que se conocieron en 1945, en un campo de detención norteamericano para personas desplazadas en Alemania, donde permanecieron cuatro años, el tiempo suficiente para que Aureli reuniera la plata que formaba el anillo de bodas de Lena. Lyle nació en el campo en 1949, pasó su primera noche en la Tierra durmiendo en un enorme cubo de hierro para lavar, envuelto en una manta gris como la que ahora cubre esta cama. Norteamérica no aceptaba a Lyle, Gran Bretaña no aceptaba a Lyle, pero Australia sí lo aceptó, y Lyle nunca olvidó ese hecho, razón por la cual, durante su salvaje y malgastada juventud, jamás quemó o vandalizó ninguna propiedad con la etiqueta *Fabricado en Australia*.

En 1951, los Orlik llegaron al Campamento de refugiados para personas desplazadas del este de Wacol, a sesenta segundos en bici de nuestra casa. Durante cuatro años vivieron entre dos mil personas, compartiendo chozas de madera con un total de trescientas cuarenta habitaciones, con retretes y baños comunales. Aureli consiguió trabajo colocando traviesas en la nueva vía ferroviaria que iba de Darra a los suburbios vecinos, Oxley y Corinda. Lena trabajaba en una fábrica de madera en Yeerongpilly, al suroeste, cortando láminas de contrachapado entre hombres con el doble de su tamaño y la mitad de su coraje.

El propio Aureli construyó esta habitación, construyó la casa entera durante los fines de semana, con ayuda de los amigos polacos de la vía férrea. Los dos primeros años no tuvieron electricidad. Lena y Aureli aprendieron inglés a la luz de una lámpara de queroseno. La casa fue creciendo, una habitación tras otra, tablón a tablón, hasta que el aroma de la sopa de champiñones de Lena, de su *pierogi* de queso y patatas, de su repollo *golabki* y de su cordero asado *baranina* inundó tres dormitorios, una cocina, un salón, una sala de estar, un lavadero junto a la cocina y un cuarto de baño con un inodoro aislado, sobre el que colgaba un tapiz de la Iglesia del Santísimo Salvador de Varsovia.

August se detiene y se vuelve hacia el armario empotrado de

la habitación. Lyle construyó este armario utilizando los conocimientos de carpintería que adquirió viendo cómo su padre y sus amigos polacos construían la casa.

—¿Qué pasa, Gus?

August señala con la cabeza hacia la derecha. «Deberías abrir la puerta del armario».

Aureli Orlik llevó una vida tranquila y estaba decidido a morir tranquilo, con dignidad, sin el ruido de los monitores cardíacos y el personal de enfermería corriendo de un lado a otro. No montaría una escena. Cada vez que Lena regresaba a esta habitación de la muerte con un orinal vacío o una toalla para limpiarle a su marido el vómito del pecho, Aureli se disculpaba por causarle molestias. Las últimas palabras que le dijo a Lena fueron «Lo siento», pero no vivió lo suficiente para aclarar qué era exactamente lo que sentía, aunque Lena estaba segura de que no se refería a su amor, porque sabía que en aquel amor verdadero hubo dificultades y paciencia y recompensas y fracasos y nuevos comienzos y, al final, la muerte, pero nunca arrepentimiento.

Abro el armario y me encuentro una vieja tabla de planchar. En el suelo hay una bolsa con antigua ropa de Lena. De la barra cuelgan sus vestidos, todos lisos, sin estampados: oliva, crema, negro, azul.

Lena murió con ruido, una violenta cacofonía de acero al chocar y notas agudas de Frankie Valli, mientras regresaba de la Feria de las Flores de Toowoomba, en Warrego Highway, al caer el sol, a ochenta minutos de Brisbane, cuando su Ford Cortina se estrelló con un camión que transportaba piñas. Lyle estaba en el sur, en un centro de rehabilitación de Kings Cross con su antigua novia, Astrid, en el segundo de tres intentos por dejar una adicción a la heroína que duraba ya una década. Estaba con el mono mientras hablaba con los agentes de policía del pueblo de Gatton que habían acudido al lugar del accidente. «No sufrió nada», le dijo el superior, y Lyle imaginó que sería una manera delicada de decirle: «El camión era jodidamente enorme». El agente le entregó las pocas pertenencias de Lena que habían podido sacar del amasijo de hierros del Cortina: su bolso, un rosario, un pequeño cojín redondo en el que se sentaba para ver mejor por encima del volante y, milagrosamente, una cinta de casete expulsada del modesto equipo de música del coche. *Lookin' Back*, de Frankie Valli y The Four Seasons.

—Joder —dijo Lyle sujetando la cinta mientras negaba con la cabeza.

—¿Qué? —preguntó el agente.

—Nada —respondió él al darse cuenta de que una explicación retrasaría más aún el chute que dominaba sus pensamientos, la necesidad física de drogarse, y aquella maravillosa ensoñación (así fue como un día oí a mi madre referirse a «la siesta») que crearía un dique emocional que se rompería al cabo de una semana, ahogándole con la idea de que ya no quedaba una sola persona en la Tierra que le quisiera. Aquella noche, en Darra, en el pequeño sofá-cama del sótano de su mejor amigo de la infancia, Tadeusz «Teddy» Kallas, se pinchó en el brazo izquierdo pensando en lo romántica que era su madre, en lo mucho que amaba a su marido y en que las notas agudas de Frankie Valli hacían sonreír a todos menos a su madre. Frankie Valli hacía llorar a Lena Orlik. En pleno colocón de heroína, Lyle puso el casete de The Four Seasons en el equipo de música de Teddy. Pulsó el *play* porque quería oír la canción que sonaba cuando su madre se estrelló contra un camión lleno de piñas. Era *Big Girls Don't Cry*, y en ese momento recordó, con la misma claridad de la primera nota aguda de Frankie Valli, que Lena Orlik nunca tenía accidentes. El amor verdadero es fuerte.

* * *

—¿Qué pasa, Gus?

Él se lleva el dedo índice a los labios. Aparta con cuidado la bolsa de ropa de Lena y desliza sus vestidos por la barra del armario. Empuja la pared del fondo del armario y una lámina de madera blanca, de un metro por un metro, hace clic contra un mecanismo de compresión que hay detrás de la pared y cae suavemente en manos de August.

—¿Qué estás haciendo, Gus?

Él desliza la lámina de madera junto a los vestidos de Lena.

Se abre detrás del armario un vacío negro, un abismo, un espacio de distancia desconocida. August tiene los ojos muy abiertos, emocionado por la esperanza y la posibilidad que ofrece el vacío.

—¿Qué es eso?

* * *

Conocimos a Lyle a través de Astrid, y mi madre conoció a Astrid en el Refugio para mujeres de las Hermanas de la Misericordia que está en Nundah, al norte de Brisbane. Estábamos los tres, mi madre, August y yo, mojando rollitos de pan en el guiso de ternera, en el comedor del refugio. Mi madre dice que Astrid estaba en un extremo de nuestra mesa. Yo tenía cinco años. August tenía seis y no paraba de señalar el cristal morado tatuado bajo el ojo izquierdo de Astrid, que hacía que pareciera como si estuviera llorando cristales. Astrid era marroquí, hermosa, siempre joven, siempre tan enjoyada y tan mística que llegué a considerarla, con su vientre color café siempre al descubierto, un personaje de *Las mil y una noches*, guardiana de lámparas mágicas, dagas, alfombras voladoras y significados ocultos. Sentada a la mesa del refugio, Astrid se volvió y se quedó mirando a August a los ojos; August le devolvió la mirada y le sonrió durante tanto tiempo que Astrid se dirigió a mi madre.

—Debes de sentirte especial —le dijo.

—¿Por qué? —preguntó mi madre.

—El Espíritu te ha elegido para cuidar de él —explicó Astrid señalando a August con la cabeza.

El Espíritu, descubriríamos después, era un término universal para referirse al creador de todas las cosas, que visitaba a Astrid ocasionalmente manifestándose de tres maneras diferentes: Sharna, una diosa mística vestida de blanco; un faraón egipcio llamado Om Ra; y Errol, la representación pedorra y grosera de todos los males del universo, que hablaba como un pequeño irlandés borracho. Por suerte para nosotros, al Espíritu le cayó bien August y enseguida se comunicó con Astrid y le explicó que el camino hacia la iluminación incluía permitir que nos quedásemos tres meses en el solárium de casa de su abuela Zohra, en Manly, en los suburbios orientales de Brisbane. Yo tenía cinco años, pero aun así me pareció mentira, aunque Manly es un lugar donde un chico puede correr descalzo por las marismas de Moreton Bay durante tanto tiempo que llega a convencerse de que alcanzará la Atlántida, donde quizá viva para siempre, o hasta que el olor del bacalao desmigado y las patatas fritas le hagan volver a casa, así es que, al igual que August, mantuve la boca cerrada.

Lyle venía a casa de Zohra a ver a Astrid. Pronto empezó a venir a casa de Zohra para jugar Scrabble con mi madre. Lyle no tiene mucha cultura, pero ha vivido mucho y lee sin parar libros de bolsillo, así que conoce un montón de palabras, igual que mi madre. Lyle dice que se enamoró de mi madre cuando colocó la palabra «quijotesco» en una casilla con triple puntuación.

El amor de mi madre era fuerte, tenía dolor, sangre, gritos y puñetazos contra las paredes de amianto, porque lo peor que hizo Lyle fue presentarle a mi madre las drogas. Supongo que lo mejor que hizo fue lograr que dejara las drogas, aunque él sabe que yo sé que lo segundo jamás podría compensar lo primero. Consi-

guió que dejara las drogas en esta habitación. Esta habitación de
amor verdadero. Esta habitación de sangre.

* * *

August enciende la linterna y la apunta hacia el vacío oscuro que
hay detrás del armario. La luz blanca ilumina una pequeña habitación casi tan grande como nuestro cuarto de baño. El haz de
luz recorre tres paredes de ladrillo marrón, una cavidad lo suficientemente profunda como para que quepa un hombre adulto
de pie, como una especie de refugio nuclear, pero vacío y sin
aprovisionar. El suelo está hecho con la tierra en la que se excavó
esta habitación. La linterna de August ilumina el espacio vacío
hasta que encuentra los únicos objetos allí presentes. Un taburete
de madera con un cojín redondo. Y, encima, un teléfono de botones. El teléfono es rojo.

* * *

La peor clase de yonqui es esa que cree que no es la peor clase de
yonqui. Mi madre y Lyle fueron lamentables durante un tiempo,
hace unos cuatro años. No era tanto su aspecto como su manera
de comportarse. No es que se olvidaran de mi octavo cumpleaños como tal, más bien se pasaron el día durmiendo, esa clase de
cosas. Jeringuillas y cosas así. Entrabas en su dormitorio para despertarlos y decirles que era Pascua, te subías a su cama como el
alegre conejito de Pascua y acababas con una aguja en la rodilla.

August me preparó tortitas por mi octavo cumpleaños, me las
sirvió con sirope de arce y una vela de cumpleaños que en realidad era una vela normal de color blanco. Cuando terminamos
las tortitas, August hizo un gesto con el que quería decir que,
como era mi cumpleaños, podríamos hacer cualquier cosa que

yo quisiera. Le pregunté si podríamos quemar algunas cosas con mi vela de cumpleaños, empezando por el pan de molde cubierto de moho que llevaba en el frigorífico cuarenta y tres días, según nuestros cálculos.

August lo era todo por aquel entonces. Madre, padre, tío, abuela, cura, pastor, cocinero. Nos preparaba el desayuno, nos planchaba el uniforme del colegio, me cepillaba el pelo, me ayudaba con los deberes. Empezó a limpiar todo lo que ensuciaban Lyle y mi madre mientras ellos dormían, escondía sus bolsas de droga y las cucharas, tiraba las jeringuillas usadas, y yo siempre iba detrás de él diciendo: «Manda todo eso a la mierda y vamos a jugar al fútbol».

Pero August cuidaba de nuestra madre como si fuese un cervatillo perdido que estaba aprendiendo a caminar, porque August parecía saber un secreto al respecto, que no era más que una fase, parte de la historia de nuestra madre que simplemente acabaría por pasar. Creo que August creía que ella necesitaba esa fase, se merecía aquel descanso que le proporcionaban las drogas, ese ensimismamiento, esa época de olvidarse de su cerebro, de no pensar en el pasado; sus treinta años de violencia, abandono y residencias para chicas de Sídney caprichosas con malos padres. August la peinaba mientras dormía, la tapaba con una manta, le limpiaba la baba con pañuelos de papel. August era su protector y la emprendía a empujones y puñetazos conmigo si alguna vez me mostraba asqueado o crítico. Porque yo no lo sabía. Porque nadie salvo August conocía a nuestra madre.

Aquellos fueron sus años de Debbie Harry en *Heart of Glass*. La gente dice que la droga te da un aspecto horrible, que demasiada heroína hace que se te caiga el pelo, te deja costras en la cara y en las muñecas provocadas por las uñas ansiosas, que no dejan de llenarse de sangre y de piel muerta. La gente dice que la droga te chupa el calcio de los dientes y de los huesos, que te deja tirado en el sofá como un cuerpo en descomposición. Y yo había visto todo eso. Pero también pensaba que la droga volvía guapa a mi madre. Estaba delgada, pálida y rubia, no tan rubia como Debbie Harry, pero igual de guapa. Pensaba que la droga hacía que mi madre pareciese un ángel. Tenía siempre esa mirada confusa, como si estuviera allí y al mismo tiempo no estuviera, como Harry en el vídeo de *Heart of Glass*, como algo sacado de un sueño, moviéndose por el espacio entre el sueño y la vigilia, entre la vida y la muerte, pero siempre deslumbrante, como si tuviera una bola de espejos girando todo el tiempo en las pupilas de sus ojos de zafiro. Y recuerdo que pensaba que ese sería el aspecto de un ángel si acabara viviendo en Darra, al sureste de Queensland, tan lejos del cielo. Un ángel así estaría siempre aturdido, confuso, vidrioso, agitando sus alas mientras contemplaba la pila de platos del fregadero, o los coches que veía pasar junto a la casa a través de las rendijas de las cortinas.

Hay una enorme araña de seda de oro que construye su tela frente a la ventana de mi dormitorio, tan intricada y perfecta que parece un copo de nieve ampliado mil veces. La araña está en el centro de su tela, como si estuviera lanzándose en paracaídas, suspendida en su objetivo, queriendo terminar sin saber por qué, sacudida, pero no vencida por el viento, la lluvia y las fuertes tormentas de verano que tiran los postes de la luz. Mi madre fue la araña en esos años. Y fue también la tela y la mariposa azul devorada viva por la araña.

* * *

—Tenemos que salir de aquí, Gus.

August me entrega la linterna para que se la sujete. Se da la vuelta, se arrodilla en el suelo y pasa las piernas por el agujero del armario para meterse en la habitación. Cae en el interior de la

estancia y sus pies encuentran el suelo. Se vuelve hacia mí y, colocándose de puntillas para llegar más arriba, señala con la cabeza
la puerta corredera del armario. Yo la cierro a nuestras espaldas
y nos quedamos totalmente a oscuras, salvo por la luz de la linterna. August me hace un gesto para que entre, extiende el brazo
para quitarme la linterna y niego con la cabeza.

—Esto es una locura.

Él vuelve a hacerme el gesto.

—Eres gilipollas.

Él sonríe. August sabe que soy igual que él. August sabe que,
si alguien me dijera que hay un tigre de Bengala hambriento
suelto tras una puerta, yo la abriría para asegurarme de que no es
mentira. Me cuelo en la habitación y mis pies descalzos aterrizan
en la tierra húmeda del suelo. Paso una mano por las paredes de
ladrillo llenas de suciedad.

—¿Qué sitio es este?

August se queda mirando el teléfono rojo.

—¿Qué miras?

Sigue mirando el teléfono, emocionado y distante.

—Gus, Gus...

Levanta el índice izquierdo. «Espera un segundo».

Y el teléfono suena. Un timbrazo rápido que inunda la habitación. *Ring, ring. Ring, ring.*

August se vuelve hacia mí con sus ojos azules muy abiertos.

—No respondas, Gus.

Deja que suene tres veces más y entonces su mano alcanza el
auricular.

—¡Gus, no descuelgues el puto teléfono!

Lo descuelga y se lo lleva a la oreja. Ya está sonriendo, aparentemente entretenido por lo que dice alguien al otro lado de
la línea.

—¿Oyes algo?

August sonríe.

—¿Qué es? Déjame escuchar.

Trato de agarrar el teléfono, pero August me aparta el brazo y sujeta el teléfono entre la oreja y el hombro izquierdo. Empieza a reírse.

—¿Alguien te está hablando?

Él asiente.

—Tienes que colgar, Gus.

Me da la espalda, escuchando con atención, mientras el cable rojo retorcido del teléfono se le enreda en el hombro. Se queda de espaldas a mí durante un minuto entero, después vuelve a darse la vuelta con una mirada vacía. Me señala. «Quieren hablar contigo, Eli».

—No.

Asiente con la cabeza y me pasa el teléfono.

—No quiero —insisto mientras aparto el teléfono.

August gruñe con las cejas arqueadas. «No seas crío, Eli». Me lanza el teléfono e, instintivamente, lo atrapo. Tomo aire.

—¿Diga?

Es la voz de un hombre.

—Hola.

Un hombre muy hombre, con la voz muy profunda. Un hombre de cincuenta y tantos años quizá, tal vez sesenta.

—¿Quién es? —pregunto.

—¿Quién crees que soy? —responde el hombre.

—No lo sé.

—Claro que lo sabes.

—No, no lo sé.

—Sí lo sabes. Siempre lo has sabido.

August sonríe y asiente con la cabeza. «Creo que sé quién es».

—¿Eres Tytus Broz?

—No, no soy Tytus Broz.

—¿Eres amigo de Lyle?

—Sí.

—¿Eres el hombre que le dio a Lyle la heroína Golden Triangle que descubrí en el cortacésped?

—¿Cómo sabes que era heroína Golden Triangle?

—Mi amigo Slim lee el *Courier-Mail* todos los días. Cuando termina me lo pasa. En la sección de sucesos han estado escribiendo artículos sobre cómo la heroína está extendiéndose por Brisbane desde Darra. Dicen que procede de la zona de producción de opio del sureste asiático que ocupan Burma, Laos y Tailandia. Es el Triángulo Dorado.

—Sabes de lo que hablas, niño. ¿Lees mucho?

—Lo leo todo. Slim dice que leer es la mejor vía de escape, y él se ha escapado muchas veces.

—Slim es un hombre muy sabio.

—¿Conoces a Slim?

—Todo el mundo conoce al «Houdini de Boggo Road».

—Es mi mejor amigo.

—¿Tu mejor amigo es un asesino convicto?

—Lyle dice que Slim no mató a ese taxista.

—¿Es cierto?

—Sí, es cierto. Dice que Slim fue acusado injustamente. Le tendieron una trampa porque tenía antecedentes. Los polis hacen eso.

—¿Y el propio Slim te ha dicho que él no lo hizo?

—En realidad no, pero Lyle dice que es imposible que pudiera hacerlo él.

—¿Y tú crees a Lyle?

—Lyle no miente.

—Todo el mundo miente, niño.

—Lyle no. Es físicamente incapaz de mentir. Al menos eso fue lo que le dijo a mi madre.

—No te creerás eso, ¿verdad?

—Dijo que era una enfermedad en estado avanzado. «Trastorno de relación social desinhibida». Significa que no puede ocultar la verdad. No puede mentir.

—No creo que signifique que no puede mentir. Creo que significa que no puede ser discreto.

—Es lo mismo.

—Tal vez, niño.

—Estoy harto de que los adultos sean discretos. Nadie te cuenta nunca la historia completa.

—¿Eli?

—¿Cómo sabes mi nombre? ¿Quién eres?

—¿Eli?

—Sí.

—¿Estás seguro de querer oír la historia completa?

Se oye la puerta corredera del armario. Entonces August toma una bocanada de aire y percibo a Lyle mirando a través del agujero antes incluso de oírlo.

—¿Qué coño estáis haciendo ahí? —exclama.

August se deja caer al suelo y, en la oscuridad, solo veo destellos de su linterna, que proyecta relámpagos frenéticos por las paredes de esta pequeña habitación subterránea mientras, con las manos, busca desesperadamente algo, hasta que lo encuentra.

—Ni te atrevas —le dice Lyle con los dientes apretados.

Pero August sí se atreve. Encuentra la hoja metálica de una puerta marrón en la parte inferior de la pared derecha, del tamaño de la base de cartón de una caja grande de plátanos. Hay un cerrojo de bronce que mantiene la hoja de la puerta sujeta a una tabla de madera situada en el suelo. August quita el cerrojo, levanta la hoja de la puerta y, arrastrándose boca abajo, utiliza los codos para colarse por un túnel que sale de la habitación.

Yo me vuelvo hacia Lyle, perplejo.

—¿Qué lugar es este?

Pero no espero una respuesta y dejo caer el teléfono.

—¡Eli! —grita Lyle.

Me tumbo boca abajo y sigo a August a través del túnel. Siento el barro contra mi estómago. Tierra húmeda y muros de porquería contra mis hombros, y oscuridad, salvo por la linterna temblorosa que arroja luz blanca en la mano de August. Tengo un amigo del colegio, Duc Quang, que fue a visitar a sus abuelos a Vietnam y, cuando estaba allí, su familia visitó una red de túneles construida por el Viet Cong. Me habló del miedo que le dio arrastrarse por esos túneles, de la claustrofobia y la suciedad que te cae en la cara y en los ojos. De eso se trata, maldita sea, de la locura del ejército de Vietnam del norte. Duc Quang me contó que tuvo que pararse a mitad del túnel, paralizado por el miedo, y dos turistas que iban detrás tuvieron que sacarlo a rastras. No puedo volver atrás. En esa habitación está Lyle y, sobre todo, la palma abierta de su mano derecha, que sin duda estará ejercitándose flexionando los dedos y los músculos, preparado para darme una paliza. El miedo detuvo a Duc a mitad del túnel, pero el miedo a Lyle me hace seguir arrastrándome con los codos como un experto en explosivos del Viet Cong; seis, siete, ocho metros hacia la oscuridad. El túnel gira ligeramente a la izquierda. Nueve metros, diez metros, once metros. Hace calor aquí, el esfuerzo, el sudor y la tierra se convierten en barro sobre mi frente. El aire es denso.

—Joder, August, no puedo respirar.

Y August se detiene. Su linterna ilumina otra trampilla metálica de color marrón. La abre y sale una insoportable peste a azufre que inunda el túnel y me provoca arcadas.

—¿Qué es ese olor? ¿Es mierda? Creo que es mierda, August.

August atraviesa a rastras la salida del túnel y lo sigo a toda velocidad; tomo aire cuando llego a otra estancia cuadrada, de menor tamaño que la anterior, pero lo suficientemente grande para que podamos estar los dos de pie. Está a oscuras. El suelo es también de tierra, pero hay algo que la cubre y amortigua mis pisadas. Serrín. Ese olor es más fuerte ahora.

—Sin duda es mierda, August. ¿Dónde coño estamos?

August mira hacia arriba, sigo su mirada y veo un círculo perfecto de luz sobre nuestras cabezas, del tamaño de un plato de cena. Entonces en el círculo de luz aparece la cara de Lyle, que nos mira desde arriba. Pelirrojo y con pecas, Lyle es como Ginger Meggs de mayor, siempre con una camiseta de algodón de Jackie Howe y chanclas de goma, con unos brazos delgados pero musculosos, cubiertos de tatuajes baratos y mal hechos: en el hombro derecho, un águila con un bebé en las garras; un viejo mago con un bastón en el hombro izquierdo que se parece a mi profesor de séptimo, el señor Humphreys; y en su antebrazo izquierdo un Elvis Presley anterior a Hawaii, agitando las rodillas. Mi madre tiene un libro de fotografías en color sobre los Beatles, y siempre he pensado que Lyle se parece un poco a John Lennon en los años locos de *Please Please Me*. Recordaré a Lyle gracias a *Twist and Shout*. Lyle es *Love Me Do*. Lyle es *Do You Want to Know a Secret?*

—Estáis hasta arriba de mierda —nos dice Lyle desde el agujero.

—¿Por qué? —pregunto con aire desafiante, y mi confusión se convierte en rabia.

—No. Quiero decir que literalmente estáis hasta arriba de mierda —repite—. Os habéis metido en el cagadero.

Joder. El cagadero. El cubículo metálico oxidado y abandonado que hay en un extremo del jardín de Lena, hogar de arañas venenosas y serpientes tan hambrientas que son capaces de morderte el culo hasta en tus sueños. La perspectiva es algo gracioso. El mundo parece muy diferente cuando lo miras desde abajo, a dos metros bajo tierra. La vida desde el fondo de un pozo de mierda. Desde aquí, August y Eli Bell solo pueden ir hacia arriba.

Lyle retira la tabla de madera con el agujero que cubre el retrete y hace las veces de asiento que antaño acomodó las nalgas de Lena y de Aureli, y de todos los compañeros de Aureli que ayudaron a construir la casa de la que hemos escapado milagrosamente a través de un túnel subterráneo secreto.

Lyle extiende el brazo derecho por dentro del agujero, con la mano abierta para agarrarnos.

—Vamos —dice.

Yo me aparto de su mano.

—No, nos vas a dar una paliza —le digo.

—Bueno, no puedo mentir —responde.

—Una puta mierda.

—No digas putas palabrotas, Eli —me dice.

—No voy a ninguna parte hasta que nos des algunas respuestas —le aseguro.

—No me pongas a prueba, Eli.

—Mamá y tú estáis consumiendo otra vez.

Lo pillé. Deja caer la cabeza y la sacude. Ahora se muestra tierno, compasivo y arrepentido.

—No estamos consumiendo, chico —me dice—. Os lo prometí a los dos. Yo no rompo mis promesas.

—¿Quién era el tipo del teléfono rojo? —grito.

—¿Qué tipo? —pregunta Lyle—. ¿De qué demonios estás hablando, Eli?

—Ha sonado el teléfono y August ha descolgado.

—Eli...

—El hombre —le digo—. Con la voz profunda. Es tu jefe, ¿verdad? Es el que te dio la bolsa de heroína que encontré en el cortacésped.

—Eli...

—Es el cerebro de la operación, el titiritero que mueve los hilos, el que habla con voz dulce, amable y aburrida, como un profesor de ciencias, pero en realidad es un megalómano asesino.

—¡Eli, maldita sea! —me grita.

Me detengo. Lyle niega con la cabeza y toma aliento.

—Ese teléfono no recibe llamadas —me dice—. Tu imaginación está jugándote malas pasadas otra vez, Eli.

Me vuelvo hacia August. Después miro otra vez a Lyle.

—Ha sonado, Lyle. August ha descolgado. Al otro lado de la línea había un hombre. Sabía mi nombre. Nos conocía. Conocía a Slim. Por un momento pensé que eras tú, pero entonces...

—Ya basta, Eli —me dice Lyle—. ¿De quién ha sido la idea de entrar en la habitación de Lena?

August se lleva un pulgar al pecho y Lyle asiente.

—De acuerdo, os propongo un trato —nos dice—. Subid y enfrentaos a vuestro castigo. Después, cuando estemos todos más tranquilos, os contaré algunas cosas.

—Y una mierda —le digo—. Quiero respuestas ahora.

Lyle vuelve a colocar el asiento de madera sobre el retrete.

—Avísame cuando recuperes tus modales, Eli —me dice. Y se marcha.

* * *

Hace cuatro años pensé que iba a marcharse para siempre. Se plantó en la puerta con una bolsa de lona colgada del hombro derecho. Yo me agarré a su mano izquierda y tiré con todas mis fuerzas, pero él me arrastró consigo hasta atravesar el umbral.

—No —le dije—. No, Lyle.

Tenía lágrimas en los ojos, en la nariz y en la boca.

—Tengo que recuperarme, chico —dijo—. August cuidará de tu madre por mí. Y tú cuidarás de August, ¿de acuerdo?

—¡No! —grité, y él giró la cabeza y pensé que le había convencido, porque nunca llora, pero tenía los ojos húmedos—. No.

—¡Suéltame, Eli! —gritó entonces. Me empujó hacia la puerta y caí sobre el suelo de linóleo de la entrada; la fricción me rasguñó la piel de los codos.

—Te quiero —dijo—. Volveré.

—¡Estás mintiendo! —grité.

—Yo no puedo mentir, Eli.

Entonces salió por la puerta, recorrió el camino del jardín, atravesó la verja y dejó atrás el buzón de hierro forjado y el muro de ladrillo marrón al que le faltaba un único ladrillo. Lo seguí hasta la verja y gritaba tan fuerte que me dolía la garganta.

—¡Eres un mentiroso! —gritaba—. ¡Eres un mentiroso! ¡Eres un mentiroso! ¡Eres un mentiroso! —Pero ni siquiera se volvió. Simplemente siguió caminando.

Pero regresó. Seis meses más tarde. Era enero, hacía calor y yo estaba en el jardín, sin camisa y bronceado, con el pulgar en la boquilla de la manguera, dirigiendo ráfagas de espray de agua hacia el sol para crear mis propios arcoíris, y lo vi caminando a través de aquel muro de agua. Abrió la verja del jardín y la cerró tras él, y dejé caer la manguera y corrí hacia allí. Llevaba unos pantalones de trabajo azul marino y una camisa vaquera de trabajo azul marino cubierta de grasa. Estaba en forma, fuerte, y cuando se arrodilló en el camino para recibirme me pareció que se arrodillaba como el rey Arturo. Yo no había querido tanto a ningún hombre en mi corta existencia. Así que los arcoíris son Lyle, la grasa es Lyle y el rey Arturo es Lyle. Me lancé contra él con tanta fuerza que estuvo a punto de caerse hacia atrás por el impacto, porque le golpeé como Ray Price, jugador triunfal de los Parramatta Eels. Él se rio y, cuando lo agarré por los hombros para acercarlo más a mí, dejó caer la cabeza sobre mi pelo y me dio un beso en la coronilla.

Y no sé por qué dije lo que dije a continuación, pero lo dije de todos modos.

—Papá.

Él me dirigió una media sonrisa, me enderezó con las manos en los hombros y se quedó mirándome a los ojos.

—Ya tienes un padre, chico —dijo—. Pero también me tienes a mí.

Cinco días más tarde, mi madre estaba encerrada en la habitación de Lena, golpeando con los puños las delgadas paredes de amianto. Lyle había tapiado las ventanas de la habitación con tablones de madera. Había sacado la vieja cama de Lena y el retrato de Jesús, había retirado los viejos jarrones de Lena y las fotografías enmarcadas de parientes lejanos y amigos cercanos del Club de Bolo Césped de Darra. En la habitación no quedaba nada salvo un fino colchón sin sábanas, ni mantas, ni almohadas. Durante siete días Lyle mantuvo a mi madre encerrada en aquella habitación azul ceilo. Lyle, August y yo nos quedábamos frente a la puerta cerrada, escuchando sus gritos, aullidos largos e inesperados, como si tras aquella puerta hubiese un gran inquisidor supervisando todo tipo de torturas que incluían una polea y los miembros estirados de mi madre. Pero yo estaba seguro de que allí no había nadie más aparte de ella. Gritaba a la hora de la comida, sollozaba a medianoche. Gene Crimmins, nuestro vecino del lado derecho, un amable cartero retirado con miles de anécdotas sobre correo perdido y sucesos accidentales de bordillos de extrarradio, se acercó a ver cómo iba todo.

—Ya casi lo ha conseguido, amigo —fue todo lo que Lyle dijo en la puerta de la entrada. Y Gene se limitó a asentir con la cabeza, como si supiera bien a qué se refería Lyle. Como si supiera ser discreto.

Al quinto día, mi madre me escogió a mí porque sabía que era el más débil.

—¡Eli! —gritó a través de la puerta—. ¡Está intentando matarme! ¡Tienes que llamar a la policía! ¡Llámalos, Eli! ¡Quiere matarme!

Yo corrí al teléfono y marqué tres ceros en el disco giratorio, hasta que August colocó un dedo sobre el auricular y negó con la cabeza. «No, Eli».

Lloré y August me pasó un brazo por el cuello, y regresamos por el pasillo y nos quedamos mirando la puerta. Lloré un poco más. Después me fui a la sala de estar y abrí las puertas correderas del mueble de madera donde estaban los discos de vinilo de mi madre. *Between the Buttons*, de los Rolling Stones. Ese que ella tanto ponía, el de la portada donde aparecen todos con sus abrigos de invierno y Keith Richards está borroso, como si estuviera a punto de atravesar un portal temporal que le conducirá a su futuro.

—Eh, Eli, pon *Ruby Tuesday* —decía siempre mi madre.

—¿Cuál es esa?

—Cara A, la tercera raya gruesa desde fuera —decía siempre mi madre.

Desenchufé el tocadiscos, lo arrastré por el pasillo y volví a enchufarlo cerca de la puerta de Lena. Dejé caer la aguja sobre la tercera raya gruesa desde fuera.

Esa canción sobre una chica que nunca dijo de dónde venía.

La canción resonó por toda la casa, mientras los sollozos de mi madre se oían a través de la puerta. La canción terminó.

—Vuelve a ponerla, Eli —dijo mi madre.

* * *

Al séptimo día, al ponerse el sol, Lyle quitó el cerrojo a la puerta. Pasados dos o tres minutos, la puerta del dormitorio de Lena se abrió ligeramente. Mi madre estaba delgada y demacrada, y caminaba tambaleante, como si sus huesos estuvieran atados con cuerdas. Trató de decir algo, pero tenía los labios, la boca y la garganta tan secos, y su cuerpo estaba tan consumido que no lograba pronunciar las palabras.

—Ab... —dijo.

Se humedeció los labios y volvió a intentarlo.

—Ab... —repitió.

Cerró los ojos como si fuera a desmayarse. August y yo observamos la escena, a la espera de alguna señal que indicara que había vuelto, alguna señal de que había despertado de aquel sueño, y supongo que la señal fue que se dejó caer en brazos de Lyle antes de desplomarse en el suelo, se aferró al hombre que tal vez le había salvado la vida e hizo gestos a los niños que creían que podía hacerlo para que se acercaran. Nos apiñamos a su alrededor y sentí que parecía un pájaro que se había caído del árbol.

Cobijada entre la protección de nuestros cuerpos, murmuró tres palabras.

—Abrazo de grupo —susurró.

Y la abrazamos con tanta fuerza que podríamos habernos convertido en piedra de habernos quedado así el tiempo suficiente. Convertidos en diamante.

Después, sin soltarse de Lyle, caminó dando tumbos hasta su dormitorio. Lyle cerró la puerta tras ellos. Silencio. August y yo entramos de inmediato en la habitación de Lena, muy despacio, como si pisáramos un campo minado en una de esas selvas de Vietnam del norte, en la patria de los abuelos de Duc Quang.

Había platos de papel y restos de comida desperdigados por el suelo entre mechones de pelo. Había un orinal en un rincón. Las paredes azules de la habitación estaban llenas de pequeños agujeros del tamaño de los puños de nuestra madre, y de los agujeros salían hilillos de sangre que parecían banderas rojas deshilachadas ondeando al viento en un campo de batalla. Había una mancha

alargada y marrón de mierda seca que circulaba como una carretera hacia ninguna parte entre dos paredes. Fuera cual fuera la
batalla que mi madre había estado librando en aquella pequeña
habitación, supimos que acababa de ganarla.

Mi madre se llama Frances Bell.

* * *

August y yo nos quedamos en silencio dentro del agujero. Pasa
un minuto entero. August me da un empujón en el pecho, frustrado.

—Lo siento —le digo.

Pasamos otros dos minutos en silencio.

—Gracias por cargar con la culpa al decir que ha sido idea
tuya.

August se encoge de hombros. Pasan otros dos minutos y el
olor y el calor de aquel pozo de mierda se me agarran al cuello, a
la nariz y al entendimiento.

Nos quedamos mirando hacia el círculo de luz, a través del
agujero en la madera donde Lena y Aureli Orlik plantaban sus
culos.

—¿Crees que va a volver?

El chico sigue los pasos

Me despierto. Oscuridad. La luz de la luna entra por la ventana del dormitorio y se refleja en la cara de August. Está sentado junto a mi cama, en la litera inferior, secándome el sudor de la frente.

—¿Te he despertado otra vez? —le pregunto.

Él me sonríe y asiente. «Sí, pero no importa».

—Otra vez el mismo sueño.

August asiente. «Eso pensaba».

—El coche mágico.

El sueño del coche mágico en el que August y yo vamos sentados en el asiento trasero de un Holden Kingswood del mismo color que las paredes azul cielo del dormitorio de Lena. Estamos jugando y nos reímos con tanta fuerza que podríamos mearnos encima, mientras el hombre que conduce el coche gira bruscamente a derecha e izquierda. Yo bajo mi ventanilla y un viento ciclónico me empuja por el asiento del coche y aprisiono a August contra su puerta. Me arrastro con todas mis fuerzas contra el viento que se cuela por la ventanilla, asomo la cabeza y descubro que estamos volando por el cielo y el conductor de este vehículo misterioso va esquivando las nubes. Subo de nuevo la ventanilla y todo se vuelve gris fuera.

—Es solo una nube de lluvia —me dice August. Porque en este sueño sí habla.

Entonces todo se vuelve gris y verde fuera del coche. Gris, verde y húmedo. Y un banco de besugos pasa nadando por delante de mi ventanilla y el coche atraviesa un bosque de helechos marinos. No estamos atravesando una nube de lluvia. Estamos conduciendo hacia el fondo de un océano. El conductor se gira y resulta ser mi padre.

—Cierra los ojos —me dice.

Mi padre se llama Robert Bell.

* * *

—Me muero de hambre.

August asiente. Lyle no nos dio una paliza por descubrir su habitación secreta. Ojalá lo hubiera hecho. El silencio es peor. Las miradas de decepción. Preferiría diez azotes en el culo con la mano abierta a esta sensación de hacerme mayor, demasiado mayor para recibir azotes en el culo y demasiado mayor para colarme en habitaciones a las que se supone que no debo entrar; demasiado mayor también para gritar a los cuatro vientos que he encontrado una bolsa de droga en el cortacésped. Lyle nos sacó del cagadero esta tarde, en silencio. No le hizo falta decirnos dónde teníamos que ir. Nos fuimos a nuestro dormitorio por sentido común. Lyle desprendía rabia como si fuese el aroma de una mala colonia. Nuestra habitación era el lugar más seguro, nuestro santuario decorado con un póster promocional de McDonald's donde aparecían fotos de los equipos del Campeonato Benson & Hedges de críquet de 1982-83, que enfrentó a Australia, Inglaterra y Nueva Zelanda, con una polla y unos huevos pintados a boli que August le dibujó en la frente a David Gower, jugador de Inglaterra. No nos dieron cena. No nos dijeron una sola palabra, así que nos fuimos a la cama.

—A la mierda, voy por algo de comer —digo un par de horas después.

Salgo de puntillas al pasillo en plena oscuridad y camino hasta la cocina. Abro el frigorífico y su luz blanca ilumina la cocina. Hay un paquete de embutido y otro de margarina. Cierro la puerta del frigorífico, me giro hacia la despensa y me choco con August, que ya ha colocado cuatro rebanadas de pan sobre la tabla de cortar. Sándwiches de embutido con salsa de tomate. August se lleva el suyo a la ventana del salón para poder contemplar la luna. Cuando llega a la ventana, se agacha de inmediato en un intento desesperado por mantenerse escondido.

—¿Qué pasa? —le pregunto.

Agita su mano derecha hacia abajo. Yo me agacho y me reúno con él bajo la ventana. Señala con la cabeza hacia arriba y arquea las cejas. «Echa un vistazo. Despacio». Levanto la cabeza hasta el borde de la ventana y observo la calle. Es más de medianoche y Lyle está en la acera, sentado en el muro de ladrillo, junto al buzón, fumando un Winfield Red.

—¿Qué hace?

August se encoge de hombros y se asoma conmigo, confuso. Lyle lleva puesto su grueso abrigo de caza, con el cuello de lana levantado para protegerse del frío nocturno. Expulsa el aire del cigarrillo, que flota en la oscuridad como un fantasma gris.

Ambos volvemos a agacharnos y seguimos comiéndonos el sándwich. A August se le cae un poco de salsa de tomate en la moqueta bajo la ventana.

—La salsa, Gus —le digo.

No se nos permite comer en la moqueta ahora que Lyle y nuestra madre ya no se drogan y están orgullosos de la casa. August limpia la salsa con el pulgar y el índice y después se chupa los dedos. Luego escupe sobre la mancha roja que queda en la moqueta y la frota, aunque no es suficiente para que nuestra madre no se dé cuenta.

Entonces se oye una fuerte explosión que resuena en todo el barrio.

August y yo nos incorporamos de inmediato y nos asomamos por la ventana. En el cielo nocturno, a una manzana de distancia, un fuego artificial morado asciende con un silbido en la oscuridad por encima de las casas, cada vez más arriba, a toda velocidad, hasta llegar a su punto de máxima elevación y explotar en diez hileras más pequeñas que a su vez explotan y forman en el cielo una fuente morada y efímera.

Lyle contempla los fuegos, después da una larga calada a su Winfield, lo tira al suelo y pisa la colilla con la bota derecha. Se mete las manos en los bolsillos del abrigo y empieza a caminar calle arriba, rumbo a los fuegos artificiales.

—Venga, vamos —susurro.

Me meto el resto del sándwich de embutido y tomate en la boca y parece como si estuviera comiendo dos enormes canicas. August se queda bajo la ventana comiendo su sándwich.

—Venga, Gus, vamos —repito.

Él se queda allí sentado, procesando la información, como siempre; contemplando todos los puntos de vista, como siempre; sopesando todas las opciones, como siempre.

Niega con la cabeza.

—Vamos, ¿no quieres saber adónde va?

August me dedica una media sonrisa. Levanta el dedo índice derecho que acaba de usar para limpiar la salsa de tomate y escribe tres palabras invisibles en el aire.

«Ya lo sé».

* * *

Llevo años siguiendo a la gente. Los elementos clave para seguir a alguien con éxito son la distancia y la convicción. Distancia suficiente del sujeto para no ser visto. Convicción suficiente para creerte que en realidad no estás siguiendo a nadie, aunque no sea cierto. La convicción significa invisibilidad. Otro desconocido invisible en un mundo de desconocidos invisibles.

Hace frío fuera. Dejo que Lyle se aleje unos cincuenta metros. Acabo de pasar por delante del buzón cuando me doy cuenta de que voy descalzo y llevo puesto el pijama de invierno, el que tiene un agujero enorme en la nalga derecha. Lyle sigue caminando, con las manos en los bolsillos, sumergiéndose en la oscuridad más allá de las farolas que iluminan la entrada del parque de Ducie Street, situado frente a nuestra casa. Lyle se convierte en una sombra, atraviesa la franja central del campo de críquet, sube por una colina que conduce hasta la zona de juegos infantiles y la barbacoa municipal donde preparamos perritos calientes el pasado mes de marzo para el decimotercer cumpleaños de August. Yo le sigo como un fantasma por la hierba del campo de críquet, caminando sin hacer ruido, como un *ninja*. Un crujido. Una ramita seca cruje bajo mi pie descalzo. Lyle se detiene bajo una farola situada al otro extremo del parque. Se da la vuelta y mira hacia la oscuridad del parque que me rodea. Me mira directamente, pero no puede verme porque he puesto distancia y convicción. Estoy convencido de que soy invisible. Y Lyle también. Da la espalda al parque y sigue caminando, con la cabeza agachada, a lo largo de Stratheden Street. Espero, hasta que gira a la derecha en Harrington Street, entonces salgo corriendo de la oscuridad del parque y me sitúo bajo las farolas de Stratheden. Hay un enorme árbol de mango en la esquina de Stratheden y Harrington que me proporciona la protección que necesito para ver como Lyle gira a la izquierda en Arcadia Street y se mete en el jardín de casa de Darren Dang.

* * *

Darren Dang está en mi mismo curso. Somos solo dieciocho alumnos de séptimo curso en el colegio estatal de Darra, y estamos todos de acuerdo en que el guapo vietnamita-australiano Darren Dang es, con diferencia, el que más posibilidades tiene de hacerse famoso, probablemente por matarnos a todos en una masacre con pistolas. El mes pasado, cuando realizábamos un proyecto sobre la Primera Flota, fabricando los barcos británicos con palitos de helado, Darren pasó junto a mi mesa.

—Eh, Campanilla —susurró.

Eli Bell. Eli Campana. Campanilla.

—Eh, Campanilla. En los cubos de las botellas a la hora de comer.

Eso quería decir: «Será mejor que estés junto a los enormes cubos metálicos amarillos de reciclaje de vidrio que hay detrás del cobertizo de herramientas del conserje McKinnon a la hora de comer, si te interesa conservar tus orejas durante el resto de tu modesta formación en el sistema educativo estatal de Queensland». Esperé durante treinta minutos junto a los cubos del reciclaje, pensando, esperanzado, que tal vez Darren Dang no acudiría a nuestra cita, cuando de pronto apareció detrás de mí y me agarró del cuello con el índice y el pulgar derechos.

—Si has visto *ninjas*, has visto fantasmas —me susurró. Es una frase de *Duelo final*. Dos meses atrás, en clase de Educación Física, le había dicho a Darren Dang que, al igual que él, yo creía que la película de Chuck Norris sobre un campamento secreto de entrenamiento para terroristas *ninjas* era la mejor película del mundo. Le mentí. *Tron* es la mejor película del mundo.

—¡Ja! —Se carcajeó Eric Voight, el rollizo y cabeza hueca esbirro de Darren, procedente de una familia de mecánicos rollizos y cabezas huecas que regentaban el taller mecánico de Darra, situado frente a la fábrica de ladrillos—. Campanilla *sa* cagado en sus mallas de hada.

—Se ha —le rectifiqué—. Campanilla *se ha* cagado en sus mallas, Eric.

Darren se giró hacia los cubos del reciclaje y metió las manos en la colección de botellas de licor vacías del señor McKinnon.

—¿Cuánto bebe este hombre? —preguntó, sacó una botella de Black Douglas y apuró el poco licor que quedaba en el fondo. Hizo lo mismo con una botellita de Jack Daniels y después una de *bourbon* Jim Beam—. ¿Quieres? —me preguntó, ofreciéndome los posos de una botella de vino.

—No, gracias —respondí—. ¿Para qué querías verme?

Darren sonrió y se descolgó una enorme bolsa de lona que llevaba en el hombro derecho.

Metió las manos en la bolsa.

—Cierra los ojos —me dijo.

Órdenes así viniendo de Darren Dang siempre terminaban con lágrimas o sangre. Pero, al igual que con el colegio, cuando empezabas con Darren Dang, no había manera realista de esquivar a Darren Dang.

—¿Por qué? —pregunté.

Eric me dio un empujón en el pecho.

—Tú cierra los ojos, Campanilla.

Cerré los ojos e instintivamente me cubrí las pelotas con las manos.

—Abre los ojos —dijo Darren. Los abrí y me encontré con un primer plano de una rata marrón enorme, que movía nerviosamente los dos dientes delanteros como si fuera un martillo neumático.

—¡Joder, Darren! —exclamé.

Darren y Eric se carcajearon.

—La encontramos en el almacén —me dijo.

La madre de Darren Dang, Bich «Cuidado» Dang, y su padrastro, Quan Nguyen, regentaban el supermercado Pequeño Saigón situado al final de la carretera de la estación, un lugar donde comprar verduras, fruta, especias, carne y pescado fresco importado de Vietnam. El almacén de la parte de atrás, junto a la nevera de la carne, era el hogar de algunas de las ratas más grandes y mejor alimentadas de Queensland, para regocijo de Darren.

—Sujétala un segundo —me dijo Darren, y me puso la rata en las manos.

El animal temblaba sobre las palmas de mis manos, paralizado por el miedo.

—Esta es Jabba —me dijo Darren mientras rebuscaba en su bolsa de lona—. Sujétala del rabo.

Agarré a la rata por el rabo con el índice y el pulgar, sin mucha convicción.

Darren sacó un machete de su bolsa.

—¿Qué coño es eso?

—El machete de mi abuelo.

El machete medía más que su brazo. Tenía un mango de madera y una enorme hoja, oxidada por los lados, pero bien engrasada y afilada.

—No, tienes que sujetarla con fuerza o se te escapará —me explicó Darren—. Agárrala del rabo con el puño.

—Tienes que sujetarla fuerte, como si te agarraras la polla, Campanilla, porque se te va a escapar —me dijo Eric.

Agarré con fuerza el rabo de la rata.

Darren sacó de su bolsa un pañuelo rojo.

—De acuerdo, ahora ponla sobre la fosa séptica, pero no la sueltes —me ordenó.

—Quizá debería sujetarla Eric —sugerí.

—La sujetas tú —insistió Darren con una mirada impredecible, como la de un loco.

Junto a los cubos del reciclaje había un pozo séptico subterráneo cubierto con una pesada tapa metálica de color rojo. Coloqué a Jabba encima sin soltarle el rabo.

—No muevas un solo músculo, Campanilla —me dijo Darren.

Entonces enrolló el pañuelo rojo y se vendó los ojos; luego se arrodilló como si fuera un guerrero japonés a punto de clavarse una daga en el corazón.

—Por el amor de Dios, Darren, en serio —le dije.

—No te muevas, Campanilla —me ordenó Eric, de pie junto a mí.

—No te preocupes, ya he hecho esto dos veces —me aseguró Darren.

Jabba, la pobre rata, estaba tan aterrada como yo. Se volvió hacia mí moviendo los dientes, confusa y aterrorizada.

Darren agarró el mango del machete con ambas manos y lo levantó muy despacio por encima de la cabeza; la hoja brillante del machete resplandeció un instante bajo el sol ardiente que iluminaba aquel escenario infernal.

—Espera, Darren, me vas a cortar la mano —murmuré con la voz entrecortada.

—Chorradas —dijo Eric—. Tiene sangre de *ninja*. Puede verte la mano mejor con la mente que con los ojos.

Eric me puso una mano en el hombro para impedir que me moviese.

—Tú no te muevas —repitió.

Darren tomó aliento y lo dejó escapar. Yo miré por última vez a Jabba, encogida por el miedo, inmóvil, como si pensara que, si se quedaba quieta, nos olvidaríamos de que estaba allí.

Darren dejó caer el machete con un movimiento rápido y violento, y la hoja se clavó en la tapa del pozo séptico soltando una chispa amarilla a un centímetro de mi puño cerrado.

Darren se quitó la venda para contemplar los restos de Jabba la rata, pero allí no había nada que ver. Jabba había desaparecido.

—Pero ¿qué cojones, Campanilla? —me gritó con su acento vietnamita, más evidente por la rabia.

—¡Ha dejado que se escape! —gritó Eric—. ¡Ha dejado que se escape!

Eric me agarró del cuello con el brazo y sentí el olor asqueroso de su sobaco. Vi a Jabba, que corría hacia la libertad a través de un hueco en la verja de rejilla del colegio y se escabullía entre los matorrales que rodeaban el cobertizo de herramientas del señor McKinnon.

—Me has deshonrado, Campanilla —susurró Darren.

Eric me empujó con su tripa, obligándome a tumbarme boca abajo sobre el pozo séptico.

—Sangre por sangre —dijo.

—Ya conoces el código del guerrero, Eli Bell —declaró Darren con solemnidad.

—No, la verdad es que no conozco el código, Darren —respondí—. Y además, creo que ese código tan antiguo era más una guía orientativa que otra cosa.

—Sangre por sangre, Eli Bell —repitió Darren—. Cuando el río del valor se queda seco, en su lugar fluye la sangre. —Le hizo un gesto a Eric—. El dedo —ordenó.

Eric me estiró el brazo derecho y lo colocó sobre el pozo séptico.

—¡Joder, Darren! —grité—. Piénsalo por un segundo. Te expulsarán.

Eric me estiró el dedo índice a la fuerza.

—Darren, piensa en lo que estás haciendo —le rogué—. Te meterán en un reformatorio.

—Hace mucho tiempo que acepté mi camino, Eli Bell. ¿Y tú? Darren volvió a vendarse los ojos y levantó el machete con

ambas manos por encima de la cabeza. Eric me retorció el brazo
hasta hacerme daño y apretó con fuerza, aprisionando mi dedo
estirado sobre la tapa del pozo séptico. Yo grité de dolor. Mi dedo
era la rata. Mi dedo era la rata que quería escapar. Mi dedo índice
derecho, el que tenía la peca de la suerte en el nudillo central.
Mi peca de la suerte. Mi dedo de la suerte. Me quedé mirando
esa peca de la suerte y recé, recé y recé para que me acompañara
la suerte. Y fue entonces cuando el señor McKinnon, conserje
irlandés de setenta y pocos años, borracho y amante del *whisky*
escocés, dobló la esquina de su cobertizo y se quedó perplejo al
contemplar aquella escena protagonizada por un chico vietnamita con una venda roja en los ojos a punto de cercenar sobre la
fosa séptica el dedo índice de un chico con una peca de la suerte.

—¡Qué diablos pasa aquí! —exclamó el señor McKinnon.

—¡Corre! —gritó Eric.

Darren huyó con la misma agilidad y rapidez de sus adorados *ninjas*. Eric tardó más en levantar su tripa de mi hombro
izquierdo, pero esquivó la zarpa del brazo izquierdo del señor
McKinnon, que en su lugar me agarró a mí del bolsillo trasero de
los pantalones cortos del uniforme, haciéndome quedar como el
Coyote intentando huir sin poder moverme.

—¿Dónde crees que vas? —me preguntó el señor McKinnon
con un aliento que apestaba a Black Douglas.

* * *

Me agacho y me acerco a la verja de la familia Dang, hecha con
altos listones de madera marrón acabados en punta. Lyle recorre
el camino de entrada de Darren Dang. La casa de Darren Dang
es una de las más grandes de Darra. Tres mil ladrillos amarillos
comprados a mitad de precio en la fábrica de ladrillos de Darra para construir una casa de tres plantas con aires de mansión

italiana, pero con la realidad y el mal gusto de las afueras de
Brisbane. El jardín delantero es tan grande como medio campo
de fútbol y está rodeado por unas cincuenta palmeras altísimas.
Atravieso velozmente el camino de la entrada y me escabullo entre las palmeras para no ser visto. Junto a la casa hay una cama
elástica rodeada de castillos de princesa que pertenecen a las tres
hermanas pequeñas de Darren: Kylie Dang, Karen Dang y Sandy
Dang. Me acerco a la cama elástica y me escondo detrás del castillo más grande, un reino de cuento de hadas de plástico rosa
con un puente levadizo marrón, que hace las veces de tobogán,
y paredes lo suficientemente altas para poder esconderme detrás
y ver a Lyle sentado con la madre y el padrastro de Darren, Bich
y Quan, a través de las puertas correderas de cristal que dan al
salón.

Bich «Cuidado» Dang se ganó su apodo por algo que es una
auténtica salvajada. Además del supermercado Pequeño Saigón,
posee un enorme restaurante vietnamita y la peluquería adyacente en la que siempre me corto el pelo, frente a la estación de
tren de Darra. Quan Nguyen es más su servil empleado que su
marido. Bich es famosa en el pueblo no solo por patrocinar generosamente los eventos comunitarios de Darra, como bailes, es-
pectáculos de la sociedad histórica o mercadillos benéficos, sino
también porque una vez apuñaló a una niña de quinto curso,
Cheryl Vardy, en el ojo izquierdo con una regla metálica porque
se había burlado de Karen Dang diciendo que siempre llevaba
arroz al vapor para comer. Cheryl Vardy necesitó cirugía después
del accidente, estuvo a punto de quedarse ciega, y nunca entendí
por qué Bich Dang no fue a la cárcel. Fue entonces cuando me
di cuenta de que Darra tenía sus propias normas y sus propios
códigos, y tal vez fue Bich «Cuidado» Dang la que redactó todas
esas normas. Nadie sabe qué fue de su primer marido, Lu Dang,
el padre de Darren. Desapareció hace seis años. Todo el mundo

dice que Bich lo envenenó, que puso arsénico en sus rollitos de gambas y cerdo, pero a mí no me sorprendería que lo hubiese apuñalado en el corazón con una regla metálica.

Bich lleva una bata de color morado claro y su rostro de mujer cinquentona maquillado, incluso a estas horas. Todas las madres vietnamitas de Darra tienen el mismo aspecto: grandes melenas negras recogidas en un moño con tanta laca que hace revotar los rayos de luz, polvos blancos en las mejillas y largas pestañas negras que hacen que parezca que siempre están asustadas.

Bich tiene las manos cruzadas y los codos apoyados en las rodillas. Da instrucciones y ocasionalmente señala con los dedos índices, como hacía Jack Gibson, el gran entrenador de los Parramatta Eels, cuando daba instrucciones a Ray Price y a Peter Sterling desde la banda. Bich asiente ante algo que está diciendo Lyle y le hace un gesto a Quan, su marido. Le ordena que vaya a algún lado, él asiente con obediencia, sale del salón y regresa poco después con una nevera portátil de poliestireno, de las que usan los Dang para guardar el pescado fresco en el supermercado Pequeño Saigón. Quan deja la caja a los pies de Lyle.

Entonces siento la hoja fría y afilada del metal contra mi cuello.

—*Ring, ring*, Eli Bell.

La risa de Darren Dang resuena entre las palmeras.

—Joder, Campanilla —me dice—. Si quieres ser invisible, deberías pensar en quitarte tu viejo pijama. Se te ve ese culo australiano desde mi buzón.

—Buen consejo, Darren.

La cuchilla es larga y fina, y la tengo pegada al cuello.

—¿Eso es una catana de samurái? —pregunto.

—Por supuesto —responde orgulloso—. La compré en la casa de empeños. He estado afilándola durante seis horas hoy. Creo que podría rebanarte la cabeza de un solo tajo. ¿Quieres verlo?

—¿Cómo iba a verlo si no tengo cabeza?

—Tu cerebro aún funciona incluso después de cortarte la cabeza. Sería divertido. Mirándome desde el suelo mientras yo te saludo, sujetando tu cuerpo decapitado. Joder. ¡Qué manera tan divertida de palmarla!

—Sí, me muero de la risa.

Darren se carcajea.

—Esa es buena, Campanilla —me dice.

Entonces, sin previo aviso, se pone serio y aprieta la cuchilla con más fuerza contra mi cuello.

—¿Por qué estás espiando a tu padre?

—No es mi padre.

—¿Quién es?

—El novio de mi madre.

—¿Es bueno?

—Bueno ¿en qué?

El filo de la catana ya no ejerce tanta fuerza contra mi cuello.

—Bueno con tu madre.

—Sí, es muy bueno.

Darren relaja la catana, se acerca a la cama elástica, sienta sus posaderas en el borde y deja las piernas colgando sobre los muelles de acero conectados a la lona de color negro. Va vestido todo de negro, con sudadera negra y pantalones de chándal negros como su pelo cortado a tazón.

—¿Quieres un cigarrillo?

—Claro.

Mueve la catana y la clava en el suelo para dejarme sitio en el borde de la cama elástica. Saca dos cigarrillos de un paquete blanco sin marca, los enciende y me pasa uno. Doy una calada y me quema por dentro, me hace toser con fuerza. Darren se ríe.

—Pitillos vietnamitas del norte, Campanilla —me dice con una sonrisa—. Pican a lo bestia, pero dan un buen pedo.

Yo asiento y la cabeza me da vueltas con la segunda calada.

Miramos hacia las puertas correderas del salón y vemos que Lyle, Bich y Quan siguen hablando.

—¿No nos verán? —pregunto.

—Qué va —responde Darren—. No ven una mierda cuando están haciendo negocios. Putos aficionados. Será su perdición.

—¿Qué están haciendo?

—¿No lo sabes?

Niego con la cabeza y él sonríe.

—Vamos, Campanilla. Tienes que saberlo. Puede que seas australiano, pero no eres tan tonto.

Sonrío.

—La caja está llena de heroína —digo.

Darren expulsa el humo del cigarrillo en el aire de la noche.

—Y... —añade.

—Y los fuegos artificiales morados eran una especie de sistema secreto de comunicación. Así es como tu madre avisa a sus clientes de que sus pedidos están listos.

Darren sonríe.

—¡Su pedido, gracias! —exclama.

—Hay fuegos de colores diferentes para cada traficante.

—Muy bien, tontorrón —dice Darren—. Tu viejo trabaja para su jefe.

—Tytus Broz —digo. Tytus Broz. El Señor de los Miembros.

Darren da una calada al cigarrillo y asiente.

—¿Cuándo has deducido todo esto?

—Ahora mismo.

Darren sonríe.

—¿Cómo te sientes?

No digo nada. Darren suelta una carcajada, se baja de la cama elástica y recupera su catana de samurái.

—¿Te apetece apuñalar algo?

Me quedo unos segundos pensando en esta curiosa oportunidad.

—Sí, Darren. Me apetece.

* * *

El coche está aparcado a dos manzanas de casa de Darren, en Winslow Street, frente a una pequeña casucha de una planta, con las luces apagadas. Es un pequeño Holden Gemini verde oscuro.

Darren saca un pasamontañas negro de la parte trasera de los pantalones y se lo pone en la cabeza.

Del bolsillo saca una media.

—Toma, póntela —me dice mientras se acerca agachado al coche.

—¿De dónde ha salido esto?

—De la cesta de la ropa sucia de mi madre.

—Paso, gracias.

—No te preocupes, entran bien. Tiene los muslos gordos para ser una mujer vietnamita.

—Este es el coche del padre Monroe —le digo.

Darren asiente y se sube al capó sin hacer ruido. Su peso causa una abolladura en la vieja carrocería oxidada del coche.

—¿Qué coño estás haciendo? —le pregunto.

—¡Shhh! —susurra, apoya una brazo en el parabrisas del padre Monroe para incorporarse y trepa hasta ponerse de pie en mitad del techo del coche.

—Venga, no fastidies con el coche del padre Monroe.

El padre Monroe. El honesto y anciano padre Monroe, cura retirado de voz suave, procedente de Glasgow, antiguo residente de Darwin, Townsville y Emerald, en el centro de Queensland. El blanco de todos los chistes, guardián de pecados y de refrescos de naranja y lima que siempre tiene en el frigorífico y ofrece a los niños sedientos como August y yo.

—¿Qué te ha hecho el pobre?

—Nada —responde Darren—. A mí no me ha hecho nada. Se lo ha hecho a Froggy Mills.

—Es un buen hombre. Larguémonos de aquí.

—¿Un buen hombre? —repite Darren—. No es eso lo que dice Froggy. Dice que el padre Monroe le paga diez dólares cada domingo después de misa para que le enseñe la polla mientras se la pela.

—Eso es mentira.

—Froggy no miente. Es religioso. El padre Monroe le dijo que mentir es pecado, pero, claro, no es pecado enseñarle a un viejo de setenta y cinco años tu rabo y tus pelotas.

—Ni siquiera podrás atravesar la carrocería.

Darren golpea con el pie el techo del coche.

—Es un metal fino. Está medio oxidado. He estado afilando esta catana durante seis horas. Acero japonés procedente de...

—De la casa de empeños de Mill Street.

A través de los agujeros del pasamontañas, Darren cierra los ojos. Levanta la hoja de la catana sujetando la empuñadura con ambas manos, concentrándose en algo en su interior, como un viejo guerrero que está a punto de acabar con la vida de su mejor amigo, o de su coche favorito.

—Mierda —digo, nervioso, mientras me pongo la media sucia de Bich Dang en la cabeza.

—Despierta, hora de morir —dice Darren.

Deja caer la catana y atraviesa el Gemini con un chirrido de metal contra metal. El primer tercio de la hoja se hunde en el techo del coche como Excalibur en la piedra.

Darren se queda con la boca abierta.

—Joder, lo ha atravesado —murmura—. ¿Lo has visto, Campanilla?

Se enciende una luz en casa del padre Monroe.

—¡Venga, vámonos! —exclamo.

Darren tira de la empuñadura de la catana, pero esta no se mueve. Tira fuerte tres veces con ambas manos.

—No sale.

Dobla el extremo superior de la hoja hacia atrás, después hacia delante, pero el extremo inferior no se mueve.

Se abre una ventana en el salón del padre Monroe.

—Eh, eh, ¿qué hacéis? —grita el hombre a través de la ventana medio abierta.

—Venga, vámonos —insisto.

El padre Monroe abre la puerta de casa y corre por el camino de la entrada hasta la verja.

—¡Fuera de mi coche! —grita.

—Joder —dice Darren antes de saltar del vehículo.

El padre Monroe llega hasta su coche y ve la catana de samurái balanceándose de un lado a otro, con la hoja inexplicablemente clavada en el techo.

Darren se da la vuelta a una distancia prudencial y agita triunfal el miembro vietnamita que se ha sacado de los pantalones.

—¡Diez dólares por este rabo, padre! —grita.

* * *

El aire inmóvil de la noche y dos chicos fumando en un bordillo. Las estrellas en el cielo. Hay un sapo espachurrado por el neumático de un coche sobre el asfalto a un metro de mi pie derecho. Su lengua rosa ha explotado en su boca, de modo que parece que el sapo fue espachurrado mientras se comía una culebra de gominola con sabor a frambuesa.

—Qué asco, ¿verdad? —comenta Darren.

—¿Qué?

—Crecer pensando que estabas con los buenos, cuando desde el principio estabas con los malos.

—Yo no estoy con los malos.

Darren se encoge de hombros.

—Ya lo veremos —responde—. Recuerdo la vez que descubrí que nuestra madre estaba metida en el negocio. La poli echó la puerta abajo cuando vivíamos en Inala. Puso la casa patas arriba. Yo tenía siete años y me cagué encima. Quiero decir que me cagué de verdad.

Los policías desnudaron a Bich Dang, la empotraron contra la pared y empezaron a romper cosas de la casa. Darren estaba viendo *The Partridge Family* en un televisor enorme que los detectives tiraron al suelo en busca de drogas.

—Fue una locura, cosas rompiéndose por todas partes, mi madre gritando, dando patadas y arañándolos. Se la llevaron a rastras por la puerta y yo me quedé solo en el suelo del salón, llorando como un bebé y con los pantalones cagados. Estaba tan aturdido que me quedé viendo a la madre de los Partridge hablando con sus hijos en el televisor boca abajo.

Niego con la cabeza.

—Es una locura —le digo.

—Así funciona esto —contesta encogiéndose de hombros—. Unos dos años después, mi madre me lo explicó claramente. Éramos piezas clave. Me sentí como te sientes tú ahora.

Me dice que esta sensación que tengo es la consecuencia de saber que estoy con los malos, pero que no soy el peor de ellos.

—Los peores simplemente trabajan para ti —me dice.

Asesinos a sueldo, locos e impávidos, me dice. Exmilitares, exconvictos, exhumanos. Hombres solteros de treinta y tantos o cuarenta y tantos. Cabrones misteriosos, más raros que esos que aplastan aguacates con los dedos en los mercadillos de frutas y verduras. De los que podrían apretarle el cuello a un hombre hasta aplastárselo también. Todos los villanos que trabajan en los rincones de esta ciudad. Ladrones, estafadores y hombres que violan y matan niños. Asesinos, pero no de los que nos gustan en la película *Duelo final*. Estos llevan chanclas y pantalones cortos. Apuñalan a la gente no con catanas, sino con los cuchillos que utilizan para trinchar el asado los domingos cuando va a comer su madre viuda. Psicópatas de extrarradio. Los mentores de Darren.

—Ellos no trabajan para mí —le aseguro.

—Bueno, trabajan para tu padre —me dice Darren.

—No es mi padre.

—Ah, perdona, lo olvidaba. ¿Dónde está tu verdadero padre?

—En Bracken Ridge.

—¿Es bueno?

Todo el mundo parece querer juzgar a los hombres adultos de mi vida en función de su bondad. Yo los juzgo en función de los detalles. De los recuerdos. De las veces que pronunciaron mi nombre.

—No lo sé —respondo—. ¿Qué pasa contigo y los hombres buenos?

—Nunca he conocido a ninguno, eso es todo —responde—. Los hombres adultos, Campanilla, son las peores criaturas del planeta. Jamás confíes en ellos.

—¿Dónde está tu verdadero padre? —le pregunto.

Él se levanta del bordillo y escupe al suelo.

—Donde tiene que estar —responde.

* * *

Regresamos caminando hasta la entrada de casa de Darren y volvemos a sentarnos al borde de la cama elástica. Lyle y Bich siguen en una conversación que parece interminable.

—No le des vueltas, tío —me dice Darren—. Te acaba de tocar la lotería. Has caído de lleno en una industria floreciente. El mercado de esa mierda que hay en la nevera nunca muere.

Darren dice que hace poco su madre le contó un secreto sobre los australianos. Le dijo que ese secreto le haría rico. Dijo que el mayor secreto de Australia es la tristeza inherente de la nación. Bich Dang se ríe de los anuncios de televisión donde sale Paul Hogan echando otra gamba a la barbacoa. Le dijo que a los turistas extranjeros habría que advertirles de lo que sucede cinco horas más tarde en esa barbacoa australiana, cuando las cervezas y los rones se mezclan en la cabeza bajo un sol abrasador y la violencia generalizada del sábado en la noche se extiende por todo el país a puerta cerrada. Según Bich, la infancia de los niños australianos es tan idílica y feliz, está tan llena de viajes a la playa y partidos de críquet en el jardín, que la vida adulta australiana nunca puede estar a la altura de las expectativas de nuestra infancia. Nuestros primeros años dorados en este paraíso isleño nos condenan a la melancolía porque sabemos, en el fondo de nuestro corazón oculto bajo una piel bronceada, que nunca volveremos a ser tan felices como lo fuimos entonces. Ella le contó que vivimos en el mejor país de la Tierra, pero que por dentro estamos tristes y que la droga cura la tristeza, y que la industria de la droga nunca morirá porque la tristeza australiana nunca morirá.

—Dentro de diez o veinte años seré el dueño de tres cuartas partes de Darra, quizá incluso de media Inala y un buen pedazo de Richlands —me asegura Darren.

—¿Cómo?

—La expansión, Campanilla —me dice con los ojos muy abiertos—. Tengo planes. Esta zona no siempre será el pozo de mierda de la ciudad. Algún día, tío, todas estas casas de aquí valdrán algo y yo las compraré todas cuando todavía no valgan nada. Y la droga es así también. Depende del momento y del lugar, Campanilla. Esa droga de ahí no vale una mierda en Vietnam. Pero métela en un barco y llévala a Cape York y se convierte en oro. Es algo mágico. Entiérrala y déjala ahí diez años, se convertirá en diamantes. Depende del momento y del lugar.

—¿Cómo es que en clase no hablas tanto?

—En clase no hay nada que me apasione.

—¿El tráfico de drogas es tu pasión?

—¿Tráfico? Y una mierda. Demasiado riesgo, demasiadas variables. Nosotros solo importamos. No traficamos. Solo negociamos. Dejamos que vosotros los australianos hagáis el trabajo sucio de venderla en la calle.

—¿Así que Lyle es quien hace vuestro trabajo sucio?

—No —responde Darren—. Él hace el trabajo sucio de Tytus Broz.

Tytus Broz. El Señor de los Miembros.

—Bueno, hay que trabajar en algo, Campanilla.

Darren me pasa un brazo por el hombro.

—Mira, no te di las gracias por no chivarte de lo de la rata —me dice.

El conserje del colegio, el señor McKinnon, me llevó agarrado del cuello de la camisa hasta el despacho del director. El señor McKinnon estaba demasiado ciego, o demasiado borracho, para identificar a los dos chicos que estaban intentando cortarme el dedo índice con un machete.

Lo único que McKinnon pudo decir fue: «Uno de ellos era vietnamita». Y eso podría haber sido la mitad de nuestro colegio. No fue por lealtad por lo que no di sus nombres, más bien por supervivencia, y una semana de castigo escribiendo datos en un cuaderno de ejercicios fue un pequeño precio a pagar a cambio de mis orejas.

—Nos vendría bien un tipo como tú —dice Darren—. Necesito hombres en quienes poder confiar. ¿Qué te parece? ¿Quieres ayudarme a construir mi imperio?

Me quedo mirando unos segundos a Lyle, que sigue hablando de negocios con la feroz Bich Dang y su humilde marido.

—Gracias por la oferta, Darren, pero no tenía en mente la construcción de un imperio de heroína como parte de mi plan de vida.

—¿En serio? —Lanza la colilla del cigarrillo en el castillo de hadas de su hermana—. Un hombre con un plan. ¿Y cuál es el gran plan de vida de Campanilla?

Me encojo de hombros.

—Venga, Eli, australiano listo, dime cómo piensas salir de este pozo de mierda.

Contemplo el cielo nocturno. Ahí está la Cruz del Sur. La cacerola, el conjunto de estrellas blancas y brillantes con la forma de la pequeña cacerola en la que Lyle cuece sus huevos todos los sábados por la mañana.

—Voy a ser periodista —le digo.

—¡Ja! —Se carcajea Darren—. ¿Periodista?

—Sí —contesto—. Trabajaré en la sección de sucesos del *Courier-Mail*. Tendré una casa en The Gap y me pasaré la vida escribiendo artículos sobre delincuencia para el periódico.

—¡Ja! Uno de los malos ganándose la vida escribiendo sobre los malos —dice Darren—. ¿Y por qué coño quieres vivir en The Gap?

Habíamos comprado nuestra videoconsola Atari a través del *Trading Post*. Lyle nos llevó a ver a una familia que vivía en The Gap, un frondoso barrio de las afueras, a ocho kilómetros al oeste del centro de Brisbane, y que recientemente se había comprado un ordenador de sobremesa Commodore 64, por lo que ya no necesitaban la Atari, que nos vendieron por treinta y seis dólares. Yo nunca había visto tantos árboles altos en un barrio de las afueras. Eucaliptos enormes que daban sombra a los niños que jugaban al balonmano en los *cul-de-sacs*. Me encantan los *cul-de-sacs*. En Darra casi no hay.

—Por los *cul-de-sacs* —respondo.

—¿Y qué coño es un *cul-de-sac*? —pregunta Darren.

—Una calle sin salida, como esta. Ideal para jugar al balonmano y al críquet, porque no pasan coches.

—Sí, me encantan las calles cortadas —me dice, y niega con la cabeza—. Tío, quieres comprarte una casa en The Gap, pero eso no ocurrirá hasta dentro de veinte o treinta años con un trabajo de mierda como periodista. Tienes que obtener un título, luego tienes que ir a rogarle a un gilipollas que te dé trabajo, te mangonearán durante treinta años y tendrás que ahorrar cada centavo. Y, para cuando hayas terminado de ahorrar, ¡ya no quedarán casas que comprar en The Gap!

Darren señala hacia el salón.

—¿Ves esa caja de poliestireno que hay a los pies de tu viejo? —pregunta.

—Sí.

—Dentro hay una de esas casas de The Gap —explica—. Siendo de los malos, Campanilla, nosotros no tenemos que esperar para comprar casas en The Gap. En mi negocio, podemos comprarlas mañanas si queremos.

Sonríe.

—¿Es divertido? —pregunto.

—¿El qué?

—Tu negocio.

—Claro que es divertido —responde—. Se conoce a mucha gente interesante. Muchas oportunidades para adquirir conocimientos sobre el negocio. Y, cuando la poli empieza a husmear, entonces sabes que estás vivo. Puedes hacer buenos negocios en sus narices, te dedicas a la venta, ingresas los beneficios en el banco, te vuelves a tus familiares y amigos y dices: «Dios, mirad todo lo que se puede conseguir cuando actuamos como un equipo y somos perseverantes».

Toma aliento.

—Resulta inspirador —me dice—. Me hace creer que, en un lugar como Australia, cualquier cosa es posible.

Nos quedamos sentados en silencio. Hace girar la piedra de su mechero, se baja de la cama elástica y camina hacia la entrada de la casa.

—Venga, vamos —me dice.

Yo estoy confuso, sin palabras.

—¿Qué esperas? —me pregunta—. Mi madre quiere conocerte.

—¿Por qué quiere conocerme tu madre?

—Quiere conocer al chico que no se chivó de lo de la rata.

—No puedo entrar ahí.

—¿Por qué no?

—Es casi la una de la mañana y Lyle me pateará el culo.

—No te pateará el culo si no queremos que lo haga.

—¿Qué te hace estar tan seguro?

—Porque sabe quiénes somos.

—¿Y quiénes sois?

—Somos los malos.

* * *

Entramos por las puertas correderas del salón. Darren entra con determinación, ignorando a Lyle, que está sentado en el sillón a su izquierda. Su madre está sentada también, con los codos apoyados en las rodillas, en el largo sofá de cuero marrón, con su marido al lado.

—Hola, mamá. He encontrado a este en el jardín espiándolos —anuncia Darren.

Entro en el salón con mi pijama del agujero en el culo.

—Es el chico que no se chivó de lo de Jabba —aclara Darren.

Lyle se gira hacia la derecha y, al verme, su rostro se llena de rabia.

—Eli, ¿qué demonios estás haciendo aquí? —pregunta con voz suave pero intensa.

—Me ha invitado Darren —respondo.

—Es la una de la mañana. A casa. Ya.

Me doy la vuelta de inmediato y salgo del salón.

Bich Dang deja escapar una amable carcajada desde el sofá.

—¿De verdad vas a rendirte tan fácilmente, niño? —pregunta.

Me detengo y me doy la vuelta. Bich Dang sonríe y los polvos blancos que lleva en la cara se cuartean en torno a las arrugas de su boca.

—Defiende tu caso, niño —me dice—. Por favor, dinos exactamente qué haces por ahí a estas horas y en pijama, enseñando tu culito blanco.

Miro a Lyle. Él mira a Bich y sigo su mirada.

Ella saca un largo cigarrillo mentolado de una tabaquera de plata, lo enciende, se recuesta en el sofá y da una primera calada, después expulsa el humo, con los ojos chispeantes, como si contemplara a un bebé recién nacido.

—¿Y bien? —insiste.

—He visto fuegos artificiales morados —respondo.

Bich asiente. Joder. Nunca me había fijado en lo guapa que es. Tendrá cincuenta y tantos, incluso sesenta y pocos, pero es tan exótica y tan fría que posee la presencia de una serpiente. Quizá siga siendo tan atractiva a su edad porque muda la piel, se sale de su propio cuerpo cuando encuentra uno nuevo que le va mejor. Mantiene la mirada fija en mí con una sonrisa, hasta que me veo obligado a apartarla, agacho la cabeza y jugueteo con el cordón del pantalón del pijama.

—¿Y...? —me dice.

—He... mmm... he seguido a Lyle hasta aquí porque...

Se me cierra la garganta y Lyle clava los dedos en los reposabrazos del sillón.

—Por todas las preguntas.

Bich se inclina hacia delante y me observa.

—Acércate —me dice.

Avanzo dos pasos hacia ella.

—Más —dice—. Ven aquí.

Me acerco más, ella deja el cigarrillo en el borde de un cenicero de cristal, me agarra la mano y me arrastra hacia ella, tanto que nuestras rótulas se tocan. Huele a tabaco y a perfume con aroma a cítricos. Tiene las manos muy blancas y suaves, y las uñas largas y pintadas de rojo intenso. Observa mi cara durante veinte segundos y sonríe.

—Ay, el atareado Eli Bell, con tantos pensamientos, con tantas preguntas —dice—. Bueno, adelante, pregunta lo que quieras. —Bich se vuelve hacia Lyle con expresión seria.

—Y, Lyle, confío en que contestarás con sinceridad —le dice.

Me pone las manos en el muslo y me gira hacia Lyle.

—Venga, Eli —insiste.

Lyle suspira y niega con la cabeza. Sigo mirando al suelo.

—Bich, esto es...

—Ten valor, niño —me dice Bich, interrumpiendo a Lyle—. Será mejor que utilices esa lengua antes de que Quan te la corte y la eche a su sopa de tallarines.

Quan sonríe y arquea las cejas.

—Bich, no creo que sea necesario —dice Lyle.

—Deja que decida el chico —responde ella, disfrutando del momento.

Tengo una pregunta. Siempre tengo una pregunta. Siempre tengo demasiadas.

Levanto la cabeza y lo miro a los ojos.

—¿Por qué traficas con droga? —le pregunto.

Lyle niega con la cabeza, aparta la mirada y no dice nada.

Ahora Bich habla como el director de mi colegio.

—Lyle, el chico se merece una respuesta, ¿no es verdad?

Él toma aliento y me mira.

—Lo hago por Tytus —responde.

Tytus Broz. El Señor de los Miembros. Lyle lo hace todo por Tytus Broz.

Bich niega con la cabeza.

—La verdad, Lyle.

Él vacila unos instantes y clava las uñas en el reposabrazos. Se pone en pie y recoge la caja de poliestireno del suelo.

—Tytus se pondrá en contacto para el siguiente pedido —anuncia—. Vámonos, Eli.

Sale por la puerta corredera. Y lo sigo porque he percibido cariño en su voz, he notado el amor en su voz y yo siempre seguiré ese sentimiento a cualquier parte.

—¡Espera! —grita Bich Dang.

Lyle se detiene y yo hago lo mismo.

—Vuelve aquí, chico —me dice.

Miro a Lyle y él asiente, así que regreso junto a Bich, que me mira a los ojos.

—¿Por qué no delataste a mi hijo? —me pregunta.

Ahora Darren está sentado en la barra de la cocina que sale del salón, comiendo una barrita de muesli mientras observa en silencio la conversación que tiene lugar ante sus ojos.

—Porque es mi amigo —respondo.

Darren parece sorprendido ante tal confesión. Sonríe.

Bich me mira a los ojos y asiente.

—¿Quién te ha enseñado a ser tan leal con tus amigos? —me pregunta.

Señalo inmediatamente a Lyle con el pulgar.

—Él.

Bich sonríe. Sigue mirándome a los ojos cuando dice:

—Lyle, perdona que sea tan atrevida...

—Sí —dice Lyle.

—Pero podrías traer al joven Eli alguna vez, ¿de acuerdo? Y quizá podamos hablar de algunas oportunidades que han surgido. Veamos si podemos hacer negocios entre nosotros.

Lyle no contesta.

—Vamos, Eli —dice al fin. Salimos por la puerta, pero Bich Dang tiene aún una pregunta más.

—¿Todavía quieres tu respuesta, Eli? —me pregunta.

Yo me detengo y me giro.

—Sí.

Ella se recuesta en el sofá y da una calada al cigarrillo.

Asiente y expulsa tanto humo por la boca que una nube gris le cubre la mirada. La nube, la serpiente, el dragón y los malos.

—Todo es por ti.

El chico recibe una carta

Querido Eli:

Saludos desde la B16. Gracias, como siempre, por tu correspondencia. Tu carta fue lo mejor de un mes que me alegro de haber dejado atrás. Aquí últimamente están las cosas peor que en Irlanda del Norte. Algunos compañeros se han puesto en huelga de hambre, protestando por las estrecheces, la sobrepoblación en las celdas, porque hay pocas actividades recreativas. Ayer, a Billy Pedon le metieron la cabeza en el cagadero por chistar demasiado a Guigsy, que estaba quejándose del frío que hacía fuera. Ahora han puesto un pequeño reborde en el interior de todos los cagaderos para que sean diminutos y no quepa dentro una cabeza humana. Supongo que a eso es a lo que llaman progreso. Se armó una buena bronca el domingo en la cafetería. El viejo Harry Smallcombe le clavó un tenedor a Jason Hardy en la mejilla izquierda porque Hardy se terminó el pudin de arroz. Se lió a base de bien y, como consecuencia, los guardias se llevaron el televisor del pabellón 1. Se acabaron Los días de nuestra vida. A un preso de Boggo puedes quitarle su libertad, sus derechos, su humanidad, sus ganas de vivir, pero, por el amor de Dios, no le quites Los días de nuestra vida. Como puedes imaginarte, los chicos se pusieron como locos y empezaron a *tirar mierda por toda la cárcel como si fueran monos. El caso es que todos están ansiosos por saber cómo sigue la serie, así que te agradezco cualquier cosa que me puedas contar. Lo último que vimos fue que Liz podría terminar en prisión por disparar a Marie, la muy zorra, aunque fuera un accidente. Todavía no había encontrado la bufanda de seda con la C que creo que será su perdición. Mi cagadero se rompió el martes porque a Dennis le entró cagalera por unas lentejas malas que nos dieron para comer. Gastó todo su papel higiénico y tuvo que empezar a usar páginas de un viejo ejemplar de* La decisión de Sophie *que teníamos por ahí. Claro, las páginas de papel no se deshicieron y atascaron el cagadero, así que todo el pabellón 1 tuvo que oler la mierda de Dennis. ¿Te hablé de Trípode en mi última carta? Fritz encontró un gato merodeando por el patio hace un tiempo. Fritz ha estado portándose bien últimamente, así que los guardias le dejan cuidar del gato durante las horas libres. Todos empezamos a guardar un poco de nuestra comida para alimentar al gato y ahora se pasea por nuestras celdas a su antojo durante las horas libres. Entonces uno de los guardias cerró por accidente la puerta de una celda contra el pobre gatito y hubo que llevarlo al veterinario, que le dio un ultimátum nada halagüeño: una operación muy cara para amputarle una pata o sería como una bala entre los ojos (no fue exactamente lo que dijo el médico, pero te haces una idea). Corrió la voz sobre el gato tullido, hicimos una colecta e invertimos nuestro salario mensual para el pobre gatito de Fritz. Le operaron y regresó con nosotros caminando con tres patas. Después tuvimos una larga conversación sobre cómo íbamos a llamar al gato cuya vida habíamos salvado entre todos, y acordamos llamarlo Trípode. Ese gato aquí es más famoso que los Beatles. Me alegra saber que a August y a ti os va bien en el colegio. No te descuides con los estudios. No querrás acabar en un pozo de mierda como este porque no querrás estar hasta arriba de hidrato de cloral y dejar que te folle el Semental negro a través de la verja, porque eso es lo que puede pasarles a los chicos que se descuidan con los estudios. Le he dicho a Slim que me mantenga informado de vuestras notas, las buenas y las malas. En respuesta a tu pregunta, supongo que la mejor manera de saber si un tío quiere apuñalarte es fijarte en la velocidad de sus pasos. Un hombre con intenciones asesinas lo deja ver en sus ojos, tiene cierto propósito. Si van armados, verás que se acercan lentamente a su víctima, mirándola como un halcón desde lejos, pero después, al acercarse, aceleran los pasos. Arrastrando los pies. Hay que acercarse a la víctima por detrás, clavar el cuchillo lo más cerca posible de los riñones. Caerán al suelo como un saco de patatas. La clave está en hincar el cuchillo con la fuerza suficiente para dejar claro tu mensaje, pero no demasiada, para no enfrentarte a un cargo por asesinato. Hay que encontrar el equilibrio.*

Dile a Slim que su jardín está mejor que nunca. Las azaleas están tan rosas y esponjosas que parece que cultivamos algodón dulce para la feria.

Gracias por la foto de la señorita Haverty. Es más guapa aún de lo que decías. No hay nada más sexi que una joven maestra de escuela con gafas. Tienes razón en lo de la cara, es como un rayo de sol. Supongo que no se lo dirás si sabes lo que te conviene, pero los chicos del ala D le envían saludos. Bueno, tengo que despedirme ya. La comida está lista y será mejor que vaya por mi ración de boloñesa antes de que se acabe. Aspira a lo más alto, chico, pero sube con cuidado.

Alex

P. D.: ¿Has llamado ya a tu padre? No soy el mejor para juzgar las relaciones paternofiliales, pero supongo que, si has estado pensando tanto en él, cabe la posibilidad de que él también esté pensando en ti.

* * *

Estoy escribiendo cartas con Slim el sábado por la mañana. Mi madre y Lyle están otra vez en el cine, son unos grandes cinéfilos. Han ido a ver *Octopussy*. August y yo hemos preguntado si podíamos ir, pero han dicho que no otra vez. Qué gracioso. Putos aficionados.

—¿De qué va *Octopussy*? —pregunta Slim mientras redacta su carta con la mano derecha y una elegante letra cursiva.

Dejo un momento mi carta para responder.

—James Bond se enfrenta a un monstruo marino con ocho vaginas.

Estamos sentados a la mesa de la cocina con vasos de leche con cacao y rodajas de naranjas. Slim tiene puestas las carreras de caballos en una tele portátil que hay junto al fregadero. August se ha puesto la piel de un cuarto de naranja en los dientes, como el protector bucal de Ray Price. Fuera hace calor y hay humedad porque es verano y estamos en Queensland. Slim se ha quitado la camisa y veo sus costillas de prisionero de guerra, como si estuviera muriéndose lentamente frente a mí debido a su dieta a base de cigarrillos y pena.

—¿Estás comiendo bien, Slim?

—No empieces —me dice con un cigarrillo en la comisura de los labios.

—Pareces un fantasma.

—¿Un fantasma amable? —pregunta.

—Bueno, no es antipático.

—Bueno, tú tampoco es que parezcas una estatua de bronce, enano. ¿Qué tal va tu carta?

—Casi he acabado.

* * *

Slim pasó un total de treinta y seis años en Boggo Road. Durante gran parte de su estancia en la D9 no se le permitía recibir cartas. Él sabe bien lo que significa una carta bien escrita para un preso. Significa contacto. Humanidad. Significa despertar. Lleva años escribiendo cartas a los reclusos de Boggo Road, utilizando nombres falsos en los sobres porque los guardias nunca dejarían entrar una carta de Arthur «Slim» Halliday, un hombre que sabe mejor que nadie cómo escapar de su fortaleza de ladrillos rojos.

Slim conoció a Lyle en 1976, cuando ambos trabajaban en un taller mecánico de Brisbane. Slim tenía entonces sesenta y seis años. Había cumplido veintitrés años de su cadena perpetua y ahora podía salir para trabajar durante el día en un entorno supervisado y regresar a Boggo Road por la noche. A Slim y a Lyle se les daban bien los motores y ambos habían desperdiciado su juventud. Algunos viernes por la tarde, Lyle le metía a Slim en la mochila largas cartas escritas a mano, para que él las encontrara a lo largo del fin de semana y pudieran continuar su conversación a través de la pobre caligrafía de Lyle. Una vez Slim me dijo que moriría por Lyle.

—Entonces Lyle fue y me pidió algo más preocupante que morir.

—¿Qué fue, Slim? —le pregunté.

—Me pidió que cuidara de vosotros dos.

Hace dos años encontré a Slim escribiendo cartas sentado a la mesa de la cocina.

—Cartas a prisioneros que no reciben correspondencia de su familia o amigos —me explicó.

—¿Por qué sus amigos y familiares no les escriben? —le pregunté.

—La mayoría no tiene familia ni amigos.

—¿Puedo escribir una?

—Claro —respondió—. ¿Por qué no escribes a Alex?

Agarré papel y boli y me senté a la mesa junto a Slim.

—¿De qué escribo?

—Escribe sobre quién eres y lo que has hecho hoy.

Querido Alex:

Mi nombre es Eli Bell. Tengo diez años y estoy en quinto curso en el colegio estatal de Darra. Tengo un hermano mayor llamado August. No habla. No porque no pueda, sino porque no quiere hablar. Mi juego favorito de la Atari es el Missile Command *y mi equipo de* rugby *favorito*

son los *Parramatta Eels*. *Hoy August y yo hemos ido en bici hasta Inala.
Hemos descubierto un parque con un conducto de aguas residuales lo suficientemente grande para poder colarnos dentro. Pero tuvimos que salir
porque unos chicos aborígenes nos dijeron que el conducto era suyo y que
teníamos que irnos si no queríamos que nos dieran una paliza. El mayor
de todos tenía una enorme cicatriz en el brazo derecho. A ese es al que
August le ha dado una paliza antes de que pudieran escapar todos.*

*De vuelta a casa hemos visto en el camino una libélula a la que se
estaban comiendo viva unas hormigas verdes. Le he dicho a August que
deberíamos acabar con el sufrimiento de la libélula. August quería dejarla
ahí sin más, pero yo la he espachurrado con el pie. Pero, al hacerlo, he
matado a trece hormigas verdes. ¿Crees que debería haber dejado en paz
a la libélula?*

Atentamente,

Eli

P. D.: Siento que nadie te escriba. Yo seguiré escribiéndote si quieres.

Dos semanas más tarde, me alegré al recibir una carta de seis
páginas escrita por Alex, tres de las cuales estaban dedicadas a
recuerdos de su infancia, cuando le intimidaban los chicos en los
conductos de aguas residuales y la violencia consiguiente. Después de un pasaje en el que Alex detallaba la anatomía de la nariz
humana y lo débil que era en comparación con una frente y un
movimiento rápido, le pregunté a Slim quién era exactamente mi
nuevo amigo por correspondencia.

—Es Alexander Bermudez —respondió.

Condenado a nueve años en la prisión de Boggo Road después de que la policía de Queensland encontrara sesenta y cuatro
pistolas automáticas soviéticas AK-74 importadas ilegalmente en
el cobertizo de su casa de Eight Mile Plains, que estaba a punto
de repartir entre los miembros de la banda de moteros criminales
Rebeldes, de la que antes era sargento de armas en Queensland.

* * *

—No te olvides de ser específico —me dice siempre Slim—. Detalles. Pon todos los detalles. Los chicos agradecen toda esa vida diaria detallada que ya no pueden tener. Si tienes una profesora que está buena, diles cómo tiene el pelo, cómo son sus piernas, lo que come a mediodía. Si te enseña Geometría, diles cómo dibuja un triángulo en la pizarra. Si ayer fuiste a la tienda por una bolsa de caramelos, ¿fuiste en bici o andando? ¿Viste un arcoíris por el camino? ¿Compraste caramelos duros, cubiertos de chocolate, gominolas? Si la semana pasada te comiste un buen pastel de carne, ¿era de ternera con guisantes, o de ternera con *curry* y champiñones? ¿Lo pillas? Detalles.

Slim sigue escribiendo su carta. Da una calada al cigarrillo, sus mejillas se comprimen y veo la forma de su cráneo, y su pelo rapado por los lados y por la nuca y plano por arriba hace que se parezca al monstruo de Frankenstein. ¡Está vivo! Pero, ¿por cuánto tiempo, Slim?

—Slim.

—¿Sí, Eli?

—¿Puedo hacerte una pregunta?

Slim deja de escribir. August para también. Ambos me miran.

—¿Mataste a ese taxista?

Él me dirige una media sonrisa. Le tiembla el labio y se recoloca las gafas de montura negra y gruesa. Lo conozco lo suficiente para saber cuándo se siente herido.

—Lo siento —le digo, agacho la cabeza y acerco el bolígrafo de nuevo a la página—. Hay un artículo en el periódico de hoy.

—¿Qué artículo? —pregunta Slim—. En el *Courier* de hoy no he visto nada sobre mí.

—No ha sido en el *Courier-Mail*. Ha sido en el periódico local, el *South-West Star*. Tenían una de esas historias de «Queensland recuerda». Era un artículo larguísimo. Iba sobre el «Houdini de Boggo Road». Hablaban de tus fugas. Hablaban del asesinato de Southport. Decía que podrías haber sido inocente. Decía que tal vez habías estado encerrado veinticuatro años por un crimen que no...

—Fue hace mucho tiempo —me interrumpe Slim.

—Pero, ¿no quieres que la gente sepa la verdad?

Slim da otra calada al cigarrillo.

—¿Puedo hacerte una pregunta, chico?

—Sí.

—¿Tú crees que lo maté?

No lo sé. Lo que sé es que nada mató a Slim. Lo que sé es que nunca se rindió. La oscuridad no lo mató. Los policías no lo mataron. Los guardias no lo mataron. Los bares. El agujero. Black Peter no lo mató. Supongo que siempre he pensado que, si era un asesino, entonces su conciencia sería lo que habría acabado con él durante aquellos días negros en el agujero. Pero su conciencia nunca lo mató. La pérdida, la vida que podría haber llevado, nunca lo mató. Casi media vida en prisión y aún puede sonreír cuando le pregunto si es un asesino. Houdini estuvo encerrado treinta y seis años en total y salió con vida. La magia a largo plazo. El truco de magia en el que el conejo tarda treinta y seis años en asomar la cabeza por el sombrero. La magia a largo plazo de la vida humana.

—Creo que eres un buen hombre —respondo—. No creo que seas capaz de matar a nadie.

Slim expulsa el humo por la boca. Se inclina sobre la mesa. Su voz suena suave y siniestra.

—No subestimes jamás lo que un hombre es capaz de hacer —me dice.

Y vuelve a recostarse en su silla.

—Enséñame el artículo.

QUEENSLAND RECUERDA: LA SUERTE ESTÁ ECHADA PARA EL «HOUDINI DE BOGGO ROAD»

Era considerado el prisionero más peligroso de la Commonwealth británica, el maestro escapista al que llamaban el «Houdini de Boggo Road», pero el mayor truco de Arthur «Slim» Halliday sería salir de prisión como un hombre libre.

Slim Halliday perdió a sus padres a la edad de doce años y comenzó su predestinada vida de delitos cuando pasó cuatro días en prisión por colarse en los trenes para ir a su trabajo de esquilador en Queensland, que podría haberle mantenido en el buen camino. Halliday ya era un experimentado estafador y ladrón de treinta años el 28 de enero de 1940, cuando intentó escapar por primera vez del módulo número 2 de la prisión de Boggo Road.

SLIM LO INTENTA UNA Y OTRA VEZ

Houdini Halliday logró escapar por primera vez escalando una parte del muro de la prisión que pasó a ser conocida como el «alto de Halliday», un punto ciego para los guardias que vigilaban desde las torres. Pese a las críticas de la opinión pública sobre las medidas de seguridad de la prisión tras una fuga, aquella parte del muro permaneció intacta.

La opinión pública de Brisbane no se sorprendió cuando se supo que, el 11 de diciembre de 1946, Halliday escaló un muro esquinero de los talleres de la prisión, a escasos quince metros del mítico «alto de Halliday». Una vez al otro lado de la verja, se quitó el uniforme carcelario y se quedó con la ropa de contrabando que llevaba debajo. Tomó un taxi hasta el extrarradio de Brisbane y le dio al taxista una propina por las molestias.

Tras una frenética persecución policial, Halliday fue capturado de nuevo cuatro días más tarde. Al preguntarle por qué había escapado por segunda vez, respondió: «La libertad de un hombre lo es todo para él. No se puede culpar a un hombre por intentarlo».

EL CICLO DE UNA PERPETUA

Liberado en 1949, Halliday se trasladó a Sídney, donde trabajó para el Ejército de Salvación antes de fundar un negocio de reparación de tejados utilizando los conocimientos como chapista adquiridos en Boggo Road. Pasó a llamarse Arthur Dale y regresó a Brisbane en 1950, donde se enamoró de la hija del dueño de un bar de Woolloongabba. Halliday se casó con Irene Kathleen Close el 2 de enero de 1951 y la pareja se trasladó a un piso en Redcliffe, en la costa norte de Brisbane, en 1952, pocos meses antes de que Halliday volviese a copar los titulares nacionales al ser arrestado y condenado a cadena perpetua por el asesinato del taxista Athol McCowan, de veintitrés años, en Southport Esplanade.

El encargado de investigar el caso, el detective Frank Bischof de la policía de Queensland, aseguró que Halliday huyó del lugar del crimen de McCowan y se marchó a Sídney, donde fue capturado por la policía tras dispararse en la pierna con su propia pistola de calibre .45 durante un violento forcejeo con un valiente tendero de Guildford al que intentaba atracar.

En un juzgado abarrotado, Bischof testificó que Halliday confesó haber matado a McCowan mientras se recuperaba del disparo en una cama del hospital de Parramatta. Bischof aseguró que, en su confesión, Halliday detalló que se montó en el taxi de McCowan en Southport aquella fatídica noche del 22 de mayo de 1952 y después atracó al joven taxista en un lugar apartado del mirador Currumbin, más al sur. Cuando McCowan se resistió, según Bischof, Halliday le golpeó hasta la muerte con su pistola de calibre .45. Bischof dijo que Halliday recitó un poema durante su confesión: «Los pájaros comen y libres son. No trabajan, ¿por qué nosotros sí?».

Por su parte, Slim Halliday asegura con vehemencia que Bischof le incriminó por el asesinato de McCowan; la confesión detallada —desde las precisas ubicaciones hasta la poesía— fue, según Halliday, producto de la imaginación de Bischof.

El *Courier-Mail* publicó el 10 de diciembre de 1952 que el señor Halliday «provocó un revuelo en la sala cuando Bischof contó que Halliday le había dicho: "Yo lo maté"».

«Halliday se puso en pie», decía el artículo. «Y, apoyado en la baranda del banquillo, gritó: "Eso es mentira"».

Halliday aseguraba que en la noche del asesinato de McCowan él estaba en Glen Innes, en las Tablelands de Nueva Gales del Sur, a unos cuatrocientos kilómetros del lugar del crimen.

Frank Bischof pasó a ser comisario de policía de Queensland de 1958 a 1969, cuando dimitió envuelto en un escándalo de corrupción. Murió en 1979. Antes de ser condenado a cadena perpetua, Halliday declaró desde el banquillo: «Repito: yo no soy culpable de este crimen».

Frente al juzgado, Irene Close, esposa de Halliday, juró que apoyaría a su hombre.

DÍAS NEGROS EN EL AGUJERO NEGRO

En diciembre de 1953, tras otro intento fallido de fuga, Halliday fue arrojado al famoso Black Peter de Boggo Road, una celda subterránea y aislada, una reliquia procedente del sangriento y bárbaro pasado de Brisbane como colonia penitenciaria. Halliday sobrevivió catorce días con el sofocante calor del verano, abriendo un feroz debate público sobre los métodos modernos de rehabilitación penitenciaria.

«De modo que Halliday está confinado en una celda aislada», escribía L.V. Atkinson de Gaythorne al *Courier-Mail* el 11 de diciembre de 1953. «El pobre prisionero, por buscar instintivamente su libertad, ¿debe ser penalizado con la versión más cruel de nuestro sistema penitenciario medieval? El principio del castigo penal moderno no puede permitir la tortura humana».

Halliday salió del Black Peter convertido en leyenda urbana. Los niños del Brisbane de los años 50 no contaban historias sobre Ned Kelly y Al Capone mientras desayunaban, contaban historias sobre el «Houdini de Boggo Road».

«Sus conocimientos sobre edificios, tejados y herramientas, combinados con su crueldad y su temeridad, lo convierten en el prisionero más vigilado de la cárcel», escribió el *Sunday Mail*. «Los detectives que lo han conocido durante sus años de allanamiento dicen que puede escalar paredes como una mosca. Probablemente Halliday no deje nunca de intentar escapar. Los policías que lo conocen dicen que habría que vigilarlo durante cada minuto de su cadena perpetua, lo cual, si llega a viejo, significaría al menos otros cuarenta años de existencia enloquecedora tras los muros de ladrillo rojo de Boggo Road».

Durante los once años siguientes de su condena, Halliday fue sometido a registros sin ropa tres veces al día. Las únicas prendas que se le permitía tener en la celda eran el pijama y las zapatillas. Dos agentes lo acompañaban a todas partes. Sus estudios fueron cancelados. Se colocaron candados adicionales en su celda, la D9, y también en el ala D. El pabellón 5 de Boggo Road se convirtió en un pabellón de máxima seguridad, donde Halliday podía moverse durante el día dentro de una jaula de malla de acero. Solo los fines de semana se permitía a otro recluso entrar en la jaula con él para jugar una partida de ajedrez. No se le permitía hablar con los prisioneros por miedo a que pudiera transmitir sus infinitas estrategias de fuga.

El 8 de septiembre de 1968, cuando Halliday estaba a punto de cumplir sesenta años, el periódico *Truth* de Brisbane publicó un artículo con el titular: «EL ASESINO ROTO NO HABLA CON NADIE».

«El brillo ha abandonado la mirada del asesino de Queensland y fugitivo Houdini, Arthur Ernest Halliday», decía el artículo. «Después de pasar años bajo vigilancia constante, con extremas medidas de seguridad nunca antes vistas en este estado, Slim Halliday, de sesenta años, se ha convertido en un vegetal con piernas dentro de los mugrientos muros de Boggo Road».

Pero Halliday poseía un «espíritu indomable», según contó el superintendente de la prisión a los medios de comunicación en su momento, «que los castigos rigurosos no lograron quebrantar, y jamás se ha quejado del trato recibido, por muy severo o incómodo que haya podido ser».

A medida que su larga condena se reducía, también se redujo la obsesión de Halliday por fugarse. A los sesenta y tantos, era demasiado mayor para trepar por los muros de ladrillo rojo de Boggo Road. Tras años de buen comportamiento le nombraron bibliotecario de la prisión, lo que le permitió compartir su amor por la literatura y la poesía con los reclusos que estaban interesados. Se reunían regularmente en el patio para oír a Houdini Halliday recitar los poemas de su adorado poeta filósofo persa Omar Khayyám, cuya obra había descubierto en la biblioteca de la prisión en los años 40.

Su poema favorito de Khayyám era *Los Rubaiyat*, que recitaba frente al tablero de ajedrez y las piezas que confeccionó meticulosamente en el taller de la prisión.

El hombre es solo un títere que el Destino maneja
a su antojo. El Destino nos empuja
al tablero del mundo, pero cuando siente Hastío
no duda en arrojarnos al cajón de la Nada.

PERIODISTA ENCUENTRA ORO

Al final, el mayor truco que realizó jamás Houdini Halliday fue sobrevivir a la prisión de Boggo Road. Consiguió escapar saliendo por la puerta principal tras cumplir veinticuatro años por el asesinato de Athol McCowan, con sonrisas de enhorabuena por parte tanto de reclusos como de funcionarios de la cárcel.

En abril de 1981, el periodista del Telegraph de Brisbane, Peter Hansen, encontró al solitario Slim Halliday buscando oro en un arroyo cerca de Kilcoy, donde había pagado cinco dólares al Departamento Forestal para vivir legalmente en medio del bosque como un ermitaño buscador de oro.

«Nunca confesé», comentó sobre su controvertida condena por asesinato. «Bischof se inventó la confesión que contó en el juzgado. Bischof era un hombre despiadado. Fue mi caso el que le convirtió en comisario de policía».

«Me fui de Brisbane dos días antes del asesinato... Me condenaron porque mi nombre era Arthur Halliday».

Halliday dijo que no temía volver a Boggo Road siendo un anciano. «Prácticamente soy el dueño de aquello», dijo. «Al final me usaban como asesor de seguridad».

Dos años después, Arthur «Slim» Halliday parece haberse esfumado de la faz de la Tierra. Se le vio por última vez viviendo en su furgoneta en Redcliffe, al norte de Brisbane. Pero la leyenda de Slim Halliday vive dentro de los muros de ladrillo rojo de la prisión de Boggo Road, donde la celda de Houdini, la número 9 del ala D, sigue vacía. Es por pura logística, según dicen los funcionarios de prisión. Aunque los reclusos están convencidos de que aún no han encontrado un prisionero digno de ocuparla.

—¿Slim?

—¿Sí, chico?

—¿Dice que Irene dijo que apoyaría a su hombre?

—Sí.

—Pero no lo hizo, ¿verdad?

—Sí, lo hizo, chico.

Slim me devuelve el artículo estirando sus largos brazos bronceados por encima de la mesa de la cocina.

—No siempre es necesario estar junto a una persona para apoyarla —me dice—. ¿Qué tal va tu carta?

—Casi he acabado.

Querido Alex:

¿Crees que Bob Hawke está haciendo un buen trabajo como primer ministro? Slim dice que tiene la cantidad justa de astucia y agallas para ser un buen líder para Australia. Slim dice que le recuerda a Roughie Regini, el viejo judío alemán que coincidió con él en el pabellón número 2 a mediados de los 60. Roughie Regini era diplomático y ladrón, todo en uno. Apostaba por cualquier cosa: carreras de caballos, fútbol, combates de boxeo, luchas en el patio, partidas de ajedrez. Una vez apostó por lo que iban a comer los chicos en la Pascua de 1965. Slim dice que fue Roughie Regini quien desarrolló el sistema de mensajería de la cucaracha. ¿Seguís usando el sistema de mensajería de la cucaracha? Normalmente las ganancias solían cobrarse en cigarrillos White Ox, pero los presos empezaron a quejarse sobre los retrasos a la hora de cobrar sus ganancias antes de que las celdas se cerraran por la noche, cuando más agradecían poder fumarse un cigarrillo. Para distinguirse del resto de corredores de apuestas, Roughie Regini desarrolló el sistema de mensajería de la cucaracha. Bajo la cama tenía una lata de piña llena de cucarachas bien gordas y bien fuertes. Utilizando hilos de algodón de su manta y de sus sábanas, Roughie aprendió a atar hasta tres cigarrillos White Ox al lomo de una cucaracha, la pasaba por debajo de la puerta de su celda y la enviaba a su destinatario. Pero ¿cómo se aseguraba de que la cucaracha fuese en la dirección correcta? Una cucaracha tiene seis patas, tres a cada lado. Roughie empezó a hacer experimentos con sus pequeños

mensajeros. *Pronto descubrió que las cucarachas iban en determinadas direcciones en función de cuál de las seis patas les faltaba. Si le quitas una pata delantera, la cucaracha empezará a moverse hacia el noreste o hacia el noroeste. Si le quitas la pata central izquierda, la cucaracha empezará a inclinarse tanto hacia la izquierda que caminará en círculos, en dirección opuesta a las agujas del reloj. Si le quitas la pata central derecha, hará círculos en el sentido de las agujas del reloj. Si colocas a esa cucaracha contra una pared, la seguirá en línea recta. Si Roughie quería enviarle un paquete a Ben Banaghan, a siete celdas a su izquierda, le quitaba a la cucaracha la pata central izquierda y la enviaba en su gran aventura con el nombre de destino garabateado en uno de los cigarrillos: «Banaghan». La valiente cucaracha se colaba por todas las celdas a lo largo de su camino, y los presos, llevados por el honor, volvían a enviarla para que siguiera su odisea a lo largo de la pared. No paro de pensar en lo cuidadosas que debían de ser sus manos. Todos esos asesinos, ladrones y estafadores. Supongo que tenían tiempo para ser cuidadosos. Todo el tiempo del mundo.*

Últimamente he estado pensando, Alex, que todos los problemas del mundo, todos los delitos cometidos, pueden retrotraerse hasta el padre de alguien. Robos, violación, terrorismo, Caín contra Abel, Jack el Destripador, todo se reduce a los padres. Quizá también a las madres, no sé, pero no hay ninguna madre de mierda en este mundo que no haya sido primero la hija de un padre de mierda. No me lo digas si no quieres, pero me gustaría que me hablaras de tu padre, Alex. ¿Era bueno? ¿Era decente? ¿Estuvo a tu lado? Gracias por la sugerencia sobre llamar a mi padre. Tienes mucha razón. Supongo que toda historia tiene dos caras.

Le he pedido a mi madre que me ponga al día con Los días de nuestra vida. *Me ha dicho que te diga que Marie mostraba síntomas de mejora en el hospital. Liz fue a la UCI a confesar, pero, cuando Marie despertó, dijo que estaba demasiado oscuro para identificar a su atacante, así que Liz mantuvo la boca cerrada y parece capaz de vivir con la culpa. La primera palabra que dijo Marie al despertar fue «Neil», pero, a pesar de que Neil es su verdadero amor, ella dijo que jamás podría ser su esposa y le dio su beneplácito para que se fuera con Liz y con su hijo.*

Hablamos pronto,

Eli

P. D.: Adjunto una copia del poema de Omar Khayyám, Los Rubai-yat. Slim dice que le ayudó en prisión. Va de lo bueno y lo malo en la vida. Lo malo es que la vida es corta y tiene que terminar. Lo bueno es que viene con pan, vino y libros.

—¿Slim?

—¿Sí, chico?

—Arthur Dale. El nuevo nombre que adoptaste.

—Sí.

—Dale.

—Sí.

—Era el nombre de ese guardia, el agente Dale.

—Sí —responde Slim—. Necesitaba el nombre de un caballero, y el agente Dale fue lo más cerca que estuve de un caballero.

Slim conoció al agente Dale durante su primera estancia en Boggo Road, a principios de los años 40.

—Mira, chico, allí dentro hay todo tipo de maldad —me dice—. Hay tipos que empiezan bien y se vuelven malos; tipos que parecen malos, pero no lo son en absoluto; y luego están los tipos que llevan la maldad en la sangre porque han nacido así. Eso incluye más o menos a la mitad de los guardias de Boggo Road. Aceptaron el trabajo porque se sentían atraídos hacia su propia gente, todos esos violadores, asesinos y psicópatas a los que fingían ayudar a rehabilitarse cuando lo único que hacían era alimentar a la bestia que llevaban dentro de su desquiciada cabeza.

—Pero el agente Dale no.

—No, el agente Dale no.

Tras su primer intento de huida, los guardias de Boggo Road la tomaron con Slim, le obligaban a desnudarse y lo registraban varias veces al día. Durante esos registros era habitual golpearle en la cabeza para ordenarle que se diera la vuelta; le daban patadas en el culo cuando querían que se doblara hacia delante; le daban un codazo en la nariz cuando querían que diese un paso atrás. Un día Slim reaccionó, explotó y comenzó a tirarles trozos de mierda del cubo que tenía en la celda. Los agentes regresaron con la manguera a presión. Uno de ellos vino con dos cubos de agua ardiendo de los calderos que hervían en las cocinas. Otro agente comenzó a golpearle con un atizador al rojo vivo a través de los barrotes de la celda.

—Esos agentes me maltrataban como si yo fuera un gallo al que querían provocar para pelear —dice Slim—. Yo tenía bajo la almohada un cuchillo que había estado afilando, así que lo agarré y apuñalé a uno de esos capullos en la mano. Los amenazaba con el cuchillo mientras escupía y echaba espuma por la boca como un perro rabioso. Después estalló el caos, pero entre toda la locura hubo un tipo, el agente Dale, que me defendió. Les gritó a los demás imbéciles que me dejaran en paz, que ya había tenido suficiente. Y recuerdo que lo miré como si todo fuera a cámara lenta, y pensé que la verdadera personalidad se aprecia mejor en el infierno, que la verdadera bondad debe mostrarse en el inframundo, donde lo contrario es la norma, cuando el mal cobra vida y la bondad es una indulgencia. ¿Entiendes lo que digo?

Slim sonríe y mira a August. August asiente con la cabeza, uno de esos gestos cómplices, como si creyera que ha cumplido condena junto con Slim, como si fuera su vecino de la celda D10.

—¿Sabes? —dice Slim—. Te sumerges tanto en ese infierno que, si el diablo te guiña un ojo, es como si Doris Day te la machacara. ¿Lo pillas?

August vuelve a asentir.

—Corta el rollo, Gus, tú ni siquiera sabes quién es Doris Day —le digo a mi hermano.

August se encoge de hombros.

—No importa —dice Slim—. El caso es que yo fantaseaba en mitad del caos, mirando al agente Dale, viendo cómo intentaba lograr que los demás me dejaran en paz. Me emocionó tanto aquel gesto que creo que lloré. Después sí que lloré porque vinieron más guardias y lanzaron bombas de gas lacrimógeno en mi celda. Me dieron una paliza y me llevaron al Black Peter en ese mismo instante. Todavía tenía la ropa mojada de la manguera. Estábamos en mitad del invierno. Sin manta. Sin colchón. Todo el mundo habla de los catorce días que pasé en el Black Peter en plena ola de calor. Pero preferiría los catorce días en la ola de calor antes que una sola noche allí mojado, en pleno invierno. Me pasé la noche tiritando, pensando solo en una cosa.

—¿Que todo el mundo tiene dentro algo de bondad? —pregunto.

—No, chico, no todo el mundo, sólo el agente Dale —responde Slim—. Pero eso me hizo pensar que, si el agente Dale todavía conservaba algo de bondad entre aquellos cabrones, entonces tal vez yo conservaría algo de bondad cuando saliera del agujero negro, o incluso cuando saliera del talego.

—Nuevo nombre, nuevo hombre —digo yo.

—En el agujero me pareció una buena idea —admite Slim.

Agarro de nuevo el *South-West Star*. Una de las fotos que acompañan al artículo de «Queensland recuerda» muestra a Slim en 1952, sentado en el juzgado de Southport. Está fumando un cigarrillo con un traje color crema y una camisa blanca de cuello grueso. Parece que su sitio está en La Habana, Cuba, no en la celda en la que iba a pasar los próximos veinticuatro años de su vida.

—¿Cómo lo hiciste? —le pregunto.

—¿Qué?

—¿Cómo sobreviviste tanto tiempo sin...?

—¿Sin tragarme una pelota de gomas elásticas rellena de cuchillas de afeitar?

—Bueno, yo iba a decir «sin rendirte», pero... sí, eso también.

—Ese artículo lleva más o menos razón con lo de la magia de Houdini —me dice—. Lo que hice en la prisión fue una especie de magia.

—¿A qué te refieres?

—Allí podía hacer cosas con el tiempo —explica Slim—. Intimé tanto con el tiempo que podía manipularlo, acelerarlo o ralentizarlo. Algunos días lo único que deseabas era acelerarlo, de modo que tenías que engañar a tu cerebro. Consigues estar tan ocupado que te convences a ti mismo de que no hay suficientes horas en un día para lograr todo lo que quieres lograr. Cuando digo «lograr» no me refiero a aprender a tocar el violín o a sacarme un título en Economía. Me refiero a objetivos realistas dentro de una celda. Me refiero a recolectar suficientes bolitas de mierda de cucaracha en un día para poder deletrear con ellas tu nombre. A veces morderte las uñas hasta la carne se convertía en una actividad de ocio tan agradable como un programa doble de Elvis. Mucho que hacer y muy poco tiempo. Hacer la cama, leer el capítulo treinta de *Moby Dick*, pensar en Irene, silbar *You Are My Sunshine* de principio a fin, liarte un cigarrillo, fumar, jugar contigo mismo al ajedrez, volver a jugar contigo mismo al ajedrez porque te cabrea haber perdido la primera partida, ir de pesca a Bribie Island en tu mente, ir de pesca al muelle de Redcliffe en tu mente, limpiar el pescado, cocinarlo sobre unos carbones encendidos en Suttons Beach y ver ponerse el sol. Compites tanto con el jodido reloj que, a veces, te sorprendes cuando llega el final del día y estás tan cansado por todo lo que has hecho mentalmente que bostezas cuando pones la cabeza sobre la almohada a las siete de la tarde y te dices a ti mismo que estás loco por quedarte despierto hasta tan tarde y trabajar tanto. Pero luego, durante las horas buenas, durante esas horas de sol en el patio, podías hacer que el tiempo fuese más despacio, podías tirar de las riendas como si el tiempo fuera un caballo bien entrenado y convertir una hora en el jardín en medio día, porque vivías el tiempo en cinco dimensiones y las dimensiones eran las cosas que olías, las cosas que saboreabas, tocabas, oías y veías; cosas dentro de las cosas, pequeños universos en el estambre de una flor, capas y capas, porque tu visión estaba tan acentuada por la inactividad de contemplar los muros de hormigón que, cada vez que entrabas en ese jardín, te sentías como Dorothy al entrar en tecnicolor.

—Aprendiste a ver todos los detalles —digo.

Slim asiente y nos mira a los dos.

—No olvidéis nunca que sois libres —nos dice—. Estas son vuestras horas de sol y podéis hacer que duren para siempre si os fijáis en todos los detalles.

Yo asiento con lealtad.

—Acabar con el tiempo, ¿eh, Slim? —digo.

Él asiente con orgullo.

—Antes de que él acabe contigo —dice.

Esa es la máxima favorita de Slim sobre la vida en prisión. «Acaba con el tiempo antes de que él acabe contigo».

* * *

Recuerdo la primera vez que se lo oí decir. Estábamos en la sala de máquinas de la torre del reloj del Ayuntamiento de Brisbane, ese edificio antiguo y glorioso de arenisca marrón ubicado en el corazón de la ciudad, imponente sobre King George Square. Slim nos llevó en tren desde Darra. Dijo que había un viejo ascensor dentro de la torre del reloj que llevaba a la gente hasta arriba, y no lo creí. Él conocía al encargado del viejo ascensor,

Clancy Mallett, de sus días en la granja, y Clancy había dicho que nos dejaría subir en el ascensor sin pagar, pero, cuando llegamos, el ascensor estaba en obras, fuera de servicio, y Slim tuvo que convencer a su viejo amigo con un consejo sobre cómo apostar en la carrera 5 de Eagle Farm a cambio de que él nos dejara subir por unas escaleras secretas que solo conocía el personal del Ayuntamiento. La oscura escalera que ascendía por el interior de la torre parecía no terminar nunca y Slim y el viejo Clancy, el encargado del ascensor, fueron resoplando todo el camino, pero August y yo fuimos riéndonos sin parar. Entonces nos quedamos con la boca abierta cuando Clancy abrió la puerta a una habitación llena de poleas y engranajes metálicos que formaban el mecanismo de las cuatro caras del reloj de la torre. Norte, sur, este y oeste, cada una con sus enormes manecillas negras de acero que marcaban los minutos y las horas de cada día en Brisbane. Slim se quedó mirando con asombro aquellas manecillas durante diez minutos y nos dijo que el tiempo es nuestro enemigo más antiguo. Dijo que el tiempo nos va matando poco a poco.

—El tiempo acabará con vosotros —dijo—. Así que acabad vosotros con él antes de que él acabe con vosotros.

Clancy, el encargado del ascensor, subió otro tramo de escaleras secretas que salían de la sala de motores que conducían hasta el mirador, donde Slim dijo que los niños de Brisbane solían pedir un deseo y tirar monedas por encima de la barandilla que caían a una altura de setenta y cinco metros, hasta aterrizar en el tejado del Ayuntamiento.

—Yo desearía tener más tiempo —dije mientras lanzaba al vacío una moneda de dos centavos.

Entonces el reloj dio la hora.

—Tapaos los oídos —dijo Clancy con una sonrisa, mirando hacia una enorme campana de acero que yo no había visto sobre nuestras cabezas.

Y aquella campana sonó con fuerza once veces y estuvo a punto de reventarme los tímpanos. Y cambié mi deseo por uno en el que el tiempo tuviera que detenerse en aquel momento para que el deseo se hiciera realidad.

* * *

—¿Ves todos los detalles, Eli? —me pregunta Slim, sentado a la mesa frente a mí.

—¿Eh? —pregunto al regresar al presente.

—¿Estás captando todos los detalles?

—Sí —respondo, confuso por su mirada inquisitiva.

—¿Estás captando todo lo que hay en la periferia, chico?

—Claro. Siempre, Slim. Los detalles.

—Pero te has perdido lo más interesante del artículo que tienes ahí.

—¿Eh?

Me quedo mirando el artículo y vuelvo a revisar las palabras.

—La firma —dice él—. Esquina inferior derecha.

La firma. La firma. Esquina inferior derecha. Ojeo el artículo hacia abajo, pasando por encima de las palabras y las fotos. Y allí está. La firma.

—¡Qué coño, Gus!

Asociaré este nombre con el día en que aprendí a manipular el tiempo.

El nombre es Caitlyn Spies.

Slim y yo miramos fijamente a August. Él no dice nada.

El chico mata al toro

Ahí está mi madre, la veo a través de la puerta entreabierta del dormitorio. Está de pie con su vestido rojo frente al espejo que cuelga del interior de la puerta de su armario, poniéndose un collar de plata. ¿Cómo podría un hombre cuerdo no sentirse feliz en su presencia, cómo podría no sentirse satisfecho y agradecido sabiendo que ella le esperaba en casa?

¿Por qué tuvo que fastidiar eso mi padre? Mi madre es tan maravillosa que eso me cabrea. A la mierda con todos esos mamones que se acercaron a ella sin primero pedir permiso a Zeus.

Entro en su habitación y me siento en la cama junto a ella.

—Mamá.

—¿Sí, colega?

—¿Por qué huiste de mi padre?

—Eli, no quiero hablar de eso ahora.

—Te hizo cosas malas, ¿verdad?

—Eli, esa es una conversación que...

—Que tendremos cuando sea mayor —respondo. La frase de siempre.

Ella me sonríe a través del espejo del armario. Es una sonrisa de disculpa. Agradece que me preocupe.

—Tu padre no estaba bien —me dice.

—¿Mi padre es un buen hombre?

Mi madre lo piensa y asiente.

—Mi padre... ¿se parece más a mí o a Gus?

Mi madre lo piensa y no dice nada.

—¿Alguna vez Gus te da miedo?

—No.

—A veces me cago de miedo con él.

—Vigila tu lenguaje.

¿Vigilar mi lenguaje? ¿Vigilar mi lenguaje? Eso es lo que de verdad me cabrea, cuando la realidad del tráfico clandestino de heroína se junta con el espejismo de valores de la familia Von Trapp que hemos construido entre nosotros.

—Perdón —murmuro.

—¿Qué es lo que te da miedo? —me pregunta mi madre.

—No lo sé, las cosas que dice, las cosas que escribe en el aire con el dedo mágico. A veces no tiene sentido y a veces tiene sentido solo dos años después, o un mes después, cuando resulta imposible para él saber que tendría sentido.

—¿Como qué?

—Caitlyn Spies.

—¿Caitlyn Spies? ¿Quién es Caitlyn Spies?

—Ese es el tema. No tenemos ni idea, pero hace mucho tiempo, Slim y yo estábamos con el LandCruiser y veíamos a August escribir mensajes en el aire, y le pillamos escribiendo ese nombre una y otra vez. Caitlyn Spies. Caitlyn Spies. Caitlyn Spies. Y entonces, la semana pasada, leímos un extenso reportaje en el *South-West Star*, de esos de «Queensland recuerda», y trataba sobre Slim, la historia del «Houdini de Boggo Road», y era un artículo muy interesante. Y entonces vemos el nombre de la mujer que lo escribió, que aparece en la esquina inferior derecha.

—Caitlyn Spies —dice mi madre.

—¿Cómo lo sabes?

—Se veía que ibas por ahí, colega.

Se acerca a su joyero, situado sobre una cómoda blanca.

—Obviamente August ha estado leyendo sus artículos en el periódico local. Es probable que le gustara cómo sonaba el nombre en su cabeza. Él hace eso, se aferra a un nombre o a una palabra y le da mil vueltas en la cabeza. El hecho de que no pronuncie palabras no significa que no le gusten.

Saca dos pendientes verdes y se inclina hacia mí hablando con suavidad.

—Ese chico te quiere más que a cualquier cosa en todo el universo —me dice—. Cuando naciste...

—Sí, lo sé, lo sé.

—Cuidaba siempre de ti, protegía tu cuna como si la vida humana dependiera de ello. Yo no podía apartarlo de ti. Es el mejor amigo que tendrás jamás.

Se yergue y se vuelve hacia el espejo.

—¿Cómo luzco?

—Muy guapa, mamá.

Guardiana de la luz. Diosa del fuego, de la guerra, de la sabiduría y de los cigarrillos Windfield Red.

—Una vaca vieja vestida de ternera —murmura.

—¿Qué quieres decir?

—Que soy una mujer vieja vestida como una joven.

—No digas eso —respondo, frustrado.

Ella ve mi fastidio a través del espejo.

—Estoy de broma —me dice mientras se pone los pendientes.

No soporto cuando se infravalora, pues creo que la autoestima es la principal razón de que vivamos en esta calle y de que yo me haya vestido así esta noche, con un polo amarillo y unos pantalones negros comprados en la tienda de oportunidades de la sociedad benéfica St Vincent de Paul, en el suburbio vecino de Oxley.

—Eres demasiado buena para este lugar —le digo.

—¿De qué estás hablando?

—Eres demasiado buena para esta casa. Eres demasiado lista para este pueblo. Eres demasiado buena para Lyle. ¿Qué hacemos en este pozo de mierda? Ni siquiera deberíamos estar aquí.

—De acuerdo, gracias por el aviso, colega. Creo que ya puedes ir a terminar de vestirte, ¿quieres?

—Todos esos gilipollas se quedaron con la ternera porque ella siempre pensaba que era una vaca vieja.

—Ya basta, Eli.

—Sabes que deberías haber sido abogada. Deberías haber sido médico. No una jodida traficante de drogas.

Su manotazo me golpea en el hombro antes incluso de darse la vuelta.

—Fuera de mi habitación —me ordena. Otro manotazo en el hombro con la mano derecha, después otro con la izquierda en el otro hombro—. ¡Largo de mi habitación, Eli! —Tiene los dientes tan apretados que veo las grietas en su labio superior.

—¿A quién queremos engañar? —grito—. ¿Vigilar mi lenguaje? ¿Vigilar mi lenguaje? Somos jodidos traficantes de drogas. Y los traficantes de drogas dicen palabrotas, joder. Estoy harto de todas esas putas apariencias que os traéis Lyle y tú. «Haz los deberes, Eli. Cómete el brócoli, Eli. Recoge la cocina, Eli. Estudia mucho, Eli». Como si fuéramos la jodida tribu de los Brady y no unos putos traficantes de heroína. Dame un jodido res...

Y entonces salgo volando. Unas manos me agarran de las axilas desde atrás y salgo volando de la cama de Lyle y de mi madre; me estrello contra la puerta del dormitorio, primero los hombros y después la cabeza. Reboto en la puerta y caigo hecho un ovillo sobre el suelo de madera. Lyle está de pie frente a mí y me da una patada tan fuerte en el culo con sus Dunlop Volleys —sus zapatos de salir, un nivel por encima de sus chanclas de goma— que resbalo dos metros por el suelo del pasillo hasta llegar a los pies descalzos de August, que mira a Lyle como diciendo: «¿Otra vez esto? ¿Tan pronto?».

—Que te jodan, cabrón drogata —grito, furioso y atontado mientras intento ponerme en pie.

Él vuelve a darme una patada y esta vez resbalo por el suelo del salón.

—¡Para, Lyle! —grita mi madre tras él—. Ya es suficiente.

Lyle tiene esa rabia enloquecida con la que ya he tenido la desgracia de toparme en tres ocasiones. Una vez cuando me escapé de casa y pasé la noche durmiendo en un autobús vacío en un desguace de Redlands. Otra vez cuando metí seis sapos de caña en el congelador para que tuvieran una muerte humana y esos asquerosos y resistentes anfibios sobrevivieron en aquel ataúd bajo cero hasta que Lyle abrió el frigorífico para tomarse su ron con Coca Cola después de trabajar y se encontró a dos sapos sobre la bandeja del hielo. Una tercera vez cuando me fui con un compañero de clase, Jock Whitney, de puerta en puerta por el vecindario para recaudar fondos para el Ejército de Salvación, aunque en realidad estábamos recaudando dinero para comprarnos el juego de *ET, el extraterrestre* para la Atari; aún me siento jodido por aquello, porque el juego era una auténtica mierda.

August, el puro y bueno de August, se sitúa frente a Lyle cuando este se aproxima para darme una tercera patada en el culo. Niega con la cabeza y lo sujeta por los hombros.

—No pasa nada, colega —dice Lyle—. Es hora de que Eli y yo tengamos una pequeña charla.

Lyle pasa frente a August, me levanta del suelo agarrándome del cuello de mi polo de tienda de oportunidades y me saca por la puerta. Bajamos los escalones, atravesamos el jardín y la verja, sin que él me suelte el cuello, que aprieta con fuerza.

—Sigue andando, listillo —me dice—. Sigue andando.

Me lleva al otro lado de la calle, bajo la farola que brilla más que la luna, hasta llegar al parque que hay frente a nuestra casa. Lo único que huelo es el *aftershave* Old Spice de Lyle. Lo único que oigo son nuestras pisadas y el ruido de las chicharras frotándose las patas, como si las excitara la tensión del aire, frotándose las patas como Lyle se frota las manos antes de una final de los Eels.

—¿Qué coño te pasa, Eli? —me pregunta mientras me obliga a atravesar el campo ovalado de críquet, que no está segado, de manera que con los zapatos voy levantando las briznas de hierba, que se me pegan a las perneras del pantalón. Me lleva hasta el centro del campo y me suelta. Da vueltas de un lado a otro, ajustándose la hebilla del cinturón, respirando profundamente. Lleva puestos sus pantalones color crema y la camisa de algodón azul con el velero blanco estampado en la pechera.

No llores, Eli. No llores. No llores, joder. Cobarde, Eli.

—¿Por qué lloras? —me pregunta Lyle.

—No lo sé. No quería. Mi cerebro no me hace caso.

Lloro un poco más al darme cuenta de aquello. Lyle me concede un minuto y entonces me seco los ojos.

—¿Estás bien? —me pregunta.

—Me duele el culo.

—Lo siento.

—Me lo merecía —respondo encogiéndome de hombros.

Lyle me da unos segundos más.

—¿Alguna vez te preguntas por qué lloras con tanta facilidad, Eli?

—Porque soy un cobarde.

—No eres un cobarde. No te avergüences nunca de llorar.

Lloras porque te importa. No te avergüences nunca de que te importen las cosas. A muchas personas en este mundo les da miedo llorar porque les da miedo que las cosas les importen.

Se vuelve y mira hacia las estrellas. Se sienta en el campo de críquet para tener una mejor perspectiva, mira hacia arriba y contempla el universo, todo ese cristal espacial disperso.

—Tienes razón con lo de tu madre —me dice—. Es demasiado buena para mí. Siempre lo ha sido. En lo que a mí respecta, es demasiado buena para cualquiera. Es demasiado buena para esa casa. Es demasiado buena para este pueblo. Demasiado buena para mí.

Señala las estrellas.

—Su lugar está ahí arriba, con Orión.

Acomodo mi culo dolorido junto a él.

—¿Quieres salir de aquí? —me pregunta.

Asiento y miro fijamente Orión, esa constelación de luz perfecta.

—Yo también, colega —me dice—. ¿Por qué crees que he estado haciendo un trabajo extra para Tytus?

—Es una bonita manera de llamarlo. Trabajo extra. Me pregunto si Pablo Escobar lo llamará así.

Lyle deja caer la cabeza.

—Sé que es una mala manera de ganar pasta, colega.

Nos quedamos sentados en silencio unos segundos y entonces se vuelve hacia mí.

—Te propongo un trato.

—Sí...

—Dame seis meses.

—¿Seis meses?

—¿Dónde quieres irte? ¿Sídney, Melbourne, Londres, Nueva York, París?

—Quiero mudarme a The Gap.

—¿The Gap? ¿Por qué coño quieres mudarte a The Gap?

—En The Gap hay muchos *cul-de-sacs*.

Lyle se ríe.

—*Cul-de-sacs* —dice negando con la cabeza. Entonces se pone serio y me mira—. Todo mejorará, colega. Mejorará tanto que te olvidarás de que alguna vez estuvimos mal.

Yo miro las estrellas. Orión apunta hacia su diana, tensa el arco y suelta la flecha, que atraviesa el ojo izquierdo de Tauro, y el toro embravecido queda en silencio.

—Trato hecho —le digo—. Con una condición.

—¿Cuál? —me pregunta Lyle.

—Que me dejes trabajar para ti.

* * *

Se puede ir caminando desde nuestra casa hasta el restaurante vietnamita de Bich Dang. El restaurante se llama Mama Pham, en honor a la robusta cocinera, Mama Pham, que enseñó a Bich a cocinar en su Saigón natal, allá por los años 50. El cartel de Mama Pham está escrito con letras parpadeantes de neón en color verde lima sobre fondo rojo, pero la «P» está fundida, de modo que, desde hace tres años, la gente que pasa por delante se cree que se trata de un restaurante llamado Mama ham que sirve carne de cerdo. Lyle sujeta en la mano izquierda un *pack* de seis cervezas XXXX Bitter mientras le abre la puerta del restaurante a mi madre, que entra con su vestido rojo y los zapatos de tacón negros que guarda debajo de la cama. August entra después, con el pelo peinado hacia atrás y su camiseta rosa de Catchit metida por dentro de los pantalones gris plateado, comprados en la tienda de oportunidades que hay en la carretera de la estación, a pocas manzanas de Mama Pham.

El interior de Mama Pham es amplio como una sala de cine.

Hay más de veinte mesas redondas con bandejas giratorias para acomodar ocho, diez y a veces doce personas. Guapas madres vietnamitas de cara maquillada y melena lacada, y padres vietnamitas normalmente callados que se relajan y se ríen gracias a la cerveza, el vino y el té. Hay enormes bestias oceánicas en el centro de cada mesa, laqueadas, hervidas, desmigadas, salteadas; criaturas de las profundidades marinas procedentes del Mekong y más allá, Neptuno, quizá; tentáculos viscosos de color verde, gris, marrón, negro y rojo. Bich Dang posee hectáreas de terreno a las afueras de Darra, pasado el centro de inmigrantes polacos, con un suelo esponjoso como un pastel de chocolate en el que sus viejos y sabios granjeros cultivan montones de cilantro vietnamita, hojas de *shiso*, menta piperita, albahaca, citronela y bergamota vietnamita que los comensales se pasan de mano en mano esta noche como si estuvieran jugando a algún juego infantil. Sobre nuestras cabezas brilla una enorme bola de espejos y, en el escenario, brilla una cantante vietnamita con purpurina en las mejillas y un vestido de lentejuelas turquesa que resplandece como lo harían las escamas de una sirena varada en las playas del Mekong. Canta *Calling Occupants of Interplanetary Craft*, de The Carpenters, y se balancea al ritmo entrecortado de la melodía, un poco como una extraterrestre, como si acabara de llegar a Darra a bordo de esa misma nave espacial sobre la que canta por ese viejo micrófono. Las paredes están decoradas con espumillón rojo, que recorre también las peceras llenas de siluro, bacalao, emperador y pargos con bolas en la cabeza, como si alguien les hubiera dado un golpe con un bate de críquet. Hay otras dos peceras dedicadas a los cangrejos, que siempre parecen resignados al hecho de que esta noche serán el plato estrella de la carta. Están escondidos bajo las rocas, o en esos castillos submarinos de piedra tan horteras; solo les falta una armónica y una pajita para masticar. Son ajenos a su importancia, al hecho de que son la razón por la que la gente viene incluso desde Sunshine Coast para saborear sus entrañas cocinadas con sal, pimienta y pasta de chile.

A la derecha del restaurante sale una escalera que asciende hasta una galería situada en el segundo piso, con otras diez mesas redondas donde Bich Dang sienta a los clientes VIP, y esta noche solo hay un VIP y su nombre está escrito en la pancarta de felicitación que cuelga de la barandilla de la galería de arriba: *Felices 80 Tytus Broz.*

—¡Lyle Orlik, hijo de Aureli! —exclama Tytus, grandilocuente, con los brazos en alto, de pie junto a la barandilla de la galería—. Parece que Bich ha tirado la casa por la ventana para celebrar mi octava década en este maravilloso planeta.

Tytus me hace pensar en huesos. Lleva un traje blanco hueso, una camisa blanco hueso y una corbata blanco hueso. Sus zapatos son de cuero marrón y su pelo es blanco hueso igual que el traje. Su cuerpo es todo hueso, alto y delgado, y sonríe como sonreiría un esqueleto si se descolgara del gancho de una clase de biología y empezara a bailar como Michael Jackson en el videoclip de *Billie Jean* que tanto nos gusta a August y a mí. Los pómulos de Tytus son redondos como las bolas que les salen en la cabeza a los pargos de la pecera de Bich Dang, pero sus mejillas han ido consumiéndose poco a poco a lo largo de ochenta años. Y, cuando le tiemblan los labios —y le tiemblan a todas horas— parece como si estuviera chupando un pistacho, o como si fuera un vampiro devorando un hígado humano.

Tytus Broz me hace pensar en huesos porque ha ganado una fortuna gracias a los huesos. Tytus Broz es el jefe de Lyle en Human Touch, la fábrica de prótesis y ortopedias que posee y dirige en el suburbio de Moorooka, a diez minutos en coche desde nuestra casa. Lyle trabaja allí como mecánico, se encarga del mantenimiento de las máquinas que construyen brazos y piernas artificiales para los amputados de todo el estado. Tytus Broz es el

Señor de los Miembros, cuya influencia alcanza mi vida y la de August desde hace seis años, desde que Lyle consiguió el trabajo en Human Touch gracias a su mejor amigo, Tadeusz «Teddy» Kallas, el hombre del bigote negro y poblado que está sentado a cuatro sillas a la derecha de Tytus en la mesa de los VIP. Teddy también trabaja como mecánico de mantenimiento en Human Touch. Además, sospecho que también realiza algún «trabajo extra» para Tytus Broz, de esos de los que me ha hablado antes Lyle. El hombre que está sentado junto a Teddy con el traje gris, la corbata granate y el pelo negro como el de un presentador de telediario se parece muchísimo a nuestro concejal local, Stephen Bourke, el hombre que nos envía cada año los calendarios imantados que mantienen la lista de la compra de mi madre pegada al frigorífico. Da un sorbo a su copa de vino blanco. Sí, de hecho estoy seguro de que se trata de nuestro concejal. *Stephen Bourke. Su líder de confianza*, dice el calendario. Stephen Bourke, sentado a la mesa de Tytus Broz, su traficante de confianza.

Pero, sobre todo, lo que más me hace pensar en huesos es que, cada vez que veo a Tytus Broz, y esta es solo la segunda vez, siento un escalofrío en la columna. Me sonríe, sonríe a mi madre y sonríe a August, pero no me trago ni por un segundo esa sonrisa de chupador de pistachos. No sé por qué. Lo noto en los huesos.

* * *

La primera vez que vi a Tytus Broz fue hace dos años, cuando yo tenía diez. Lyle nos llevaba a August y a mí a la pista de patinaje de Stafford, al norte de Brisbane, pero de camino tuvo que pasar por el trabajo, en Moorooka, para arreglar una palanca defectuosa en la máquina que daba forma a los brazos y piernas artificiales que pagaban los trajes blanco hueso de Tytus Broz. Por entonces era un viejo almacén, antes de que el negocio se convirtiera en la moderna fábrica de Human Touch que es hoy en día. El almacén era un espacio de aluminio del tamaño de una pista de tenis, con enormes ventiladores en el techo para contrarrestar el calor sofocante que hacía en aquella nave de metal cocida al sol que albergaba miles de miembros falsos dispersos en ganchos y estanterías, con moldes de escayola para dar forma a las partes del cuerpo y mecánicos que atornillaban las bisagras en las rodillas y en los codos.

—No toquéis nada —nos ordenó Lyle mientras pasábamos frente a una larga hilera de piernas ortopédicas, como un grupo de coristas del Moulin Rouge bailando el cancán sin torso. Pasamos frente a las filas de brazos colgados en ganchos del techo, y esos brazos tenían manos de plástico que me rozaban la cara al pasar. Y me imaginé aquellos brazos conectados a los cuerpos sin vida de los caballeros del rey Arturo, empalados en lanzas clavadas al suelo, estirando las manos pidiendo ayuda; una ayuda que ni August ni yo podíamos ofrecer porque Lyle insistía en que no tocáramos nada, ni siquiera la mano suplicante del gran *sir* Lancelot du Lac. Yo veía aquellos brazos y piernas que cobraban vida, que trataban de agarrarme, que me golpeaban. Aquel almacén era el final de cientos de películas de terror malas y el comienzo de cientos de pesadillas que aún estaban por llegar.

—Estos son los hijos de Frances: August y Eli —dijo Lyle, haciéndonos pasar al despacho de Tytus Broz, situado en la parte trasera del almacén. August era el más alto y el mayor, así que entró primero y fue él quien cautivó a Tytus desde el principio.

—Acércate, jovencito —dijo Tytus.

August miró a Lyle para intentar librarse de aquel momento, pero Lyle no hizo nada; se limitó a asentir con la cabeza, como diciéndole que debía ser educado y acercarse al hombre que nos permitía cenar todas las noches.

—Dame la mano —dijo Tytus, sentado en una silla giratoria detrás de un viejo escritorio castaño rojizo. Sobre dicho escritorio había un cuadro enmarcado de una enorme ballena blanca. Era Moby Dick, que, según me contó Lyle más tarde, era el libro favorito de Tytus Broz, la historia de la ballena que es perseguida por un amputado obsesivo compulsivo al que le habría venido bien tener un almacén de prótesis y ortopedias Human Touch en Nantucket. Poco después de aquello, le pregunté a Slim si había leído *Moby Dick* y me dijo que la había leído dos veces porque merecía la pena leerla una segunda vez, aunque me contó que la segunda vez se saltó la parte en la que el escritor habla de todas las clases de ballena que se han encontrado por todo el mundo. Le pedí a Slim que me contara la historia completa, de principio a fin y, durante dos horas, mientras lavábamos su LandCruiser, me contó aquella aventura con tanto entusiasmo que me entraron ganas de comer sopa de pescado y cenar filetes de ballena. Cuando describió al capitán Ahab, con su rostro de mirada salvaje, su edad, su delgadez y su blancura, me imaginé a Tytus Broz en ese ballenero, gritándoles a sus vigías, exigiendo ver a su presa, aquella ballena blanca, tan blanca como él mismo. Slim convirtió el LandCruiser en Moby Dick y la manguera del jardín en el arpón que clavaba en el costado de la ballena, y nos aferramos a la goma de la manguera con todas nuestras fuerzas mientras la ballena nos arrastraba hacia el abismo, y el agua de la manguera se convertía en el océano que nos tragaría y nos llevaría hasta Poseidón, Dios de los mares y de las mangueras de jardín.

August le extendió su mano derecha y Tytus la estrechó entre las suyas.

—Mmmm —murmuró. Con el índice y el pulgar fue apretándole a August cada dedo de la mano derecha, desde el pulgar hasta el meñique.

—Tienes fuerza, ¿verdad? —comentó.

August no dijo nada.

—He dicho: «Tienes fuerza, ¿verdad?».

August no dijo nada.

—Bueno... ¿te importaría responder, jovencito? —preguntó Tytus, confuso.

—No habla —dijo Lyle.

—¿Qué quieres decir con que no habla?

—No ha dicho una palabra desde que tenía seis años.

—¿Es retrasado? —preguntó Tytus.

—No, no es retrasado —respondió Lyle—. De hecho es muy listo.

—Es autista, ¿no? No puede relacionarse en la sociedad, pero es capaz de decirme cuántos granos hay en mi reloj de arena.

—No le pasa nada malo —dije, frustrado.

Tytus se volvió entonces hacia mí en su silla giratoria.

—Entiendo —murmuró, mirándome a la cara—. ¿De modo que tú eres el hablador de la familia?

—Hablo cuando hay algo que merezca la pena decir —respondí.

—Muy bien dicho —dijo Tytus y extendió la mano—. Dame tu brazo.

Extendí mi brazo derecho y él me lo agarró con sus manos viejas, tan suaves que parecían estar cubiertas con el papel film que mi madre guardaba en el tercer cajón, debajo del fregadero de la cocina.

Me apretó con fuerza la mano. Miré a Lyle y él asintió con la mirada tranquila.

—Tienes miedo —me dijo Tytus Broz.

—No tengo miedo —respondí.

—Sí lo tienes. Lo noto en tu médula.

—¿No querrá decir en mis huesos?

—No, en tu médula, chico. Tus huesos son débiles. Tus huesos son duros, pero no están enteros.

Señaló a August con la cabeza.

—Los huesos de Marcel Marceau son duros y además están enteros. Tu hermano posee una fuerza que tú nunca tendrás.

August me miró con una sonrisa de suficiencia.

—Pero tengo mucha fuerza en los huesos de los dedos —dije sacándole el dedo a August.

Fue entonces cuando advertí una mano humana sobre un soporte metálico en el escritorio de Tytus.

—¿Es de verdad? —pregunté.

La mano parecía real e irreal al mismo tiempo. Cortada y sellada limpiamente en la muñeca, con sus cinco dedos que parecían hechos de cera, o envueltos en papel film, como la mano de Tytus.

—Sí, lo es —respondió Tytus—. Es la mano de un conductor de autobuses de sesenta y cinco años llamado Ernie Hogg que tuvo la amabilidad de donar su cuerpo a los estudiantes de Anatomía de la Universidad de Queensland, cuyas recientes investigaciones sobre la plastinación han sido subvencionadas por este humilde servidor.

—¿Qué significa plastinación? —pregunté.

—Es cuando reemplazamos el agua y la grasa corporal de un miembro con ciertos polímeros curables, plásticos, para crear un miembro real que puede tocarse, estudiarse y reproducirse, pero el miembro del donante no huele ni se descompone.

—Qué asco —dije.

Tytus se rio.

—No —respondió con cierto brillo inquietante en la mirada—. Es el futuro.

Sobre su escritorio había una estatuilla de cerámica de un anciano encadenado. El anciano llevaba un atuendo de griego antiguo y tenía manchas de sangre pintadas en su espalda desnuda.

Aparecía representado en mitad de una zancada, cojeando con una pierna vendada a la que le faltaba el pie.

—¿Qué es eso? —pregunté.

Tytus se volvió hacia la estatuilla.

—Es Hegesistratus —respondió—. Uno de los grandes amputados de la historia. Era un adivino de la antigua Grecia capaz de realizar actos muy profundos y peligrosos. En la Grecia antigua, los adivinos eran más como profetas. Veían cosas que otros no veían, interpretando las señales de los dioses. Veían lo que se avecinaba, una habilidad muy valiosa en la guerra.

Me volví hacia Lyle.

—Es como Gus —comenté.

Lyle negó con la cabeza.

—Bueno, ya es suficiente, colega.

—¿A qué te refieres, chico? —me preguntó Tytus.

—Gus también ve cosas —le expliqué—. Como Hegesistaramus o como se llame.

Tytus miró de nuevo a August, que le dedicó una media sonrisa, negó con la cabeza y se situó junto a Lyle.

—¿Qué cosas exactamente?

—Cosas descabelladas que a veces resultan ser ciertas —dije—. Las escribe en el aire. Como cuando escribió «Park Terrace» en el aire y yo no sabía de qué diablos estaba hablando. Entonces llegó a casa mi madre y nos contó que estaba de pie en un semáforo cuando estaba de compras por Corinda, y de pronto ve a una mujer mayor que se lanza en mitad del tráfico. Ahí, sin importarle una mierda...

—Vigila tu lenguaje, Eli —me dijo Lyle, molesto conmigo.

—Perdón. Pues mi madre deja caer las bolsas de la compra, se lanza a la carretera, agarra a la anciana y la lleva de vuelta a la acera justo antes de que la atropelle un autobús. Le salvó la vida. Y adivine en qué calle sucedió.

—¿En Park Terrace? —sugirió Tytus con los ojos muy abiertos.

—No —contesté—. Sucedió en Oxley Avenue, pero entonces mi madre acompaña a la anciana hasta su casa, a pocas manzanas de allí, y la anciana no dice una sola palabra, tiene una expresión como de asombro. Llegan a casa de la mujer y la puerta de entrada está abierta y una de las viejas ventanas batientes está repiqueteando fuertemente debido al viento. Y la anciana dice que no puede subir las escaleras, así que mi madre intenta acompañarla, pero ella se vuelve loca. «No, no, no, no», grita. Y le hace un gesto a mi madre para que suba ella. Y, como mi madre tiene los huesos duros también, sube las escaleras, entra en la casa y ve que todas las ventanas están abiertas y dando golpes por el viento. Mi madre recorre la casa y entra en la cocina, donde hay un sándwich de jamón y tomate siendo devorado por las moscas. Y toda la casa huele a antiséptico Dettol y a algo más feo, algo podrido. Mi madre sigue avanzando, atraviesa el salón, recorre el pasillo y llega al dormitorio principal de la casa, que tiene la puerta cerrada. Ella la abre y casi se desmaya por el olor del muerto que hay sentado en un sillón junto a la cama, con la cabeza envuelta en una bolsa de plástico y una bombona de gas junto a él. ¿Y sabe en qué calle fue eso?

—Park Terrace —dijo Tytus.

—No —respondí—. Vinieron los policías a la casa, recompusieron la historia y le contaron a mi madre que la anciana había encontrado a su marido así en el dormitorio hacía un mes, y que estaba muy enfadada con él, porque él le había dicho que lo iba a hacer, pero ella le exigió que no lo hiciera, él la desafió y ella se enfadó tanto con él al ver la situación que simplemente fingió que no estaba allí. Cerró la puerta del dormitorio durante un mes y empezó a rociar la casa con Dettol para enmascarar el olor, mientras ella seguía con su rutina diaria, como preparar sándwiches de jamón y tomate para comer. Pero finalmente, cuando el olor se volvió insoportable, fue consciente de la realidad, abrió todas las ventanas de la casa y corrió a Oxley Avenue con la intención de tirarse delante de un autobús.

—¿Y dónde entra Park Terrace en esta historia? —preguntó Tytus.

—Bueno, eso no tenía nada que ver con mi madre. Pero, ese mismo día, a Lyle le pusieron una multa por exceso de velocidad en Park Terrace cuando iba a trabajar.

—Fascinante —comentó Tytus.

Miró a August y se inclinó hacia delante sobre su silla giratoria. Noté entonces algo siniestro en su mirada. Era viejo, pero resultaba amenazante. Eran sus pómulos hundidos, era su pelo blanco, era eso que yo sentía en mis huesos débiles. Era Ahab.

—Bueno, joven August, adivino en ciernes, por favor, dime —le pidió a mi hermano—. ¿Qué ves cuando me miras?

August negó con la cabeza y se encogió de hombros para quitarse importancia.

Tytus sonrió.

—Creo que te tendré vigilado, August —dijo, recostándose de nuevo en su silla.

Me volví hacia la estatuilla.

—¿Y cómo perdió el pie? —pregunté.

—Fue capturado y encadenado por los sanguinarios espartanos —me explicó—. Pero logró escapar cortándose el pie.

—Seguro que eso no lo vieron venir —dije.

—No, joven Eli, no lo vieron venir —respondió con una carcajada—. ¿Qué nos enseña entonces Hegesistratus?

—Lleva siempre una sierra en la maleta cuando viajes a Grecia —contesté.

Tytus sonrió y se volvió hacia Lyle.

—El sacrificio —anunció—. Nunca te encariñes con nada de lo que no puedas separarte en un instante.

* * *

En el comedor del piso de arriba de Mama Pham, Tytus coloca las manos sobre los hombros de mi madre y le da un beso en la mejilla derecha.

—Bienvenidos —dice—. Gracias por venir.

Tytus presenta a mi madre y a Lyle a la mujer que hay sentada a su derecha.

—Ella es mi hija, Hanna —anuncia.

Hanna se levanta de su asiento. Va vestida de blanco como su padre, tiene el pelo oxigenado, de un rubio casi blanco, como si le hubieran chupado la vida. Es delgada como su padre.

Su pelo largo y liso le llega por debajo de los hombros de una camisa blanca de manga larga. Mantiene las manos bajo la mesa cuando se levanta. Podría tener cuarenta años. Podría tener cincuenta, pero entonces habla y podría tener treinta y ser muy tímida.

Lyle nos ha hablado de Hanna. Ella es la razón por la que tiene trabajo. Si Hanna Broz no hubiera nacido con unos brazos que terminaban en los codos, Tytus Broz nunca habría estado motivado para convertir su pequeño almacén de Darra en el hogar de su floreciente fábrica de ortopedias, que después se convertiría en Human Touch, un regalo divino para los amputados de la zona como Hanna, y la fuente de diversos premios de la comunidad entregados a Tytus por su labor en nombre de los minusválidos.

—Hola —dice Hanna con voz suave, con una sonrisa que podría iluminar pueblos enteros si la usara más. Mi madre extiende una mano para estrechársela y Hanna levanta una de sus manos de debajo de la mesa, pero esa mano no es una mano, sino un miembro artificial que sale de debajo de su manga blanca, y mi madre no vacila y le estrecha esa mano de plástico color carne. Hanna sonríe y su sonrisa dura un poco más esta vez.

Tytus Broz me hace pensar en huesos porque soy todo huesos y el otro hombre que llama mi atención es de piedra. Es todo piedra. Un hombre de piedra, mirándome. Lleva una camisa negra de algodón de manga corta. Es viejo, pero no tan viejo como Tytus. Quizá tenga cincuenta. Quizá tenga sesenta. Es uno de esos hombres duros a los que Lyle conoce, musculoso y sombrío; se le podría cortar por la mitad y medir su edad por los anillos de crecimiento de su interior. Ese tipo me está mirando ahora. Toda esta actividad en torno a esta mesa redonda y ahí está el hombre de piedra, mirándome con su enorme nariz, sus ojos finos y su pelo plateado, largo y recogido en una coleta, pero su melena empieza en mitad del cuero cabelludo, de modo que parece como si se lo estuviera succionando del cráneo una aspiradora. Slim siempre habla de esto, de las pequeñas películas que tienen lugar dentro de la película de tu propia vida. Una vida vivida en múltiples dimensiones. Una vida vivida desde múltiples puntos de vista. Un momento en la vida, varias personas que se reúnen en torno a una mesa circular antes de ocupar sus asientos; pero un momento con múltiples puntos de vista. En estos momentos el tiempo no se mueve solo hacia delante, también puede moverse hacia los lados, expandirse para acoger infinitos puntos de vista y, si sumas todos esos momentos con todos esos puntos de vista, podrías tener algo parecido a la eternidad en un solo instante. O algo parecido.

Nadie ve este momento como yo lo veo, lo recordaré durante el resto de mi vida por el hombre siniestro de la coleta plateada.

—Iwan —dice Tytus Broz, con la mano izquierda sobre el hombro de Lyle, señalando a August, que está de pie junto a mí—. Este es el chico del que te hablaba. No habla, igual que tú. —El hombre al que Tytus llama Iwan aparta la mirada de mí y se fija en August.

—Sí hablo —dice el hombre al que Tytus llama Iwan.

El hombre al que Tytus llama Iwan fija la mirada en un vaso de cerveza que tiene delante, que después agarra con fuerza con la mano derecha y se lleva lentamente a los labios. Se bebe la mitad del vaso de un solo trago. Quizá el hombre al que Tytus llama Iwan tenga en realidad doscientos años. Nadie ha podido cortarle nunca por la mitad para averiguarlo.

Bich Dang se aproxima a la mesa, gritando desde lejos. Lleva un vestido brillante de color verde esmeralda que se ajusta a su torso y a sus piernas hasta llegar a sus pies, ocultos, de modo que, cuando recorre la planta superior del Mama Pham, parece que va levitando hacia nuestra mesa. Darren Dang va caminando tras ella, visiblemente incómodo con la chaqueta y los pantalones negros que, más que llevar, soporta.

—Bienvenidos, bienvenidos. Sentaos, sentaos —dice ella. Le pasa un brazo por los hombros a Tytus Broz—. Espero que vengáis con hambre. He preparado más platos esta noche que en toda mi vida.

* * *

Puntos de vista. Perspectivas. Ángulos. Mi madre con su vestido rojo, riéndose con Lyle cuando deja caer trozos de tilapia crujiente sobre su plato. La tilapia va bañada en una salsa de ajo, chile y cilantro; tiene tantas espinas en la aleta dorsal que parecen las teclas de marfil del órgano retorcido que el diablo toca en el infierno.

Tytus Broz le pasa un brazo por los hombros a su hija, Hanna, mientras habla con nuestro concejal, Stephen Bourke, quien a su vez trata de agarrar con sus palillos la ensalada de tallarines, ternera y citronela vietnamita. Teddy, el mejor amigo de Lyle, está sentado a la mesa frente a mi madre.

Bich Dang trae otra fuente a la mesa.

—¡Pez cabeza de serpiente estofado! —anuncia.

Darren Dang está sentado a mi izquierda y August a mi derecha. Los tres estamos comiendo rollitos de primavera. El hombre al que Tytus llama Iwan está sentado enfrente, chupando la carne de una pata de cangrejo naranja.

—Iwan Krol —dice Darren mientras mastica su rollito de primavera con la cabeza agachada.

—¿Eh? —digo yo.

—Deja de mirarlo —me dice Darren, apuntando con la cabeza a cualquier parte menos al hombre al que Tytus llama Iwan.

—Me da escalofríos —contesto.

Hay mucho ruido en torno a la mesa. El ruido del restaurante, entre la cantante de abajo y la conversación de los comensales animados por el alcohol y la risa estridente de Bich Dang, ha formado una especie de cabina insonorizada invisible a nuestro alrededor, permitiéndonos a Darren y a mí hablar con libertad sobre la gente que nos rodea.

—Para eso le pagan —me dice Darren.

—¿Qué?

—Para dar escalofríos a la gente.

—¿A qué te refieres? ¿A qué se dedica?

—De día, dirige una granja de llamas en Dayboro.

—¿Una granja de llamas?

—Sí, yo he estado. Tiene muchas llamas en su granja. Unos animales locos, como si un burro tuviera sexo con un camello. Tienen unos dientes enormes y amarillos; necesitarían aparato. Tienen los dientes tan mal que les das media manzana y no pueden morderla, tienen que pasársela por la lengua como si fuera un caramelo duro o algo así.

—¿Y de noche?

—De noche, da escalofríos a la gente.

Darren hace girar la rueda con la comida y nos acerca un

cuenco de cangrejo asado con sal y pimienta. Agarra una pinza y tres patas crujientes y las deja en su pequeño cuenco de arroz.

—¿Ese es su trabajo? —pregunto.

—Ya lo creo que lo es —responde Darren—. Tiene uno de los trabajos más importantes de toda la operación. —Darren niega con la cabeza—. Joder, Campanilla, estás muy verde para ser el hijo de un traficante de drogas.

—Ya te he dicho que Lyle no es mi padre.

—Perdona, olvidaba que es tu padre temporal.

Agarro una pinza de cangrejo y la muerdo con las muelas; la cáscara asada del animal se rompe como si fuera un huevo bajo la presión. Si Darra tuviera una bandera que los residentes pudiéramos agitar en solidaridad, en ella aparecería un cangrejo asado de cáscara suave.

—¿Cómo hace para dar escalofríos a la gente? —pregunto.

—Reputación y rumores, según dice mi madre —me explica Darren—. Cualquiera puede tener una reputación, claro. Sal a la calle y clávale un cuchillo en el cuello al primer pobre desgraciado que te encuentres.

Darren vuelve a hacer girar la rueda con la comida y la detiene al llegar a un cuenco con croquetas de pescado.

No puedo dejar de mirar a Iwan Krol, que se saca trocitos de cáscara de cangrejo de entre los dientes, manchados por el tabaco.

—Claro, Iwan Krol ha hecho suficientes cosas malas para que la gente lo sepa —continúa Darren—. Una bala en la nuca por allí, un baño en ácido clorhídrico por allá, pero lo que asusta a la gente son las cosas que no sabemos. Los rumores que se construyen en torno a un tipo como Iwan Krol son los que hacen la mitad del trabajo. Son los rumores los que dan escalofríos a la gente.

—¿Qué rumores?

—¿No has oído los rumores?

—¿Qué rumores, Darren?

Darren mira a Iwan Krol y se inclina hacia mí.

—Mueve el esqueleto —me susurra—. Mueve el esqueleto, mueve el esqueleto.

—¿De qué coño estás hablando?

Agarra dos patas de cangrejo y las hace bailar sobre su plato como si fueran piernas humanas.

—El hueso del dedo del pie va conectado al hueso del pie —canturrea—. El hueso del pie va conectado al hueso del tobillo, el hueso del tobillo va conectado al hueso de la pierna, mueve los huesos del esqueleto.

Darren se echa a reír. Extiende una mano, me agarra del cuello y aprieta.

—El hueso del cuello va conectado al hueso de la cabeza —canta y me pone un puño en la frente—. El hueso de la cabeza va conectado al hueso de la polla.

Suelta un grito e Iwan Krol levanta la cabeza de su plato y contempla la escena con sus ojos de muerto. Darren se endereza y se controla de inmediato. Iwan devuelve la atención a su plato de cangrejo.

—Imbécil —susurro, inclinándome hacia él en esta ocasión—. ¿Qué dices de los huesos?

—Olvídalo —responde hundiendo los palillos en su arroz.

Le doy una palmada en la espalda.

—No seas imbécil —le digo.

—¿Por qué te importa tanto? ¿Escribirás sobre ello algún día en el *Courier-Mail*? —me pregunta.

—Necesito saberlo —insisto—. Ahora voy a trabajar para Lyle.

A Darren se le iluminan los ojos.

—¿Qué vas a hacer?

—Voy a vigilar algunos asuntos —respondo con orgullo.

—¿Qué? —Darren suelta un grito, se recuesta en su silla y

empieza a reírse con todo el cuerpo—. ¡Ja! Campanilla va a vigilar algunos asuntos. ¡Cómeme el rabo! ¡Alabado sea el Señor, Campanilla está alerta! ¿Y qué vas a vigilar exactamente?

—Detalles —respondo.

—¿Detalles? —Se da una palmada en la rodilla mientras se carcajea—. ¿Qué clase de detalles? ¿Por ejemplo que hoy llevo calzoncillos verdes y calcetines blancos?

—Sí —le digo—. Todo. Todos los pequeños detalles. Los detalles son conocimiento, como dice Slim. El conocimiento es poder.

—¿Y Lyle te va a dar un puesto a jornada completa? —me pregunta Darren.

—La vigilancia nunca se detiene —respondo—. Es una cuestión de veinticuatro horas al día y siete días a la semana.

—¿Qué has estado vigilando esta noche?

—Cuéntame lo de los huesos y te contaré lo que he estado vigilando.

—Cuéntame lo que has estado vigilando y te contaré lo de los huesos, Campanilla.

Tomo aire. Miro hacia el otro lado de la mesa. Teddy, el mejor amigo de Lyle, sigue mirando a mi madre. Ya he visto antes a los hombres mirar así a mi madre. Teddy tiene el pelo negro y rizado, la piel bronceada y un poblado bigote negro, de esos que dice Slim que tienen los hombres con el ego grande y la polla pequeña. Slim dice que no querría compartir celda con Teddy. Nunca dice por qué. Teddy tiene algo de italiano, quizá algo de griego, por parte de su madre. Se da cuenta de que le estoy mirando mientras él la mira a ella. Sonríe. Ya he visto antes esa sonrisa.

—¿Qué tal, chicos? —pregunta Teddy, gritando por encima del ruido de la mesa.

—Bien, gracias, Teddy —respondo.

—¿Qué tal te va, Gussy? —pregunta Teddy, alcanzando su vaso de cerveza en dirección a August. Mi hermano levanta su limonada para brindar con él y arquea la ceja izquierda.

—Así se hace, chicos —contesta Teddy con una sonrisa y un cordial guiño.

Me inclino hacia Darren.

—Los pequeños detalles —repito—. Un millón de detalles en una única escena. Tu manera de sujetar los palillos con el dedo índice torcido. El olor de tus axilas y la mancha de agua de pipa que tienes en la camisa. La mujer que está sentada ahí con una marca de nacimiento en el hombro con la forma de África. El hecho de que Hanna, la hija de Tytus, no ha comido nada esta noche salvo unas pocas pinchadas de arroz. Tytus no le ha quitado la mano del muslo izquierdo desde hace más de treinta minutos. Tu madre le ha dado un sobre a nuestro concejal y entonces nuestro querido concejal se ha ido al baño y, al regresar a su silla, ha levantado su copa de vino hacia tu madre, que estaba de pie junto a la nevera de las bebidas. Ella ha sonreído y se ha ido abajo a hablar con el viejo vietnamita que hay sentado junto al escenario, viendo a esa horrible cantante perpetrar *New York Mining Disaster 1941*, de los Bee Gees. Hay un niño en el tanque de las truchas pinchando a los peces con una bengala. Y la hermana mayor del niño es Thuy Chan, que va a octavo curso en el Jindalee High, y está guapísima esta noche con ese vestido amarillo. Te ha mirado cuatro veces a lo largo de la noche, pero tú eres demasiado idiota para darte cuenta.

Darren mira hacia el comedor de abajo, Thuy Chan cruza la mirada con él y sonríe mientras se aparta un mechón de pelo negro de la cara. Él se da la vuelta de inmediato.

—Mierda, Campanilla —me dice—. Tienes razón. —Niega con la cabeza—. Pensé que no eran más que un puñado de gilipollas cenando en un restaurante.

—Cuéntame lo de los huesos —le digo.

Darren da un trago a su limonada y se estira la chaqueta y los pantalones. Se inclina de nuevo hacia mí y nos quedamos mirando al sujeto de nuestra discusión, Iwan Krol.

—Hace treinta años, su hermano desapareció —me cuenta Darren—. Su hermano mayor era un tipo llamado Magnar, ya sabes, hasta su nombre significaba «tipo duro» en polaco, o algo por el estilo. El cabrón más duro de Darra. Un auténtico sádico. Se metía todo el rato con Iwan. Le quemaba y esas mierdas, lo ataba a las vías del tren y le azotaba con cables de empalme. Y, al parecer, un día Magnar estaba bebiendo *whisky* polaco, que era como combustible para cohetes, y se desmayó en el cobertizo familiar, donde ambos hermanos estaban haciendo unas reparaciones. Iwan agarró a su hermano por los brazos, lo llevó a rastras hasta la parte trasera de la finca familiar, a unos cien metros de distancia, y lo dejó ahí. Después, con suma frialdad, conectó dos cables eléctricos que iban hacia la casa, agarró una sierra mecánica circular, la puso en marcha y le cortó la cabeza a su hermano con la misma tranquilidad con la que le había cortado el techo a un Ford Falcon.

Ambos nos quedamos mirando a Iwan Krol. Él levanta la cabeza, como si hubiera percibido nuestra mirada. Se limpia la boca con una servilleta que tiene en el regazo.

—¿Eso es cierto? —susurro.

—Mi madre dice que los rumores sobre Iwan Krol no siempre son precisos —dice Darren.

—Eso me parecía —le digo.

—No, tío —me dice Darren—. No lo pillas. Se refiere a que los rumores sobre Iwan Krol nunca cuentan la verdad completa, porque la verdad completa es algo que la mayoría de personas en su sano juicio no podrían asimilar.

—¿Qué hizo entonces con Magnar, o con lo que quedó de Magnar?

—Nadie lo sabe —responde Darren—. Magnar desapareció sin más. Se esfumó. Nadie volvió a verlo. Lo demás son todo conjeturas. Y eso es lo magnífico. Por eso es tan brillante en su trabajo. Un día su objetivo está caminando por la calle en alguna parte, y al día siguiente su objetivo ya no camina hacia ninguna parte.

Sigo mirando a Iwan Krol.

—¿Tu madre lo sabe? —le pregunto.

—¿Saber qué?

—Lo que hizo Iwan con el cuerpo de su hermano.

—No, mi madre no sabe una mierda, pero yo sí.

—¿Qué hizo con él?

—Lo mismo que hace con todas sus víctimas.

—¿El qué?

Darren hace girar la rueda con la comida y la detiene en una fuente llena de cangrejo al chile. Agarra un cangrejo de arena entero y lo deja caer sobre su plato.

—Observa con atención —me dice.

Agarra la pinza derecha del cangrejo, la arranca violentamente y succiona el interior. Agarra entonces la pinza izquierda, la arranca del caparazón con la misma facilidad que si sacara un palo del hombro de un muñeco de nieve.

—Los brazos —comenta—. Después las piernas.

Arranca tres patas del lado derecho del caparazón. Y otras tres en el lado izquierdo.

—Todas las víctimas desaparecen, Campanilla. Soplones, bocazas, enemigos, competidores, clientes que no pueden pagar sus deudas.

Después Darren le arranca al cangrejo las patas natatorias traseras, cuatro patas articuladas que tienen la forma de un peso plano de plomo. Succiona la carne de esas patas y deja las cáscaras intactas junto al caparazón, justo donde deberían estar, pero sin tocar realmente el caparazón. Vuelve a colocar las pinzas en su lugar, igual que las patas, a un milímetro de distancia del cuerpo del cangrejo bañado en salsa de chile.

—Descuartizamiento, Eli —susurra.

Darren contempla mi rostro desconcertado y después apila todas las patas y las pinzas del cangrejo y las deja caer en el interior del caparazón invertido del animal.

—Es mucho más fácil transportar un cuerpo en seis trozos —me explica mientras deja caer el caparazón en un cuenco lleno de restos de cangrejo.

—¿Transportarlo dónde?

Darren sonríe y señala con la cabeza a Tytus Broz.

—A un buen hogar —murmura.

Al Señor de los Miembros.

Tytus se pone de pie en ese momento y golpea su copa de vino con un tenedor.

—Disculpen, damas y caballeros, pero creo que ha llegado el momento de acompañar esta extraordinaria velada con unos breves agradecimientos.

* * *

De camino a casa, una nube densa ha cubierto Orión. August y mi madre caminan por delante de Lyle y de mí. Los vemos hacer equilibrios sobre las vallas verdes de madera que bordean el parque de Ducie Street. Esas vallas de madera, compuestas cada una por un largo leño de madera de color verde apoyado en dos tocones, han sido nuestras vallas de gimnasia olímpica desde hace unos seis años.

Mi madre da un salto y aterriza con elegancia en uno de los troncos.

Ejecuta una atrevida pirueta en el aire. August aplaude con entusiasmo.

—Ahora la gran Comăneci se prepara para el aterrizaje —anuncia, y se aproxima con cuidado al borde de la barra. Saluda con los brazos extendidos a su público imaginario compuesto por el jurado de Montreal y los conservadores olímpicos de 1976. August extiende los brazos hacia delante y se prepara con las rodillas dobladas. Mi madre salta entonces a sus brazos.

—¡Un diez perfecto! —exclama ella. August la hace girar para celebrarlo. Siguen caminando y August se sube también a otra valla.

Lyle observa desde lejos, sonriente.

—¿Lo has pensado? —le pregunto.

—Pensar ¿qué? —responde Lyle.

—Mi plan —respondo.

—Cuéntame más sobre ese comando especial.

—El Comando especial Janus —respondo—. Tienes que leer un poco más el periódico. La policía ha declarado la guerra a las drogas importadas del Triángulo Dorado.

—Tonterías —dice Lyle.

—Es cierto. Aparece en el periódico. Pregúntale a Slim.

—Bueno, puede que lo del comando especial sea cierto, pero sus intenciones son tonterías. Es todo una cortina de humo. La mitad de los policías veteranos de la zona celebra la Navidad gracias a la financiación de Tytus. Ningún cabrón de por aquí quiere frenar la entrada de drogas porque ningún cabrón de por aquí quiere acabar con el chollo de Tytus.

—El Comando especial Janus no son policías de por aquí —digo—. Es la Policía Federal australiana. Están centrados en las fronteras. Los atrapan en el mar, antes de que lleguen a la playa.

—Así que...

—Así que dentro de poco el suministro no podrá cubrir la demanda —explico—. Habrá miles de yonquis deambulando por Darra e Ipswich en busca de algo de droga, pero quien tendrá toda la mercancía será la Policía Federal, y ellos no la venden.

—¿Y? —pregunta Lyle.

—Pues que podemos comprar ahora. Comprar una vez y comprar mucho. Meter la mercancía bajo tierra, dejarla enterrada un año o dos, dejar que la policía convierta ese alijo en diamantes.

Lyle se vuelve y me mira de arriba abajo.

—Creo que tienes que dejar de pasar tanto tiempo con Darren Dang —me dice.

—Mala idea —respondo—. Darren es nuestro contacto con Bich. Tú sigue dejándome en casa de Darren y charlando con Bich como el tutor responsable y cariñoso que eres, hasta que ella por fin confíe en ti lo suficiente para venderte diez kilos de heroína.

—No te enteras, chico —me dice Lyle.

—Le he preguntado a Darren los precios del mercado. Dice que diez kilos de heroína vendidos al precio actual de quince dólares el gramo nos reportarían ciento cincuenta mil dólares. Si dejas ese alijo escondido un año o dos, te garantizo que podrás alcanzar precios de venta de dieciocho, diecinueve o veinte dólares el gramo. Puedes comprarte una casa decente en The Gap por setenta y un mil dólares. Tendríamos suficiente para dos casas y nos sobraría para construir una piscina en cada una.

—¿Y qué sucederá cuando Tytus descubra que tengo un negocio paralelo y envíe a Iwan Krol en busca de respuestas?

No tengo respuesta para eso. Sigo caminando. Hay una lata de refresco vacía tirada en la carretera y voy dándole patadas con el zapato derecho. Rebota hacia el centro de la carretera.

—¿Vas a recoger eso? —me pregunta Lyle.

—¿Qué?

—La lata, la puta lata, Eli —me dice, frustrado—. Mira este lugar. Carritos abandonados en el parque, bolsas de patatas y pañales usados tirados por todas partes. Cuando era pequeño, estas calles estaban impolutas. A la gente le importaba. Este lugar era tan bonito como tu preciado Gap. Te digo que es así como empieza, madres y padres de Darra que comienzan a tirar pañales usados a la calle, y de pronto están prendiendo fuego a neumáticos frente a la Ópera de Sídney. Así es como Australia se va a la mierda, solo con que des patadas a esa lata de refresco en mitad de la calle.

—Creo que el consumo generalizado de heroína en los suburbios es otra manera de lograr que se vaya a la mierda —sugiero.

—Recoge la maldita lata, listillo.

Recojo la lata.

—El efecto dominó —comento.

—¿Qué? —pregunta Lyle.

—La reacción en cadena —le explico mientras levanto la lata de refresco—. ¿Qué hago con esto?

—Tírala en ese cubo de ahí —me dice Lyle.

Tiro la lata en el contenedor negro que hay en el bordillo, que está lleno de cajas de *pizza* y de botellas de cerveza vacías. Seguimos caminando.

—¿Qué es la reacción en cadena? —insiste Lyle.

No es más que una teoría sobre mi vida. Vemos a August y a mi madre corriendo en zigzag entre las vallas del parque.

—La reacción en cadena fue cuando el padre de mi madre la abandonó siendo ella una niña —explico—. Eso es lo que pone en marcha el resto de los acontecimientos en su vida. Su viejo se larga, deja a la abuela cuidando de seis hijos en una caja de zapatos en las afueras de Sídney. Mi madre es la mayor, así que deja los estudios a los catorce años para buscar trabajo y ayudar a la abuela a pagar las facturas y poner comida en la mesa. Después, tras dos o tres años, se cabrea con la abuela porque ella tenía sueños, ¿sabes? Quería ser abogada o algo así, y ayudar a esos pobres chicos del lado oeste de Sídney para que no acabaran en Silverwater. Así que recorre el país haciendo autostop, atraviesa el Nullarbor, llega hasta Australia occidental, donde trabaja como camarera en hoteles, y entonces, una noche, un cabrón le pone un cuchillo en el cuello cuando volvía a su casa, la mete en su coche y se la lleva por una carretera oscura, y quién sabe lo que piensa hacerle ese cabrón, pero entonces aminora la velocidad porque están haciendo obras en la carretera. Unos obreros se dedican a ensanchar la carretera durante la noche y mi madre, la mujer más valiente del mundo, se lanza del coche, que circula a cincuenta por hora, y se rompe el brazo derecho y se hace cortes en las piernas, pero se pone en pie y corre como cuando era niña y ganaba todas las carreras del colegio, corre hacia las luces señalizadoras de las obras mientras el cabrón enfermizo da la vuelta con el coche, pero mi madre llega hasta un bar ambulante donde hay tres obreros echando un cigarrito. Mi madre cuenta a gritos lo que acaba de suceder y uno de los obreros sale por la puerta, pero el cabrón enfermizo pisa el acelerador y se aleja por la autopista. Y el hombre regresa al bar y le dice a mi madre: «Ya estás a salvo, ya estás a salvo». Y resulta que ese obrero es Robert Bell, mi padre.

Lyle frena en seco.

—Joder —dice.

—¿Mi madre nunca te había hablado de la reacción en cadena?

—No, Eli, nunca me lo había contado.

Seguimos caminando.

—¿De verdad crees que Tytus enviaría a Iwan Krol a buscarnos? —pregunto.

—Los negocios son los negocios, chico —responde.

—¿Es cierto lo que dicen de él? —pregunto.

—¿Qué?

—Darren me ha contado lo que hace con los cuerpos. ¿Es cierto?

—Nunca he querido averiguarlo, Eli, y, si sabes lo que te conviene, dejarás de hacer preguntas sobre lo que Iwan Krol hace con los cuerpos de los criminales muertos.

Seguimos caminando.

—¿Dónde vamos mañana? —pregunto.

Lyle toma aire y suspira.

—Tú vas al colegio.

—¿Y qué hacemos el sábado? —pregunto, inquebrantable.

—Teddy y yo tenemos algunos encargos en Logan City.

—¿Podemos ir?

—No —responde.

—Nos quedaremos sentados en el coche.

—¿Para qué coño ibas a querer hacer eso?

—Ya te lo he dicho. Vigilo.

—¿Y qué esperas descubrir, Eli?

—Lo mismo que he descubierto esta noche. Las cosas que tú no ves.

—¿Qué cosas?

—Cosas como, por ejemplo, que Teddy se está enamorando de mamá.

El chico pierde la suerte

Reacción en cadena. A mi madre le piden que forme parte del comité organizador de la fiesta del colegio, que se reúne todos los sábados durante este mes. Ella quiere hacerlo porque nunca hace esas cosas. Odia a todos esos padres, pero eso no significa que no quiera sentirse como uno de ellos de vez en cuando. Entonces Slim empieza a toser y su pis se vuelve del color del óxido, y el médico le dice que tiene neumonía. Está recluido en un pequeño piso alquilado en Redcliffe, al otro lado de Brisbane. Mi madre y Lyle no tienen niñera para que cuide de August y de mí los sábados.

Primavera de 1986. Soy estudiante de instituto. En vez de mirar por las ventanas del colegio estatal de Darra, ahora tomo el autobús con August todos los días y miro por las ventanas del instituto estatal de Richlands, Inala. Tengo trece años y, como cualquier adolescente de Queensland que se precie, con la voz profunda y los huevos grandes, quiero experimentar cosas nuevas, como pasar los sábados del próximo mes con Lyle cumpliendo con sus encargos de heroína. Le recuerdo sutilmente a mi madre que a August y a mí nos encanta quemar cosas cuando no contamos con la supervisión de un adulto. Le menciono que el otro día vi a August prender fuego a un globo terráqueo cubierto de gasolina que encontramos tirado junto a un contenedor benéfico de Lifeline en Oxley. «¡Vas a prender fuego al mundo!», le grité mientras él acercaba su lupa a Australia y un punto apocalíptico ardiente de rayos de sol amplificados descendía sobre la ciudad de Brisbane.

—Los llevaré a la piscina de Jindalee —dice Lyle—. Podrán nadar durante unas horas. Teddy y yo haremos el encargo y después los recogeremos de camino a casa.

Mi madre nos mira a August y a mí.

—¿Qué os queda de deberes?

—Solo Matemáticas —respondo.

August asiente. «Lo mismo que a Eli».

—Deberíais haber hecho primero las Matemáticas, quitaros la parte difícil cuanto antes —dice mi madre.

—A veces la vida no funciona así, mamá —le digo—. A veces no puedes quitarte la parte difícil cuanto antes.

—A mí me lo vas a decir —comenta ella—. De acuerdo, podéis ir a la piscina, pero será mejor que tengáis los deberes terminados cuando vuelva a casa.

No hay problema. Pero llegamos a la piscina de Jindalee y está cerrada porque el dueño está cambiando el revestimiento interior y la piscina está vacía.

—Joder —gruñe Lyle.

Teddy está sentado al volante porque el Mazda verde oliva de 1976 es suyo, un horno con ruedas incluso en primavera, con asientos de vinilo marrones que dan mucho calor y se me pegan a los muslos, y a August también, porque lleva los mismos pantalones cortos grises de Kmart.

Teddy mira el reloj.

—Tenemos que estar en Jamboree Heights en siete minutos —dice.

—Joder —repite Lyle negando con la cabeza—. Vamos.

Nos detenemos frente a una casa de dos plantas en Jamboree Heights. La casa es de ladrillo amarillo y tiene una enorme puerta de aluminio en el garaje y una escalera que sube por la fachada hasta un descansillo donde un niño maorí sin camiseta, de unos cinco años, está saltando a la comba con una cuerda rosa. Hace tanto calor fuera que el asfalto de la carretera a través de la ventanilla del coche ondea con el aire caliente como si fuera un espejismo.

Lyle y Teddy se detienen unos segundos a inspeccionar la escena, miran por el espejo retrovisor interior y los dos laterales. Teddy abre el maletero. Salen del Mazda al mismo tiempo y caminan hasta la parte trasera del coche. Cierran el maletero.

Lyle regresa a la puerta delantera del copiloto con una pequeña nevera de plástico azul y se inclina hacia el interior.

—Vosotros dos quedaos aquí y portaos bien, ¿de acuerdo? —nos dice. Se dispone a cerrar la puerta.

—Tiene que ser una broma, Lyle —le digo.

—¿Qué?

—Debe de haber cincuenta grados aquí. En diez minutos estaremos asados.

Lyle suspira y toma aire. Mira a su alrededor y localiza un pequeño árbol junto a la acera.

—De acuerdo, esperad bajo ese árbol de allí.

—¿Y qué decimos cuando salga el vecino y nos pregunte qué hacemos sentados debajo de su árbol? —le pregunto—. «Estamos traficando con drogas un momentito. No se preocupe».

—Estás empezando a cabrearme, Eli —me dice Lyle cerrando su puerta de golpe.

Entonces abre la de August.

—Vamos —nos dice—. Pero ni una puñetera palabra.

Pasamos junto al niño que salta a la comba y este nos mira; tiene mocos amarillos en la nariz.

—Eh —le digo al pasar.

El niño no dice nada. Lyle golpea con los nudillos el marco de la puerta de malla metálica.

—¿Eres tú, Lyle? —pregunta una voz procedente del salón a oscuras—. Pasa, hermano.

Entramos en la casa. Primero Lyle, después Teddy, después August y, por último, yo. Hay dos hombres maoríes sentados en unos sillones marrones junto a un sofá de tres plazas vacío. El salón está cubierto de humo. Los hombres tienen ceniceros llenos en los reposabrazos de sus sillones. Uno de ellos es muy delgado, con tatuajes maoríes en la mejilla izquierda; el otro es el hombre más gordo que he visto en mi vida y es él quien habla.

—Lyle, Ted —dice a modo de saludo.

—Ezra —contesta Lyle.

Ezra lleva pantalones cortos de color negro y una camiseta negra; tiene las piernas tan gordas que la grasa de los muslos le cae por encima de las rótulas, así que el centro de sus piernas parece la cara de una morsa, pero sin colmillos. Sin embargo, no es el tamaño del hombre lo que llama mi atención, sino el tamaño de su camiseta negra, que es tan grande que podría cubrir el Mazda de Teddy que está aparcado fuera al sol.

El hombre delgaducho está inclinado hacia delante sobre su asiento, pelando patatas de un cuenco que hay sobre una mesa portátil.

—Joder, Lyle —dice Ezra, y sonríe al fijarse en August y en mí—. Vas a ganar el premio al mejor padre, mi amigo, trayendo a tus hijos a un intercambio de droga.

Ezra se da una palmada en la pierna, mira a su raquítico amigo, el de los tatuajes, pero este no dice nada.

—*Papara* del Año, ¡eh, mi amigo!

—No son mis hijos —responde Lyle.

Una mujer entra en el salón.

—Bueno, entonces me los quedaré si no son tuyos, Lyle —dice sonriéndonos mientras se sienta en el sofá. Va descalza y lleva una camiseta negra y ancha. Es una mujer maorí con un tatuaje tribal que le recorre el brazo derecho. En la sien derecha tiene tatuada una línea de puntos. Lleva también una mesa portátil llena de zanahorias, boniatos y un cuarto de calabaza.

—Perdona, Elsie —dice Lyle—. Son los hijos de Frankie.

—Ya me parecían demasiado guapos para ser tus *tamariki tane* —comenta ella.

Le guiña un ojo a August. Él le sonríe.

—¿Cuántos años llevas cuidando a estos chicos, Lyle? —pregunta Elsie.

—Unos ocho o nueve años hace que los conozco —responde Lyle.

Elsie nos mira a August y a mí.

—¿Ocho o nueve años? —repite—. ¿Vosotros qué pensáis, chicos? ¿Os parece justo decir que ya sois sus hijos?

August asiente con la cabeza y Elsie me mira esperando una respuesta.

—Me parece justo —respondo.

Ezra y el hombre raquítico están absortos en una película que echan por televisión donde sale un guerrero bronceado presidiendo un antiguo festín.

—¿Qué es lo mejor de la vida? —pregunta un hombre en pantalla vestido como Genghis Khan.

El guerrero tiene las piernas cruzadas, músculos de hierro y una cinta en la cabeza a modo de corona.

—Aplastar a tus enemigos —responde el guerrero—. Que te los pongan delante y oír el lamento de sus mujeres.

August y yo nos quedamos por un momento cautivados con aquel hombre.

—¿Quién es ese? —pregunto.

—Ese es Arnold Schwarzenegger, hermano —dice Ezra—. *Conan, el bárbaro.*

Arnold Schwarzenegger es hipnótico.

—Este cabrón va a ser grande —dice Ezra.

—¿De qué va? —pregunto.

—Va de guerreros, hermano, y de magos y de espadas y de brujería —me explica Ezra—. Pero, sobre todo, va de venganza. Conan está recorriendo el mundo tratando de encontrar al cabrón que echó a su padre a los perros y le cortó la cabeza a su madre.

Observo el reproductor de vídeo que hay debajo del televisor.

—¿Tenéis un Sony Betamax? —pregunto asombrado.

—Claro que sí, colega —responde Ezra—. Gran resolución, sonido de alta fidelidad, sin zumbidos, con contraste mejorado, ruido lumínico mejorado.

August y yo nos tiramos de inmediato sobre la moqueta para observar el aparato.

—¿Qué es el ruido lumínico? —pregunto.

—Y yo qué sé —responde Ezra—. Eso ponía en la caja.

Junto al televisor hay una estantería llena de cintas Beta de color negro con pegatinas blancas con los títulos de las películas. Hay cientos. Algunos títulos han sido tachados con boli azul y junto a ellos han escrito otros nuevos. *En busca del arca perdida. ET, el extraterrestre, Rocky III. Los héroes del tiempo. Furia de titanes.* August señala con el dedo una cinta en particular.

—¿Tenéis *Excalibur*? —grito.

—Pues claro, tío —dice Ezra—. Helen Mirren, tío. Está muy buena la bruja esa.

Yo asiento entusiasmado.

—Merlín —digo.

—Menudo cabrón —responde Ezra.

Estudio los vídeos.

—¡Tenéis todas las de *La guerra de las galaxias*!

—¿Cuál es la mejor de *La guerra de las galaxias*? —pregunta Ezra con un tono que sugiere que él ya sabe la respuesta.

—*El imperio contraataca* —respondo.

—Correcto —dice él—. ¿Y la mejor parte?

—La cueva de Yoda en Dagobah —respondo sin dudar un segundo.

—Joder, Lyle, aquí tienes uno bueno —dice Ezra.

Lyle se encoge de hombros y se lía un cigarrillo de un paquete de White Ox que lleva en el bolsillo.

—No sé de qué coño estáis hablando —responde.

—Luke encuentra a Vader en la cueva y lo mata, y luego se quita la máscara y Luke se mira a sí mismo —explica Ezra con misticismo—. Es bastante extraño. ¿Cómo se llamaba este?

Lyle me señala con el dedo.

—Ese es Eli —dice y señala a August—. Ese es August.

—Eh, Eli, ¿qué es esa mierda de la cueva? —me pregunta—. ¿Qué significa esa mierda, tío?

Sigo mirando los títulos de las películas mientras hablo.

—La cueva es el mundo, y es como dice Yoda: lo único que hay en la cueva es lo que tú llevas contigo. Creo que Luke ya percibe quién es su viejo. En el fondo ya lo sabe. Le da mucho miedo conocer a su padre porque le dan mucho miedo las cosas que lleva dentro, el lado oscuro que lleva en la sangre.

El salón queda en silencio unos segundos. August me observa, asiente con complicidad y arquea las cejas.

—Mola —dice Ezra.

Lyle coloca la nevera azul junto al sillón de Ezra.

—Os he traído unas cervezas —comenta.

Ezra le hace un gesto de cabeza al delgaducho, lo cual es comunicación suficiente para que este último se levante del sillón y abra la nevera portátil. Mete la mano en la nevera, que está llena de botellas de cerveza y hielo. Saca un bloque rectangular envuelto en una gruesa bolsa de plástico negro. Se la pasa de inmediato a Elsie, que frunce el ceño.

—Puedes comprobarlo tú, Rua, por el amor de Dios —dice ella.

El hombre delgado mira a Ezra en busca de respuesta. Ezra está absorto en la película, pero se permite el tiempo de mirar a Elsie con un ojo y señalar con la cabeza en dirección a la cocina. Elsie se levanta del sofá con movimientos bruscos y le quita el paquete negro a Rua.

—Jodidos imbéciles —murmura.

Nos dedica una sonrisa a August y a mí.

—Chicos, ¿queréis venir a tomar un refresco? —pregunta.

Nosotros miramos a Lyle y él asiente para dar su aprobación, así que seguimos a Elsie a la cocina.

Rua le pasa las cervezas a Ezra, Lyle y Teddy.

—Me pregunto cuándo tendrán los de Queensland una cerveza que no sea la maldita XXXX Bitter —comenta Ezra.

—Tenemos otra cerveza —responde Teddy acomodándose en el sofá de tres plazas para ver *Conan, el bárbaro*—. XXXX de barril.

* * *

Es casi la una de la tarde y estamos comiendo gratinado de patatas en un bar de la Milla Mágica de Moorooka, un tramo de carretera a quince minutos en coche de Jamboree Heights, donde la gente de Brisbane viene a comprar coches en una hilera de concesionarios cuya calidad y prestigio varían desde «¡Todos nuestros coches tienen airbags!» hasta «¡Todos nuestros coches tienen parabrisas!».

Estamos sentados en torno a una mesa blanca de plástico, comiendo directamente del envase de papel que contiene gratinado de patatas, croquetas de ternera, palitos de pescado, empanadillas amarillas y unas patatas fritas en aceite reutilizado, así que parecen colillas de cigarrillo y saben más o menos igual.

—¿Quién quiere la última croqueta de ternera? —pregunta Teddy.

Teddy es el único que ha estado comiendo las croquetas de ternera. Siempre es el único que se las come.

—Toda tuya, Teddy —le digo.

August y yo estamos bebiendo latas moradas de Kirks Pasito, nuestro segundo refresco favorito. Slim fue quien nos aficionó al Pasito. No bebe otra cosa que refrescos Kirks porque son de Queensland y dice que conocía a un tipo que trabajaba para la empresa original, que en realidad era la empresa de agua mineral Helidon, que se hizo un nombre en la década de 1880 embotellando el agua de manantial de Helidon, cerca de Toowoomba, cuyos aborígenes locales aseguraban que el agua les daba la fuerza necesaria para ahuyentar a posibles invasores codiciosos que quisieran explotar los beneficios de su agua de manantial. Nunca he probado el agua de manantial de Helidon, pero dudo que esté a la altura de la dulzura y los poderes reconstituyentes de una zarzaparrilla bien fría.

—Elsie tenía Big Sars —comento mientras mordisqueo selectivamente mi gratinado de patata para que tenga la forma de Australia. August muerde el suyo para que parezca una estrella ninja—. Tenía un estante lleno de latas de refresco. Tenía toda la gama de Kirks. Lemon Squash. Cerveza de jengibre Old Stoney. De todo.

Lyle se está liando otro pitillo de White Ox.

—¿Y has visto algo más, míster Detalles, cuando has ido con Elsie a la cocina? —me pregunta.

—He visto un montón de cosas —respondo—. Tenía un paquete sin abrir de galletas heladas VoVo en el frigorífico, en el estante de encima del cajón de las verduras. Y supongo que anoche debieron de pedir comida de Ribbetts, porque había un paquete plateado de comida para llevar en el estante de encima de las galletas VoVo, y aunque la caja tenía la tapa puesta y no podía ver lo que había dentro, sabía que era de Ribbetts porque he visto la salsa barbacoa de Ribbetts que goteaba por el borde de la caja, y no hay una salsa barbacoa como la de Ribbetts.

Lyle se enciende el cigarrillo.

—¿Y has captado algún detalle que no estuviera relacionado con lo que Elsie tenía en la nevera? —me pregunta, y gira la cabeza hacia la derecha para evitar echar el humo sobre el gratinado de patata.

—Sí, he visto un montón —respondo antes de meterme tres patatas fritas en la boca, aunque ya están frías y han perdido el crujiente—. Había un arma maorí colgada en la pared sobre el banco de la cocina, le he preguntado a Elsie qué era y me ha dicho que se llamaba *mere*. Era un bate enorme en forma de hoja, fabricado en algo que se llama jade, y que ha pasado de generación en generación en su familia. Se ha situado junto al fregadero, ha cortado con cuidado el envoltorio del paquete de heroína y ha estado pesándolo con una balanza y pesos de cocina, mientras me contaba las cosas horribles que Hamiora, su tatara-tatara-tatara-tatarabuelo, hizo con ese bate. Una vez había un tipo llamado Marama, que era el jefe de otra tribu que siempre se metía con la tribu de Hamiora y, cuando Hamiora visitó el cuartel general del jefe rival...

—No sé si los antiguos jefe tribales maoríes tenían cuarteles generales —comenta Teddy.

—Su choza, la choza del gran jefe rival —aclaro—. Cuando Hamiora visitó la choza de Marama, el jefe rival comenzó a reírse del tamaño y la forma del *mere* de Hamiora, porque no daba miedo, como un rodillo de cocina hecho de piedra o algo que usarías para estirar la masa de las galletas, y Hamiora estaba en el centro de todos los guerreros rivales mientras Marama hacía chistes sobre él, animando a su gente a reírse del arma de la familia de Hamiora. Así que Hamiora empezó a reírse con ellos y, de pronto, en menos que canta un gallo, golpeó a Marama en la cabeza con el arma de su familia, de la que tanto se reían.

Saco del paquete una empanadilla frita.

—El bueno de Hamiora podía empuñar su bate de jade como Viv Richards empuña un bate de críquet, y se había especializado en un movimiento con el antebrazo mediante el cual golpeaba a alguien en la sien, pero, en el momento del impacto, hacía girar el palo con brusquedad.

Arranco el tercio superior de la pequeña empanadilla.

—Le levantó a Marama la tapa del cráneo con un solo golpe y el resto de la tribu se quedó tan perpleja ante aquella escena que los guerreros no tuvieron tiempo de sacar sus armas cuando el resto de los hombres de Hamiora, todos ellos parientes lejanos de Elsie, salieron de detrás de unos arbustos y atacaron a sus rivales.

Me meto el trozo de empanadilla en la boca.

—Y, mientras Elsie cuenta la historia, está desenvolviendo con cuidado la mercancía y no se fija en las cosas que estoy viendo. Digo cosas como «¿Ah, sí? ¿De verdad? ¿En serio?», como si estuviese absorto en la historia, pero al mismo tiempo recorro la cocina con la mirada en busca de detalles. Mi ojo derecho está donde debe estar, pero mi ojo izquierdo lo observa todo, se fija en las cosas.

Lyle y Teddy intercambian una breve mirada y después Lyle niega con la cabeza.

—Cuando August y yo nos agachamos para mirar la colección de refrescos Kirks que Elsie tiene en el frigorífico, ella no se da cuenta de que estoy viendo cómo manipula la mercancía, la veo sacar un cuchillo afilado y cortar unas pocas lonchas del bloque, como si cortara lonchas de queso *cheddar*. Hace con todos esos recortes una bolita de un gramo y mete la bola en el bote negro de un carrete de fotos, con la tapa gris. Se guarda el bote en el bolsillo de los vaqueros, vuelve a envolver el resto del paquete y os lo lleva al salón, aunque vosotros tenéis la mirada fija en *Conan, el bárbaro*, y os dice: «Todo en orden», y nadie le dice nada. Después regresa a la cocina y termina de contarme la historia sobre su tatara-tatara-tatara-tatarabuelo el jefe Hamiora y el tonto-tonto-tonto-tonto jefe Marama, y veo todos estos detalles, como que hay un montón de correo apilado junto al teléfono, cartas del ayuntamiento, facturas de Telecom y un trozo de papel con muchos nombres y números, y tu nombre y tu número aparecen en el papel, Lyle, y también el nombre de Tytus, y hay una tal Kylie y un tal Mal, y un número junto a alguien llamado Snapper y otro número junto a Dustin Vang...

—¿Dustin Vang? —pregunta Teddy y se vuelve hacia Lyle, que asiente con la cabeza y arquea las cejas.

—Tiene sentido —murmura Lyle.

—¿Quién es Dustin Vang? —pregunto.

—Si Bich Dang fuese Hamiora, entonces Dustin Vang sería su Marama —me explica Lyle.

—Es una buena noticia —dice Teddy.

—¿Por qué? —pregunto.

—Sana competencia —explica Teddy—. Si Bich no es la única que importa mercancía en el barrio, es una buena noticia para Tytus porque Bich tendrá que empezar a ofrecer precios más competitivos y puede que así ya no disfrute tanto dándonos a los demás por el culo.

—Pero no es una buena noticia para Tytus si Ezra está pensando en acudir a otro proveedor —dice Lyle—. Hablaré con Tytus.

Teddy se carcajea.

—No está mal, señor Detalles.

* * *

Nada une tanto a una ciudad como la heroína del sureste asiático. Este maravilloso mes de sábados con la piscina de Jindalee cerrada por reformas nos tiene a Lyle, a Teddy, a August y a mí de un lado a otro de Brisbane, entre minorías culturales, entre bandas, entre toda esa subcultura oscura que mi floreciente y amada ciudad acoge en su seno. Los italianos del sur de Brisbane. La gente del *rugby* de Ballymore. Los baterías, guitarristas y músicos callejeros de Fortitude Valley.

—No le digáis ni una palabra de esto a vuestra madre, ¿entendido? —nos dice Lyle cuando aparcamos frente al cuartel general de un grupo neonazi ubicado en Highgate Hill que se llama Martillo Blanco, y que dirige un joven delgado de veinticinco años llamado Timothy, quien, durante un interesante intercambio de dinero y drogas, le cuenta a Lyle que en realidad él no se afeita la cabeza, sino que es calvo por naturaleza, lo que hace que me pregunte qué sería lo primero que llamó su atención a lo largo de su peculiar viaje filosófico: la idea de la supremacía blanca o la de la calvicie de patrón del varón blanco.

No sé qué esperaba yo encontrar en el tráfico de drogas. Más romanticismo, quizá. La sensación de peligro y suspense. Ahora me doy cuenta de que el traficante de drogas de extrarradio, el trabajador medio, no dista mucho del típico repartidor de *pizza*. La mitad de los intercambios que hacen Lyle y Teddy yo podría hacerlos en la mitad de tiempo recorriendo los suburbios del suroeste de Brisbane montado en mi Mongoose BMX con la mercancía en la mochila. August podría hacerlo aún más rápido, porque monta más rápido que yo y además tiene una bici de carreras Malvern Star de diez velocidades.

* * *

August y yo hacemos los deberes de Matemáticas en el asiento trasero del Mazda de Teddy mientras cruzamos Story Bridge de norte a sur y de sur a norte, el Puente de las Historias; historias como la de los chicos que combaten el fuego, historias como la del chico mudo y su hermano pequeño que nunca pedían nada salvo respuestas a las preguntas.

August saca una calculadora científica de diez dígitos que le regalaron por su cumpleaños, escribe números y da la vuelta a la calculadora para formar palabras. 50538 = BESOS. 705 = SOL. Escribe más números y me muestra con orgullo la pantalla de la calculadora. ELIBELL

—Eh, Teddy —le digo—. En una feria escolar, veinte de un total de ochenta entradas se vendieron como entradas anticipadas. ¿Qué porcentaje de entradas anticipadas se vendió?

Teddy me mira a través del espejo retrovisor.

—Vamos, colega, por el amor de Dios, ¿cuántos veintes caben en ochenta?

—Cuatro.

—Entonces...

—Entonces veinte es un cuarto de las entradas.

—Correcto.

—Un cuarto de cien es... ¿veinticinco por ciento?

—Sí, colega —dice Teddy negando con la cabeza—. Joder, Lyle, no dejes que estos dos te hagan la declaración de impuestos.

—¿Declaración de impuestos? —dice Lyle con sorpresa fingida—. ¿Ese es uno de los principios de álgebra?

Los repartos de droga hay que hacerlos los sábados porque casi todos los traficantes de tercera categoría a los que Lyle les vende la mercancía tienen trabajo entre semana. Tytus Broz es un traficante de primera categoría. Lyle es de segunda categoría. Él les vende a los traficantes de tercera categoría, quienes, a su vez, venden la droga al hombre o a la mujer de la calle, o, en el caso de

Kev Hunt, al hombre o la mujer del mar. Kev es un pescador de arrastre que tiene un negocio paralelo como traficante de tercera categoría que suministra heroína a muchos de los consumidores que se dedican a la pesca de la gamba en Moreton Bay. Pasa casi todos los días laborables en el mar. Así que nosotros vamos hasta su casa en Bald Hills un sábado, como a él le gusta. Es un buen negocio. Lyle se adapta a las necesidades de sus clientes. Shane Bridgman, por ejemplo, es un abogado de la ciudad que tiene un negocio paralelo como traficante de tercera categoría para el sector legal de George Street. Siempre está trabajando durante la semana, nunca está en casa, pero no quiere que los intercambios se realicen en su oficina, a tres edificios de distancia del Tribunal Supremo de Queensland. Así que nosotros vamos hasta su casa en Wilston, en los suburbios del norte. La transacción se lleva a cabo en su terraza interior, mientras su mujer hornea magdalenas de arándanos en la cocina y su hijo juega al críquet en el jardín.

Lyle es un maestro en esos intercambios de sábado. Es un diplomático, un embajador cultural, el representante de su jefe, Tytus Broz, un vínculo entre el rey y sus súbditos.

Lyle dice que aborda las transacciones del mismo modo que aborda a mi madre cuando está de mal humor. Atento. Alerta. Sin dejar que se acerquen demasiado a los cuchillos de cocina. Hay que ser flexible, paciente, complaciente. El comprador o mi madre enfadada siempre llevan la razón. Lyle siempre da su brazo a torcer ante los sentimientos del comprador o de mi madre enfadada. Cuando un promotor inmobiliario chino se queja de la burocracia del ayuntamiento, él asiente enfáticamente con la cabeza. Cuando el jefe de la banda de moteros de los Bandidos se queja de las pocas revoluciones de su Harley-Davidson, Lyle asiente con lo que a mí me parece verdadera preocupación, y es la misma mirada que le dirigió a mi madre la otra noche cuando se quejaba de que Lyle y ella nunca hacían el intento de entablar relación con otros padres de nuestro colegio. Sellar el trato, besar a la mujer que amas, guardarte el dinero y salir de allí con vida.

* * *

En nuestro último reparto de droga de sábado, Lyle nos habla a August y a mí de la habitación subterránea con el teléfono rojo. Lyle construyó esa habitación él mismo, excavó un agujero profundo bajo la casa al que a August y a mí no se nos permitía acceder. Era un espacio secreto construido con trece mil ladrillos comprados en la fábrica de ladrillos de Darra. La habitación secreta donde Lyle y mi madre podían almacenar grandes bolsas de hierba durante sus años de formación como traficantes.

—¿Para qué la usas ahora que no traficas hierba? —le pregunto.

—Es para los malos tiempos, por si algún día tengo que huir y esconderme —responde.

—¿De quién?

—De cualquiera —me dice.

—¿Para qué es el teléfono? —le pregunto.

Teddy mira a Lyle.

—Está conectado a una línea que va directa a otro teléfono rojo igual que ese que se encuentra en casa de Tytus, en Bellbowrie —explica Lyle.

Mira hacia atrás para ver nuestra reacción.

—¿Así que era Tytus con el que estuvimos hablando aquel día?

—No —responde—. No, Eli. —Nos miramos unos segundos a través del espejo retrovisor—. No estabas hablando con nadie en absoluto.

Pisa el acelerador y se encamina hacia nuestro último destino.

* * *

—Hoy he sentido algo que nunca antes había sentido —comenta mi madre mientras sirve los espagueti en nuestros platos, dispuestos para la cena sobre la mesa, la misma mesa de formica verde con patas metálicas sobre la que Lyle comía *babka* de cerezas cuando era niño.

Hoy era el festival del colegio. Durante ocho horas, bajo un sol abrasador de sábado, mi madre ha sido la encargada de tres barracas de feria en el patio del instituto estatal de Richlands. Se encargaba del juego del estanque donde, a cambio de cincuenta centavos, los niños debían pescar peces de espuma con una barra de cortina y una cuerda; bajo esos peces de espuma había una pegatina con un color que correspondía a un juguete de premio que tenía más o menos el mismo valor que la mierda de poni que he pisado en «El Granero del Tío Bob», la exhibición de animales de granja. El juego más popular de la feria ha sido uno que se ha inventado mi madre, aprovechando el irresistible tirón de *La guerra de las galaxias*, para recaudar fondos para la Asociación de Padres y Amigos del instituto estatal de Richlands. El «Desafío del Master Blaster de Han Solo» consistía en que los potenciales salvadores de la galaxia debían derribar tres soldados del Imperio, que eran de August y míos, situados en unas plataformas a diferentes distancias, utilizando una enorme pistola de agua pintada de negro para parecerse al Blaster de Han. Mi madre colocó los soldados imperiales con gran maestría, situando los dos primeros a unas distancias más que asequibles, enganchando así a sus clientes, de entre cinco y doce años, con el adictivo éxito inicial, y poniendo al tercer y último soldado a tanta distancia que un niño habría tenido que recurrir a los poderes de la Fuerza para lograr derribar al muñeco con un disparo de agua. Sin embargo, mi madre también estaba a cargo de la atracción menos popular de la feria, «El Caos de los Palitos»: cien palitos de helado —diez de ellos con estrellas de premio— metidos en una carretilla llena de arena. Mi madre podría haber asegurado que el sentido de la vida se escondía en uno de esos palitos de helado y aun así habría recaudado seis dólares con cincuenta a lo largo de toda la jornada.

—Me he sentido parte de la comunidad —dice mi madre—. Como si perteneciera a este lugar.

Veo que Lyle le dirige una sonrisa. Tiene la barbilla apoyada en el puño. Lo único que está haciendo mi madre es servir cucharadas de su salsa boloñesa con extra de beicon y romero en nuestros platos, pero Lyle la mira con los ojos muy abiertos, asombrado, como si estuviera tocando *Paint It Black* con un arpa dorada y cuerdas hechas de fuego.

—Eso es fantástico, cariño —dice Lyle.

—¿Cerveza, Lyle? —grita Teddy desde la cocina.

—Sí, colega —responde Lyle—. En el estante de la puerta.

Teddy se queda a cenar. Teddy siempre se queda a cenar.

—Es fantástico, Frankie —dice Teddy cuando entra en el salón. Le pasa un brazo por los hombros a mi madre innecesariamente. La abraza innecesariamente—. Estamos orgullosos de ti, tía —le dice. Así, como si fueran colegas. Dame un respiro, Ted. Estás sentado a la mesa de Lena y Aureli—. Puede que me equivoque, pero ¿veo un brillo nuevo en esos ojos azules? —le pregunta mientras le frota a mi madre la mejilla con el pulgar derecho.

Lyle y yo nos miramos. August me mira. «Hay que joderse. Aquí, delante de su mejor amigo. Nunca me he fiado de este tío. Viene aquí haciéndose el simpático, pero es a los simpáticos a los que hay que vigilar, Eli. No sé de quién está más enamorado: de mamá, de Lyle o de sí mismo».

Yo asiento. «Te entiendo, hermano».

—No sé —dice mi madre encogiéndose de hombros, un poco avergonzada por su actitud optimista—. Me he sentido bien al formar parte de algo tan...

—¿Aburrido? —sugiero—. ¿Provinciano?

Mi madre sonríe y mantiene suspendida la cuchara llena de boloñesa mientras piensa.

—Tan normal —concluye.

Deja caer la salsa sobre mi pasta y me dirige una de esas medias sonrisas rápidas y hermosas que es capaz de enviar a lo largo de un inmenso pasillo de devoción hasta la persona a la que va dedicada, un túnel de amor eterno, invisible a todos los demás, y sin embargo sé que August tiene un túnel igual al mío, y Lyle también.

—Es genial, mamá —le digo. Y jamás en mi vida he hablado tan en serio—. Creo que lo normal te pega.

Alcanzo el queso parmesano Kraft que huele como el vómito de August. Espolvoreo el queso sobre los espagueti, hundo el tenedor en la pasta de mi madre y lo hago girar dos veces.

Entonces Tytus Broz entra en nuestro salón.

Mi columna vertebral es la que mejor lo conoce. Mi columna vertebral reconoce ese pelo blanco, ese traje blanco y esos dientes blancos de sonrisa forzada. El resto de mi cuerpo se queda helado y confuso, pero mi columna vertebral sabe que Tytus Broz está entrando en nuestro salón y se estremece de arriba abajo, y tiemblo involuntariamente como me pasa a veces, cuando estoy meando en el retrete del *pub* favorito de Lyle, el Regatta Hotel en Toowong.

Lyle tiene la boca llena de pasta cuando ve a Tytus, lo observa, perplejo, mientras entra en nuestra casa; habrá encontrado la manera de entrar a través de la puerta trasera que hay junto a la cocina, pasado el baño.

Lyle pronuncia su nombre como una pregunta.

—¿Tytus?

August y mi madre están sentados frente a Lyle y a mí en la mesa, de modo que se giran y ven entrar a Tytus, seguido de otro hombre, más grande que él, con los ojos tan oscuros como su personalidad. Joder. Joder, joder, joder. ¿Qué está haciendo él aquí?

Iwan Krol. Y otros dos matones de Tytus que entran detrás de Iwan. Llevan chanclas de goma igual que Iwan Krol, pantalones cortos ajustados y camisas de algodón metidas por dentro del pantalón; uno de ellos es enjuto y calvo; el otro es gordo, tiene una sonrisa invertida y una gran papada.

—¡Tytus! —exclama mi madre, adoptando de inmediato su papel de anfitriona. Se levanta de la silla.

—Por favor, no te levantes, Frances —dice Tytus.

Iwan Krol le pone una mano en el hombro a mi madre y algo en su mirada le indica que vuelva a sentarse. Es entonces cuando me doy cuenta de que lleva una bolsa de lona de color verde, que deja caer sin hacer ruido en el suelo del salón, junto a la mesa.

Teddy sujeta su tenedor con la mano derecha. Tiene dos servilletas de papel metidas en el cuello de la camisa azul oscuro y los labios rojos por la salsa boloñesa, parece un payaso con el pintalabios corrido.

—Tytus, ¿va todo bien? —pregunta—. ¿Quieres unirte a nosotros para...?

Tytus ni siquiera está mirando a Teddy cuando se lleva el dedo índice a los labios y dice:

—Shhh.

Está mirando a Lyle. Silencio. Quizá sea un minuto entero de silencio o quizá sean solo treinta segundos, pero parecen treinta días de silencio ensordecedor mientras mira alternativamente a uno y otro. Puntos de vista y detalles, un único momento estirado hasta el infinito.

El matón enjuto lleva un tatuaje en el brazo izquierdo. Bugs Bunny con uniforme nazi. August agarra su cuchara de pasta, acariciando nerviosamente el mango con el pulgar. La escena desde el punto de vista de mi madre, sentada y confusa con un vestido suelto color melocotón, mirando las caras de todos ellos, buscando respuestas sin encontrar ninguna salvo la del único hombre al que ha amado realmente en su vida. El miedo.

Entonces, por suerte, Lyle rompe el silencio.

—August —dice.

¿August? ¿August? ¿Qué coño tiene que ver esto con August? August se da la vuelta y mira a Lyle.

Y Lyle empieza a escribir algo en el aire. Su dedo índice derecho recorre el aire con destreza como una pluma y August sigue sus movimientos con la mirada, aunque no puedo descifrar las palabras porque no estoy sentado frente a él y no puedo darles la vuelta en el espejo de mi mente.

—¿Qué está haciendo? —pregunta Tytus.

Lyle sigue escribiendo palabras en el aire, rápido y con decisión, y August las lee, asintiendo con la cabeza.

—Para —murmura Tytus—. ¡Deja esa mierda! —exclama. Se vuelve hacia el matón gordo y le grita entre dientes—: ¡Por favor, haz que pare con esa mierda!

Pero Lyle, que está como en trance, sigue escribiendo las palabras que August registra. Palabra tras palabra, hasta que el matón de la papada le da un codazo en la nariz y lo tira de la silla. La sangre comienza a brotar de su nariz y a resbalar por su barbilla.

—¡Lyle! —grito, me lanzo hacia él y me abrazo a su pecho—. ¡Dejadlo en paz!

Lyle se atraganta con la sangre que se le acumula en la boca.

—Dios santo, Tytus, pero ¿qué...? —murmura Teddy, pero se detiene a mitad de la frase cuando Iwan Krol le coloca en el cuello la hoja afilada y plateada de un cuchillo. La hoja es una monstruosidad con dientes, parece un alien, con un lado liso y afilado y el otro lado de sierra, con unos dientes de metal para despedazar cosas que yo solo puedo imaginar (cuellos, principalmente).

—Cierra la puta boca, Teddy, y puede que sobrevivas —le dice Iwan.

Teddy se encoge en su silla y Tytus contempla a Lyle, que sigue tendido en el suelo.

—Sacadlo de aquí —ordena.

El matón enjuto se acerca al gordo y, entre los dos, arrastran a Lyle por el suelo del salón durante dos metros, conmigo aferrado a su pecho.

—¡Dejadlo en paz! —grito entre lágrimas—. ¡Dejadlo en paz!

Ponen a Lyle en pie y me suelto y caigo al suelo.

—Lo siento, Frankie —dice Lyle—. Te quiero mucho, Frankie. Lo siento, Frankie.

El matón enjuto le pega un puñetazo en la boca y mi madre rodea la mesa del salón con un cuenco de espagueti que estampa en la cabeza del matón.

—¡Suéltalo! —grita.

El animal enjaulado que ha pasado la vida en el interior de mi madre y solo ha visto la luz del día tres o cuatro veces, rodea al matón gordo por el cuello y le clava las uñas de lobo en las mejillas, tan fuerte que le arranca la piel a jirones de rabia y sangre. Aúlla como hacía cuando estuvo encerrada todos esos días en la habitación de Lena. Gritos de trasgo, terroríficos y animales. Nunca en mi vida he tenido tanto miedo, miedo de mi madre, miedo de Tytus Broz, miedo al ver la sangre de Lyle en mis manos y en mi cara mientras lo arrastran por el pasillo de casa.

—Detened a esa zorra —dice Tytus con mucha calma.

Iwan Krol rodea la mesa de la cocina con el cuchillo en la mano derecha, y August la rodea también desde el otro lado y lo alcanza al comienzo del pasillo. Levanta los puños como un viejo boxeador de los años 20. Iwan Krol intenta cortarle la cara con el cuchillo y August esquiva el ataque, pero no era más que un movimiento de distracción para permitir a Iwan Krol darle una patada con la pierna izquierda y tirarlo al suelo, haciendo que aterrice boca arriba.

—Ni os atreváis a moveros —nos grita Iwan Krol mientras corre por el pasillo detrás de mi madre.

—¡Mamá, detrás de ti! —grito. Pero ella está demasiado rabiosa para oírme, aferrada a los brazos de Lyle, tratando de arrastrarlo hacia nuestro lado.

Iwan Krol se cambia el cuchillo a la mano izquierda y, con dos movimientos rápidos y certeros, golpea a mi madre en la sien izquierda con el mango del cuchillo. Ella cae al suelo y su cabeza queda colgando sobre el hombro izquierdo, con la pantorrilla derecha doblada hacia atrás, como si fuera un maniquí para probar los choques de los coches.

—¡Frankie! —grita Lyle mientras lo arrastran por la puerta principal—. ¡Frankiiiieee!

August y yo corremos hacia nuestra madre, pero Iwan Krol nos alcanza en el pasillo y nos arrastra otra vez hasta la mesa del salón; nuestras delgaduchas piernas de trece y catorce años no tienen poder suficiente para aferrarse al suelo y resistirse a su fuerza. Tira de mí de tal manera que la camiseta se me sale por encima de la cabeza y lo único que veo es la tela de algodón color naranja y oscuridad.

Nos lanza sobre las sillas de la mesa. Estamos de espaldas a nuestra madre, que se halla tendida en el pasillo, inconsciente, o algo peor, no lo sé.

—Sentaos de una puta vez —ordena Iwan Krol.

Trato de respirar a pesar del miedo, la violencia y la confusión. Iwan Krol saca una cuerda de la bolsa de lona verde. Con un movimiento rápido, rodea a August tres veces con la cuerda y lo ata con fuerza a su silla.

—¿Qué estás haciendo? —pregunto con rabia.

Las lágrimas y los mocos me caen de la nariz y apenas puedo

mantenerme erguido en mi silla, pero August se queda sentado muy quieto, con un gruñido silencioso dirigido a Tytus Broz, que se queda mirándolo.

Doy bocanadas de aire entre lágrimas, pero el aire no parece llegarme a los pulmones, lo que a Tytus le resulta fastidioso.

—Respira, por el amor de Dios, respira —me dice.

August estira el pie derecho y lo apoya en mi pie izquierdo.

Eso me tranquiliza, pero no sé por qué. Respiro.

—Ya está —dice Tytus. Mira entonces a Teddy, que permanece sentado a la cabeza de la mesa—. Márchate.

—Estos chicos no saben nada, Tytus —se apresura a decir Teddy.

Tytus está mirando de nuevo a August cuando registra las palabras de Teddy.

—No volveré a repetirlo —murmura.

Teddy se pone en pie, sale corriendo del salón y tropieza con el cuerpo inconsciente de mi madre en el pasillo. Incluso a pesar del miedo y de mi preocupación por mi madre, tendida en el pasillo, y por Lyle, a quien se han llevado a rastras quién sabe dónde, en mis pensamientos todavía queda espacio para la certeza de que Teddy es un imbécil sin agallas.

Con August atado a su silla, incapaz de mover los brazos, Iwan Krol se sitúa justo detrás de mí con el cuchillo en la mano derecha, a la altura de la cintura. Lo siento detrás de mí, lo huelo detrás de mí.

Tytus respira profundamente y niega con la cabeza, frustrado.

—Ahora, chicos, permitid que os explique la desafortunada situación en la que os encontráis —nos dice—. Si, a lo largo de esta exposición, os parece que voy demasiado deprisa para vuestros jóvenes oídos, es solo porque, en unos quince minutos, en cuanto yo salga de esta patética casa, dos detectives de la policía entrarán por la puerta principal para arrestar a vuestra madre, suponiendo, claro está, que siga en el reino de los vivos, por su implicación como mensajera en una floreciente red de tráfico de drogas en los suburbios de Brisbane dirigida por Lyle Orlik, quien, desde hace unos dos minutos más o menos, se ha esfumado misteriosamente de la faz de la Tierra.

—¿Dónde lo lleváis? —pregunto—. Pienso contárselo todo a la policía. Eres tú. —Me pongo en pie y ni siquiera me doy cuenta. Escupo y señalo—. Eres tú. Tú estás detrás de todo. Eres el maldito diablo.

Iwan Krol me da un fuerte bofetón en la mejilla que me tira de nuevo sobre la silla.

Tytus da vueltas por el salón. Se acerca a un armario y agarra una vieja estatuilla de Lena, un minero polaco de la sal hecho de sal de una cavernosa mina de sal que los antepasados de Lena ayudaron a construir en el sur de Polonia.

—Tienes razón y te equivocas, jovencito —me dice Tytus—. No, no se lo contarás todo a la policía porque no hablarán contigo. Pero sí, soy como tú dices. Lo acepté hace mucho tiempo. Pero no soy tan malo como para meter a los niños en los asuntos de los hombres malos. Eso se lo dejo a tipos como Lyle.

Vuelve a colocar la estatuilla de la mina de sal en el armario.

—¿Vosotros sabéis qué es la lealtad? —nos pregunta.

No respondemos. Él sonríe.

—Eso en sí mismo es una especie de lealtad, el no responder —nos dice—. Sois leales a un hombre al que no conocéis, un hombre cuya deslealtad hacia mí os ha colocado en la posición en la que ahora os encontráis.

Se da la vuelta, se aclara la garganta y piensa un poco más.

—Tengo una pregunta que haceros y, antes de que respondáis, o elijáis no responder, os pido que por un momento no penséis en anteponer la lealtad que tenéis hacia Lyle a la lealtad que os tenéis a vosotros mismos, porque, como de manera trágica el destino ha decretado, ahora mismo lo único que parecéis tener es a vosotros mismos.

Miro a August, pero él no me mira.

Tytus hace un gesto con la cabeza a Iwan Krol y, de pronto, Iwan Krol me agarra la mano derecha con fuerza. Me obliga a colocar la palma de la mano sobre la mesa verde de Lena, justo al lado del cuenco de espagueti que estaba comiendo antes de que el mundo se viniese abajo, antes de que las montañas se desmoronasen sobre el mar, antes de que las estrellas cayeran del cielo y formaran esta terrorífica noche.

—¿Qué coño estás haciendo?

Huelo sus sobacos. Huelo su colonia Old Spice y la peste a tabaco de su ropa. Está inclinado sobre mí, con el peso apoyado sobre mi antebrazo derecho y sus grandes manos tienen huesos de hierro e intentan estirarme el dedo índice derecho, mi índice de la suerte con la peca de la suerte en el nudillo de la suerte. Mi mano forma instintivamente un puño, pero él es muy fuerte, está loco por dentro, y lo noto a través de sus manos, noto su electricidad oscura, su ausencia de razón, su falta de emociones más allá de la rabia. Me aprieta el puño con fuerza y yo estiro el dedo índice, que queda tendido sobre la mesa.

Voy a vomitar.

August me mira el dedo.

—¿Qué ha dicho, August? —pregunta Tytus.

August lo mira.

—¿Qué acaba de escribir, August? —pregunta Tytus.

August finge una mirada de sorpresa.

Tytus le hace un gesto a Iwan Krol, situado detrás de mí, y este coloca la hoja de su cuchillo sobre mi dedo índice, justo por encima del nudillo inferior.

Vómito. En el estómago. En la garganta. El tiempo se ralentiza.

—Ha escrito un mensaje en el aire —gruñe Tytus—. ¿Qué ha dicho, August?

El filo del cuchillo presiona sobre mi dedo y empieza a salirme sangre. Tomo aliento.

—¡No habla, Tytus! —grito—. No habla. No podría decírtelo aunque quisiera.

August sigue mirando a Tytus y Tytus sigue mirando a August.

—¿Qué ha dicho, August? —vuelve a preguntar.

August mira mi dedo. Iwan Krol aprieta con más fuerza con la navaja, tanto que me corta la piel y la carne y aloja el filo en el hueso.

—¡No lo sabemos, Tytus, por favor! —exclamo—. No lo sabemos.

Estoy mareado. Frenético. Noto el sudor frío. Tytus mira a August a los ojos. Vuelve a hacerle un gesto a Iwan Krol, que aprieta con más fuerza sobre mi dedo. Su Old Spice, su aliento y ese cuchillo, ese cuchillo interminable que se clava en mi médula ósea. Mi médula. Mi médula débil. Mis dedos débiles.

Grito de dolor, un chillido desgarrado y agudo producido por el dolor, la sorpresa y la incredulidad.

—¡Por favor, no! —grito entre lágrimas—. ¡Por favor, no lo hagas!

El filo de la navaja se hunde más aún y yo aúllo y agonizo.

Entonces una voz se suma a los sonidos de la habitación, procedente de un lugar que no identifico.

Una voz a mi izquierda que no he podido oír con claridad por encima de mis propios gritos, pero esta voz hace que Iwan Krol alivie la presión sobre el cuchillo. Una voz que nunca antes había oído en mi vida consciente. Tytus se inclina sobre la mesa y se acerca más a August.

—¿Cómo has dicho? —pregunta.

Silencio. August se humedece los labios y se aclara la garganta.

—Tengo algo que decir —dice.

Y lo único que me indica que no se trata de un sueño es la sangre que brota de mi índice de la suerte.

A Tytus se le ilumina la cara y asiente con la cabeza.

August me mira. Y conozco esa mirada. Esa media sonrisa, esa manera de entornar el ojo izquierdo. Es su manera de pedir perdón sin pedir perdón. Es su manera de pedir perdón por algo malo que está a punto de suceder y sobre lo que ya no tiene el control.

Se gira hacia Tytus Broz.

—Tu final es un pájaro azul muerto —dice August.

Tytus sonríe y mira a Iwan Krol, confuso. Se carcajea. Una carcajada para salvar las apariencias, destinada a ocultar algo que no debo ver en su cara en este momento. En este momento hay miedo en su cara.

—Lo siento, August, ¿podrías repetirlo? —pregunta Tytus.

August habla y suena como yo. Nunca imaginé que sonaría como yo.

—Tu final es un pájaro azul muerto —repite.

Tytus se rasca la barbilla, toma aire y mira a August con los ojos entornados. Entonces le hace un gesto a Iwan Krol y el filo del cuchillo se clava en la mesa de Lena y mi índice de la suerte ya no está unido a mi mano.

Mis párpados se cierran y se abren. La vida y la oscuridad. El hogar y la oscuridad. Mi dedo de la suerte con la peca de la suerte descansa sobre la mesa rodeado de un charco de sangre. Cierro los párpados. Oscuridad. Los abro. Tytus recoge mi dedo con un pañuelo blanco de seda y lo envuelve con delicadeza. Cierro los párpados. Oscuridad. Después los abro.

Mi hermano, August. Cierro los párpados. Los abro. Mi hermano, August. Cierro los párpados.

Oscuridad.

El chico se fuga

El coche mágico. El Holden Kingswood volador. El cielo mágico, los azules y rosas que se ven a través de la ventanilla. Una nube tan esponjosa, tan grande y tan deforme que podría ser una gran candidata para el juego de August, ¿A qué se parece esa?

—Es un elefante —digo—. Ahí están las enormes orejas, izquierda y derecha, y la trompa que baja por el centro.

—No —dice él, porque August sí habla en el sueño del coche mágico—. Es un hacha. Ahí están las cuchillas, izquierda y derecha, y el mango del hacha que baja por el centro.

El coche gira en el cielo y nosotros resbalamos sobre el asiento trasero de vinilo.

—¿Por qué estamos volando? —pregunto.

—Siempre volamos —responde August—. Pero no te preocupes, no durará mucho.

El coche se precipita de pronto en el aire y atraviesa las nubes.

Miro por el espejo retrovisor. Los ojos azules de Robert Bell. Los ojos azules de mi padre.

—Ya no quiero estar aquí, Gus —le digo a mi hermano. Y la fuerza del coche al caer nos deja pegados a nuestros asientos.

—Lo sé —me dice—. Pero siempre acabamos aquí. Da igual lo que haga. No cambia nada.

A nuestros pies hay agua, pero no se parece a ningún agua que yo haya visto antes. Esta agua es plateada y brilla, proyecta una luz plateada.

—¿Qué es eso? —pregunto.

—Es la luna —responde August.

El coche se estrella contra la superficie brillante y plateada y la superficie se convierte en líquido mientras el coche se sumerge en el verde asfixiante del mundo submarino. El Holden Kingswood mágico se llena de agua y nos salen burbujas de la boca cuando nos miramos. A August no le molesta estar sumergido, no parece asombrado en absoluto. Levanta la mano derecha, extiende el dedo índice y, lentamente, escribe seis palabras.

«El chico se come el universo».

Y levanto mi mano derecha porque quiero escribir algo también, me dispongo a extender el dedo índice, pero ya no está ahí, solo hay un nudillo ensangrentado que inunda de sangre el mar. Grito. Todo se vuelve rojo. Después, la oscuridad.

* * *

Me despierto. Mi visión borrosa consigue enfocar una habitación blanca de hospital. El dolor palpitante de la mano derecha lo agudiza todo. Todo en mi interior, todas mis células, todos mis glóbulos rojos, se precipitan y se estrellan contra el muro del vendaje que cubre mi nudillo, que antes estaba conectado a mi dedo índice de la suerte con la peca de la suerte. Pero, un momento, el dolor ya no es tan intenso. Siento un calorcillo en la tripa. Es como si flotara, todo da vueltas.

Un gotero me sale del centro del dorso de la mano izquierda. Tengo sed. Estoy mareado. Esto resulta surrealista. Una cama

dura de hospital, una manta que cubre mi cuerpo y el olor a antiséptico. Una cortina que se parece a las viejas sábanas verde aceituna de Lena cuelga de la barra en forma de U que rodea la cama
del hospital. El techo está hecho de placas cuadradas con cientos
de agujeros pequeñitos. Hay un hombre sentado en una silla a mi
derecha. Un hombre alto. Un hombre delgado.

—Slim.

—¿Qué tal vas, chico?

—Agua —respondo.

—Sí, colega —me dice.

Agarra un vaso de plástico blanco que hay en un carrito junto
a mi cama y me lo acerca a los labios. Me bebo el vaso entero.
Me sirve otro y me bebo ese también antes de recostarme, débil
y exhausto por el esfuerzo. Contemplo de nuevo mi dedo desaparecido. Un pulgar, un nudillo vendado y otros tres dedos que
sobresalen de mi mano como un cactus irregular.

—Lo siento, chico —dice Slim—. Se fue.

—No se fue —digo—. Tytus Broz...

El movimiento hace que me duela la mano. Slim asiente.

—Lo sé, Eli —dice—. Recuéstate.

—¿Dónde estoy?

—En el Royal Brisbane.

—¿Dónde está mamá? —pregunto.

—Está con la policía —me dice Slim y deja caer la cabeza—.
No la verás durante un tiempo, Eli.

—¿Por qué? —pregunto. Y las lágrimas que llevo dentro corren hacia mis ojos del mismo modo en que mi sangre corre hacia el nudillo de mi dedo índice, pero no hay presa que detenga
las lágrimas que brotan de mi interior—. ¿Qué ha pasado?

Slim acerca su silla a la cama y me mira en silencio.

—Ya sabes lo que ha pasado —contesta—. Y, de un momento
a otro, una mujer, la doctora Brennan, entrará aquí y querrá sa-

ber también lo que ha pasado. Y has de decidir lo que quieres contarle, porque ella te creerá. No se cree lo que le dijeron los paramédicos, que es lo mismo que les dijo tu madre poco antes de que llegara la policía.

—¿Qué les dijo?

—Les dijo que August y tú estabais jugando con un hacha. Les dijo que tú sujetaste uno de tus muñecos de *La guerra de las galaxias* contra un tronco de madera y le pediste a August que lo partiera por la mitad, y él partió a Darth Vader por la mitad, además de tu dedo.

—¿Un hacha? —pregunto—. Estaba soñando con un hacha ahora mismo. Una nube con forma de hacha. Parecía tan real que podría haber sido un recuerdo.

—Esos son los únicos sueños que merece la pena tener, los que recuerdas —dice Slim.

—¿Qué le ha dicho August a la policía?

—Lo mismo que dice a todo —responde—: A tomar por culo.

—¿Por qué se han llevado a Lyle, Slim?

Slim suspira.

—Olvídate de eso, colega.

—¿Por qué, Slim?

Slim toma aire.

—Estaba haciendo negocios aparte con Bich Dang —me explica.

—¿Negocios aparte?

—Operaba a espaldas del jefe, chico. Quería construir algo. Tenía un plan.

—¿Qué plan?

—Iba a salir de aquí. Lo llamaba su «colchón». Reunir poco a poco un alijo, dejarlo escondido un año o dos. Dejar que el tiempo y el mercado duplicaran su valor. De algún modo Tytus se enteró y reaccionó como era de esperar. Ahora ha cortado su relación con Bich Dang. De ahora en adelante utilizará a Dustin Vang como proveedor. Y, cuando Bich Dang descubra lo de Lyle, en las calles de Darra estallará la Tercera Guerra Mundial.

Colchón. Tercera Guerra Mundial. Descubrir lo de Lyle. Joder.

—Joder —murmuro.

—No digas palabrotas, joder.

Lloro, me froto los ojos con la manga de la bata del hospital.

—¿Qué pasa, Eli?

—Es culpa mía —respondo.

—¿Qué?

—Fue idea mía, Slim. Le dije lo del mercado. Le dije lo de la oferta y la demanda, lo que hablamos, ya sabes. El Comando especial Janus y esas cosas.

Slim saca su paquete de White Ox del bolsillo de la camisa y se lía un cigarrillo que guardará en la chaqueta y encenderá en cuanto salga del hospital. Así es como sé que Slim está nervioso, por el hecho de que se líe un cigarrillo que no puede encender.

—¿Cuándo le contaste eso?

—Hace unos meses.

—Bueno, pues llevaba haciéndolo seis meses, chico, así que no es culpa tuya.

—Pero... eso es... imposible... Me mintió.

Lyle me ha mentido. El hombre que decía que no podía mentir. Me ha mentido.

—Hay una gran diferencia entre mentirle a un niño y no contarle algo por su propio bien —me explica Slim.

—¿Qué han hecho con él, Slim?

Él niega con la cabeza.

—No lo sé, colega —responde—. No quiero saberlo y quizá tú tampoco deberías.

—No hay diferencia entre mentir y no decir, Slim —le digo—. Ambas cosas son una mierda.

—Cuidado —me advierte.

Tal vez sea el dolor del nudillo donde antes estaba mi dedo lo que me hace estar tan furioso, o tal vez sea el recuerdo de mi madre inconsciente en el pasillo de Lena y Aureli Orlik.

—Son monstruos, Slim. Son putos psicópatas que dirigen los suburbios. Voy a contárselo todo. Voy a contarlo absolutamente todo. Iwan Krol y todos los cuerpos que ha descuartizado. Que Tytus Broz, Bich Dang y el puto Dustin Vang suministran la mitad de la heroína que se consume al oeste de Brisbane. Contaré que vinieron a nuestra casa mientras cenábamos espagueti y se llevaron a Lyle. Nos lo han quitado, Slim.

Me incorporo sobre el codo derecho para acercarme a él y siento un intenso dolor alrededor de los nudillos.

—Tienes que decírmelo, Slim —le ruego—. ¿Dónde se lo han llevado?

Slim niega con la cabeza.

—No lo sé, chico, pero no puedes pensar en eso ahora. Tienes que pensar en las razones que tenía tu madre para inventarse esa historia. Quiere protegeros, colega. Ella se tragará esa mierda por vosotros y vosotros os tragaréis esa mierda por ella.

Me llevo la mano izquierda a la frente. Me froto los ojos, me seco las lágrimas. Estoy mareado. Confuso. Quiero largarme. Quiero jugar al *Missile Command* en la Atari. Quiero quedarme diez minutos mirando a Jane Seymour en el *Women's Weekly* de mi madre. Quiero hurgarme la nariz con mi dedo índice de la suerte.

—¿Dónde está August? —pregunto.

—La policía se lo ha llevado a casa de vuestro padre.

—¿Qué?

—Es vuestro tutor ahora, colega —dice—. Cuidará de vosotros.

—No pienso ir a su casa.

—Es el único lugar al que puedes ir, chico.

—Podría quedarme contigo.

—No puedes quedarte conmigo, chico.

—¿Por qué no?

Slim está perdiendo la paciencia. No grita cuando habla, pero se muestra brusco.

—Porque no eres mi puñetero hijo, colega.

Imprevisto. Insensato. Improbable. Incierto. Indeseado. Inadecuado. Inútil. No debería estar aquí, no habría acabado aquí si aquel cabrón no hubiera metido a mi madre en su coche hace tanto tiempo. Si ella no se hubiera fugado de casa. Si su viejo no la hubiera abandonado.

Veo al padre de mi madre en mi cabeza y se parece a Tytus Broz. Veo al cabrón que metió a mi madre en su coche y se parece a Tytus Broz con treinta años menos en esa puta cara de zombi que tiene, con una navaja suiza en lugar de lengua. Veo a mi padre y no recuerdo cómo es su cara, así que él también se parece a Tytus Broz.

Slim deja caer la cabeza. Respira. Apoyo la cabeza en la almohada, lloro y contemplo las placas cuadradas del techo. Cuento los agujeros de las placas empezando por la izquierda. Uno, dos, tres, cuatro, cinco, seis, siete...

—Mira, Eli, estás en el agujero —dice—. Ya me entiendes. Es un momento bajo, pero desde aquí solo puedes ir hacia arriba, colega. Este es tu Black Peter. De aquí, para arriba.

Sigo mirando al techo. Tengo una pregunta.

—¿Tú eres un buen hombre, Slim?

Él se queda desconcertado.

—¿Por qué lo preguntas?

Las lágrimas brotan de mis ojos y resbalan por mis sienes.

—¿Eres un buen hombre?

—Sí —responde.

Giro la cabeza hacia él. Está mirando por la ventana de la habitación. El cielo azul con nubes.

—Soy un buen hombre —dice—. Pero también soy un mal hombre. Y así son todos los hombres, chico. Todos tenemos algo bueno y algo malo. Lo complicado es aprender a ser bueno todo el tiempo y a no ser malo nunca. Algunos lo consiguen. La mayoría no.

—¿Lyle es un buen hombre?

—Sí, Eli —responde—. Es un buen hombre. A veces.

—Slim...

—¿Sí, chico?

—¿Crees que soy bueno?

Slim asiente.

—Sí, chico, no estás mal.

—Pero, ¿soy bueno? —pregunto—. ¿Crees que seré un buen hombre cuando crezca?

Él se encoge de hombros.

—Bueno, eres un buen chico —responde—. Pero supongo que ser un buen chico no garantiza ser un buen hombre.

—Creo que tendrán que hacerme una prueba —digo.

—¿A qué te refieres?

—Que me hagan una prueba. Una prueba de personalidad. No sé lo que hay dentro de mí, Slim.

Slim se levanta y lee lo que hay escrito en la bolsa del gotero.

—Creo que te han drogado demasiado, colega —dice mientras vuelve a sentarse.

—Me siento bien —digo—. Siento como si siguiera en un sueño.

—Eso son los analgésicos —me explica—. ¿Por qué quieres que te hagan una prueba? ¿Por qué no sabes sin más que eres un buen chico? Tienes un buen corazón.

—Eso no lo sé —respondo—. No estoy seguro de ello. He pensado cosas horribles. He tenido pensamientos perversos que no podrían ser los pensamientos de alguien bueno.

—Tener malos pensamientos y hacer cosas malas son cosas muy diferentes —dice Slim.

—A veces imagino dos extraterrestres que vienen al planeta Tierra: tienen cara de piraña y me arrastran a su nave espacial y volamos por el espacio. Y veo la Tierra por el espejo retrovisor, y uno de los extraterrestres se vuelve hacia mí desde el asiento del conductor y dice: «Es la hora, Eli», y miro la Tierra por última vez y digo: «Hazlo». Y el otro extraterrestre aprieta un botón rojo y, por el espejo retrovisor, la Tierra no explota como explota la Estrella de la Muerte, simplemente se desvanece en silencio; de pronto está y de pronto no está, como si, más que destruida, hubiera sido borrada del universo.

Slim asiente.

—A veces, Slim, me pregunto si no serás un actor, y mamá también, y Lyle y Gus. Ay, Gus. Él es el mejor actor del mundo. Y pienso que estáis todos actuando a mi alrededor, y a mí me observan esos extraterrestres en una especie de superproducción de mi vida.

—Eso no es malo —dice Slim—. Es simplemente una locura, y un poco egocéntrica.

—Necesito una prueba —insisto—. Un momento en el que mi verdadera personalidad pueda revelarse de forma natural. Podría hacer algo noble, sin pensarlo dos veces, simplemente lo hago porque hacer cosas buenas es algo que va en mí, y entonces sabré con certeza que soy realmente bueno por dentro.

—Al final todos pasamos la prueba, chico —dice Slim mientras mira por la ventana—. Puedes hacer algo bueno cada día de tu vida. ¿Y sabes cuál va a ser la buena acción de hoy?

—¿Cuál?

—Respaldar la versión de los acontecimientos que ha dado tu madre.

—¿Y cuál dices que era?

—August te cortó el dedo con un hacha —responde.

—Gus es bueno —digo—. No recuerdo una sola vez en la que haya hecho algo malo contra alguien que no lo mereciera.

—Me temo que las normas del bien y del mal no se aplican a ese chico —dice él—. Creo que él va por un camino diferente.

—¿Y hacia dónde crees que va?

—No lo sé —responde Slim—. Hacia algún lugar al que solo él sabe llegar.

—Habló, Slim —le digo.

—¿Quién habló?

—Gus. Justo antes de desmayarme. Habló.

—¿Y qué dijo?

—Dijo que...

Una mujer corre la cortina verde de un extremo a otro de la barra en forma de U. Lleva un jersey de lana azul con la imagen de un martín pescador posado sobre una rama junto a una hoja de eucalipto. Lleva pantalones verde oscuro del mismo tono que la hoja de eucalipto del jersey. Su pelo es rojo y su piel es pálida, tendrá cincuenta y muchos años. Me mira a los ojos nada más retirar la cortina. Lleva una tabla sujetapapeles. Vuelve a correr la cortina para tener intimidad.

—¿Cómo está nuestro valiente soldado? —pregunta.

Tiene acento irlandés. Nunca había oído en persona a una mujer hablar con acento irlandés.

—Está bien —dice Slim.

—Bueno, vamos a echar un vistazo a ese vendaje —dice ella.

Me encanta su acento irlandés. Quiero irme a Irlanda ahora mismo con esta mujer y tumbarme en un prado verde junto a un acantilado y comer patatas cocidas con sal, pimienta y mantequilla, y decir con acento irlandés que todo es posible para los niños de trece años con acento irlandés.

—Mi nombre es Caroline Brennan —dice—. Y tú debes de

ser el valiente Eli, el joven que ha perdido su dedo especial.

—¿Cómo sabe que era especial?

—Bueno, el índice derecho siempre es especial —responde—. Es el que utilizas para señalar las estrellas. Es el que usas para señalar a la chica de tu foto de clase de la que estás secretamente enamorado. Es el que usas para leer una palabra muy larga en tu libro favorito. Es el que utilizas para hurgarte la nariz y rascarte el culo, ¿no es así?

La doctora Brennan dice que los cirujanos de arriba no han podido hacer mucho por mi dedo. Dice que la cirugía de reimplantación en adolescentes suele tener entre un setenta y ochenta por ciento de éxito, pero ese complejo proceso depende mucho de un elemento clave: un puto dedo que poder reimplantar. Pasadas doce horas sin que se reimplante el dedo amputado, ese porcentaje de éxito cae drásticamente hasta un «Lo siento, pobre hijo de traficante de drogas». Me dice que a veces la reimplantación de un dedo puede causar problemas, sobre todo cuando el dedo seccionado es un índice o un meñique, pero, para mí, aquello es como decirle a un hombre que se muere de hambre flotando a la deriva en una tabla de madera en mitad del mar: «Mira, es mejor que no tengas una pata de jamón porque probablemente te estreñiría».

Me dice que las amputaciones como la mía, en la base del dedo, son aún más complejas y, aunque mi dedo perdido apareciera de pronto en un cubo de hielo, es improbable que la función nerviosa se recuperase lo suficiente como para poder usarlo para algo más que meter el dedo entre carbones encendidos y asombrar a la gente en una fiesta.

—Ahora extiende el dedo corazón —me dice mientras ella hace lo mismo.

Extiendo el dedo corazón.

—Ahora métetelo en la nariz —dice.

Y ella se mete el dedo en la nariz y arquea las cejas.

Slim sonríe. La imito y me meto el dedo en la nariz.

—¿Lo ves? —dice la doctora Brennan—. No hay nada que pueda hacer el dedo índice que no pueda hacer el corazón, ¿entendido, joven Eli? El corazón puede llegar más lejos.

Yo asiento con una sonrisa.

Me quita con cuidado el vendaje del nudillo sin dedo y el aire en la herida expuesta me hace estremecer. Me atrevo a mirarlo un momento y aparto la mirada de inmediato con la imagen de un hueso blanco de nudillo en medio de la carne, como una de mis muelas alojada dentro de una salchicha de cerdo.

—Se está curando bien —me informa.

—¿Cuánto tiempo estará él aquí, doctora? —pregunta Slim.

—Me gustaría tenerlo aquí al menos dos o tres días más —responde—. Tenerlo vigilado ante una posible infección.

Me pone una venda nueva en la herida y se vuelve hacia Slim.

—¿Puedo hablar a solas con Eli, por favor? —pregunta.

Slim asiente, se pone en pie y sus huesos viejos crujen al levantarse. Tose dos veces y su pecho emite un silbido, como si tuviera un escarabajo rinoceronte alojado en la laringe.

—¿Se ha mirado esa tos? —le pregunta la doctora Brennan.

—No —responde.

—¿Por qué no?

—Porque algún matasanos como usted podría hacer algo tan absurdo como impedir que me muriera —responde Slim, y me guiña un ojo al pasar frente a la doctora.

—¿Eli tiene algún lugar al que ir? —pregunta ella.

—Va a casa de su padre.

La doctora Brennan me mira.

—¿Eso te parece bien? —me pregunta.

Slim observa mi respuesta.

Yo asiento y él también.

Me entrega un billete de veinte dólares.

—Cuando te dejen salir de aquí, toma un taxi hasta casa de tu viejo, ¿de acuerdo? —Señala un armario que hay bajo la cama del hospital—. Te he traído tus zapatos y ropa limpia.

Me entrega un trozo de papel y se dirige hacia la puerta. Una dirección y un número de teléfono escritos en el papel.

—La dirección de tu viejo. No estoy lejos de vosotros, al otro lado de Hornibrook Bridge. Llama a ese número si me necesitas. Es el número de una casa de empeños que hay debajo del piso. Pregunta por Gill.

—¿Y qué digo entonces? —pregunto.

—Di que eres el mejor amigo de Slim Halliday.

Entonces se marcha.

* * *

La doctora Brennan lee un informe que lleva en la carpeta y se sienta a un lado de la cama.

—Dame el brazo. —Alrededor del bíceps izquierdo me pone un manguito de terciopelo pegado a una bomba negra en forma de granada.

—¿Qué es eso?

—Para medirte la presión sanguínea —dice—. Relájate.

Aprieta la granada varias veces.

—¿Así que te gusta *La guerra de las galaxias*?

Yo asiento.

—A mí también —dice—. ¿Cuál es tu personaje favorito?

—Han. Boba Fett, quizá. —Hago una pausa—. No, Han.

La doctora Brennan me mira fijamente.

—¿Estás seguro?

Me lo pienso.

—Luke —respondo—. Siempre ha sido Luke. ¿Cuál es el suyo?

—Oh, sin duda Darth Vader.

Ya veo dónde quiere ir a parar. La doctora Brennan debería ser policía.

—¿Le gusta Vader?

—Oh, sí. Siempre me gustan los tipos malos —responde—. No tienes una gran historia si no tienes tipos malos. No se puede tener un héroe bueno sin un villano malísimo, ¿no es verdad?

Sonrío.

—¿Quién no querría ser Darth Vader? —pregunta riéndose—. Alguien se te cuela cuando estás haciendo cola para comprar un perrito caliente y le haces el estrangulamiento silencioso de la Fuerza. —Hace un gesto de pinza con el pulgar y el índice.

Me río y hago el mismo gesto.

—Su falta de principios me resulta preocupante —le digo, y ambos nos reímos.

Por el rabillo del ojo veo a un chico de pie en la puerta de mi habitación. Lleva una bata azul de hospital igual que yo. Lleva la cabeza afeitada, salvo por la larga cola de rata que le sale de la nuca y le cae por encima del hombro derecho. En la mano izquierda lleva un portasueros que sujeta el gotero que lleva conectado a la mano.

—¿Qué sucede, Christopher? —pregunta la doctora Brennan.

Puede que tenga once años. Tiene una cicatriz en el labio superior que le hace parecer el último chico de once años con un portasueros al que me gustaría encontrarme en un callejón oscuro. Se rasca el culo.

—El Tang está otra vez demasiado flojo —murmura.

La doctora Brennan suspira.

—Christopher, tiene el doble de polvos que la última vez —le dice.

Él niega con la cabeza y se marcha.

—Me estoy muriendo y me dan un Tang flojo —murmura mientras se aleja por el pasillo.

La doctora Brennan arquea las cejas.

—Lo siento —me dice.

—¿De qué se está muriendo?

—El pobre mocoso tiene un tumor del tamaño del monte Uluru en el cerebro —me explica.

—¿Y pueden hacer algo al respecto?

—Puede que sí —responde mientras escribe los valores de mi presión arterial en una hoja de papel—. O puede que no. A veces la medicina no tiene nada que ver con esto.

—¿A qué se refiere? ¿Dios?

—Oh, no, Dios no. Hablo de Deos.

—¿Quién es Deos?

—Es el hermano pequeño, impaciente y gruñón de Dios —explica—. Mientras que Dios va por ahí construyendo el Himalaya, el malo de Deos va por ahí poniendo tumores en el cerebro de los muchachos de Brisbane.

—Deos tiene mucho que explicar —sugiero.

—Deos camina entre nosotros —dice ella—. Pero bueno, ¿dónde estábamos?

—Vader.

—Ah, sí. De modo que no te gusta Darth Vader, ¿verdad? Tu hermano y tú queríais partirlo por la mitad con un hacha, según tengo entendido.

—Estábamos enfadados porque había matado a Obi-Wan.

Se queda mirándome a los ojos y apoya la carpeta sobre la cama.

—¿Alguna vez has oído decir eso de «No se puede engañar a un mentiroso»?

—A Slim le encanta ese dicho —respondo.

—Seguro que sí.

—Veo algunas mierdas por aquí —dice, y con su acento irlandés parece que está hablando de un bonito amanecer—. He visto mierda verde, mierda amarilla, mierda negra, mierda morada con lunares y mierda tan espesa que podrías tirársela a tu suegra a la cabeza y derribarla. He visto mierda salir de agujeros que ni sabía que existían. He visto mierda romper el culo a hombres y mujeres, pero pocas veces he visto una mierda tan peligrosa como la que tú acabas de soltar por esa boca.

Habla de mierda con amor y compasión, y a mí me da la risa.

—Lo siento —digo.

—Hay cosas que puedes hacer. Hay lugares donde puedes estar a salvo, gente en la que puedes confiar. Todavía queda gente en esta ciudad más poderosa que la policía. Quedan algunos Luke Skywalkers en Brisbane, Eli.

—¿Héroes? —pregunto.

—No se pueden tener tantos villanos sueltos sin unos cuantos héroes también —responde.

* * *

Querido Alex:

Saludos desde el pabellón infantil del Royal Brisbane Hospital. Para empezar, perdona mi mala letra. Recientemente he perdido el dedo índice derecho (es un larga historia), pero puedo sujetar un boli Bic con el dedo corazón, el pulgar y el anular. La doctora Brennan quiere que empiece a utilizar las manos y ha dicho que escribir una carta podría ser una buena manera de empezar a practicar la caligrafía, además de hacer que circule la sangre por mis manos. ¿Qué tal están los chicos y Trípode, el gato? Siento no poder ponerte al día con Los días de nuestra vida, *solo tienen una tele en el pabellón infantil y siempre están echando* Play School. *¿Has estado alguna vez en el hospital? No se está mal aquí. La doctora Brennan es muy simpática y habla con un acento irlandés que creo que a los reclusos del pabellón 2 les encantaría. La cena de cordero asado es un poco asquerosa, pero el desayuno (Corn Flakes) y la comida (sándwi-*

ches de pollo) son lo mejor. Podría quedarme un poco más aquí, pero no puedo porque tengo trabajo que hacer. He estado pensando en los héroes, Alex. ¿Alguna vez has tenido un héroe? Alguien que te salvara. Alguien que te mantuviera a salvo. ¿Qué convierte a alguien en un héroe? Luke Skywalker no se había propuesto ser un héroe. Solo quería encontrar a Obi-Wan. Pero decidió salir de su zona de confort. Decidió seguir a su corazón. Quizá eso sea lo que hace falta para ser un héroe, Alex. Seguir a tu corazón. Salir. Puede que, durante un tiempo, no puedas ponerte en contacto conmigo porque voy a estar fuera. Me voy de aventura. Me he fijado un objetivo y tengo la voluntad de lograrlo. Recuerda lo que dice siempre Slim sobre las cuatro cosas: oportunidad, planificación, suerte y convicción. Supongo que es como la vida. Es como vivir. Te escribiré cuando pueda pero, si pasas tiempo sin saber de mí, quiero darte las gracias por todas las cartas y por ser mi amigo. Tengo mucho más que decir, pero tendré que dejarlo para otro día porque mi momento casi ha llegado y el tiempo se me está escapando. Como la arena en un reloj. ¡Ja!

    Tu amigo,
    Eli

* * *

Slim siempre tuvo una teoría sobre la convicción a la hora de escapar de la cárcel. Era algo más o menos así: «Si realmente estás convencido de que los guardias pueden verte, entonces te verán. Pero, si estás convencido de que eres invisible, entonces los guardias creerán que eres invisible». Creo que era eso lo que decía. Era algo sobre la seguridad en uno mismo. El «Houdini de Boggo Road» no era tan mágico como escurridizo y seguro de sí mismo, y un tipo escurridizo y seguro de sí mismo puede hacer su propia magia. Su primera fuga con éxito de Boggo Road fue a plena luz del día. Una soleada tarde de domingo, el 28 de enero de 1940. Slim y sus compañeros del ala D estaban siendo trasladados por el círculo central hacia el patio número 4. Slim se quedó atrás entre el grupo y se creyó que era invisible, así que lo fue.

Hay cuatro factores en una fuga exitosa: la oportunidad, la planificación, la suerte y la convicción. La oportunidad fue buena, entre las tres y las cuatro de la tarde de un domingo, cuando la mayoría de los guardias estaba vigilando a la mayoría de los presos durante las oraciones en el patio número 4, al extremo opuesto del ala D. Un plan sencillo. Un plan efectivo. Un plan sin fisuras. De camino al patio número 4, Slim se hizo invisible, se salió como un fantasma de la fila de prisioneros y se escabulló por el patio número 1, adyacente al ala D, el patio más cercano a su destino final: los talleres de la prisión.

Entonces creyó que podía escalar una verja de madera de tres metros y así lo hizo. Trepó la verja que bordeaba el patio de ejercicio y saltó al camino que había al otro lado, una zona estéril que circulaba por el interior de los muros de la prisión formando un cuadrado. Atravesó el camino hasta la zona de los talleres, que normalmente era patrullada por los guardias, pero no durante las oraciones del domingo. Sudando y sin hacer ruido, corrió hasta la parte trasera de los talleres e, invisible a los guardias, trepó a un edificio anexo que le permitió subir más alto y llegar al tejado de los talleres.

Allí, potencialmente visible para los guardias en sus torres de vigilancia, sacó unos alicates robados y cortó la red de alambre que cubría las ventanas de ventilación del taller. Oportunidad, planificación, suerte y convicción. Y una constitución delgada. El «Houdini de Boggo Road» metió su cuerpo delgado a través de las ventanas de ventilación y cayó en la sección de fabricación de botas.

Cada sección del taller estaba separada por una malla metálica. Slim fue cortando y atravesando cada malla, desde el taller de botas hasta el taller de colchones, desde el taller de colchones hasta la carpintería, desde la carpintería hasta los telares, desde los telares hasta el paraíso, el taller de cepillos donde había estado trabajando en las últimas semanas y donde tenía escondido su kit para escapar.

Es el momento perfecto para mi huida. Son las tres de la tarde en el pabellón infantil, un espacio comunal en forma de medio octágono. La zona está bordeada por ventanas blancas con cerrojo, como las ventanas de mi colegio. Es la misma hora a la que Slim realizó su fuga. Un momento en el pabellón en el que casi todos los niños —unos dieciocho niños, con edades comprendidas entre los cuatro y los catorce años, batallando con apendicitis, brazos rotos, contusiones, heridas de cuchillo o dedos cortados por especialistas en fabricación de miembros— están con el subidón de azúcar de Tang y los refrescos de la merienda, todavía con el sabor dulce de las galletas Monte Carlo en la lengua.

Los niños pequeños juegan con los camioncitos, pintan mariposas con los dedos y se bajan los calzoncillos para jugar con sus pollas. Los niños mayores leen libros, y cinco de ellos están viendo *Romper Room*, con la esperanza de que la amable señorita Helena del televisor pueda verlos a través de su espejo mágico. Un niño pelirrojo hace bailar una peonza en forma de abejorro amarillo y negro. Una chica más o menos de mi edad me dirige una media sonrisa, como se sonreirían los trabajadores de una fábrica a través de la cinta transportadora llena de peonzas en forma de abejorro. Hay dibujos de animales exóticos en las paredes. Y Christopher con su portasueros. El chico que tiene el monte Uluru en el cerebro.

—¿Estás viendo esto? —le pregunto a Christopher.

Está sentado en un sillón frente al televisor comunal, lamiendo la crema de una galleta de naranja.

—No —responde, indignado—. Yo no veo *Romper Room*. Les he pedido que pusieran *Diff'rent Strokes*, pero dicen que hay más niños pequeños que mayores, así que tenemos que ver esta mierda. Estos imbéciles pueden pasarse el resto de su vida viendo *Romper Room*. Seré un fiambre dentro de tres meses y lo único que quiero es ver *Diff'rent Strokes*. A nadie le importa una mierda.

Lame con la lengua la crema de naranja de la galleta. Lleva la bata del hospital tan arrugada y descolocada como yo.

—Me llamo Eli —le digo.

—Christopher —responde.

—Siento lo de tu cerebro.

—Yo no lo siento —me dice—. Ya no tengo que ir a clase. Y mi madre me compra helados Golden Gaytime siempre que quiero. No tengo más que decirlo y ella detiene el coche y entra a la tienda a comprarme uno.

Se fija en mi mano vendada.

—¿Qué te ha pasado en el dedo?

Me acerco más.

—El sicario de un capo de la droga me lo cortó con un cuchillo —le digo.

—Jooooder —responde Christopher—. ¿Por qué lo hizo?

—Porque mi hermano no le decía al capo de la droga lo que quería saber.

—¿Y qué quería saber?

—No lo sé.

—¿Por qué no se lo dijo tu hermano?

—Porque no habla.

—¿Por qué le pedían hablar a alguien que no habla?

—Porque al final acabó hablando.

—¿Y qué dijo?

—Tu final es un pájaro azul muerto.

—¿¿Qué?? —pregunta Christopher.

—Olvídalo —le digo, me inclino más hacia su asiento y susurro—: Escucha, ¿ves a ese obrero de allí?

Christopher sigue mi mirada hasta el otro extremo del pabellón, donde un obrero está añadiendo armarios de almacenaje junto al mostrador de ingresos situado en el centro. Christopher asiente.

—Tiene una caja de herramientas a sus pies y, dentro de esa caja de herramientas, hay un paquete de cigarrillos Benson & Hedges extrasuaves y un mechero morado.

—¿Y? —pregunta él.

—Necesito que vayas hasta allí y le hagas una pregunta mientras da la espalda a la caja de herramientas —le explico—. Crearás una cortina de humo mientras me acerco por detrás y le robo el mechero.

Christopher parece confuso.

—¿Qué es una cortina de humo?

Fue lo que creó Slim en diciembre de 1953, tras ser condenado a cadena perpetua. En el taller de colchones del pabellón número 2, construyó una montaña de fibra de colchones y algodón y le prendió fuego. La montaña de colchones en llamas fue una cortina de humo para los guardias que acudieron y no supieron si ocuparse del fuego o del prisionero más famoso de Boggo Road, que ya estaba trepando por una escalera improvisada hacia el tragaluz del taller. Sin embargo, la cortina de humo de Slim fue su perdición, porque las llamas del fuego se elevaron hasta el techo, donde él intentaba romper la malla que cubría el tragaluz, y la inhalación de humo le hizo caer los cinco metros hasta el suelo. Pero la lección sigue siendo la misma: el fuego hace que a la gente le entre el pánico.

—Es una distracción —respondo—. Mira mi puño.

Levanto mi puño derecho y empiezo a dibujar círculos en el aire, y los ojos verdes de Christopher siguen el puño con tanta atención que no ve como mi mano izquierda se acerca a su oreja y le tira del lóbulo.

—Poing —digo.

Él sonríe y asiente.

—¿Y para qué necesitas el mechero? —pregunta.

—Para prender fuego a ese ejemplar de *Ana de las Tejas Verdes* que hay junto a la librería.

—¿Una cortina de humo?

—Aprendes rápido —le digo—. Tu cerebro aún funciona. Una cortina de humo lo suficientemente grande para que esas enfermeras del mostrador vengan aquí mientras escapo por la entrada que siempre están vigilando.

—¿Dónde vas a ir?

—Lejos. Christopher —respondo—. Llegaré lejos.

Christopher asiente.

—¿Quieres venir conmigo? —le pregunto.

Él lo piensa durante unos segundos.

—No —responde—. Estos retrasados aún creen que pueden salvarme, así que será mejor que me quede aquí un poco más.

Se pone en pie y se arranca de la mano la aguja que le conecta al gotero.

—¿Qué estás haciendo? —le pregunto.

Ya se dirige hacia el televisor cuando vuelve la cabeza un instante.

—Cortina de humo —responde.

El televisor es de tamaño estándar y, si estuviera apoyada sobre un lateral, le llegaría a Christopher a la cintura. Se inclina sobre ella, agarra la parte trasera con la mano izquierda y coloca la derecha en la base y, con un tirón fuerte y decidido, sus brazos delgados levantan el televisor por encima de los hombros. Los niños que están tumbados boca abajo sobre una colchoneta con los colores del arcoíris viendo *Romper Room* se quedan mirando confusos mientras la señorita Helena se inclina diagonalmente cuando Christopher levanta el aparato.

—¡He dicho que quiero ver *Diff'rent Strokes*! —exclama.

Camino de espaldas muy despacio hacia el mostrador desde el que llegan corriendo cuatro enfermeras para rodear a Christopher. Una enfermera más joven aparta a los niños más pequeños mientras una enfermera mayor se acerca a él como se acercaría un negociador de la policía a un hombre con un chaleco de dinamita.

—Christopher... baja... el... televisor... ahora... mismo.

Ya estoy en la entrada cuando Christopher se tambalea hacia atrás con el televisor por encima de la cabeza y el cable muy tenso, a punto de soltarse del enchufe de la pared. Está cantando algo.

—¡Christopher! —grita la enfermera.

Está cantando la sintonía de *Diff'rent Strokes*. Es una canción sobre comprensión, inclusión y diferencia; habla de que algunas personas nacen con menos que otras y con más que otras al mismo tiempo. Es una canción sobre el contacto.

Retrocede tres, cuatro, cinco pasos, caminando como el monstruo de Frankenstein. Gira la cadera para tomar impulso y lanza el televisor, y a la amable señorita Helena que sonríe en su interior, a través de la ventana blanca más cercana hacia un destino desconocido. Las enfermeras se quedan con la boca abierta y Christopher se da la vuelta con los brazos levantados formando no una «C» de cortina de humo, sino una «V» de victoria. Grita triunfal y, mientras las enfermeras se lanzan sobre él en grupo, su mirada me localiza ya en la entrada, en mitad de aquel caos de distracción. Me guiña el ojo izquierdo y lo mejor que puedo devolverle es un golpe en el aire con el puño ensangrentado antes de escapar por la puerta hacia la libertad.

* * *

Oportunidad, planificación, suerte, convicción. Planificación. Después de haber cortado la malla de alambre del taller de botas, luego la del taller de colchones, la de la carpintería y la del telar en aquella fuga legendaria del 28 de enero de 1940, Slim atravesó por fin la malla del taller de cepillos para alcanzar su kit de fuga.

Slim tenía paciencia incluso en aquellos primeros días, antes de pasar largos periodos en el Black Peter. Se tomó su tiempo para elaborar su kit de fuga entre las rondas de los guardias de los talleres, porque tiempo era lo único que tenía en abundancia. Disfrutaba de la planificación, hallaba consuelo en la creatividad que exigía su camino hacia la libertad. La fabricación secreta y el almacenaje de sus herramientas le proporcionaban alegría y sentido en el mundo deprimente de la prisión. Entre las atentas miradas de los guardias de los talleres, Slim había pasado meses fabricando una cuerda de nueve metros de largo, hecha de fibra de coco trenzada, el mismo material con el que fabricaban las esteras en el taller de alfombras, el mismo material del que estaba hecha la estera en la que se tumbaba Slim en sus estancias en el Black Peter. Cada medio metro más o menos, esa cuerda tenía un doble nudo para formar puntos de apoyo. En su kit de fuga había una segunda cuerda, de tres metros de longitud, y dos palos de hamaca de madera atados para formar una cruz que a su vez ató a la cuerda de nueve metros.

Con el kit de fuga en mano, trepó hasta el techo del taller de cepillos, cortó la malla del tragaluz y volvió a encontrarse de pie en el tejado del taller, esta vez en una ubicación invisible para los guardias de las torres, el talón de Aquiles de la prisión, un punto ciego perfecto que Slim había deducido pasando hora tras hora de paseo por el patio de la prisión, mirando hacia el cielo, dibujando mentalmente geometrías entre las variables de las torres de vigilancia, el tejado del taller y la libertad.

Utilizó la cuerda más corta para deslizarse por la pared desde el tejado del taller, cuerda que le provocó quemaduras en las manos. De vuelta en el sendero interior que bordeaba el perímetro de la prisión, miró hacia arriba y contempló el imponente

muro de ladrillo de ocho metros de altura de la prisión de Boggo
Road. Sacó los palos de hamaca de su kit de fuga. Lo que tenía
en las manos era un garfio atado a una cuerda de nueve metros
con puntos de apoyo para los pies. Se preparó para lanzar.

Oportunidad, planificación, suerte, convicción. Durante semanas en la soledad de su celda, Slim había estudiado la ciencia y
la técnica necesarias para alojar un garfio en un muro alto. En la
zona superior del muro de Boggo Road había rincones donde las
partes más bajas del muro se juntaban con otras partes más altas.
Slim pasó semanas lanzando dos cerillas atadas en forma de cruz
pegadas a un hilo sobre una maqueta a escala del muro de la peni-
tenciaría de Boggo Road. Lanzaba el garfio por encima del muro
y movía la cuerda por la parte de arriba hasta que se alojaba en el
rincón de un pequeño escalón donde una sección más baja de la
pared se juntaba con otra más alta. Me dijo lo que sintió cuando
tiró de aquella cuerda y el garfio se sujetó. Slim dijo que fue como
una mañana de Navidad que había vivido en el orfanato de la
Iglesia de Inglaterra en Carlingford, cuando la superiora les dijo
a los huérfanos que tomarían pudin de ciruelas y crema pastelera
de postre en la comida de Navidad. «Y a eso sabe la libertad»,
me dijo Slim. «A pudin de ciruelas y crema pastelera». Empezó a
trepar por la cuerda y sus pies y sus manos se fueron agarrando de
los nudos dobles donde estaban los puntos de apoyo, hasta quedar
sentado en lo alto del muro de la prisión, invisible en su punto
ciego. Las vistas hacia un lado daban a los preciosos jardines que
florecían más allá de los muros del patio número 1, las vistas hacia
el otro lado daban a la ruinosa prisión de ladrillo que, en realidad,
había sido la única residencia permanente, la única con una dirección fija, que había tenido en toda su vida. Respiró el aire allí
arriba y cambió el garfio de lado para alojarlo esta vez en el lado
que daba a la prisión, en el rincón que sería conocido como el
«alto de Halliday», y comenzó a descender hacia la libertad.

* * *

Cuatro pisos son lo que me separa a mí de la libertad. Pulso el botón del Bajo en el ascensor del hospital. Lo primero que hizo Slim tras recorrer los jardines hacia la cercana Annerley Road como fugitivo fue quitarse la ropa de la prisión. A eso de las cuatro y diez de la tarde, cuando los guardias de la prisión gritaban su nombre para el recuento de presos, Slim estaba saltando verjas en los suburbios de Brisbane, robando ropa nueva de las cuerdas de tender.

Ahora soy Houdini y este es mi truco de magia: me quito la bata del hospital y debajo llevo mi ropa de civil, no la de un fugitivo: un polo azul oscuro, unos vaqueros negros y mis Dunlop KT-26 azules y grises. Hago una pelota azul con la bata y la sujeto en la mano izquierda justo cuando el ascensor se detiene en las segunda planta del hospital.

Entran dos doctores con sendas carpetas, ambos hablando entre sí.

—Le dije al padre del chico: «Tal vez, si tiene tantas contusiones en el campo, debería considerar la posibilidad de apuntarle a un deporte de menor impacto, como el tenis o el golf» —dice uno de los doctores mientras retrocedo hacia el rincón izquierdo del ascensor, con la bata hecha una bola escondida en la espalda.

—¿Y qué respondió a eso? —pregunta el otro doctor.

—Que no podía sacarlo del equipo porque se acercaba la final —dice el primer doctor—. Y le dije: «Bueno, señor Newcombe, creo que entonces tendrá que decidir qué es más importante para usted, un trofeo sub-15 de primera división o que su hijo tenga suficiente capacidad cerebral para pronunciar las palabras "primera división"».

Los médicos niegan con la cabeza y el primero se gira hacia mí. Sonrío.

—¿Te has perdido, amigo? —me pregunta.

Yo ya había previsto esto. Había ensayado diferentes respuestas mientras cenábamos anoche el cordero asado que no me comí.

—No, he venido a visitar a mi hermano al pabellón infantil —respondo.

El ascensor se detiene en la planta baja.

—¿Han venido tus padres contigo? —pregunta el médico.

—Sí, están fumando fuera —respondo.

Se abren las puertas del ascensor, los doctores se van hacia la derecha y salgo hacia el vestíbulo del hospital, que está lleno de visitas y de enfermeros que empujan camillas. El primer doctor se fija en la venda de mi mano derecha y frena en seco.

—Eh, espera, muchacho...

Sigue caminando. Sigue caminando. Convicción. Eres invisible. Crees que eres invisible y eres invisible. Tú sigue caminando. Paso frente al dispensador de agua. Paso frente a una familia que rodea a una niña con gafas de culo de vaso que va en silla de ruedas. Paso frente al póster de Norm, el padre con barriga cervecera que protagoniza los anuncios televisivos de *Life. Be In It*, que tanta risa le provocan a August.

Miro hacia atrás por encima del hombro y veo que el primer médico se acerca al mostrador de recepción y empieza a hablar con una mujer que hay allí mientras me señala. Camino más deprisa. Más. Más rápido. No eres invisible, idiota. No eres mágico. Eres un chico de trece años a punto de ser capturado por ese enorme guardia de seguridad polinesio con el que está hablando ahora el médico, y te condenarán a cadena perpetua con un padre al que no conoces.

Corre.

* * *

El Royal Brisbane Hospital se encuentra en Bowen Bridge
Road. Conozco esta zona porque la Exposición de Brisbane —la
Ekka— se celebra cada mes de agosto en esa misma carretera,
en el viejo recinto ferial donde, una tarde, mi madre y Lyle nos
dejaron a August y a mí comernos enteras nuestras bolsas de regalo de Milky Way mientras veíamos a cinco hombres enormes
de Tasmania cortar troncos que tenían entre los pies, utilizando
hachas. Tomamos el tren de vuelta a Darra desde la estación de
Bowen Hills —que estará por aquí cerca— y con el movimiento
del tren vomité todo el contenido de la bolsa de Milky Way dentro de la bolsa de regalos de Army Combat, que consistía en una
pistola de plástico, una granada de mano de plástico, una tira de
munición y una cinta de camuflaje para la cabeza que yo había
esperado poder ponerme en muchas misiones secretas por las calles de Darra, hasta que acabó cubierta de vómito, que era mitad
batido de chocolate y mitad salchicha empanada.

Frente al hospital, brilla la luna a pleno día. Los coches atraviesan Bowen Bridge Road a toda velocidad. Hay un enorme
cuadro eléctrico en el camino que circula junto al hospital. Me
escondo detrás de él y veo salir al guardia de seguridad polinesio
por las puertas automáticas del hospital. Mira a su izquierda, a
su derecha y después otra vez a su izquierda. Busca pistas, pero
no encuentra ninguna. Se acerca a una mujer que lleva una chaqueta de lana verde y pantuflas en los pies; está fumando un
cigarrillo junto a una parada de autobús y una papelera con cenicero.

Corre, ahora. Mézclate con la multitud que cruza la calle en
los semáforos. El chico a la fuga. El chico da esquinazo al personal del hospital. El chico es más listo que el mundo. El chico se
ríe del universo.

Conozco esta calle. Es aquí por donde entramos a la Exposición de Brisbane. Mi madre y Lyle le compraron las entradas a

un tipo situado en un agujero de hormigón en la pared. Atravesamos establos de caballos y mierda de vaca, y cientos de cabras y un granero lleno de pollos y mierda de pollo. Después bajamos una colina y llegamos a los barracones de feria, y August y yo le rogamos a Lyle que nos llevase al Tren de la Bruja y después al Laberinto de Espejos, donde di vueltas y más vueltas, pero solo me veía a mí mismo. Sigue caminando por esta calle. Encuentra a alguien, a quien sea. Como este hombre.

—Disculpe —le digo.

Lleva un abrigo verde militar y una boina de lana, y sujeta una botella de Coca Cola de cristal entre las piernas mientras se inclina contra el muro de hormigón que bordea el recinto ferial. La botella de Coca Cola es de las que August y yo recolectamos y llevamos a veces a la tienda de la esquina en Oxley, y la anciana encargada de la tienda nos da veinte centavos por nuestros esfuerzos, y nos gastamos esos veinte centavos en veinte caramelos de un céntimo. El hombre lleva un líquido claro en la botella de Coca Cola y huelo que es alcohol. Me mira, aprieta los labios y ajusta los ojos al sol que brilla sobre mis hombros.

—¿Podría indicarme cómo llegar a la estación de tren? —le pregunto.

—Batman —responde ladeando la cabeza.

—¿Perdón?

—Batman —repite.

—¿Batman?

Y empieza a cantar la sintonía televisiva.

—Nananananananana... ¡Batman! —grita.

Está bronceado por el sol y está sudando debido al enorme abrigo verde.

—Sí, Batman —digo.

Se señala el cuello. Lleva un lado del cuello cubierto de sangre.

—Me ha mordido un puto murciélago —dice.

Mueve la cabeza de un lado a otro como la atracción del barco pirata en la que nos montamos todos los otoños en la Exposición de Brisbane. Me doy cuenta ahora de que tiene el ojo izquierdo morado y lleno de sangre.

—¿Se encuentra bien? —le pregunto—. ¿Necesita ayuda?

—No necesito ayuda —balbucea—. Soy Batman.

Hombres adultos. Jodidos hombres adultos. Todos locos. No se puede confiar en ellos. Putos psicópatas. Bichos raros. Asesinos. ¿Qué ha llevado a este hombre a convertirse en Batman en una bocacalle de Brisbane? ¿Cuánta bondad habrá en él? ¿Cuánta maldad? ¿Quién sería su padre? ¿Qué haría su padre? ¿Qué no haría su padre? ¿De qué maneras le joderían la vida otros hombres adultos?

—¿Dónde está la estación de tren? —pregunto otra vez.

—¿El qué?

—¡La estación de tren! —grito.

Señala con el brazo derecho y el dedo índice flácido hacia un cruce que hay a la izquierda.

—Sigue caminando, Robin —me dice.

Sigue caminando.

—Gracias, Batman —le respondo.

Extiende la mano.

—Dame la mano —me ordena.

Me dispongo a estrecharle instintivamente la mano derecha, pero recuerdo el vendaje de mi dedo amputado y le ofrezco la izquierda en su lugar.

—Bien, bien —me dice estrechándomela con fuerza.

—Gracias de nuevo —le digo.

Entonces se lleva mi mano a la boca y me la muerde como un perro rabioso.

—Grrrrr —gruñe mientras me babea la mano. Está mordiéndome la mano, pero solo noto piel en su boca, las encías. Aparto

la mano de un tirón y él cae de espaldas carcajeándose con la
boca abierta y desencajada. No tiene ni un solo diente.

Corro.

Voy a toda velocidad. Corro como Eric Grothe, centrocampista de los Parramatta Eels, y tengo la banda lateral a un lado y
la línea de meta a ochenta metros de distancia. Corro como si
mi vida dependiera de ello. Corro como si llevara botas a pro-
pulsión en los pies y un fuego en el corazón que nunca se apaga.
Atravieso el cruce. Mis Dunlop KT-26 me guiarán. Confiaré en
el elegante diseño acolchado de las KT-26, las deportivas más ba-
ratas y eficaces de todo el Kmart. Corro como si fuera el último
chico de sangre caliente sobre la Tierra y el mundo hubiera sido
tomado por vampiros. Murciélagos vampiros.

Corro. Paso junto a un concesionario de coches a mi derecha
y una fila de setos a mi izquierda. Corro. Paso junto a un edificio de ladrillo naranja a mi izquierda que ocupa una manzana
entera. Hay un nombre escrito en letras grandes en ese edificio.
Courier-Mail.

Me detengo.

Aquí es donde lo hacen. Aquí es donde hacen el periódico.
Slim me habló de este lugar. Todos los escritores vienen aquí y
escriben sus artículos, y los cajistas componen sus artículos con
las letras de metal en las imprentas que hay en la parte trasera.
Slim me dijo que una vez habló con un periodista que le dijo que
podía oler sus artículos cuando los imprimían con tinta por las
tardes. Decía que no hay mejor olor que la exclusiva de la portada de mañana al ser impresa en tinta. Respiro profundamente
y juro que puedo oler esa tinta, porque tal vez estén todos en la
fecha límite y las rotativas ya estén funcionando, y sé que algún
día formaré parte de esto, lo sé, ¿por qué si no el Batman sin
dientes me ha enviado aquí, hasta esta calle donde los periodistas del *Courier-Mail* acuden a escribir sus artículos y a cambiar el

mundo? Batman no era más que un figurante, sí, pero ha interpretado bien su papel en la superproducción de *La extraordinaria, inesperada y al mismo tiempo muy esperada vida de Eli Bell.* Claro que me ha enviado por aquí. Claro que sí.

Un coche de policía pasa por el cruce y avanza por la misma calle en la que me encuentro. Dos agentes. El que va en el asiento del copiloto mira hacia mí. No te quedes mirando. No te quedes mirando. Pero son dos policías y no puedo evitar quedarme mirando. El agente me mira ahora directamente. El coche aminora la velocidad y después sigue su camino. Corro.

* * *

Slim llevaba fugado casi dos semanas cuando fue identificado por un civil el 9 de febrero de 1940. Se había puesto en marcha un dispositivo de búsqueda que se extendía hasta la frontera de Nueva Gales del Sur y había coches de policía en todas las carreteras que conducían hacia el sur, donde todo el mundo esperaba que se dirigiera Slim. Pero Slim se dirigía hacia el norte cuando se detuvo en una gasolinera de Nundah, al norte de Brisbane, a las tres de la madrugada, para llenar el depósito de un coche que había robado cerca de Clayfield. El dueño de la gasolinera, un hombre llamado Walter Wildman, se despertó al oír el ruido del surtidor. Corrió hacia Slim y le apuntó con una escopeta.

—¡Quieto! —exclamó Wildman.

—No dispararía a un hombre, ¿verdad? —le preguntó Slim.

—Sí —respondió Wildman—. Te volaré los sesos.

Como es natural, aquella declaración de intenciones hizo que Slim corriera hacia el asiento del conductor de su coche robado, lo que a su vez hizo que Walter Wildman le disparase dos veces para volarle los sesos, aunque solo logró hacer añicos la luna trasera del vehículo. Slim se encaminó hacia Bruce Highway, dirección norte, mientras Walter Wildman llamaba a la policía para dar el número de la matrícula. Llegó hasta Caboolture, a unos treinta minutos de Brisbane, cuando un vehículo de policía comenzó a seguirlo e iniciaron una apasionante persecución por carreteras secundarias, curvas cerradas y hondonadas, que terminó cuando Slim estrelló su coche contra una verja de alambre. Se adentró corriendo en la maleza y pronto fue rodeado por unos treinta policías de Queensland, que finalmente lo encontraron escondido tras el tocón de un árbol. La policía lo llevó de vuelta a Boggo Road, y allí lo encerraron de nuevo en su celda, en el pabellón número 2. Cerraron la puerta de la celda y Slim volvió a tumbarse en la cama dura de la prisión. Y allí sonrió.

—¿Por qué sonreíste? —le pregunté una vez.

—Me había fijado un objetivo y lo había cumplido —respondió él—. Por fin, joven Eli, este huérfano bueno para nada, esta escoria de persona que ahora contemplas, había encontrado algo que se le daba bien. Entendí por qué el de ahí arriba me había hecho tan alto y tan delgado. Eso es una ventaja para saltar los muros de la cárcel.

* * *

Vías de tren. Un tren. La estación de tren de Bowen Hills. La línea de Ipswich, andén 3. Un tren está entrando y bajo corriendo un tramo de escaleras de hormigón. Serán unos cincuenta escalones de hormigón, que bajo de dos en dos, con un ojo en las escaleras y otro en las puertas abiertas del tren. Entonces doy un paso en falso y mi tobillo derecho resbala en el borde del último escalón y caigo de cara contra el asfalto del andén 3. Mi hombro derecho amortigua casi todo el impacto, pero mi mejilla y mi oreja derecha se raspan con la superficie, como el neumático trasero de mi BMX cuando aprieto el freno para derrapar. Pero las puertas del tren siguen abiertas, así que me levanto del suelo y me tambaleo, mareado y atontado, hacia ellas cuando empiezan a cerrarse. Y salto por mi vida y aterrizo dentro, donde tres mujeres mayores que comparten un asiento de cuatro se quedan mirándome con la boca abierta.

—¿Estás bien? —pregunta una anciana agarrando su bolso con ambas manos sobre el regazo.

Yo asiento, tomo aire y me vuelvo para recorrer el pasillo del tren. Tengo piedrecitas del asfalto del andén incrustadas en la cara. El aire hace que me escueza el raspón de la mejilla. El nudillo que antes controlaba mi dedo amputado grita pidiendo atención. Me siento, respiro y rezo para que este tren pare en Darra.

* * *

Los suburbios desiertos al anochecer. Quizá sí que se haya acabado el mundo. Quizá esté solo y los vampiros estén durmiendo porque aún hay luz solar. Quizá esté perdiendo la cabeza y no debería estar caminando bajo el sol, según se me va pasando el efecto de los analgésicos del hospital, pero este sueño es cada vez más real porque me huelen los sobacos y saboreo el sudor que cubre mi labio superior. Paso por delante de las tiendas de la carretera de la estación de Darra. Paso por delante del restaurante de Mama Pham. Paso por delante de una bolsa vacía del Burger Rings que da vueltas en círculo movida por el viento. Paso por delante del mercado de frutas y verduras. Paso por delante de la peluquería y de la casa de apuestas. Atravieso el parque de Ducie Street, donde las briznas de hierba se quedan atrapadas en el bajo de mis vaqueros y en los cordones blancos de mis Dunlop. Ya casi he llegado. Casi estoy en casa.

Ahora cuidado. Sandakan Street. Estudio la calle desde lejos, oculto tras un enorme árbol que mece sus ramas al ritmo de la brisa. No hay coches delante de nuestra casa. No hay gente en la calle. Me muevo con cautela y rapidez entre los árboles, zigzagueando a través del parque hacia nuestra casa. El cielo está naranja y morado, la noche va cayendo. Regreso al lugar del crimen. Estoy cansado, pero nervioso también. No sé si esta misión ha sido buena idea, pero se supone que he de llegar lejos. La única manera de salir del agujero es trepar. O bajar más, supongo. Directo al infierno.

Me apresuro por la calle y atravieso la verja como si aquel fuera mi lugar, porque al fin y al cabo es mi casa, o la casa de Lyle, debería decir. La casa de Lyle. Lyle.

No puedo entrar por delante. Iré por detrás. Si la puerta trasera está cerrada, probaré a entrar por la ventana de Lena. Si la ventana de Lena está cerrada, probaré con la ventana corredera de la cocina que hay del lado de nuestro viejo vecino Gene Crimmins, y tal vez mi madre, o quizá yo mismo, se olvidó de poner en el travesaño de la ventana la barra metálica que impide entrar a los intrusos. Intrusos como yo. Intrusos como yo con grandes planes.

Dispuestos a llegar lejos.

La puerta trasera está cerrada con llave. La ventana de Lena no se mueve. Acerco el cubo de basura negro con ruedas a la ventana de la cocina, me subo encima y tiro de la ventana. Se desliza cinco centímetros por el travesaño y mi esperanza crece, pero entonces choca contra la barra metálica y mi esperanza se hunde. Joder. Medidas desesperadas. Romper una ventana.

Me bajo del cubo de basura. Está oscureciendo, pero todavía puedo ver debajo de la casa, el suelo de tierra con piedras desperdigadas, aunque ninguna es lo suficientemente grande para lo que necesito. Pero esto servirá. Un ladrillo. Probablemente sea uno de esos famosos ladrillos de la fábrica cercana. Un ladrillo de casa. Un ladrillo de Darra. Vuelvo a salir de debajo de la casa, coloco el ladrillo sobre el cubo de basura y, cuando estoy volviendo a subirme encima del cubo, oigo una voz por encima del hombro.

—¿Va todo bien, Eli? —pregunta Gene Crimmins, apoyado en la ventana abierta de su salón. El espacio entre la casa de Gene y la nuestra es de solo tres metros, así que podemos hablar con suavidad. Él siempre habla con suavidad, lo cual me provoca una sensación de calma. Me gusta Gene. Gene sabe ser discreto.

—Hola, Gene —le digo volviéndome hacia él y soltando el cubo.

Gene lleva una camiseta blanca y unos pantalones de pijama azules.

Se fija en mi cara.

—Santo cielo, amigo, ¿qué te ha pasado?

—He tropezado cuando bajaba corriendo las escaleras de la estación de tren.

Gene asiente.

—¿Te has quedado encerrado fuera?

Yo asiento.

—¿Tu madre no está?

Niego con la cabeza.

—¿Y Lyle?

Niego otra vez.

Él asiente.

—Vi a esos tipos arrastrándolo hacia un coche la otra noche —me dice Gene—. Imaginé que no iban a comprar helado.

Niego con la cabeza.

—¿Está bien?

—No lo sé —respondo—. Pero espero averiguarlo. Solo necesito entrar.

—¿Para eso es el ladrillo?

Yo asiento.

—Yo no te he visto, ¿de acuerdo?

—Gracias por la discreción, Gene.

—¿Sigues teniendo unas manos ágiles? —me pregunta Gene.

—Sí, supongo.

—Ahí tienes.

Me lanza una llave y la atrapo con ambas manos. La llave va unida a un llavero abrebotellas en forma de canguro.

—Es la llave extra que Lyle me dejó por si algún día había una emergencia —me explica.

Yo asiento con la cabeza a modo de agradecimiento.

—Ese día ha llegado, Gene —murmuro.

—Eso parece —responde él.

* * *

La casa está a oscuras y en silencio. Dejo las luces apagadas. Los platos de la noche que cenamos espagueti boloñesa están apilados en un escurreplatos junto al fregadero. Alguien ha limpiado. Slim, supongo. Pongo una mano bajo el grifo de la cocina y doy un largo trago de agua. Abro el frigorífico y encuentro un trozo de mortadela y un pedazo de queso. Me pregunto cómo se las apañaba Slim para comer cuando era fugitivo. Bebería agua en los arroyos, robaría huevos de los corrales, tal vez, y panecillos cuando los panaderos no miraban; arrancaría naranjas de los árboles. Mantenerse alimentado e hidratado es una actividad pública y, con frecuencia, es necesario levantar la cabeza para lograrlo. Hay un paquete de pan de molde sobre la encimera de la cocina y, en la oscuridad, lo huelo y sé que está mohoso. Doy pequeños bocados al queso y a la mortadela, mezclándolos en la boca. No es lo mismo sin pan, pero me llena el agujero que tengo en el estómago. Saco la linterna roja que hay en el tercer cajón debajo del fregadero. Voy directo a la habitación de Lena.

La habitación del amor verdadero. La habitación de la sangre. Con Jesús en la pared. Ilumino con la linterna su cara afligida y me parece distante y frío en la oscuridad.

Me palpita la mano derecha. El nudillo del dedo índice me arde y está lleno de sangre que no va a ninguna parte. Necesito descansar. Necesito dejar de moverme. Necesito tumbarme. Abro la puerta corredera del armario de Lena, deslizo los viejos vestidos de Lena por la barra en la que están colgados. Aprieto con la mano izquierda el panel trasero del armario, que se comprime y después se abre. La puerta secreta de Lyle.

Tiene que estar aquí. ¿Por qué iba a estar en alguna otra parte?

La luz de la linterna crea una pequeña luna del tamaño de una pelota de tenis sobre el suelo de tierra de la habitación secreta. Me cuelo y se me hunden las Dunlop en la tierra. Examino cada rincón de la habitación de ladrillo con la linterna. Recorro después el centro de la habitación y las paredes, veo el teléfono rojo. Tiene que estar aquí. Tiene que estar aquí. ¿Por qué iba a esconderlo en otra parte que no fuera su habitación secreta, construida para esconder cosas?

Pero la habitación está vacía.

Me tiro al suelo y busco la puerta secreta construida en la pared de la habitación secreta. Agarro el asa de la puerta y apunto con la linterna al túnel que Lyle ha construido bajo la casa hasta el cagadero de fuera. El túnel no tiene serpientes ni arañas. Solo tierra y aire fétido.

Joder. Tengo el corazón acelerado. Tengo que mear. No quiero hacer esto. Pero tengo que hacerlo.

Me tumbo boca abajo y me adentro en el agujero a gatas. Protejo mi mano derecha herida y me arrastro impulsándome con los codos por el suelo de tierra. Se me mete la tierra en los ojos cuando golpeo con la cabeza el techo del túnel. Respira. Mantén la calma. Ya casi has salido. Mi linterna ilumina el túnel y distingo algo a lo lejos, algo que descansa en el suelo del cagadero. Una caja.

Al verla, comienzo a arrastrarme más rápido por el suelo. Soy un cangrejo. Soy un cangrejo soldado. Uno de esos morados con el cuerpo que parece una canica. August y yo dejábamos que se nos subieran por encima en las orillas de Bribie Island, el destino favorito de Lyle para ir a pasar el día, a una hora al norte de Brisbane. Lyle agarraba dos o tres cangrejos con la mano, que se le aferraban a los dedos, y después nos los ponía encima de la cabeza. Se ponía el sol y no quedaba nadie en la playa, salvo nosotros pescando y un par de gaviotas con sus ojos hambrientos sobre nuestras sardinas.

Saco la cabeza del túnel e ilumino la caja con la linterna. Una caja blanca. Una de las cajas de poliestireno de Bich Dang. Claro que la puso aquí. Claro que la puso en el cagadero. Saco las piernas y me agacho con la linterna junto a la caja, le quito la tapa con la mano izquierda. Y no hay nada en la caja. La luz recorre el interior de la caja, pero, por mucho que busco, no encuentro nada. Está vacía. Tytus Broz se me ha adelantado. Tytus Broz lo sabe todo. Tytus Broz es un día más viejo que el universo.

Doy una patada a la caja. La puta caja de poliestireno. Lo mando todo a la mierda. Mando a la mierda esta puta vida y al puto Lyle, a la mierda Tytus Broz y el psicópata de Iwan Krol, y mi madre y August, y el jodido Teddy, y el mentiroso de Slim, a quien no debía de importarle gran cosa cuando no le ha dado la gana llevarme con él a su casa cuando más lo necesitaba. Slim, que yo pensaba que sabría mejor que nadie lo que era sentirse superado por la vida, no deseado, abandonado.

Empiezo a dar pisotones con la Dunlop derecha. Los trozos de poliestireno se desperdigan por el suelo del cagadero creando formas aleatorias sobre el fondo de serrín, como países desconectados en un mapa mundial. ¿Y qué es esta mierda que tengo en los ojos, este líquido de mierda que me delata siempre? Me inunda los ojos y la cara, y trato de respirar, porque no puedo parar de llorar. Sí, eso es. Así es como moriré. Lloraré hasta morir. Lloraré tanto que me moriré deshidratado en este agujero de mierda. Un final de mierda para una existencia de mierda. Caitlyn Spies podrá escribir mi historia en el *South-West Star*.

El cuerpo de trece años de Eli Bell, fugado del hospital hace ocho semanas, fue descubierto ayer en el fondo de un cagadero de jardín. Según parece, había destrozado la caja con la que esperaba salvar la vida del único hombre al que había querido de verdad. Su único pariente disponible para declarar, su hermano mayor August Bell, no dijo nada.

Caitlyn Spies. Caigo al suelo, exhausto. Dejo caer mi culo huesudo sobre el serrín y exhalo mientras apoyo la espalda en la pared de madera del cagadero. Cierra los ojos. Respira. Y duerme. Duerme. Apago la linterna y la dejo apoyada en mi cintura. Hace calor en este cagadero. Es acogedor. Duerme. Duerme.

Puedo ver a Caitlyn Spies. La veo. Camina por la playa de Bribie Island a la caída del sol. Hay miles de cangrejos morados ante ella, pero se apartan a su paso, dibujan un sendero de arena perfecta de playa de Queensland, y ella lo recorre despacio, saludando a los trabajadores cangrejos con las manos. Tiene el pelo castaño y le ondea por la brisa del mar; puedo verle la cara, aunque nunca antes la haya visto. Tiene unos ojos verdes e inteligentes, y sonríe porque sabe quién soy, del mismo modo en que lo sabe todo sobre todo. Los cangrejos a sus pies, el sol cayendo del cielo y su labio superior, que se curva un poco cuando sonríe así. Caitlyn Spies. La chica más guapa que jamás he visto. Quiere contarme algo. «Acércate. Acércate», me dice, «y te lo susurraré». Sus labios se mueven y sus palabras me resultan familiares. «El chico se come el universo».

Y entonces gira la cabeza y proyecta la mirada hacia lo que antes era el océano Pacífico, pero ahora es una amplia galaxia de estrellas, planetas, supernovas y miles de fenómenos astronómicos que suceden al unísono. Explosiones rosas y moradas. Momentos de combustión de color naranja, verde y amarillo intenso, y todas esas estrellas brillantes sobre el lienzo negro y eterno del espacio. Estamos de pie al borde del universo y el universo se detiene y empieza aquí con nosotros. Y Saturno está al alcance de mi mano. Y sus anillos comienzan a vibrar. Y la vibración de sus anillos suena como un teléfono. *Ring, ring.*

«¿Vas a contestar?», pregunta Caitlyn Spies.

Un teléfono. Abro los ojos. El sonido de un teléfono. *Ring, ring.* Al otro lado del túnel secreto, en la habitación secreta. El teléfono rojo secreto de Lyle está sonando.

Recorro de nuevo el túnel en dirección opuesta. Tierra mojada bajo mis rodillas magulladas y mis codos arañados. Esta llamada es muy importante. Esta llamada es muy oportuna. ¿Qué probabilidades había? Que yo estuviera aquí abajo y que el teléfono sonara en este momento. Alcanzo el otro lado del túnel, entro en la habitación secreta y el teléfono sigue sonando. Quién lo iba a decir. El bueno de Eli Bell, otra vez un golpe de suerte. En el momento justo y desconocido, en el lugar adecuado y secreto. Extiendo el brazo para descolgar el auricular rojo y secreto de su base roja y secreta. Espera. Piensa en la casualidad. Yo aquí abajo justo cuando suena el teléfono. Extraordinariamente oportuno si uno no sabe que estoy aquí abajo. Aunque no sería tan extraordinario si alguien me hubiera visto intentando entrar por la ventana de la cocina. Nada extraordinario si Gene Crimmins se ha subido al tren de Tytus Broz y, en realidad, estaba embaucándome con sus palabras desde la ventana. Nada extraordinario si Iwan Krol está esperando fuera, montado en un coche mientras escucha a The Carpenters por la radio y afila su cuchillo.

Ring, ring. A la mierda. A veces, cuando Saturno llama, tienes que contestar.

—¿Diga? —respondo.

—Hola, Eli —dice la voz al otro lado de la línea.

La misma voz de la última vez. La voz de un hombre. Un hombre muy hombre. Una voz profunda y rasgada; cansada, quizá.

—Eres tú, ¿verdad? —pregunto—. La persona con la que hablé cuando Lyle dijo que no estaba hablando con nadie, pero sí que lo estaba.

—Supongo que ese soy yo —responde el hombre.

—¿Cómo sabías que estaba aquí abajo?

—No lo sabía.

—Entonces me pillas de chiripa, porque justo pasaba por aquí.

—No es tanta casualidad —me dice—. Debo de llamar a este número unas cuarenta veces al día.

—¿Qué número marcas?

—Marco el número de Eli Bell.

—¿Qué número es ese?

—773 8173.

—Eso es una locura —respondo—. Este teléfono no admite llamadas.

—¿Quién te ha dicho eso?

—Lyle.

—Pero, ¿acaso no es esto una llamada?

—Sí.

—Entonces, supongo que sí admite llamadas —me dice—. Ahora, dime, ¿dónde estás?

—¿A qué te refieres?

—¿En qué punto de tu vida estás?

—Bueno, tengo trece años...

—Sí, sí —dice, apremiante—. Pero sé más específico. ¿Queda poco para Navidad?

—¿Eh?

—Da igual —me dice—. ¿Qué estás haciendo ahora mismo y por qué? Y, por favor, no mientas, porque me daré cuenta si mientes.

—¿Por qué iba a contarte nada?

—Porque tengo que contarte algo importante sobre tu madre, Eli —responde, frustrado—. Pero primero necesito que me digas qué os ha pasado a tu familia y a ti.

—A Lyle se lo llevaron unos hombres que trabajan para Tytus Broz —respondo—. Después Iwan Krol me cortó mi dedo de la suerte, me desmayé y me desperté en el hospital. Y Slim me dijo que mi madre estaba en la prisión de mujeres de Boggo Road y que Gus se había ido a casa de mi padre en Bracken Ridge. Me escapé del hospital y soy un fugitivo como Slim en 1940, y he venido aquí para buscar... para buscar...

—La droga —me dice el hombre—. Querías encontrar la heroína de Lyle porque pensabas que podrías llevársela a Tytus Broz y él cambiaría la droga por Lyle, pero...

—No está —le digo—. Tytus se ha llevado la droga antes que yo. Se ha llevado la droga y a Lyle. Se lo ha llevado todo.

Bostezo. Estoy muy cansado.

—Estoy cansado —le digo al teléfono—. Estoy muy cansado. Debo de estar soñando esto. Esto no es más que un sueño.

Se me están cerrando los ojos por el cansancio.

—Esto no es un sueño, Eli —me dice el hombre.

—Esto es una locura —respondo, mareado, confuso. Siento un escalofrío febril—. ¿Cómo me has encontrado?

—Tú has descolgado el teléfono, Eli.

—No lo entiendo. Estoy muy cansado.

—Tienes que escucharme, Eli.

—De acuerdo, te escucho.

—¿Estás escuchando de verdad? —pregunta el hombre.

—Sí, estoy escuchando de verdad.

Se produce una larga pausa.

—Tu madre no sobrevivirá al día de Navidad —dice el hombre.

—¿De qué estás hablando?

—Está en observación, Eli.

—¿Qué dices?

—En observación, Eli —repite—. Bajo vigilancia por intento de suicidio.

—¿Quién eres?

Me siento mareado. Necesito dormir. Tengo fiebre.

—Se acerca la Navidad, Eli —dice el hombre.

—Me estás asustando y necesito dormir.

—Se acerca la Navidad, Eli —repite—. Cascabeles.

—Tengo que tumbarme.

—Cascabeles —repite el hombre.

¿Cómo era ese villancico sobre cascabeles que solía cantar mi madre? Sobre un paisaje invernal. Cascabeles, nieve y un pájaro azul. ¿Los oyes, Eli?

—Sí, cascabeles —le digo al hombre—. Tu final es un pájaro azul muerto.

Y cuelgo el teléfono y me hago un ovillo en el suelo de la habitación secreta de Lyle, y finjo que Irene, la chica de Slim, está durmiendo aquí conmigo. Me meto en una cama con ella, me acurruco contra su piel de porcelana, extiendo un brazo sobre su pecho cálido y ella se vuelve para darme un beso de buenas noches y tiene la cara de Caitlyn Spies. La cara más hermosa que jamás he visto.

El chico conoce a la chica

Las oficinas del periódico local *South-West Star* se encuentran en Spine Street, en Sumner Park, un suburbio industrial cercano a Darra, al otro lado de Centenary Higway, que lleva a los conductores hacia el centro de Brisbane en dirección norte o hacia Darling Downs en dirección oeste. Las oficinas del periódico están a dos puertas de distancia de la tienda de neumáticos de Gilbert, donde Lyle va a comprar neumáticos de segunda mano. Se encuentra junto a una tienda de tintado de ventanas y otra tienda al por mayor de accesorios para mascotas llamada Mascotas con Garra. Antes, August y yo íbamos en bici hasta Spine Street a visitar la tienda de objetos del ejército que hay al lado, donde contemplábamos las viejas bayonetas militares y las cantimploras de la guerra de Vietnam, e intentábamos convencer al dueño, «Bombardero» Lerner —un patriota australiano muy nervioso con el ojo izquierdo torcido que ama a su país y la defensa del mismo tanto como ama a Kenny Rogers— para que nos enseñara la granada todavía con la anilla puesta que sabíamos que guardaba en una caja fuerte bajo la caja registradora.

Las oficinas del *South-West Star* se ubican en un local comercial de una sola planta con un ventanal de espejo en la fachada y el cartel en rojo del *South-West Star* adornado con cuatro estrellas fugaces de color rojo que forman la Cruz del Sur. Veo mi reflejo en el cristal de espejo. Estoy más fuerte que ayer. Más coherente. Más seguro de mente, de cuerpo y de espíritu. He desayunado un tazón con cuatro galletas Weet-Bix y agua caliente del grifo de la cocina. Me he duchado. Me he vestido con una camiseta granate, unos vaqueros azules y las Dunlop. Me he puesto una venda nueva en el dedo y en el resto de la mano. He encontrado vendas en el botiquín de mi madre y he vuelto a pegar la gasa que la doctora Brennan me había puesto ya. Mi mochila de clase seguía colgada de uno de los postes de mi cama. Una mochila vaquera desgastada cubierta con nombres de grupos: INXS, Cold Chisel, Led Zeppelin. Nunca he oído una sola canción de los Sex Pistols, pero eso no me impidió poner su nombre en mi mochila hace dos años. En el bolsillo trasero hay dibujado un monstruo alienígena de tres brazos con sobrepeso al que llamé Thurston Carbunkle, que succiona a los niños enteros a través de las fosas nasales y disfruta con las películas de Alfred Hitchcock, razón por la que siempre lleva una camiseta sin mangas de *Psicosis*. Entre esos garabatos hay varios mensajes difíciles de leer, escritos con rotulador permanente en el colegio que, al igual que el nudillo del dedo amputado, no envejecen bien. *Siéntate y pedalea*, dice un mensaje escrito sobre un puño dibujado con el dedo corazón estirado. Hay otros mensajes que debería haber borrado por una cuestión de buen gusto, como el de *A Kenneth Chugg le gusta Amy Preston, amor verdadero para siempre*. Amy Preston murió de leucemia el invierno pasado. Me he quedado mirando esa mochila durante un minuto entero, recordando tiempos mejores. Antes de esto. Antes de aquello. Antes del dedo amputado. A la mierda el puto Tytus Broz. He llenado la mochila con ropa y comida —un par de latas de judías en conserva, una barra de muesli de la despensa— y el ejemplar de Slim de *Papillon* que me prestó, y he salido por la puerta trasera de ese pozo de mierda de Darra, prometiéndome a mí mismo no regresar jamás. Pero entonces he regresado treinta segundos después de salir por la verja del jardín, al darme cuenta de que me había olvidado de hacer pis antes de mi larga excursión hasta Sumner Park.

* * *

Me apoyo contra el ventanal para intentar ver el interior, pero no veo nada salvo mi reflejo muy de cerca. Tiro del picaporte de la puerta de cristal de la entrada, pero no se mueve. Hay un altavoz blanco y ovalado junto a la puerta, así que aprieto el botón verde que tiene debajo.

—¿Puedo ayudarte? —pregunta una voz a través del altavoz.

Me inclino hacia el altavoz.

—Ehhh, he venido para...

—Pulsa el botón mientras hablas, por favor —dice la voz.

Pulso el botón.

—Perdón —digo.

—¿En qué puedo ayudarte? —pregunta la voz. Es una mujer. Una mujer severa que habla como si pudiera romper cáscaras de nueces con las manos.

—He venido para ver a Caitlyn Spies.

—Pulsa el botón mientras hablas, por favor.

Pulso el botón.

—Perdón de nuevo —respondo, manteniendo pulsado el botón—. He venido para ver a Caitlyn Spies.

—¿Está esperándote?

Ya está, se acabó el juego. Pillado al primer intento. ¿Que si está esperándome? Bueno, no. ¿Espera una rosa recibir un baño de sol? ¿Espera un árbol centenario ser alcanzado por un rayo? ¿Espera el mar el movimiento de las mareas?

—Eh... sí... no —respondo—. No, no me está esperando.

—¿Para qué quieres verla? —pregunta la mujer a través del altavoz.

—Tengo una historia para ella.

—¿De qué trata?

—Preferiría no decirlo.

—Pulsa el botón mientras hablas, por favor.

—Perdón, preferiría no decirlo.

—Bueno —dice la mujer, suspirando—, entonces tal vez puedas decirme qué clase de historia es para que pueda contarle a Caitlyn qué clase de historia es, dado que tú te muestras muy reservado.

—¿Qué clase de historia? No sé a qué se refiere.

—¿Es una noticia, un suceso, una historia de la comunidad, un evento deportivo, algo político? ¿Qué clase de historia?

Lo pienso durante unos segundos. Una historia criminal. Una historia de personas desaparecidas. Una historia familiar. Una historia de hermanos. Una historia trágica. Aprieto el botón verde.

—Una historia de amor —digo. Y toso—. Es una historia de amor.

—Ooohhh —dice la mujer a través del altavoz—. Me encantan las buenas historias de amor. —Se echa a reír—. ¿Cómo te llamas, Romeo?

—Eli Bell.

—Espera un segundo, Eli.

Contemplo mi reflejo en el cristal de la puerta de entrada. Tengo el pelo revuelto. Debería haberme pasado el peine de Lyle y haberme puesto un poco de su gomina. Me giro y observo la calle. Sigo siendo un fugitivo. Aún me buscan. No le intereso a nadie salvo a la policía. Una enorme hormigonera pasa por Spine Street, seguida de una furgoneta de reparto, un Nissan rojo con tracción a las cuatro ruedas y un Ford Falcon amarillo cuyo conductor tira una colilla de cigarrillo por la ventanilla.

Vuelvo a oír un sonido a través del altavoz.

—Oye, Romeo...

—¿Sí?

—Mira, ahora mismo está muy ocupada —me dice—. ¿Quieres dejar un número de contacto y una idea de por qué estás aquí? Quizá pueda ponerse en contacto contigo. Estos periodistas están siempre corriendo de un lado para otro.

La marea no subirá. La marea no bajará.

Pulso el botón verde.

—Dígale que sé dónde está Slim Halliday.

—¿Perdón?

—Dígale que soy el mejor amigo de Slim Halliday. Dígale que tengo una historia que contarle.

Se hace una larga pausa.

—Espera un segundo.

* * *

Me quedo allí parado tres minutos, contemplando la hilera de hormigas negras que cargan con su botín de miguitas, procedente de un hojaldre de salchicha a medio comer que hay tirado en el suelo del aparcamiento de Mascotas con Garra. Asociaré las hileras de hormigas con Caitlyn Spies y asociaré el hojaldre de salchicha a medio comer con el día en que intenté ver a Caitlyn Spies por primera vez. Las hormigas juntan sus cabezas de vez en cuando y me pregunto si estarán hablando, tramando algo, dando órdenes, o simplemente disculpándose por aquellos choques fortuitos. Una vez, Slim y yo vimos una hilera de hormigas que iban de un lado a otro de los escalones de la entrada. Él estaba fumando en los escalones y le pregunté qué pensaba que estarían diciéndose las hormigas unas a otras mientras camina-ban, por qué diablos estarían siempre tocándose unas a otras. Él me dijo que las hormigas tenían antenas en la cabeza y hablaban a través de esas antenas sin hablar realmente. Esas hormigas eran como August, habían encontrado su propia manera de comuni-carse. Hablaban con el tacto. Con unos pelillos al final de las antenas, según dijo Slim, y esos pelillos transmitían olores, y esos olores les decían a otras hormigas dónde estaban las cosas, dónde debían buscar comida, dónde iban, dónde habían estado.

—Feromonas para rastrear comida —dijo Slim.

—¿Qué es una feromona? —le pregunté a Slim.

—Es como un olor con significado —respondió él—. Una reacción química que desencadena una respuesta social entre las hormigas y todas comparten ese significado.

—Los olores no pueden tener significado —dije.

—Claro que pueden —me rebatió Slim. Estiró el brazo más allá de los peldaños de la casa y arrancó un puñado de florecillas moradas de una lavanda que mi madre había plantado en el jar-dín. Aplastó las flores en la palma de su mano y me las acercó a la nariz para que las oliera—. ¿A qué te huele esto?

—A las casetas del Día de la Madre en el colegio —respondí.

—Así que tal vez esto signifique tu madre. O tal vez ahora signifique que estas hormigas están recorriendo los escalones junto a la planta de lavanda de tu madre. El pastel de frutas signi-fica Navidad. Los pasteles de carne significan los Redcliffe Dol-phins contra los Wynnum-Manly y fútbol un domingo por la tarde. Las nueces saladas significan que tu tío está agarrándose una buena melopea. El jabón Sunlight significa el invierno en Carlingford y el señor del orfanato metiéndome en un baño he-lado para lavarme la mugre de las rodillas, pero la mugre no sale porque me ha tenido demasiado tiempo arrodillado en el barro limpiando los escalones de la entrada del orfanato. Escalones de entrada iguales a estos.

Yo asentí.

—Los caminos, chico —dijo Slim—. Hacia dónde vamos. De dónde venimos. Es una manera que tiene el mundo de comunicarse contigo.

* * *

El altavoz suena de nuevo en la puerta de entrada del *SouthWest Star*.

—Puedes entrar y contar tu historia, Romeo.

La puerta se abre y tiro de ella antes de que vuelva a cerrarse. Entro en el vestíbulo del *South-West Star*. Aquí tienen aire acondicionado. Una moqueta gris azulado. Un dispensador de agua con vasitos de plástico blancos. Un mostrador blanco, una mujer bajita y robusta sentada tras él con una camisa blanca con hombreras azul marino. Sonríe.

—Toma asiento y ella saldrá enseguida —dice la mujer, señalando con la cabeza un sofá de dos plazas y un sillón junto al dispensador de agua. Parece preocupada—. ¿Te encuentras bien?

Yo asiento.

—No pareces estar bien —dice—. Tienes la cara roja y sudada.

Se fija en mi mano vendada.

—¿Quién te ha vendado eso?

Me miro el vendaje. Ha empezado a soltarse, está arrugado en algunas partes y demasiado apretado en otras, como si hubiera recibido los primeros auxilios de un borracho ciego.

—Ha sido mi madre —respondo.

La mujer del mostrador asiente, aunque se le notan las dudas en la cara.

—Sírvete un agua.

Me lleno un vaso de plástico y me lo bebo con la mano izquierda. Lleno otro y me lo bebo igual de rápido.

—¿Cuántos años tienes? —pregunta la mujer.

—Cumplo catorce dentro de cinco meses —respondo.

Estoy cambiando, mujer del mostrador, por dentro y por fuera. Mis piernas se están haciendo más largas, como mi pasado. Tengo veintitantos pelos creciéndome en el sobaco derecho.

—Así que tienes trece.

Yo asiento.

—¿Saben tus padres que estás aquí?

Yo asiento.

—Has estado caminando mucho, ¿verdad?

Yo asiento.

Se fija en mi mochila, que he dejado a mis pies.

—¿Vas a alguna parte?

Yo asiento.

—¿Dónde vas?

—Bueno, venía aquí. Luego he llegado aquí. Y, después de aquí, probablemente iré a otro lugar. Pero eso depende.

—¿De qué? —pregunta ella.

—De Caitlyn Spies.

La mujer sonríe, gira la cabeza y lo que ve hace que me levante.

—Hablando del rey de Roma.

Me levanto como lo haría un muchacho azteca de trece años en una playa al ver una flota española en el horizonte.

Camina hacia mí. No hacia la mujer de seguridad que hay tras el mostrador. No hacia el dispensador de agua ni hacia la puerta de entrada. Sino hacia mí. Eli Bell. La cara más hermosa que jamás he visto. Vi esa cara de pie al borde del universo. Esa cara me habló. Esa cara siempre me ha hablado. Su melena castaña está recogida en una coleta y lleva unas gafas negras de montura gruesa, una camisa blanca de manga larga que le cuelga holgada sobre unos vaqueros gastados, a cuyos pies calza unas botas de cuero marrones. Lleva un bolígrafo en la mano derecha y, en esa misma mano, sujeta una pequeña libreta amarilla del tamaño de su palma.

Se detiene ante mí.

—¿Conoces a Slim Halliday? —me pregunta con rotundidad.

Y me quedo helado durante dos segundos y mi cerebro le dice a mi boca que se abra, y después le dice a mi laringe que responda, pero no me sale nada. Vuelvo a intentarlo, pero no me sale nada. Eli Bell. Sin palabras, sin nada que decir de pie al borde del universo. Mi voz me ha abandonado temporalmente, me ha dado la espalda al igual que mi seguridad y mi desparpajo. Me giro hacia el dispensador de agua y me sirvo otro vaso. Mientras me lo bebo, mi mano derecha vendada comienza inconscientemente a escribir palabras en el aire. «Es mi mejor amigo», escribo en el aire con la mano. «Es mi mejor amigo».

—¿Qué estás haciendo? —pregunta Caitlyn Spies—. ¿Qué es eso?

—Perdón —digo, aliviado al oír esa palabra que sale de mi boca—. Mi hermano, Gus, habla así.

—¿Así cómo? —pregunta Caitlyn Spies—. Parecía que querías pintar una casa, pero te faltaba la brocha.

Sí que parecía eso, ¿verdad? Es muy graciosa. Muy perspicaz.

—Mi hermano, Gus, no habla. Escribe palabras en el aire.

—Qué mono —responde ella con sequedad—, pero tengo que entregar una cosa, así que ¿te importa darte prisa y decirme de qué conoces a Slim Halliday?

—Es mi mejor amigo —respondo.

Ella se ríe.

—¿Eres el mejor amigo de Slim Halliday? Hace tres años que nadie ha visto a Slim Halliday. Lo más probable es que haya muerto. ¿Y tú me dices que está vivo y que es el mejor amigo de un niño de... cuántos tienes, doce años?

—Tengo trece —respondo—. Slim primero era amigo de...,
bueno..., Slim era mi niñero.

Ella niega con la cabeza.

—¿Tus padres te dejaban al cuidado de un asesino convicto?
—pregunta—. ¿El «Houdini de Boggo Road»? ¿El mayor escapista jamás encerrado en una prisión australiana? ¿Un hombre
que vendería los riñones de un niño de trece años si así pudiera
escapar? Los tuyos sí que son buenos padres.

Noto cierto cariño en su manera de decirlo. Ironía y severidad también, pero sobre todo cariño. Quizá no soy imparcial
porque se parece mucho a la chica de mis sueños con un disfraz
con gafas al estilo de Clark Kent, pero hay cariño en todo lo
que dice. El cariño se transmite por la curvatura de su labio
superior cuando habla, por la piel de sus mejillas y el color rojo
de su labio inferior, y los estanques profundos de sus ojos verdes, que parecen las aguas tapizadas de nenúfares del estanque
Enoggera, donde Lyle nos llevó a August y a mí a nadar aquel
día en que le compramos la Atari a esa familia de The Gap, en
esa zona frondosa del oeste de Brisbane. Quiero zambullirme
en esos ojos verdes y gritar: «¡Jerónimo!», y sumergirme en el
mundo de Caitlyn Spies y no volver jamás a la superficie a tomar aire.

—Oye —me dice, agitando una mano frente a mi cara—.
Oye, ¿sigues ahí?

—Sí, aquí estoy —respondo.

—Sí, ahora sí estás, pero estabas como ido —me dice—. Te
has quedado mirándome y luego te has ido a otra parte, con esa
cara de lelo, como una jirafa tirándose un pedo silencioso.

Sí que debo de tener esa pinta, ¿verdad? ¡Qué graciosa es!

Me giro hacia el sofá de dos plazas y susurro:

—¿Podemos sentarnos un segundo?

Ella mira el reloj.

—Tengo una historia para ti —le digo—. Pero debo tener cuidado a la hora de contarla.

Ella toma aire y lo deja escapar. Después mueve la cabeza afirmativamente y se sienta en el sofá.

Me siento a su lado, ella abre su libreta y le quita la tapa al bolígrafo.

—¿Vas a tomar notas? —pregunto.

—No adelantemos acontecimientos —responde—. ¿Cómo se escribe tu nombre?

—¿Para qué necesitas saber eso?

—Porque estoy tejiendo una chaqueta con tu nombre escrito.

Estoy confuso.

—Es para poder escribir bien tu nombre en mi artículo.

—¿Vas a escribir un artículo sobre mí?

—Si esa historia que estás a punto de contarme merece la pena, entonces sí —responde.

—¿Puedo darte un nombre falso?

—De acuerdo —dice—. Dame un nombre falso.

—Theodore... Zuckerman.

—Es un nombre falso de mierda —me espeta—. ¿Cuántos australianos conoces que se apelliden Zuckerman? Usaremos mejor... oh, no sé..., Eli Bell.

—¿Cómo sabes mi nombre?

Señala con la cabeza a la mujer de detrás del mostrador.

—Ya se lo has dicho a Lorraine.

Lorraine me dirige una sonrisa cómplice desde detrás del mostrador.

Tomo aliento.

—Nada de nombres —digo.

—De acuerdo, nada de nombres —accede ella—. Madre mía, debe de ser un bombazo, Garganta Profunda. —Cruza las piernas, se vuelve hacia mí y me mira a los ojos—. ¿Y bien?

—Y bien ¿qué? —pregunto.

—Cuéntame algo.

—Me gustó mucho el artículo de «Queensland recuerda» que escribiste sobre Slim.

—Gracias —responde.

—Me gustó que dijeras que al final consiguió escapar de Boggo Road saliendo por la puerta principal como un hombre libre. Ella asiente.

—Es muy cierto —aseguro—. Al final, el mayor truco que ejecutó fue sobrevivir. Esa es la verdad. La gente siempre habla de lo astuto que era dentro, pero nunca hablan de su paciencia, ni de su voluntad, ni de su determinación, ni de las muchas veces que pensó tragarse una pelota de gomas elásticas llena de cuchillas de afeitar.

—Bonita imagen —dice Caitlyn.

—Pero te olvidaste de la parte más conmovedora de la historia de Slim.

—Cuéntamela.

—Que él quería ser bueno, pero el mal que llevaba dentro no paraba de interponerse en sus planes —le explico—. Era como cualquier otro hombre, tenía dentro el bien y el mal, pero nunca tuvo oportunidad de mostrar su lado bueno durante el tiempo suficiente. Pasó casi toda su vida encerrado y, cuando estás encerrado, ser bueno equivale a estar muerto.

—¿No eres un poco joven para pensar en las historias de los criminales de Queensland? —pregunta Caitlyn—. ¿No deberías estar jugando con muñecos de He-Man o algo así?

—Mi hermano Gus y yo quemamos todos nuestros muñecos de He-Man con una lupa.

—¿Cuántos años tiene tu hermano?

—Catorce. ¿Cuántos años tienes tú?

—Veintiuno —responde.

Eso me duele. No tiene sentido. Por alguna razón, me parece incorrecto.

—Eres ocho años mayor que yo —le digo—. Cuando yo tenga dieciocho, tú tendrás... ¿veintiséis?

Ella arquea una ceja.

—Para cuando tenga veinte, tú tendrás...

Ella me corta:

—¿Qué más te dan los años que yo tenga cuando tú tengas veinte?

Vuelvo a quedarme mirando sus ojos verdes.

—Que creo que estamos destinados a...

¿A qué, Eli? Estamos destinados a ser ¿qué exactamente? ¿De qué estás hablando?

Las respuestas a las preguntas. Tu final es un pájaro azul muerto. Caitlyn Spies.

El chico. Se come. El universo.

Apuesto a que August sabe lo que estamos destinados a ser.

—Da igual —le digo frotándome los ojos.

—¿Te encuentras bien? —pregunta Caitlyn—. ¿Quieres que llame a tus padres?

—No, estoy bien —aseguro—. Solo un poco cansado.

—¿Qué te ha pasado en la mano?

Me quedo mirando el vendaje. Tytus Broz. Para eso has venido. Tytus Broz. No Caitlyn Spies.

—Escucha, voy a contarte una historia, pero debes tener mucho cuidado con lo que haces con ella. Los hombres de los que estoy a punto de hablarte son muy peligrosos. Estos hombres hacen cosas horribles a la gente.

Ahora se pone seria.

—Dime qué te ha pasado en la mano, Eli Bell —me ordena.

—¿Conoces a un hombre llamado Tytus Broz? —susurro.

—¿Tytus Broz? —repite ella.

Empieza a escribir el nombre en la libreta.

—No lo escribas —le digo—. Recuérdalo si puedes. Tytus Broz.

—Tytus Broz —repite de nuevo—. ¿Quién es Tytus Broz?

—Es el hombre que me arrebató...

Pero no termino la frase, porque un puño se estampa contra la fachada de cristal del periódico, justo por encima de donde estamos sentados. Me agacho instintivamente, y lo mismo hace Caitlyn Spies. *Bang. Bang.* Ahora dos puños.

—Mierda —dice Lorraine desde el mostrador—. Es Raymond Leary.

—Llama a la policía, Lorraine —dice Caitlyn.

* * *

Raymond Leary lleva un traje y una corbata de color beis y una camisa blanca. Tiene cincuenta y tantos años. Su cara es redonda y su pelo de un color pajizo, desgreñado como el de un espantapájaros. Tiene mucha barriga y los puños gordos, mientras golpea la fachada con tanta furia que el cristal tiembla y hasta el dispensador de agua vibra un poco también. Lorraine pulsa el botón que tiene en el mostrador y habla al intercomunicador.

—Señor Leary, por favor, apártese del cristal —ordena.

Raymond Leary grita.

—Dejadme entrar —ladra y pega la cara al cristal—. ¡Dejadme entrar!

Caitlyn se acerca al mostrador y la sigo. Raymond Leary vuelve a golpear el cristal.

—No te acerques al cristal —me advierte Caitlyn.

—¿Quién es? —pregunto acercándome a ella.

—El gobierno estatal ha derribado su casa para construir una salida de la autopista Ipswich —me explica—. Raymond se vio afectado y entonces su esposa entró en depresión y se tiró delante de una hormigonera en la autopista Ipswich, justo antes de que construyeran la nueva salida por encima de su casa.

—¿Y por qué aporrea vuestra fachada? —pregunto.

—Porque no queremos contar su historia —responde Caitlyn.

Los puños apretados de Raymond golpean de nuevo el ventanal.

—Llama a la policía, Lorraine —repite Caitlyn.

Lorraine asiente y descuelga el teléfono del mostrador.

—¿Por qué no contáis su historia? —pregunto.

—Porque nuestro periódico hizo campaña a favor del gobierno para que construyeran la salida —me explica—. El ochenta y nueve por ciento de nuestros lectores quería que se hicieran mejoras en ese tramo de la autopista.

Raymond Leary retrocede cinco pasos del ventanal de forma metódica.

—Joder —dice Caitlyn Spies.

Raymond Leary corre hacia el muro de cristal. Tardo un momento en entender lo que está haciendo, en darme cuenta de que este momento es real, porque resulta tan equivocado, tan fuera de la norma, que parece imposible. Pero está sucediendo. Realmente está corriendo de cabeza hacia la pared de cristal, y su frente rechoncha golpea el cristal con todo el peso de sus ciento cincuenta kilos, y el impacto es tan dramático que Caitlyn Spies, Lorraine la del mostrador y yo mismo, Eli Bell —aventurero solitario, fugitivo hospitalario— tomamos aire y nos preparamos para el inevitable destrozo de todo ese ventanal de cristal, pero no sucede, simplemente vibra, y la cabeza de Raymond Leary rebota como si se hubiera roto el cuello. Veo en sus ojos el momento en que se da cuenta de lo que ha hecho, y sus ojos dicen que está enfadado, dicen que es un animal, dicen que ahora es la constelación de Tauro.

—Sí, las oficinas del *South-West Star*, en el 64 de Spine Street, Sumner Park. Dense prisa, por favor —dice Lorraine por teléfono.

Raymond Leary se tambalea, recupera el equilibrio y retrocede siete pasos esta vez. Toma aire y arremete de nuevo contra el cristal. *Bang*. Su cabeza rebota con más fuerza esta vez y se le doblan las piernas. Déjalo ya, Raymond Leary. Déjalo ya. Le sale un bulto en el centro de la frente. Tiene el color y la forma de las viejas pelotas de tenis negras que tenemos August y yo, desgastadas ya tras innumerables partidos en mitad de Sandakan Street. Vuelve a retroceder, más furioso a cada paso que da, haciendo girar los hombros en sus cavidades, con los puños apretados. Tauro quiere morir hoy.

Lorraine habla con urgencia por el intercomunicador.

—Es cristal reforzado, señor Leary —le dice—. No podrá romperlo.

Leary acepta el desafío, vestido con su traje beis raído, e intenta atacar patéticamente una pared de cristal reforzado. Arremete de nuevo. *Bang*. Y el impacto le tira al suelo. Aterriza con fuerza sobre su hombro izquierdo. Escupe saliva. Está borracho de su propia locura. Se pone en pie y veo un desgarro en la hombrera izquierda de su traje. Está confuso y desorientado. Se mueve de un lado a otro. En un momento dado da la espalda al cristal, y es ese momento el que elijo para correr hacia la puerta de las oficinas.

—Eli, ¿qué estás haciendo? —grita Caitlyn Spies.

Abro la puerta.

—Eli, para, no salgas ahí —me advierte Caitlyn—. ¡Eli!

Salgo a la calle. Abro la puerta y la cierro rápidamente a mis espaldas.

Raymond Leary se tambalea de un lado a otro, como si estuviera borracho. Da tres pasos a su derecha, se detiene y fija su mirada en mí. Tiene un corte en la frente, que está negra e hinchada, y el corte está sangrando y la sangre chorrea por su cara, resbala por la montaña de su nariz, atraviesa las crestas de sus labios temblorosos, se escurre por la amplia llanura de su barbilla, se cuela entre los pliegues de su hoyuelo y aterriza sobre el blanco impoluto de su camisa.

—Para —le ordeno.

Se queda mirándome a los ojos e intenta entenderme, y creo que lo consigue, porque respira y eso es lo que hacemos los humanos. Respiramos. Y pensamos. Pero también nos volvemos locos. Nos volvemos locos y nos entristecemos.

—Por favor, para, Raymond —le suplico.

Y él vuelve a respirar y da un paso atrás. Confuso por el momento. Confuso por el chico que tiene ante sí. Al otro lado de la carretera, en un tugurio que vende pasteles de carne y patatas con salsa, varios hombres con mono de trabajo están contemplando la escena.

La calle está tranquila. No pasan coches. Este momento está congelado en el tiempo. El toro y el chico.

Le oigo respirar. Está exhausto. Está agotado. Veo algo en sus ojos. Algo humano.

—No quieren oír mi historia —me dice.

Se vuelve hacia la pared de cristal y se encuentra reflejado en el espejo.

—Yo oiré tu historia —le digo.

Se frota el chichón de la frente con la mano derecha. La sangre le cubre los dedos y sus dedos recorren la sangre que resbala por su cara. Su palma derecha encuentra la sangre y esa palma se frota la sangre en círculos alrededor de su frente. Se la frota por toda la cara. El color rojo. Se vuelve hacia mí como si acabara de despertar de un sueño. «¿Cómo he llegado aquí? ¿Quién eres tú?». Sacude la cabeza con incredulidad. Deja caer la cabeza y los obreros de la tienda de pasteles de carne cruzan la carretera, y Raymond Leary parece haberse detenido.

—¿Estás bien, chico? —pregunta uno de los obreros.

Y así, sin más, Raymond Leary levanta la cabeza, se encuentra de nuevo en el cristal, corre hacia él, su cara ensangrentada choca con su cara ensangrentada y ambas versiones de sí mismo caen inconscientes al suelo.

Tres obreros atraviesan corriendo la carretera y forman un semicírculo a su alrededor.

—¿Qué coño le pasa? —pregunta uno de los obreros.

No digo nada. Me quedo mirando a Raymond Leary. Está tumbado boca arriba, con las piernas y los brazos extendidos, como si Da Vinci lo hubiera dibujado para estudiarlo.

Caitlyn Spies emerge con cautela por la puerta de entrada y mira a Raymond Leary, tendido en el suelo.

El flequillo de Caitlyn le cae por la cara y una suave ráfaga de viento se lo revuelve como si hubiera una marioneta bailando sobre su frente, y el sol hace hermosa a Caitlyn Spies, porque le ilumina el rostro y la hace moverse fuera del tiempo, fuera de la vida, como si caminara a cámara lenta por el borde del universo.

Camina hacia mí. Hacia mí, Eli Bell. Chico fugitivo. Chico en apuros.

Coloca una mano amable sobre mi hombro izquierdo. Coloca la mano en mí. Chico fugitivo. Chico enamorado.

—¿Estás bien? —pregunta.

—Estoy bien —respondo—. ¿Está...?

—No lo sé —me dice. Mira a Raymond Leary con atención, da un paso atrás y niega con la cabeza—. Eres un muchacho valiente, Eli Bell. Estúpido, pero un estúpido valiente.

El sol me da de lleno ahora. El sol se aloja en mi corazón, y el mundo entero —los pescadores en China, los granjeros del maíz en México y las pulgas de los perros en Katmandú— depende de los latidos de mi corazón henchido.

Un coche de policía se detiene junto a la acera y su rueda derecha delantera se clava un poco en el bordillo. Se bajan del vehículo dos agentes de uniforme y corren hacia Raymond Leary, que sigue en el suelo.

—Apártense, por favor —dice un agente mientras se pone unos guantes y se arrodilla junto a Raymond Leary. Un charco de sangre va formándose sobre el hormigón junto a la oreja izquierda de Raymond.

La policía.

—Adiós, Caitlyn Spies —murmuro.

Me aparto del pequeño grupo reunido en torno a Raymond.

—¿Eh? —dice ella—. ¿Dónde vas?

—Voy a ver a mi madre —respondo.

—Pero, ¿qué pasa con tu historia? —pregunta—. No me la has contado.

—No es un momento oportuno.

—¿Oportuno?

—No es buen momento —insisto, caminando de espaldas.

—Eres un chico curioso, Eli Bell.

—¿Esperarás? —le pregunto.

—¿Esperar a qué?

Lorraine, la del mostrador, llama a Caitlyn desde el grupo de gente que rodea a Raymond Leary.

—Caitlyn —dice—, los agentes tienen algunas preguntas.

Caitlyn gira la cabeza hacia Lorraine y la policía y la escena que hay frente al muro de cristal. Y me marcho. Corro a toda velocidad por Spine Street y mis piernas enclenques son rápidas, aunque quizá no más rápidas que la Navidad.

Espera al universo, Caitlyn Spies. Espérame.

El chico despierta al monstruo

La piscina lunar. Al norte de la ciudad. La luna llena de medianoche brilla para August Bell en cualquier parte, ¿por qué no iba
a brillar para él en Bracken Ridge, hogar del Rey Arturo y los
caballeros de la mesa redonda?

El número 5 de Lancelot Street. La pequeña casa de ladrillo
naranja de Robert Bell, perteneciente a las casas de ladrillo de la
Comisión de Vivienda de Queensland, situadas cerca de Arthur
Street, Gawain Road, Percivale Street y Geraint Street. Aquí se
encuentra *sir* August el Mudo, sentado en el bordillo junto a un
buzón negro pegado a un palo castigado por el clima. Tiene una
manguera de jardín apoyada sobre el muslo derecho mientras
llena de agua una hondonada en el asfalto de Lancelot Street para
que refleje una luna llena tan intensa que puede verse al hombre
de dentro con los labios húmedos silbando *And the Band Played
Waltzing Matilda*.

Le observo desde detrás de una ranchera Nissan azul aparcada
a cinco casas de distancia. Mira la luna y entonces retuerce la
manguera con las manos para que el agua se detenga y la piscina lunar se quede quieta, reflejando la luna plateada y perfecta.

Luego alcanza un viejo palo de golf oxidado que tiene al lado, se pone en pie, se inclina sobre la piscina lunar y contempla su reflejo. Pone el palo del revés y, con el extremo del mango, golpea el centro de su piscina. Y ve cosas que solo él puede ver.

Entonces levanta la mirada y me ve.

—Así que supongo que sí que puedes hablar cuando te apetece —le digo.

Él se encoge de hombros y escribe en el aire. «Lo siento, Eli».

—Dilo.

Él agacha la cabeza. Lo piensa durante unos segundos y vuelve a mirarme.

—Lo siento —dice.

El chico suena frágil, nervioso e inseguro. El chico suena como yo.

—¿Por qué, Gus?

—¿Por qué, qué?

—¿Por qué cojones no hablabas?

Él respira.

—Es más seguro así —responde—. Así no hago daño a nadie.

—¿De qué estás hablando, Gus?

August contempla la piscina lunar y sonríe.

—No puedo hacerte daño, Eli —dice—. No puedo hacernos daño. Hay cosas que quiero decir, pero, si las digo, Eli, la gente se asustaría.

—¿Qué cosas?

—Cosas grandes. La clase de cosas que la gente no entendería, cosas que harían que la gente me malinterpretara si las dijera. Entonces nos malinterpretarían a nosotros, Eli. Y entonces me llevarían lejos, ¿y quién cuidaría de ti?

—Puedo cuidarme solo.

August sonríe y asiente.

Una farola brilla sobre nuestras cabezas. Todas las luces de todas las casas de la calle están apagadas, salvo la luz del salón de nuestra casa.

Me hace un gesto con la cabeza para que me acerque. Me sitúo junto a él y nos quedamos mirando la piscina lunar. «Mira esto», parece querer decir. Golpea la superficie de la piscina con el mango del palo de golf y las ondas circulares se extienden desde el centro hacia fuera, y nuestro reflejo —el de los dos hermanos— queda fracturado trece o catorce veces.

August garabatea en el aire. «Tú y yo y tú y yo y tú y yo y tú y yo y tú y yo y...».

—No te entiendo —le digo.

Golpea de nuevo la piscina y señala las ondas.

—Creo que estoy perdiendo la cabeza, Gus. Creo que me estoy volviendo loco. Necesito dormir. Siento como si estuviera caminando por un sueño y esta fuera la parte final, que parece muy real, la parte justo antes de despertarme.

Él asiente.

—¿Estoy volviéndome loco, Gus?

—No estás loco, Eli —dice August—. Pero eres especial. ¿Nunca tuviste la sensación de que eras especial?

—No soy especial —respondo—. Creo que solo estoy cansado.

Ambos nos quedamos mirando la piscina lunar.

—¿Así que ahora vas a hablar con la gente?

August se encoge de hombros.

—Sigo pensando en ello —responde—. Quizá podría hablar contigo nada más.

—Por algún lado hay que empezar.

—¿Sabes de lo que me he dado cuenta durante todo el tiempo que he tenido la boca cerrada?

—¿De qué?

—La mayoría de las cosas que la gente dice no hace falta decirlas.

Y golpea con el palo la piscina lunar.

—He estado pensando en todas las cosas que me decía Lyle —continúa—. Decía muchas cosas, y creo que todas esas cosas juntas no dirían tanto como cuando me pasaba el brazo por los hombros.

—¿Qué te dijo Lyle cuando estábamos sentados a la mesa?

—Me dijo dónde estaba la droga —responde.

—¿Dónde está la droga? —pregunto.

—No voy a decírtelo.

—¿Por qué no?

—Porque también me dijo que te protegiera.

—¿Por qué?

—Lyle sabía que tú también eras especial, Eli.

Le hablo de mi aventura. Le hablo de mi misión. Le cuento que he conocido a Caitlyn Spies. Le cuento lo guapa que es. Que todo en ella parece perfecto.

—Siento como si la conociera —le digo—. Pero eso es imposible, ¿verdad?

August asiente.

—¿Cómo supiste su nombre aquel día? Aquel día en que estabas sentado en la verja de casa y escribías su nombre una y otra vez. ¿Esa era una de las grandes cosas? ¿Una de esas cosas que sabes que no puedes decir porque es más seguro así?

August se encoge de hombros.

—Simplemente vi su nombre en el periódico —responde.

Le cuento todo sobre su cara. Sobre su manera de andar. Sobre su manera de hablar.

Se lo cuento todo. Mi huida del hospital, mi encuentro con Batman, mi vuelta a Darra, el regreso a la habitación secreta y el mensaje del hombre del teléfono sobre nuestra madre.

Mi relato se ve interrumpido por un profundo aullido procedente del salón del número 5 de Lancelot Street.

—¿Qué coño es eso?

—Es papá —responde August.

—¿Se está muriendo o algo así?

—Está cantando.

—Parece como si estuviera hablando con una ballena.

—Está cantándole a mamá —dice August.

—¿A mamá?

—Lo hace casi todas las noches —dice—. Se pasa las primeras cuatro copas de vino maldiciéndola, llamándola de todo. Y luego se pasa las otras cuatro copas cantándole.

Ese extraño aullido atraviesa el enorme ventanal corredero construido en la casa de ladrillo naranja. No hay palabras en el aullido, solo pena, un gorjeo enloquecido, pastoso y gutural, como un cantante de ópera haciendo un *crescendo* con la boca llena de canicas.

Los destellos grises y azules del televisor rebotan en las paredes del salón y se ven a través de la ventana.

Observo la casa unos instantes.

Todas las casas de la calle son de la Comisión de Vivienda, y todas tienen la misma construcción: cajas de zapatos de una sola planta con tres dormitorios, dos escalones que dan acceso a un porche situado a la izquierda y una rampa de hormigón que lleva hasta la puerta trasera. Mi padre no ha cortado el césped del jardín delantero del número 5 de Lancelot Street. Mi padre no ha cortado el césped de detrás de la casa tampoco. Pero debe de cortar el césped de delante con más frecuencia que el de detrás, porque el de la parte delantera me llega hasta las rodillas y el de la parte trasera me llegaría hasta la nariz.

—Este lugar es asqueroso —le digo a August.

Él asiente.

—Tenemos que ir a verla, Gus. Tenemos que ir a ver a mamá. Necesita vernos y entonces todo saldrá bien.

Señalo con la cabeza el ventanal del salón.

—Él nos llevará a verla.

August ladea la cabeza con expresión de duda. No dice nada.

* * *

Los aullidos se vuelven más fuertes cuando llegamos al porche de la entrada. *OOOOooooouuuuuuuuuuuuooooooooooooo.* Cuánto dolor. Cuánto melodrama.

Un extraño e incoherente gorjeo que acompaña a una canción sobre la noche, el destino y la muerte.

August me guía desde la puerta de entrada pintada de color marrón oscuro.

El suelo del salón es de madera oscura, sin barnizar. Junto a la entrada hay un aparador color crema de los años 60 que está vacío en su mayor parte, salvo por seis o siete tazas viejas, un cuenco marrón con un plátano, una manzana y una naranja de madera, y una pegatina de imitación para el parachoques en la que se lee: *LOS DISLÉXICOS BAMTIÉN SON SERPONAS.* Las paredes de amianto del salón están pintadas de color melocotón, y hay agujeros grandes y pequeños en todas las paredes, y todos esos agujeros están intercalados con brochazos de pintura blanca, donde hay otros agujeros tapados con masilla. Hay una foto enmarcada en la pared donde aparece una hermosa mujer con un vestido blanco sentada en una barca en mitad de un estanque, con los brazos extendidos y cara de desesperación.

Mi padre no nos ve entrar en la casa. Está envuelto en una nube de humo de tabaco y música *rock* de los 60. Se encuentra arrodillado en el suelo a medio metro del televisor, que tiene el volumen bajado y la pantalla llena de interferencias. Mi padre tiene un codo apoyado en una mesita blanca de café que tiene partes arañadas, bajo las que se ven las diversas capas de pintura.

Junto a su pie derecho descalzo hay un vaso de plástico amarillo como los que yo usaba para tomar refresco en primaria. Junto al vaso hay una bota plateada de vino exprimida como una vieja gamuza.

El canto desgarrado de Robert Bell es un intento de seguir el ritmo de la canción de The Doors, que suena a todo volumen en un equipo de música situado junto al televisor.

Mi padre aúlla de nuevo y la voz se le quiebra en las notas altas y se le ahoga con la saliva y la bebida en los graves. Además es incapaz de seguir la letra de Jim Morrison, así que echa la cabeza hacia atrás y aúlla, e imagino que su manada de lobos llegará pronto. Está delgado y huesudo, con barriga cervecera y el pelo rapado. Si Lyle es John Lennon, entonces este hombre es George Harrison, demacrado, oscuro y desolador. Lleva una camiseta blanca y unos pantalones cortos azules. Supongo que tendrá cuarenta años. Aparenta cincuenta. Los tatuajes aparentan sesenta; viejos trabajos caseros como los de Lyle. En el antebrazo derecho, una pitón enroscada en un crucifijo. En la pantorrilla derecha, la imagen de un barco gigante, el *Titanic*, quizá, bajo las letras *S.O.S.*

Un monstruo cantando en un rincón neblinoso del salón, acurrucado y arrodillado, aullando. El monstruo parece salido de algún sótano, con Igor y sus amigos, el chico langosta y la chica camello. El ojo derecho de mi padre, inyectado en sangre, se mueve dentro de la cuenca y me encuentra.

—Hola, papá —le digo.

Arruga la cara mientras me mira, después busca con la mano derecha algo que hay bajo la mesita de café. Encuentra el mango de un hacha, un palo de madera marrón sin la cuchilla en la punta. Agarra su arma y se pone en pie dando tumbos.

—Vaaaaaya... —murmura—. Vaaaaaya... —Tiene los pantalones manchados con su propio pis. Aprieta los dientes y veo la saliva que sale de su boca. Está intentando decir algo. Está tratando de formar palabras. Se tambalea, me mira y recupera el equilibrio—. Caaaaa... —Escupe. Se humedece los labios y vuelve a intentarlo—. Caaaaa. —Y otra vez más—. Caaaaabrón. —Escupe de nuevo, casi sin aliento. Entonces, sin que apenas me dé cuenta, avanza hacia mí y levanta el mango del hacha con intención de golpearme—. ¡Caaaaabrón! —grita.

Me quedo quieto, mi cerebro no me ofrece mejor defensa que mis antebrazos cubriéndome el cráneo.

Pero *sir* August el Mudo, *sir* August el Valiente, se planta delante de mí. En un movimiento perfecto, le pega un derechazo a mi padre en la sien izquierda, lo que hace que el hombre con el mango del hacha caiga lo suficiente para que August pueda agarrarle la parte trasera de la camiseta con ambas manos y aprovechar el impulso para lanzar su cabeza de borracho contra la pared color melocotón que tenemos detrás. El cráneo de mi padre hace un agujero en la pared antes de caer, ya inconsciente, con el resto de su cuerpo sobre el suelo de madera sin barnizar. Nos quedamos de pie frente a él. Tiene los labios pegados al suelo y los párpados cerrados. Sigue sujetando el mango del hacha.

August respira.

—No te preocupes —me dice—. La verdad es que es bastante simpático cuando está sobrio.

* * *

August abre el viejo frigorífico Kelvinator de la cocina. Está tan oxidado que me deja manchas de bronce en las manos cuando lo toco.

—Lo siento, no hay gran cosa para comer —dice August.

Hay una botella de agua en el frigorífico, un tubo de margarina Meadow Lea, un bote de cebolletas encurtidas, además de algo mohoso y negro que crece en el cajón de las verduras, un viejo trozo de filete, quizá, o un humano pequeño.

—¿Qué has estado cenando estos días? —pregunto.

August abre la puerta de la despensa y señala seis paquetes de tallarines de pollo Home Brand.

—Los compré hace unos días —dice—. Compré una bolsa de verduras congeladas para mezclarlas con los tallarines. ¿Quieres que te prepare unos pocos?

—No, gracias. Solo necesito dormir.

Pasamos de nuevo por delante de mi padre, que sigue inconsciente tirado en el salón, y recorremos el pasillo hasta llegar al primer dormitorio a la izquierda.

—Aquí es donde duermo. — La habitación tiene una moqueta azul oscuro, una cama individual contra la pared izquierda y, frente a la cama, un viejo armario con la pintura color crema descascarillada—. Supongo que podrías dormir en la moqueta junto a mí.

Señala un dormitorio que hay al final del pasillo.

—Es la habitación de papá.

Señalo el dormitorio que hay al lado del de August. Tiene la puerta cerrada.

—¿Y esta habitación?

—Es la biblioteca —responde.

—¿La biblioteca?

Abre la puerta del dormitorio y enciende la luz. No hay camas en esta habitación, ni armarios ni cuadros en la pared. Solo hay libros. Pero los libros no están colocados de forma ordenada en estantes, porque no hay estantes como tal. Solo hay una montaña de libros, de bolsillo en su mayor parte, que emerge de los cuatro rincones del cuarto para formar una cima en el centro de la habitación que me llega hasta la altura de los ojos. No hay nada en la sala salvo una pila de miles de libros en forma de volcán. Novelas románticas, de misterio, del Oeste, de aventuras, clásicas; gruesos libros de texto sobre matemáticas y biología, estudios sobre el movimiento humano, libros de poesía y de historia de Australia, de guerra, de deportes, de religión.

—¿Son todos suyos? —pregunto.

August asiente.

—¿De dónde los saca?

—De las tiendas de oportunidades —responde August—. Creo que los ha leído todos.

—Eso es imposible —aseguro.

—No sé —dice—. Lo único que hace es leer. Y beber.

Señala con la cabeza el dormitorio del final del pasillo.

—Se levanta temprano por las mañanas, sobre las cinco, se lía todos los cigarrillos que va a fumar durante el día, que podrían ser treinta o cuarenta, y después solo lee y fuma todos los cigarrillos que ha liado.

—¿Sale alguna vez de la habitación?

—Sí, sale cuando va a beber algo —dice August—. Y cuando quiere ver *Sale of the Century* en la tele.

—Qué mierda —respondo.

Él asiente.

—Sí, pero *Sale of the Century* se le da genial.

—Tengo que mear —le digo.

August asiente y se dirige hacia el cuarto de baño y el inodoro, situados junto a la habitación de mi padre. Abre la puerta del inodoro y ambos retrocedemos al oler la peste a orina y cerveza.

Encima de la cisterna del inodoro hay varios rectángulos arrancados del *Courier-Mail,* que August utiliza para limpiarse el culo. En el suelo del retrete hay el espacio justo para un inodoro de porcelana y el ángulo de apertura de la puerta, y el suelo está ahora mismo encharcado con los meados de mi padre. En un rincón hay una alfombrilla amarilla color pollito, empapada de meados, junto a una escobilla apoyada en la pared.

—No tiene ninguna puntería después de la quinta copa —me explica August, de pie al borde del charco de orina de mi padre—. Puedes mear desde fuera, si quieres. Si tienes la vejiga llena, probablemente llegues desde aquí.

Me sitúo al borde del charco de meados y me bajo la bragueta.

* * *

August saca una sábana y una toalla del armario del pasillo. En su dormitorio, enrolla la toalla para formar una almohada para mi cabeza. Me tumbo en la moqueta azul y me tapo con la sábana. August se queda de pie junto a la puerta. Acerca la mano derecha al interruptor de la luz.

—¿Estás bien?

—Sí, estoy bien —respondo, y estiro las piernas para dormir con más comodidad—. Me alegro de verte, Gus.

—Me alegro de verte, Eli.

—Me alegro de hablar contigo.

Él sonríe.

—Me alegro de hablar contigo —responde—. Duerme un poco. Todo saldrá bien.

—¿De verdad lo crees? —pregunto.

Él asiente.

—No te preocupes, Eli. Saldrá bien.

—¿El qué?

—Esta vida nuestra —responde.

—¿Cómo sabes que saldrá bien?

—Me lo dijo el hombre del teléfono.

Yo asiento. No, no estamos locos. Solo estamos cansados. Necesitamos dormir un poco.

—Buenas noches, Gus.

—Buenas noches, Eli.

Se apaga la luz y la oscuridad inunda la habitación. August me pasa por encima para meterse en su cama. Oigo los muelles del colchón cuando se tumba. Silencio. Eli y August Bell juntos de nuevo en otra habitación negra. Slim dice que a veces abría los ojos en la oscuridad, como hago yo ahora, en lo más profundo del agujero negro del Black Peter, y fingía que la oscuridad no era oscuridad. Dice que era solo el espacio. El espacio profundo. El universo profundo.

—¿Gus?

—¿Sí?

—¿Crees que Lyle sigue vivo?

Silencio. Un largo silencio.

—¿Gus?

—¿Sí?

—Ah —le digo—. Solo quería comprobar que no hubieras dejado de hablar otra vez.

Silencio.

—Por favor, no vuelvas a dejar de hablarme, Gus. Me gusta hablar contigo.

—No dejaré de hablar contigo, Eli.

Silencio. Silencio del universo profundo.

—¿Crees que Lyle sigue vivo? —pregunto de nuevo.

—¿Tú qué crees, Eli?

Lo pienso. Pienso en esto con frecuencia.

—¿Recuerdas lo que decía Lyle sobre los Parramatta Eels cuando sabía que el equipo iba a perder, pero no quería admitirlo?

—Sí —responde August.

Silencio.

—¿Recuerdas lo que decía?

—Sí, perdón —dice August—. Acabo de escribirlo en el aire.

—Bien —respondo—. No quiero decirlo.

Que se quede en el aire. Allí es donde tal vez Lyle Orlick pueda quedarse. En el aire. En mi cabeza. En mi corazón. En mi rabia. En mi venganza. En mi odio. En mi tiempo futuro. En mi universo.

—¿Recuerdas aquel día que nos comimos todas las moras? —me pregunta August.

Lo recuerdo. La morera que colgaba por encima de la verja trasera de nuestra casa en Darra, procedía de la casa de Dot Watson, situada al otro lado. Slim estaba cuidando de nosotros aquel día, pero no sabía que hubiésemos comido tantas moras, hasta que vomité un río morado después de la comida. Salí corriendo por la puerta de atrás, pero no me dio tiempo a llegar hasta la hierba. Dejé el río morado a lo largo del camino que conducía hasta la cuerda de tender. Una mancha morada sobre el hormigón, como si alguien hubiera dejado caer una botella de vino tinto. Slim no se apiadó de mí y de mi dolor de tripa y me obligó a limpiarlo con agua caliente y jabón. Después de limpiarlo, me dijo que quería preparar un pastel de moras como los que comía en un hogar de acogida en el sur.

—¿Recuerdas la historia que nos contó sobre el chico que tenía el universo en la boca? —me pregunta August.

Estábamos arrancando moras del árbol cuando Slim empezó a contarnos una historia que leyó una vez en Boggo Road: la historia de un dios, o un tipo especial de una religión distinta a la de la cruz de madera que nosotros conocíamos, no una en la que Jesús era el héroe, sino una religión de la que se hablaba en la clase de lugares que, según Slim, le gustaba visitar a Indiana Jones. Nos contó que había un chico especial que era, en realidad, un hombre especial, y ese chico especial estaba corriendo por ahí con otros chicos, chicos mayores, jugando junto a un enorme frutal. Y los chicos mayores no dejaron a este chico especial trepar al árbol con ellos porque era demasiado pequeño, pero le dejaron recoger la fruta que se caía del árbol mientras trepaban. Los chicos mayores le advirtieron que no se comiera la fruta porque no estaba limpia. «Solo recógela», dijo un chico mayor. Pero el chico comenzó a meterse en la boca los frutos morados y jugosos que caían al suelo. Se comió aquellos frutos como si estuviera poseído, tan ansioso que empezó a recogerlos con trozos de tierra y a metérselos en la boca, fruta y tierra mezcladas, con tanta fuerza que empezaron a brotar ríos morados de las comisuras de sus labios. «¿Qué estás haciendo?», le preguntó el chico mayor. «¿Qué estás haciendo? Explícate. Danos alguna respuesta. Danos todas las respuestas». Pero el chico no dijo nada. No habló. No podía hablar con la boca llena de fruta sucia. Los chicos mayores le exigieron que parase, pero el muchacho siguió comiendo, así que fueron corriendo a buscar a su madre. «¡Tu hijo está comiendo barro!», gritaron los chicos mayores. La madre, muy enfadada, le exigió a su hijo que abriera la boca para mostrarle las pruebas de su imprudencia, su codicia y su locura. «¡Abre la boca!», ordenó. El chico abrió la boca, la madre miró dentro y vio árboles y montañas nevadas y un cielo azul y todas las estrellas y todas las lunas y planetas y soles del universo. Y la madre abrazó a su hijo. «¿Quién eres?», susurró. «¿Quién eres? ¿Quién eres?».

—¿Quién era? —le pregunté a Slim.

—Era el chico que tenía todas las respuestas —respondió él.

* * *

Hablo a la oscuridad de nuestro dormitorio.

—El chico tenía el mundo entero en su interior —digo.

—El chico que se comió el universo —dice August.

Silencio en la oscuridad.

—Gus.

—¿Sí? —pregunta él.

—¿Quién es el hombre del teléfono rojo?

—¿De verdad quieres saberlo?

—Sí.

—No creo que estés preparado para saberlo —responde.

—Estoy preparado para saberlo.

Una larga pausa en el universo.

—Acabas de escribirlo en el aire, ¿verdad? —pregunto.

—Sí.

—Por favor, dímelo, Gus. ¿Quién es el hombre del teléfono rojo?

—Una larga pausa en el universo.

—Soy yo, Eli.

El chico pierde el equilibrio

Recordaré a la señora Birkbeck por el Papá Noel de plástico que baila sobre un muelle junto al teléfono del escritorio de su despacho. Es la segunda semana de diciembre. La última semana de clase. Se acerca la Navidad. Suenan los cascabeles. ¿Los oyes?

Poppy Birkbeck es la orientadora del instituto estatal Nashville, y tiene una sonrisa deslumbrante y un optimismo inquebrantable en un mundo de embarazos adolescentes abortados, chicos de dieciséis años adictos a las drogas y acosadores sexuales de Bracken Ridge que toquetean a chicos con conductas agresivas, que se van a su casa con unos padres ignorantes que salen a cenar con los acosadores sexuales de Bracken Ridge.

—Francamente, Eli —dice la señora Birkbeck—, no sé por qué no te sacamos del instituto.

El instituto Nashville no tiene nada que ver con Tennessee. Nashville era un suburbio situado entre Bracken Ridge y Brighton, en dirección a Redcliffe, antes de ser excluido —aniquilado— por el tiempo y el progreso. El instituto Nashville está a treinta minutos andando de nuestra casa, atravesando un túnel que pasa por debajo de la carretera principal que lleva a los lu-

gareños a Sunshine Coast. Llevo seis semanas en el instituto. Al
segundo día, un chico de décimo curso llamado Bobby Linyette
me dio la bienvenida al instituto escupiéndome en el hombro
izquierdo cuando pasaba junto al dispensador de agua del edificio de Ciencias Sociales. Fue un lapo asqueroso, lleno de mocos
y flemas amarillas, asqueroso como Bobby Linyette, que estaba
sentado junto a las taquillas de Ciencias Sociales con un grupo
de colegas con cara de hiena y pelo largo por detrás, que soltaban
risitas nerviosas. Bobby Linyette levantó la mano derecha y es-
condió el dedo índice mientras agitaba la mano.

—¿Y el dedito? ¿Y el dedito? —cantó con la melodía de *Frère
Jacques*.

Miré mi dedo amputado. La piel estaba ganando la batalla a la
herida abierta e iba cubriendo el hueso poco a poco, pero todavía
tenía que llevar un pequeño vendaje, lo que resultaba aún más
llamativo para los abusones escolares como Bobby Linyette.

Entonces sacó su dedo índice.

—Aquí estoy. Aquí estoy —canturreó entre carcajadas—. Bicho raro.

Bobby Linyette tiene quince años, papada y pelo en el pecho.
La tercera semana después de matricularme, los amigos de Bobby
Linyette me sujetaron mientras Bobby me vaciaba un bote de
salsa de tomate en el pelo y por la camiseta. No denuncié aquellos
actos ante los profesores porque no quería que algo tan predecible
como el acoso escolar arruinara mi plan. August se ofreció a apuñalar a Bobby Linyette en las costillas con el cuchillo de pesca de
mi padre, pero le pedí que no lo hiciera porque sabía que, además
de que ya era hora de que August dejara de librar mis batallas, eso
arruinaría mi plan. El lunes de la sexta semana, cuando regresaba
caminando a casa por el túnel subterráneo, Bobby Linyette me
arrancó la mochila de los hombros y la prendió fuego. Vi como
la mochila se quemaba y el fuego me dijo que, en el fondo, Bo-

bby Linyette acababa de arruinar mi plan, principalmente porque dentro de esa mochila llevaba mis planes. Un cuaderno azul lleno de ideas y estrategias que había ido escribiendo. En ese cuaderno tenía horarios, diagramas, dibujos de ganchos, cuerdas y medidas de los muros. La obra maestra de mi plan se hallaba dibujada a lápiz en las páginas centrales del cuaderno, producto de la valiosa información carcelaria que me había transmitido directamente el «Houdini de Boggo Road». Un plano perfecto del patio y del edificio de la prisión de mujeres de Boggo Road.

—¿Cómo has podido hacer algo tan... tan violento? —pregunta Poppy Birkbeck sentada tras su mesa.

Viste como una de esas cantantes de los años 60 que a mi madre tanto le gustan. Viste como Melanie Safka. Tiene los brazos cruzados sobre la mesa y, de sus codos, cuelgan las mangas anaranjadas de un vestido holgado, un poco como un líder indio americano fumando en pipa y un poco como la típica vendedora de esculturas talladas en troncos de madera en Sunshine Coast.

—Me refiero a que esta no es la clase de comportamiento que uno muestra en el patio del colegio —continúa.

—Lo sé, señora Birkbeck —respondo con sinceridad mientras vuelvo a encarrilar mi plan—. No es comportamiento para el patio del colegio. Es más bien algo que se encontraría en el patio de la cárcel.

—Así es, Eli —me dice.

Y así fue. Salido directamente del patio número 1 de Boggo Road. Un sencillo acto de brutalidad carcelaria. Solo se necesita una funda de almohada, algo irrompible y una rótula rompible.

Había robado una funda de almohada de la clase de Economía Doméstica de octavo curso a las diez de aquella mañana. Estábamos aprendiendo a coser. Casi todos los chicos cosíamos pañuelos, pero las verdaderas estrellas de Economía Doméstica como Wendy Docker cosían fundas de almohada adornadas con imágenes de animales australianos. Llené la funda de almohada de Wendy Docker, decorada con martines pescadores, con dos pesas de cinco kilos que había robado del gimnasio durante nuestra clase de Salud y Educación Física a las once de la mañana.

Poco después de que sonara el timbre de la comida a las doce y cuarto, encontré a Bobby Linyette en las canchas de balonmano, zampándose un rollito de primavera entre sus colegas con cara de hiena. Me aproximé a él como me había dicho mi amigo por correspondencia Alex Bermudez, antiguo sargento de armas de la banda de moteros Rebeldes en Queensland. Me sabía las palabras de Alex de memoria, como la letra de *Candles in the Rain*, de Melanie Safka.

Hay que acercarse a la víctima por detrás, clavar el cuchillo lo más cerca posible de los riñones. Caerán al suelo como un saco de patatas. La clave está en hincar el cuchillo con la fuerza suficiente para dejar claro tu mensaje, pero no demasiada, para no enfrentarte a un cargo por asesinato. Hay que encontrar el equilibrio.

Me dirigí hacia Bobby con la funda de almohada retorcida, convirtiendo las dos pesas de cinco kilos en la cabeza de una maza de algodón con martines pescadores bordados, y le golpeé con fuerza en el riñón derecho, justo por encima de los pantalones cortos del colegio. Su rollito cayó al suelo mientras él se tambaleaba hacia la derecha, retorcido por el dolor y la sorpresa del impacto. Tuvo tiempo suficiente de fijarse en mi cara y de ponerse rojo de ira, pero no el suficiente para adelantarse al puñetazo que le asesté a continuación en la rodilla derecha. Con la fuerza suficiente para dejar claro mi mensaje. Pero no demasiada, para no enfrentarme a la expulsión. Bobby empezó a saltar a la pata coja con su pie izquierdo, llevándose las manos a la rótula derecha, antes de caer de espaldas sobre el asfalto de la cancha de balonmano. Me situé frente a él con la funda de almohada llena de pesas sobre su cabeza, y supe que la furia que crecía en mi interior era el único regalo que mi padre me había hecho en una década.

—¡Caaabrónnn! —le grité a la cara. Me salía saliva por la boca. El grito fue tan salvaje y aterrador que los amigos de Bobby retrocedieron como si se apartaran de una fogata encendida con un bidón de petróleo.

—Basta.

Bobby estaba llorando. Tenía la cara roja y se apartaba de la funda de almohada con tanta fuerza que pensé que su cabeza iba a atravesar el suelo de la cancha.

—Yo basta, por favor —dije.

* * *

El despacho de la señora Birkbeck está decorado con animales de aluminio pintado: una rana verde sobre un archivador en la pared de mi derecha, un águila que surca la pared detrás de su escritorio, un koala aferrado a un árbol de caucho que ella ha pintado en la pared de mi izquierda. Todos estos adornos sirven de complemento a la pieza central del despacho: una enorme foto enmarcada en la pared en la que se ve a un pingüino caminando por un vasto desierto de hielo sobre las palabras: *LIMITACIO-NES: Hasta que no despliegues tus alas, no sabrás lo lejos que puedes llegar.*

Sobre su mesa, junto al teléfono, hay una hucha para recaudar fondos para Shelly Huffman.

Espero que Poppy Birkbeck retire de la pared el póster del pingüino, por Shelly.

En la hucha hay una foto de Shelly sonriente con su uniforme del Nashville, con esa sonrisa de dientes separados que los niños como Shelly ponen cuando un fotógrafo arisco les pide que demuestren un poco más de entusiasmo. Shelly va a mi clase. Vive a la vuelta de la esquina de nuestra casa, en una vivienda de la Comisión en Tor Street, por la que August y yo pasamos cada día para ir a clase. Hace cuatro meses, los padres de Shelly descubrieron que la segunda de sus cuatro hijos tendrá que vivir el resto de su vida con distrofia muscular. A August y a mí nos cae bien Shelly, aunque se comporte como una listilla casi siempre que pasamos por delante de su casa. Es la única amiga que hemos hecho hasta ahora en Bracken Ridge. No para de pedirme que eche pulsos con ella en el porche de su casa. Normalmente me gana porque sus brazos son más fuertes y más largos que los míos. «No, aún no ha llegado», dice cuando me gana. Dice que sabrá que la distrofia muscular ha llegado de verdad cuando yo pueda ganarla en un pulso. El instituto está recaudando fondos para ayudar a adaptar la casa de Shelly con rampas para la silla de ruedas y asideros en el cuarto de baño, el dormitorio de Shelly y la cocina, básicamente para convertir la casa en lo que ella llama «una casa de mierda». Luego, el instituto espera poder comprar una furgoneta adaptada a sillas de ruedas para los Huffman, para que puedan llevar a Shelly a Manly, al este de Brisbane, donde a ella le gusta ver los esquifes, los yates y los veleros navegar hacia el horizonte por Moreton Bay. El instituto espera recaudar setenta mil dólares para adaptar su casa al futuro. De momento ha recaudado seis mil doscientos diecisiete, o lo que Shelly llama «media rampa».

La señora Birkbeck se aclara la garganta y se inclina sobre su mesa.

—He llamado a tu padre cuatro veces y no ha contestado.

—Nunca contesta el teléfono —le digo.

—¿Por qué no?

—Porque no le gusta hablar con la gente.

—¿Puedes decirle que me llame, por favor?

—No puede.

—¿Por qué no?

—Nuestro teléfono solo acepta llamadas entrantes. El único número al que puede llamar es el de emergencias.

—¿Puedes decirle que venga a verme, por favor? Es muy importante.

—Puedo decírselo, pero no lo hará.

—¿Por qué no?

—Porque no le gusta salir de casa. Solo sale de casa entre las tres y las seis de la madrugada, cuando no hay nadie por la calle. O cuando está pedo y se ha quedado sin priva.

La señora Birkbeck suspira y se reclina en su silla.

—¿Os ha llevado ya a August y a ti a ver a vuestra madre?

* * *

Me desperté tarde después de aquella primera noche en Lancelot Street. Al levantarme, vi que la cama de August estaba vacía y noté que tenía el cuello rígido por dormir con la cabeza apoyada en una toalla enrollada. Salí de la habitación y pasé por delante de la puerta abierta de mi padre de camino al retrete. Lo vi en su cama. Estaba leyendo. Abrí la puerta del retrete y vi que el suelo estaba limpio y olía a desinfectante. Eché una larga meada y fui al cuarto de baño situado al lado. El baño consistía en cuatro paredes blancas, una bañera amarilla, una cortina de ducha cubierta de moho, un espejo, un lavabo, un trozo de jabón amarillo medio gastado y un peine circular de plástico color verde lima. Me miré en el espejo y no supe si estaba mareado por el hambre o por la pregunta que tenía que hacerle al hombre que estaba leyendo en la habitación de al lado. Llamé a su puerta y él volvió la cabeza hacia mí. Intenté no quedarme mirando la oscuridad de su rostro y agradecí la nube de humo de tabaco que inundaba la habitación y colocaba un velo entre nosotros.

—¿Podemos ir a ver a mamá? —pregunté.

—No —respondió él. Y siguió leyendo.

* * *

La señora Birkbeck suspira.

—Se lo he preguntado cien veces en las últimas seis semanas y siempre dice lo mismo —le digo.

—¿Por qué crees que no quiere llevaros a verla? —pregunta la señora Birkbeck.

—Porque aún quiere a mi madre.

—¿Y eso no significaría que quiere verla?

—No, porque también la odia.

—¿Alguna vez has considerado la posibilidad de que tu padre esté intentando protegerte de ese mundo? Tal vez crea que no deberías ver a tu madre en esa situación.

No, no había considerado esa posibilidad.

—¿Has hablado con tu madre?

—No.

—¿Ha llamado a casa?

—No. Tampoco espero que lo haga. No está bien.

—¿Cómo lo sabes?

—Simplemente lo sé.

La señora Birkbeck me mira la mano derecha.

—Cuéntame otra vez cómo perdiste el dedo.

—August me lo cortó con un hacha, pero no era su intención.

—Debió de quedarse muy apenado cuando se dio cuenta de lo que había hecho.

Me encojo de hombros.

—Se mostró bastante filosófico al respecto —respondo—. August no es de apenarse mucho.

—¿Qué tal va tu dedo?

—Bien. Curándose.

—¿Escribes bien?

—Sí, con la letra un poco fea, pero me las apaño.

—Te gusta escribir, ¿verdad?

—Sí.

—¿Qué clase de cosas te gusta escribir?

Me encojo de hombros.

—A veces escribo historias sobre delitos reales.

—¿Sobre qué?

—Sobre cualquier cosa. Leo los artículos de sucesos del *Courier-Mail* y luego escribo mis propias versiones de esos artículos.

—Ese es tu objetivo, ¿verdad?

—¿Cuál?

—Escribir sobre delincuencia.

—Algún día escribiré para la sección de sucesos del *Courier-Mail*.

—¿Te interesan los delitos?

—No me interesan tanto los delitos como la gente que los comete.

—¿Qué te interesa de la gente?

—Me interesa saber cómo llegaron al punto al que llegaron. Me interesa ese momento en el que decidieron ser malos en vez de buenos.

La señora Birkbeck se recuesta en su silla y observa mi cara.

—Eli, ¿sabes lo que es un trauma?

Tiene los labios carnosos y usa mucho pintalabios rojo intenso. Me acordaré del trauma gracias al collar de cuentas rojas de Poppy Birkbeck.

—Sí —respondo.

Recordaré el plan.

—¿Y sabes que el trauma puede afectarnos de diversas formas, con diferentes máscaras, Eli?

—Sí.

—El trauma puede ser breve. El trauma puede durar una vida entera. No hay un final determinado para el trauma, ¿correcto?

—Correcto.

Me ceñiré al plan.

—August y tú habéis vivido un gran trauma, ¿verdad?

Me encojo de hombros y señalo con la cabeza la hucha para recaudar fondos que hay sobre su mesa.

—Bueno, nada como Shelly —respondo.

—Sí, pero ese es un trauma diferente —dice la señora Birkbeck—. No hay nadie responsable de su mala suerte.

—El otro día Shelly dijo que Dios era un gilipollas.

—Vigila esa boca.

—Perdón.

La señora Birkbeck vuelve a inclinarse sobre el escritorio y coloca su mano derecha sobre mi mano izquierda. Hay algo santurrón en su manera de sentarse.

—Lo que intento decir, Eli, es que el trauma y los efectos del trauma pueden cambiar la manera de pensar de las personas. A veces nos hace creer cosas que no son ciertas. A veces puede alterar nuestra percepción del mundo. A veces nos hace hacer cosas que normalmente no haríamos.

Qué astuta la señora Birkbeck. Esta mujer quiere dejarme seco. Quiere que le cuente lo de mi dedo amputado.

—Sí, el trauma es bastante raro, supongo —respondo.

Y ella asiente.

—Necesito que me ayudes, Eli. Tengo que poder explicar a la junta directiva del instituto por qué deberíamos darte otra oportunidad. Creo que tu hermano August y tú podríais ser muy valiosos para la comunidad del instituto Nashville. Creo que sois muchachos muy especiales. Pero necesito que me ayudes, Eli. ¿Me ayudarás?

Recordaré el plan.

—Mmmm... de acuerdo —respondo.

Ella abre un cajón en el lado derecho de su mesa y saca una hoja de papel enrollada y sujeta con una goma elástica.

—Este es un dibujo que hizo tu hermano en clase de Arte hace dos días —me explica.

Quita la goma del papel y lo extiende para mostrarme el dibujo.

Es una imagen vívida en tonos azules, verdes y morados. August ha pintado el Holden Kingswood azul sobre un fondo oceánico. Unos juncos verde esmeralda altísimos rodean el coche y también hay un caballito de mar en la escena. August ha pintado mi sueño.

—¿Quién es este, Eli? —pregunta la señora Birkbeck señalando al hombre que hay pintado en el asiento delantero.

Recordaré el plan.

—Es mi padre, supongo —respondo.

—¿Y quién es este? —pregunta señalando el asiento trasero del Kingswood.

Recordaré el plan.

—Ese es August.

—¿Y quién es este?

Recordaré el plan.

—Ese soy yo.

—Entiendo —dice la señora Birkbeck con amabilidad—. Y dime, Eli, ¿por qué estáis todos dormidos?

Esto sí que podría arruinar mi plan.

El chico busca ayuda

Faltan cinco días para Navidad y no puedo dormir. No tenemos cortinas ni persianas en la ventana corredera de nuestro dormitorio y la luz de la luna cae sobre el brazo derecho de August, que cuelga por encima de la cama. No puedo dormir porque mi colchón me da picores y huele a pis. A mi padre le dio este colchón Col Lloyd, un aborigen que vive a cinco casas de distancia en Lancelot Street con su esposa, Kylie, y sus cinco hijos; el mayor de ellos, Ty, de doce años, dormía en este colchón de espuma naranja antes que yo. El olor a pis me mantiene insomne, pero lo que me despertó fue el plan.

—Gus, ¿oyes eso?

Gus no dice nada.

Es como un gemido.

—Huuuuuu.

Creo que es mi padre. Esta noche no bebe porque acaba de salir de una borrachera de tres días. Se emborrachó tanto el primer día que August y yo pudimos colarnos por el hueco que hay entre el suelo y el sofá del salón mientras él veía *El fuera de la ley* en televisión, y le atamos los cordones de sus Dunlop, para que, cuando se levantara para insultar a uno de los villanos que mataban a la esposa y al hijo de Clint Eastwood en la película, se cayera estrepitosamente sobre la mesita de café. Se cayó tres veces antes de darse cuenta de que tenía los cordones atados, momento en el cual juró —mediante una retahíla de palabras incoherentes e incomprensibles— que nos enterraría vivos en el jardín junto a la macadamia muerta. «Como si pudiera», escribió August en el aire con su dedo índice, encogiéndose de hombros mientras se levantaba para poner *Creepshow*, que estaban echando en el Canal Siete. El segundo día de la borrachera, nuestro padre se puso los vaqueros y una camisa y, tras beberse seis rones con Coca Cola el sábado por la mañana y echarse un poco de colonia Brut, tomó el autobús 522 sin decir exactamente dónde iba. Regresó a casa esa noche a las diez mientras August y yo veíamos *Stripes* en el Canal Nueve. Entró por la puerta de atrás y fue directo al mueble de la cocina donde tiene el teléfono al que nunca responde. Bajo el teléfono está el cajón importante. Es el cajón donde guarda facturas impagadas, facturas pagadas, nuestros certificados de nacimiento y sus pastillas para dormir. Abrió el cajón importante y sacó una correa de perro que enrolló metódicamente alrededor de su puño derecho. Ni siquiera se fijó en August y en mí, sentados en el sofá, cuando apagó el televisor y después el resto de luces de la casa. Se acercó al ventanal de la fachada y corrió las cortinas color crema antes de mirar por la rendija que quedaba entre ellas.

—¿Qué pasa? —pregunté con un nudo en el estómago—. Papá, ¿qué pasa?

Él se sentó en el sofá a oscuras y apretó la correa alrededor de su puño. Dejó caer la cabeza unos segundos antes de fijarse en su dedo índice izquierdo, que se llevó a la boca.

—Sssshhh —dijo. Aquella noche no dormimos. August y yo nos dejamos llevar por nuestra imaginación, preguntándonos a qué peligrosa presencia habría ofendido mi padre para necesitar la correa del perro: algún imbécil en el *pub*, algún matón de camino al *pub*, algún asesino de camino a casa, a todos los del *pub*, *ninjas*, *yakuzas*, Joe Frazier, Sonny y Cher, Dios y el Diablo. August se preguntó qué aspecto tendría el Diablo plantado en nuestra puerta. Yo dije que llevaría chanclas azules, el pelo corto con una coletilla de rata y una gorra de los Balmain Tigers para esconder los cuernos. Él dijo que el Diablo vestiría un traje blanco con zapatos blancos, tendría el pelo blanco, los dientes blancos y la piel blanca. Dijo que el Diablo se parecería a Tytus Broz y dije que ese nombre me parecía de un mundo diferente, de una época y un lugar diferentes a los que ya no pertenecíamos. Solo pertenecíamos al número 5 de Lancelot Street.

—Otros Gus y Eli —dijo él—. Otro universo.

Mi padre se pasó la mañana siguiente sentado en el suelo de la cocina junto a la entrada del lavadero rebobinando y reproduciendo, rebobinando y reproduciendo, rebobinando y reproduciendo *Ruby Tuesday* en una cinta de casete, hasta que la cinta se atascó en el reproductor y la banda magnética se enredó entre sus dedos como una maraña de pelo castaño. August y yo estábamos comiendo galletas de cereales en la mesa de la cocina mientras lo veíamos intentar arreglar la cinta, aunque solo consiguió extraerla más y más hasta formar un ovillo irreparable. Esto le obligó a recurrir a sus cintas de Phil Collins, el único momento a lo largo de aquella pesadilla etílica de tres días en el que August y yo nos planteamos seriamente denunciarlo a Protección del Menor. La violenta borrachera tuvo su clímax a las once de esa mañana con un espectacular vómito de sangre y bilis sobre el suelo de linóleo color melocotón de la cocina. Se desmayó tan cerca de su propio vómito que pude agarrarle el brazo y estirarle el dedo índice derecho para usarlo como lápiz y escribir un mensaje que él tuviera que ver cuando se despertara sobrio. Arrastré el dedo por aquel vómito fétido para formar un mensaje en mayúsculas que me salió del corazón: *BUSCA AYUDA PAPÁ.*

* * *

—Huuuuuu. —El sonido se cuela por debajo de la puerta de nuestra habitación.

Después, un grito desesperado y familiar.

—August —grita mi padre desde su dormitorio.

Le agito el brazo a mi hermano.

—August.

Él no se inmuta.

—August —grita mi padre. Pero el grito es débil y suave. Más bien un gemido que un grito.

Camino hasta la puerta de su dormitorio a oscuras, enciendo la luz y mis ojos se adaptan a la claridad.

Tiene ambas manos agarradas al pecho. Está hiperventilando y habla entre bocanadas de aire.

—Llama... una... ambulancia —me dice.

—¿Qué pasa, papá? —pregunto.

Él trata de aspirar un aire que no encuentra. Jadea. Todo su cuerpo tiembla.

—Huuuuuu —gime.

Corro por el pasillo y marco el número de emergencias en el teléfono.

—¿Policía o ambulancia? —pregunta una mujer al otro lado de la línea.

—Ambulancia.

El teléfono pasa a una voz diferente.

—¿Cuál es su emergencia?

Mi padre se va a morir y nunca obtendré ninguna respuesta por su parte.

—Creo que mi padre está sufriendo un ataque al corazón.

* * *

La vecina de al lado de mi padre por la izquierda, una taxista de sesenta y cinco años llamada Pamela Waters, sale a la calle atraída por las luces de la ambulancia al llegar, con sus pechos rebeldes que amenazan con salírsele de la bata color granate. Dos paramédicos sacan una camilla de la parte trasera de la ambulancia y la dejan junto al buzón.

—¿Va todo bien, Eli? —me pregunta Pamela Waters mientras se aprieta el cinturón de satén de la bata.

—No estoy seguro —respondo.

—Otra vuelta más —dice ella con complicidad.

¿Qué coño significa eso?

Los paramédicos, uno de los cuales lleva una máscara y un tanque de oxígeno, pasan corriendo frente a August y a mí, que estamos descalzos con nuestros pijamas a juego.

—Está en la habitación al final del pasillo —grito.

—Lo sabemos, amigo, se pondrá bien —dice el mayor de los dos.

Entramos en casa y nos quedamos en el extremo del pasillo que da al salón, escuchando a los paramédicos en el dormitorio.

—Vamos, Robert, respira —grita el mayor—. Vamos, amigo, ya estás a salvo. No hay de qué preocuparse.

Sonidos de succión. Una respiración profunda.

Me vuelvo hacia August.

—¿Ya han estado aquí antes?

Él asiente.

—Ya está —dice el más joven de los paramédicos—. Así está mejor, ¿verdad?

Lo sacan del dormitorio y lo llevan por el pasillo, cada uno con un brazo por debajo de sus muslos, como aúpan los Parramatta Eels a sus jugadores estrella cuando celebran una final. Lo tumban en la camilla; mi padre lleva la cara pegada a la mascarilla de oxígeno, como si fuera su amante de toda la vida.

—¿Estás bien, papá? —le pregunto.

Y no sé por qué me importa tanto. Hay algo en mi interior. Algo latente, algo que me arrastra hacia ese loco borracho.

—Estoy bien, colega —responde.

Y conozco ese tono de voz. Recuerdo esa ternura en el tono de su voz. Estoy bien, Eli. Estoy bien, Eli. Recordaré esta escena. Él en la camilla. Estoy bien, Eli. Estoy bien. El tono de su voz.

—Siento que hayáis tenido que ver esto —me dice—. Estoy jodido, lo sé, colega. La he jodido como padre, pero voy a arreglarlo. Voy a ser mejor.

Yo asiento. Quiero llorar. No quiero llorar. No llores.

—No pasa nada, papá —le digo—. No pasa nada.

Los paramédicos lo suben a la parte trasera de la ambulancia.

Mi padre succiona un poco más de oxígeno y se quita la mascarilla.

—Hay un pastel de carne en el congelador que podéis cenar mañana por la noche —me dice.

Vuelve a respirar con la mascarilla. Se fija en Pamela, que contempla la escena boquiabierta con su bata. Consigue tomar el aire suficiente para decir algo en voz alta.

—Saca una puta foto, Pam —ladra, resollando por el esfuerzo. Está enseñándole el dedo a Pamela Waters cuando los paramédicos cierran las puertas traseras de la ambulancia.

* * *

A la mañana siguiente, hay un ibis que atraviesa caminando nuestro jardín. Cojea con la pata izquierda, que lleva enredada un hilo de pescar en la base, donde comienza su garra negra y prehistórica. El ibis tullido. August observa al ibis a través de la ventana del salón. Agarra su calculadora Casio, teclea algunos números y da la vuelta a la calculadora: *IBIS*

Yo tecleo 0714 y doy la vuelta a la calculadora: *HILO*

—Volveré antes de cenar —le digo. August asiente y sigue mirando al ibis—. Guárdame un poco de pastel de carne.

Bajo por la rampa del lado izquierdo y paso junto al cubo de basura con ruedas. La bicicleta oxidada de mi padre está apoyada contra la viga de hormigón que sujeta la casa, junto al depósito del agua caliente. Más allá de la bicicleta se encuentra el vertedero de debajo de la casa, donde mi padre colecciona antiguos electrodomésticos: lavadoras con motores como los que usan los aviones, frigoríficos inservibles llenos de arañas y serpientes, puertas de coche, asientos y volantes. La hierba del jardín trasero ya no se puede cortar, ha crecido tanto que se inclina hacia los lados, con brotes tan gruesos que me imagino al coronel Hathi, el elefante, y a Mowgli abriéndose paso entre la maleza para llegar hasta el Big Rooster, el restaurante de pollo frito que hay en Barrett Street. Solo con un machete se podría cortar todo esto; tal vez con un incendio accidental. Menudo agujero de mierda.

* * *

La bicicleta, negra y oxidada, es un modelo Malvern Star de 1976 fabricado en Japón. El sillín está partido y no para de clavárseme en las nalgas. Va deprisa, pero iría más deprisa si mi padre no hubiera sustituido el manillar original por el manillar de la bici Schwinn para mujeres de 1968. Los frenos no funcionan, así que tengo que frenar colocando mi Dunlop derecha entre la rueda delantera y el freno delantero.

Ha llovido y el cielo está gris, y un arcoíris atraviesa Lancelot Street, prometiendo a todos un principio y un final en siete colores perfectos. Rojo y amarillo y Vivian Hipwood, en el 16 de Lancelot Street, cuyo bebé tuvo una muerte súbita y, durante siete días, ella siguió vistiéndolo, acunándolo y agitando sonajeros frente a su carita azul. Rosa y verde y el número 17, donde Albert Lewein, de sesenta y seis años, trató de asfixiarse con gas en su garaje, pero no lo logró porque estaba utilizando un viejo cortacésped para gasearse, ya que había vendido su coche dos meses antes para pagar las facturas de la operación de su perro bóxer, Mandíbulas, que había sido sacrificado dos días antes de que Albert metiera su cortacésped verde en el garaje. Morado, naranja, negro y azul: todas las madres de Lancelot Street que fuman Winfield Reds un sábado por la mañana sentadas a la mesa de la cocina con la esperanza de que sus hijos no se fijen en los hematomas morados, naranjas, negros y azules que ocultan bajo el corrector. Lester Crowe, en el 32 de Lancelot Street, que apuñaló trece veces en la tripa a su novia embarazada, Zoe Penny, con una aguja de heroína para matar a su hija nonata. Los hermanos Munk, en el 53 de Lancelot Street, que ataron a su padre a un sillón del salón y le cortaron media oreja con un hacha de guerra. Cuando hace tanto calor en verano, en esta calle interminable donde el Ayuntamiento ha puesto hormigón nuevo para tapar los baches, el alquitrán se te pega a la suela de goma de las Dunlop como si fuera chicle, y todo el mundo descorre sus cortinas pese a todos los mosquitos procedentes de los manglares de Brighton y de Shorncliffe, y la calle entera se transforma en un cine, y todos esos salones con ventanales se convierten en televisores donde echan un culebrón llamado *Gracias a Dios que tengo paro*, o una comedia procaz llamada *Pásame la sal*, o un drama procedimental policíaco llamado *El color de una moneda de dos centavos*. A través de esos ventanales convertidos en pantallas se ven puños que vuelan, risas compartidas y lágrimas derramadas. Vaya mierda.

—Eh, Eli.

Es Shelly Huffman, apoyada en el alfeizar de la ventana de su dormitorio, expulsando el humo de un cigarrillo hacia un lado de la casa.

Presiono la suela de la Dunlop contra la rueda delantera para frenar y doy media vuelta en mitad de la calle para dirigirme con la maltrecha Malvern Star de mi padre hasta la entrada de casa de Shelly. El coche de su padre no está en el garaje.

—Eh, Shelly —respondo.

Ella da una calada al cigarrillo y expulsa anillos de humo por la boca.

—¿Quieres una calada?

Doy dos caladas y expulso el humo.

—¿Estás sola?

Ella asiente.

—Se han ido todos a Kings Beach por el cumpleaños de Bradley —me explica.

—¿Tú no has querido ir?

—Sí quería, Eli Bell, pero es este viejo saco de huesos —dice Shelly, adoptando la voz de una vieja abuela americana del Salvaje Oeste—. Ya no se mueve bien en la arena.

—¿Así que te han dejado en casa sola?

—Enseguida llegará mi tía para cuidarme —me dice—. Le he dicho a mi madre que preferiría el hotel de perros que hay en Fletcher Street.

—He oído que te dan tres comidas al día.

Ella se ríe, apaga el cigarrillo en la parte inferior del alféizar y tira la colilla al jardín que bordea la verja del vecino.

—He oído que la ambulancia se llevó a tu viejo al hospital anoche.

Yo asiento.

—¿Qué le ha pasado?

—La verdad es que no lo sé —respondo—. Empezó a temblar. No podía hablar ni nada. No podía respirar.

—Un ataque de pánico.

—¿Un qué?

—Un ataque de pánico —repite sin darle importancia—. Sí, a mi madre le daban hace unos años. Pasó una mala época en la que no quería hacer nada, nunca, porque empezaba a tener ataques de pánico si estaba entre demasiada gente. Se despertaba muy animada y decía que iba a llevarnos al cine del centro comercial de Toombul, nosotros nos vestíamos y entonces le daba un ataque de pánico en cuanto se sentaba en el coche.

—¿Cómo lo superó?

—A mí me diagnosticaron distrofia muscular —responde—. Tuvo que superarlo. —Se encoge de hombros—. Eso se llama perspectiva, Eli. Una picadura de abeja duele mucho hasta que alguien te golpea con un bate de críquet. Y hablando de bates de críquet, ¿quieres echar una partida al Test Match? Te dejaré jugar con los West Indies.

—No, no puedo —respondo—. Voy de camino a ver a alguien.

—¿Forma parte de tu gran plan secreto? —pregunta con una sonrisa.

—¿Sabes lo del plan?

—Gus me lo escribió todo en el aire —responde.

Eso me cabrea. Miro hacia el cielo gris.

—No te preocupes, no diré nada —asegura—. Pero creo que estás como una cabra.

Me encojo de hombros.

—Es probable —respondo—. La señora Birkbeck también lo cree.

Shelly pone los ojos en blanco.

—La señora Birkbeck cree que estamos todos locos.

Sonrío.

—Es una locura, Eli... —Me mira con una bonita sonrisa, sincera y sentida—. Pero también es dulce.

Y, por un momento, deseo olvidarme del plan, entrar y sen-

tarme en la cama de Shelly Huffman a jugar al Test Match, y
si ella sacara un seis con su bateador favorito, el deslumbrante
sudafricano Kepler Wessels, y avanzara por la esquina izquierda
del tablero de fieltro verde, podríamos celebrarlo con un abrazo
y, como su familia está fuera y como el cielo está gris, podríamos
tumbarnos sobre la cama y besarnos, y tal vez podría olvidarme
del plan para siempre —olvidarme de Tytus Broz, olvidarme de
Lyle, olvidarme de Slim y de papá y de mamá y de August— y
pasar el resto de mi vida cuidando de Shelly Huffman mientras
ella libra una injusta y desigual batalla con Dios, que le da a Iwan
Krol dos brazos fuertes para matar y a Shelly dos piernas que no
pueden andar por la arena dorada de Kings Beach, Caloundra.

—Gracias, Shelly —le digo mientras saco la Malvern Star del
camino de entrada.

Shelly grita desde su ventana mientras me alejo.

—¡Sigue siendo así de dulce, Eli Bell!

* * *

Una vez Lyle me contó que utilizaron hormigón de la fábrica
de Darra para construir Hornibrook Bridge. Me dijo que era el
puente más largo construido sobre el agua en el hemisferio sur,
extendiéndose más de dos kilómetros y medio desde Brighton
hasta la península de Redcliffe, hogar de los Bee Gees y del club
de *rugby* de los Redcliffe Dolphins. El puente tiene dos jorobas,
una en el extremo de Brighton y otra en el de Redcliffe, por debajo de las cuales pueden pasar los barcos que navegan por Bramble Bay.

Puedo oler los manglares embarrados que bordean Bramble
Bay en el viento que impulsa la Malvern Star por el puente, atravesando la primera joroba. Lyle lo llamaba «el puente de los botes», por todos los botes que daba el coche de sus padres cuando

él era pequeño y atravesaban la superficie de asfalto que hoy aparece cuarteada bajo las ruedas de mi bicicleta.

El puente se cerró al tráfico en 1979, cuando construyeron un puente más fuerte, más ancho y más feo al lado. Ahora el Hornibrook solo lo usan algunos pescadores de besugos y merlanes y algunos chicos de la zona que hacen piruetas lanzándose desde la cubierta de madera, zambulléndose en un mar encrespado de un color marrón verdoso con la marea tan alta que el agua golpea las barandillas de hierro, cuya pintura amarilla está descascarillada.

Noto la lluvia sobre mi cabeza y sé que debería haberme puesto un chubasquero, pero me encanta sentir la lluvia en la cabeza y el olor de la lluvia sobre el asfalto.

El cielo se oscurece más a medida que me acerco al centro del puente. Aquí es donde nos vemos siempre, así que aquí es donde lo encuentro, sentado en el borde de hormigón del puente, con las piernas colgando. Lleva un chubasquero verde con la capucha puesta. Su caña de pescar roja de fibra de vidrio con su viejo carrete Alvey de madera descansa entre su codo derecho y su cintura mientras él se lía un cigarrillo encorvado hacia delante. Con la cabeza bajo la capucha, ni siquiera me ve detenerme bajo la lluvia, pero sabe que soy yo.

—¿Por qué no te has puesto un puñetero chubasquero? —pregunta Slim.

—He visto el arcoíris sobre Lancelot Street y he pensado que la lluvia ya había pasado —respondo.

—La lluvia nunca pasa para nosotros, chico.

Apoyo la bicicleta en la barandilla amarilla e inspecciono un cubo blanco de plástico que Slim tiene al lado. Dos sargos nadan dentro del cubo sin moverse hacia delante ni hacia atrás. Me siento junto a él, con las piernas colgando por fuera del puente. La marea alta sube y baja a nuestros pies formando crestas y hondonadas.

—¿Los peces pican con la lluvia? —pregunto.

—Bajo el agua no está lloviendo. Los peces de cabeza plana pican así. No es lo mismo pescar en un río. He visto percas en el oeste que se vuelven locas con la lluvia.

—¿Cómo sabes cuándo un pez se vuelve loco?

—Empiezan a predicar sobre el fin del mundo —responde Slim entre carcajadas.

Comienza a llover con más fuerza. Él saca un *Courier-Mail* enrollado de su bolsa de pescar y lo extiende para que yo lo use a modo de paraguas.

—Gracias —le digo.

Nos quedamos mirando el hilo de su caña, arrastrado de un lado a otro por las olas de Bramble Bay.

—¿Aún quieres seguir adelante con esto?

—Tengo que hacerlo, Slim. Ella estará bien cuando me vea. Lo sé.

—¿Y si eso no es suficiente, chico? —pregunta—. Dos años y medio son mucho tiempo.

—Tú mismo lo dijiste. El encierro se hace un poco más fácil cada vez que te despiertas.

—Yo no tenía dos hijos fuera —dice él—. Sus dos años y medio le parecerán como veinte de los míos. La cárcel de hombres está llena con cientos de tipos que creen que son malos hasta la médula porque han cumplido quince años de condena. Pero esos tipos no sienten amor por nada, no hay nada que los quiera y eso hace que sea fácil para ellos. Las que son duras de verdad son todas esas madres que hay al otro lado de la carretera. Se despiertan cada día sabiendo que ahí fuera hay algún pequeño retoño como tú esperando para darles su amor.

Me quito el periódico de la cabeza para que la lluvia me caiga en la cara y disimule las lágrimas de mis ojos.

—Pero el hombre del teléfono, Slim —le digo—. Papá dice

que estoy loco. Papá dice que me lo he inventado. Pero sé lo que oí, Slim. Sé que dijo lo que dijo. Y la Navidad se acerca y a mi madre le gusta la Navidad más que a nadie que yo conozca. ¿Tú te lo crees, Slim? ¿Tú me crees?

Ahora estoy llorando sin control. Con tanta furia como la lluvia arrojada desde el cielo.

—Te creo, chico —responde Slim—. Pero también creo que tu padre hace bien al no llevarte allí. No hace falta que veas ese mundo. Y ella no querrá verte allí. A veces eso hace que duela más.

—¿Has hablado con tu hombre?

Él asiente y toma aire.

—¿Qué te ha dicho?

—Que lo hará.

—¿De verdad?

—Sí, de verdad.

—¿Qué quiere de mí a cambio? Porque voy en serio, Slim. Lo cumpliré, lo prometo.

—No tan rápido, correcaminos.

Recoge el sedal, haciendo girar su viejo carrete Alvey tres veces con suavidad y destreza.

—¿Han picado?

—Han mordisqueado.

Recoge un poco más. Silencio.

—No va a hacerlo por ti —dice—. Mantuve a su hermano a salvo durante una larga condena hace mucho tiempo. Se llama George y eso es todo lo que necesitas saber sobre su nombre. Tiene un negocio de venta al por mayor de fruta y lleva doce años suministrando fruta a las cárceles de Boggo de hombres y mujeres. Los guardias conocen a George, y también saben las cosas que George transporta bajo los dobles fondos de sus cajas de sandías y melones. Pero, claro está, les pagan generosamente para no saber esas cosas. Pues bien, como sucede con cualquier negocio de venta, la temporada navideña es un periodo de ganancias para los comerciantes que quieren ganar unos pavos extra con negocios internos. George suele llevar todo tipo de regalos en la época navideña. Puede colar juguetes sexuales, tartas de Navidad, joyas, drogas, lencería y lucecitas de Rudolph que se vuelven rojas si le frotas la nariz. Sin embargo, en sus doce años de negocio, nunca ha colado a un chico de trece años con ansia de aventuras y unas ganas inquebrantables de ver a su madre el día de Navidad.

Yo asiento.

—Supongo que no —respondo.

—Cuando te pillen, Eli, porque te pillarán, tú no conoces a George y no sabes nada sobre la furgoneta de fruta de George. Eres mudo, entiendes. Harás como tu hermano y mantendrás la boca cerrada. Habrá un total de cinco furgonetas que harán reparto en Nochebuena y la mañana de Navidad, todas ellas con sus cargamentos ilegales. Puedes tener por seguro que los guardias tratarán de sacarte con la misma rapidez con la que te dejaron entrar. Son los últimos que quieren que el mundo se entere de que han encontrado a un chico de trece años correteando por la prisión de mujeres de Boggo Road. Si lo alargan demasiado, están más jodidos que tú. Viene la prensa, y entonces vienen los inspectores de prisiones, el comercio ilegal colapsa y la esposa de uno de esos guardias no recibe ese robot de cocina tan especial que tanto quiere, y ese guardia no recibe sus tortitas el domingo por la mañana y todo lo que acompaña a esas tortitas. ¿Sabes a lo que me refiero?

—¿Te refieres al coito?

—Sí, Eli, me refiero al coito.

Sacude la caña dos veces y observa la punta como si no se fiara.

—¿Otro mordisqueo? —pregunto.

Él asiente y recoge el sedal un poco más.

Se enciende un cigarrillo con la cabeza agachada contra el pecho para protegerlo de la lluvia.

—¿Dónde me reúno con él? —pregunto—. ¿Cómo sabrá George quién soy?

Slim da una calada bajo la lluvia. Se mete la mano izquierda en el bolsillo superior de la camisa de franela que lleva debajo del chubasquero. Saca una hoja de papel doblada por la mitad.

—Él te reconocerá —responde.

Sostiene la hoja de papel en sus manos, pensativo.

—Aquel día, en el hospital, me preguntaste por el bien y el mal, Eli. He estado pensando en eso. He estado pensando mucho en eso. Debería haberte dicho entonces que no es más que una cuestión de elección. No tiene que ver con el pasado, ni con las madres ni con los padres, ni con tu lugar de origen. No es más que una elección. Bien. Mal. Eso es todo.

—Pero tú no siempre pudiste elegir —le digo—. Cuando eras niño, no tenías elección. Tuviste que hacer lo que tuviste que hacer, y entonces te metiste en un camino que no te dejó otra elección.

—Siempre tuve elección —responde—. Y hoy tú has tenido elección, chico. Puedes llevarte esta hoja de papel. O puedes respirar. Puedes dar un paso atrás y respirar, volver a casa en bici y decirle a tu viejo que estás deseando pasar tiempo con él en Navidad. Y dejarás de preocuparte porque sabes que no puedes cumplir la condena de tu madre por ella, y eso es lo que estás haciendo, chico, estás viviendo dentro de esa cárcel con ella, y estarás ahí los próximos dos años y medio si no das un paso atrás y respiras.

—No puedo, Slim.

Él asiente y me ofrece la hoja de papel.

—Tú eliges, Eli.

La hoja de papel está mojada por la lluvia. Es solo una hoja de papel. Acepta la hoja de papel. Acéptala.

—¿Te enfadarás conmigo si la acepto?

Él niega con la cabeza.

—No —responde secamente.

Acepto la hoja de papel. Me la meto en el bolsillo del pantalón sin ni siquiera leer lo que lleva escrito. Me quedo mirando el mar. Slim se queda mirándome a mí.

—No puedes verme más, Eli.

—¿Qué?

—No puedes seguir pasando tiempo con un viejo delincuente como yo, chico.

—Has dicho que no te ibas a enfadar.

—No estoy enfadado —asegura—. Si necesitas ver a tu madre, me parece bien, pero tienes que dejar atrás toda esta mierda de delincuencia, ¿me oyes? Se acabó.

Me palpita la cabeza, estoy confuso. Tengo los ojos hinchados. La lluvia me moja las mejillas, la cabeza y los ojos llorosos.

—Pero tú eres el único amigo de verdad que tengo.

—Entonces tendrás que hacer nuevos amigos.

Dejo caer la cabeza. Me llevo los puños a los ojos y aprieto con fuerza, como se aprieta sobre una herida para que deje de sangrar.

—¿Qué será de mí, Slim?

—Vivirás tu vida. Harás cosas con las que yo sólo podía soñar. Verás el mundo.

Tengo frío por dentro. Mucho frío.

—Eres frío, Slim —digo entre lágrimas.

Estoy enfadado por dentro. Muy enfadado.

—Supongo que sí que mataste a ese taxista —le espeto—. Eres un asesino de sangre fría. Como una serpiente. Supongo que sobreviviste a Black Peter porque no tienes corazón como el resto de nosotros.

—Quizá tengas razón —responde.

—¡Eres un jodido asesino! —grito.

Él cierra los ojos ante el ruido.

—Cálmate —dice mientras mira a un lado y a otro del puente. No hay nadie allí. Todos se han ido. Todos tienen algún sitio al que ir. Todos huyen de la lluvia. Nadie corre hacia ella. Tengo mucho frío por dentro.

—Te merecías todo lo que te pasó —le recrimino.

—Ya basta, Eli.

—¡Eres un maldito mentiroso de mierda! —le grito.

Slim grita, y nunca le había oído gritar.

—¡Ya basta, maldita sea! —exclama. Y el grito hace que le silbe el pecho y empieza a toser. Se lleva el brazo izquierdo a la boca y tose contra su codo, tose con fuerza, como si en su interior no hubiese más que huesos y polvo de tierra del Black Peter. Respira profundamente, resuella, farfulla, hace gárgaras y expulsa un escupitajo lleno de flemas que aterriza a dos metros a su derecha, junto a un par de sardinas desechadas. Se tranquiliza.

—Hice lo suficiente —murmura—. Y se lo hice a demasiada gente. Nunca dije que no me mereciera lo que me pasó, Eli. Solo dije que no maté a ese hombre. Pero había hecho lo suficiente, y Dios lo sabía, y él quería que pensara en otras cosas que también había hecho. Y así lo hice, chico. Pensé mucho en todas esas cosas, por dentro y por fuera. Y no necesito que tú las pienses por mí. Tú deberías pensar en chicas, Eli. Deberías pensar en cómo vas a escalar la montaña. En cómo vas a salir de ese pozo de mierda en el que vives en Bracken Ridge. Deja ya de contar las historias de todos los demás y empieza a contar la tuya para variar.

Niega con la cabeza y se queda mirando el mar marrón verdoso. La punta de su caña se dobla con fuerza. Una vez. Dos veces. Tres veces. Slim contempla la caña en silencio. Entonces tira de ella con fuerza y esta se arquea como el arcoíris que he visto sobre Lancelot Street.

—Te tengo —dice.

La lluvia cae con fuerza y el súbito movimiento hace que Slim empiece a toser de nuevo sin control. Me entrega la caña de pescar mientras se recupera.

—Cabeza plana —dice entre toses—. Un monstruo. Unos cinco kilos. —Tres toses más—. Sácalo, ¿quieres?

—¿Qué? No puedo...

—Saca el maldito pez —me ordena. Se pone en pie con las manos apoyadas en las rodillas y sigue tosiendo y expulsando flemas y sangre. Hay sangre en sus escupitajos; cae sobre el asfalto del puente y la lluvia se la lleva, pero sigue saliendo. No hay color tan fuerte como el color de la sangre roja de Slim Halliday. Yo recojo el sedal apresuradamente, alternando mi mirada entre el mar y la sangre a los pies de Slim. El mar y la sangre. El mar y la sangre.

El pez tira con fuerza del hilo y nada por su vida. Tiro con más fuerza del carrete y recojo con movimientos lentos, como solía hacer cuando giraba la manivela del oxidado tendedero giratorio que había en el jardín de la casa de Darra.

—¡Creo que es un monstruo, Slim! —grito, sorprendido y entusiasmado de pronto.

—Mantén la calma —dice mientras tose—. Dale algo de hilo cuando creas que se va a escapar.

Cuando Slim se levanta, me doy cuenta de lo delgado que está. Quiero decir que siempre ha sido delgado. Arthur Halliday necesita un nuevo apodo, ya que «Slim», o «Delgado», ya no lo describe, pero «Demacrado» Halliday no tiene el mismo encanto.

—¿Qué estás mirando? —pregunta, encorvado—. ¡Saca a ese monstruo del agua!

Siento al pez moviéndose en zigzag bajo el agua. Asustado. Perdido. Por un instante viene conmigo, sigue el tirón del anzuelo que tiene clavado en el labio, como si hubiera recibido un mensaje divino que le dice que es ahí donde debe ir, que la sardina y el anzuelo y la marea de Bramble Bay en este día de lluvia son el objetivo definitivo detrás de toda esa búsqueda de la supervivencia por el fondo oceánico. Pero entonces pelea. Se aleja nadando con fuerza y la manivela del carrete da vueltas contra mi mano.

—¡Joder! —grito.

—Resiste —dice Slim entre resuellos.

Tiro de la caña y giro el carrete al mismo tiempo. Movimientos largos y deliberados. Rítmicos. Decididos. Incesantes. El monstruo se está cansando, pero yo también. Oigo la voz de Slim detrás de mí.

—Sigue luchando —me dice, tosiendo de nuevo.

Recojo y recojo y la lluvia me golpea en la cara y el mundo parece ahora cercano a mí, todas sus partes, todas sus moléculas. El viento. El pez. El mar. Y Slim.

El monstruo se relaja, yo sigo recogiendo el sedal y lo veo aproximarse a la superficie, emergiendo como un submarino ruso.

—¡Slim, ya viene! ¡Ya viene! —grito, eufórico. Podría medir unos ochenta centímetros de largo. Está más cercano a los ocho kilos que a los cinco. Un pez monstruoso como un alien, todo músculos y espinas y piel verde aceituna resbaladiza—. ¡Míralo, Slim! —grito, extasiado.

Recojo el sedal tan deprisa que podría prender un fuego para asar el pez a la barbacoa, lo envolvería en aluminio y lo asaría para Slim y para mí junto a las orillas de los manglares del lado de

Redcliffe; después lo acompañaría con malvaviscos tostados mojados en leche con cacao. El pez vuela por el aire y mi caña y mi sedal son como una grúa que eleva una mercancía muy valiosa en un rascacielos; mi monstruo surca el cielo negro, siente la lluvia en el lomo por primera vez, contempla el universo por encima del agua, ve mi cara boquiabierta y mis ojos de alegría.

—¡Slim, Slim! ¡Lo tengo, Slim!

Pero no oigo a Slim. El mar y la sangre. El mar y la sangre.

Me giro hacia él. Está tendido en el suelo boca arriba, con la cabeza ladeada. Todavía tiene sangre en los labios y los ojos cerrados.

—Slim.

El pez se agita en el aire y rompe la caña limpiamente.

Recordaré esto mediante el llanto. Recordaré el roce de mis mejillas contra su cara áspera sin afeitar. Recordaré haberme quedado sentado en el suelo de manera incómoda, porque no puedo pensar en eso ahora, solo puedo pensar en él. Pienso en que, bajo la lluvia, no sé si respira. Pienso en la sangre en sus labios, que chorrea por su barbilla. El olor a cigarrillo White Ox. Las piedrecitas de la grava del puente que se me clavan en las rodillas.

—Slim —digo entre sollozos—. ¡Slim! —grito. Me balanceo hacia delante y hacia atrás, confuso y desesperado—. No, Slim. No, Slim. No, Slim.

Oigo el sonido de mis propios murmullos estúpidos y llorosos.

—Siento haber dicho lo que he dicho. Siento haber dicho lo que he dicho. Siento haber dicho lo que he dicho.

Y el pez monstruoso vuelve a caer al mar, se sumerge bajo la marea tras haber visto el universo aquí arriba.

Quería verlo solo un segundo. No le ha gustado lo que ha visto. No le ha gustado la lluvia.

El chico separa los mares

Nuestro árbol de Navidad es una planta de interior llamada Henry Baño. Henry Baño es un ficus llorón australiano. Henry Baño mide metro y medio de altura en la maceta de terracota donde lo tiene siempre mi padre. A mi padre le gustan los árboles y le gusta Henry Baño, con todas esas hojas verdes apretadas con forma de canoa y ese tronco gris rugoso como una serpiente congelada. Le gusta personalizar sus plantas porque, si no las personaliza —se imagina que tienen necesidades y deseos humanos en algún rincón oculto y mágico de una mente que creo que funciona con el mismo orden y la misma predictibilidad que el interior de nuestro puf de vinilo—, entonces se olvida de regarlas y las plantas pueden acabar sucumbiendo al incesante ataque de las colillas de tabaco de mi padre. Le llamó así por Henry Miller y por el baño que se estaba dando mientras leía *Trópico de Cáncer* cuando se le ocurrió ponerle nombre al ficus llorón.

—¿Por qué llora Henry? —le pregunto a mi padre mientras arrastramos el árbol hacia el centro del salón, donde se halla nuestra tabla de planchar todos los días de la semana, con nuestra vieja plancha oxidada sobre la bandeja metálica cuadrada.

—Porque nunca podrá leer a Henry Miller —responde.

Colocamos la maceta en su lugar.

—Hemos de tener cuidado con dónde colocarlo —me advierte—. Mover a Henry a un nuevo sitio le pone nervioso.

—¿Hablas en serio? —pregunto.

Él asiente.

—Le da una luz diferente, hay una temperatura distinta en el nuevo lugar, puede que un poco seca, hay un cambio de humedad, y entonces él cree que estamos en una estación diferente. Y empieza a perder las hojas.

—Así que, ¿puede sentir cosas?

—Claro que puede sentir cosas —asegura mi padre—. Henry Baño es un hijo de puta muy sensible. Por eso abre las compuertas todo el rato. Como tú.

—¿A qué te refieres?

—A ti te gusta llorar.

—No es verdad.

Él se encoge de hombros.

—Te encantaba llorar cuando eras un bebé.

Me había olvidado de esto. Me había olvidado de que él me conoció antes de conocerlo yo a él.

—Me sorprende que lo recuerdes —le recrimino.

—Claro que lo recuerdo. Fueron los días más felices de mi vida.

Se aparta para supervisar la nueva ubicación de Henry Baño.

—¿Qué te parece? —pregunta.

Yo asiento. August tiene dos trozos de espumillón de Navidad en las manos, uno rojo y el otro verde; ambos han ido perdiendo los flecos con el tiempo, igual que Henry Baño pierde hojas poco a poco y mi padre podría estar perdiendo la cabeza. August coloca el espumillón con cuidado sobre Henry Baño y nos quedamos los tres alrededor del ficus, contemplando maravillados el árbol de Navidad más triste de toda Lancelot Street, posiblemente de todo el hemisferio sur.

Mi padre se vuelve hacia nosotros.

—Esta tarde llegará una caja de Navidad de St Vinnies —nos dice—. Trae cosas ricas. Una lata de jamón, zumo de piña, regalices. Pensaba que mañana podríamos hacer algo especial. Darnos regalos y esas mierdas.

—¿Nos has comprado regalos? —pregunto, incrédulo.

August sonríe para alentar a mi padre, que se rasca la barbilla.

—Bueno, no —responde—. Pero he tenido una idea.

August asiente. «Genial, papá», escribe en el aire para que mi padre continúe.

—Había pensado que podríamos elegir cada uno un libro de la habitación de los libros y envolverlo y ponerlo debajo del árbol.

Mi padre sabe que a August y a mí nos encanta su habitación con la montaña de libros.

—Pero no cualquier libro —continúa—. Quizá algo que hayamos estado leyendo, o algo que es muy importante para nosotros, o algo que creemos que al otro le podría gustar.

August aplaude sonriente y le levanta los pulgares a mi padre. Yo pongo los ojos en blanco como si en mis cuencas hubiera caramelos de menta de una caja navideña de la sociedad benéfica St Vincent de Paul.

—Entonces podremos comer regalices y leer nuestros libros por Navidad —explica mi padre.

—¿Y en qué se diferencia eso de cualquier otro día para ti? —le pregunto.

—Sí, bueno, podemos leer en el salón —responde—. Podemos leer todos juntos.

August me da un puñetazo en el hombro. «No seas imbécil. Lo está intentando. Deja que lo intente, Eli».

Yo asiento.

—Suena fantástico —aseguro.

Mi padre va a la mesa de la cocina y rompe un billete de apuestas en tres trozos. Después escribe un nombre en cada trozo de papel con el lápiz que utiliza para escoger a los caballos de la guía. Arruga los trozos y nos los ofrece en la mano.

—Elige tú primero, August.

August elige un trozo de papel y lo abre con cierto brillo de espíritu navideño en la mirada.

Nos muestra el nombre: *Papá*.

—De acuerdo —dice mi padre—. August escoge un libro para mí. Yo escojo un libro para Eli y Eli escoge un libro para August.

Mi padre asiente. August asiente. Mi padre me mira.

—Te quedarás con nosotros, ¿verdad, Eli? —me pregunta.

August me mira. «Eres un gilipollas, en serio».

—Sí, me quedaré —respondo.

* * *

No me quedo. A las cuatro de la mañana del día de Navidad, coloco el ejemplar de *Papillon* para August bajo el árbol de Navidad, envuelto con las páginas deportivas del *Courier-Mail*. Mi padre ha envuelto mi libro con las páginas de anuncios clasificados. August ha envuelto el libro para mi padre con las páginas de la portada.

Camino hacia la estación de tren que hay en el cercano suburbio costero de Sandgate —famoso por sus *fish and chips* y sus residencias de ancianos—, y decido tomar el atajo cruzando por la autopista que lleva hasta Sunshine Coast, lo que normalmente supone un frenético ejercicio digno de Evel Knievel que obliga a los niños de Bracken Ridge a saltar una barandilla de acero, esquivar cuatro carriles de tráfico, saltar otra barandilla de acero y colarse por un agujero del tamaño de un plato de mesa que hay en la verja de alambre, todo eso sin ser descubiertos por la policía o, peor aún, por unos padres preocupados que llevan años pidiéndole al Ayuntamiento que construya un puente para peatones por encima de la autopista. Pero esta mañana la autopista está vacía. Me tomo mi tiempo para saltar las barandillas, mientras silbo *God Rest Ye Merry Gentlemen*.

Al otro lado de la autopista está la carretera del hipódromo, que linda con el hipódromo Deagon, donde, en esta mañana de Navidad, con la luz tenue del amanecer, una joven amazona está entrenando montada en un purasangre color caoba. Hay un señor mayor con gorra viéndola montar, apoyado en la barandilla del hipódromo. Se parece un poco a Slim, pero no puede ser Slim porque Slim está en el hospital. Houdini Halliday está intentando escapar del destino. Houdini Halliday está escondido en los arbustos mientras el esqueleto con la capa y la guadaña afilada va buscándolo por ahí.

—Feliz Navidad —dice el anciano.

—Feliz Navidad —respondo, acelerando el paso.

Hoy solo pasan cuatro trenes, y el tren de las cinco menos cuarto de la mañana en dirección Centro hace una parada en la Estación de Bindha, junto a las tuberías de hierro y las cintas transportadoras exteriores de la maloliente fábrica de conservas Golden Circle, que hoy no huele tan mal porque la fábrica está cerrada. Había una lata de zumo Golden Circle de naranja y mango en la caja navideña de la sociedad benéfica St Vincent de Paul que nos trajo ayer por la tarde una mujer de expresión cálida con el pelo naranja y las uñas pintadas de rojo. Había también una lata de rodajas de piña Golden Circle, enlatadas y enviadas por los tipos de la fábrica de conservas Golden Circle, ubicada junto a la estación de tren de Bindha.

La vieja furgoneta roja está esperando justo donde decía que estaría la nota de Slim. En el cruce entre Chapel Street y St Vincents Road. La parte delantera de la furgoneta está oxidada, parece algo que podría haber conducido Tom Joad de camino a California. La parte trasera de la furgoneta consiste en cuatro paredes de hierro que forman una caja rectangular con el techo de lona azul, del tamaño de la cocina de mi padre. Agarro el tirante de la mochila que llevo al hombro y me aproximo a la puerta del conductor.

Hay un hombre sentado al volante fumando un cigarrillo y con el hombro derecho apoyado en el marco de la ventanilla.

—¿George? —pregunto.

Es griego, quizá. O italiano. No sé. Rondará la edad de Slim, es calvo y tiene los brazos rechonchos. Abre la puerta, se baja de la furgoneta y apaga el cigarrillo con unas deportivas gastadas que lleva sobre unos calcetines grises que se le arrugan en torno a los tobillos. Es bajito y fornido, pero se mueve deprisa. Un hombre con decisión.

—Gracias por hacer esto —le digo.

Él no dice nada. Abre la puerta metálica trasera de la furgoneta y la engancha al lateral del vehículo. Me hace un gesto para que suba. Subo y él sube detrás.

—No diré una palabra, lo prometo —le digo.

Pero George no dice nada.

La furgoneta está llena de cajas de frutas y verduras. Una caja de calabazas. Una caja de melones. Una caja de patatas. Un elevador de palés junto a la pared izquierda. Junto a la puerta trasera hay una enorme caja vacía sobre un palé. George se inclina sobre la caja y saca un doble fondo de madera. Me hace un gesto con la cabeza dos veces. Yo le he visto hacer a August suficientes gestos con la cabeza como para saber lo que quiere decir: «Métete en la caja». Dejo la mochila en el fondo de la caja, levanto las piernas para meterme y me tumbo allí.

—¿Podré respirar aquí?

Él señala unos agujeros taladrados en la caja. Es un espacio muy estrecho y solo consigo encajar tumbándome sobre el costado izquierdo y pegando las piernas a la tripa. Apoyo la cabeza en la mochila.

George observa mi postura y, satisfecho, levanta la lámina de madera que forma el doble fondo y la coloca sobre mi cuerpo contorsionado.

—Espere —le digo—. ¿Tiene instrucciones sobre lo que debería hacer cuando llegue allí?

Él niega con la cabeza.

—Gracias —añado—. Está haciendo algo bueno. Me está ayudando a ayudar a mi madre.

George asiente.

—No hablo porque no existes, chico, ¿lo entiendes?

—Lo entiendo.

—Quédate quieto y espera —me ordena.

Yo asiento tres veces antes de que el doble fondo de madera descienda sobre mi cuerpo.

—Feliz Navidad —dice George.

Y, entonces, la oscuridad.

* * *

El motor se pone en marcha y mi cabeza golpea contra el suelo de la caja. Respira. Bocanadas de aire cortas y tranquilas. No es momento para ataques de pánico como los de mi padre. Esto es la vida. Esto es lo que Slim denomina vivir la vida en la veta de carbón de una mina. Todos los demás cobardes se apartan de la veta, preocupados porque el muro de piedra pueda derrumbarse, pero aquí estoy yo, Eli Bell, arañando los muros de la vida, en busca de mi veta, de mi fuente.

Veo a Irene en la oscuridad. Con su combinación de seda.

Su muslo al descubierto, su piel perfecta y el lunar en el tobillo. La furgoneta toma velocidad por la carretera. Noto que George cambia de marcha, siento los baches del camino. Veo a Caitlyn Spies en la playa. Y lleva puesta la combinación de Irene, y me llama. Está resplandeciente y gira la cabeza para contemplar el universo eterno.

La furgoneta aminora, se detiene y oigo un indicador y después el vehículo gira a la izquierda. Avanza, después retrocede y oigo el pitido de la marcha atrás. Se detiene. La puerta de atrás se abre y oigo a George, que saca una rampa de hierro de la furgoneta y la apoya en el suelo de hormigón. Después el sonido de una máquina, un montacargas probablemente, que sube por la rampa. El olor del aceite y el petróleo. La máquina está muy cerca de la caja. La caja tiembla y se tambalea cuando dos brazos metálicos atraviesan el palé que tengo debajo y de pronto noto que me elevo. Estoy moviéndome, mi cabeza golpea contra la caja mientras el montacargas desciende por la rampa y deja caer la caja sobre el hormigón. Los brazos del montacargas sueltan el palé y la máquina se mueve de un lado a otro, tan cerca que puedo oler la goma de sus ruedas. Bip, bip. Izquierda, derecha. Luego oigo que el montacargas levanta otra caja, y entonces algo pesado empieza a caer sobre el doble fondo que tengo encima. Pum, pum, pum, pum. El peso del nuevo contenido de la caja hace que el doble fondo se combe hacia abajo y a mí se me acelera el corazón. Tengo fruta encima. La huelo. Son sandías. Y entonces empiezo a flotar de nuevo, el montacargas me eleva y vuelve a dejarme en la furgoneta. Nos movemos otra vez.

* * *

Cierro los ojos y busco la playa, pero solo veo a Slim, tumbado de lado como cuando estaba en el puente, con sangre seca en los labios. Y veo pisadas en la arena, y las sigo y veo que las pisadas son de un hombre, y ese hombre es Iwan Krol, que arrastra a un hombre a sus espaldas por la playa. Y el hombre al que arrastra es Lyle, que lleva la misma camisa y los mismos pantalones que vestía la última vez que lo vimos, la noche que lo sacaron a rastras de la casa de Darra. No le veo la cabeza a Lyle, porque la lleva colgando y están arrastrándolo, pero sé la verdad. He sabido la verdad desde que desapareció. Claro que no le veo la cabeza. Claro que no se la veo.

* * *

La furgoneta frena bruscamente y gira a la derecha. Después a la izquierda, y comienza a subir por una pendiente que parece tener badenes. Se detiene.

—Felices fiestas, Georgie Porgie —grita un hombre fuera de la furgoneta.

George y el hombre hablan, pero no oigo lo que dicen. Se ríen. Capto cosas sueltas. La esposa. Los hijos. La piscina. Salir de copas.

—Adelante —dice el hombre.

Oigo abrirse una puerta o una verja metálica. La furgoneta avanza y sube por una suave pendiente hasta detenerse de nuevo. Dos hombres hablan ahora con George.

—Feliz Navidad, Georgie —dice uno.

—Nos daremos prisa, colega —dice otro—. ¿Tina va a preparar la *cassata* este año?

George dice algo que los hace reír.

Se abre la puerta trasera de la furgoneta. Oigo los pasos de los dos hombres que se suben. Están inspeccionando las cajas que hay junto a la mía.

—Mira esta mierda —dice uno de ellos—. Estas zorras comen mejor que nosotros. Cerezas frescas. Uvas. Ciruelas. Melones. ¿Qué? ¿No tienen fresas con chocolate? ¿Ni manzanas de caramelo?

Ni siquiera tocan la caja en la que estoy metido.

Vuelven a bajarse de la furgoneta y cierran la puerta.

Se oye un cierre metálico al levantarse.

—Ya puedes pasar, Georgie —dice uno de los hombres.

La furgoneta avanza despacio, gira varias veces a izquierda y derecha y se detiene. Y de nuevo se abre la puerta de atrás y la rampa de hierro queda apoyada en el hormigón. Y de nuevo me elevo y me muevo, aunque esta vez sobre el elevador de palés manual de George, nada de motor, solo el sonido metálico y oxidado de las palancas. Bajamos la rampa hasta el suelo de hormigón. George baja seis cajas más y las deja junto a mí. Le oigo recoger la rampa de hierro. Le oigo cerrar la puerta y acercarse después a la caja de sandías con el doble fondo salido de una novela de espías de Queensland que nadie se ha molestado en escribir. Susurra junto a uno de los agujeros para respirar.

—Buena suerte, Eli Bell —me dice. Golpea la caja dos veces y se aleja arrastrando los pies.

El motor de la furgoneta se pone en marcha y retumba en el estrecho cubículo en el que me encuentro, y el humo del tubo de escape inunda este escondite de espías que cada vez me parece más claustrofóbico.

Y, entonces, el silencio.

* * *

Consigo que el tiempo pase deprisa gracias al miedo. El miedo me hace pensar. Los pensamientos manipulan el tiempo. ¿Dónde estará ella? ¿Estará bien? ¿Querrá verme? ¿Qué estoy haciendo aquí? El hombre del teléfono rojo. El hombre del teléfono rojo.

¿Qué fue eso que dijo la señora Birkbeck, orientadora de los perdidos y desesperados, sobre los niños y los traumas? ¿Qué era eso sobre creer cosas que nunca habían pasado? ¿Esto estará pasando de verdad? ¿De verdad estoy aquí, atrapado en el fondo de una caja de sandías el día de Navidad? El colmo de la ridiculez en el fondo de una caja de frutas.

¿Cuánto tiempo llevaré aquí? ¿Una hora, dos horas? Si tengo tanta hambre, debe de ser la hora de la comida. Deben de haber pasado tres horas. Tengo mucha hambre. August y mi padre estarán comiéndose esa lata de jamón en estos momentos. Leyendo sus libros de Navidad y tomando rodajas de piña Golden Circle. Probablemente August esté contándole a mi padre que el legendario fugitivo carcelario Henri Charrière recibía el apodo de «Papillon» por la mariposa que tenía tatuada en el pecho. Eso es lo que voy a hacer si salgo de aquí. Iré a casa de Travis Mancini, en Percivale Street, y le pediré que me haga uno de sus tatuajes indios de tinta: una mariposa azul con las alas desplegadas en mitad del pecho. Y, cuando otros chicos me vean nadando en la piscina de Sandgate, se acercarán y me preguntarán por qué tengo una mariposa azul tatuada en el pecho, y les diré que es un tributo a la voluntad de Papillon, al poder eterno del espíritu humano. Les diré que me hice el tatuaje después de infiltrarme en la prisión de mujeres de Boggo Road para salvarle la vida a mi madre y me hice el tatuaje de la mariposa porque aquel día fui un capullo, un niño larva atrapado en una caja de sandías como una crisálida; pero sobreviví, hice mi metamorfosis y salí de entre las sandías.

El chico se come el pasado. El chico se come a sí mismo. El chico se come el universo.

Una puerta se abre y se cierra. Pasos. Suelas de goma contra el suelo. Alguien de pie junto a la caja. Manos en las sandías. Están sacando las sandías de la caja. Siento que el peso del doble fondo se alivia. Me relajo. La luz inunda mis ojos cuando alguien retira el doble fondo. Mis pupilas se acostumbran a la luz y veo la cara de una mujer inclinada sobre la caja, mirándome. Una mujer aborigen. Es de constitución ancha e imponente, rondará los sesenta años. Tiene raíces grises en su melena negra.

—Oh, mírate —me dice con cariño. Sonríe, y su sonrisa es tierra, es sol y es una mariposa azul batiendo sus alas—. Feliz Navidad, Eli.

—Feliz Navidad —respondo, todavía acurrucado dentro de la caja.

—¿Quieres salir de ahí? —me pregunta.

—Sí.

Me ofrece su mano derecha y me ayuda a levantarme. Lleva tatuada una serpiente arcoíris de los sueños en la cara interna del brazo derecho. Nos enseñaron lo que era la serpiente arcoíris en Sociales de quinto curso: una deidad creadora de vida, maravillosa y majestuosa, pero no hay que tomársela a broma, entre otras cosas porque sería la creadora de la mitad de Australia.

—Soy Bernie —me dice la mujer—. Slim me dijo que pasarías por aquí en Navidad.

—¿Conoces a Slim?

—¿Quién no conoce al «Houdini de Boggo Road»? —responde ella. Su expresión se vuelve grave—. ¿Cómo está?

—No lo sé. Sigue en el hospital.

Ella asiente y me mira a los ojos con cariño.

—Debería advertirte de que te has convertido en la comidilla de toda la prisión —me dice, y me acaricia la mejilla derecha con la mano—. Oh, Eli. Cualquier mujer aquí que haya tenido una gota de leche en las tetas querrá abrazarte.

Examino la habitación en la que estamos mientras me estiro y recoloco el cuello en una postura normal. Estamos en una cocina, un espacio práctico para cocinar con encimeras de metal, fregaderos y escurridores, hornos y fogones industriales. La puerta de entrada a la cocina está cerrada y hay unas persianas metálicas bajadas sobre un mostrador de servicio con doce compartimentos diferentes. Estamos en una especie de almacén adyacente a la cocina; hay una puerta que se enrolla en la pared del fondo de la cocina, por la que imagino que habré entrado.

—¿Esta es tu cocina? —le pregunto.

—No, no es mi cocina —responde Bernie fingiéndose ofendida—. Es mi restaurante, Eli. Lo llamo «Aves de presa». A veces lo llamo «La parrilla entre rejas de Bernie», pero en general lo llamo «Aves de presa». La mejor ternera al vino tinto por debajo del río Brisbane. Es una pésima localización para un restaurante, claro está, pero las empleadas son simpáticas y tenemos alrededor de ciento quince comensales fieles en el desayuno, la comida y la cena.

Me río. Ella se ríe y se lleva un dedo a los labios.

—Shhh, tienes que ser silencioso como un ratón, ¿entendido?

Yo asiento.

—¿Sabes dónde está mi madre?

Ella asiente.

—¿Cómo está?

Bernie se queda mirándome. Tiene estrellas tatuadas en la sien izquierda.

—Oh, mi dulce Eli —dice rodeándome la barbilla con las manos—. Tu madre nos ha hablado de ti. Nos contó lo especiales que sois tu hermano y tú. Y sabíamos que tú intentabas venir aquí a verla, pero tu viejo no te dejaba.

Niego con la cabeza y me fijo en una caja de manzanas rojas que hay sobre la encimera.

—¿Tienes hambre? —me pregunta Bernie.

Yo asiento.

Ella se acerca a las manzanas, frota una contra los pantalones de su uniforme, del mismo modo en que Dennis Lillee abrillanta una pelota de críquet, y me la lanza.

—¿Quieres que te prepare un sándwich o algo?

Yo niego con la cabeza.

—Tenemos Corn Flakes. Creo que Tanya Foley, la del bloque D, tiene una caja de Froot Loops que había conseguido pasar. Podría prepararte un tazón de Froot Loops.

Doy un mordisco a la manzana, que está crujiente y sabrosa.

—La manzana está genial, gracias —respondo—. ¿Puedo ir a verla?

Ella suspira, se sienta sobre la encimera de la cocina y se estira la camisa del uniforme.

—No, Eli, no puedes ir a verla sin más —me dice—. No puedes ir a verla porque no sé si te has dado cuenta ya, pero estás en una cárcel de mujeres, amigo, y no es un complejo vacacional por el que puedes pasearte hasta el bloque B y pedirle al conserje que avise a tu madre para que venga. Que te quede clara una cosa: has llegado hasta aquí sólo porque Slim me rogó que te permitiera llegar hasta aquí, y será mejor que me cuentes por qué debería dejar que esta descabellada aventura llegue más lejos.

Oigo un coro cerca de la cocina.

—¿Qué es eso? —pregunto.

Un coro precioso. Voces angelicales. Una canción de Navidad.

—El Ejército de Salvación —dice Bernie—. Están cantando al lado, en la sala de juegos.

—¿Vienen todas las Navidades?

—Si hemos sido buenas, sí —responde.

La canción suena más alta, con tres armonías que se cuelan por debajo de la puerta del restaurante «Aves de presa» de Bernie.

—¿Qué canción están cantando?

—¿No la oyes?

Bernie empieza a cantar. Es un villancico. *Winter Wonderland.*
Es esa canción que habla de los cascabeles, de la nieve y de un pájaro azul. Esa canción... Se me acerca tambaleante, sonriendo, sin
dejar de cantar sobre el pájaro y la nieve blanca y ese paisaje mágico. Hay algo en su sonrisa que resulta inquietante. Hay locura
en Bernie. Está mirándome, pero también mira a través de mí.

—Los cascabeles suenan. ¿Los oyes, Eli? El pájaro azul ya se
fue.

Llaman a la puerta de la cocina.

—Adelante —grita Bernie.

Entra en la cocina una mujer de veintitantos años. Tiene mechones de pelo rubio en la parte delantera del cuero cabelludo
y mechones rubios en la base del cuero cabelludo, pero el resto
de la cabeza la lleva afeitada. Tiene las piernas y los brazos muy
delgados, sin nada de carne, y la radiante sonrisa que me dirige al
entrar es el mejor regalo que he recibido hasta ahora en este in-
usual día de Navidad. Pero entonces su sonrisa se esfuma cuando
se vuelve hacia Bernie.

—No va a salir —dice la mujer—. Está atontada, Bern. Mira
la pared como si estuviera muerta, ajena al mundo. Como si no
estuviera allí.

La mujer me mira entonces.

—Lo siento —me dice.

—¿Le has dicho que está aquí mismo, en la cocina? —pregunta Bernie.

—No, no podía —responde la otra—. Lord Brian le permite
tener la puerta cerrada. Le preocupa que pueda tener otro brote.

Bernie agacha la cabeza, pensativa. Señala a la mujer con el
brazo, aún sin levantar la cabeza.

—Eli, esta es Debbie —me dice.

Debbie me sonríe de nuevo.

—Feliz Navidad, Eli.

—Feliz Navidad, Debbie —respondo.

Bernie levanta la cabeza y me mira.

—Mira, chico, ¿quieres que te diga la verdad a las claras o prefieres que te la endulce?

—A las claras —respondo.

Ella suspira.

—No tiene buen aspecto, Eli —me dice—. No está comiendo nada. No sale de su celda. No recuerdo la última vez que acudió a la sala común. Durante un tiempo estuvo aquí conmigo recibiendo clases de cocina, pero dejó de venir. Está en un lugar oscuro, Eli.

—Ya lo sé —respondo—. Por eso le pedí a Slim que me colara aquí.

—Pero ella no quiere que la veas así, ¿lo entiendes?

—Sé que no quiere verme —le digo—. Lo sé. Pero el caso es que sí que quiere verme aunque no quiera verme, y tengo que entrar ahí y decirle que todo saldrá bien porque, cuando le diga que todo saldrá bien, eso es lo que pasará. Todo sale bien cuando le digo que saldrá bien.

—Vamos a ver si lo he entendido. Tú entras ahí y le dices a tu madre que todo será maravilloso dentro de este agujero y —Bernie chasquea los dedos— *voilà*, ¿todo saldrá bien para Frankie Bell?

Yo asiento con la cabeza.

—¿Así, sin más?

Vuelvo a asentir.

—¿Por arte de magia?

Asiento de nuevo.

—¿Eres una especie de mago, Eli? —me pregunta.

Yo niego con la cabeza.

—No, venga, porque a lo mejor eres el nuevo «Houdini de

Boggo Road» —me dice en tono burlón—. Puede que Slim nos haya enviado al nuevo Houdini para sacarnos a todas de aquí. ¿Puedes hacer eso, Eli? Tal vez puedas agitar tu varita y enviarme por arte de magia a la estación de Dutton Park, y entonces podría ir a ver a uno de mis hijos. Tengo cinco. Me encantaría ver solo a uno de ellos. Tal vez a la pequeña. Kim. ¿Cuántos años crees que tendrá Kim ahora, Deb?

Debbie niega con la cabeza.

—Vamos, Bern —le dice—. El pobre muchacho ha llegado hasta aquí. Vamos a llevarle a ver a su madre. Es Navidad, por el amor de Dios.

Bernie se vuelve hacia mí.

—Solo será cuestión de un minuto —le digo.

—Intento cuidar de tu madre, chico —me responde—. Ninguna madre del mundo quiere que su hijo la vea como está ella ahora. ¿Por qué debería dejarte ir allí y hacerle más daño del que ya ha sufrido, solo para que tu Navidad sea un poco más feliz?

Me quedo mirándola seriamente a los ojos y veo su alma de acero.

—Porque no sé hacer magia, Bernie —respondo—. Porque no sé nada de nada. Pero sí sé que lo que mi madre te contó sobre mi hermano y sobre mí era cierto.

—¿Qué? —pregunta Bernie.

—Que somos especiales.

* * *

Las prisioneras del bloque B están representando un musical esta Navidad sobre un escenario improvisado en la sala de juegos, y las mujeres de los bloques C, D, E y de los barracones temporales del bloque F, donde van las recién llegadas cuando las celdas principales están llenas, se han reunido para disfrutar de un concierto después de la comida de Navidad. La representación navideña del bloque B es una fusión de la historia de la Natividad y el musical *Grease*. La obra está protagonizada por dos presas que interpretan a María y José vestidos como John Travolta y Olivia Newton-John. Los tres Reyes Magos son todos miembros de la banda de las Damas Rosas. El Niño Jesús es un muñeco vestido de cuero y, en vez de pasar la noche en un pesebre, el futuro señor y salvador descansa sobre el maletero de un coche Greased Lightning hecho con cartón. El musical se titula *When a Child is Born to Hand Jive*.

El clímax de la obra, María cantando *You're the One that I Want for Christmas*, arranca los aplausos del auditorio, que resuenan por todo el bloque B. Incluso los guardias, tres hombres corpulentos con uniformes marrón verdoso situados en puntos triangulares alrededor del público, se dejan llevar por el escandaloso estilo cabaretero de la mujer que interpreta a María con unas mallas negras ajustadas.

—Muy bien, vamos —susurra Bernie, aprovechando que todas las miradas están puestas en el escenario.

Me meten en un enorme cubo de basura con ruedas y Bernie me lleva con la tapa cerrada sobre la cabeza. Me resbalan los pies con los platos de papel desechados después de la comida de Navidad. Me llegan las sobras de jamón, guisantes y maíz hasta los tobillos. Me saca de la cocina, atraviesa el comedor, después cruza un espacio abierto situado tras la sala de juegos y se escabulle entre el público, que tiene la atención puesta en María. Gira con el cubo a la derecha y mi cuerpo golpea el interior de las paredes grasientas y malolientes. Avanza treinta o cuarenta pasos y vuelve a dejar el cubo quieto, abre la tapa y asoma la cabeza.

—¿Cómo me llamo? —pregunta.

—No lo sé —respondo.

—¿Cómo coño has llegado hasta aquí?

—Me enganché al fondo de una de las furgonetas del reparto.

—¿Qué furgoneta?

—No lo sé —respondo—. La blanca.

Bernie asiente.

—Allá vamos —susurra.

Me pongo de pie en el cubo de basura. Estamos en un pasillo de celdas iluminado solo por la luz que entra a través de un ventanal de cristal esmerilado situado en ese mismo pasillo, a ocho celdas de distancia. Cada celda tiene una ventanilla rectangular de cristal grueso del tamaño del buzón de mi padre.

Salgo del cubo de basura con la mochila aún sobre los hombros. Bernie señala con la cabeza la celda que hay a dos puertas de distancia.

—Es esa —me dice. Cierra la tapa del cubo y se larga—. Ahora estás solo, Houdini —susurra—. Feliz Navidad.

—Gracias, Bernie —susurro.

Me aproximo a la celda de mi madre. La ventanilla de la puerta está demasiado alta para poder asomarme, ni aunque me ponga de puntillas. Pero hay un recoveco en la puerta y puedo agarrarlo con los dedos y auparme, utilizando las rodillas para ayudarme a subir más. Mi mano derecha resbala porque solo tiene cuatro dedos para sujetarse, pero vuelvo a intentarlo y me agarro con fuerza al hueco de la ventana. Y entonces la veo. Lleva una camiseta blanca bajo lo que parece ser una bata de pintor azul claro. Su uniforme la hace parecer más joven, más pequeña y más frágil de lo que nunca la he visto. Parece una niña pequeña que debería estar ordeñando vacas lecheras en las montañas suizas. En la pared derecha de la celda hay un escritorio, y en el rincón derecho hay un inodoro de cromo y un lavabo. Hay dos literas pegadas a la pared izquierda de la celda y ella está sentada al borde de la cama de abajo, con las manos juntas y apretadas entre las rodillas. Tiene el pelo revuelto, le cuelga por la cara y sobre las orejas.

Lleva las mismas sandalias azules de goma que llevaba Bernie. Mis brazos no logran aguantar mi peso y resbalo. Vuelvo a subirme, aferrándome con más fuerza al recoveco de la puerta. Esta vez logro echar un vistazo más largo. Y veo la verdad. Las tibias esqueléticas de sus piernas. Los codos, como las bolas de un martillo, unos brazos que son como palos que yo usaría para encender un fuego que redujera a cenizas esta cárcel para madres el día de Navidad. Sus pómulos parecen más levantados y la carne de sus mejillas ha desaparecido, se ha convertido en piel seca. Y su cara no parece real, sino dibujada, ensombrecida con lápiz por un pintor macabro, un dibujo que podría borrarse con un escupitajo y un dedo índice frotando. Pero no son las piernas, ni los brazos ni los pómulos lo que me preocupa; son los ojos, que contemplan la pared de enfrente. Tiene la mirada perdida. Tan perdida que parece que le hubieran quitado el cerebro. Se parece a Jack Nicholson después de la lobotomía en *Alguien voló sobre el nido del cuco*, y el escenario encaja. No distingo lo que está mirando en la pared, pero entonces lo veo. Soy yo. Somos August y yo, en una fotografía pegada a la pared de la celda. Aparecemos sin camiseta, estamos jugando en el jardín de la casa de Darra. August está sacando tripa y haciendo gestos de alienígena con los dedos de la mano derecha, imitando a E.T., como siempre. Toco su tripa como si fuera un bongó.

Golpeo suavemente con el nudillo el panel de cristal. No me oye. Llamo de nuevo, pero no me oye. Resbalo por la puerta y vuelvo a subirme.

—Mamá —susurro. Vuelvo a llamar, dos veces, luego tres; la última, con demasiada fuerza. Miro hacia la derecha del pasillo. Los aplausos y las risas aún resuenan por los rincones del bloque B mientras las estrellas de *When a Child Is Born to Hand Jive* saludan al terminar la función—. ¡Mamá! —repito. Llamo con más fuerza. Dos golpes fuertes y ella vuelve la cabeza hacia mí. Me ve mirándola a través de la ventana—. Mamá —susurro. Sonrío. Y ella se ilumina por un instante, una luz se enciende en su interior y vuelve a apagarse—. Feliz Navidad, mamá. —Estoy llorando. Claro que estoy llorando. No sabía lo mucho que necesitaba llorar por ella hasta ahora, colgado de la puerta de la celda 24 de la prisión de mujeres de Boggo Road—. Feliz Navidad, mamá.

Le sonrío. ¿Lo ves, mamá? Después de todos los malos momentos, después de Lyle, después de Slim, después de que te encerraran, sigo siendo el mismo. Nada cambia, mamá. Nada me cambia. Nada te cambia a ti. Te quiero más, mamá. Crees que te quiero menos, pero te quiero más por todo eso. Te quiero. Mira. ¿Lo ves en mi cara?

—Abre la puerta, mamá —susurro—. Abre la puerta.

Resbalo, vuelvo a trepar y se me rompe la uña del dedo corazón derecho y empieza a salirme sangre.

—Abre la puerta, mamá. —No puedo aguantar más, me froto los ojos y las lágrimas me humedecen los dedos, pero vuelvo a agarrarme el tiempo suficiente para ver que está mirándome y negando con la cabeza. «No, Eli». Lo leo. Lo leo igual que llevo una década leyendo los gestos silenciosos de mi hermano. «No, Eli. Aquí no. Así no. No»—. Abre la puerta, mamá. Abre la puerta —le ruego. Pero ella niega con la cabeza. Y llora también. «No, Eli. Lo siento, Eli. No. No. No».

Mis dedos resbalan de la puerta y caigo con fuerza sobre el suelo de hormigón del pasillo de la cárcel. Trato de recuperar el aliento entre las lágrimas y me quedo apoyado contra la puerta. Golpeo la cabeza dos veces con fuerza contra la puerta, que es más fuerte que mi cabeza.

Y respiro. Respiro profundamente. Y veo el teléfono rojo en la habitación secreta de Lyle. Y veo las paredes azul cielo del dormitorio de Lena Orlik. Veo la foto del Jesús que nació hoy. Y veo a mi madre en esa habitación. Y canto.

Porque ella necesita su canción. No tengo un reproductor para ponérsela, así que se la canto. La que ella tanto ponía. Cara uno, la tercera línea empezando desde el borde. Esa canción sobre una chica que nunca decía de dónde venía.

Y me giro y canto contra las rendijas de la puerta. Canto contra la luz que sale por una rendija de un centímetro de ancho. Me tumbo boca abajo y canto contra la rendija que hay entre la puerta y el suelo.

Ruby Tuesday y su dolor y su anhelo y su partida y mi voz rasgada el día de Navidad. La canto. La canto una y otra vez. La canto.

Y me detengo. Y hay silencio. Golpeo la frente contra la puerta y ya no me importa. La dejaré marchar. Los dejaré marchar a todos. A Lyle. A Slim. A August. A mi padre. Y a mi madre. E iré a buscar a Caitlyn Spies y le diré que también la dejo marchar a ella. Y seré un idiota. Y no soñaré. Y me meteré en un agujero y leeré sobre soñadores como hace mi padre, y leeré y leeré y beberé y beberé y fumaré y fumaré y moriré. Adiós, Adiós *Martes Rubí*. Adiós miércoles esmeralda. Adiós domingo zafiro. Adiós.

Pero entonces la puerta de la celda se abre. Huelo la celda de inmediato, y huele a sudor, a humedad y a olor corporal. Las sandalias de goma de mi madre suenan contra el suelo junto a mí. Se deja caer al suelo llorando. Me pone una mano en el hombro, sollozando. Cae sobre mí en el umbral de la puerta de su celda.

—Abrazo de grupo —me dice.

Me incorporo, la rodeo con los brazos y la aprieto tan fuerte que temo romperle uno de los frágiles huesos de su caja torácica. Dejo caer la cabeza sobre su hombro. No sabía que echara de menos ese olor, el olor del pelo de mi madre, y sus caricias.

—Todo saldrá bien, mamá —le prometo—. Todo saldrá bien.

—Lo sé, cariño —responde—. Lo sé.

—Siempre mejora, mamá.

Ella me abraza con más fuerza.

—Todo mejora después de esto —le digo—. Me lo dijo August, mamá. Me lo dijo August. Dice que tienes que superar esta pequeña parte.

Mi madre llora sobre mi hombro.

—Sssshhh —me dice dándome palmaditas en la espalda—. Sssshhh.

—Supera esta parte y desde aquí solo puede ir a mejor. August lo sabe, mamá. Esta es la parte más dura. No puede ir a peor.

Mi madre llora con más fuerza.

—Sssshhh—me dice—. Solo abrázame, cariño. Abrázame.

—¿Me crees, mamá? —le pregunto—. Si me crees, entonces creerás que todo mejorará y, si crees eso, entonces será así.

Mi madre asiente.

—Te prometo que haré que mejore, mamá —le digo—. Encontraré un lugar al que puedas ir cuando salgas de aquí. Será un lugar bonito y seguro, y seremos felices y tú serás libre allí, mamá. Esto no es más que tiempo. Y con el tiempo puedes hacer lo que quieras, mamá.

Mi madre asiente.

—¿Me crees, mamá?

Asiente de nuevo.

—Dilo.

—Te creo, Eli.

Entonces una voz de mujer retumba por el pasillo.

—Pero, ¿qué cojones está pasando aquí? —exclama una mujer pelirroja y tripuda inclinada hacia atrás, vestida con su ropa de prisión y sujetando un cuenco de plástico lleno de gelatina roja. Nos mira a mi madre y a mí, sentados en la puerta de la celda 24. Gira la cabeza hacia la sala de juegos y grita—: ¿Qué clase de belén tenéis aquí montado?

Estrella su postre contra el suelo, furiosa.

—¿Cómo coño es que la princesa Frankie merece tener visita hoy? —pregunta.

Mi madre me abraza con más fuerza.

—Tengo que irme, mamá —le digo apartándome de sus brazos—. Tengo que irme.

Se aferra a mí con fuerza y tengo que apartarme de ella. Deja caer la cabeza, llorando, mientras me levanto.

—Superaremos esta parte, mamá —le digo—. Solo es tiempo. Tú eres más fuerte que el tiempo, mamá. Eres más fuerte.

Me doy la vuelta y corro por el pasillo mientras un guardia alto de hombros anchos aparece al fondo y sigue la mirada de la mujer de pelo rojo.

—Pero ¿qué cojones? —dice al verme. Agarro los tirantes de mi mochila y corro por el pasillo. El guardia tiene la mano puesta en la porra que lleva sujeta al cinturón. Yo veo en mi cabeza a Brett Kenny, glorioso jugador de los Parramatta Eels. Veo todas esas tardes en el jardín con August practicando las carreras y los zigzags de Kenny. —¡Quieto ahí! —me ordena el guardia.

Corro más deprisa, zigzagueo de izquierda a derecha por el pasillo, aprovechando al máximo un espacio de cuatro metros de ancho, serpenteando como lo haría Brett Kenny a través de la línea defensiva de los Canterbury Bulldogs. Me lanzo hacia el lado derecho del pasillo y el guardia torpe con sus piernas torpes y su enorme barriga se lanza conmigo. Estoy a dos metros de distancia cuando salta con ambas piernas y estira los brazos para tragarme, para atraparme en su red como a un pez resbaladizo de Bramble Bay, y es entonces cuando yo brinco con el pie derecho y, como una bala, salgo proyectado hacia el lado izquierdo, esquivando su brazo derecho. Brett Kenny encuentra el hueco, y el mar azul y amarillo de hinchas de los Eels se pone en pie en las gradas del campo de críquet de Sídney. Giro a la izquierda y entro en la sala recreativa y de comedor del bloque B, donde hay unas cuarenta prisioneras de pie o sentadas por las mesas de comer, las mesas de cartas o de ajedrez. Otro guardia, un hombre bajito pero ágil y musculoso, me ve desde el otro lado y empieza a perseguirme. Corro a través del comedor en busca de una salida, y las mujeres se ríen, gritan y aplauden. Otro guardia se suma a la persecución desde el lado izquierdo del comedor. —¡Detente! —me grita. Pero no me detengo.

Corro por el pasillo central del comedor mientras las compañeras prisioneras de mi madre golpean entusiasmadas las mesas con las manos, haciendo vibrar los cuencos de pudin, gelatina y natillas entre sus puños. No encuentro una salida y los guardias empiezan a rodearme por todos los lados, así que me doy la vuelta y corro en diagonal por encima de las mesas. El guardia al que había esquivado en el pasillo entra en el comedor abriéndose paso entre un mar de prisioneras que se han puesto en pie frente al escenario de *Grease*, ansiosas por contemplar la surrealista escena del chico que corre por las mesas de Boggo Road como el héroe de una caricatura de los Looney Tunes. Los guardias se suben a las mesas con torpeza para perseguirme y corren por los pasillos para adelantarme, gritando amenazas que no oigo con el ruido ensordecedor de la multitud. «¡Kenny! ¡Brett Kenny! Se abre camino. El maestro, Eli Bell, se dirige hacia la línea de meta. A punto de marcar. A punto de grabar su nombre en la leyenda del *rugby*».

Salto entre las mesas como una bailarina rusa, esquivando los brazos de los guardias como esquivaba Errol Flynn las espadas de los piratas en la pantalla del cine, y las reclusas, inmersas en un espectáculo de *rock and roll*, golpean las mesas con los puños y vitorean al imparable jugador de los Eels con propulsores en las suelas de goma de sus Dunlop KT-26. Salto desde una de las mesas hasta el suelo de la entrada del comedor, donde las prisioneras se apartan; un mar de presas que se separa para formar un pasillo por el que puedo correr. Y de pronto todas estas mujeres saben cómo me llamo.

—¡Vamos, Eli! —gritan.

—¡Corre, Eli! —gritan.

Así que corro y corro hasta que veo una puerta de salida más allá de la zona común que une la cocina, las celdas y el comedor. Es una puerta que da a un jardín. La libertad. «¡Kenny! ¡Brett Kenny se acerca a la línea de marca!». Corro, corro. Los guardias me pisan los talones y otro guardia más, el cuarto, se me acerca por la derecha para bloquearme el acceso a la puerta de salida. Es el centrocampista de los Canterbury Bulldogs. El guardia centrocampista. La última línea defensiva de cualquier equipo, el mejor defensa técnico del equipo, ágil y fuerte, siempre trazando arcos a lo largo del campo y haciendo placajes para aniquilar los sueños de dioses como Brett Kenny. Mi madre solía correr cuando era niña, se le daba bien. Ganó carreras en ferias deportivas. Una vez me contó que la manera de ganar velocidad extra era mantenerse muy pegado al suelo, imaginarte a ti mismo como un arado, excavando la tierra con las piernas, hundiéndote en la tierra durante los primeros cincuenta metros de una carrera de cien y volviendo a salir durante los últimos cincuenta metros, echando la cabeza hacia atrás y el pecho hacia delante cuando cruzas la línea de meta. Así que ahora me convierto en arado mientras el cuarto guardia corre hacia mí, pero no soy un arado lo suficientemente fuerte y su trayectoria va a chocarse con la mía antes de que pueda alcanzar la puerta hacia la libertad. Pero entonces sucede un milagro navideño, una aparición sagrada con ropa carcelaria. Es Bernie, que pasea lentamente su cubo de basura con ruedas y, haciéndose la distraída, se cruza en el camino del cuarto guardia.

—¡Quita de en medio, Bernie! —exclama el guardia mientras la esquiva.

—¿Qué? —dice Bernie, se da la vuelta como la estrella de una película muda y mueve con torpeza el cubo de basura hacia atrás, aparentemente sin querer, poniéndolo delante del guardia. Este intenta saltar el cubo de basura, pero se le engancha un pie en la tapa y cae al suelo estrepitosamente con la panza por delante.

Salgo por la puerta trasera del bloque B y corro hacia una zona de césped bien cuidada que desciende hacia una cancha de tenis. Corro y corro. «Brett Kenny, la estrella del partido por tercera semana consecutiva, cruza corriendo la línea de pelota muerta y entra corriendo en la historia». Eli Bell. El esquivo Eli Bell. Podéis llamarme Merlín. El Mago de la prisión de mujeres de Boggo Road. El único chico que ha escapado jamás del bloque B. El único chico que ha escapado de Boggo Road. Huelo la hierba. Hay tréboles blancos en la hierba y abejas zumbando en los tréboles. La clase de abejas que hace que se me hinchen los tobillos cuando me pican. Pero supéralo, Eli. En el mundo hay cosas peores que las abejas. El césped desciende hasta la cancha de tenis y yo miro hacia atrás mientras corro. Cuatro guardias me persiguen, gritando cosas que no entiendo. Me quito el tirante derecho de la mochila mientras corro. Abro la cremallera de la mochila, meto el brazo y agarro la cuerda. Es el momento, Eli. El momento de la verdad.

* * *

Primero empecé con cerillas, como hizo Slim en su celda. Cerillas y un cordel. Cerillas atadas con una goma elástica en el centro para formar un gancho en forma de cruz. Oportunidad, planificación, suerte y convicción. Estoy convencido. Estoy convencido, Slim. Pasé horas y horas en mi habitación estudiando la ciencia y la técnica para alojar un gancho en lo alto de un muro de ladrillo. Cuando estuve preparado, fabriqué mi propio gancho de verdad utilizando un trozo de cuerda gruesa de quince me-

tros de longitud con nudos a intervalos de cincuenta centímetros
para poder agarrarme y dos trozos de madera cilíndrica que corté
del mango de un viejo rastrillo que tenía mi padre tirado bajo
la casa. Me llevaba el gancho al centro de Boy Scouts de Brack-
en Ridge los sábados por la tarde, porque tienen allí un muro
improvisado que les piden a los grupos de *boy scouts* que escalen
para fomentar el trabajo en equipo. Un lanzamiento tras otro, fui
perfeccionando mi técnica para alojar el gancho en la pared. Un
jefe de exploradores estirado me pilló una tarde llevando a cabo
aquellos ensayos para escapar de prisión.

—¿Qué crees que estás haciendo, jovencito? —me preguntó.

—Escapar —respondí.

—¿Perdona? —preguntó el jefe de exploradores.

—Finjo que soy Batman.

Giro bruscamente a la izquierda en la cancha de tenis y corro
hacia el pequeño sendero que circula entre las celdas del bloque C
a mi izquierda y un taller de costura a mi derecha. Voy sin
aliento. Empiezo a estar cansado. Tengo que encontrar el muro.
Tengo que encontrar el muro. Paso frente a las celdas temporales desmontables del bloque F. Miro hacia atrás. No veo a los
guardias. Corro hacia el muro de la cárcel. Es una vieja pared de
ladrillo marrón, alta e imponente. No sé si mi cuerda es lo suficientemente larga para esa pared, así que corro por el perímetro
en busca de un lugar de esta fortaleza de ladrillo donde un tramo
más elevado del muro se junte con un tramo un poco más bajo.
Bingo. Desenrollo apresuradamente la cuerda con el gancho y
dejo un tramo de dos metros de cuerda que utilizaré para lanzar.
Miro hacia el rincón de la pared donde la parte más alta se une
con la más baja y hago girar la cuerda dos veces como un va-
quero con un lazo, utilizando el peso del gancho fabricado con el
mango del rastrillo como un proyectil de guía preparándose para
el lanzamiento. Solo tendré una oportunidad. Ayúdame, Slim.

Ayúdame, Brett Kenny. Ayúdame, Dios. Ayúdame, Obi-Wan, eres mi única esperanza. Ayúdame, mamá. Ayúdame, Lyle. Ayúdame, August.

Lanzo el gancho. Es un acto de auténtica fe, de ambición y de convicción. Estoy convencido, Slim. El gancho asciende por el aire y cruza por encima del muro. Doy dos pasos hacia mi derecha, manteniendo la cuerda tirante, colocada para que el gancho quede alojado en el rincón donde se unen los dos tramos de muro cuando tire de la cuerda.

—¡Eh! —grita un guardia. Me vuelvo para mirarlo, se encuentra a unos cincuenta metros y va corriendo junto al muro, seguido de otro guardia más—. ¡Quieto ahí, pequeño imbécil! —exclama el guardia.

Agarro uno de los nudos de la cuerda y me alzo con ambas manos por la pared, apoyando mis benditas Dunlop KT-26 contra la pared y con la espalda paralela al césped que tengo debajo. Soy Batman. Soy Adam West en la vieja serie televisiva de *Batman*, escalando la torre de la ciudad de Gotham. Esto funciona. Está funcionando de verdad.

Cuanto más ligera es una persona, más fácil resulta. Slim era Slim cuando trepó por una pared como esta, pero yo soy el chico, el chico que escaló las paredes, el chico que engañó a los guardias, el chico que escapó de Boggo Road. Merlín el Magnífico. El Mago de la Cárcel de Mujeres.

Desde este ángulo solo veo cielo. Cielo azul y nubes. Y la zona más alta del muro. Llevo seis metros escalados. Siete metros. Ocho quizá. Nueve metros. Debo de estar ya a diez metros de altura, con la cabeza en las nubes.

La cuerda está tirante y me quema en las manos. El dedo corazón de la mano derecha me duele por el estrés de tener que trabajar el doble en ausencia del dedo índice.

Dos guardias corren hasta situarse debajo de mí y me miran.

Se parecen a Lyle cuando se enfadaba conmigo.

—¿Has perdido la cabeza, chico? —dice uno—. ¿Dónde crees que vas?

—Vuelve aquí —dice otro guardia.

Pero sigo trepando por el muro. Escalando y escalando. Como uno de esos soldados del Servicio Especial británico que rescatan a los rehenes de los terroristas.

—Te vas a matar, idiota —dice el segundo guardia—. Esa cuerda no es lo suficientemente fuerte para tu peso.

Claro que lo es. La he probado diecisiete veces en el centro de los *scouts*. La vieja cuerda de mi padre que encontré debajo de la casa, en su carretilla oxidada, cubierta de polvo y porquería. Sigo subiendo. El aire aquí arriba es diferente. ¿Tú sentiste lo mismo, Slim? ¿Esta emoción? ¿La visión de la cima? ¿Pensabas en lo que te esperaba más allá de estos muros? La historia de lo desconocido.

—Vuelve aquí abajo y no te pasará nada —dice el primer guardia—. Baja, colega. Santo Dios bendito, es el puto día de Navidad. Tu madre no querrá verte muerto el día de Navidad.

Me hallo a un metro del final del muro cuando me detengo a tomar aliento, una última bocanada antes de realizar mi llegada triunfal a la cima, antes de lograr lo imposible, antes de que Merlín saque su último conejo de la chistera. Respiro profundamente tres veces, con las piernas rígidas contra la pared. Me elevo más, tanto que consigo ver el gancho fabricado con los trozos del rastrillo de mi padre clavado contra la pared. Está tirante por el peso, pero aguanta. La cima. El pico solitario del Everest. Giro la cabeza un instante y miro a los guardias un momento.

—Os veré en el otro lado, chicos —les digo, invadido por un coraje descarado que me alcanza en lo alto del muro—. Id a decirles a esos peces gordos de George Street que no hay pared en

Australia lo suficientemente alta para retener al Mago de Boggo Ro...

Y en ese momento uno de los trozos del rastrillo de mi padre se parte y caigo de espaldas al vacío. El cielo azul y las nubes blancas se alejan de mí. Agito los brazos y las piernas en el aire y toda mi vida pasa ante mis ojos. El universo. El pez que nada por mis sueños. Los chicles. Los *frisbees*. Elefantes. La vida y obra de Joe Cocker. Macarrones. Guerra. Toboganes acuáticos. Sándwiches de huevo al *curry*. Todas las respuestas. Las respuestas a todas las preguntas. Y una palabra que no esperaba emerge de mis labios aterrorizados.

—Papá.

El chico roba el océano

El epitafio dice así: *Audrey Bogut, 1912-1983, amada esposa de Tom, madre de Therese y David. Una vida que ha dejado un dulce recuerdo para la memoria.*

Audrey Bogut tardó setenta y un años en morir.

El epitafio de la tumba de al lado dice así: *Shona Todd, 1906-1981, adorada hija de Martin y Mary Todd, hermana de Bernice y Phillip. Probó con sus labios la taza de la vida, y le supo tan dulce que se bebió el resto.*

Shona Todd tardó setenta y cinco años en morir.

—Vamos, está a punto de empezar —le digo a August.

Entramos en una pequeña capilla de ladrillo situada en mitad del crematorio de Albany Creek. Invierno de 1987. Llevo nueve meses con mi gran experimento de los lapsos de tiempo.

Slim tiene razón. No es más que tiempo. Treinta y nueve minutos en coche desde nuestra casa en Bracken Ridge hasta el crematorio de Albany Creek. Veinte segundos para atarme los cordones. Tres segundos para que August se meta la camisa por dentro. Casi veintiún meses para que mi madre salga de la cárcel. Estoy convirtiéndome en un experto manipulador del tiempo.

Conseguiré que veintiún meses parezcan veintiuna semanas. El hombre que hay en el ataúd de madera fue quien me lo enseñó.

Slim ha tardado setenta y siete años en morir. Pasó los últimos seis meses de su vida entrando y saliendo del hospital, con el cáncer extendiéndose por todos los rincones de su cuerpo delgado. Yo intentaba visitarlo cuando podía. Entre el colegio, los deberes y la tele por las tardes. Entre mi madurez y sus salidas. Esta fue su última huida.

SE CIERRA UNA ERA DE DELINCUENCIA, decía el titular de *The Telegraph* que mi padre me entregó ayer. *Un fascinante capítulo de los anales delictivos de Queensland se cerró esta semana con la muerte a los 77 años de Arthur Ernest «Slim» Halliday en el Hospital de Redcliffe.*

El tiempo se detiene en esta capilla. Ninguno de los pocos dolientes reunidos en torno al ataúd emite un solo sonido. Un par de hombres con traje, nadie que conozca a nadie.

Meto la mano en el bolsillo de los pantalones y palpo las últimas palabras que me escribió Slim. Fue un mensaje que escribió al final de las instrucciones que me dio para reunirme con el misterioso George y su furgoneta de contrabando carcelario.

Acaba con el tiempo, escribió, *antes de que él acabe contigo. Tu fiel amigo, Slim.*

Acaba con el tiempo, Eli Bell, antes de que él acabe contigo.

Un empleado del crematorio dice algo sobre la vida y el tiempo, pero me lo pierdo porque estoy pensando en la vida y el tiempo. Y entonces se llevan el ataúd de Slim.

Termina rápido. El tiempo pasa rápido. Mucho mejor.

Un anciano con traje y corbata negros se acerca a August y a mí cuando salimos de la capilla. Dice que es un corredor de apuestas, viejo amigo de Slim. Dice que Slim realizó algunos trabajos para él después de la cárcel.

—¿De qué conocíais a Slim, chicos? —nos pregunta. Tiene un

rostro cálido y amable, una sonrisa como la de Mickey Rooney.

—Era nuestro niñero —respondo.

El hombre asiente, perplejo.

—¿De qué conocía usted a Slim? —le pregunto al hombre del traje negro.

—Vivió con mi familia y conmigo durante un tiempo —responde el anciano.

Y me doy cuenta en este momento de que Slim vivió otras vidas. Hubo otros puntos de vista. Otros amigos. Otra familia.

—Es muy considerado por vuestra parte venir aquí a presentar vuestros respetos —dice el hombre.

—Era mi mejor amigo —le digo.

Él se ríe.

—El mío también —responde.

—¿De verdad?

—Sí, de verdad —me asegura—. No te preocupes. Un hombre puede tener muchos mejores amigos y ninguno es mejor o peor que otro.

Atravesamos el césped, con las filas de lápidas grises que forman caminos sombríos y uniformes en el cementerio que hay más allá de la capilla.

—¿Cree que mató a ese taxista? —pregunto.

El anciano se encoge de hombros.

—Nunca se lo pregunté.

—Pero usted lo sabría, ¿no? —pregunto—. Supongo que usted lo notaría. Su instinto o algo se lo diría.

—¿Qué quieres decir con «instinto»?

—Una vez estuve cerca de un tipo que había matado a mucha gente y mi instinto me dijo que había matado a mucha gente —le explico—. Sentía un escalofrío por la espalda que me decía que había matado a mucha gente.

El anciano se detiene en seco.

—Nunca se lo pregunté, por una cuestión de respeto —dice—. Respetaba a ese hombre. Si él no mató al taxista, entonces lo respeto aún más, que Dios lo tenga en su gloria. Nunca sentí ningún escalofrío por la espalda con Slim Halliday. Y, si mató a ese taxista, entonces fue un gran ejemplo de rehabilitación.

Es una bonita manera de decirlo. Gracias, misterioso anciano. Asiento con la cabeza.

El anciano se mete las manos en los bolsillos y se aleja por uno de los caminos del cementerio. Lo veo marchar entre las tumbas como si tuviese el alma más libre que jamás ha habitado un cuerpo.

August está agachado inspeccionando otros epitafios dorados dedicados a los difuntos.

—Necesito un trabajo —digo.

August me mira por encima del hombro. «¿Por qué?».

—Tenemos que encontrar un lugar para mamá, para cuando salga.

August sigue mirando con atención un epitafio.

—¡Vamos, Gus! —le digo mientras me alejo—. No hay tiempo que perder.

* * *

Aterricé en los brazos de los guardias aquel día que me caí desde lo alto del muro de la prisión de mujeres de Boggo Road. He de reconocer que los guardias estaban más preocupados por mi salud mental que enfadados por mis travesuras.

—¿Crees que está loco? —preguntó el guardia más joven, que tenía la barba pelirroja y pecas en los antebrazos—. ¿Qué vamos a hacer con él?

—Que decida Muzza —respondió el segundo guardia.

Los dos guardias me llevaron agarrado de los brazos hasta los otros dos guardias, más mayores y experimentados y sin energías para perseguir a un adolescente por el patio de la cárcel.

Lo que tuvo lugar en el despacho del edificio de administración de la cárcel fue una reunión entre los guardias de la prisión, lo que para mí equivalía a presenciar cómo cuatro neandertales intentaban descifrar las reglas del Twister.

—Podría jodernos a todos, Muz —dijo el guardia más corpulento.

—¿Tenemos que llamar al alcaide? —preguntó el pelirrojo.

—No vamos a llamar al alcaide —dijo el hombre al que llamaban Muzza, Muzz y, en menor medida, Murray—. Se enterará a su debido tiempo. Él pierde tanto como nosotros si esta mierda se sabe. No es necesario que se entere cuando está en casa comiendo su jamón de Navidad con Louise.

Muzza reflexionó unos instantes y después se agachó para mirarme a los ojos.

—Quieres mucho a tu madre, ¿verdad, Eli? —me preguntó.

Asentí.

—Y eres un chico inteligente, ¿verdad, Eli?

—Parece que no lo suficiente —respondí.

Muz se rio.

—Sí, cierto —me dijo—. Pero eres lo suficientemente listo para saber lo que puede suceder en un lugar como este cuando la gente nos hace la vida difícil. Lo sabes, ¿verdad?

Asentí.

—Por la noche pueden pasar todo tipo de cosas aquí, Eli —me dijo—. Cosas horribles. Cosas que no creerías.

Asentí.

—Así que dime cómo has pasado tu Navidad.

—La he pasado comiendo piña de lata de St Vinnies con mi hermano y mi padre —dije.

Muz asintió.

—Feliz Navidad, Eli Bell —me dijo.

El guardia pelirrojo, cuyo nombre resultó ser Brandon, me llevó a casa en su coche, un Commodore morado de 1982. Durante el trayecto fue sonando una cinta de casete con *1984*, de Van Halen. Intenté golpear con los puños al ritmo de *Panama*, pero mi libertad de expresión se vio limitada por el hecho de llevar la mano izquierda esposada al reposabrazos izquierdo trasero de Brandon.

—Sigue con *el rock and roll*, Eli —me dijo Brandon cuando me soltó y me dejó salir a tres puertas de mi casa en Lancelot Street, como le pedí.

Entré en casa sin hacer ruido y me encontré a August dormido en el sofá del salón, con *Papillon* abierto sobre su pecho. Vi el humo del tabaco que salía del pasillo, procedente de la habitación de mi padre. Bajo el árbol de Navidad más triste jamás decorado había un regalo envuelto en papel de periódico, un libro grande y rectangular con mi nombre escrito con rotulador. Rompí el papel y encontré el regalo. No era un libro. Era un taco de unos quinientos folios A4. En la primera página había un breve mensaje.

Para que quemes esta casa o incendies el mundo. Depende de ti, Eli. Feliz Navidad. Papá.

* * *

Me regaló otro taco de folios por mi decimocuarto cumpleaños, junto con un ejemplar de *El ruido y la furia*, porque se dio cuenta de que se me estaban ensanchando los hombros y dijo que cualquier jovencito necesitaba tener unos hombros anchos para leer a Faulkner.

En uno de esos A4 escribo mi lista de posibles trabajos a los que pueda ir en bici y que me puedan proporcionar dinero suficiente para que August y yo ahorremos para el depósito de una casa en The Gap, el suburbio lujoso y frondoso situado al oeste de Brisbane, para que mi madre pueda mudarse ahí al salir de la cárcel:

- Freír patatas en el restaurante Big Rooster de comida para llevar de Barrett Street.
- Reponer estanterías en los ultramarinos Foodstore de Barrett Street, que tienen una sección de congelados en la que August y yo pasamos los días más calurosos del verano, decidiendo qué helado nos gusta más: el Corazón de chocolate y nata, el Frigo Pie o el polo de plátano, indiscutible vencedor.
- Repartidor de periódicos para los rusos locos dueños de la agencia de noticias de Barrett Street.
- Ayudante de pastelería en la pastelería que hay junto a la agencia de noticias.
- Limpiar el palomar del viejo Bill Ogden en Playford Street (último recurso).

Lo pienso un rato más, golpeando el papel con el bolígrafo. Y escribo un posible empleo más, a la vista de mis limitadas cualificaciones:

- Traficante de drogas.

* * *

Llaman a la puerta principal. Esto nunca ocurre. La última vez que alguien llamó a la puerta fue hace tres meses, cuando un joven agente de policía vino a hacer un seguimiento a mi padre por un incidente de conducción bajo la influencia del alcohol ocurrido tres años atrás, durante el cual varias madres de la zona aseguraron que derribó una señal de *stop* frente a la guardería de Denham Street.

—¿Señor Bell? —dijo el joven agente.

—¿Quién? —respondió mi padre.

—Busco a Robert Bell —explicó el agente.

—¿Robert Bell? —repitió mi padre—. No, nunca he oído hablar de él.

—¿Cómo se llama usted, señor? —preguntó el policía.

—¿Yo? Yo soy Tom.

El agente sacó una libreta.

—¿Le importa que le pregunte el apellido, Tom?

—Joad —respondió mi padre.

—¿Cómo se deletrea? —preguntó el policía.

Mi padre se estremeció ante su incompetencia.

Que alguien llame a la puerta siempre significa algo dramático en esta casa.

August deja su libro de *Papillon* —ya lo ha leído dos veces— en el sofá del salón y corre hacia la puerta. Yo lo sigo.

Es la señora Birkbeck, la orientadora del instituto. Pintalabios rojo. Collar de cuentas rojas. Lleva una carpeta color marrón llena de papeles.

—Hola, August —dice con cariño—. ¿Está vuestro padre en casa?

Niego con la cabeza. Ha venido a salvar el mundo. Ha venido a causar problemas porque es demasiado egocéntrica y comprometida para saber que la diferencia entre la preocupación y la indiferencia es justo el tamaño de una espina de cinco centímetros alojada en tu culo.

—Está durmiendo —le digo.

—¿Puedes despertarlo, Eli?

Vuelvo a negar con la cabeza, me aparto de la puerta y me alejo lentamente por el pasillo hacia el dormitorio de mi padre.

Está leyendo a Patrick White con una camiseta azul, unos pantalones cortos y un cigarrillo de liar en la boca.

—La señora Birkbeck está en la puerta —le digo.

—¿Quién coño es la señora Birkbeck? —me pregunta.

—La orientadora del instituto.

Él pone los ojos en blanco, se levanta de la cama y apaga el cigarrillo. Escupe un lapo de tabaco en el cenicero que hay junto a la cama para aclararse la garganta.

—¿Te cae bien? —me pregunta.

—Tiene buena intención —respondo.

Recorre el pasillo hasta la puerta principal.

—Hola —dice—. Robert Bell.

Sonríe y veo dulzura en su sonrisa, una suavidad que yo no había visto. Le ofrece la mano, pero creo que eso tampoco se lo había visto hacer nunca, estrecharle la mano a otra persona. Pensé que solo sabía interactuar con August y conmigo en el plano humano, y aun así solemos comunicarnos con gruñidos y gestos.

—Poppy Birkbeck, señor Bell —anuncia ella—. Soy la orientadora de los chicos en el instituto.

—Sí. Eli me ha contado la gran orientación que ha estado dándoles a mis hijos.

Cabrón mentiroso.

La señora Birkbeck parece brevemente conmovida.

—¿De verdad? —responde, mirándome con las mejillas encendidas—. Bueno, señor Bell, creo que sus hijos son muy especiales. Creo que tienen un gran potencial y considero que es mi trabajo inspirarlos lo suficiente para convertir el potencial en realidad.

Mi padre asiente con la cabeza y sonríe. Realidad. Ataques de ansiedad a medianoche. Episodios depresivos suicidas. Borracheras de tres días. Cejas partidas por un puñetazo. Vomitar bilis. Diarrea. Pis marrón. Realidad.

—Educar la mente sin educar el corazón no es educar —dice mi padre.

—¡Sí! —exclama la señora Birkbeck, desconcertada.

—Aristóteles —aclara mi padre.

—Sí —repite la señora Birkbeck—. Vivo mi vida basándome en esa cita.

—Entonces siga viviendo, Poppy Birkbeck, y siga inspirando a esos chicos —contesta mi padre con sinceridad.

¿Quién coño es este tío?

—Lo haré —dice ella, sonriente—. Lo prometo. —Entonces se centra—. Mira, Robert, ¿puedo llamarte Robert?

Mi padre asiente.

—Mmmm... Los chicos han faltado a clase otra vez hoy y... mmmm.

—Lo siento mucho —la interrumpe mi padre—. Han ido al funeral de un viejo amigo. Han sido un par de días duros para ellos.

Ella nos mira a August y a mí.

—Un par de años duros, según tengo entendido —nos dice.

Todos asentimos con la cabeza: mi padre, August y yo, como si fuéramos los protagonistas de una asquerosa película de sobremesa.

—¿Puedo hablar contigo un minuto, Robert? —pregunta ella—. A ser posible a solas.

Mi padre toma aire y asiente.

—Vosotros perdeos, ¿de acuerdo? —nos dice.

August y yo bajamos por la rampa del lateral de la casa, pasamos junto al depósito del agua caliente y un par de viejos motores oxidados de mi padre. Entonces nos metemos bajo la casa y nos abrimos paso entre las inservibles lavadoras y los frigoríficos olvidados de mi padre. El espacio bajo la casa va estrechándose a medida que el terreno asciende hacia la zona del salón y la cocina. Nos arrastramos hasta el rincón superior izquierdo del subsuelo y la tierra mojada se nos pega a las rodillas. Nos quedamos sentados justo debajo del suelo de madera de la cocina, donde mi padre y la señora Birkbeck hablan sobre August y sobre mí sentados a la mesa octogonal sobre la que mi padre suele desmayarse a medianoche los días en que recibe la pensión por ser padre soltero. A través de las rendijas en los tablones del suelo podemos oír cada palabra que dicen.

—Sinceramente, los trabajos de August son brillantes —dice la señora Birkbeck—. Su control artístico, su originalidad y su habilidad innata representan un auténtico talento artístico, pero... pero...

Se detiene.

—Adelante —dice mi padre.

—Me preocupa —admite ella—. Ambos me preocupan.

Yo no debería haberle contado nada. Tenía pinta de chivarse después.

—¿Puedo mostrarte una cosa? —Se oye la voz de la señora Birkbeck a través de las rendijas.

August está tumbado en el suelo boca arriba. Está escuchando, pero no le importa en absoluto lo que oye. Con las manos colocadas detrás de la cabeza, bien podría estar soñando despierto junto al río Misisipi con una brizna de hierba en la boca.

Pero a mí sí me importa.

—Esto es un dibujo que hizo August en la clase de Arte el año pasado —dice ella.

Se produce una larga pausa.

—Y estos... —Oímos el roce del papel entre sus manos—... estos son dibujos más recientes, de este año, y estos son de la semana pasada.

Otra pausa.

—Como puede ver, señor Bell... ehhh... Robert... August parece obsesionado con esta escena en particular. Parece haber problemas entre August y su profesora de Arte, la señorita Prodger, porque, aunque ella cree que August es uno de sus estudiantes más sobresalientes y comprometidos, él se niega a pintar una imagen que no sea esta. El mes pasado pidieron a los estudiantes pintar un bodegón y August pintó esta escena. El mes anterior les pidieron pintar una imagen surrealista y August pintó esto. La semana pasada, August tuvo que pintar un paisaje australiano y pintó de nuevo la misma escena.

August se queda mirando los tablones del suelo, inmóvil.

Mi padre guarda silencio.

—Normalmente no traicionaría la confianza de un estudiante —dice ella—. Considero que mi despacho es un espacio sagrado para compartir, curar y educar. A veces lo llamo la Bóveda, y solo mis estudiantes y yo conocemos la contraseña para entrar, y esa contraseña es «Respeto».

August pone los ojos en blanco.

—Pero, cuando percibo que la seguridad de los individuos dentro de nuestra comunidad escolar podría estar en riesgo, siento que debo decir algo.

—Si piensa que August va a hacerle daño a alguien, me temo que está mirando en la dirección equivocada —le dice mi padre—. Ese chico no hace daño a nadie que no lo merezca. No hace nada por capricho. No lleva a cabo ninguna acción que no haya sopesado antes cien veces.

—Es interesante que digas eso —dice ella.

—¿Decir qué? —pregunta mi padre.

—Cien veces.

—Bueno, le gusta pensar mucho.

Otra larga pausa.

—No son los estudiantes los que me preocupan, Robert —dice la señora Birkbeck—. Creo que August, y todas esas ideas que guarda en esa cabeza suya, es un peligro para sí mismo.

Oigo una silla que se arrastra por el suelo de la cocina.

—¿Reconoces esta escena? —pregunta ella.

—Sí, sé lo que está pintando —responde mi padre.

—Eli lo llamó «la piscina lunar» —explica ella—. ¿Alguna vez le has oído llamarlo así, «piscina lunar»?

—No —responde mi padre.

August me mira. «¿Qué le has contado, Eli, maldito chivato?».

Susurro:

—Tenía que darle algo. Iba a expulsarme del instituto.

August me mira: «¿Le has contado a esa bruja loca lo de la piscina lunar?».

—Cuando el director Gardner me contó los recientes traumas en sus vidas, me pareció natural que los efectos de esos acontecimientos se manifestaran de algún modo en el comportamiento de los muchachos —dice la señora Birkbeck por encima del suelo—. Creo que ambos sufren algún tipo de trastorno de estrés postraumático.

—¿Neurosis de guerra o algo así? —pregunta mi padre—. ¿Cree que han estado en la guerra, señora Birkbeck? ¿Cree que esos chicos acaban de regresar de la batalla del Somme, señora Birkbeck?

Mi padre está empezando a perder la paciencia.

—Bueno, en cierto modo —dice ella—. No una guerra con balas y bombas. Sino una guerra de palabras, recuerdos y momentos, algo que podría ser tan dañino para el cerebro de un muchacho como cualquier cosa que suceda en el frente.

—¿Quiere decir que están locos? —pregunta mi padre.

—No digo tal cosa.

—Pues parece que dice que están chiflados.

—Lo que digo es que algunas de las cosas que les pasan por la cabeza son... inusuales.

—¿Qué cosas?

August me mira. «¿Por qué crees que nunca se lo había contado a nadie salvo a ti, Eli?».

—Cosas que podrían ser potencialmente dañinas para ambos chicos —dice la señora Birkbeck—. Cosas que me siento obligada a contarle a los Servicios de Protección del Menor.

—¿Protección del Menor? —repite mi padre como si las palabras fueran un veneno en su boca.

August me mira. «La has jodido, Eli. Mira lo que has hecho. No podías mantener la boca cerrada, ¿verdad? No podías ser discreto».

—Creo que esos dos chicos están planeando algo —dice la señora Birkbeck—. Parece que se dirigen hacia un destino del que ninguno de nosotros sabrá nada hasta que ya sea demasiado tarde.

—¿Destino? —pregunta mi padre—. Por favor, dígame hacia dónde van, señora Birkbeck. ¿Londres, París, las carreras de Birdsville?

—No me refiero a un lugar físico necesariamente —responde ella—. Me refiero a que se dirigen hacia un destino en su cabeza que no es seguro para los adolescentes.

Mi padre se ríe.

—¿Y usted interpreta todo eso a través de las acuarelas de August?

—¿Tus hijos han tenido alguna vez comportamientos suicidas, Robert? —pregunta ella.

August niega con la cabeza y pone los ojos en blanco. Me coloco una pistola imaginaria bajo la barbilla, riéndome, y me vuelo los sesos imaginarios. August se ríe y se cuelga con la lengua fuera, como si estuviera ahorcado.

—Eli dijo que August estaba pintando sus sueños —dice la señora Birkbeck—. La piscina lunar era de los sueños de Eli, según me dijo. Pero él dijo que asociaba profundos sentimientos de miedo, de oscuridad, a la piscina lunar. Dijo que podía recordar ese sueño con todo detalle, Robert. ¿Ha hablado Eli alguna vez contigo de sus sueños recurrentes?

August tiene una ramita en la mano que parte en trozos pequeños. Me lanza un trozo a la cabeza.

—No —responde mi padre.

—Puede recordar sus sueños con una claridad asombrosa —dice ella—. Hay mucha violencia en esos sueños, Robert. Cuando me habla de algunos de esos sueños, es capaz de describir el sonido de la voz de su madre, el aspecto que tienen las gotas de sangre en el suelo de madera de una casa, me dice a qué huelen las cosas. Pero yo le dije que los sueños no van acompañados de olores. Los sueños no vienen con sonido. Le pedí a Eli que empezase a llamar a esos sueños como lo que son.

Una larga pausa.

—¿Qué son? —pregunta mi padre.

—Recuerdos —responde la señora Birkbeck.

August escribe en el aire. «Los Servicios de Protección del Menor se llevan a August Bell al infierno».

August escribe en el aire. «Los Servicios de Protección del Menor enseñan a Eli Bell a no chivarse».

—Eli dijo que el coche entró en la piscina lunar dos días antes de que Frances te dejara —dice la señora Birkbeck.

—¿Por qué quiere sacar ahora toda esa mierda? —pregunta mi padre—. Los chicos están bien. Siguen adelante. No pueden seguir adelante si hay sensibleros como usted que se empeñan en sacar la mierda y tergiversar las cosas en su cabeza, reemplazando cosas que sucedieron en sus cabezas con cosas que le suceden a usted en la cabeza.

—Eli dijo que tú los metiste en la piscina lunar, Robert.

Y el sueño parece muy diferente cuando lo dice así. Tú los metiste en la piscina lunar. Sí que nos metió en la piscina lunar. No fue otra persona. Tuvo que ser él. Íbamos jugando en el asiento de atrás, chocándonos el uno con el otro en el asiento de atrás con cada curva.

—Me gustan tus hijos, Robert —dice la señora Birkbeck—. He venido aquí hoy con la esperanza, por su bien, de que puedas convencerme de que no debería informar a los servicios sociales que August y Eli Bell viven con miedo a su tutor legal.

Recuerdo el sueño. Recuerdo ese recuerdo. Era de noche y el coche se salió bruscamente de la carretera, los árboles de caucho empezaron a pasar a toda velocidad por mi ventanilla, como si Dios estuviera ofreciéndonos diapositivas con las imágenes de una vida.

—Fue un ataque de pánico —dice mi padre—. Sufro ataques de pánico. Me dan a todas horas. Los tenía incluso de niño.

—Creo que Eli piensa que lo hiciste a propósito —dice la señora Birkbeck—. Creo que piensa que te saliste de la carretera intencionadamente aquella noche.

—Su madre también lo pensaba —dice mi padre—. ¿Por qué cree que se largó?

Se hace una larga pausa.

—Fue un ataque de pánico —insiste mi padre—. Vaya a preguntar a la policía de Samford si no me cree.

Samford. Sí. Samford. Era una zona rural. Tenía que ser Samford. Todos esos árboles y las colinas. Las ruedas rebotaban en los agujeros y en las cunetas del terreno. Me dio tiempo a mirar a mi padre, sentado en el asiento delantero. «Cierra los ojos», me dijo.

—Iba a llevarlos a las cataratas de Cedar Creek —explica mi padre.

—¿Por qué ibas a llevarlos a Cedar Creek de noche? —pregunta la señora Birkbeck.

—¿Quiere hacer el trabajo de la policía? —pregunta mi padre—. Le encanta esto, ¿verdad?

—¿Qué?

—Ponerme entre la espada y la pared —responde él.

—¿Por qué te tengo entre la espada y la pared?

—Porque puede hacer que me quiten a esos niños con solo rellenar una casilla.

—Mi trabajo es hacer preguntas difíciles si esas preguntas difíciles garantizan la seguridad de mis estudiantes.

—Cree que está desempeñando su profesión con nobleza —dice mi padre—. Me quitará a mis hijos, los separará y les arrebatará lo único que les permite seguir adelante: su mutua compañía. Y les contará a sus amigos, mientras beben una botella de *chardonnay*, que ha salvado a dos niños del monstruo de su padre, que una vez estuvo a punto de matarlos, y entonces irán dando tumbos de un hogar de acogida a otro, hasta que se encuentren de nuevo frente a la puerta de su casa con una lata de gasolina y le den las gracias por meter las narices en nuestros asuntos mientras prenden fuego a su casa.

Cierra los ojos. Cierro los ojos. Y veo el sueño. Veo el recuerdo. El coche golpea el borde de una presa. La presa de la granja de alguien en la zona rural de Samford, en las fértiles colinas de la parte oeste de Brisbane. Y entonces salimos volando.

—Los chicos quedaron inconscientes —dice la señora Birkbeck.

No oigo la respuesta de mi padre.

—Fue un milagro que sobrevivieran —continúa ella—. Los chicos estaban inconscientes, pero tú conseguiste sacarlos de alguna forma.

El coche mágico. El Holden Kingswood volador de color azul cielo.

Mi padre suspira. Oímos el suspiro a través de las rendijas en la madera.

—Íbamos a acampar —dice mi padre. Deja grandes huecos entre sus frases, para pensar y dar caladas al cigarro—. A August le encantaba acampar bajo las estrellas. Le encantaba mirar a la luna cuando se dormía. Su madre y yo estábamos teniendo algunos... problemas.

—¿Huyó de ti?

Silencio.

—Sí, supongo que podría decirse así.

Silencio.

—Supongo que lo pensaba todo demasiado —dice mi padre—. No debería haber conducido. Empecé a temblar justo antes de llegar a un punto ciego en Cedar Creek Road, y desde ahí llegamos a una curva ciega. No era fácil de ver en la carretera. Mi cerebro pareció bloquearse.

Se hace un largo silencio.

—Tuve suerte —dice mi padre—. Los chicos llevaban las ventanillas bajadas. August siempre llevaba la ventanilla bajada para mirar la luna.

August se queda quieto.

Y la luz de la luna brilla sobre el agua negra de la presa en mi mente. La luna llena reflejada en la presa. La presa lunar. La maldita piscina lunar.

—El dueño de la pequeña casita que había junto a la presa salió corriendo —dice mi padre sobre nuestras cabezas—. Me ayudó a sacar a los chicos.

—¿Estaban inconscientes?

—Creí que los había perdido. —A mi padre le tiembla la voz—. Se habían ido.

—¿No respiraban?

—Bueno, eso es lo complicado, señora Birkbeck —dice mi padre.

August me dirige una media sonrisa. Está disfrutando con la historia. Asiente sabiamente con la cabeza, como si la hubiera oído antes, aunque yo sé que no. Sé que no puede haberla oído.

—Habría jurado que no respiraban —dice mi padre—. In-

tenté reanimarlos, los zarandeé como un loco para despertarlos.
Y no podía despertarlos. Entonces empecé a gritar al cielo como
un lunático y, cuando volví a mirarles las caras, se habían despertado.

Mi padre chasquea los dedos.

—Así, sin más —asegura—, regresaron.

Da una calada al cigarrillo y expulsa el humo.

—Les pregunté por ello a los de la ambulancia cuando llegaron y dijeron que los niños podrían haber estado en *shock*. Dijeron que me habría resultado difícil encontrarles el pulso o la
respiración porque sus cuerpos estaban fríos y entumecidos.

—¿Y qué crees tú sobre eso? —pregunta la señora Birkbeck.

—No creo nada sobre eso, señora Birkbeck —dice mi padre,
frustrado—. Fue un ataque de pánico. La jodí. Y no ha pasado
un solo día en mi vida desde aquella noche en que no desee poder mantener el coche en Cedar Creek Road.

Se hace una larga pausa.

—No creo que August haya dejado de pensar en esa noche
—dice la señora Birkbeck.

—¿A qué se refiere?

—Creo que esa noche ha dejado una huella psicológica muy
profunda en August —responde ella.

—August ha ido a todos los psicólogos del sureste de Queensland, señora Birkbeck —dice mi padre—. Lo han analizado, le
han hecho pruebas, le han interrogado personas como usted durante años y ninguna de ellas ha dicho nada más allá de que era
un niño normal al que no le gusta hablar.

—Es un chico brillante, Robert. Es lo suficientemente listo
para no contarles a todos esos psicólogos las cosas que le cuenta a
su hermano.

—¿Cómo por ejemplo?

Miro a August y él niega con la cabeza. «Eli, Eli, Eli». Miro las tablas de madera, cubiertas de mensajes y dibujos que August y yo hemos garabateado ahí abajo con rotulador permanente. Bigfoot montando en monopatín. Mr. T al volante del DeLorean de *Regreso al futuro*. Un dibujo muy malo de Jane Seymour desnuda con unas tetas que parecen más bien tapas metálicas de cubos de basura. Y una colección de comentarios supuestamente ingeniosos: *Me preguntaba por qué la pelota se hacía cada vez más y más grande, hasta que me dio en la cabeza. No quería creer que mi padre estuviese robando de las obras de la carretera, pero todas las señales estaban allí.*

—¿Por qué dejó de hablar? —pregunta la señora Birkbeck.

—No estoy seguro —responde mi padre—. Aún no me lo ha dicho.

—Le dijo a Eli que no le gusta hablar porque tiene miedo de dejar salir su secreto.

—¿Secreto?

—¿Alguna vez te han hablado los chicos de un teléfono rojo? —pregunta ella.

August me da una patada en la espinilla derecha. «Imbécil».

Se produce una larga pausa.

—No —responde mi padre.

—Robert, siento ser yo quien te lo diga, pero August ha estado contándole a Eli cosas inquietantes —dice la señora Birkbeck—. Cosas traumáticas que creo que, en sí mismas, nacen de un trauma. Pensamientos potencialmente peligrosos para un chico brillante con una imaginación demasiado desbocada para su propio bienestar.

—Todos los hermanos mayores les dicen a sus hermanos pequeños toda clase de cosas descabelladas —dice mi padre.

—Pero Eli se lo cree todo, Robert. Eli se lo cree porque August se lo cree.

—¿Creer qué? —pregunta mi padre, frustrado.

La voz de la señora Birkbeck se convierte en un susurro que solo podemos oír levemente a través de las rendijas de las tablas de madera.

—Parece que August está convencido de que... ehhh... No sé cómo decirlo... ehhh... cree que murió aquella noche en la piscina lunar —dice ella—. Cree que murió y regresó. Y creo que cree que ha muerto antes y ha vuelto antes. Y tal vez crea que ha muerto de esa forma y regresado de esa forma muchas veces.

Se produce una larga pausa en la cocina. Se oye a mi padre encenderse un cigarrillo.

—Y parece que le dijo a Eli que... bueno... que cree que ahora hay otros August en otros... lugares.

—¿Lugares? —repite mi padre.

—Sí —dice la señora Birkbeck.

—¿Qué clase de lugares?

—Bueno, lugares más allá de nuestro entendimiento. Lugares que se encuentran al otro extremo del teléfono rojo del que hablan los chicos.

—¿Qué puto... perdón... qué teléfono rojo? —gruñe mi padre, perdiendo la paciencia.

—Los chicos dicen que oyen voces. Un hombre al otro extremo de la línea.

—No tengo ni puñetera idea de lo que está hablando.

La señora Birkbeck habla ahora como si estuviera reprendiendo a un niño de seis años.

—El teléfono rojo que se halla en la habitación secreta que hay bajo la casa que su madre compartía con su compañero, Lyle, que ha desaparecido inexplicablemente de la faz de la Tierra.

Mi padre da una larga calada. Silencio.

—August no ha hablado desde aquella noche de la piscina lunar porque no quiere arriesgarse a que se le escape la verdad que hay detrás de su gran secreto —explica la señora Birkbeck—. Eli insiste en que el teléfono rojo es cierto porque ha hablado con un hombre al otro lado de la línea que sabe cosas sobre él que es imposible que pudiera saber.

Otra larga pausa. Y mi padre se ríe. Aúlla, más bien.

—Eso sí que no tiene precio —comenta—. Espectacular.

Le oigo golpearse las rodillas con las manos.

—Me alegra que lo encuentres divertido —dice la señora Birkbeck.

—¿Y cree que mis hijos se creen realmente todo eso?

—Creo que sus mentes, hace quizá algún tiempo, han desarrollado un complejo sistema de creencias, con explicaciones reales e imaginarias a algunos hechos y acontecimientos muy traumáticos —dice ella—. Creo que están profundamente dañados psicológicamente o... o...

Hace una pausa.

—¿O qué? —pregunta mi padre.

—O... no vendría mal tomar en consideración la otra explicación.

—¿Y cuál es? —insiste mi padre.

—Que son más especiales de lo que tú y yo podemos comprender —dice la señora Birkbeck—. Quizá sí que oigan cosas que escapan a nuestro entendimiento y ese teléfono rojo del que hablan es la única manera en que pueden buscarle sentido a lo imposible.

—Eso es ridículo —dice mi padre.

—Puede ser —responde la señora Birkbeck—. Sea como sea, por muy fantásticas que resulten estas teorías, lo que quiero decir es que temo que esas creencias, aunque se formaran en la imaginación, puedan algún día causarles mucho daño a August y a Eli. ¿Y si lo que August llama «regresar» se transforma en una sensación equivocada de... invencibilidad?

Mi padre se ríe.

—Me preocupa que esas ideas hayan encaminado a tus hijos hacia la temeridad, Robert.

Mi padre lo piensa durante unos segundos. Se oye la piedra de su encendedor. La exhalación del humo.

—Bueno, no hace falta que se preocupe por mis hijos, señora Birkbeck —dice.

—¿No?

—No —insiste—. Porque todo eso no es más que un montón de chorradas.

—¿Y eso? —pregunta ella.

—Quiero decir que lo de August son todo invenciones —dice mi padre.

—Perdón, ¿invenciones?

—Creo que no le pasa nada —explica mi padre—. Me refiero a que parece que Eli está cachondeándose de usted. Se ha inventado esa historia fantástica para librarse de algún lío en el que se ha metido. Sale ganando siempre. Si usted se cree la historia, piensa que es especial. Si no se la cree, piensa que está mal de la cabeza, pero aun así piensa que es especial. Verá, él es un narrador. No me gusta tener que decírselo, señora Birkbeck, pero Eli nació con las dos cualidades de cualquier buen narrador: la capacidad para hilar frases y la capacidad para mentir.

Miro a August. Él asiente. Oímos las patas de una de las sillas de la cocina arrastrarse sobre el suelo de madera. La señora Birkbeck suspira.

August se incorpora y se pone a cuatro patas para salir de debajo de la casa caminando hacia atrás como un cangrejo. Al otro extremo de la zona subterránea, donde hay suficiente espacio entre el suelo de tierra y los tablones de madera del suelo de la casa como para poder levantarse, se detiene frente a una de las viejas lavadoras abandonadas de mi padre. Es de las que tienen la tapa arriba. Abre la tapa de la lavadora, mira en su interior y vuelve a cerrarla. Me hace un gesto para que me acerque. «Abre la tapa, Eli. Abre la tapa».

Yo abro la tapa y, dentro de la lavadora, hay una bolsa de basura negra. «Mira dentro de la bolsa, Eli. Mira dentro de la bolsa».

Miro dentro de la bolsa y hay diez bloques rectangulares de heroína envueltos en papel marrón, envueltos a su vez en plástico transparente. Los bloques son del tamaño de los ladrillos que se hacen en la fábrica de Darra.

August no dice nada. Cierra la tapa de la lavadora y camina hacia el lateral de la casa, vuelve a subir por la rampa y entra en la cocina. La señora Birkbeck se gira en su silla y, de inmediato, advierte la intensidad en la cara de August.

—¿Qué sucede, August? —pregunta.

Él se humedece los labios.

—No voy a suicidarme —dice, y señala a mi padre—. Y a él lo queremos mucho, lo cual es solo la mitad de lo que nos quiere él a nosotros.

El chico domina el tiempo

Acaba con el tiempo antes de que él acabe contigo. Antes de que acabe con las rosas del laureado jardín de Khanh Bui, en Harrington Street. Antes de que arranque la pintura del Volkswagen amarillo de Bi Van Tran, que sigue aparcado en el mismo sitio de siempre en Stratheden Street.

El tiempo es la respuesta para todo, por supuesto. La respuesta a nuestras oraciones, a nuestros asesinatos, nuestras pérdidas, nuestros altibajos, nuestros amores y nuestras muertes.

Tiempo para que los hermanos Bell crezcan y para que el alijo de heroína de Lyle aumente su valor. El tiempo pone pelo en mi barbilla y en mis axilas, y se toma su propio tiempo para ponerme pelos en las pelotas. El tiempo coloca a August en su último año de instituto, y le sigo de cerca.

El tiempo convierte a mi padre en un cocinero medio decente. Nos prepara comidas casi todas las noches que no bebe. Chuletas y verduras congeladas. Salchichas y verduras congeladas. Unos buenos espagueti boloñesa. Asa un cordero y lo comemos durante una semana. Algunas mañanas, mientras el resto del mundo duerme, él está metido hasta la cintura en los manglares de Cabbage Tree Creek, en la costa de Shorncliffe, cazando cangrejos con pinzas que sobresalen más que los bíceps de Viv Richards. Algunas tardes va caminando hacia el supermercado de Foodstore a hacer la compra, pero solo llega hasta la mitad y regresa sin nada, y nosotros no preguntamos por qué, porque sabemos que le ha entrado el pánico, porque ahora conocemos sus nervios, sabemos que le arruinan la vida, que le devoran vivo por dentro, donde las arterias y las venas llevan todos los recuerdos, la tensión, los pensamientos, el drama y la muerte.

A veces voy con él en el autobús porque me pide que lo vigile mientras viaja. Necesita que sea su sombra. Me pide que le hable. Me pide que le cuente historias porque eso le calma los nervios. Así que le cuento todas las historias que Slim me contaba. Todas las aventuras de los presos de Boggo Road. Le hablo de mi viejo amigo por correspondencia, Alex Bermudez, y le digo que los hombres que están ahí encerrados solo esperan dos cosas de la vida: la muerte y *Los días de nuestra vida*. Cuando los nervios pueden más que él, me hace un gesto con la cabeza y pulso el botón para solicitar parada. Una vez fuera del autobús, mi padre recupera el aliento junto a la parada y le digo que todo saldrá bien y esperamos al próximo autobús para volver a casa. Pequeños pasos con nuestras Dunlop. Él llega un poco más lejos cada vez que sale de casa. De Bracken Ridge a Chermside. De Chermside a Kedron. De Kedron a Bowen Hills.

El tiempo hace que mi padre beba menos. Las cervezas de media graduación llegan a Queensland y mi padre deja de inundar el baño con pis. Estas cosas no se miden, pero sé que el hecho de que haya más cerveza de media graduación en Bracken Ridge significa que hay menos madres de Bracken Ridge que se presentan ante el doctor Benson, del centro médico de Barrett Street, con cejas partidas u ojos morados.

El tiempo le consigue un trabajo a mi padre. Toma suficientes

ansiolíticos para poder salir por la puerta y subirse al autobús que
le lleva a la entrevista de trabajo en la fábrica de cristal y aluminio
de G. James, en Kingsford Smith Drive, Hamilton, no lejos del
centro de Brisbane. Durante tres semanas trabaja en una cadena
de producción cortando planchas de aluminio de diversas formas y tamaños, y gana lo suficiente para comprarle un pequeño
Toyota Corona color bronce de 1979 por mil dólares a su amigo
de la taberna de Bracken Ridge, Jim «Snapper» Norton, a razón
de cien dólares cada día de pago durante diez semanas. Sonríe
cuando abre su cartera los viernes por la tarde y me muestra tres
billetes de color azul grisáceo, de esos que nunca vemos, de esos
en los que aparece Douglas Mawson con un jersey en mitad de
la Antártida. Nunca había visto a mi padre tan orgulloso, y esta
noche está tan orgulloso que se ríe más que llora cuando bebe.
Pero la cuarta semana de trabajo pagado, su capataz le reprende
por algo que no ha hecho —alguien calculó los números equi-
vocados en una producción de láminas de metal y una cantidad
de metal valorada en cinco mil dólares salió cinco centímetros
más corta— y mi padre no puede tolerar la injusticia y llama
«obtuso» a su capataz, y el joven capataz no sabe lo que significa
esa palabra, así que mi padre se lo explica. «Significa que eres un
imbécil atontado», dice. Y, de camino a casa, se pasa por el hotel
Hamilton, junto a Kingsford Smith Drive, para brindar por el
dinero que podría haber ganado con ese trabajo con ocho jarras
de cerveza XXXX de alta graduación. Y, cuando sale del aparcamiento del hotel Hamilton, le para la policía y le envía ante el
juez por conducir borracho. El juez le quita el carné de conducir
y lo condena a seis semanas de servicio comunitario, y August y
yo no decimos nada cuando nuestro padre nos informa de que su
servicio comunitario lo llevará a cabo ayudando a Bob Chandler,
el viejo y enfermo conserje de nuestro instituto. Yo digo aún
menos cuando miro por la ventana de mi clase en Matemáticas

y veo a mi padre que me sonríe orgulloso, de pie junto a un enorme ¡ELI! que ha dibujado con el cortacésped en el césped que hay delante del bloque de Ciencias y Matemáticas.

El tiempo hace que suene el teléfono.

—Sí —dice mi padre—. De acuerdo. Sí, lo entiendo. ¿Cuál es la dirección? De acuerdo. Sí. Sí. Adiós. Cuelga el teléfono. August y yo estamos viendo *Enredos de familia* y comiendo sándwiches de mortadela y salsa de tomate.

—Vuestra madre va a salir un mes antes —nos dice. Y abre el cajón de debajo del teléfono, saca dos ansiolíticos y se va a su habitación, chupando esas pastillitas para los nervios como si fueran caramelos.

* * *

El tiempo hace que las rosas rojas y suaves del laureado jardín de Khanh Bui se vuelvan duras, las hace crecer como creció mi padre durante aquel breve y maravilloso momento bajo el sol de primavera en la línea de producción de la fábrica de cristal y aluminio de G. James.

Paso por delante de casa de Khanh Bui de camino a Arcadia Street, en Darra. Recuerdo el aspecto que tenía el jardín de Khanh Bui cuando ganó el primer premio en un concurso de jardinería del barrio, como parte del festival organizado por el colegio estatal de Darra cinco años atrás. Era como una tienda de piruletas llena de colores, una mezcla de plantas nativas y ornamentales que Khanh Bui regaba cada mañana cuando íbamos al colegio, aún con su pijama azul y blanco. Algunas mañanas, su vieja polla arrugada asomaba por la bragueta de su pijama, pero el señor Bui nunca se daba cuenta porque su jardín era cautivador. Pero ahora todo está seco y muerto, con un color pajizo, como el campo de críquet del parque de Ducie Street.

Al doblar la esquina de Arcadia Street, me detengo en seco. Hay dos hombres vietnamitas sentados en sendas sillas de plástico blancas frente a la entrada de la casa de Darren Dang. Llevan gafas de sol negras y están sentados a pleno sol con chándales de nailon de Adidas y deportivas blancas. Los chándales son azul marino, con tres rayas amarillas que recorren los laterales de las sudaderas y los pantalones. Me aproximo lentamente a la entrada. Uno de los hombres levanta las manos hacia mí. Me detengo. Ambos se levantan de sus sillas y buscan algo que está escondido detrás de la enorme verja de Darren. Entonces se aproximan a mí con unos enormes machetes afilados.

—¿Quién eres? —pregunta uno de ellos.

—Soy Eli Bell —respondo—. Soy un viejo amigo de Darren, del colegio.

—¿Qué llevas en la mochila? —pregunta el mismo hombre con un fuerte acento vietnamita.

Miro a ambos lados de la calle, miro hacia los ventanales de los salones de las casas de dos plantas que nos rodean, con la esperanza de que algún curioso esté metiendo las narices en este asunto.

—Bueno, es bastante sensible —digo con un susurro.

—¿Qué coño estás haciendo aquí? —pregunta el hombre, impaciente, con una expresión de rabia que parece su gesto facial por defecto.

—Tengo una proposición de negocios para Darren —respondo.

—¿Te refieres al señor Dang? —pregunta el hombre.

—Sí, al señor Dang —aclaro.

Tengo el corazón acelerado. Agarro con fuerza los tirantes de mi mochila negra.

—¿Una proposición de negocios? —pregunta el hombre.

Vuelvo a mirar a mi alrededor y me acerco un paso más.

—Tengo una... ehhh... mercancía... que creo que podría interesarle —le digo.

—¿Mercancía? —pregunta el hombre—. ¿Eres de BTK?

—¿Perdón?

—Si eres de BTK te cortaremos la lengua —dice el hombre con una mirada perturbada que sugiere que disfrutaría haciéndolo.

—No, no soy de BTK —respondo.

—¿Eres mormón?

Me río.

—No.

—¿Eres testigo de Jehová? —pregunta el hombre—. ¿Estás intentando vender otra vez el sistema del agua caliente?

—No —respondo.

Por un momento me pregunto en qué extraño universo paralelo de Darra me he metido. ¿BTK? ¿El señor Darren Dang?

—No tengo ni idea de lo que estáis hablando —respondo—. Mirad, solo quiero saludar a Darren...

Los vietnamitas se acercan más, deslizando la mano por el mango de madera de sus machetes.

—Pásame tu mochila —dice.

Doy un paso atrás y el hombre alza su machete.

—La mochila —repite.

Le paso la mochila. Se la pasa a su compañero, que mira en su interior. Habla en vietnamita con el hombre que parece ser su superior.

—¿De dónde has sacado esta mercancía? —pregunta el superior.

—La madre de Darren se la vendió al novio de mi madre hace mucho tiempo —respondo—. He venido para vendérsela de vuelta.

El hombre me mira en silencio. No le veo los ojos a través de las gafas de sol.

Saca un *walkie-talkie* negro del bolsillo.

—¿Cómo dices que te llamas?

—Eli Bell —respondo.

Habla en vietnamita por el *walkie-talkie*. Las únicas palabras que entiendo son «Eli Bell».

Vuelve a guardárselo en el bolsillo y me mira con atención.

—Venga —dice—. Brazos arriba.

Levanto las manos y los dos vietnamitas me cachean las piernas, los brazos y las caderas.

—Vaya, sí que ha mejorado la seguridad por aquí —comento.

La mano derecha del superior me toquetea las pelotas.

—Con cuidado —le digo mientras me encojo.

—Sígueme —me dice.

No subimos a la casa en la que Lyle solía hacer sus tratos con la exótica Bich Dang. Pasamos junto a la enorme casa de ladrillo amarillo de Darren por el lado izquierdo. Es entonces cuando me doy cuenta de que la verja de madera de la casa está rematada por alambre de espino. Es más una fortaleza que un jardín. Caminamos hasta una casita que hay detrás de la casa principal que parece más bien unos lavabos municipales, fabricada con bloques de hormigón pintados de blanco; un lugar perfecto en el que los traficantes de droga, o Hitler, bien podrían planear sus estrategias. El hombre que hay en la entrada llama una vez a la puerta color melocotón del búnker y dice una sola palabra en vietnamita.

La puerta se abre y el hombre me conduce hasta un pasillo adornado con fotografías en blanco y negro de la familia de Darren Dang: fotos de boda, actividades familiares, la foto de un hombre cantando con un micrófono, otra foto de una anciana sujetando una gamba gigante junto a un río marrón.

El pasillo da a un salón donde hay una docena de vietnamitas con chándal Adidas azul marino con rayas amarillas en los costados de las mangas y las perneras. Todos llevan gafas de sol

oscuras, como los hombres de fuera. Estos hombres con chándal
rodean a un hombre que está sentado con un chándal Adidas rojo
con rayas blancas en los costados. Está sentado a una gran mesa
de madera, examinando varios documentos que tiene sobre el escritorio. No lleva gafas de sol negras. Lleva gafas de aviador con
cristales de espejo y montura dorada.

—¿Darren? —pregunto.

El hombre del chándal rojo levanta la mirada y veo la cicatriz
que le sale de la comisura izquierda de la boca. Se quita las gafas
y sus ojos se fijan en mi cara. Entorna los párpados.

—¿Quién coño eres tú? —pregunta.

—Darren, soy yo —le digo—. Soy Eli.

Deja las gafas sobre la mesa y busca en un cajón que hay debajo. Saca una navaja automática y abre la hoja afilada mientras
bordea el escritorio y se aproxima a mí. Se frota la punta de la
nariz y aspira dos veces. Le palpitan los ojos como dos bombillas
que pierden energía. Se planta ante mí y pasa la hoja de la navaja
por mi mejilla derecha.

—¿Eli quién? —susurra.

—Eli Bell —respondo—. Del colegio. Joder, Darren. Soy yo,
colega. Vivía al final de la calle.

Acerca la hoja de la navaja a mi ojo.

—Darren... Darren, soy yo.

Entonces se detiene y sonríe abiertamente.

—¡Jaaaaaaaaa! —exclama—. ¡Tenías que verte la cara, zorra!
—grita. Sus amigos del chándal azul marino se carcajean a mi
costa. Adopta entonces un fuerte acento del interior de Australia—. ¿Lo habéis oído? —le dice a su público—. Soy yo, co-
leeeega. Soy yooooooo, Eeeeliii.

Se da palmadas en los muslos y después me abraza, con la navaja aún agarrada con el puño izquierdo.

—¡Ven aquí, Belli! —dice entre risas—. ¿Qué coño pasa contigo? No llamas, no escribes. Tenía grandes planes para ti, Campanilla.

—Se fue todo a la mierda —le digo.

Darren asiente.

—Sí, un montón de mierda suelta de Eli Bell —me dice. Me agarra la mano derecha, se la acerca a los ojos y pasa el dedo por el muñón blanco donde solía estar mi dedo índice.

—¿Lo echas de menos? —me pregunta.

—Solo cuando escribo.

—No, me refiero a Darra, idiota. ¿Echas de menos Darra?

—Sí —respondo.

Darren regresa a su escritorio.

—¿Quieres algo? —me pregunta—. Tengo el frigorífico lleno de refrescos en la otra habitación.

—¿Tienes Pasito?

—No —responde—. Tengo Coca Cola, Solo, Fanta y Soda de vainilla.

—Estoy bien así.

Se recuesta en su silla y niega con la cabeza.

—¡Eli Bell ha vuelto a la ciudad! —exclama—. Me alegra verte, Campanilla.

De pronto se pone serio.

—Fue una putada lo que le pasó a Lyle —dice.

—¿Fue Bich? —pregunto.

—¿Que si fue Bich, qué?

—¿Fue Bich quien delató a Lyle?

—¿Crees que fue mi madre? —pregunta, perplejo.

—No, no lo creo —le digo—. Pero ¿fue ella?

—Ella consideraba a Lyle como un cliente, igual que a Tytus Broz —me explica—. Además de que irse de la lengua es malo para el negocio, ella no tenía razón para chivarse de cualquier negocio paralelo que tuviera, porque solo estaba haciendo negocios, Campanilla. Si Lyle fue tan tonto como para empezar a comerciar con ella a espaldas de su jefe, eso fue cosa suya, no de ella. Su dinero era igual que el de cualquier otro. No, tío, sabes perfectamente quién lo delató.

No. No, la verdad es que no lo sé. No exactamente. En absoluto.

Darren me mira con la boca abierta.

—Sí que eres ingenuo, Eli —me dice—. ¿No sabes que los mayores chivatos son los que más cerca están?

—¿Teddy? —pregunto.

—Te lo diría, Campanilla, pero a mí no me gusta chivarme.

El cabrón y supuesto amigo Tadeusz «Teddy» Kallas. Ese es el chivato.

—¿Dónde está tu madre? —pregunto.

—Está en casa descansando —responde—. Le diagnosticaron la gran C hace como un año.

—¿Cáncer?

—No, cataratas —responde—. La pobre Bich ya no puede ver.

El hombre de la puerta deja caer mi mochila sobre el escritorio y Darren mira en su interior.

—¿Sigues importando para Tytus Broz? —le pregunto.

—No, ese cabrón se ha ido con Dustin Vang y BTK —me dice—. Aquel incidente con tu preciado Lyle no ayudó a suavizar las relaciones entre Tytus y mi madre.

Darren clava su navaja en la mochila y vuelve a sacarla con la punta llena de polvo de la heroína de Lyle.

—¿Qué es BTK? —pregunto.

Darren inspecciona la droga con su navaja como un joyero inspeccionaría la claridad de los diamantes.

—Born To Kill, nacido para matar —me explica Darren—. Es el nuevo mundo, Campanilla. Ahora todo el mundo tiene que estar afiliado a una banda. BTK. 5T. Canal Boys. Ahora los exportadores en el extranjero tienen todo tipo de reglas. En el sur todo pasa por Cabramatta, y todos los jefes de allí se vieron obligados a elegir bandos cuando los jefes de Saigón se dividieron en bandos. Ese cabronazo de Dustin Vang se fue con BTK y mi madre se fue con 5T.

—¿Qué es 5T?

Darren mira a sus amigos. Ellos sonríen. Todos murmuran un cántico en vietnamita. Él se levanta, se desabrocha la cremallera de la sudadera Adidas de color rojo y se baja la camiseta blanca para mostrarme un tatuaje que lleva en el pecho, un 5 enorme con una «T» en forma de daga que atraviesa un corazón negro con cinco palabras vietnamitas grabadas encima: *Tình, Tiền, Tù, Tôi* y *Thu*.

La banda 5T canta al unísono:

—Amor, dinero, prisión, pecado, venganza.

Darren asiente.

—Así es, joder —dice con aprobación.

Llaman a la puerta del búnker. Un joven vietnamita, de unos nueve años, vestido también con chándal Adidas azul marino, entra en la oficina. Está sudando. Le grita algo a Darren en vietnamita.

—¿BTK? —responde Darren.

El chico asiente. Darren le hace un gesto con la cabeza al superior de la banda que tiene a su derecha, quien a su vez hace un gesto a los otros tres para salir del búnker.

—¿Qué pasa? —pregunto.

—Hay gente de BTK caminando por Grant Street —dice Darren—. Se supone que no pueden ir andando por la jodida Grant Street.

Darren está frustrado, impaciente. Vuelve a mirar mi mochila.

—¿Cuánto? —pregunta.

—¿Perdón? —pregunto.

—¿Cuánto? —repite—. ¿Qué pides?

—¿Por la droga?

—No, Campanilla, por chuparme la polla. Sí, ¿cuánto pides por la droga?

—Es la droga que tu madre le vendió a Lyle hace casi cuatro años —explico.

—¿No me digas? —responde sarcásticamente—. Pensé que habrías fundado tu propio negocio de importación en esa mierda de Bracken Ridge.

Abordo mi discurso de venta. Lo ensayé ayer seis veces en nuestro dormitorio, pero en el dormitorio no había catorce vietnamitas intimidatorios mirándome con gafas de sol.

—Supongo que, con lo vigilado que tiene la policía de Queensland el comercio de heroína últimamente, los precios de la droga con esta integridad...

—¡Ja! —Se ríe Darren—. ¿Integridad? Me gusta, Campanilla. Suena como si estuvieras vendiéndome un mayordomo inglés o algo así. Integridad.

Los miembros de la banda también se ríen.

Sigo con mi discurso.

—Una droga de esa calidad, supongo, sería difícil de encontrar, así que creo que, por la cantidad que tenemos en esa mochila, un precio justo sería...

Miro a Darren a los ojos. Él ya ha hecho esto antes. Yo no. Hace cinco horas estaba dibujando mi retrato vestido como un caballero con armadura y Excalibur en la mano, en el vaho del cristal de la ducha del baño de mi padre. Ahora estoy haciendo un trato de heroína con el líder de la banda 5T, de dieciséis años.

—Mmmm... —Maldita sea, no digas «mmm». Muestra seguridad—. Eh... ¿ochenta mil dólares?

Darren sonríe.

—Me gusta tu estilo, Eli.

Se vuelve hacia otro miembro de la banda. Habla en vietnamita. El otro entra corriendo en otra habitación.

—¿Qué está haciendo? —pregunto.

—Está reuniendo tus cincuenta mil —explica Darren.

—¿Cincuenta mil? —repito—. He dicho ochenta mil. ¿Qué pasa con la inflación?

—Campanilla, la única inflación que veo ahora mismo es el aire caliente que te sale del culo —dice Darren con una sonrisa—. Sí, lo más probable es que valga al menos cien mil dólares, pero, por mucho que te quiera, Eli, tú eres tú y yo soy yo, y el problema de ser tú ahora mismo, además del hecho de que no podrías lanzar una pelota de críquet ni aunque tu vida dependiera de ello, es que no tendrías la más mínima idea de dónde llevar esa droga más allá de esa puerta que hay detrás de ti.

Me vuelvo y miro la puerta que tengo detrás. Tiene razón.

Darren se ríe.

—Ahhhh. Te he echado de menos, Eli Bell.

Tres miembros de la banda entran de golpe en la oficina y empiezan a hablar con Darren.

—Malditos cabrones —ladra Darren.

Empieza a hablar con su banda en vietnamita. Los miembros de la banda entran corriendo en una habitación adyacente y vuelven a salir con machetes. Otro miembro sale de otra habitación aparte con mis cincuenta mil dólares divididos en tres paquetes de billetes de cincuenta. Los hombres armados marchan por el pasillo con una diligencia militar, arañando las paredes con los machetes mientras salen del búnker.

—¿Qué coño está pasando? —pregunto.

—Los cabrones de BTK han roto el acuerdo de paz —dice Darren mientras abre un largo cajón de su escritorio—. Están a unos dos minutos de mi casa. Voy a cortarles la puta cabeza como si fueran pescado.

Saca un reluciente machete de color dorado hecho a medida grabado con el logo de 5T.

—¿Y qué pasa conmigo? —pregunto.

—Ah, sí —responde.

Vuelve a inclinarse sobre su cajón y saca otro machete, que lanza en mi dirección.

A mí se me escapa el mango y la hoja está a punto de clavárseme en el pie al caer al suelo. Me apresuro a recoger el arma.

—No —respondo—. Quiero decir que tenemos que terminar el trato.

—Campanilla, el trato está terminado.

Su ayudante me devuelve la mochila. La droga ha desaparecido del interior y ha sido reemplazada por los fajos de dinero.

—Vamos —dice Darren.

Sale corriendo por el pasillo, con expresión de guerrero sediento de sangre.

—Creo que esperaré aquí hasta que hayáis terminado —murmuro.

—Me temo que no, Campanilla —me dice—. En este búnker tenemos dinero suficiente para dar de comer pollo frito a la población de Vietnam durante seis meses. Tenemos que dejarlo cerrado.

—Entonces me escabulliré por la verja de atrás —le digo.

—Tenemos alambre de espino por todo el perímetro. No se puede salir de aquí salvo por la puerta principal —me informa—. ¿Qué es lo que te pasa? Esos cabrones de BTK quieren quitarnos nuestro hogar. Quieren todos los territorios de Darra. ¿Vas a dejar que esos cabrones nos quiten nuestra casa? Este es nuestro reino, Campanilla. Tenemos que defenderlo.

* * *

La batalla comienza como cualquier otra a lo largo de la historia. Los jefes de cada clan enemigo intercambian unas palabras.

—Voy a cortarte la nariz, Tran, y meterte un llavero por ella —grita Darren desde la entrada de su casa, en el callejón sin salida de Arcadia Street, de pie en mitad de un grupo de miembros de 5T que ya alcanza las treinta personas.

A la entrada de la calle se encuentra el hombre que supongo se llama Tran, frente a su banda de bárbaros BTK que, de hecho, parecen haber sido puestos en este planeta con el solo propósito de acabar con las vidas de los demás. Tran sujeta un machete con la mano derecha y un martillo con la izquierda, y lidera un grupo que supera al de Darren por lo menos en diez miembros.

—Voy a cortarte las orejas, Darren, y les cantaré una canción cada noche antes de la cena —dice Tran.

Entonces comienza el ruido metálico. Los miembros de ambas bandas empiezan a chocar sus armas con las de sus compañeros de al lado. Es un sonido rítmico que aumenta en intensidad. Un grito de guerra. Una canción de perdición.

Y algo en mi interior, en mi propio deseo de vivir, en mi búsqueda de paz, quizá, o tal vez solo sea mi miedo innato a acabar con un machete clavado en el cráneo, me hace abrirme camino entre los miembros de 5T.

—Lo siento —digo—. Lo siento. —Camino hasta el centro de Arcadia Street, el punto mismo en el que se separan ambos grupos sedientos de sangre—. Siento interrumpir —anuncio. Y cesa el choque de machetes. El silencio invade la calle y mi voz temblorosa resuena por Darra—. Sé que no hay razón para que me hagáis caso —les digo—. Solo soy un idiota que había pasado a ver a su colega. Pero realmente creo que la perspectiva de alguien de fuera podría ayudaros a resolver cualquier conflicto que podáis tener entre vosotros.

Me giro hacia cada bando. Veo una mirada de absoluto desconcierto en los rostros de Darren y de Tran.

—Hijos de Darra —digo—. Hijos de Vietnam. ¿No fue la guerra la que obligó a vuestras familias a abandonar sus hogares? ¿No fueron el odio, la división y la falta de comunicación los que os llevaron hasta este hermoso suburbio? Hay un territorio extraño más allá de las fronteras de Darra, y ese lugar se llama Australia. Y ese lugar no siempre es amable con los recién llegados. Ese lugar no siempre es amable con los forasteros. Todos vosotros tendréis que librar muchas batallas ahí fuera, más allá del santuario del hogar. Ahí fuera tenéis que luchar juntos, aquí dentro no debéis luchar unos contra otros.

Me señalo la cabeza.

—Tal vez sea hora de que empecemos a usar esto un poco más —digo.

Y levanto mi machete.

—Y un poco menos esto.

Muy lentamente, y de manera simbólica, dejo mi machete sobre el asfalto de Arcadia Street. Darren mira a sus hombres. Tran baja los brazos un momento y mira a sus soldados. Entonces me mira a mí. Y vuelve a levantar sus armas una vez más.

—¡*Tan coooooong*! —grita. Y el ejército de BTK avanza con sus machetes, sus martillos y sus palancas en el aire.

—¡Matadlos a todos! —grita Darren mientras su despiadado ejército de 5T corre hacia delante, con las deportivas de goma que retumban en el asfalto y el metal de los machetes al chocar. Me giro y corro hacia un lado de la calle justo cuando los dos ejércitos rabiosos chocan en una explosión de carne y cuchillos. Salto por encima de una verja que me llega por la rodilla y caigo en el jardín de una casita, a cuatro puertas de distancia de la casa

de Darren. Caigo boca abajo y me arrastro por el jardín rezando
para que ningún miembro de BTK haya visto mi huida. Llego
hasta el lateral de la casa y encuentro cobijo tras un rosal blanco
desde el que echo un último vistazo a la Gran Batalla del Machete de Arcadia Street. Las hojas de los machetes silban por el
aire, los puños y los codos chocan con frentes y narices. Las piernas se hunden en los estómagos. Las rodillas se clavan en los ojos.
Darren Dang da un salto, se sale de la melé con un movimiento
ágil y se lanza contra un guerrero rival desprevenido. Me llevo
la mano al fondo de la mochila y palpo los cincuenta mil dólares
que siguen ahí. Entonces doy gracias a los dioses de la guerra por
recordar la «sexta T». Tirar millas.

El chico tiene una visión

Estoy deseando contárselo. Estoy deseando verla. En mi visión, lleva un vestido blanco. Su pelo es largo y le cae por encima de los hombros. Se arrodilla y me estrecha entre sus brazos. Le entrego el dinero que hemos ganado para ella y ella llora. Esa noche vamos en coche a The Gap y dejamos el dinero en el mostrador de un banco del centro comercial de The Gap, y ella le dice al guapo banquero que el dinero es su depósito para una pequeña casita con un rosal blanco en la entrada.

Nuestro autobús se detiene en Buckland Road, en el suburbio de Nundah, al norte de Brisbane. Un enorme sol de otoño me calienta la cabeza y me quema las orejas y el cuello. Pasamos frente a la iglesia del Corpus Christi, una imponente catedral de ladrillo marrón con una cúpula verde en lo alto, como los tejados de esos edificios londinenses tan importantes que veo en los volúmenes de la *Enciclopedia británica* dispersos por la montaña de libros de la biblioteca de mi padre.

Puede que eche de menos esa caja de zapatos llena de mierda que mi padre llama hogar. Echaré de menos los agujeros de la pared. Echaré de menos todos esos libros. Echaré de menos a mi padre en las noches de sobriedad, cuando juega con nosotros a *Sale of the Century* y se ríe de los chistes de Tony Barber y da una paliza a todos los concursantes a los que el programa llama «campeones». Echaré de menos a Henry Baño. Echaré de menos ir andando a las tiendas a comprarle cigarrillos a mi padre sobrio. Echaré de menos a mi padre sobrio.

Doblamos la esquina en Bage Street. Me detengo.

—Aquí es —anuncio—. Sesenta y uno.

August y yo nos hallamos frente a una típica casa de madera de Queensland, levantada sobre unas altas vigas de madera, una casa con tanta personalidad y solera que parece estar apoyada en un bastón mientras cuenta un chiste sobre el hambre en Irlanda.

Una alta escalera con pintura azul descascarillada nos lleva hasta las viejas puertas de cristal, erosionadas por el tiempo, descuidadas y astilladas. Llamo dos veces con mi mano izquierda y sus cinco dedos.

—Adelante —responde una mujer de voz aguda.

La puerta de entrada de la casa se abre y ante nosotros aparece una monja. Es vieja y lleva un vestido blanco de manga corta. Un velo azul y blanco le cubre el pelo y enmarca una cara radiante y amable. Una enorme cruz plateada cuelga de su collar.

—Vosotros debéis de ser August y Eli —nos dice.

—Yo soy Eli —respondo—. Él es August. —August sonríe y asiente con la cabeza.

—Yo soy la hermana Patricia —nos dice—. Llevo unos días cuidando de vuestra madre, ayudándola a recuperarse poco a poco.

Nos mira directamente a los ojos.

—He oído hablar mucho de vosotros —nos dice—. Eli, el hablador y cuentista. —Mira a mi hermano—. August, el hombre sabio y callado. Ohhh, sois como el fuego y el hielo.

El fuego y el hielo. El Yin y el Yang. Sonny y Cher. Cualquier cosa vale.

—Adelante —nos dice.

Atravesamos la puerta y entramos en la terraza interior acristalada de la imponente casa. Un cuadro enmarcado de Jesús cuelga sobre la entrada del pasillo. No difiere mucho de la imagen que hay en el dormitorio de Lena. Un joven y triste Jesús. Un guapo y joven Jesús. Guardián de mis mayores pecados. Conocedor. Perdonador. El hombre que me permite durante un tiempo olvidarme de mis pensamientos de odio. De mis oscuras esperanzas. Desear que los hombres que metieron aquí a mi madre ardan en el infierno. Que esos hombres que una vez conocimos se desangren por las cosas que hicieron. Que se ahoguen. Que vayan al infierno, que sufran enfermedades, rabia, pestilencia, dolor y el fuego y el hielo eternos. Amén.

—¿Eli? —dice la hermana Patricia—. ¿Estás ahí?

—Sí, perdón —respondo.

—Bueno, ¿a qué esperas? —me pregunta—. ¿Quieres que te dé la mano?

Atravesamos el pasillo.

—La segunda puerta a la derecha —nos informa la hermana Patricia.

August va delante de mí. El pasillo está enmoquetado. Hay un aparador con mensajes de oración enmarcados, bandejas con cuentas de rosario y un jarrón con flores moradas. Toda la casa huele a lavanda. Recordaré a mi madre gracias a la lavanda. Recordaré a mi madre gracias a las cuentas del rosario y a las paredes de madera pintadas de aguamarina. Pasamos junto al primer dormitorio a la derecha y vemos a una mujer sentada a un escritorio, leyendo. Nos sonríe y nosotros le devolvemos la sonrisa y seguimos por el pasillo.

August se detiene un instante ante la puerta del segundo dormitorio a la derecha. Me mira por encima del hombro. Yo le pongo la mano en el hombro derecho. Entramos sin hablar. «Lo sé, colega. Lo sé». Él entra en el dormitorio y yo sigo a mi hermano mayor, y veo que ella lo estrecha entre sus brazos. Estaba llorando antes de que entráramos. No va vestida de blanco, lleva un vestido ligero de color azul claro, pero tiene el pelo largo como en mi visión, y su cara es cálida y está aquí.

—Abrazo de grupo —susurra.

Aquí somos más altos que en la visión. Se me había olvidado el tiempo. La visión iba retrasada, hablaba de cosas que ya no eran y no de cosas que serían. Ella se sienta en una cama individual y entonces recuerdo verla sentada en aquella cama en Boggo Road. Y esas dos mujeres no podrían ser más diferentes la una de la otra. Lo peor de ella está en mi cabeza y lo mejor de ella está aquí delante. Y esta es la parte de ella que perdurará.

* * *

Mi madre cierra la puerta del dormitorio y no volvemos a salir de allí hasta pasadas tres horas. Rellenamos los huecos de todo el tiempo que ha pasado. Las chicas que nos gustan en clase, los deportes que practicamos, los libros que leemos, los problemas que causamos. Jugamos al Monopoly y al Uno, escuchamos música en una pequeña radio que tiene mi madre junto a la cama. Fleetwood Mac. Duran Duran. Cold Chisel, *When the War is Over*.

Salimos a una sala común para cenar y mi madre nos presenta a dos mujeres que estuvieron en la cárcel con ella y que también están recuperándose poco a poco en esta vieja casa de la hermana Patricia. Las mujeres se llaman Shan y Linda, y creo que a Slim le habrían gustado las dos. Ambas llevan camisetas largas de tirantes, sin sujetador, y ambas tienen risas roncas de fumador y, cuando se ríen, sus tetas brincan bajo la camiseta. Cuentan historias sobre las penurias de la vida en la cárcel, pero las cuentan con la suficiente alegría como para que August y yo pensemos que mi madre no lo pasó tan mal ahí dentro. Había amistad, lealtad, cariño y amor. Bromean al recordar la carne, que era tan dura que se les rompían los dientes. Gastaban bromas a los guardias. Hubo ambiciosos intentos de fuga, como el de la rusa, antigua atleta infantil, que construyó una pértiga para intentar saltar los muros de la cárcel. Y, por supuesto, el mejor día de todos fue aquel en el que el niño loco de Bracken Ridge se coló en Boggo para ver a su madre en Navidad.

Mi madre sonríe al oír esa historia, pero también la hace llorar.

* * *

Colocamos un grueso edredón a modo de cama en el dormitorio de mi madre. Utilizamos cojines del sofá del salón como almohadas. Antes de dormir, mi madre dice que tiene algo que contarnos. Nos sentamos uno a cada lado de ella sobre la cama. Yo alcanzo mi mochila. Hay cincuenta mil dólares dentro.

—Yo también tengo algo que contarte, mamá —le digo. No puedo aguantar. Tengo muchas ganas de decírselo. Quiero decirle que nuestros sueños se harán realidad. Somos libres. Por fin somos libres.

—¿De qué se trata? —pregunta.

—Tú primero —le digo.

Ella me retira el flequillo de la cara y sonríe.

Deja caer la cabeza y piensa unos segundos.

—Vamos, mamá, tú primero —insisto.

—No sé cómo decirlo.

Le doy un empujón cariñoso en el hombro.

—Dilo sin más —le digo riendo.

Ella toma aliento y sonríe. Sonríe tanto que eso nos hace sonreír a nosotros también.

—Voy a irme a vivir con Teddy —anuncia.

Y el tiempo se acaba. El tiempo se deshace. El tiempo se desata.

El chico muerde a la araña

Hay una plaga de arañas de lomo rojo en Bracken Ridge. La mezcla de calor y humedad hace que las arañas de lomo rojo de Lancelot Street se cuelen por debajo de las tapas de plástico de los inodoros. Mi último día en undécimo curso, a nuestra vecina de al lado, Pamela Waters, la muerde una araña en el culo mientras hacía sus ruidosas aguas mayores, cuyo sonido ruidoso a veces nos llega desde su cuarto de baño. August y yo no sabemos por quién sentimos más pena: por la señora Waters o por la ignorante araña que le mordió un trozo de carne del culo para cenar.

Encontré un libro sobre arañas en la biblioteca de mi padre y he estado leyendo sobre las de lomo rojo. El libro dice que las hembras son caníbales sexuales que se comen a sus compañeros mientras se aparean con ellos, lo cual se parece a los rituales de apareamiento y canibalismo de algunas chicas de mi clase. Los adorables hijitos e hijitas de araña de estas amantes asesinas son hermanos caníbales que pasan hasta una semana en la telaraña materna antes de dejarse llevar por el viento.

Una semana. Ese es el tiempo que mi madre quiere que August y yo nos quedemos en casa de Teddy durante las vacaciones de verano. Una semana con Teddy el soplón. Yo preferiría quedarme aquí en Bracken Ridge con mi padre y las arañas caníbales sexuales de lomo rojo.

* * *

—¿Qué planeta tiene más lunas? —dice Tony Barber dentro de nuestro televisor, haciendo preguntas a los tres concursantes del plató rosa y aguamarina de *Sale of the Century*.

Mi padre se ha bebido treinta y seis cervezas y tres vasos de vino y aun así es capaz de responder mejor que los tres concursantes.

—¡Júpiter! —exclama.

—¿Cuál es la capital de Rumanía? —pregunta Barber.

—Un cardumen es el nombre colectivo de ¿qué animal? —pregunta Barber.

—¿Cómo coño ha podido confiar Frankie Bell en un capullo como Teddy Kallas? —pregunta Barber. Y me incorporo en mi asiento, interesado por fin en el programa favorito de mi padre.

—Y, para poder elegir en el panel de la fama, ¿quién soy? —pregunta Barber. Hace preguntas a través de la tele. Me pregunta directamente a mí. Soy el hijo de una pareja que nunca lo fue. El menor de dos chicos, mi hermano mayor dejó de hablar cuando mi padre lo estrelló contra una presa a la edad de seis años. Cuando yo tenía trece años, el hombre con el que creí que iba a crecer fue arrastrado hasta el olvido a manos de un traficante de drogas suburbano que tenía una tapadera de fabricación y venta de ortopedias. Justo cuando pensaba que las cosas iban mejorando, mi madre se fue a vivir con el hombre que creo que provocó la muerte del hombre al que más he querido en mi vida. Una planta rodadora de confusión y desesperación, soy Eli ¿quién?

* * *

August está en nuestra habitación, pintando. Óleo sobre lienzo. Dice que tal vez se haga pintor.

—Igual que tu viejo —dice mi padre cada vez que surge el tema, relacionando los ocasionales, inquietantes y sorprendentes óleos de August con su primer trabajo como aprendiz en la empresa de pintores a domicilio de Al final del Arcoíris, en Woolloongabba.

Hay una colección de lienzos desperdigados por la habitación, en las paredes, debajo de su cama. Es bastante prolífico. Ha estado trabajando en una serie en la que pinta insignificantes escenas suburbanas de las calles de Bracken Ridge sobre fondos imposibles del espacio exterior. En un cuadro situó el restaurante Big Rooster de al lado flotando delante de la galaxia de Andrómeda a dos millones y medio de años luz de la Tierra. En otro, pintó una escena con dos niños de McKeering Street jugando al críquet en el jardín, utilizando como palo el cubo de basura con ruedas, y al fondo una galaxia roja explotando como la sangre de un estómago al recibir el impacto de una bala. En otro aparece un carrito de supermercado flotando a cien mil años luz al borde de la Vía Láctea. En un cuadro pintó a mi padre en camiseta azul, tumbado de costado en el sofá, fumando un cigarrillo mientras marcaba la guía de carreras, y de fondo una enorme y colorida nube de gas celestial al borde del universo conocido donde, según Gus, toda la materia universal huele como los pedos de mi padre.

—¿Quién es ese? —le pregunto desde la puerta del dormitorio.

—Eres tú.

August humedece el pincel en la tapa de helado de pepitas de chocolate que está usando como paleta. Soy yo el del lienzo. Yo en mi foto del instituto Nashville. Tengo que cortarme el pelo. Me parezco al bajista de *Mamá y sus increíbles hijos*. Granos de adolescente, orejas grandes de idiota adolescente, nariz grasienta de adolescente. Estoy sentado a un pupitre marrón mirando por la ventana de clase, con cara de preocupación, y a través de la ventana se ve el espacio exterior.

—¿Qué es eso?

Un fenómeno intergaláctico, una masa amorfa y luminosa de color verde que se forma entre las estrellas.

—Eres tú mirando por la ventana de clase de Matemáticas, y has visto una luz que ha tardado doce mil millones de años en llegar hasta ti —dice August.

—¿Qué significa? —le pregunto.

—No lo sé. Creo que eres tú viendo la luz.

—¿Cómo vas a titularlo?

—*Eli ve la luz en clase de Matemáticas.*

Le veo añadir un tono más oscuro a mi nuez sobre el lienzo.

—No quiero ir a casa de Teddy —le digo.

Él sigue mojando y pintando.

—Yo tampoco —responde.

Moja el pincel y pinta. Moja y pinta.

—Pero vamos a ir de todos modos, ¿verdad? —le pregunto.

Él moja y pinta. Moja y pinta.

Asiente. «Sí, Eli, tenemos que ir».

* * *

A Teddy se le han hundido los ojos desde la última vez que lo vi y la tripa le ha crecido. Está de pie en la puerta de una casa de Queensland de dos plantas en Wacol, un suburbio al suroeste de Darra, que heredó de sus padres, que ahora viven en una residencia en Ipswich, a veinte minutos en coche por Brisbane Road.

August y yo nos hallamos en lo alto de una escalera desvencijada con una barandilla de hierro tan antigua y endeble que la escalera parece el puente de cuerda por el que Indiana Jones y su inseparable Tapón tienen que cruzar, sobre un río lleno de cocodrilos.

—Cuánto tiempo sin veros, chicos —dice Teddy, rodeando a mi madre con un brazo rechoncho como si fuera un barril de cerveza.

Te veo en mi cabeza todos los días, Teddy.

—Cuánto tiempo —respondo.

August está detrás de mí, estirando el brazo por encima de la barandilla de la escalera para agarrar lo que parece un albaricoque amarillo de un árbol cuyas ramas cuelgan sobre las escaleras delanteras de la casa.

—Me alegro de verte, Gus —dice Teddy.

August le mira, le dirige una media sonrisa y arranca la fruta del árbol.

—Ese es el níspero de mi madre —anuncia Teddy—. Lleva ahí más de cincuenta años.

August huele la fruta.

—Adelante, pruébalo —le dice Teddy—. Sabe a pera y a piña al mismo tiempo.

August da un mordisco, mastica y sonríe.

—¿Tú quieres uno, Eli?

No quiero nada de ti, Teddy Kallas, salvo tu cabeza clavada en un palo.

—No, gracias, Teddy.

—¿Queréis ver algo chulo?

Nosotros no decimos nada.

Mi madre me mira con severidad.

—Eli —dice mi madre, y no le hace falta decir más.

—Claro, Teddy —respondo con toda la personalidad de un níspero.

Es una furgoneta. Una Kenworth K100 Cabover de 1980

aparcada a un lado del jardín debajo de un monstruoso árbol de mango que deja caer sobre el capó sus frutos verdes picoteados por los zorros voladores.

Teddy dice que conduce esta furgoneta para Woolworths, que transporta fruta por toda la costa este australiana. Nos subimos a la furgoneta con él, enciende el motor y la bestia transportadora de comida se despierta.

—¿Quieres hacer sonar el claxon, Eli?

Ya no tengo ocho putos años, Teddy.

—No hace falta, Teddy —respondo.

Lo hace sonar él y suelta una carcajada estridente, como se reiría el gigante tontorrón de un cuento de hadas al ver a un chico de granja botando con un palo saltarín.

Saca su radio de camionero y manipula las frecuencias en busca de algunos compañeros cercanos que, dice, están por ahí en el país de los camioneros. Esos compañeros camioneros van respondiendo poco a poco, tipos malhablados llamados Marlon y Fitz, y una leyenda australiana del transporte conocida como el Leño, debido al tamaño de su polla.

Me cayó bien Teddy Kallas la primera vez que lo vi. Me gustó que Lyle y él se llevaran como los buenos amigos que eran. Teddy parecía ver en Lyle lo que yo veía en él. Pensé entonces que Teddy se parecía un poco a Elvis Presley en la época de *Café Europa*, por su manera de peinarse el pelo hacia atrás con gomina, y también por la curva de sus labios carnosos. Pero ahora todo en él resulta carnoso, así que se parece al Elvis de Las Vegas. Al Elvis de los sándwiches de mantequilla de cacahuete. Delató a Lyle. Le dijo a Tytus Broz que llevaba un negocio de tráfico de drogas paralelo. Hizo que se llevaran a Lyle y lo descuartizaran porque pensaba que así se quedaría con la chica y se ganaría las simpatías de Tytus Broz. Pero Tytus lo expulsó porque sabía que no hay que fiarse nunca de los soplones. Los soplones tienen que buscarse trabajos de verdad conduciendo camionetas para Woolworths por toda la costa este de Australia. Empezó a visitar a mi madre cuando ella estaba en la cárcel y supongo que ella quiso creer que él no había delatado a Lyle, porque supongo que deseaba seguir teniendo visitas. Yo no iba a Boggo. August no iba tampoco. Nadie nos permitía ir hasta allí sin nuestro padre. Pero mi madre tenía que hablar con alguien de fuera, aunque solo fuera para recordar que seguía existiendo el mundo exterior. Así que hablaba con el soplón. Él la visitaba todos los jueves por la mañana, según cuenta mi madre. Era divertido, dice. Era amable, dice. Estaba allí, dice.

—Me gusta conducir furgonetas —dice Teddy—. Salgo a la autopista y entro como en otro mundo. No puedo explicarlo.

Por favor, entonces no lo hagas, Teddy.

—¿Sabéis lo que hago a veces en la carretera?

¿Os masturbáis por radio Marlon, Fitz, el Leño y tú, todos juntos?

—¿Qué? —pregunto.

—Hablo con Lyle —responde él.

Niega con la cabeza. Nosotros no decimos nada.

—¿Sabéis lo que le digo?

¿Perdón? ¿Por favor, perdóname? ¿Por favor, libérame de esta agonía permanente de la culpa y de la traición y de la codicia?

—Hablo con él de la furgoneta de la leche.

Teddy y Lyle robaron una furgoneta de la leche cuando eran pequeños, según nos cuenta. Sucedió en Darra. Se fueron con la furgoneta mientras el lechero charlaba en la puerta de casa con la madre de Lyle, Lena. Dieron una vuelta temeraria con la furgoneta, tal vez los seis minutos más felices de sus vidas. Lyle dejó bajar a Teddy en la tienda de la esquina antes de devolver la furgoneta y cargar él con toda la culpa. Porque Lyle Orlik era un chico bueno y decente que acabó convirtiéndose en un camello.

—Lo echo de menos —nos dice Teddy.

Y sus pensamientos se ven interrumpidos por dos enormes pastores alemanes que ladran a la puerta del conductor.

—¡Eh, chicos! —grita a través de la ventanilla—. Venid a conocer a mis chicos —nos dice.

Sale de la furgoneta y juega con los perros en el jardín.

—Este se llama Beau —dice, frotándole la cabeza a un perro mientras, con la mano izquierda, le hace cosquillas en la tripa al otro—. Y este de aquí es Arrow.

Los mira ensimismado.

—Estos chicos son la única familia que tengo —dice Teddy.

August y yo nos miramos y decimos algo sin hablar. «Qué fracasado de mierda».

—Venid a ver su casa —nos dice, emocionado.

La caseta de Beau y Arrow está debajo de la casa. No es tanto una caseta de perro como un retiro para perros de dos plantas construido en el cemento. Con ventanas y puertas de madera contrachapada que se parecen a las de la casa que Hansel y Gretel encontrarían al perderse en el bosque. La estructura está construida sobre vigas de madera y Beau y Arrow tienen una rampa para acceder a su acogedora vivienda.

—La construí yo mismo —nos informa Teddy.

August y yo volvemos a mirarnos y hablamos sin decir nada. «Menudo fracasado de mierda».

* * *

Todo es perfecto en casa de Teddy durante las primeras tres noches de nuestra estancia. Perfecto como un níspero. Teddy sonríe a mi madre para demostrarnos que le importa y nos compra polos para ganarse nuestra confianza, y nos cuenta chistes de camioneros, la mayoría de los cuales son profundamente racistas y acaban con un aborigen/irlandés/chino/mujer en el parachoques de un tráiler de dieciocho ruedas. Entonces Dustin Hoffman hace que todo se vaya a pique la cuarta noche de nuestra estancia.

Estamos volviendo a casa desde el cine Eldorado, en Indooroopilly, cuando algo en la interpretación de Dustin Huffman en la película que acabamos de ver, *Rain Man*, a Teddy le recuerda a August.

—¿Tú puedes hacer cosas así, Gus? —pregunta mirando a August a través del espejo retrovisor.

August no dice nada.

—Ya sabes —insiste Teddy—, ¿puedes contar un montón de palillos de dientes de un solo vistazo? ¿Tienes poderes especiales de ese tipo?

August pone los ojos en blanco.

—No es autista, Teddy —le digo—. Es callado, joder.

—¡Eli! —me dice mi madre.

El coche queda en silencio durante cinco minutos, nadie habla. Contemplo el brillo amarillo de las farolas. Ese brillo es el fuego que crece en mi interior, forjando con llamas una pregunta. Y la suelto sin un ápice de emoción en la voz.

—Teddy, ¿por qué delataste a tu mejor amigo?

Y él no dice nada. Se queda mirándome a través del espejo retrovisor y entonces no se parece a Elvis en ninguna de sus épocas, en ningún lugar ni contexto, porque Elvis nunca fue al infierno. Elvis nunca tuvo una época de diablo.

* * *

No dice nada durante otros dos días. Se levanta tarde por la mañana y pasa arrastrando los pies frente a mi madre, a August y a mí, que estamos sentados a la mesa del desayuno comiendo Corn Flakes. Y mi madre dice: «Buenos días», pero él ni siquiera levanta la mirada antes de salir de casa sin decir nada.

Mi padre nos hace eso a veces a August y a mí después de una de nuestras peleas en el salón durante una de sus borracheras. Es él quien nos provoca, quien nos da collejas mientras intentamos ver *21 Jump Street*, quien presiona a August hasta que August le da un puñetazo en el ojo. Y aun así luego nos mira mal. Por regla general, mi padre se despierta a la mañana siguiente, ve su ojo morado y pide disculpas. Pero a veces nos ignora y se queda callado. Como si los gilipollas fuésemos nosotros. Como si fuéramos los malos. Putos adultos.

Teddy se comporta como si no estuviéramos en la casa, como si fuéramos fantasmas, espectros en su salón que juegan al Pictionary o al Juego de la Vida mientras él se hace el ofendido taciturno encerrado en su dormitorio.

Entonces me siento mal por hacer sentir mal a mi madre y, cuando ella nos pide a August y a mí que la ayudemos a cocinar unas piernas de cordero para la cena, August me dirige una de esas miradas con la que quiere decir: «Ayuda a tu madre a cocinar esas piernas de cordero porque es importante para ella y disfrutarás haciéndolo y, si no lo haces, te parto la cabeza».

Preparamos las piernas de cordero, las cocinamos a fuego lento durante un día entero, como le gustan al puñetero Teddy.

Teddy sale de casa a mediodía, cruza la cocina.

—¿Dónde vas? —pregunta mi madre.

Él no dice nada.

—¿Volverás a las seis para la cena? —le pregunta.

Nada.

—Te estamos preparando piernas de cordero —agrega mi madre.

Di algo, pedazo de cabrón.

—Con la salsa de vino tinto, como te gustan —dice mi madre. La sonrisa de mi madre. Mira esa sonrisa, Teddy. Mira el sol que hay en ella. ¿Teddy? ¿Teddy?

Nada. Sale de la cocina y baja por las escaleras de atrás. El diablo baja y baja a los infiernos mientras la chica del diablo hace todo lo posible por tomárselo a risa.

Cocinamos a fuego lento las piernas de cordero en una olla de acero que perteneció a la abuela de Teddy, tan grande que uno podría darse un baño de burbujas en ella. Las cocinamos durante medio día y más aún, les damos la vuelta cada hora en una salsa hecha con vino tinto, ajo, tomillo, cuatro hojas de laurel, cebollas, zanahorias y apio. Para cuando las sacamos para probarlas, los trozos de cordero se desprenden de las piernas como el chocolate en las manos de esa mujer etérea vestida de blanco del anuncio de Flake de la que August está enamorado.

* * *

Teddy no regresa a las seis. Ya hemos empezado a cenar en la mesa del comedor cuando aparece pasadas dos horas.

—Tu parte está en el horno —dice mi madre.

Él se queda mirándonos. Nos evalúa. August y yo olemos el alcohol en cuanto se sienta a la mesa. Y algo más dentro de él. *Speed*, tal vez. El pequeño ayudante de los camioneros en los viajes de largo recorrido hasta Cairns. No es capaz de mirarnos fijamente, respira haciendo ruido y no para de abrir y cerrar la boca como si tuviera sed, con bolas blancas de saliva que se acumulan en las comisuras de sus labios. Mi madre va a la cocina a servirle la cena y él se queda mirando a August.

—¿Qué tal tu día, Teddy? —pregunto.

Pero no responde, sigue mirando a August, que tiene la cabeza agachada sobre su plato y arrastra trozos de cordero por la salsa de vino tinto y el puré de patata.

—¿Qué? —le pregunta Teddy a August sin dejar de mirarlo—. Perdona, no te he oído.

—No ha dicho nada, Teddy —le digo.

Él se inclina más hacia August y su estómago gordo sobresale tanto por encima de la mesa que su paquete de Winfield Reds se le cae del bolsillo de la camisa vaquera.

—¿Me lo puedes repetir? Quizá un poco más alto esta vez.

Vuelve su oreja izquierda hacia August de manera teatral.

—No, no, lo entiendo, colega —dice encogiéndose de hombros—. Yo también me quedaría sin palabras si mi viejo me hiciera algo así.

Mi hermano mira al traidor y sonríe. Teddy se recuesta en su silla y mi madre le coloca la cena delante.

—Nos alegra que hayas podido venir —dice ella.

Él pincha un poco de puré como si fuera un niño. Muerde la pierna de cordero como si fuera un tiburón. Vuelve a mirar a August.

—Sabes cuál es su problema, ¿verdad? —comenta.

—Vamos a cenar, por favor, Teddy —dice mi madre.

—Tú has alentado esta mierda del voto de silencio —dice Teddy—. Has hecho que estos chicos estén tan locos como su puñetero padre.

—De acuerdo, Teddy, ya es suficiente —dice mi madre.

August vuelve a mirar a Teddy. Esta vez August no sonríe. Solo está estudiando a Teddy.

—Tengo que reconocéroslo, chicos —continúa Teddy—. Es muy valiente por vuestra parte dormir bajo el mismo techo que el tipo que intentó ahogaros en una jodida presa.

—¡Ya es suficiente, Teddy, maldita sea! —exclama mi madre.

—¡No! —responde Teddy gritando—. Esta era la mesa de mi padre. Mi padre construyó esta puta mesa y ahora es mi puta mesa y mi padre era un buen hombre y me educó bien, y diré lo que me dé la puta gana en esta puta mesa. —Da otro bocado al cordero como si estuviera arrancándome la carne del brazo izquierdo—. ¡No, no! Que os den por culo a todos.

Se pone en pie. —No merecéis sentaros a esta mesa. Fuera de mi mesa. No sois merecedores de esta mesa, malditos locos.

Mi madre se levanta también.

—Chicos, podemos terminar la cena en la cocina —dice mientras levanta su plato. Entonces Teddy golpea el plato con la mano y vuelve a dejarlo sobre la mesa, rompiéndolo en tres trozos.

—¡Dejad los putos platos aquí! —gruñe.

August y yo ya nos hemos puesto en pie y avanzamos hacia nuestra madre.

—¡No, no! —grita Teddy—. Solo la familia come a esta mesa.

Suelta un fuerte silbido de granja y sus adorados pastores alemanes suben corriendo las escaleras de atrás, atraviesan la cocina y entran en el comedor. Teddy golpea con las manos mi sitio y el de August.

—Subid, chicos. —Beau se sube obedientemente a mi silla y Arrow hace lo mismo con la de August—. Comed, chicos. Estas piernas de cordero son dignas de un restaurante.

Los perros hunden la cabeza en nuestros platos agitando la cola con emoción.

Miro a mi madre.

—Vámonos, mamá —le digo.

Ella se queda mirando a los perros mientras estos se comen la comida que ha estado preparando todo el día. Se da la vuelta y entra en la cocina de manera mecánica, como un robot. En la cocina hay un armario amarillo que bordea la pared junto al horno, donde se encuentra la olla de piernas de cordero, que contiene cuatro piernas más que estábamos reservando para la comida de mañana.

Mi madre se queda en mitad de la cocina sin decir nada, pensando durante un minuto entero. Pensando.

—Mamá, vámonos —le digo—. Vámonos, por favor.

Entonces ella se vuelve hacia el armario de la cocina y estrella su puño derecho contra una fila de ocho platos antiguos que pertenecieron a la abuela de Teddy, y que se mantienen verticales tras una tira blanca flexible. Los golpea como si estuviera programada para ello, como si algo mecánico en su interior manejase sus brazos. Ni siquiera se da cuenta de que la cerámica rota está haciéndole cortes en los nudillos, salpicando sangre oscura sobre las piezas que quedan en pie. Y August y yo nos quedamos tan perplejos que no podemos movernos. No puedo decir una sola palabra, petrificado como estoy por sus acciones. Sangre y puños. Puñetazo tras puñetazo. Golpea entonces la puerta corredera de cristal de la zona del armario donde están las tazas. Mete el brazo y agarra una taza de la emisora de radio FM 104, una taza de la Expo del 88 y otra taza rosa de Mr. Perfect Mr. Men, regresa al comedor y le lanza las tres tazas a Teddy a la cabeza; la tercera taza, la de Mr. Perfect, le alcanza en la sien derecha.

Él se levanta y corre tras ella, ciego de ira. August y yo nos lanzamos instintivamente para ponernos entre ellos, agachando la cabeza para protegernos, pero él nos da rodillazos en la cabeza con sus gordas rodillas, que parecen cascos de críquet, y avanza hacia mi madre, a la que agarra del pelo y arrastra hacia la cocina. La arrastra por el suelo de linóleo, con tanta fuerza que algunos mechones de pelo quedan dispersos por el suelo. La arrastra por las escaleras de madera de atrás. La arrastra sujetándola de la cabeza como si arrastrara una alfombra pesada o una gran rama de árbol, y mi madre se golpea el trasero y los talones contra los peldaños. Y me pregunto algo en ese momento, me surge un pensamiento en ese instante tan terrorífico, mientras ese monstruo arrastra a mi madre al infierno. ¿Por qué ella no grita? ¿Por qué no llora? Está callada y me doy cuenta entonces, mientras este momento se estira hacia el infinito, de que no grita por sus hijos. No quiere que sepamos lo asustada que está. Un psicópata enfurecido y drogado está arrastrándola del pelo por las escaleras de madera y ella solo piensa en nosotros. La miro a la cara y su cara me mira. Los detalles. Lo que no se dice. No tengas miedo, Eli, intenta decirme su cara mientras el monstruo la arrastra por la cabeza. No tengas miedo, Eli, porque lo tengo bajo control. He vivido cosas peores, colega, y lo tengo controlado. Así que no llores, Eli. Mírame, ¿acaso estoy llorando?

Al fondo de la escalera, Teddy arrastra a mi madre hasta la rampa de entrada de la caseta de Beau y de Arrow. La agarra con fuerza del cuello y hunde su cara en el cuenco de la comida de los perros. Ella se ahoga entre trozos de carne rancia y gelatina.

—Jodido animal —grito clavándole el hombro derecho con todas mis fuerzas en las costillas, pero no logro moverlo ni un centímetro.

—¡Te he preparado la cena, Frankie! —grita Teddy con los ojos desencajados—. Comida de perros. Comida para una perra. Comida para una perra.

Le empujo y le doy un puñetazo en la cara desde abajo, pero los puñetazos no tienen ningún impacto. No siente nada en ese momento, así que no se le puede mover. Pero entonces advierto un objeto plateado que conecta con la cabeza de Teddy. Algo caliente que parece sangre me salpica en la espalda. Pero no huele a sangre. Huele a cordero. Es la olla donde cocinamos las piernas de cordero. Teddy cae de rodillas, perplejo, y August agita de nuevo la olla, dándole esta vez en la cara. El segundo golpe le deja inconsciente, tirado sobre el hormigón, bajo esta patética casa heredada.

—Salid a la calle —nos ordena mi madre con calma. Se limpia la cara con la camisa y de pronto parece una guerrera, no una víctima, una superviviente ancestral que se limpia la sangre de los caídos de las mejillas, la nariz y la barbilla. Vuelve a subir corriendo las escaleras, entra en casa y se reencuentra con nosotros en la calle cinco minutos más tarde, con nuestras maletas y una mochila para ella.

* * *

Tomamos el tren desde Wacol hacia Nundah una hora más tarde. Son las diez de la noche cuando llamamos a la puerta de casa de la hermana Patricia en Bage Street. Ella nos acoge de inmediato y no pregunta qué hacemos allí. Dormimos en colchones para invitados en la terraza interior de la hermana Patricia. Nos despertamos a las seis de la mañana y nos reunimos con la hermana Patricia y cuatro exprisioneras en rehabilitación para desayunar en el comedor. Comemos tostadas y zumo de manzana de la conservera Golden Circle. Nos sentamos en el extremo de la larga mesa marrón, a la que podrían sentarse dieciocho o veinte personas. Mi madre está callada. August no dice nada.

—Bueeeeno —susurro.

Mi madre da un trago a su café.

—¿Bueno qué, cariño? —me pregunta tranquilamente.

—¿Y ahora qué? —pregunto—. Ahora que has dejado a Teddy, ¿qué vas a hacer?

Mi madre da un mordisco a su tostada y se limpia las migas de la boca con una servilleta. Mi cabeza está repleta de planes. El futuro. Nuestro futuro. Nuestra familia.

—Supongo que esta noche vendrás a dormir con nosotros —le digo. Digo las cosas tan rápido como las pienso—. Supongo que deberías aparecer en casa de papá con nosotros. A papá le sorprenderá verte, pero sé que se portará bien contigo. Tiene buen corazón, mamá, no podrá darte la espalda. No tendrá valor.

—Eli, no creo que... —dice mi madre.

—¿Dónde te gustaría mudarte? —le pregunto.

—¿Qué?

—Si pudieras elegir cualquier lugar para vivir, y el dinero no fuese un problema, ¿dónde querrías ir?

—A Plutón —responde.

—De acuerdo, pero algún sitio del sureste de Queensland —le aclaro—. Di el sitio que quieras, mamá, y Gus y yo te lo conseguiremos.

—¿Y cómo vais a hacer eso?

August levanta la mirada de su plato. «No, Eli».

Lo pienso unos segundos. Mido mis pensamientos.

—¿Y si te dijera que puedo comprarnos una casa en... no sé... The Gap? —sugiero.

—¿The Gap? —repite mi madre, confusa—. ¿Por qué en The Gap?

—Es bonito. Hay muchos *cul-de-sacs*. ¿Recuerdas cuando Lyle nos llevó a comprar la Atari?

—Eli... —dice mi madre.

—Te encantará The Gap, mamá —le digo, emocionado—. Es precioso, muy verde, y al final del barrio hay un enorme estanque rodeado de arbustos, y el agua es tan cristalina que...

Mi madre da un golpe contra la mesa.

—¡Eli! —exclama.

Deja caer la cabeza y llora.

—Eli —me dice—, no he dicho que fuese a dejar a Teddy.

El chico aprieta el nudo

La capital de Rumanía es Bucarest. El nombre colectivo de un grupo de peces es un cardumen. El nombre colectivo de un grupo de Eli Bells es un prisma. Una jaula. Un agujero. Una prisión.

Es sábado por la tarde, las siete y cuarto, y mi padre está durmiendo junto al inodoro. Se desmayó directamente después de vomitar en la taza de porcelana y ahora duerme como un tronco bajo el soporte del papel higiénico. Cuando respira, el aire de su nariz agita tres porciones colgantes de papel de una sola capa, como una bandera blanca de rendición ondeando al viento.

Me rindo. Quiero ser como él.

Pero *sir* August el Impávido no comparte mi entusiasmo esta noche sobre mi idea de utilizar el dinero de las drogas de Lyle para beber y comer hasta morir.

Mi plan inicial es gastar quinientos dólares en comida para llevar de las tiendas de Barrett Street. Podemos empezar con Big Rooster —un pollo entero, dos de patatas grandes, dos coca colas, dos mazorcas de maíz—, después pasar a la tienda de *fish and chips*, luego a la tienda china, después a la tienda de *delicatessen* a comer *dim sims* y helado con pepitas de chocolate. Después de eso podemos irnos a la taberna de Bracken Ridge, acercarnos a la barra y pedirle a Gunther, uno de los viejos parroquianos conocidos de mi padre, si nos puede comprar una botella de ron Bundaberg.

«Te comportas como un imbécil», me dice August con un gesto. Así que esta noche bebo solo. Voy en bici hasta el muelle de Shorncliffe con una botella de ron y con cuatrocientos dólares en los bolsillos de los vaqueros. Mis piernas cuelgan por encima del muelle, bajo una luz parpadeante. Junto a mí hay una cabeza cortada de mujol. Bebo el ron directamente de la botella y pienso en Slim, y me doy cuenta de la calidez que me produce el ron, y pienso que no estaría tan mal pasarme el próximo año de mi vida gastándome los cuarenta y nueve mil quinientos dólares restantes del dinero de las drogas de Lyle en ron y alitas de pollo. Bebo hasta desmayarme en el borde del muelle.

* * *

El sol me despierta, la cabeza me palpita y me encuentro mirando los morros de la cabeza de mujol seca. Bebo agua en una fuente pública durante dos minutos seguidos. Me quedo en ropa interior y nado en las aguas gélidas llenas de bichos que hay junto al muelle. Vuelvo en bici a casa y me encuentro a August sentado en el sofá del salón, justo donde lo dejé la noche anterior. Sonríe.

—¿Qué? —le pregunto.

«Nada».

Vemos la televisión. Es el descanso de un partido amistoso entre Australia y Pakistán.

—¿Cómo vamos?

August escribe en el aire. «Dean Jones por 82».

Estoy cansado. Siento rigidez en los huesos. Apoyo la cabeza en el respaldo del sofá y cierro los ojos.

Pero August chasquea los dedos. Abro de nuevo los ojos y le veo señalando la pantalla del televisor. Señala el boletín de noticias local del mediodía en el Canal Nueve.

—La Navidad se ha adelantado para una familia muy especial de Bracken Ridge, en los suburbios del norte de Brisbane —dice la presentadora, una mujer de pelo negro con mucha laca. Y ahí aparece un plano de Shelly Huffman en su silla de ruedas con sus padres frente a su casa de Tor Street.

—¡Es Shelly! —exclamo.

August se ríe. Asiente con la cabeza y aplaude.

Se oye la voz de la presentadora mientras se suceden una serie de imágenes de Shelly y sus padres llorando y abrazándose.

—Durante los últimos tres años, Tess y Craig Huffman, padres de cuatro hijos, han estado intentando recaudar los setenta mil dólares que necesitan para transformar su casa en un espacio apto para minusválidos para su hija Shelly, de diecisiete años, que vive con distrofia muscular. Ayer, habían recaudado treinta y cuatro mil quinientos cuarenta dólares gracias a los esfuerzos del colegio y de la comunidad. Pero esta mañana, Tess Huffman ha abierto su puerta.

En el boletín aparece Tess, la madre de Shelly, secándose las lágrimas mientras habla con el reportero que hay en su jardín. Sostiene una caja envuelta con papel navideño.

—Iba a salir a la pastelería a comprar bollos, porque va a venir la abuela de Shelly —comenta—. Abro la puerta y veo esta caja sobre el felpudo, envuelta con este bonito papel de regalo.

El papel de regalo está decorado con hileras de bastones de caramelo y árboles de Navidad.

—Lo abro y dentro me encuentro todo este dinero —continúa Tess, sollozando—. Es un milagro.

El plano se corta y aparece un agente de policía en el jardín de Shelly.

—Se trata de un total de cuarenta y nueve mil quinientos dólares en efectivo —explica el policía de cara larga—. Todavía estamos investigando el origen del dinero, pero, según las primeras averiguaciones, parece que ha sido donado por un auténtico buen samaritano con un gran corazón.

Me vuelvo hacia August. Está radiante y se da palmadas en las rodillas.

Se oye al reportero fuera de cámara haciéndole una pregunta a Shelly.

—¿Qué deseas decirle a la buena persona que ha dejado este dinero en tu puerta, Shelly?

Shelly tiene los párpados entornados y mira al sol.

—Solo quiero decir... quiero decir... seas quien seas... te quiero.

August se pone de pie para celebrarlo y asiente triunfante con la cabeza.

Me levanto y doy dos pasos antes de lanzarme contra su pelvis y estamparlo contra la puerta corredera que da al porche de la entrada. El cristal de la puerta vibra y casi se hace pedazos con el impacto de la cabeza de August. Empiezo a darle puñetazos en el estómago y la barbilla.

—¡Jodido idiota! —grito. Entonces él me levanta por la cintura y me lanza contra el televisor. La presentadora se queda de medio lado cuando el televisor de mi padre se cae del mueble. La lámpara de cerámica color melocotón que hay sobre el televisor se rompe en ocho trozos afilados sobre el suelo de madera. Mi padre sale corriendo de su dormitorio.

—¡Qué cojones está pasando aquí! —exclama.

Vuelvo a arremeter contra August y él me pega un derechazo y después un izquierdazo en la cara, y sigo lanzando puñetazos al aire cuando mi padre se interpone entre nosotros.

—¡Eli! —grita—. ¡Ya está bien!

Me da un empujón y tomo aliento.

—¿Qué has hecho? —exclamo—. Se te ha ido la cabeza, Gus. Estás loco.

«Lo siento, Eli. Tenía que hacerlo», escribe en el aire.

—Tú no eres especial, Gus —le digo—. Estás chiflado. No regresaste. No hay más universos que este, y este es un jodido agujero. No hay más August por ahí. Solo hay uno y está trastornado.

August sonríe y escribe en el aire.

«Te iban a pillar con todo ese dinero, Eli».

—Habla de una vez, jodido loco —le grito—. Estoy harto de tus putos garabatos.

Todos tomamos aliento. La presentadora sigue hablando desde el televisor tirada detrás del mueble de mi padre.

—Bueno, si esa historia no les alegra el corazón, no sé qué lo hará —dice.

August y yo nos miramos. August habla en silencio más de lo que yo puedo. «Tenía que hacerlo, Eli».

Suena el teléfono.

«En tus manos todo ese dinero no te traería nada bueno, Eli. Nada bueno. Shelly lo necesita más que nosotros».

—La señora Birkbeck tenía razón contigo, Gus —le digo—. Creo que tuviste que inventarte toda esa mierda sobre la gente de los teléfonos porque estabas trastornado. Estabas tan jodido por la realidad que te evadiste en la fantasía.

«Pero tú los oíste, Eli. Los oíste por teléfono tú también».

—Estaba siguiéndote el juego, Gus —le digo—. Entré al trapo porque me daba pena que estuvieras tan chiflado.

Lo siento, Gus. Lo siento.

—Bueno, pues esta es la realidad, Gus —continúo. Señalo a mi padre—. Él está tan loco que intentó ahogarnos en una presa. Y tú estás tan loco como él y quizá yo esté tan loco como vosotros.

Me vuelvo hacia mi padre. No sé por qué lo digo, pero lo digo. Es lo único que deseo decir. Es lo único que deseo saber.

—¿Era tu intención hacerlo?

—¿Qué? —pregunta él con suavidad.

Se ha quedado sin palabras. Está mudo.

—¡Todos mudos! —grito—. Todo el mundo se ha quedado mudo. Voy a expresarlo de otro modo, porque tal vez sea demasiado difícil de entender, y es lógico porque, desde luego, a mí me cuesta entender por qué ibas a querer hacerlo, pero ¿era tu intención que nos estrelláramos contra la presa?

Suena el teléfono. Mi padre se queda momentáneamente perplejo por la pregunta.

—Teddy dice que intentaste matarnos —le espeto—. Teddy dice que no fue ningún ataque de pánico. Teddy dice que estás loco.

Suena el teléfono. Mi padre niega con la cabeza, furioso.

—Por el amor de Dios, Eli, ¿vas a responder al teléfono? —me pregunta.

—¿Por qué no respondes tú?

—Es tu madre —me dice él.

—¿Mi madre?

—Ha llamado esta mañana.

—¿Has hablado con ella? —le pregunto.

Ha hablado con ella. Mi padre ha hablado con mi madre. Es un fenómeno con el que no estoy familiarizado.

—Sí, he hablado con ella. Hay personas en esta casa que sí saben comunicarse utilizando la voz —contesta.

Suena el teléfono.

—¿Qué quería?

—No me lo ha dicho.

Suena el teléfono. Descuelgo.

—Mamá.

—Hola, cariño.

—Hola.

Silencio largo.

—¿Cómo estás? —me pregunta.

Fatal. Jamás he estado peor. Con el corazón como un ladrillo. Tengo un huracán en la cabeza. Me he despertado con resaca por el ron de anoche y ahora tengo resaca y me faltan cuarenta y nueve mil quinientos dólares.

—Bien —miento antes de tomar aliento.

—No pareces estar muy bien.

—Me encuentro bien, ¿qué tal tú?

—Bien —responde—. Estaría mejor si August y tú os pasarais por aquí pronto.

Silencio largo.

—¿Qué te parece?

—¿Que qué me parece qué?

—¿Crees que querrías volver a visitarme?

—No mientras él esté ahí, mamá.

—Él quiere veros, Eli —me dice—. Quiere disculparse en persona por lo que hizo.

Otra vez lo mismo. Mi madre vuelve a creerse que a un leopardo de Queensland se le pueden borrar las manchas.

—Mamá, a los maltratadores locos y cobardes no se les pueden borrar las manchas.

Silencio largo.

—Siente mucho todo eso —insiste ella.

—¿Te ha pedido perdón a ti? —le pregunto.

—Sí.

—¿Qué te ha dicho?

—No quiero entrar en detalles, pero...

—¿Te importaría, por favor?

—¿Qué?

—¿Te importaría entrar en detalles? Estoy harto de fragmentos. La gente no hace más que hablar en fragmentos y nunca me cuentan los detalles. Siempre dices que me lo contarás cuando sea mayor, pero crezco y las historias se vuelven más difusas. Nada encaja. Es como un cristal roto. Tú no cuentas historias. Tú cuentas principios, mitades y finales, pero no cuentas historias. Papá y tú jamás me habéis contado una sola historia completa.

Silencio largo. Silencio largo y lágrimas.

—Lo siento —me dice.

—¿Qué le hizo Iwan Krol a Lyle?

Lágrimas.

—No hagas esto, Eli.

—Lo descuartizó, ¿verdad? Darren me contó lo que hace. Si es amable, corta la cabeza primero...

—Para, Eli.

—Pero, si se siente sádico, quizá si aún no ha comido, o si se ha levantado con el pie izquierdo, corta primero los tobillos. Los mantiene amordazados, pero vivos. Entonces les corta las muñecas, luego una pierna y un brazo, quizá. Va de un lado a otro...

—Eli, estoy preocupada por ti.

—No tan preocupada como lo estoy yo.

Silencio largo.

—He llamado para contarte algo —me dice mi madre.

—¿Le has cortado la cabeza a Teddy?

Silencio largo. Déjalo ya, Eli. Estás perdiendo el juicio. Recupéralo, Eli. Recupera el juicio perdido.

—¿Has terminado? —me pregunta ella.

—Sí.

—He estado estudiando —me dice.

Genial.

—Genial.

—Gracias. ¿Estás siendo sarcástico?

—No. Es genial, de verdad, mamá. ¿Qué estás estudiando?

—Trabajo Social. Empecé a leer los libros en la cárcel. El gobierno paga parte de mi matrícula y lo único que tengo que hacer es leer mucho. Creo que he leído más libros sobre el tema que algunos de mis profesores.

—Es verdaderamente genial, mamá.

—¿Estás orgulloso de mí?

—Siempre estoy orgulloso de ti.

—¿Por qué?

—Por estar aquí.

—¿Por estar dónde?

—Solo por estar.

—Sí —dice ella—. Mira, llamo porque una mujer de mi clase de Comunicación dice que su sobrino es periodista en el *Courier-Mail*. Le he dicho que ahí es donde sueña con trabajar Eli, mi chico. Le he dicho que iba a ser un gran periodista criminal. Y me ha dicho que debería decirle a mi hijo que el periódico siempre está contratando jóvenes como becarios. No tienes más que llamar a su puerta y ver si pueden darte un puesto.

—No creo que sea tan sencillo, mamá.

—Claro que lo es. He buscado el nombre del editor jefe del periódico. Se llama Brian Robertson. Vas y preguntas por él, que baje de su despacho y te vea durante dos minutos, solo dos minutos, porque solo tardará ese tiempo en verlo.

—¿Ver qué?

—La chispa —responde ella—. Lo verá. Verá lo especial que eres.

—No soy especial, mamá.

—Sí que lo eres —insiste ella—, pero no te lo crees aún.

—Lo siento, mamá, tengo que colgar. No me encuentro bien.

—¿Estás enfermo? ¿Qué sucede?

—Estoy bien. Es que no me apetece hablar mucho. ¿Quieres hablar con August?

—Sí —responde—. Ve a pedirle al editor una de esas becas, Eli. Hazlo. Dos minutos. Eso es todo lo que necesitas.

—Te quiero, mamá.

—Te quiero, Eli.

Le paso el teléfono a August.

—¿Puedes quedarte fuera de la habitación un rato? —le pregunto.

Él asiente. August nunca habla por teléfono con mi madre. Solo escucha. Nunca sé lo que le dice. Supongo que solo habla.

* * *

Cierro la puerta de nuestro dormitorio y coloco un fino taco de folios sobre mi cama. Papel. Para quemar la casa o para incendiar el mundo. Con mi chispa. Hay un bolígrafo azul mordisqueado en el cabecero de la cama. Escribo sobre el papel, pero la tinta no sale del bolígrafo. Hago girar el bolígrafo con fuerza entre las palmas de mis manos para calentarlo y la tinta sale y me permite escribir y subrayar el título de mi historia.

La horca de Eli Bell
En caso de que yo muera en el infierno suburbano de Bracken Ridge, o en caso de que acabe hecho pedazos en la vía de Sandgate Station de la línea 1, junto al tren de las 4:30 en dirección Centro, tras haber engrasado las vías con vaselina como hizo Ben Yates hace dos años, cuando Shannon Dennis le dijo que bajo ninguna circunstancia —ni siquiera aunque terminara su formación como carnicero— tendría un hijo con él, creo que es importante para mí al menos contar algunos detalles que rodean la desaparición de Lyle Orlik. Los hechos que importan son, principalmente, que Teddy Kallas hizo que mataran a Lyle Orlik porque estaba enamorado de mi madre. Mi madre no ama a Teddy Kallas, pero sí amaba a Lyle Orlik, un hombre bueno y decente que resultó que traficaba con jaco.

Tardé algún tiempo en asimilar la realidad del destino de Lyle, pero ahora acepto que probablemente fue descuartizado miembro a miembro a manos de un hombre llamado Iwan Krol, el mercenario psicópata de Tytus Broz, cuya fábrica de ortopedias en Moorooka, al sur de Brisbane, es la tapadera de un vasto imperio de tráfico de heroína que se extiende por todo el sureste de Queensland.

En caso de que me encuentren hecho pedazos en la vía de tren de Sandgate Station, por favor, dirijan cualquier pregunta, además de las facturas de los costes de la limpieza, a Teddy Kallas, de Wacol, al suroeste de Brisbane.

Que conste que no soy especial y nunca lo fui. Durante un tiempo sí que pensé que August y yo éramos especiales. Durante un tiempo sí que pensé que oía esas voces por el misterioso teléfono rojo de Lyle. Pero ahora me doy cuenta de que no somos especiales. Me doy cuenta de que la señora Birkbeck tiene razón. La mente humana nos convencerá de cualquier cosa en nombre de la supervivencia. El trauma lleva muchas máscaras. Yo he llevado las mías. Pero se acabó. Teddy Kallas tiene razón. Mi hermano y yo nunca fuimos especiales. Solo estábamos locos.

Llaman a la puerta de mi habitación.

—Lárgate, August —digo—. Estoy en racha.

Espero a que se abra la puerta pese a mi petición, pero no se abre; sin embargo, un ejemplar del *Courier-Mail* de hoy se cuela por debajo.

El periódico está abierto por un artículo de «Investigación especial» en las páginas centrales: *GUERRA SUBURBANA. ESTALLA LA GUERRA ENTRE BANDAS ASIÁTICAS TRAFICANTES DE HEROÍNA EN LAS CALLES DE BRISBANE.*

Es una exhaustiva investigación sobre la violencia entre las bandas 5T y BTK de Darra y el tráfico de heroína Golden Triangle por todo el sureste de Queensland. Es un artículo bien documen-

tado y bien escrito que habla de supuestos capos de la droga anó-
nimos y de familias vietnamitas que se hacen pasar por humildes
restauradores, mientras extienden sus redes de droga de millones
de dólares desde Melbourne hasta Sídney. El periodista cita a un
antiguo agente de la policía antidroga que se queja de políticos
corruptos y de policías «que han hecho la vista gorda durante
demasiado tiempo» ante el incremento del tráfico de heroína más
allá de los suburbios occidentales de Brisbane. El informador
de la policía habla de sospechas generalizadas entre los agentes
que apuntan a importantes empresarios de Brisbane que habrían
amasado sus fortunas «a lomos del dragón dorado del panorama
asiático de la droga».

«Están ahí, caminan entre nosotros», dice el informador. «Supuestos miembros respetables de la sociedad de Brisbane que
quedan impunes ante el asesinato».

Busco la firma del periodista. Me tumbo en la cama y escribo
el nombre de la periodista en el aire con el dedo corazón, situado junto al dedo de la suerte con la peca de la suerte que perdí
por culpa de uno de esos respetables miembros de la sociedad de
Brisbane que actualmente ha quedado impune ante el asesinato.
Su nombre queda precioso ahí, escrito en el aire invisible.

Caitlyn Spies.

El chico cava profundo

Veo por primera vez al hombre montado en el Ford Mustang amarillo de dos puertas mientras estoy sentado en los asientos de fuera de la estación de tren Sandgate comiéndome un rollito de salchicha con salsa. Aparca en la zona reservada para autobuses y se queda mirándome a través de la ventanilla. Cuarenta y tantos años, quizá. Parece grande desde aquí, alto y musculoso en el pequeño asiento del coche. Tiene el pelo negro, igual que el bigote. Ojos negros que me miran. Nos miramos, pero giro la cabeza justo cuando creo que podría estar haciéndome gestos. Se aleja de la parada de autobús y aparca en el aparcamiento de la estación. Sale del coche. Llega mi tren en dirección Centro y tiro el resto del rollito de salchicha a la basura, camino acelerado hasta el extremo del andén.

Me bajo en la estación de tren de Bowen Hills, me meto por una bocacalle hasta llegar al enorme edificio de ladrillo rojo con las letras *The Courier-Mail* en un cartel pegado a la fachada. He tardado tres meses en reunir el coraje para presentarme aquí. Aquí es donde publican el periódico. Aquí es donde trabaja Caitlyn Spies. Lo ha conseguido. Ha conseguido dejar atrás el *South-West Star* y llegar al lugar que le pertenece. Forma parte del equipo de periodistas de sucesos, probablemente sea la estrella del equipo.

—He venido a ver al editor jefe, Brian Robertson —le digo con aire de seguridad a la mujer del mostrador de recepción. Es bajita, con el pelo corto y negro y pendientes de aro de color naranja brillante.

—¿Te está esperando? —me pregunta.

Me recoloco la corbata. Está estrangulándome. Mi padre me la ha apretado demasiado. Es la corbata de mi padre. La eligió en St Vinnies por cincuenta centavos. La corbata está estampada con las letras del alfabeto, con las letras *P, A, L, A, B, R, A* y *S* resaltadas en amarillo brillante. Mi padre dijo que así transmitiría mi amor por las palabras al editor jefe, Brian Robertson.

—Sí —le digo asintiendo—. Pero en el sentido de que debería estar esperando a que el futuro joven periodista más prometedor de Brisbane entre por la puerta de este edificio con intención de verlo.

—O sea, ¿no te está esperando?

—No.

—¿Para qué deseabas verle? —pregunta la mujer.

—Me gustaría pedir un puesto como becario en su influyente periódico.

—Lo siento —contesta la mujer de los pendientes naranjas, y devuelve la mirada a un cuaderno lleno de nombres, fechas y firmas—. Las solicitudes de beca se cerraron hace dos meses. No aceptaremos más hasta noviembre del próximo año.

—Pero, pero... —Pero ¿qué, Eli?

—¿Pero qué? —pregunta la mujer.

—Pero soy especial.

—¿Qué? ¿Puedes repetirlo?

Qué imbécil, Eli Bell. Respira. Empieza de nuevo.

—Bueno, creo que podría hacer grandes cosas para este periódico.

—¿Porque eres especial?

No, no soy especial. Soy un puñetero loco.

—Bueno, no es que sea realmente especial —le digo—. Pero soy entusiasta. Y diferente. Soy diferente.

—Qué tierno —dice la mujer sarcásticamente. Mira hacia una puerta de seguridad de cristal que hay entre el vestíbulo del edificio y las entrañas de la planta editorial, donde casi puedo oler la tinta en los pulgares de los editores, los cigarrillos en los ceniceros de los escritores y el *whisky* en los vasos de los periodistas políticos, y oigo cómo escriben la historia hombres y mujeres que no saben escribir a máquina, porque no tienen sentido del tacto, solo tienen sentido del olfato, olfato para destapar una historia—. Pero me temo que ser diferente no te permitirá cruzar esa puerta de seguridad.

—¿Y qué me permitirá cruzar esa puerta?

—La paciencia y el tiempo —responde la mujer.

—Pero ya he dejado pasar el tiempo.

—¿De verdad? —La mujer se ríe—. ¿Qué tienes, dieciséis años? ¿Diecisiete?

—Casi diecisiete.

—Un veterano, entonces —responde—. ¿Sigues en el instituto?

—Sí, pero mi alma se graduó hace años.

Me apoyo en el mostrador tras el que ella se encuentra.

—Mire, la verdad, tengo una historia para él —le digo—. Y, cuando se la cuente, sabrá que soy diferente a todos los demás solicitantes y querrá darme una oportunidad.

La mujer de los pendientes de aro naranjas pone los ojos en blanco y sonríe antes de dejar el bolígrafo sobre su cuaderno.

—¿Cómo te llamas, chico? —me pregunta.

—Eli Bell.

—Mira, Eli Bell, hoy no vas a pasar por esa puerta —me dice. Mira hacia la puerta de cristal que da acceso a este vestíbulo, se inclina sobre el mostrador y me susurra—: Pero no puedo impedir que te sientes ahí fuera, cerca del seto que hay allí, esta noche en torno a las ocho.

—¿Qué ocurre a las ocho? —le pregunto.

—Jesús, sí que eres especial —me dice negando con la cabeza—. Es cuando el jefe se va a casa, tontorrón.

—¡Claro! —susurro—. Gracias. Una cosa más. ¿Qué aspecto tiene el jefe?

Ella no me quita la vista de encima.

—¿Ves esas tres fotografías enmarcadas con tres hombres serios de aspecto estirado en la pared que hay detrás de mi hombro izquierdo?

—Sí.

—Es el del centro.

* * *

Brian Robertson sale del edificio a las nueve y dieciséis minutos. Parece más joven en la foto que hay sobre el mostrador del vestíbulo. Tiene el pelo canoso por las sienes y más color ceniza y rizado en la coronilla. Sus gafas de lectura le cuelgan de un cordón que lleva al cuello. Viste un chaleco de lana azul marino sobre una camisa blanca. En la mano derecha sostiene un maletín de cuero marrón y bajo el brazo izquierdo sujeta tres periódicos. Su rostro transmite dureza, severidad. Se parece a uno de esos viejos jugadores de *rugby* de principios del siglo veinte que vi en los viejos libros de mi padre sobre la liga australiana de *rugby*, una cara de la época en que los hombres compaginaban los compromisos futbolísticos con las batallas en el frente occidental. Baja los tres pequeños peldaños de entrada al edificio y salgo de detrás del seto junto al que he estado esperando como un acosador las últimas seis horas.

—¿Señor Robertson?

Se detiene.

—¿Sí?

—Siento molestarle, pero quería presentarme.

Él me mira de arriba abajo.

—¿Cuánto tiempo llevas aquí fuera? —murmura.

—Seis horas, señor.

—Qué estupidez.

Se da la vuelta y se dirige hacia el aparcamiento del edificio.

Doy dos saltos para alcanzarlo.

—He leído su periódico desde que tenía ocho años —le digo.

—¿Desde el año pasado, entonces? —me responde sin dejar de mirar al frente.

—¡Ja! —Me río, caminando de un lado a otro para captar su mirada—. Qué gracioso. Ehhh... quería saber si usted...

—¿De dónde has sacado esa corbata? —me pregunta, aún con la vista al frente.

Me ha mirado menos de medio segundo y se ha fijado en el detalle de mi corbata. Este tipo se fija en los detalles. Los periodistas se fijan en los detalles.

—La consiguió mi padre en St Vinnies.

Él asiente.

—¿Has oído hablar alguna vez de la matanza de Narela Street? —me pregunta.

Niego con la cabeza. Él sigue andando con decisión mientras me cuenta la historia.

—Cannon Hill, al este de Brisbane, 1957, un tipo llamado Marian Majka, inmigrante polaco, treinta y tantos años, mata a su esposa y a su hija de cinco años con un cuchillo y un martillo. Prende fuego a la casa y después se dirige hacia la casa de enfrente. Mata a la madre de esa casa también, junto a sus dos hijas. Luego comienza a apilar todos los cuerpos porque va a prenderlos fuego, y entonces una niña del barrio, una chica de diez años llamada

Lynette Karger, llama a la puerta. Ha venido a recoger a sus amigas para ir a clase, como hace todos los días. Y Majka la mata a ella también y añade su cuerpo a la pila y los prende fuego. Después se pega un tiro y, cuando llega la policía, contempla aquel horror. La pequeña Lynette todavía tenía en la mano el dinero para la comida.

—Jesús —murmuro.

—Yo fui a la casa aquella mañana para informar del suceso —me dice—. Lo vi todo de cerca.

—¿De verdad?

—Sí —contesta sin detenerse—. Y todavía no he visto nada tan perturbador como esa corbata que llevas.

Sigue caminando.

—Son las letras del abecedario —le digo—. Esperaba que eso apelara a su amor por las palabras.

—¿Amor por las palabras? —repite. Se detiene en seco—. ¿Qué te hace pensar que amo las palabras? Yo odio las palabras. Las desprecio. Lo único que veo son palabras. Las palabras me asaltan en sueños. Las palabras se me meten bajo la piel y se me cuelan en la mente cuando estoy dándome un baño, infectan mi sistema nervioso cuando estoy en el bautizo de mi nieta, cuando debería estar pensando en su carita, pero estoy pensando en las jodidas palabras del titular de la portada de mañana.

Tiene el puño apretado y no se da cuenta hasta que avanza un poco más hacia el aparcamiento. Le muestro entonces mis cartas.

—Esperaba que me tuviera en cuenta para una de sus becas de formación.

—Imposible —responde—. Ya hemos escogido a los becarios para un futuro próximo.

—Lo sé, pero creo que tengo algo que ofrecerle que los demás no tienen.

—Ah, ¿sí? ¿Por ejemplo?

—Una historia de portada —respondo.

Se detiene.

—¿Una historia de portada? —Sonríe—. De acuerdo, vamos a oírla.

—Bueno, es complicada.

Se aleja de inmediato.

—Una pena —me dice.

Le alcanzo de nuevo.

—Bueno, es un poco difícil explicárselo todo aquí, mientras camina hacia su coche.

—Tonterías —responde—. Cook descubre Australia. Hitler invade Polonia. Oswald mata a Kennedy. El hombre llega a la Luna. Esas también eran historias complicadas. Ya has malgastado demasiadas de tus queridas palabras besándome el culo, así que solo te concedo tres más. Cuéntame tu historia en tres palabras.

Piensa, Eli. Tres palabras. Piensa. Pero tengo la mente en blanco. Solo veo su cara resentida y no me viene nada a la mente. Mi historia en tres palabras. Solo tres palabras.

Nada. Nada. Nada.

—No puedo —respondo.

—Eso son dos.

—Pero...

—Y ahí está la tercera —responde—. Lo siento, chico. Podrás solicitar beca el año que viene.

Y se marcha hacia el aparcamiento lleno de automóviles caros.

* * *

Recordaré esta sensación de desánimo gracias al color de la luna esta noche. Está naranja, un cuarto creciente como una rodaja de melón. Recordaré estos fracasos y estas decepciones gracias a los grafitis que hay en la pared de enfrente del andén 4 de la estación de tren de Bowen Hills. Alguien ha pintado un pene enorme, pero la cabeza del pene es un impresionante dibujo de la Tierra dando vueltas bajo las palabras: *¡No jodas el mundo!* Sentado en un largo banco del andén, me aflojo la corbata y estudio las letras del abecedario, tratando de encontrar tres palabras que cuenten mi historia. Eli pierde oportunidad. Eli la caga. Estoy perdido en las letras de esta horrible corbata.

Entonces oigo una voz desde el otro extremo del banco de mi andén.

—Eli Bell.

Sigo la voz y la encuentro. Somos las dos únicas personas en el andén. Somos las dos únicas personas en la Tierra.

—Caitlyn Spies —digo.

Ella se ríe.

—Eres tú —añado.

Mis palabras de asombro suenan demasiado estúpidas en mi boca abierta.

—Sí —responde—. Soy yo.

Lleva un largo abrigo de color negro y su melena larga y castaña le cae por encima de los hombros. Botas Dr. Martens. El aire frío hace que le brille la piel de la cara. Caitlyn Spies brilla. Quizá así sea como atrae hacia ella a todas las fuentes de sus artículos. Quizá así consiga que se abran y le cuenten todo. Hechiza a sus fuentes con su brillo. Con su fuego.

—¿Te acuerdas de mí? —le pregunto.

Ella asiente.

—Sí —responde con una sonrisa—. Y no sé por qué. Siempre se me olvidan las caras.

Un tren ruidoso entra en el andén 4 frente a nosotros.

—Veo tu cara todos los días —le confieso.

Ella no me oye por encima del ruido del tren.

—¿Perdona? ¿Qué has dicho?

—Da igual.

Caitlyn se pone en pie y agarra la correa del bolso de cuero marrón que lleva colgado al hombro.

—¿Este es el tuyo? —me pregunta.

—¿Hacia dónde va?

—A Caboolture.

—Eh... sí. Este es mi tren.

Caitlyn sonríe y estudia mi cara. Tira de la manivela plateada del centro de la puerta del vagón y entra. Está vacío. Estamos los dos solos en el tren. Los dos solos en el universo.

Ella se sienta en un cubículo con cuatro asientos. Dos asientos vacíos frente a otros dos asientos vacíos.

—¿Puedo sentarme aquí contigo? —le pregunto.

—Puedes —responde con una voz regia, riéndose.

El tren arranca de la estación de Bowen Hills.

—¿Qué estás haciendo en Bowen Hills? —me pregunta.

—Me había reunido con tu jefe, Brian Robertson, por una beca de formación.

—¿En serio?

—En serio.

—¿Has tenido una reunión con Brian?

—Bueno, no exactamente una reunión —confieso—. He pasado seis horas escondido detrás de un seto y le he abordado cuando salía del edificio a las nueve y dieciséis. —Ella echa la cabeza hacia atrás y se ríe.

—¿Y qué tal te ha ido?

—No muy bien.

Ella asiente con compasión.

—Recuerdo que, cuando conocí a Brian, pensé que tenía que haber un corazón de osito de peluche bajo esa fachada monstruosa —dice Caitlyn—. Pero no lo hay. En su interior solo hay otro monstruo arrancándole la cabeza al osito de peluche. Pero es el mejor editor de prensa del país.

Asiento y miro por la ventanilla mientras el tren pasa junto al
viejo molino de harina de Albion.

—¿Quieres ser periodista?

—Quiero hacer lo que tú haces, escribir sobre crímenes y sobre criminales.

—Es verdad —me dice—. Tú conocías a Slim Halliday.

Yo asiento.

—Me diste un nombre —añade—. Lo busqué. El tipo de los
miembros.

—Tytus Broz.

—Tytus Broz, sí —me dice—. Recuerdo que estabas contándome una historia sobre él y entonces saliste corriendo. ¿Por qué
te marchaste tan deprisa aquel día?

—Tenía que ir a ver a mi madre con urgencia.

—¿Estaba bien?

—La verdad es que no —respondo—. Pero estuvo bien cuando
la vi. Es muy amable por tu parte.

—¿Qué?

—Hacer esa pequeña pregunta sobre mi madre, eso es amable.
Supongo que aprendes eso siendo periodista después de un tiempo.

—¿Aprender qué?

—A hacer preguntas pequeñas entre las preguntas importantes. Supongo que eso hace que la gente se sienta mejor cuando
estás hablando con ellos.

—Supongo —responde ella—. ¿Sabes? Al final acabé investigando sobre el tipo de los miembros, Tytus Broz.

—¿Y encontraste algo?

—Llamé a algunas personas. Todos decían que era el tipo más
amable de los suburbios del suroeste. Cariñoso como el que más.
Generoso. Caritativo. Apoya a los minusválidos. Llamé a algunos
policías que conocía en Moorooka. Dijeron que era un pilar de
la comunidad.

—Claro que dijeron eso —respondo—. Los policías son los mayores beneficiarios de su alma caritativa.

Levanto la mirada y contemplo la luna creciente de color naranja.

—Tytus Broz es un mal hombre que hace cosas muy malas —le digo—. Esa fábrica de prótesis es la tapadera de uno de los sindicatos de importación de heroína más grandes del sureste de Queensland.

—¿Tienes pruebas de eso, Eli Bell?

—Mi historia es mi prueba.

Y un dedo de la suerte desaparecido, si alguna vez logro encontrarlo.

—¿Le has contado a alguien tu historia?

—No. Iba a contársela a tu jefe, pero insistió en que se la contara solo en tres palabras.

Ella se ríe.

—Suele hacer eso. Me hizo lo mismo en mi entrevista de trabajo. Me pidió que resumiera toda mi vida hasta ese momento y todo en lo que creo con un titular de tres palabras.

Caitlyn es guapa. Caitlyn es verdad. Caitlyn está aquí.

—¿Y qué dijiste?

—Fue una chorrada, la primera estupidez que se me vino a la cabeza.

—¿Qué fue?

Ella se estremece.

—Spies cava profundo.

Y durante las siguientes ocho paradas de la línea de Caboolture, me cuenta por qué ese titular encaja bien con la historia de su vida. Me cuenta que ella no iba a sobrevivir a su nacimiento porque nació con el tamaño de una lata de refresco. Pero fue su madre la que murió en su lugar durante el parto, y ella siempre sintió que su madre había hecho un pacto divino, vida a cambio

de vida, y aquella certeza la atormentó desde el principio. No
podía ser perezosa. No podía desconectar. No podía rendirse, ni
siquiera en su adolescencia, cuando pasó por una etapa gótica y
odiaba su vida y quería joder al mundo, como ese absurdo grafiti
de la Tierra y el pene que ve cada noche cuando toma el tren en
la estación de Bowen Hills para volver a casa. Porque su madre
no murió para que ella se esforzara solo a medias. Así que Spies
cavó profundo. Siempre. En las ferias deportivas del instituto.
En los partidos de *netball*, donde siempre se mostraba demasiado
competitiva y el árbitro siempre gritaba «¡FALTA!» cuando ella
le daba un codazo a su rival. Spies cava profundo. Y se dice a sí
misma esas palabras cuando llama por teléfono para investigar sus
historias. Se dice esas tres palabras como si fueran el mantra de
un absurdo libro de autoayuda. Spies cava profundo. Spies cava
profundo. Y lo ha dicho ya tantas veces que se ha convertido en
su bendición y en su maldición. Cava demasiado profundo con
las personas. Busca sus defectos en vez de sus virtudes. Nunca
tuvo el novio adecuado en la universidad ni en ningún otro sitio,
y no cree que vaya a encontrar a ningún hombre apropiado para
ella en el futuro, porque Spies cava profundo.

—Joder, ¿lo ves? —me dice—. Ya estoy cavando demasiado
profundo.

—No importa. ¿Qué crees que es lo que estás buscando en
realidad?

Ella lo piensa unos instantes mientras juega con el puño de su
abrigo.

—Es una buena pregunta por tu parte, Eli —me dice sonriente—. No lo sé. Supongo que es el por qué. ¿Por qué estoy
aquí y ella no? ¿Por qué ella no está aquí y todos esos violadores, asesinos, ladrones y estafadores sobre los que escribo cada día
pueden vivir y respirar en paz?

Niega con la cabeza e interrumpe su razonamiento.

—Venga —me dice—. Dame tres palabras que definan la historia vital de Eli Bell.

Chico adivina futuro. Chico la ve. Chico cava profundo.

—No se me ocurre nada —respondo.

—¿Por qué no te creo, Eli Bell? —me pregunta mirándome a los ojos—. No me sorprendería que tu mayor problema fuese que piensas en demasiadas cosas.

El tren aminora. Ella mira por la ventanilla. No hay nadie ahí fuera. Ni un alma sobre la Tierra. Solo la noche.

—La próxima estación es la mía —me dice.

Yo asiento y ella me mira a la cara.

—Este no era tu tren, ¿verdad?

Niego con la cabeza.

—No, no era mi tren —confieso.

—¿Y por qué te has subido en él?

—Quería seguir hablando contigo.

—Bueno, espero que la conversación haya compensado el largo camino que te espera hasta casa.

—Así ha sido —respondo—. ¿Quieres saber la verdad?

—Siempre.

—Me habría subido a un tren con destino a Perth solo para oírte hablar treinta minutos.

Ella sonríe, deja caer la cabeza y niega.

—Eres un exagerado, Eli Bell.

—¿Exagerado? ¿Por qué?

—Eres desmesurado. Pero no te preocupes, eres tierno.

Se queda mirándome a los ojos. Me pierdo en el fuego de su mirada.

—¿De dónde vienes, Eli Bell?

—De Bracken Ridge.

—Mmmm.

El tren aminora.

—¿Quieres bajarte aquí conmigo?

Niego con la cabeza. Estoy cómodo en mi asiento ahora mismo. El mundo me resulta cómodo ahora mismo.

—No, voy a quedarme aquí sentado durante un rato.

Ella asiente y sonríe.

—Escucha —me dice—. Voy a volver a investigar sobre Tytus Broz.

—Spies cava profundo —respondo.

Ella arquea las cejas y suspira.

—Sí, Spies cava profundo.

Se dirige hacia la puerta del vagón cuando el tren se detiene.

—Y, por cierto, Eli, si quieres escribir para el periódico, simplemente empieza a escribir para el periódico —me dice—. Escríbele a Brian una historia tan buena que tendría que estar loco para no publicar.

Yo asiento con la cabeza.

—Gracias.

Recordaré la devoción gracias al nudo que siento en la garganta. Recordaré el amor gracias a la rodaja de melón en el cielo. El nudo de la garganta es un motor dentro de mí que me obliga a moverme. Ella se baja del tren y mi corazón mete primera, segunda, tercera, cuarta marcha. Corro hacia la puerta del vagón y la llamo.

—Ya sé mis tres palabras —le digo.

Ella se detiene y se vuelve.

—¿Sí?

Asiento y se las digo en voz alta.

—Caitlyn y Eli.

Las puertas se cierran y el tren se pone en marcha de nuevo, pero aún veo su cara a través de las ventanillas de la puerta. Está negando con la cabeza. Sonríe. Entonces no sonríe. Solo me mira. Cava con su mirada en mí.

Spies cava profundo.

El chico echa a volar

El ibis ha perdido la pata izquierda. Se yergue sobre su pata derecha, y la izquierda es un muñón a la altura de la articulación donde la garra amputada debería doblarse para echar a volar. El hilo de pescar le ha cortado la pata. El pájaro debe de haber estado meses sufriendo mientras el sedal iba cortándole la circulación. Pero ahora es libre. Cojo, pero libre. Ha dejado ir la pata. Ha soportado el dolor y después lo ha dejado marchar. Lo veo dar saltos por el jardín desde la ventana del salón. Salta por el aire y bate las alas para despegar y volar unos escasos cuatro metros hasta una bolsa de patatas fritas vacía que ha acabado volando en nuestro buzón. El pájaro mete su largo pico negro en la bolsa y no encuentra nada, y siento pena por él y le lanzo un trozo de mi sándwich de ternera y pepinillos.

—No des de comer a los pájaros, Eli —me dice mi padre, que está sentado con los pies encima de la mesa de café, fumando un cigarrillo mientras ve al prometedor y relativamente nuevo equipo de *rugby*, los Broncos de Brisbane, jugar contra los casi invencibles Canberra Raiders de Mal Meninga.

Mi padre ha estado pasando últimamente más tiempo en el

salón viendo la tele con August y conmigo. Bebe menos, pero no sé por qué. Se habrá cansado de los ojos morados, supongo. Se habrá cansado de limpiar charcos de vómito y meados, supongo. Creo que nuestra presencia aquí es buena para él y a veces me pregunto si nuestra ausencia habrá sido el barranco desde el que se ha precipitado sin control hacia el abismo de la bebida. A veces bromea y todos nos reímos, y siento un cariño que pensé que solo experimentaban las familias de las telecomedias americanas: mis adorados Keaton, de *Enredos de familia*, y los Cosby y los risueños Seaver, de *Los problemas crecen*. Los padres de esas series pasan mucho tiempo hablando con sus hijos en el salón. Steven Keaton —el padre de mis sueños— parece no hacer otra cosa que sentarse en el sofá o a la mesa de la cocina y hablar con sus hijos sobre su infinidad de aventuras adolescentes. Escucha y escucha y escucha a sus hijos, y les sirve vasos de zumo de naranja y los escucha un poco más. Les dice a sus hijos que los quiere utilizando las palabras.

Mi padre me dice que me quiere cuando forma una pistola con el pulgar y el índice y me apunta con ella al tirarse un pedo. La primera vez que lo hizo, casi me eché a llorar. Nos dice que nos quiere cuando nos muestra el tatuaje que no sabíamos que tenía en el interior del labio inferior: *Jódete*. A veces, cuando bebe, se pone llorón y me pide que me acerque a él y que le abrace, y me resulta extraño abrazarlo, pero también es agradable, con su vello facial que me raspa las mejillas, y es curiosa y triste esa sensación de pena que tengo porque sé que es posible que mi padre no haya tenido contacto físico con nadie, salvo por accidente, en unos quince años.

«Lo siento», murmura durante esos abrazos. «Lo siento». Imagino que quiere decir: «Siento haberos estrellado contra esa presa aquella noche hace tantos años, porque soy un idiota y estoy loco, pero lo intento, Eli, lo estoy intentando de verdad». Así que le abrazo con más fuerza porque tengo una debilidad por el perdón que no soporto, porque significa que probablemente perdonaría al hombre que me arrancara el corazón con un cuchillo poco afilado si me dijera que lo necesita más que yo, o si me dijera que la clase de extirpación de corazones le pilló en un mal momento de su vida. Al final, durante esos abrazos, y para mi sorpresa, siento que abrazar a mi padre es lo correcto y albergo la esperanza de convertirme en un hombre bueno, así que eso es lo que hago.

Un hombre bueno como August.

August está sentado frente a la mesa de centro contando dinero. La sonrisa agradecida de Shelly Huffman en las noticias aquel día se le quedó grabada a mi hermano, August, el sentimental. Algo se encendió dentro de él. Se dio cuenta de que la generosidad podría ser lo que faltaba en la vida de los hermanos Bell, August y Eli. «Quizá por eso regresé», me dijo sin palabras hace poco.

—No regresaste, August —respondí—, porque no te fuiste a ninguna parte.

No me hizo caso. Estaba demasiado inspirado. Se dio cuenta de que la generosidad era lo que faltaba en casi todos los hogares de los suburbios de Australia que, para bien o para mal, se habían aprovechado un poco de la delincuencia de poca monta. Su razonamiento es que la delincuencia es, por naturaleza, una búsqueda egoísta; los robos, los timos, las estafas, el contrabando, mucho recibir y poco dar. Así que, durante las últimas tres semanas, August ha estado llamando a las puertas con un cubo de donativos en nombre de la Asociación Contra la Distrofia Muscular del sureste de Queensland por todo Bracken Ridge y los suburbios vecinos de Brighton, Sandgate y Boondall. Es muy estricto y obsesivo al respecto. Traza mapas y diseña horarios para sus rutas por las casas. Estuvo documentándose en la biblioteca de Bracken Ridge, utilizando estadísticas demográficas, para averiguar cuáles eran las zonas más adineradas de Brisbane para ir a llamar a sus puertas, y esta semana ha tomado el tren para ir a esas zonas: Ascot, Clayfield, New Farm y, al otro lado del río, la tranquila Bulimba, donde, según nos contó Slim una vez, las viejas abuelas viudas guardan sus fajos de dinero en la bacinilla porque saben que ningún ladronzuelo que se precie o, peor, ningún miembro de la familia avaricioso metería las manos en el orinal de una anciana. Pensé que el hecho de que no hablara dificultaría las recaudaciones benéficas de August, pero ha resultado ser su arma secreta. Se limita a levantar el cubo, que lleva una pegatina de la Asociación Contra la Distrofia Muscular del sureste de Queensland, y hace un gesto con las manos para sugerir que no puede hablar, y la gente con buen corazón —y cuando llamas a muchas puertas empiezas a darte cuenta de que el corazón humano es, por defecto, bueno— cree que ese gesto significa que es sordo y tonto porque él, el chico dulce con el cubo, vive también con distrofia muscular. Quizá todos nos comunicaríamos de manera mucho más efectiva si nos calláramos un poco más.

* * *

—¿Por qué no puedo dar de comer a los pájaros?

—Es egoísta —responde mi padre.

—¿Cómo va a ser egoísta si le estoy dando al pájaro mi propio sándwich?

Mi padre se reúne conmigo junto a la ventana y contempla al ibis de una sola pata en nuestro jardín.

—Porque los ibis no comen sándwiches de ternera y pepinillo —me explica—. Solo le das trozos de sándwich porque quieres sentirte bien contigo mismo. Esa es una mentalidad egoísta. Si empiezas a dar de comer a ese pájaro desde la ventana todos los días, empezará a venir cada tarde como si nosotros fuéramos el Big Rooster, y traerá a sus amigos, y entonces ninguno de esos pájaros reunirá la fuerza y la habilidad que suelen obtener al verse obligados a buscar comida, así que estarás alterando de manera drástica su metabolismo, sin mencionar que provocarás una guerra civil entre la población de ibis de Bracken Ridge, que lucharán por ser los primeros en lanzarse sobre tu sándwich de ternera y pepinillos. Además, congregarás de pronto a una cantidad de pájaros antinatural en un solo lugar, lo cual afecta al equilibrio ecológico de toda la zona de Bracken Ridge. Sé que normalmente no me aplico esto, pero, en resumen, el objetivo en la vida es hacer las cosas que son correctas, no las que son fáciles. Como tú quieres sentirte bien contigo mismo, de pronto los ibis pasan menos tiempo en las ramas de los árboles de los humedales y más tiempo en el suelo de los aparcamientos, codo con codo con las palomas, y entonces empezamos a tener contacto entre especies, pájaros con sistemas inmunes más débiles y mayores niveles de cortisol y, de esa pequeña placa de petri cargada de dinamita, surge la salmonela.

Mi padre señala con la cabeza a la vecina de al lado, Pamela Waters, que está ataviada con su ropa de jardinería, tirada en el suelo a cuatro patas arrancando malas hierbas de un parterre de gerberas naranjas.

—Entonces Pam va a la tienda de *delicatessen* de Barrett Street y compra tres lonchas de jamón, pero Max se ha dejado la ventana del mostrador abierta durante dos horas, y todas esas deliciosas lonchas de jamón han sido infectadas por la salmonela, y Pam estira la pata dos semanas más tarde y los médicos no entienden quién lo hizo, pero fue el rollito de jamón y lechuga, en la terraza, con la *baguette*.

—¿Así que mis trozos de sándwich de ternera podrían llegar a matar algún día a la señora Waters?

—Sí. Pensándolo mejor, sigue dando de comer a los puñeteros pájaros.

Ambos nos reímos y contemplamos al ibis un rato más.

—Papá.

—¿Sí?

—¿Puedo preguntarte una cosa?

—Sí.

—¿Eres un hombre bueno?

Observa al ibis tullido, que trata de masticar y tragar un trozo de pan blanco.

—No, probablemente no —responde.

Nos quedamos mirando por la ventana en silencio.

—¿Por eso mamá huyó de ti?

Él se encoge de hombros. Asiente. Quizá no. Probablemente sí.

—Le di muchas razones para huir —me cuenta.

Observamos al ibis un poco más, dando saltos y estudiando nuestro jardín.

—No creo que seas malo —le digo.

—Vaya, gracias, Eli —responde—. Me acordaré de poner eso en mi próxima solicitud de trabajo.

—Slim fue un mal hombre una vez —le confieso—, pero se volvió bueno.

Mi padre se ríe.

—Agradezco que me compares con tus amigos asesinos.

Entonces el Ford Mustang amarillo pasa por delante de nuestra casa. El mismo hombre al volante. Un tipo grande. Pelo negro, bigote negro, ojos negros que nos miran al pasar. Mi padre se queda mirándolo. Sigue de largo.

—¿Qué coño le pasa a ese? —pregunta mi padre.

—Lo vi la semana pasada —respondo—. Yo estaba sentado en el banco de la estación de Sandgate y él estaba mirándome desde su coche.

—¿Quién crees que es?

—Ni puta idea.

—Intenta no decir tantas putas palabrotas, ¿quieres?

* * *

Por la tarde suena el teléfono. Es mi madre. Llama desde una cabina en la estación de tren de Sandgate. Está asustada. Está llorando. No puede ir a casa de la hermana Patricia porque él la encontrará allí. Teddy conoce la casa de la hermana Patricia.

Pienso matarlo. Lo apuñalaré en el riñón con un cuchillo pequeño.

Dejo el auricular sobre la mesa.

Mi padre está en el sofá viendo un documental sobre las aventuras de Malcolm Douglas. Me siento a un cojín de distancia de él.

—Nos necesita, papá —le digo.

—¿Qué?

—Nos necesita.

Él sabe lo que estoy pensando.

—No tiene otro sitio al que ir.

—No, Eli —responde.

En el televisor, el aventurero Malcolm Douglas tiene la mano derecha metida dentro de un barrizal en un manglar.

—Limpiaré la habitación de los libros. Ella puede ayudar en casa. Solo unos meses.

—No, Eli.

—¿Alguna vez te he pedido algo?

—No hagas esto —me dice—. No puedo.

—¿Alguna vez te he pedido una sola cosa?

Malcolm Douglas saca del agujero un furibundo cangrejo del barro del norte de Queensland.

Me pongo de pie y me acerco a la ventana. Él sabe que es lo correcto. El ibis con una sola pata da saltos y vuela sobre las casas de Lancelot Street. El ibis sabe que es lo correcto.

—¿Sabes lo que me dijo una vez un buen hombre, papá?

—¿Qué?

—El objetivo de la vida es hacer lo que es correcto, no lo que es fácil.

* * *

Su vaporoso vestido está deshilachado y dado de sí. Está descalza junto a la cabina telefónica de la estación de tren. August y yo esperamos su sonrisa, porque su sonrisa es el sol y el cielo y nos da calor. Le sonreímos mientras corremos hacia la cabina. No tiene nada. Ni maletas, ni zapatos, ni bolso. Pero aún le queda su sonrisa, ese acontecimiento breve y celestial, cuando separa los labios desde la derecha hacia la izquierda, estira el labio superior y, con esa sonrisa, nos dice que no estamos locos, que llevamos razón en todo, que es el universo el que se equivoca. Nos ve y nos dedica esa sonrisa, y resulta que el universo tiene razón y es la sonrisa la que está equivocada, porque a mi madre le faltan los dos dientes delanteros.

Nadie habla durante el trayecto de vuelta a casa desde la estación. Mi padre conduce y mi madre va sentada en el asiento del copiloto. Voy sentado detrás de ella, con August a mi lado, que estira la mano izquierda de vez en cuando para frotarle el hombro a mi madre. Veo la cara de mi madre en el reflejo del espejo lateral del coche. No puede estirar el labio superior porque lo tiene hinchado. Tiene el ojo izquierdo morado y sangre en el blanco del ojo. «Voy a apuñalar a ese cabrón en los ojos».

Cuando mi padre detiene el coche en nuestra puerta, por fin alguien dice algo. Son las primeras palabras que le he oído a mi madre decirle a mi padre.

—Gracias, Robert.

August y yo nos ponemos a retirar la montaña de libros del depósito de libros de mi padre. No tenemos suficientes cajas para guardarlos todos. Debe de haber diez mil libros de bolsillo y, en consecuencia, unos cincuenta mil pececillos de plata nadando entre sus páginas.

August escribe en el aire. «Venta de libros».

—Eres un genio, Gus.

Sacamos una vieja mesa que tiene mi padre debajo de la casa. Levantamos el puesto de libros en la acera, cerca de nuestro buzón. Hacemos un cartel con uno de los cartones de cerveza XXXX de mi padre y escribimos en la parte interior de color marrón: *VENTA DE LIBROS DE BRACKEN RIDGE. TODOS LOS LIBROS A 50 CENTAVOS.*

Si vendemos diez mil libros, ganamos cinco mil dólares. Es suficiente para que mi madre pueda alquilarse una casa. Lo suficiente para que se compre unos zapatos.

August y yo estamos transportando pilas de libros desde la habitación de los libros hasta el puesto de la calle mientras mis padres beben té negro y hablan de lo que creo que son los viejos tiempos. Parece que tienen un código. Entonces me doy cuenta de que una vez fueron amantes.

—Pero si a ti ni siquiera te gusta el filete —dice mi padre.

—Lo sé —responde mi madre—. Y lo que servían estaba tan duro que podías usarlo para calzar una mesa. Pero unas chicas me enseñaron a recortar un círculo en la carne, cerca del hueso, en cualquier trozo de carne y que pareciera solomillo.

Antes de odiarse, se ve que se quisieron. Hay algo vivo en los ojos de mi padre que no había visto antes. Se muestra muy atento con ella. No de esa manera falsa que emplea cuando necesita encandilar a alguien. Se ríe de las cosas que ella dice y lo que ella dice es divertido. Retazos de comedia negra que mi madre cuenta sobre la comida en la cárcel y la gran aventura salvaje de su vida durante los últimos quince años.

Veo algo. Veo el pasado. Veo el futuro. Veo a mi madre y a mi padre haciendo el amor para engendrarme y me dan ganas de

vomitar, pero también me dan ganas de sonreír, porque es bonito pensar que empezaron a formar nuestra supuesta familia con
muchas esperanzas. Antes de los malos tiempos. Antes de dejarse
comer por el universo.

Suena el teléfono.

Corro hacia él.

—Eli, espera —dice mi madre. Yo me detengo—. Puede que
sea él.

—Espero que sea él —respondo.

Me llevo el auricular a la oreja derecha.

—¿Diga?

Silencio.

—¿Diga?

Una voz. Su voz.

—Que se ponga tu madre.

—Jodido cabrón —le digo.

Mi padre niega con la cabeza.

—Dile que hemos llamado a la policía —susurra mi padre.

—Mamá ha llamado a la policía, Teddy —le digo—. Los tipos de azul van a por ti, Teddy.

—No ha llamado a la policía —responde Teddy—. Conozco
a Frankie. No ha llamado a la policía. Dile a tu madre que voy a
ir a buscarla.

—Será mejor que te mantengas alejado de ella o...

—¿O qué, pequeño Eli? —me pregunta desafiante.

—O te apuñalaré en los ojos, Teddy.

—Ah, ¿sí?

Miro a mi padre. Voy a necesitar refuerzos.

—Sí, Teddy. Y mi padre te va a partir la puta cara por la mitad
igual que parte cocos con sus propias manos.

Mi padre me mira sorprendido.

—Cuelga el teléfono, Eli —me dice.

—Dile a tu madre que voy a buscarla —insiste Teddy.

—Estaremos esperándote, maldito cabrón —respondo. Es la rabia la que me vuelve diferente. Siento algo que crece dentro de mí. Toda la rabia acumulada contra mis costillas durante mi juventud. Grito—: ¡Estaremos esperándote, Teddy!

Se corta la comunicación. Cuelgo el auricular y miro a mis padres. August está en el sofá, negando con la cabeza. Todos me miran como si me hubiera vuelto loco, y quizá así sea.

—¿Qué? —los increpo.

Mi padre niega con la cabeza. Se levanta y abre la puerta de la despensa. Abre una botella de ron Captain Morgan y da un largo trago.

—August, ve a por el mango del hacha, ¿quieres?

* * *

Slim me dijo una vez que el mayor defecto del tiempo es que en realidad no existe.

No es una cosa física, como el cuello de Teddy, por ejemplo, que puedo agarrar y estrangular. No se puede controlar ni planear ni manipular porque en realidad no está ahí. El universo no puso los números en nuestros calendarios ni los dígitos en nuestros relojes, fuimos nosotros. Si existiera y yo pudiera agarrarlo y estrangularlo con mis dos manos, lo haría. Agarraría el tiempo con las manos, lo sujetaría bajo mis brazos, donde no pudiera moverse, y el tiempo permanecería entonces congelado bajo mi axila durante ocho años, y así podría alcanzar a Caitlyn Spies y tal vez ella tuviera en cuenta la posibilidad de besar en los labios a un hombre de su edad. Yo tendría barba, porque para entonces por fin habría empezado a salirme pelo en la cara. Tendría una voz profunda con la que le hablaría de política, de electrodomésticos y del tipo de perro que deberíamos tener en nuestro pequeño jardín de The

Gap. Si no pusiéramos esos números en el reloj, entonces Caitlyn Spies no envejecería, Caitlyn Spies existiría sin más, y yo podría existir con ella. Lo mío siempre ha sido ser inoportuno. Siempre me he sentido desacompasado con el tiempo. Pero hoy no. No en este momento, junto a la ventana del salón del número 5 de Lancelot Street, Bracken Ridge. Mediodía. ¿Dónde está la planta rodadora y la abuela que cierra los postigos del bar del pueblo?

Mi padre espera nervioso con el mango del hacha en la mano derecha. August está aquí al lado con una fina barra metálica que normalmente usamos para bloquear la ventana de la cocina. Agarro el bate Gray-Nicolls —la Excalibur de los bates de críquet— que compré en la casa de empeños de Sandgate por quince dólares. Guerreros débiles y barrigudos vestidos con camiseta y pantalones cortos antes de la batalla. Todos moriríamos por nuestra reina, encerrada a salvo en la habitación de los libros al final del pasillo, que poco a poco vamos vaciando. Creo que hasta mi padre moriría por ella. Quizá pueda demostrar su amor por ella. Quizá este sea el camino hacia la redención, un par de pasos por el jardín y un mango de hacha contra la sien de Teddy, y mi madre cae rendida entre sus brazos y el Ned Kelly que lleva mi padre tatuado en el hombro derecho levanta los pulgares para celebrar el verdadero amor.

—¿Por qué cojones has dicho que iba a partirle la cara? —me pregunta.

—Pensé que eso le asustaría —respondo.

—Sabes que no sé pelear, ¿verdad?

—Pensé que eso era solo cuando estabas borracho.

—Peleo mejor cuando estoy borracho. Estamos jodidos. Así es la vida.

* * *

Entonces el Ford Mustang amarillo entra en la calle y —nudo en la garganta, temblor de rodillas— aparca en nuestra entrada.

—Es él —susurro.

Pelo negro, ojos negros.

—¿Ese es Teddy? —pregunta mi padre.

—No, es el tipo que vi frente a la estación de tren.

El hombre apaga el motor y sale del coche. Lleva un abrigo gris, pantalón de vestir y camisa blanca. Parece demasiado elegante para alguien que visite Bracken Ridge. En la mano izquierda lleva una pequeña caja de regalo envuelta en papel celofán rojo.

Atraviesa el jardín en dirección al ventanal del salón, donde nos hallamos los tres con nuestras patéticas armas aferradas en nuestras manos sudorosas.

—Si eres uno de los amigos de Teddy, será mejor que te detengas justo ahí, colega —dice mi padre.

El hombre se detiene.

—¿Quién? —pregunta el hombre.

Entonces un segundo coche se estaciona en el bordillo junto al buzón. Una enorme furgoneta Nissan de color azul. Teddy se baja del asiento del copiloto. El conductor de la furgoneta se baja también y un tercer hombre abre la puerta corredera del lateral del vehículo, se baja y cierra de un portazo. Los tres son corpulentos e imponentes. Parecen leñadores tasmanos que siempre ganan el primer premio en el Ekka, el Festival Cultural de Brisbane. Poseen los andares simiescos de culo gordo característicos de los camioneros de Queensland. Probablemente Teddy los haya llamado por radio, haya pedido refuerzos como un niño de siete años que juega con sus muñecos de policías y ladrones. Qué puta mierda. Quizá uno de ellos sea el Leño, el gilipollas de la polla grande. Me aseguraré de darle una patada en las pelotas. Me reiría de estos payasos si no llevaran todos bates de béisbol de aluminio.

Teddy avanza hacia el centro de nuestro jardín y grita a través de la ventana, ajeno al hombre del traje gris que se halla bajo nuestra ventana con un regalo envuelto en la mano izquierda.

—¡Sal aquí ahora mismo, Frankie! —grita Teddy.

Se nota que va drogado otra vez. Son los síntomas del *speed* de los camioneros.

El hombre del traje gris se echa discretamente a un lado de la escena y observa a Teddy con una mirada de perplejidad, como una pantera que deja pasar a un burro.

Mi madre aparece en el ventanal detrás de mí.

—Vuelve a la habitación, Fran —dice mi padre.

—¿Fran? —grita Teddy—. ¿Fran? ¿Es así como solía llamarte, Frankie? ¿Crees que puedes volver a vivir con este loco?

El hombre del traje gris se ha situado ahora en los dos peldaños que conducen a nuestro pequeño porche de hormigón. Se sienta y observa la escena con el dedo índice posado sobre los labios.

Mi madre se abre paso entre August y yo y se asoma por la ventana.

—Se acabó, Teddy —dice—. No pienso volver. Jamás, Teddy. Hemos terminado.

—No, no, no —dice Teddy—. No hemos terminado hasta que yo no lo diga.

Agarro mi bate de críquet Gray-Nicolls con más fuerza.

—Ha dicho que te largues, Teddy, ¿es que estás sordo?

Teddy sonríe.

—Eli Bell, el hombrecito de su mami —dice con desdén—. Pero sé que te tiemblan las rodillas, pequeño imbécil. Sé que te mearás encima si tienes que permanecer en esa ventana mucho tiempo más.

Eso tengo que reconocérselo, ha dado en el clavo. Nunca había tenido tantas ganas de hacer pis y nunca había tenido tantas ganas de estar envuelto en una manta calentita saboreando la sopa de pollo de mi madre mientras veo *Enredos de familia*.

—Si te acercas a ella, te saco los putos ojos —le digo con los dientes apretados.

Teddy mira a sus secuaces. Ellos le hacen un gesto con la cabeza.

—Muy bien, Frankie —dice—. Si no quieres salir, supongo que es mejor que entremos a por ti.

Teddy y sus matones avanzan hacia los escalones del porche de la entrada.

Es entonces cuando el hombre del abrigo gris se levanta. Es entonces cuando me doy cuenta de lo anchos que son los hombros del hombre del abrigo gris, de lo musculosos que tiene los brazos el hombre del abrigo gris. Su regalo permanece en el primer escalón del porche.

—La señorita ha dicho que habéis terminado —dice el hombre del abrigo gris—. Y el chico ha dicho que te largues.

—¿Quién coño eres tú? —pregunta Teddy.

El hombre del abrigo gris se encoge de hombros.

—Si no me conoces, entonces no querrás conocerme —responde.

Empiezo a amar a este hombre igual que amo a Clint Eastwood en *El jinete pálido*.

Ambos hombres se miran.

—Vete a casa, amigo —dice el hombre del abrigo gris—. La señorita ha dicho que habéis terminado.

Teddy niega con la cabeza, riéndose, y se vuelve hacia sus dos secuaces, que sujetan sus bates de béisbol, deseosos de entrar en acción, sedientos de sangre y de agua a causa del *speed*. Cuando Teddy se da la vuelta, agita con fuerza su bate de aluminio hacia la cabeza del desconocido que hay en nuestro porche, pero el desconocido esquiva el golpe como un boxeador, sin apartar la mirada de la amenaza, y hunde su puño izquierdo en las costillas grasientas de Teddy. Impulsa todo el peso de su cuerpo, transfiriendo el poder de sus pantorrillas, de sus muslos y de su pelvis al gancho de derecha que le asesta a Teddy en la barbilla. Teddy se tambalea sobre sus pies, perplejo, y recupera la vista justo a tiempo para ver como el desconocido estampa la frente contra su nariz, haciendo que los huesos de la nariz se rompan y exploten en un cuadro abstracto de sangre humana. Entonces sé lo que es este hombre. Es un animal de prisión. Un animal de prisión en libertad. La pantera. El león. Lloro lágrimas de alegría cuando veo la cara destrozada de Teddy, que yace en el suelo inconsciente. Y un nombre acude a mis labios secos.

—Alex —susurro.

Los matones de Teddy se acercan reticentes, pero se detienen en seco al ver la pistola negra que el desconocido saca de detrás del cinturón.

—Atrás —dice el desconocido apuntando a la cabeza al matón más cercano—. Tú, el conductor. Tengo tu número de matrícula, así que te tengo pillado, ¿entendido?

El conductor de la furgoneta asiente, confuso y asustado.

—Llévate a este pedazo de mierda al agujero del que ha salido —continúa el extraño—. Cuando se despierte, asegúrate de decirle que Alexander Bermudez y doscientos treinta y cinco miembros de los Rebeldes de Queensland dicen que ha terminado con Frankie Bell. ¿Me sigues?

El conductor de la furgoneta asiente.

—Lo siento, señor Bermudez —tartamudea—. Lo siento mucho.

Alex mira a mi madre, que contempla esta surrealista escena desde el ventanal.

—¿Tiene aún cosas en su casa que necesite? —le pregunta a mi madre.

Ella asiente y Alex vuelve a mirar al conductor mientras se guarda la pistola en el cinturón. —Conductor, antes de que caiga mañana el sol, tendrás las pertenencias de la señorita en este porche, junto a la puerta, ¿me sigues?

—Sí, sí, por supuesto —responde el conductor de la furgoneta, que ya está arrastrando a Teddy por la hierba del jardín. Los dos matones lo meten en la furgoneta azul y se alejan por Lancelot Street. El conductor hace un gesto de respeto con la cabeza a Alex una última vez y Alex le devuelve el gesto. Después se vuelve hacia nosotros.

—Siempre le decía a mi madre que esa es la peor parte de este país —dice negando con la cabeza—. Los putos abusones.

* * *

Alex bebe el té sentado a la mesa de la cocina.

—Está muy rico, señor Bell —comenta.

—Llámame Rob —responde mi padre.

Alex sonríe a mi madre.

—Ha criado a dos buenos chicos, señora Bell.

—Llámame Frankie —responde ella—. Sí, eh..., no están mal, Alex.

Alex se vuelve hacia mí.

—Pasé por algunas épocas oscuras cuando estaba en la cárcel —me dice—. Todo el mundo da por hecho que el líder de una organización como la mía recibiría muchas cartas de amigos del exterior. Pero la realidad es que resulta más bien al contrario. Ningún cabrón te escribe porque piensa que te escribirá otro cabrón. Pero ningún hombre es una isla, ¿sabes? Ni el gobernador de Australia, ni el jodido Michael Jackson ni el sargento de armas de los moteros forajidos de los Rebeldes de Queensland.

Vuelve a mirar a mi madre.

—Las cartas del joven Eli probablemente fueron lo mejor de mi estancia en prisión —admite—. Este chico me hizo feliz. Me enseñó un poco lo que es importante en el ser humano. No me juzgaba. No me conocía de nada, pero le importaba.

Mira a mi madre y a mi padre.

—Supongo que vosotros le enseñasteis eso.

Mis padres se encogen de hombros con cierta incomodidad. Rompo el silencio.

—Siento haber dejado de escribir de pronto —le digo—. Yo también he estado en una especie de agujero.

—Lo sé —responde—. Siento lo de Slim. ¿Pudiste despedirte?

—Más o menos.

Acerca sobre la mesa el regalo que ha traído.

—Es para ti —me dice—. Perdón por el envoltorio. Los moteros no somos famosos por nuestra habilidad para envolver regalos.

Arranco la cinta adhesiva y el celofán rojo y saco la caja. Es un dictáfono ExecTalk de color negro.

—Es para tu trabajo de periodista —me explica.

Y lloro. Lloro como un bebé de diecisiete años delante de un exconvicto, miembro de una banda de moteros delincuentes.

—¿Qué sucede, amigo? —me pregunta.

No lo sé. Son mis lagrimales. No tengo control sobre ellos.

—Nada —respondo—. Es perfecto, Alex. Gracias.

Saco el dictáfono de la caja.

—Todavía quieres ser periodista, ¿verdad? —me pregunta.

Me encojo de hombros.

—Quizá —digo.

—Pero si es tu sueño, ¿no?

—Sí, lo es —digo, abatido de pronto. Es la fe que tiene en mí. Me gustaba más cuando nadie creía en mí. Era más fácil así. No se esperaba nada de mí. No tenía que alcanzar ninguna meta para no fracasar.

—¿Y cuál es el problema, señor reportero? —me pregunta, animado.

Hay pilas en la caja. Las meto en el dictáfono y pruebo los botones.

—Abrirme camino en el periodismo no ha sido tan fácil como pensaba.

Alex asiente.

—¿Puedo ayudarte? —me pregunta—. Sé cómo abrirme camino en los sitios.

Mi padre se ríe nervioso.

—¿Qué tiene de difícil? —pregunta Alex.

—No lo sé —respondo—. Tienes que encontrar la manera de destacar por encima de los demás.

—Bueno, ¿y qué necesitas para destacar por encima de los demás?

Lo pienso unos instantes.

—Una historia de portada.

Alex se ríe. Se inclina sobre la mesa de la cocina y aprieta el botón rojo para grabar en mi nuevo dictáfono.

—Bueno —empieza—, ¿qué te parece una entrevista en exclusiva con el sargento de armas de los Rebeldes de Queensland? Ahí tiene que haber una historia.

Así es la vida.

El chico vence al mar

¿Puedes vernos, Slim? La sonrisa de August. La sonrisa de mi madre. Yo, deteniendo el tiempo, en mi decimonoveno año en la Tierra. Detenlo, por favor, Slim. Déjame quedarme aquí, en este año. Deja que me quede en este momento junto al sofá de mi padre, con los ojos brillantes y asombrados de August mientras leemos todos a su alrededor una carta mecanografiada del gabinete del primer ministro de Queensland.

Lo sé, Slim. Sé que no le he preguntado a mi padre por la piscina lunar. Sé que esta felicidad depende de que August, mi madre y yo olvidemos los malos tiempos. Nos mentimos a nosotros mismos, lo sé, pero ¿acaso no hay cierta mentira piadosa en cualquier acto de perdón?

Quizá no era su intención estrellarnos contra la presa aquella noche. O quizá sí. Quizá tú no mataste a aquel taxista. O quizá sí.

Cumpliste condena por ello. Quizá mi padre también haya cumplido su condena.

Quizá mi madre necesitaba que cumpliera condena para poder volver junto a él. Quizá le dé una segunda oportunidad. Es buena para él, Slim. Ha hecho que vuelva a ser humano. No son amantes ni nada de eso, pero son amigos, y eso es bueno porque mi padre había ahuyentado a sus otros amigos con la bebida y el dolor.

Quizá todos los hombres sean malos a veces y todos los hombres sean buenos a veces. Es una cuestión de elegir el momento oportuno. Tenías razón con lo de August. Sí que tenía todas las respuestas. No para de decirme que me lo dijo. No para de decirme que lo vio venir porque ya había estado aquí antes. No para de decirme que ha regresado de alguna parte. Ambos hemos regresado. Y se refiere a la piscina lunar. Hemos regresado de la piscina lunar.

No para de escribir en el aire con el dedo: «Te lo dije, Eli. Te lo dije, Eli».

«Todo mejora», escribió. «Siempre mejora».

Querido August Bell:

El 6 de junio la gente de Queensland se reunirá para festejar el Día de Queensland, una celebración sin precedentes que conmemora la separación oficial de Nueva Gales del Sur el 6 de junio de 1859. Como parte de las celebraciones, vamos a reconocer a quinientos «defensores de Queensland» que han hecho su contribución al Estado con sus esfuerzos. Nos complace invitarle a asistir a la ceremonia de inauguración de los Defensores de Queensland el 7 de junio de 1991 en el Ayuntamiento de Brisbane, donde será reconocido en la sección de DEFENSORES DE LA COMUNIDAD por sus incansables esfuerzos para recaudar fondos para la ASOCIACIÓN CONTRA LA DISTROFIA MUSCULAR DEL SURESTE DE QUEENSLAND.

* * *

Alex Bermudez pasó cuatro horas en nuestra cocina contándome la historia de su vida. Cuando terminó, se volvió hacia August.

—¿Y qué pasa contigo, Gus? —le preguntó.

«¿Qué?», escribió August en el aire.

—Dice que «qué» —le traduje.

—¿Puedo ayudarte en algo? —preguntó Alex.

Fue en ese momento, mientras August se rascaba la barbilla en el sofá y veía *Neighbours* en televisión, cuando se le ocurrió la idea de Empresas Criminales, la primera organización benéfica clandestina de Australia financiada por una red de importantes figuras del crimen en el sureste de Queensland. Le pidió a Alex un donativo para su cubo de la distrofia muscular. Alex echó doscientos dólares al cubo y entonces August fue un paso más allá. Mientras yo traducía sus mensajes en el aire, le explicó a Alex una idea que tenía para un compromiso benéfico permanente por parte de la banda de moteros criminales los Rebeldes y cualquier otro criminal adinerado que Alex tuviera en su círculo de amistades y que tal vez quisiera devolver algo a la comunidad que tanto había saqueado y destruido. El amplio mundo criminal del estado de Queensland, según August, representaba un recurso benéfico sin explotar que se podría capitalizar. Incluso en los bajos fondos, poblados de asesinos y hombres que apuñalarían a su propia abuela con tal de tener una piscina en verano, podrían encontrarse algunos tipos de buen corazón que quisieran dar algo a las personas menos afortunadas que ellos mismos. August veía un amplio rango de necesidades especiales y servicios educativos que podrían verse beneficiados por la buena voluntad de los delincuentes locales. Por ejemplo, podrían apoyar a los hombres y a las mujeres jóvenes que van por el mal camino mediante cursos universitarios de medicina. Podrían, por ejemplo, financiar un programa de becas para los hijos de criminales retirados con necesidades especiales. El plan tenía algo de Robin Hood, decía August. Lo que perdían los criminales de su bolsillo lo ganarían en el alma; les otorgaría algo de significado que mostrar al gran juez del cielo cuando algún día llamaran a sus puertas.

Yo veía hacia dónde quería llegar August y decidí aportar mi granito de arena existencial.

—Creo que lo que Gus intenta decir es que ¿no te preguntas nunca para qué ha servido todo esto, Alex? —le pregunté—. Imagina que llega el día de colgar tu pistola y tu puño de acero y, en tu último día de trabajo, miras atrás, contemplas todos esos negocios turbios, y lo único que te queda es una montaña de dinero y una colección de lápidas.

Alex sonrió.

—Dejadme consultarlo con la almohada —dijo.

Una semana más tarde, una furgoneta de correos dejó en nuestra casa un paquete dirigido a August. En la caja había diez mil dólares en billetes de veinte, de diez, de cinco, de dos y de uno. Los datos del remitente eran: *R. Hood, Montague Road, 24, West End.*

* * *

¿Puedes vernos, Slim? Mamá está revolviéndole el pelo a August.

—Estoy muy orgullosa de ti, August —le dice.

August sonríe. Mi madre llora.

—¿Qué pasa, mamá? —le pregunto.

Ella se frota los ojos.

—Mi chico es un Defensor de Queensland —responde entre sollozos—. Van a pedirle a mi chico que se suba a un escenario y van a darle las gracias por ser... por ser... por ser él.

Mi madre toma aliento y empieza a dar órdenes.

—Vamos a ir todos, ¿verdad?

Yo asiento. Mi padre frunce el ceño.

—Nos vestiremos bien —continúa mi madre—. Me compraré un vestido. Me arreglaré el pelo. Todos te acompañaremos, Gus.

August asiente, sonriente. Mi padre frunce el ceño.

—Fran, yo... eh... probablemente no es necesario que yo vaya —comenta.

—Tonterías, Robert. Vas a ir.

* * *

¿Ves mi escritorio, Slim? ¿Ves mis dedos escribiendo palabras en la máquina de escribir de mi escritorio, Slim? Estoy escribiendo un artículo sobre la carrera 8 de Doomben. Estás ante el ayudante del ayudante del ayudante del columnista sobre carreras de caballos. El jefe de la sección, Jim Cheswick, me felicitó por un artículo que escribí la semana pasada sobre los McCarthy, tres generaciones —abuelo, padre e hijo— de jinetes que compitieron en el mismo evento en las carreras de Albion. Ganó el abuelo por dos cuerpos.

Brian Robertson es más amable de lo que la gente cree. Me dio un trabajo e incluso me permitió terminar las clases antes de empezar. Mi trabajo en el periódico es básicamente un puesto monótono de chico para todo realizando tareas de mierda, pero me aferro a él con ambas manos y nueve dedos. Si ocurre algo gordo en el Parlamento Estatal o Federal, me envían a los centros comerciales a hacer preguntas a la gente redactadas por nuestro jefe de personal, Lloyd Stokes.

«¿El Estado de Queensland se está yendo por el retrete?».

«¿A Bob Hawke le importa que Queensland se vaya por el retrete?».

«¿Cómo conseguirá Queensland salir del retrete?».

Escribo sobre los resultados deportivos del fin de semana en las competiciones locales. Escribo sobre las horas de las mareas y, cada viernes por la mañana, llamo por teléfono a un viejo pescador llamado Simon King para escribir una columna llamada «Simon dice», donde ofrecemos a los lectores los mejores lugares de pesca a lo largo de la costa de Queensland, según las predicciones de Simon King. Te caería bien Simon, Slim; sabe que la pesca no trata en absoluto de la captura, sino de la espera. Trata de los sueños.

Escribo sobre casas en la sección inmobiliaria. Escribo artículos de trescientas palabras —la editora de inmobiliaria, Regan Stark, los llama «publirreportajes»— sobre casas carísimas que anuncian las empresas inmobiliarias que pagan mucho dinero para llenar nuestras páginas. Regan dice que mi escritura es demasiado entusiasta. Dice que no hay cabida para símiles en publirreportajes inmobiliarios de trescientas palabras, y me enseña a recortar mis frases, pasando de algo como: «El alargado porche exterior envuelve los lados norte y este de la casa igual que la nana de una madre envuelve a un cangurito recién nacido», a algo como: «La casa tiene un porche en forma de L». Pero Regan dice que no debería dejar de ser entusiasta porque —más que la pluma y el papel— el entusiasmo es la mejor herramienta de un periodista, al margen de la ginebra Gilbey. Pero hago como tú, Slim. Me mantengo ocupado. Cumplo mi condena. Cada día estoy un día más cerca de Caitlyn Spies. Compartimos la misma sala en el trabajo, Slim. Lo que pasa es que la sala —la redacción principal del edificio— tiene unos ciento cincuenta metros de largo y ella se sienta en la parte delantera, en la sección de sucesos, junto al despacho del editor jefe, Brian Robertson, y yo me siento en la parte de atrás de la sala, junto a una ruidosa fotocopiadora y a Amos Webster, el hombre de setenta y ocho años que edita los crucigramas, a quien golpeo en el hombro varias veces al día para asegurarme de que no se haya muerto. Esto me encanta, Slim. Cómo huele este lugar. El sonido de las prensas en los edificios de ladrillo bajo nuestros pies cuando escribimos. El olor del humo del tabaco y los comentarios de los hombres mayores, que insultan a los políticos más mayores a los que conocieron en los 60 y a las mujeres más jóvenes a las que se tiraron en los 70.

Fuiste tú quien me consiguió este trabajo, Slim. Fuiste tú quien cambió mi vida. Quiero darte las gracias, Slim. Si puedes verme, gracias. Fuiste tú quien me dijo que escribiera a Alex. Fue Alex quien me dio su historia. Fue esa historia la que me consiguió la portada del *Courier-Mail*. *REBELDE SIN PAUSA*, rezaba el titular de mi exclusiva de dos mil quinientas palabras sobre la vida y obra del recientemente excarcelado líder de los Rebeldes, Alex Bermudez. No me permitieron firmar el artículo, pero no importa. El editor, Brian Robertson, cambió mi historia de manera dramática, alegando que yo había llenado el texto de «florituras de mierda», según las llamó.

—¿Cómo es posible que hayas conseguido una entrevista con Alex Bermudez? —me preguntó Brian en su despacho, mientras leía el borrador impreso que le había enviado junto con una carta en la que volvía a expresarle mi deseo de escribir para la respetada sección de sucesos del *Courier-Mail*.

—Yo le escribía cartas que le alegraban la vida mientras estaba en prisión —respondí.

—¿Cuánto tiempo pasaste escribiéndole cartas?

—Desde que tenía diez años hasta que cumplí trece.

—¿Por qué empezaste a escribirle cartas a Alex Bermudez?

—Mi niñero me dijo que significaría mucho para alguien como él porque no tenía familia ni amigos que le escribieran.

—No tenía familia ni amigos que le escribieran porque es un criminal convicto, posiblemente sociópata, y muy peligroso —dijo Brian—. Supongo que tu niñero no se parecía a Mary Poppins.

—No —respondí—. Desde luego que no.

—¿Cómo sé que esto no es un montón de mentiras salidas de la mente imaginativa de un muchacho que quiere venir a trabajar para mí?

Alex sabía que diría eso, así que le pasé a Brian su número de teléfono.

Lo observé desde el otro lado de la mesa mientras hablaba por teléfono con Alex Bermudez, confirmando los detalles y las citas de mi artículo.

—Entiendo —dijo—. Entiendo... Sí, creo que podemos publicarlo.

Asintió y me miró perplejo.

—Bueno, no, señor Bermudez. Me temo que no será «palabra por palabra», porque el muchacho escribe como si quisiera ser el puto León Tolstói y además ha escondido el cebo de la historia en el párrafo diecinueve. Pero, lo más importante, ¡ningún periódico mío comenzará jamás un artículo de portada con la cita de un puto poema!

Alex me había sugerido comenzar el artículo con esta cita de *Los Rubaiyat*, de Omar Khayyám, el poema que le envié por correo a la cárcel:

No pretendas Khayyám, descifrar el enigma
de la Vida, que es solo una ficción. Lo eterno
es una copa llena de burbujas; tú eres una.
Goza, no pienses en el cielo o el infierno.

Me dijo que se había aprendido ese poema de memoria. Dijo que se apoyó en ese poema durante su condena. Dijo que le aportó sabiduría y calma. Dijo que le sacó del agujero, igual que sacó a Slim del agujero, cuatro décadas antes que él. Aquella cita era un hilo temático emocional a lo largo de mi artículo, porque hablaba de las cosas que Alex se arrepentía de haber hecho a los demás, que a su vez estaban hiladas con las cosas que le habían hecho a él de niño.

—¿Le gusta? —le pregunté a Brian.

—No —respondió él con sequedad—. Es una jodida historia sensiblera sobre un criminal que lloriquea por haber llevado una vida de mierda.

Volvió a leer mi borrador.

—Pero tiene sus momentos —dijo—. ¿Cuánto quieres cobrar?

—¿A qué se refiere?

—Al dinero —aclaró—. ¿Cuánto por palabra?

—No quiero dinero a cambio —le dije.

Él dejó el borrador sobre la mesa y suspiró.

—Quiero escribir en su sección de sucesos —le repetí.

Él dejó caer la cabeza y se frotó los ojos.

—Tú no eres un periodista de delitos, chico —me dijo Brian.

—Pero, si acabo de escribirle dos mil quinientas palabras en exclusiva sobre uno de los criminales más famosos de Queensland.

—Sí, y, de todas esas palabras, quinientas trataban sobre el color de ojos de Alex, la intensidad de su mirada, su manera de vestir y los sueños de barcos que tenía cuando estaba en prisión.

—Eso era una metáfora para decir que se ahogaba allí dentro y ansiaba la libertad.

—Bueno, pues a mí me dio ganas de vomitar. Mira, te lo diré claramente para que no pierdas el tiempo, chaval: la verdad es que el reportero de sucesos nace, no se hace, y tú no naciste para ser reportero de sucesos. Nunca serás reportero de sucesos y probablemente nunca serás reportero de noticias, porque tienes demasiados pensamientos dando vueltas en esa cabecita tuya. Un buen reportero de noticias tiene solo una cosa en la cabeza.

—¿La cruda realidad? —pregunté.

—Bueno, sí..., pero piensa en algo más incluso antes que en eso.

—¿La justicia y la responsabilidad?

—Sí, pero...

—¿Ser un sirviente objetivo de la gente de la industria de la información?

—No, colega, lo único que tiene en la cabeza es una jodida exclusiva.

Claro, pensé yo. La exclusiva. La exclusiva todopoderosa. Brian

Robertson negó con la cabeza y se aflojó el nudo de la corbata.

—Me temo, hijo, que tú no naciste para ser reportero de sucesos —me dijo—. Sin embargo, naciste para ser escritor de colores.

—¿Escritor de colores?

—Sí, un jodido escritor de colores. El cielo era azul. La sangre era de color bermellón. La bicicleta con la que Alex Bermudez se escapó de casa era amarilla. Te gustan los pequeños detalles. Tú no escribes noticias. Tú pintas bonitas imágenes.

Dejé caer la cabeza. Quizá tuviera razón. Siempre he escrito así. ¿Te acuerdas, Slim? Puntos de vista. Estirar un momento en el tiempo hasta el infinito. Los detalles, Slim.

Me levanté de la silla que había enfrente de la mesa de Brian. Sabía que nunca sería reportero de sucesos.

—Gracias por su tiempo —le dije, apesadumbrado y derrotado.

Me dirigí cabizbajo hacia la puerta de su despacho. Entonces la voz del editor me detuvo en seco.

—¿Cuándo puedes empezar, entonces?

—¿Eh? —respondí, perplejo ante su pregunta.

—Me vendría bien un ayudante del ayudante del ayudante del columnista de carreras de caballos —dijo Brian. Y pareció estar a punto de sonreír—. En la pista de carreras hay muchas imágenes bonitas que pintar.

* * *

Detalles, Slim. Se le hacen dos arrugas en la comisura derecha de la boca cuando sonríe. Come zanahorias troceadas a la hora de la comida los lunes, miércoles y viernes. Los martes y jueves come ramas de apio.

Hace dos días llevó al trabajo una camiseta de The Replacements, y en la hora de la comida tomé un tren al centro y me compré una cinta de The Replacements. Se llamaba *Pleased to*

Meet Me. Escuché la cinta dieciséis veces en una sola noche y luego fui a su mesa a la mañana siguiente para decirle que la última canción de la cara dos de la cinta, *Can't Hardly Wait*, era la fusión perfecta de los primeros días de *punk rock* desgarrado del cantante Paul Westerberg con la creciente pasión por el pop de amor más parecido a *Hooked on a Feeling*, de B.J. Thomas. No le dije que esa canción es, además, la fusión perfecta entre mi corazón y mi mente, que no pueden dejar de latir y de pensar en ella; que es la personificación sonora de la urgencia de mi adoración por ella, la personificación de la impaciencia que ha sembrado en mí, que ella me da ganas de acelerar el tiempo para verla entrar por la puerta, para verla parpadear, para oírla reír con sus compañeros de sección, para que mire hacia aquí —hacia aquí, Caitlyn Spies—, a ciento cincuenta metros de distancia, y nos vea a mí y al tipo muerto de la sección de crucigramas.

—¿De verdad? —me dijo—. Yo odio esa canción.

Entonces abrió un cajón que tenía bajo el escritorio y me entregó una cinta de casete.

Let it Be, de The Replacements. El tercer álbum del grupo.

—Pista nueve —me dijo—. *Gary's Got a Boner*. Gary tiene una erección.

Dijo la palabra «erección» como si hubiera dicho «amapola». Hace ese tipo de cosas, Slim. Es mágica, Slim. Cualquier palabra que dice suena como «amapola», «ambrosía», «anhelo» y... y... ¿cuál era esa otra palabra que empieza por «A», Slim? Ya sabes, esa de la que tanto hablan. ¿Sabes qué palabra es, Slim?

* * *

Los gritos incendiarios de Brian Robertson retumban por toda la redacción.

—¿Dónde coño se han metido los pin? —grita.

Me levanto de mi silla para contemplar el ciclón de movimiento que tiene lugar muy lejos, en el extremo serio de la redacción, metralla humana y desechos que salen disparados alrededor de la bomba nuclear que es mi editor, que sujeta furioso un ejemplar de nuestro periódico hermano dominical, el *Sunday Mail.*

Mi compañero de sección y rey del crucigrama Amos Webster vuelve corriendo a su mesa, se sienta y prácticamente se entierra bajo una torre de diccionarios y tesauros.

—Yo me sentaría si fuera tú —me dice—. El jefe está sediento de sangre.

—¿Qué sucede? —pregunto, aún de pie, viendo como Caitlyn Spies asiente frente a su procesador de textos, absorbiendo el sinfín de instrucciones de Brian Robertson, y sus verdades periodísticas sin adornos, que asegura que los periódicos viven y mueren por ser los primeros.

Brian Robertson explota de nuevo, fuego y metralla emergen de sus labios. Los periodistas curtidos corren por su vida.

—¿Quién quiere decirme dónde coño están los pin? —grita.

—¿Para qué narices quiere un pin? —le susurro a Amos.

—No está buscando un pin, pedazo de primate —me responde él—. Se refiere a los Penn. Quiere saber qué ha sido de los Penn, la familia que desapareció en Oxley.

—¿Oxley?

Un suburbio cercano a Darra. Hogar del *pub* de Oxley. Hogar de la lavandería de Oxley. Hogar del paso elevado de Oxley.

—¡Mi puñetero periódico no va a recibir ningún puñetero premio por ser el segundo! —grita Brian desde el otro extremo de la redacción, antes de volver a entrar en su despacho y dar un portazo tan fuerte que la puerta vibra.

—Veronica Holt ha vuelto a quitarnos la exclusiva —susurra Amos.

Veronica Holt. La reportera jefe de sucesos del *Sunday Mail*. Tiene treinta años y solo bebe *whisky* con hielo, y fabrica los cubitos de hielo con su mirada. Lleva trajes de falda y chaqueta en color negro carbón, negro ónice, negro azabache y negro hollín. Su olfato para las noticias es tan afilado como los tacones de sus zapatos negros. El comisario de policía exigió una vez a Veronica Holt que se retractase públicamente por un artículo que escribió en el que aseguraba que la policía de Queensland frecuentaba los burdeles de los suburbios de Brisbane. A la mañana siguiente, por la radio, Veronica Holt respondió directamente al comisario: «Me retractaré, señor comisario, cuando sus hombres retiren sus armas de los burdeles ilegales de Brisbane».

Me acerco a la fila de periódicos nacionales, una estantería de referencia para el personal, que se halla junto al dispensador de agua y el armario con material de oficina. Hay una pila de periódicos *Sunday Mail* del día anterior sobre la estantería, atada con un cordel blanco. Corto el cordel con unas tijeras del armario del material de oficina y leo la primera página de la edición de ayer.

Desaparece una familia de Brisbane mientras... Esas palabras de la portada del *Sunday Mail* son el encabezado del titular principal: *ESTALLA LA GUERRA DE LA DROGA.*

Un impactante artículo de Veronica Holt sobre la misteriosa e inexplicable desaparición de los tres miembros de una familia de Oxley, los Penn, narrada de manera poco delicada con el telón de fondo de lo que la Policía de Queensland llama «un aumento de la tensión entre facciones rivales de las redes clandestinas de narcotráfico que se extienden por Queensland y la costa este de Australia».

A través de fuentes anónimas —principalmente su tío, Dave Holt, un sargento de policía retirado—, Veronica Holt ha hilado una emocionante historia policíaca que no dice de manera explícita que la familia Penn, antes de su desconcertante desaparición, estuviese atrincherada en los bajos fondos criminales de Brisbane, pero da indicios suficientes para mostrar a sus leales y, a veces, morbosos lectores que los Penn tenían las manos tan manchadas como el suelo del cuarto de baño de mi padre el día que cobra la pensión.

El padre, Glenn Penn, acababa de salir de la prisión de Woodford, al norte de Brisbane, tras cumplir dos años por tráfico de heroína de poca monta. La madre, Regina Penn, era una surfista de Sunshine Coast que estuvo sirviendo mesas durante un tiempo en un famoso hotel de mala muerte en Maroochydore, el Smokin' Joe's, conocido por ser frecuentado por criminales importantes como Alex Bermudez —su nombre aparece en el artículo— y criminales de medio pelo como Glenn Penn que quieren ser como Alex Bermudez. Bevan Penn, el hijo de ocho años de Glenn y Regina, es el chico de la foto familiar de la portada cuyo rostro aparece emborronado. Lleva una camiseta negra de las Tortugas Ninja. La piel clara. El pobre e inocente muchacho se vio arrastrado por la estupidez y la temeridad de sus padres. La vecina de la familia Penn, una abuela viuda llamada Gladys Riordan, aparece citada en el impactante artículo de Veronica: «Oí gritos procedentes de la casa en torno a medianoche hace unos quince días. Pero esos dos siempre andaban gritando por las noches. Y luego nada. Ni un ruido en dos semanas. Pensé que se habrían marchado. Entonces vino la policía y me dijo que estaban desaparecidos».

Desaparecidos. Esfumados. Borrados de la faz de la Tierra.

Me pregunto por un instante si Bevan Penn tendrá un hermano mudo que no aparece en la fotografía. Tal vez los Penn tengan un jardinero conocido por ser el más famoso fugitivo de Queensland. Quizá los Penn no hayan desaparecido y están escondidos en la habitación secreta que Glenn Penn construyó debajo de la casa en Oxley, desde donde el chico recibe pistas de hombres desconocidos a través de un teléfono rojo.

Ciclos, Slim. Cosas que van y vuelven, Slim. Cuantas más cosas cambian, más jodido sigue estando todo.

Sé que Brian Robertson me dijo que no husmeara por la sección de sucesos, pero no puedo evitarlo. Es algo que me llama. Me atrae. Cada vez que me acerco a Caitlyn Spies, pierdo la noción del tiempo. Llego a su mesa y nunca sé exactamente cómo he llegado allí. Sé instintivamente que he tenido que pasar por delante de Deportes y de la sala de Clasificados que hay a mi izquierda, y la nevera de las cervezas que hay junto a Carl Corby, el periodista de Motor, y la camiseta enmarcada de la liga de *rugby* del Estado de Queensland firmada por el valiente Wally Lewis, pero no recuerdo haber pasado por delante de todas esas cosas porque estoy encerrado en el túnel de visión de Caitlyn Spies. Siempre muero atravesando ese túnel y ella es la luz que hay al final.

Está hablando por el teléfono negro que hay en su mesa.

—Lárgate, Bell.

Ese es Dave Cullen, periodista estrella en temas de policía. Gran reportero. Gran ego. Es diez años mayor que yo y tiene vello facial para demostrarlo. Dave Cullen corre triatlones en su tiempo libre. Levanta pesas. Rescata a niños de edificios en llamas. Brilla.

—Tiene que concentrarse —me dice Dave sin levantar la mirada del procesador de textos, escribiendo sin parar sobre el teclado.

—¿Qué os ha dicho la policía sobre la familia Penn? —pregunto.

—¿Y a ti qué más te da, Bellbottoms?

Dave Cullen me llama Bellbottoms. Bellbottoms no es un reportero de sucesos. Bellbottoms es un hada que escribe cosas de colores.

—¿Han encontrado pistas en la casa?

—¿Pistas? —Dave se ríe—. Sí, Bellbottoms, han encontrado una vela en el invernadero.

—Yo crecí por allí —le digo—. Conozco bien esa calle. Logan Avenue. Llega hasta el arroyo de Oxley. No para de inundarse.

—Ooohhh, mierda, gracias, Eli. Mencionaré eso en mi cabecera.

Escribe con violencia en su procesador de textos mientras habla.

—«Una sorprendente revelación en el caso de la familia desaparecida de Oxley: una fuente nada cercana a la familia dice que vivían en una calle que con frecuencia se inunda debido a las lluvias».

Dave Cullen se recuesta orgulloso en su silla.

—Joder, amigo, esto sí que va a sembrar un gran revuelo. Gracias por la información.

Pero más tonto es él, el corredor de triatlones y levantador de pesas, porque, mientras hace el numerito de persona sarcástica y maliciosa, busco con la mirada detalles sobre su mesa de trabajo. Una taza de café de Batman donde el hombre murciélago le da un puñetazo en la mejilla al Joker. Una naranja en estado de descomposición. Una pequeña fotografía de la campeona de natación de Queensland Lisa Curry clavada a su tabique separador. Un bote enfriador de cervezas del hotel Birdsville con seis bolígrafos azules. Y una libreta abierta junto al teléfono. En la libreta hay varias frases escritas de las cuales logro identificar varias palabras clave. Esas palabras son: *Glenn Penn, Regina, Bevan, heroína, Golden Triangle, Cabramatta, rey, represalia.*

Pero hay tres palabras que me resultan mucho más interesantes que el resto. Dave Cullen ha escrito esas palabras entre signos de interrogación y las ha subrayado.

¿Pelo de llama?

El nombre me sale sin darme cuenta. Brota de mí. Es como lava caliente en mi boca.

—Iwan Krol.

Lo digo demasiado alto y Caitlyn Spies se da la vuelta de inmediato sobre su silla. Reconoce ese nombre. Se queda mirándome. Spies cava profundo. Spies da en el clavo.

Dave Cullen se queda perplejo.

—¿Qué? —pregunta.

La puerta de Brian Robertson se abre y Dave Cullen se incorpora en su asiento.

—¡Bell! —grita el editor.

Es un grito estruendoso que me sobresalta, y me doy la vuelta hacia el monstruo que hay de pie frente a la puerta de su despacho.

—¿Qué te he dicho sobre husmear por la sección de sucesos? —me grita.

—Dijiste: «Deja de husmear por la puñetera sección de sucesos» —le respondo, mostrando mi asombrosa capacidad periodística para recordar los hechos.

—¡Ven aquí ahora mismo! —grita Brian mientras vuelve hacia su mesa.

Miro a Caitlyn Spies por última vez. Ella sigue al teléfono, pero me está mirando, me sonríe para animarme, asiente con complicidad, me sonríe como sonríen las doncellas a los caballeros de armadura que están a punto de ser devorados por dragones mitológicos.

Entro en el despacho de Brian.

—Lo siento, Brian, solo intentaba darle a Dave un...

Él me interrumpe.

—Siéntate, Bell —me dice—. Tengo un proyecto del que quiero que te encargues.

Me siento en una de las dos sillas giratorias que hay frente a su sillón de cuero marrón, que no gira para nadie.

—¿Has oído hablar de los premios Defensores de Queensland? —me pregunta.

—¿Los Defensores de Queensland? —repito.

—Es una chorrada de palmaditas en la espalda que el gobierno ha organizado para el Día de Queensland —me explica.

—Lo sé —respondo—. Mi hermano, Gus, está nominado a un premio en la categoría de Defensores de la Comunidad. Este viernes por la noche, mi madre, mi padre y yo iremos al ayuntamiento a ver cómo Gus acepta su premio.

—¿Por qué le premian?

—Va por las calles de Brisbane con un cubo pidiendo a la gente dinero para ayudar a quienes padecen distrofia muscular en Queensland.

—Algo hay que hacer —responde Brian. Levanta un cuadernillo con papeles y los deja caer sobre mi lado del escritorio. Una lista de nombres y números de teléfono.

—A partir de ahora somos patrocinadores del evento y vamos a dar un poco de cobertura a diez de las personas que consigan premios.

Señala con la cabeza las hojas que tengo delante.

—Ahí hay un puñado de nombres y números de contacto facilitados por el gobierno —me dice—. Quiero que vayas a entrevistarlos. Dame veinte centímetros de cada uno de ellos, los editores lo necesitan el viernes antes de las cuatro. Lo publicaremos el sábado después de la noche de entrega de los premios. ¿Podrás hacerlo?

Mi propio proyecto. Mi primer gran proyecto para el gran Brian Robertson.

—Puedo hacerlo —respondo.

—Y esta vez quiero que hagas florituras —me dice—. Tienes mi permiso para poner todas las flores que quieras.

—Flores, entendido.

El chico escribe de flores. El chico escribe de violetas. El chico escribe de rosas.

Ojeo la lista de nombres sobre el papel. Es una mezcla pre-decible de populares Defensores de Queensland procedentes del mundo del deporte, del arte y de la política.

Un ciclista medallista olímpico. Un famoso golfista. Una po-derosa voz por los derechos de los indígenas. Un nadador me-dallista olímpico. Hay un cocinero de la tele cuyo programa, *Tummy Grumbles*, es un clásico en la televisión de Queensland. Una poderosa voz en defensa de los derechos de las mujeres. Un remero medallista olímpico con mucho encanto. Hay un hombre medio ciego llamado Johannes Wolf que escaló el Everest y ente-rró su ojo de cristal bajo la nieve en la cima. Hay una madre de seis hijos que corrió alrededor del monte Uluru mil setecientas ochenta y ocho veces en 1988 para celebrar el bicentenario de Australia y recaudar dinero para las Girl Scouts de Queensland.

Me tomo unos instantes para asimilar el último nombre de la lista de Defensores de Queensland. El ganador del premio al Defensor Sénior. Bajo su nombre hay un alegato de unos nueve centímetros en términos periodísticos, más o menos el largo que tendría ahora mi dedo índice derecho si siguiera formando parte de mi mano derecha.

Un héroe no reconocido de la filantropía en Queensland, reza el ale-gato del premio. *Un hombre que comenzó su vida en Queensland como refugiado polaco, que vivió con su familia de ocho miembros en el cam-pamento de acogida temporal de Wacol para personas desplazadas. Un hombre que ha transformado la vida de miles de personas en Queensland que viven con minusvalías. Un Defensor Sénior que realmente lo merece.*

El Señor de los Miembros. El Capitán Ahab. El hombre que hizo desaparecer a Lyle. El hombre que hace desaparecer a todo el mundo. Leo el nombre tres veces para asegurarme de que es real.

Tytus Broz. Tytus Broz. Tytus Broz.

—¿Bell? —me dice Brian.

No respondo.

—¿Bell?

Sigo sin responder.

—Eli —me ladra—. ¿Estás ahí, chico?

Solo entonces me doy cuenta de que tengo arrugados en el puño los papeles con los nombres que acaba de darme mi editor.

—¿Estás bien?

—Sí —respondo mientras aliso los papeles entre las manos.

—Te has puesto pálido de repente.

—Ah, ¿sí?

—Sí. Estabas blanco, como si hubieras visto un fantasma.

Un fantasma. El fantasma. El hombre de blanco. Pelo blanco. Traje blanco. El blanco de sus ojos. El blanco de sus huesos.

—Maldita sea —dice Brian. Se ha inclinado sobre la mesa. Está mirándome las manos y me meto la derecha en el bolsillo—. ¿Te falta un dedo?

Yo asiento.

—¿Cuánto tiempo llevas trabajando aquí?

—Cuatro meses.

—Nunca me había fijado en que te faltara el índice derecho.

Me encojo de hombros.

—Se te da bien tenerlo escondido.

Lo escondo de mí mismo.

—Supongo que sí.

—¿Cómo lo perdiste?

Un fantasma entró en mi casa y se lo llevó. Cuando yo era pequeño.

El chico llega a la luna

Me despierto. Los resortes de mi cama están rotos y mi colchón es tan fino que un resorte roto lo atraviesa y se me clava en el coxis. Me marcho de aquí. Tengo que irme. La cama es demasiado pequeña. La casa es demasiado pequeña. El mundo es demasiado grande.

No puedo seguir compartiendo habitación con mi hermano, da igual lo poco que paguen a los becarios en el periódico.

Es más de medianoche. La luz de la luna entra por la ventana abierta. August está durmiendo en su cama. El resto de la casa está a oscuras. La puerta del dormitorio de mi madre está abierta. Duerme en la biblioteca ahora que ya no hay libros. August se deshizo de ellos en la Venta de Libros de Bracken Ridge, que acabamos prolongando seis sábados consecutivos, todo ello para recaudar solo quinientos cincuenta dólares por el esfuerzo. August paseó casi diez mil libros por el sector de la Comisión de Vivienda de Bracken Ridge, pero, entre ventas decepcionantes, al fin llegó a la filosófica conclusión de regalar la mayoría de los libros. Eso no ayudaría a mi madre a buscarse una casa, pero sí aumentaría la probabilidad de que los adolescentes de Bracken

Ridge tuvieran contacto con Hermann Hesse, John Le Carré y *Las tres fases reproductivas del pececillo de plata*. Gracias a mi hermano, August, hay hombres en la Taberna de Bracken Ridge los sábados por la tarde bebiendo cerveza y jugando a las cartas mientras hablan de la repercusión psicológica de *El corazón de las tinieblas*, de Joseph Conrad.

Recorro el pasillo, aún en calzoncillos y la vieja camiseta negra de Adidas que uso para dormir, muy fina, cómoda y llena de agujeros provocados, en mi opinión, por los pececillos de plata, que sobreviven a base de camisetas Adidas y libros de Joseph Conrad.

Descorro la cortina color crema gastada del ventanal del salón. Abro la ventana hasta arriba. Me apoyo en el alféizar y aspiro el aire de la noche. Miro la luna llena. Miro la calle vacía. Veo a Lyle en Darra. Está de pie en mitad de la noche de suburbio, con su abrigo de cazar canguros, fumando un Winfield Red. Lo echo de menos. Perdí toda esperanza porque tenía miedo. Porque me faltó valor. Porque estaba enfadado con él. Que le jodan. Fue culpa suya por meterse en la cama con Tytus Broz. No fue mi culpa. Lo extirpé de mi mente junto con el Señor de los Miembros. Los cercené igual que el ibis se cercenó su propia pata porque el sedal estaba matándolo.

Es la luna la que hace que mis piernas salgan. Mis piernas se mueven y mi mente las sigue. Entonces mi mente sigue a mis manos hasta la manguera verde del jardín, enrollada en torno al grifo instalado en un lateral de la casa. Abro el grifo y pellizco la manguera con la mano derecha para que el agua no salga por la boquilla naranja. Arrastro la manguera hasta el bordillo que hay junto al buzón. Me siento y me quedo mirando la luna. La luna llena y yo y la geometría entre nosotros. Aflojo la mano y el agua empieza a caer sobre el asfalto, encharcándose deprisa sobre la ondulación de la calle. El agua corre y la luna de plata vibra en su superficie.

—¿No puedes dormir?

Se me había olvidado lo mucho que se parece su voz a la mía. Es como si él fuera yo y yo estuviera detrás de mí mismo. Miro hacia atrás y veo a August. Su rostro iluminado por la luna mientras se frota los ojos.

—No —le digo.

Contemplamos la piscina lunar.

—Creo que tengo el gen de la preocupación de papá —le digo.

—Tú no tienes su gen de la preocupación.

—Voy a tener que vivir mi vida como un ermitaño. No saldré nunca. Alquilaré una casa de la Comisión de Vivienda igual que esta y llenaré las habitaciones de espagueti en lata. Comeré espagueti y leeré libros hasta que me muera mientras duermo, ahogado por una bola de pelusa de mi ombligo.

—Lo que te pertenece no pasará de largo —me dice August.

Le sonrío.

—¿Sabes? Creo que tienes voz de barítono, aunque nunca la uses —le digo.

Él se ríe.

—Deberías probar a cantar alguna vez —sugiero.

—Creo que con hablar es suficiente por ahora —responde.

—Me gusta hablar contigo, Gus.

—Y a mí me gusta hablar contigo, Eli.

Se sienta en el bordillo junto a mí y observa el agua que sale de la manguera y va llenando la piscina lunar.

—¿Qué es lo que te preocupa? —me pregunta.

—Todo —respondo—. Todo lo que ha pasado y todo lo que está a punto de pasar.

—No te preocupes —me dice—. Al final todo...

Le interrumpo.

—Sí, al final todo mejora, Gus, lo sé. Gracias por recordármelo.

Nuestro reflejo se altera y se desfigura como un monstruo en la piscina lunar.

—¿Por qué tengo la sensación de que mañana va a ser el día más importante de mi vida? —pregunto.

—Tus sensaciones están bien fundamentadas —responde August—. Va a ser el día más importante de toda tu vida. Todos los días de tu vida han sido un camino hacia el día de mañana. Pero claro, toda tu vida ha sido un camino para llegar hasta hoy.

Contemplo fijamente la piscina lunar, inclinándome sobre mis piernas delgadas y velludas.

—Siento que ya no tengo ni voz ni voto —le digo—. Como si nada de lo que haga pudiera cambiar lo que es ni lo que será. Estoy en ese coche del sueño, nos precipitamos entre los árboles hacia la presa y no hay nada que yo pueda hacer para cambiar nuestro destino. No puedo salir del coche, no puedo detener el coche, simplemente espero hasta estrellarme contra la presa. Y entonces empieza a entrar el agua.

August asiente mientras mira la piscina lunar.

—¿Es eso lo que ves ahí? —me pregunta.

Niego con la cabeza.

—No veo nada.

August mira también el agua con atención.

—¿Qué es lo que ves tú? —le pregunto.

Se pone de pie con su pijama. Pijama Woolworths de algodón para el verano. Blanco con rayas rojas, como si fuera el pijama del miembro de un cuarteto de barbería.

—Veo el mañana.

—¿Y qué ves mañana?

—Todo —responde.

—¿Te importaría ser un poco más específico? —le ruego.

Él me mira, confuso.

—Quiero decir que resulta muy oportuno que alimentes ese

absurdo misterio con todos esos comentarios generales sobre
tus conversaciones con tus múltiples personalidades procedentes
de múltiples dimensiones —le digo—. ¿Cómo es que nunca te
dicen nada útil esas personalidades tuyas del teléfono rojo? Por
ejemplo, ¿quién ganará la Melbourne Cup el año que viene? O
los números ganadores de la lotería de la semana próxima, quizá.
O, no sé, podrías decirme si Tytus Broz va a reconocerme mañana o no.

—¿Has hablado con la policía?

—Los llamé —respondo—. Le pedí a un agente que me pu-
siera con el investigador jefe. Pero dijo que primero debía darle
mi nombre.

—No le habrás dado tu nombre, ¿verdad?

—No —respondo—. Le dije al agente que tienen que investigar a un hombre llamado Iwan Krol en relación con la familia
Penn. Le pedí que escribiera el nombre. Le dije: «¿Lo está escribiendo?», y me dijo que no, porque primero quería saber quién
era yo y por qué no quería darle mi nombre, y le dije que no
quería dárselo porque Iwan Krol es peligroso y también lo es su
jefe. Y el agente me preguntó quién es el jefe de Iwan Krol y le
dije que es Tytus Broz, y el agente me dijo: «¿Quién, el tipo de la
beneficencia?», y yo le dije: «Sí, ese mismo, el de la beneficencia».
Y me dijo que estaba loco y le dije que no estaba loco, que loco
estaba el jodido Estado de Queensland, y le dije también: «Tú
estás loco si no me haces caso cuando te diga que el pelo de llama
que encontró la unidad del forense en casa de los Penn pertenece
a Iwan Krol, que lleva veinte años explotando una granja de llamas a las afueras de Dayboro».

—¿Y entonces el agente quiso saber cómo es que tú sabías lo
del pelo de llama?

Yo asiento con la cabeza.

—Así que colgué.

—No es de su incumbencia —dice August.

—¿Eh?

—¿Qué les importa a ellos que los criminales de Queensland se aniquilen lentamente unos a otros?

—Creo que debería importarles cuando una de las personas que han desaparecido es un niño de ocho años.

August se encoge de hombros y sigue mirando la piscina lunar.

—Bevan Penn —le digo—. Han pixelado su cara en todas las fotos, pero te juro, Gus, que es como nosotros. Somos tú y yo.

—¿Qué quieres decir con que somos tú y yo?

—Quiero decir que podríamos haber sido nosotros. Sus padres se parecen a mamá y a Lyle cuando yo tenía ocho años, ya sabes. Y he estado pensando que Slim solía hablar de ciclos y de tiempo, y decía que las cosas siempre iban y volvían.

—Así es —confirma August.

—Sí —le digo—. Quizá sea cierto.

—Igual que volvimos nosotros.

—No me refería a eso.

Me pongo de pie.

—Déjalo ya, Gus.

—Dejar ¿qué?

—Deja de decir esas chorradas sobre regresar. Estoy harto de oírlo.

—Pero tú regresaste, Eli —insiste—. Siempre regresas.

—No regresé, Gus —le digo—. No regreso. Estoy aquí, en una sola dimensión. Y esas voces que oías al otro lado del teléfono estaban en tu cabeza.

Él niega con la cabeza.

—Tú las oíste —me recuerda—. Las oíste.

—Sí, yo también oí las voces en mi cabeza —admito—. Las voces trastornadas en la cabeza de los hermanos Bell. Sí, Gus, las oí.

Él se queda mirando la piscina lunar.

—¿La ves? —me pregunta.

—¿A quién?

—A Caitlyn Spies —me dice señalando el agua con la cabeza.

—¿Qué pasa con Caitlyn? —le pregunto, siguiendo el curso de su mirada, pero sin encontrar nada.

—Deberías contárselo a Caitlyn Spies.

—Contarle ¿qué?

Sigue mirando el agua. Acaricia la superficie con el pie derecho descalzo y la piscina lunar se agita formando diez historias distintas.

—Contárselo todo.

Oímos la voz de mi madre desde la ventana de casa. Está intentando gritar y susurrar al mismo tiempo.

—¿Qué diablos estáis haciendo ahí fuera con la manguera? —pregunta—. Volved a la cama —nos dice en tono de advertencia—. Si mañana estáis cansados...

Si mañana estáis cansados..., se os quedará el culo tan rojo de los azotes que dejaréis a Rudolph sin trabajo. Si mañana estáis cansados..., las estrellas desaparecerán del cielo sobre Bracken Ridge. Si mañana estáis cansados..., la luna se romperá como un caramelo entre los dientes y los colores que tiene dentro cegarán a la humanidad. Duerme, Eli. El mañana se acerca. Todo se acerca. Toda tu vida te ha traído hasta el día de mañana.

* * *

Mi padre lee el *Courier-Mail* sentado a la mesa de la cocina durante el desayuno. Está fumando un cigarrillo de liar y leyendo las páginas de la sección internacional. Leo la portada desde el otro lado mientras como mi cuenco de galletas con cereales. Es una imagen ampliada de la fotografía policial de Glenn Penn.

Tiene una cara dura y amenazante. El pelo rubio y rapado, dientes torcidos y deformes, como una hilera de viejas puertas de garaje abiertas por la mitad. Cicatrices del acné. Ojos azul claro. En la foto, su boca dibuja una media sonrisa, como atontada, como si esa foto fuese un ritual de iniciación que quisiera tachar de su lista de sueños, como llegar hasta la última base con una chica guapa o llegar hasta Turquía con diez preservativos llenos de heroína en el estómago y en el culo.

La historia que acompaña a la imagen es un artículo coescrito por Dave Cullen y Caitlyn Spies sobre la juventud perdida y salvaje de Glenn Penn. La historia de siempre: el padre atiza a la madre con el cable de la freidora; la madre echa matarratas en el sándwich de jamón, queso y tomate del padre; el pequeño Glenn Penn, de ocho años, prende fuego a la oficina de correos local. Dave Cullen firma primero, pero sé que ha sido Caitlyn quien ha escrito esto. Lo sé porque el artículo transmite cierta compasión, y eso no encaja con las habituales frases impactantes y directas de Dave Cullen, como «sorprendente revelación», «intento de asesinato» y «penetrada digitalmente». Caitlyn ha entrevistado a varios profesores y padres de la escuela de primaria de Bevan Penn. Todos dicen que es un buen chico. Un buen muchacho. Tranquilo. Nunca haría daño ni a una mosca. Lee mucho. Un ratón de biblioteca. Cuenta la historia al completo del chico de la camiseta de las Tortugas Ninja con la cara pixelada.

—¿Qué vas a ponerte esta noche, Eli? —pregunta mi madre desde el salón.

Mi madre está planchando la ropa con la vieja y defectuosa plancha de mi padre que da descargas eléctricas si la pones en «lino» y deja marcas negras en mis camisas del trabajo si coloco la rueda más arriba de «sintético».

Son las ocho de la mañana —quedan casi diez horas para que August acepte su premio en la ceremonia de los Defensores de

Queensland celebrada en el Ayuntamiento de Brisbane— y mi madre ya está moviéndose de un lado a otro por el salón, como bailaba Mr. Bojangles en una celda llena de borrachos.

—Pues llevaré esto mismo —respondo, señalando con la cabeza la camisa de cuadros morados y blancos del trabajo y los vaqueros azules.

Mi madre está horrorizada.

—Tu hermano mayor va a ser nombrado Defensor de Queensland y tú vas a ir vestido como un pedredasta.

—Pederasta, mamá.

—¿Eh? —dice ella.

—Se dice pederasta, no *pedredasta*. ¿Y qué llevo puesto exactamente que me haga parecer un pederasta?

Ella se queda observándome unos instantes.

—Es la camisa —asegura—. Los vaqueros, los zapatos. Todo el conjunto parece gritar: «¡Joey, sal corriendo!».

Niego con la cabeza, perplejo, y me termino las galletas de cereales.

—¿Te dará tiempo a volver a casa y cambiarte antes de irnos? —me pregunta.

—Mamá, tengo una entrevista importante a las tres en Bellbowrie y una historia que tengo que entregar antes de las seis en Bowen Hills —respondo—. No me da tiempo a venir a casa y ponerme un esmoquin para la gran noche de gloria de Gus.

—No te atrevas a teñir este momento con tu cinismo —dice mi madre—. No te atrevas, Eli.

Mi madre está señalándome con uno de sus pantalones bajo el brazo, a punto de plancharlos.

—Este es el mejor día... de... —Se le llenan los ojos de lágrimas y agacha la cabeza—. Es un... gran... jodido... día —solloza.

Hay algo profundo en esa cara. Algo primario. Mi padre deja el periódico sobre la mesa. Parece confuso, incapaz de hallar soluciones que apacigüen aquella inesperada demostración femenina de humedad en los ojos conocida en otros círculos más humanos como lágrimas. Me acerco a ella y la abrazo.

—Me pondré una chaqueta bonita, mamá, está bien.

—Tú no tienes ninguna chaqueta bonita.

—Usaré una de las que tienen en el trabajo en el armario de emergencias.

El armario de emergencias lleno de chaquetas negras para llevar al Parlamento y al juzgado, impregnadas todas de olor a *whisky* y a tabaco.

—Estarás allí, ¿verdad, Eli? —dice mi madre—. ¿Estarás allí esta noche?

—Estaré allí, mamá —le aseguro—. Y no seré cínico, mamá.

—¿Lo prometes?

—Sí, lo prometo.

La abrazo con fuerza.

—Es un gran día, mamá. Sé que lo es.

Es un fantástico día de mierda.

* * *

Judith Campese es la encargada de relaciones públicas de los Defensores de Queensland. Lleva toda la semana ayudándome con el artículo que estoy escribiendo para el periódico de mañana sobre diez de los ganadores de la deslumbrante gala de esta noche en el Ayuntamiento de Brisbane.

Me llama al trabajo a las dos y cuarto de la tarde.

—¿Qué haces todavía allí? —me pregunta.

—Estoy escribiendo lo de Bree Dower —respondo.

Bree Dower es la madre de seis hijos que rodeó corriendo el monte Uluru mil setecientas ochenta y ocho veces veces en 1988 para celebrar el bicentenario de Australia y recaudar dinero para las Girl Scouts de Queensland. No son los mejores veinte centímetros que escribiré en mi vida. Mi artículo comienza con la torpe frase introductoria, «La vida de Bree Dower daba vueltas en círculos», y continúo diciendo que dejó su trabajo sin futuro como secretaria en una agencia inmobiliaria y encontró su objetivo en la vida corriendo en círculos alrededor del Uluru.

—Será mejor que te des prisa —me dice Judith Campese. Posee cierto acento británico en la voz, un poco como la princesa Diana, si la princesa Diana dirigiese una tienda de moda Fosseys.

—Gracias por el consejo.

—Una pregunta rápida. ¿Puedes darme una idea de las preguntas que piensas hacerle al señor Broz?

—No es nuestra política revelar las preguntas antes de las entrevistas.

—¿Ni siquiera algo aproximado?

Bueno, supongo que empezaré con la típica frase para romper el hielo, «¿qué hiciste con Lyle, viejo cabrón retorcido?», y luego pasaré directamente a, «¿dónde coño está mi dedo, animal?».

—¿Una aproximación? —repito—. ¿Quién es usted? ¿Qué hace? ¿Dónde? ¿Cuándo?

—¿Por qué? —sugiere ella.

—¿Cómo lo adivinaste?

—Oh, esa es buena. Tiene mucho que decir sobre el por qué hace las cosas que hace. Es bastante inspirador.

—Bueno, Judith, la verdad es que estoy deseando saber por qué hace las cosas que hace.

Al otro lado de la redacción, veo que Brian Robertson se dirige hacia mí, me mira mientras se acerca, echando tanto humo por la cabeza que necesitaría un tubo de escape.

—Tengo que colgar, Judith —le digo, cuelgo el teléfono y sigo con el artículo sobre Bree Dower.

—Bell —grita Brian a treinta metros de distancia—. ¿Dónde está la copia de Tytus Broz?

—Voy para allá ahora.

—No la jodas, ¿de acuerdo? Los representantes publicitarios dicen que podría invertir mucho dinero. ¿Por qué sigues en tu mesa?

—Estoy terminando la historia sobre Bree Dower.

—¿La loca del Uluru?

Yo asiento. Él lee el texto por encima de mi hombro y el corazón se me detiene un instante.

—¡Ja! —Sonríe. Me doy cuenta de que nunca antes le había visto los dientes—. «La vida de Bree Dower daba vueltas en círculos». —Me da una palmadita en la espalda con la mano izquierda—. Oro puro, Bell. Oro puro.

—Brian —le digo.

—¿Sí?

—Hay una gran historia sobre Tytus Broz que creo que puedo escribir.

—¡Genial, muchacho! —responde, entusiasmado.

—Pero no es una historia fácil de...

Me interrumpe Dave Cullen que llama desde el otro lado de la redacción.

—Jefe, acabo de recibir la cita del comisario... —grita Cullen.

Brian se aleja corriendo.

—Hablaremos cuando vuelvas, Bell —me dice, distraído—. Escribe lo de Broz cuanto antes.

* * *

Estoy esperando al taxi para ir a Bellbowrie. Está a cuarenta minutos, situado en los suburbios occidentales. Tengo que estar allí en treinta minutos. Veo mi reflejo en la entrada de cristal de nuestro edificio. Aquí de pie, con esta chaqueta negra y demasiado grande que he sacado del armario de la redacción. Llevo las manos en los bolsillos. ¿Soy muy diferente a mis dieciocho años de como era a los trece? Tengo el pelo más largo. Eso es todo. Los mismos brazos y piernas esqueléticas. La misma sonrisa nerviosa. Me va a reconocer al instante. Se fijará en mi dedo amputado y emitirá un silbido secreto que solo oyen los perros e Iwan Krol, y este último me arrastrará hasta un cobertizo que hay detrás de la mansión de Tytus Broz y, allí, me cortará la cabeza con su cuchillo, y mi cabeza aún funcionará cuando esté separada del cuerpo y podré responderle cuando se rasque la barbilla y me pregunte: «¿Por qué, Eli Bell, por qué?». Y le responderé como si yo fuera Kurt Vonnegut. «Un tigre tiene que cazar, Iwan Krol. Un pájaro tiene que volar. Eli Bell tiene que preguntarse por qué, por qué, por qué».

Un pequeño Ford Meteor rojo se detiene ruidosamente frente a mí.

Caitlyn Spies abre la puerta del copiloto.

—Sube —me dice.

—¿Por qué?

—¡Sube al coche, Eli Bell!

Me meto en el asiento del copiloto y cierro la puerta. Ella pisa el acelerador y me pego al asiento a causa de la velocidad.

—Iwan Krol —me dice mientras conduce con la mano derecha. Con la izquierda, me pasa una carpeta llena de papeles fotocopiados y una foto policial de Iwan Krol.

Se vuelve hacia mí y el sol ilumina su pelo y su cara a través de la ventanilla del conductor, y sus ojos verdes y perfectos se clavan en los míos.

—Cuéntamelo todo.

* * *

El Ford Meteor avanza deprisa por una carretera secundaria de Bellbowrie que serpentea entre matorrales salvajes, eucaliptos gigantes y asfixiantes arbustos de lantana que han ido entretejiéndose a lo largo de kilómetros de maleza.

Un poco más adelante vemos el cartel de la calle.

—Cork Lane —digo—. Es aquí.

Cork Lane es un camino de tierra lleno de surcos de ruedas y piedras del tamaño de pelotas de tenis que hacen que el coche de Caitlyn vaya dando tumbos y nos haga botar en nuestros asientos.

He tenido veintisiete minutos para contárselo todo a Caitlyn. Ella ha reservado sus preguntas para el final.

—¿De modo que se llevan a Lyle a rastras y desaparece de la faz de la Tierra? —pregunta, sujetando el volante con ambas manos para intentar que el coche avance en línea recta.

Yo asiento.

—Eso encaja con el caso —dice Caitlyn, señalando con la cabeza la carpeta que tengo entre las manos—. Te oí hablando con Dave. Escribí ese nombre que dijiste. Iwan Krol. Solo hay cuatro criadores o propietarios de llamas registrados actualmente en la región del sureste de Queensland, e Iwan Krol es uno de ellos. Así que llamé a los otros tres y les pregunté directamente dónde estaban el 16 de mayo, el día en que la policía sospecha que desapareció la familia Penn. Todos tenían coartadas creíbles y aburridas para aquel día. De modo que fui a la comisaría de policía de Fortitude Valley y le pedí a un viejo amigo de clase, Tim Cotton, que ahora es agente en el valle, que me sacara todo lo que tuvieran archivado sobre Iwan Krol, y me dio un taco de papeles que me fui a fotocopiar. Y, mientras los fotocopiaba, empecé a leer declaraciones de la policía según las cuales habían acudido a la propiedad de Iwan Krol en Dayboro hasta en cinco ocasiones, cinco jodidas veces, a lo largo de los últimos veinte años por cuestiones relativas a personas desaparecidas relacionadas con

Iwan Krol. Y, en las cinco ocasiones, no averiguaron nada. Pero entonces, anoche, me paso a devolverle el archivo a Tim Cotton y le invito a una *pizza* de albóndigas en Lucky's para darle las gracias por su ayuda, y de pronto deja de intentar ligar conmigo un momento y ¿sabes lo que me dice?

—¿Qué?

Ella niega con la cabeza.

—Me dice: «Quizá sea mejor que te olvides de esto, Caitlyn».

Da un golpe con fuerza al volante.

—En serio, de verdad va y dice eso, un puñetero agente de policía, Eli. Ha desaparecido un niño de ocho años y va y me dice que me olvide de esto.

El coche se detiene junto a una imponente verja de seguridad de hierro blanco construida en un muro de hormigón color arcilla. Caitlyn baja la ventanilla y estira el brazo hacia el botón rojo del intercomunicador.

—¿Sí? —responde una voz amable.

—Hola. Venimos del *Courier-Mail* para entrevistar al señor Broz —dice Caitlyn.

—Bienvenidos —responde la voz amable.

La verja se abre con un chirrido.

La casa de Tytus Broz es blanca como sus trajes, como su pelo y como sus manos. Es una extensa mansión de hormigón blanco con imponentes columnas, balcones al estilo de Julieta y un acceso de doble puerta de madera blanca tan grande como para que quepa por ella un yate blanco. Parece más la mansión de una plantación de Nueva Orleans que el refugio de un millonario de Bellbowrie.

La luz del sol se cuela entre las hojas de los ocho frondosos olmos que bordean el largo y sinuoso camino de acceso, que parte en dos un vasto jardín bien cuidado, hasta terminar en unos escalones anchos de mármol blanco.

Caitlyn aparca el coche en la plaza de grava amarilla reservada para las visitas a la izquierda de los escalones de mármol, sale del vehículo y abre el maletero.

El sonido de los pájaros en los olmos, un viento ligero. Nada más.

—¿Cómo voy a explicar quién eres? —susurro.

Caitlyn mete el brazo en el maletero y saca una vieja cámara Canon de color negro con un objetivo largo y gris, como las que usan nuestros fotógrafos de deportes en Lang Park los días de partido.

—Soy la fotógrafa —responde con una sonrisa, cerrando un ojo para mirar por el visor.

—Tú no eres fotógrafa.

—¡Bah! —suelta con una risita—. Apuntar y disparar.

—¿De dónde has sacado esa cámara?

—La he encontrado en el armario de las reparaciones.

Camina decidida hacia la imponente puerta de entrada.

—Vamos —me dice—. Llegas tarde a tu entrevista.

* * *

Llamo al timbre. El timbre suena en tres lugares dentro de la casa, un timbrazo se mezcla con el otro como en una pequeña pieza musical. Tengo el corazón lleno de esperanza. Tengo el corazón en la garganta. Caitlyn agarra su cámara como si fuera un martillo de guerra y guiase a un grupo de escoceses borrachos hacia la batalla. No hay más sonido que el canto de los pájaros en los olmos.

Aquí me siento alejado de todo. Alejado de la vida y del mundo. Me doy cuenta ahora de que la casa no encaja en este decorado. Las altísimas columnas blancas no encajan con el paisaje salvaje que nos rodea. Algo no cuadra, este lugar tiene algo raro.

Se abre una de las hojas de la puerta doble. Mientras se abre, me acuerdo de esconder la mano derecha con su dedo amputado dentro del bolsillo de la chaqueta, para que no se vea.

Una mujer bajita con uniforme gris, uniforme de sirvienta, imagino. Filipina, quizá. Sonrisa amplia. Abre la puerta del todo y deja ver a una mujer frágil y delgada ataviada con un vestido blanco. Tiene la cara tan delgada que parece como si le hubieran pintado las mejillas con óleo por encima de los pómulos. Una cálida sonrisa. Una cara que conozco.

—Buenas tardes —nos dice con una elegante inclinación de cabeza—. ¿Sois del periódico?

Ahora tiene el pelo gris. Antes lo tenía de un rubio casi blanco. Sigue llevándolo liso y suelto por encima de los hombros.

—Soy Hanna Broz —anuncia, llevándose la mano derecha al pecho. Pero la mano no es una mano. Es una prótesis de plástico, aunque no se parece a nada de lo que yo haya visto. Se parece a una de las manos de mi madre, como si estuviese bronceada por el sol. Sobresale de la manga blanca de una chaqueta de punto que lleva por encima del vestido. Miro su mano izquierda y me doy cuenta de que es igual. En una de ellas tiene pecas. Es rígida, pero parece real, fabricada con alguna clase de silicona moldeable. Muy aparente, pero poco práctica.

—Yo soy Eli —respondo. No digas tu apellido—. Esta es mi fotógrafa, Caitlyn.

—Sacaré alguna foto rápida, si no le importa —dice Caitlyn, Hanna asiente.

—No pasa nada —responde mientras se aparta de la puerta—. Adelante. Mi padre está en la sala de lectura.

Quizá Hanna Broz tenga ahora cincuenta años. O cuarenta y esté cansada. O sesenta y agradecida. ¿Qué habrá hecho con los últimos seis años desde que la vi por última vez? No me reconoce, pero yo a ella sí. Fue en la fiesta del ochenta cumpleaños de su padre. En el restaurante de Mama Pham en Darra. Una época diferente. Un Eli Bell diferente.

* * *

La casa es un museo de antigüedades y óleos bastante horteras del tamaño del suelo de mi habitación. Una armadura medieval sujetando una lanza. Una máscara tribal africana colgada de una pared. Suelos de madera pulida. Un juego de lanzas tribales de Papúa Nueva Guinea en un rincón. El cuadro de un león despedazando a una gacela por allí. Un largo salón con una chimenea y un televisor más grande que mi cama.

Caitlyn levanta la cabeza hacia una lámpara de araña de bronce que parece una araña gigante tejiendo una tela de bombillas.

—Bonito sitio —comenta.

—Gracias —responde Hanna—. No siempre hemos vivido así. Mi padre llegó a Australia sin nada. Su primer hogar en Queensland fue una habitación que compartía con otros seis hombres en el campamento de refugiados de Wacol.

Hanna se detiene en seco y me mira a la cara.

—¿Lo conoces? —me pregunta.

—Conocer ¿qué?

—El Campamento de refugiados para personas desplazadas del este de Wacol.

Niego con la cabeza.

—¿Te criaste en el oeste? —me pregunta—. Es como si te conociera.

Sonrío y vuelvo a negar.

—No, soy del norte —respondo—. Me crie en Bracken Ridge.

Ella asiente sin dejar de mirarme a los ojos. Hanna Broz cava profundo. Se da la vuelta y sigue caminando.

Un busto de Napoleón. Un busto del capitán Cook junto a

una réplica del *Endeavour*. Un cuadro con un león despedazando a un hombre adulto en esta ocasión. El león está arrancándole los miembros, tiene dos piernas y un brazo apilados bajo sus garras e hinca los dientes en el brazo que le queda al hombre.

—Tendrás que tener paciencia con mi padre —dice Hanna mientras atraviesa un largo comedor hacia la parte trasera de la mansión—. No está... cómo decirlo... tan robusto... como antes. Puede que tengas que repetirle las preguntas un par de veces y acordarte de hablar alto y con brevedad. A veces se evade como si estuviera en otro planeta. Ha tenido mala salud últimamente, pero está muy emocionado con los premios de esta noche. De hecho, tiene una sorpresa planeada para todos los invitados y quiere daros un adelanto.

Abre dos puertas de madera roja que dan a una amplia sala de lectura. Parece la sala de lectura de un miembro de la realeza. Dos paredes cubiertas con librerías que llegan hasta el techo, a izquierda y derecha. Cientos de libros de tapa dura con encuadernaciones antiguas y letras doradas. Una alfombra color bermellón. Una alfombra color sangre. La habitación huele a libros y al humo de los puros. Hay un sofá de terciopelo verde oscuro y dos sillones a juego. En un extremo de la habitación hay un gran escritorio de caoba y allí es donde se encuentra Tytus Broz, con la mirada agachada, leyendo un grueso libro de tapa dura. Tras él hay una pared de cristal tan limpio y pulido que uno podría entornar los ojos y asegurar que no existe tal pared. El único detalle que indica la presencia de la puerta que hay construida en mitad de la pared de cristal son los dos juegos de bisagras plateadas, que permiten que la puerta se abra a un mágico jardín que parece extenderse un kilómetro, más allá de las fuentes, de los setos perfectamente recortados y de los parterres cargados de abejas y de rayos de sol, hasta llegar a lo que parece un pequeño viñedo. Pero esa imagen debe de ser una ilusión óptica, porque esas cosas no se encuentran a las afueras de Bellbowrie, Brisbane. Sobre su escritorio hay una caja rectangular de unos veinticinco centímetros de alto por veinte de ancho, envuelta en un pañuelo de seda rojo.

—Papá —dice Hanna.

Él no aparta la mirada de su libro. Traje blanco. Pelo blanco. La columna blanca en mi espalda que me dice que salga corriendo. Huye ahora, Eli. Da marcha atrás. Es una trampa.

—Disculpa, papá —insiste Hanna en voz más alta.

Él levanta entonces la cabeza.

—Los del periódico han venido para hablar contigo —anuncia su hija.

—¿Quién? —pregunta él.

—Estos son Eli y su fotógrafa, Caitlyn. Han venido para hablar contigo sobre el premio que recibirás esta noche.

El sol parece iluminar entonces los recuerdos del anciano.

—¡Sí! —exclama mientras se quita las gafas de lectura. Golpea emocionado la caja cubierta de seda roja—. Venid. Sentaos. Sentaos.

Avanzamos despacio y nos sentamos en unas elegantes sillas negras ubicadas frente a su mesa. Es mucho mayor. El Señor de los Miembros no parece tan terrorífico como me lo parecía a los trece años. El tiempo, Slim. Cambia las caras. Cambia las historias. Cambia los puntos de vista.

Yo podría saltar por encima de ese escritorio y estrangular ese cuello casi muerto, clavar mis pulgares en esos ojos de zombi. La pluma estilográfica. La pluma estilográfica que reposa sobre su soporte junto al teléfono del escritorio. Podría clavarle esa pluma en el pecho. Ese pecho blanco y frío. Clavar mi nombre en su corazón. Su corazón blanco y frío.

—Gracias por su tiempo, señor Broz —le digo.

Él sonríe y le tiemblan los labios. Los tiene húmedos por la saliva.

—Sí, sí —responde con impaciencia—. ¿Qué quieren saber?

Coloco mi dictáfono ExecTalk sobre la mesa con la mano izquierda, manteniendo la derecha con el bolígrafo para tomar notas sobre mi regazo, por debajo de la superficie del escritorio.

—¿Le importa que grabe la entrevista? —le pregunto.

Él niega con la cabeza.

Hanna se aparta silenciosa de nosotros y ocupa una posición de búho vigilante desde el sofá verde oscuro que hay a nuestra espalda.

—Esta noche será reconocido en la ceremonia de los Defensores de Queensland por su compromiso para mejorar la vida de los habitantes de Queensland que viven con minusvalías físicas —le digo. Él asiente, siguiendo de cerca mi presentación, destinada a subirle el ego—. ¿Qué le hizo embarcarse en este extraordinario viaje?

Él sonríe y señala por encima de mi hombro a Hanna, sentada muy erguida en el sofá de lectura. Ella sonríe y, cohibida, se coloca el pelo detrás de la oreja derecha.

—Hace más de medio siglo, esa hermosa mujer sentada ahí nació con una deficiencia transversal, lo que se conoce como «amelia» —me explica—. Nació con los dos brazos amputados. Una franja fibrosa dentro de la membrana del feto en desarrollo que era nuestra Hanna creció oprimida.

Habla con determinación, como si estuviera leyendo una receta para hacer tortitas. Coágulos de sangre que se forman en el feto. Agregar cuatro huevos medianos. Dejar reposar en el frigorífico durante media hora.

—Después hubo complicaciones en el parto y perdimos a la madre de Hanna... —Hace una breve pausa—. Pero...

—¿Cómo se llamaba? —pregunto.

—¿Disculpe? —dice Tytus, molesto por la interrupción.

—Perdón —le digo—. ¿Le importa deletrearme el nombre de su difunta esposa?

—Se llamaba Hanna Broz, como su hija —responde.

—Perdón. Por favor, continúe.

—Bueno..., ¿dónde estaba? —pregunta Tytus.

Miro mi cuaderno.

—Ha dicho: «Hubo complicaciones en el parto y perdimos a la madre de Hanna», después se ha detenido y ha dicho «pero».

—Sí..., pero... —continúa—... pero el mundo y yo fuimos bendecidos con un ángel que prometí que llevaría una vida con las mismas riquezas y comodidades disponibles para cualquier otro bebé australiano que hubiera nacido aquel día.

Hace un gesto a Hanna con la cabeza.

—Y cumplí mi promesa.

Me dan ganas de vomitar. Me viene una pregunta a los labios, pero no la hago. Sin embargo, alguien en mi interior la formula por mí. Otro ser. Alguien más valiente. Alguien que no llora con tanta facilidad.

—¿Es usted un buen hombre, Tytus Broz? —pregunto.

Caitlyn vuelve la cabeza para mirarme.

—¿Disculpe? —pregunta Tytus, perplejo, confuso.

Me quedo mirándolo a los ojos varios segundos y entonces vuelvo a ser el cobarde de siempre.

—Quiero decir, ¿cuál es su consejo para otros habitantes de Queensland que quieran hacer tanto bien por este gran estado?

Él se recuesta en su silla y estudia mi cara. Gira su silla hacia un lado y mira a través de la enorme y pulcra pared de cristal mientras piensa su respuesta y las abejas liban de las flores rosas, moradas, rojas y amarillas del jardín.

—No pedir permiso para cambiar el mundo —responde—. Simplemente vas y lo cambias.

Junta las manos y apoya la barbilla en los dedos.

—Siendo sincero, supongo que fue el darme cuenta de que nadie iba a cambiar el mundo por mí —me dice mientras contempla

el cielo azul sin nubes—. Nadie iba a hacer el trabajo por mí. Tenía
que hacer algo por los demás niños que eran como mi Hanna.

Vuelve a mirar hacia su mesa.

—Lo que me lleva hasta mi sorpresa —anuncia—. He preparado un pequeño obsequio para los invitados de esta noche.

Tiene los labios húmedos. Su voz suena débil y rasgada. Le
dirige a Caitlyn una sonrisa sibilina.

—¿Les gustaría verla?

Caitlyn asiente.

—Adelante entonces —dice Tytus sin moverse de su silla.

Caitlyn se inclina hacia delante y retira el pañuelo de seda rojo.

Es una caja rectangular de cristal. Cristal pulcro y brillante
como el de la pared que tenemos delante. Bordes perfectos, como
si toda la caja estuviera hecha con una sola plancha de cristal.
Dentro de la caja, sujeto a un soporte metálico pequeño y oculto,
hay un miembro artificial. Un antebrazo derecho y una mano
humana, elevado sobre el soporte como si flotara.

—Este es mi regalo para Queensland —declara Tytus.

Bien podría ser mi mano la que está ahí. O la de Caitlyn.
Así de real parece. Desde el color y la textura de la piel hasta las
manchas solares y las decoloraciones del antebrazo, pasando por
las lúnulas blanquecinas de sus uñas. Medias lunas blanquecinas
que me recuerdan al día en que aprendí a conducir con Slim.
Las pecas de este miembro artificial me recuerdan a la peca de la
suerte de mi dedo de la suerte. Hay algo oscuro en la fabricación
de este miembro perfecto. Lo siento en el alma y en el muñón de
mi dedo perdido.

—Humano al tacto, humano en el movimiento —dice Tytus—.
Durante los últimos veinticinco años he estado contratando a los
mejores ingenieros y científicos del movimiento humano con
una sola misión: transformar la vida de los niños con minusvalías
físicas como mi Hanna.

Reverencia la caja como si fuera un bebé recién nacido.

—Subraye esta palabra en su cuaderno —me dice—. Electromiografía.

Escribo la palabra en mi cuaderno. No la subrayo porque estoy demasiado ocupado subrayando las palabras «¿Ciencia financiada por imperio de la droga?». Una historia en siete palabras. Puedo resumirlo más. Investigación financiada por droga.

—¡Un descubrimiento! —exclama Tytus—. Esto es solo un prototipo. Un exterior con base de silicona y forma anatómica de alta definición. Revolucionario. Innovador. Visiblemente invisible. Un exterior discreto armoniosamente integrado en un interior mecánico que utiliza las señales electromiográficas (EMG) de los músculos contraídos dentro de los miembros residuales del amputado para controlar el movimiento del miembro artificial. Los electrodos fijados a la superficie de la piel almacenan las señales EMG y esas maravillosas señales humanas envían información a los motores que hemos colocado de forma estratégica por todo el miembro. Movimiento real. Vida real. Y así es como cambiamos el mundo.

La habitación queda en silencio unos instantes.

—Es asombroso —comento—. Imagino que este procedimiento no tiene límites.

Él sonríe y se ríe mirando a Hanna, que sigue sentada detrás de nosotros.

—¿Una vida sin miembros, Hanna? —le pregunta.

—Una vida sin límites —responde ella.

Tytus golpea la mesa con el puño en un gesto triunfal.

—¡Una vida sin límites, exacto! —exclama.

Vuelve a girarse hacia el inmenso cielo azul sin nubes suspendido sobre su interminable jardín verde.

—He visto el futuro —anuncia.

—¿De verdad? —pregunto.

—Así es.

Tras la pared de cristal de la sala de lectura hay un pájaro solitario en el cielo, sobrevolando los cuidados jardines de Tytus
Broz. Contra el fondo de ese cielo azul eterno, este pequeño pájaro aletea y da vueltas por el aire, y su vuelo frenético y eléctrico
captura la mirada de Tytus.

—Es un mundo sin límites —comenta—. Es un mundo en
el que los niños que nacieron como Hanna pueden controlar sus
prótesis directamente a través del cerebro. Miembros de la vida
real controlados por impulsos neuronales que pueden extenderse,
darte la mano, acariciar a un perro en el parque, lanzar un *fris-
bee*, golpear una pelota de críquet o abrazar a sus padres. —Toma
aliento al terminar—. Ese es un mundo maravilloso.

El pájaro de fuera se precipita de pronto como un avión de
combate e, inesperadamente, vuelve a subir como en una montaña rusa y dibuja un círculo completo en el aire antes de cambiar su trayectoria y volar hacia nosotros. El pájaro vuela hacia
nosotros tres, sentados en torno a este escritorio, hacia mí y la
chica de mis sueños, y hacia el hombre de mis pesadillas. Sé que
no puede ver la pared de cristal. Sé que solo se ve a sí mismo.
Sé que ve a un amigo. Veo el color del pájaro cuando se acerca.
Destellos de un azul eléctrico y vívido en la frente y en la cola.
Como el azul de los rayos de tormenta que veo desde la ventana de Lancelot Street. Como el azul de mis ojos. Ese tipo de
azul. No es el típico azul celeste. Es un azul mágico. Azul de
alquimia.

Y entonces el pájaro azul se estrella de cabeza contra el cristal.

—Oh, Dios mío —dice Tytus echándose hacia atrás en su
asiento.

El pájaro revolotea, perplejo por el impacto, bate las alas y
agita la cola antes de salir volando hacia el lugar de donde ha
venido, haciendo zigzag de izquierda a derecha, rebotando por

el aire como un átomo partido, y no sabe adónde va hasta que encuentra su objetivo, y su objetivo es él mismo, el otro pájaro que ve en la pared de cristal, y vuela rápido para reunirse consigo mismo una vez más, acercándose, el avión de combate, el bombardero kamikaze que desciende del cielo azul. Y otra vez los destellos de ese azul sin precedentes en su frente y en su cola. Y se estrella una vez más contra sí mismo. Contra la impenetrable pared de cristal. Revolotea, perplejo, y vuelve a salir volando, decidido a encontrarse una vez más, y así lo hace. Se acerca con un amplio giro hacia la izquierda que parece no acabar nunca, hasta que se endereza y se agarra a una corriente de aire que impulsa más aún su velocidad cegadora.

Caitlyn Spies sufre por él, claro, porque su corazón es tan grande que podría albergar el cielo entero y todas las criaturas que habitan en él.

—Detente, pajarito —susurra—. Detente.

Pero el pájaro no se detiene. Va más deprisa ahora. Y se estrella. Pero, tras el horrible impacto, esta vez no revolotea perplejo. Simplemente cae al suelo. Aterriza con un ruido sordo sobre la grava que hay frente a la puerta de cristal de la sala de lectura de Tytus Broz.

Me levanto de mi silla y Tytus Broz se sorprende al verme pasar junto a su mesa y abrir la puerta de cristal. El olor del jardín. El olor de las flores. El polvo de grava amarilla y las piedrecitas que crujen bajo las suelas de mis Dunlop cuando me arrodillo junto al pájaro caído.

Lo recojo cuidadosamente con los cuatro dedos de mi mano derecha y siento sus huesecillos frágiles bajo ese azul perfecto cuando lo acuno entre las palmas de mis manos. Está caliente y suave, tiene el tamaño de un ratón cuando sus alas están plegadas de esta forma. Caitlyn me ha seguido.

—¿Está muerto? —me pregunta, de pie junto a mí.

—Creo que sí —respondo.

El azul de su frente. Tiene más motas azules en las orejas y en las alas, como si hubiera atravesado volando una nube mágica de polvo azul. Me quedo mirándolo. Contemplando este pájaro volador sin vida. Me ha embrujado momentáneamente con su belleza.

—¿Qué clase de pájaro es ese? —pregunta Caitlyn.

Un pájaro azul. ¿Me estás escuchando, Eli?

—Ay, ¿cómo se llamaban? —Trata de recordar Caitlyn—. Mi abuela los tiene en su jardín... Son sus pájaros favoritos. Son preciosos.

Se arrodilla, se inclina sobre el pájaro muerto y le frota el vientre con el dedo meñique.

—¿Qué vas a hacer? —me pregunta con suavidad.

—No lo sé —respondo.

Tytus Broz está de pie en el umbral de la puerta de cristal.

—¿Está muerto? —pregunta.

—Sí, está muerto —respondo.

—Ese estúpido pájaro parecía decidido a matarse —comenta.

Caitlyn da una palmada.

—¡Ratona! —exclama—. ¡Ya me acuerdo! Es una ratona australiana azul.

Y, sin más, el pájaro azul muerto vuelve en sí. Como si estuviera esperando a que Caitlyn Spies lo nombrara, porque, al igual que todas las cosas vivas —al igual que yo, yo, yo—, vive y muere por su aliento y por su atención. Ha vuelto. Abre primero sus ojos como granos de pimienta y luego siento sus patitas que arañan con suavidad la piel de mis manos. Mueve la cabeza. Está atontado, perplejo. Los ojos del pájaro me miran y, en ese momento, me comunica algo que va más allá de mi entendimiento, más allá del universo, algo tierno, pero luego el momento se esfuma cuando el pájaro se da cuenta de que se halla en una mano humana, y alguna señal electromiográfica dentro de él le indica que debe batir sus alas débiles. Batir, batir. Y salir volando. Y allí nos quedamos los tres, Eli Bell, la chica de sus sueños y el hombre de sus pesadillas, contemplando cómo el pájaro azul vuela hacia la izquierda y después hacia la derecha mientras recupera las fuerzas y dibuja otro círculo en el aire, porque le gusta estar vivo. Pero no vuela lejos. Se dirige hacia el extremo derecho de este enorme jardín que cuidará algún jardinero pagado con el dinero de la droga. Vuela sobre un cobertizo de madera verde, una especie de cobertizo de herramientas, tal vez. El cobertizo está abierto y dentro hay un tractor verde aparcado. El pájaro vuela más allá, hacia una estructura de hormigón en la que yo no había reparado antes. Es una especie de búnker cuadrado de hormigón oculto entre los olmos y cubierto por jazmines y otras plantas silvestres que rodean la verja del jardín. Una caja de hormigón con una puerta blanca construida en la fachada. Las ramas del jazmín cuelgan desde el tejado y tocan el suelo, de modo que parece como si la estructura hubiese crecido de la tierra. El pájaro azul se posa en la rama que cuelga justo encima de la puerta del búnker. Y allí se queda, mirando a izquierda y derecha, tan sorprendido como nosotros por los últimos cinco minutos de su curiosa existencia.

Cada vez más curiosa. Curiosa estructura de hormigón. La miro extrañado y Tytus la mira extrañado, y entonces se da cuenta de que la miro extrañado.

Se me olvida que tengo la mano derecha a la vista, con sus cuatro dedos. Visiblemente visible. Tytus posa sus ojos viejos y gastados en esa mano.

Me incorporo deprisa y me meto las manos en los bolsillos.

—Bueno, creo que ya tengo suficiente, señor Broz —le digo—. Será mejor que vuelva y lo escriba para el periódico de mañana.

Él parece confuso. Como si estuviera en otro planeta. O quizá haya retrocedido cinco años en este mismo planeta, cuando ordenó a su sicario polaco, Iwan, que me cortara el dedo índice de la mano derecha.

Me mira con desconfianza.

—Sí —responde, pensativo—. Sí, muy bien.

Caitlyn levanta su cámara.

—¿Le importa que le saque una foto rápida, señor Broz? —pregunta.

—¿Dónde me pongo? —pregunta él.

—Sentado detrás del escritorio está bien —responde ella.

El viejo vuelve a sentarse.

—Una gran sonrisa —dice Caitlyn mientras mira por el visor.

Pulsa el botón y la cámara hace la foto con un *flash* cegador que nos hace daño en los ojos. Es demasiado brillante. Nos deja a todos perplejos.

—Santo Dios —exclama Tytus frotándose los ojos—. Apague ese *flash*.

—Perdone, señor Broz —dice Caitlyn—. Esta cámara debe de estar defectuosa. Deberían mandarla al armario de las reparaciones.

Vuelve a apuntar con su objetivo.

—Solo una más —promete, como si estuviera hablando con un niño de tres años.

Tytus pone una sonrisa forzada. Una sonrisa falsa. Artificial. Con base de silicona.

* * *

En el Ford Meteor, Caitlyn tira la cámara a mis pies en el asiento del copiloto.

—Eso sí que ha sido raro —murmura.

Pone en marcha el motor. Se aleja de casa de Tytus Broz a demasiada velocidad.

Guardo silencio. Es ella la que habla.

—Muy bien, primero nuestras impresiones —dice, hablando más para sí misma que para su joven reportero—. Corrígeme si me equivoco, pero hay algo que huele a podrido en el Estado de Queensland —agrega pisando con fuerza el acelerador mientras el coche atraviesa la maleza de Bellbowrie sobre el asfalto negro de la carretera en dirección a Bowen Hills—. Mearse o no mearse, esa es la cuestión. ¿Alguna vez habías visto a alguien tan siniestro? ¿Has visto su cuerpo viejo y huesudo debajo de ese traje? No paraba de humedecerse los labios como si estuviera chupando la parte pegajosa de un sobre.

Está divagando sin parar. A veces aparta los ojos de la carretera y me mira.

—¿Qué pasa con su hija y con él? ¿Y qué me dices de todas esas cosas absurdas que hay por la casa? ¿Por dónde quieres empezar?

Estoy mirando por la ventanilla. Estoy pensando en Lyle en el jardín delantero de la casa de Darra. Lo veo de pie con su ropa de trabajo, bañado por el espray de arcoíris que sale de mi manguera.

—Empecemos por el final e iremos retrocediendo hacia el principio —sugiere.

Retroceder hacia el principio. Me gusta. Eso es lo que hemos estado haciendo siempre. Avanzando hacia el principio.

—No sé tú, pero mi medidor de locura estaba a punto de explotar —me dice—. Hay algo muy turbio en todo esto, Eli. Algo muy muy turbio.

No para de hablar, nerviosa. Llena el silencio. Me mira. Miro hacia la carretera, las rayas blancas y cuarteadas del asfalto se pierden debajo del coche.

Sé lo que tengo que hacer.

—Tengo que regresar —le digo. Lo digo con más intensidad de la que pretendía. Lo digo con sentimiento.

—¿Regresar? —pregunta Caitlyn—. ¿Por qué quieres regresar?

—No puedo decírtelo —respondo—. Tengo que guardar silencio. Hay cosas que la gente no puede decir. Eso lo sé ahora. Hay cosas demasiado imposibles para decirlas en voz alta, así que es mejor guardar silencio.

Caitlyn pisa con fuerza el freno y gira enérgicamente hacia la cuneta. Las ruedas delanteras pierden la tracción por un momento y ella tira del volante para evitar que el vehículo se estrelle contra una pendiente rocosa que hay en mi lado. El coche se para y ella apaga el motor.

—Dime por qué deberíamos regresar, Eli.

—No puedo, pensarás que estoy loco.

—No deberías preocuparte por eso, porque llevo pensándolo desde el momento en que te conocí —responde.

—¿De verdad? —pregunto.

—Claro —me dice—. Eres un chiflado, pero lo digo en el mejor de los sentidos. Un chiflado tipo Bowie, un chiflado tipo Iggy Pop, tipo Van Gogh.

—Tipo Astrid —añado.

—¿Quién?

—Era una amiga de mi madre cuando yo era pequeño —le aclaro—. Yo pensaba que estaba loca. Pero loca para bien. Una loca adorable. Nos decía que oía voces y todos pensábamos que estaba loca. Decía que oía una voz que aseguraba que mi hermano, August, era especial.

—Parece especial, por lo que me has contado de él —dice Caitlyn.

Tomo aire.

—Tengo que regresar —insisto.

—¿Por qué?

Tomo aire otra vez. Avanzo hacia el principio. Retrocedo hacia el final.

—El pájaro —respondo.

—¿Qué pasa con el pájaro?

—Un pájaro azul muerto.

—Sí, ¿y qué?

—Un día, cuando era pequeño... —digo, y ahí acaba mi voto de silencio. Ha durado nada menos que cuarenta y tres segundos—, estaba sentado en el coche de Slim y él estaba enseñándome a conducir, pero yo estaba distraído, como siempre, mirando por la ventanilla, mirando a Gus, que estaba sentado en la verja de delante, escribiendo la misma frase en el aire con el dedo, porque esa era su manera de hablar. Y yo sabía lo que escribía porque sabía leer las palabras invisibles en el aire.

Hago una larga pausa. Hay un semicírculo de polvo en el parabrisas de Caitlyn.

Sus limpiaparabrisas han dejado un arcoíris de suciedad sobre el cristal que llega hasta mi lado, en el asiento del copiloto. Ese arcoíris de suciedad me recuerda las lúnulas blanquecinas de las uñas de mis pulgares. Esas lúnulas blanquecinas me recuerdan a aquel día en el coche con Slim. Los pequeños detalles que me recuerdan a él.

—¿Qué era lo que escribía? —pregunta Caitlyn.

El sol está poniéndose. Tengo que escribir mi historia para mañana. Brian Robertson ya estará echando humo por las orejas. Mis padres y Gus estarán de camino al Ayuntamiento de Brisbane. Es la gran noche de Gus. Una confluencia de acontecimientos. Una convergencia. Detalle sobre detalle.

—Escribía: «Tu final es un pájaro azul muerto».

—¿Y qué se supone que significa eso?

—No lo sé —respondo—. Ni siquiera creo que Gus supiera lo

que significaba ni por qué lo decía, pero lo decía. Y, un año más tarde, fueron las primeras palabras que le oí decir. La noche que se llevaron a Lyle. Miró a Tytus Broz a los ojos y dijo: «Tu final es un pájaro azul muerto». Significa que ese pájaro azul muerto representa una especie de final para Tytus Broz.

—Pero el pájaro de tu mano no estaba muerto, ha salido volando —dice ella.

—A mí me ha parecido que sí lo estaba —respondo—. Pero ha vuelto en sí. Ha regresado. Y eso es lo que dice siempre Gus. Que nosotros regresamos. No sé. Almas viejas, como solía decir Astrid. Todo el mundo tiene un alma vieja, pero solo las personas especiales como Gus llegan a saberlo. Todo lo que sucede ha sucedido. Todo lo que va a suceder ha sucedido. O algo así. Me he levantado y he salido a recoger ese pájaro porque sentía que tenía que hacerlo. Y después se ha posado en esa especie de búnker que había a un lado del jardín.

—Ese búnker me ha dado escalofríos —dice Caitlyn.

Mira al frente, hacia la carretera serpenteante que nos conduce de vuelta a casa. El sol naranja del ocaso ilumina su pelo castaño. Tamborilea con los dedos sobre el volante.

—Nunca creí que Gus fuera especial —le confieso—. No me creí que Astrid pudiera oír voces de espíritus. No me creía ni una palabra. Pero...

Me detengo. Ella me mira.

—Pero ¿qué?

—Pero entonces te conocí y empecé a creer en toda clase de cosas.

Me dedica una media sonrisa.

—Eli —dice agachando la cabeza—, creo que es muy dulce lo que sientes por mí.

Niego con la cabeza y me muevo en mi asiento.

—Te veo cuando me miras —añade.

—Lo siento.

—No lo sientas. Creo que es precioso. Creo que nunca nadie me ha mirado como lo haces tú.

—No hace falta que lo digas.

—Decir ¿qué?

—Lo que vas a decir sobre el momento —respondo—. Que sigo siendo un crío. O quizá solo un hombre. Vas a decir que el universo la ha jodido. Me puso junto a ti, pero en el momento inoportuno. Buen intento, pero con una década de desfase. No hace falta que lo digas.

Ella asiente y aprieta los labios en una sonrisa.

—Vaya —murmura—. ¿Es eso lo que iba a decir? Vaya, qué cosas. Y yo que pensaba que iba a contarte la extraña sensación que tuve la primera vez que te vi.

Caitlyn pone en marcha el coche, pisa el acelerador y hace girar los neumáticos mientras da la vuelta en dirección a la mansión de Tytus Broz.

—¿Qué sentiste? —le pregunto.

—Lo siento, Eli Bell —me dice—. No hay tiempo. Creo que acabo de averiguar qué hay en ese búnker.

—¿Qué hay?

—Bueno, resulta bastante evidente, ¿no crees?

—¿Qué?

—El final está ahí, Eli —dice, inclinándose sobre el volante mientras los neumáticos aúllan sobre el asfalto de la carretera—. El final.

* * *

A la suave luz del crepúsculo, estamos aparcados a la sombra de un enorme jacarandá que se alza hasta lo más alto de la verja de Tytus Broz, a unos cincuenta metros de la puerta de seguridad.

Un pequeño Daihatsu Charade sale por la puerta y gira a la izquierda para incorporarse a la carretera que conduce a la ciudad.

—¿Son ellos? —pregunto.

—No —responde Caitlyn—. El coche es demasiado pequeño, demasiado barato. Era el servicio.

Señala la guantera con la cabeza.

—Mira dentro de la guantera, ¿quieres? Debería haber una pequeña linterna.

Abro la guantera, rebusco entre seis o siete pañuelos arrugados, dos libretas pequeñas, unos ocho bolígrafos mordisqueados, unas gafas de sol de montura amarilla, una cinta de casete de *Disintegration*, de The Cure, y, por fin, una pequeña linterna verde, del tamaño de un pintalabios, con un botón en un extremo y una bombillita del tamaño de un iris humano.

La enciendo y el aparato emite un lastimoso haz de luz artificial lo suficientemente grande para iluminar una barbacoa nocturna celebrada por una familia de hormigas.

—¿Qué clase de linterna es esta? —pregunto.

—La utilizo cuando no logro meter la llave en la puerta de casa por las noches.

Caitlyn me quita la linterna y mira fijamente al frente.

—Ahí van —anuncia.

Un Mercedes Benz plateado sale de la casa. Va con chófer. Tytus y su hija Hanna van en el asiento de atrás. El Mercedes gira a la izquierda al salir y se aleja hacia la ciudad. Caitlyn estira el brazo hacia el espacio reservado para mis piernas en el asiento del copiloto, alcanza su cámara defectuosa y se la cuelga del hombro izquierdo.

—Vamos —me dice.

Sale del coche y levanta su bota Dr. Martens izquierda hasta la altura del tronco del jacarandá donde se separan en distintas direcciones las tres ramas principales del árbol. El agujero que lleva en la rodillera izquierda de los vaqueros negros se agranda cuando se impulsa para trepar. Entonces trepa como un mono por una rama que llega hasta lo alto de la verja de color arcilla. No piensa. Solo actúa. Caitlyn Spies. Persona de acción. Me quedo perdido un instante viéndola moverse. Esa valentía innata que tiene. Ni siquiera parpadea antes de encaramarse a una rama tan alta como para romperse el cuello si esas botas británicas suyas resbalaran por la corteza.

—¿A qué esperas? —me pregunta.

Levanto la pierna izquierda hasta el punto de unión de las ramas en el centro del tronco y noto que el músculo del muslo amenaza con desgarrarse. Ella se pone de pie sobre la rama y camina como una gimnasta sobre la barra de equilibrios antes de saltar, se abraza a la rama un momento y trata de alcanzar con las piernas el muro de color arcilla por encima del que ha crecido el árbol. Después se sitúa en pie sobre el muro, se agacha y deja caer las piernas por el otro lado mientras pega su vientre con fuerza a la parte superior. Dedica solo medio segundo a pensar en su aterrizaje y entonces se suelta y desaparece.

Trepo por la rama, con menos elegancia. Ya ha oscurecido. Salto hacia la pared y dejo colgar las piernas por el otro lado. Rezo para que mi aterrizaje sea suave. Me dejo caer. Mis pies encuentran la tierra y el impacto me hace perder el equilibrio. Trastabillo con los pies hacia atrás y caigo de culo en la tierra.

Un jardín a oscuras. Veo a lo lejos las luces de la mansión de Tytus, pero no veo a Caitlyn en la oscuridad.

—¿Caitlyn? —susurro—. Caitlyn.

Noto una mano en el hombro.

—Menos diez puntos por el aterrizaje —me dice—. Vamos.

Avanza agachada y deprisa por el jardín, bordeando el lado izquierdo de la casa que recorrimos con Hanna hace solo unas horas. Somos como los soldados de operaciones especiales. Chuck

Norris en *Duelo final*. Doblamos la esquina de la casa y acce-
demos al jardín de atrás. Fuentes de piedra. Laberintos de setos
recortados. Parterres con flores. Nos separamos mientras los atravesamos, corriendo hacia la puerta blanca del búnker envuelto
entre vides, arbustos y malas hierbas. Caitlyn se detiene frente
a la puerta. Ambos nos doblamos hacia delante, casi sin aliento,
con las manos en los muslos. El periodismo y el atletismo son
como el agua y el aceite. No mezclan bien.

Caitlyn gira el picaporte plateado de la puerta.

—Está cerrada —anuncia.

Trato de recuperar el aliento.

—Tal vez debieras volver al coche —le digo.

—¿Por qué?

—La escalera de la sentencia —respondo.

—¿Qué?

—La escalera de la sentencia —repito—. Ahora mismo probablemente estemos en el peldaño más bajo de la escalera de la
sentencia. Invasión de una propiedad privada. Estoy a punto de
subir otro peldaño.

—¿Hacia qué?

Camino hacia el pequeño cobertizo de herramientas cercano
al búnker.

—Allanamiento de morada—le digo.

El cobertizo huele a aceite y a petróleo. Camino a tientas por
un lado del tractor. Hay una hilera de herramientas de jardinería
apoyadas en la parte trasera del cobertizo. Una azada. Un pico.
Una pala. Un hacha con la hoja oxidada. Un hacha lo suficientemente grande para cortarle la cabeza a Darth Vader.

Regreso junto a la puerta del búnker sujetando el hacha con
ambas manos.

La respuesta, Slim. El chico encuentra la pregunta. El chico
encuentra la respuesta.

Levanto el hacha por encima de mi hombro y oriento la pesada hoja oxidada hacia los cinco centímetros de puerta que hay entre el picaporte y el marco.

—Siento que tengo que hacer esto —le digo a Caitlyn—. Pero tú no tienes por qué. Deberías volver al coche.

Ella se queda mirándome a los ojos, con la luna sobre nuestra cabeza, y entonces niega.

Me dispongo a dar el hachazo, estoy a punto de hacerlo.

—Eli, espera —dice Caitlyn.

Me detengo.

—¿Qué pasa?

—Se me acaba de ocurrir una cosa.

—¿Sí?

—¿Tu final es un pájaro azul muerto? —pregunta.

—Sí.

—¿Y si no habla del final de Tytus Broz? ¿Y si se refiere a tu final? El final para ti, no para él.

La idea me produce un escalofrío. De pronto hace mucho frío junto a este búnker oscuro. Ambos nos miramos durante unos segundos y agradezco este momento con ella, aunque esté muerto de miedo y aunque sepa en el fondo que tiene razón con la posibilidad de que «tu final» signifique mi final y mi final signifique nuestro final. El final de Caitlyn y Eli.

Dejo caer la hoja afilada y el hacha se clava con violencia en la puerta, que ya está desgastada por el clima. La puerta se astilla y algunos trozos de madera salen disparados. Vuelvo a levantar el hacha y de nuevo golpeo la puerta con ella, como si, siendo sincero conmigo mismo, golpeara el cráneo geriátrico de Tytus Broz. La puerta del búnker se abre de golpe y, al otro lado, surge una escalera que desciende hacia el interior de la tierra. Solo la luz de la luna ilumina la escalera hasta el sexto escalón, el resto está sumido en la oscuridad.

Caitlyn se sitúa junto a mí y mira hacia abajo.

—¿Qué narices es esto, Eli? —pregunta.

Niego con la cabeza y empiezo a bajar por la escalera.

—No lo sé.

Voy contando los escalones. Seis, siete, ocho... doce, trece, catorce. Hasta que llego al suelo. Un suelo de hormigón bajo mis pies.

—¿Hueles eso? —pregunta Caitlyn.

Huele a desinfectante. Lejía. Productos de limpieza.

—Huele a hospital —comenta.

Paso las manos por las paredes en la oscuridad. Bloques de hormigón a ambos lados. Es un pasillo, un túnel. Tendrá unos dos metros de ancho.

—Tu linterna —le digo.

—Claro —responde ella.

La saca de su bolsillo. Aprieta el botón y una esfera de luz blanca ilumina unos treinta centímetros frente a nosotros. Lo mínimo para poder ver la puerta blanca construida en el lado izquierdo del pasillo de hormigón. Lo mínimo para ver la puerta blanca del lado derecho, justo enfrente de la otra.

—Ohhhh, mierda —murmura Caitlyn—. Mierda, mierda, mierda, mierda.

—¿Quieres irte de aquí? —le pregunto.

—Aún no —responde.

Camino un poco más hacia la oscuridad. Caitlyn gira los picaportes de ambas puertas.

—Cerradas —confirma.

El suelo de hormigón pulido. El pasillo claustrofóbico. Paredes de hormigón rugoso. Aire estancado y desinfectante. La luz temblorosa de Caitlyn que rebota por las paredes. Avanzamos cinco metros en la oscuridad. Diez metros. Entonces el exiguo haz de luz de la linterna ilumina otras dos puertas blancas construidas en el pasillo. Caitlyn prueba con los picaportes.

—Cerradas —anuncia.

Seguimos caminando. Otros seis metros, siete metros en la oscuridad. Y el pasillo termina. El túnel termina en una última puerta blanca.

Caitlyn agarra el picaporte.

—Cerrada —dice—. Y ahora ¿qué?

Avanzar hacia el principio. Retroceder hacia el final.

Vuelvo corriendo por el pasillo hasta la primera puerta que vimos.

Golpeo la cerradura con el hacha. Una vez, dos veces, tres. La puerta se abre con un fuerte estruendo de astillas y crujidos.

Caitlyn apunta con la linterna hacia el interior de la habitación. Es del tamaño de un garaje cualquiera. Entra en la habitación, gira la linterna a su alrededor, frenética, con movimientos espasmódicos, así que lo único que vemos son *flashes*. Mesas de trabajo pegadas a las paredes y, sobre esas mesas, hay herramientas para cortar, sierras eléctricas e instrumentos para moldear intercalados con miembros artificiales en diferentes fases de creación. Un brazo de plástico sin terminar. Una espinilla y un pie de metal, como algo de ciencia ficción. Un pie hecho de carbono. Manos hechas de silicona y metal. Es un pequeño laboratorio de miembros artificiales. Pero no tiene nada de profesional. Es el laboratorio de un loco. Demasiado caótico para ser el trabajo de alguien cualificado. Demasiado rabioso.

Cruzo el pasillo hacia la segunda puerta. Clavo el hacha cinco veces en el espacio entre el picaporte y el marco. Me guío por un instinto animal, algo vicioso y primario. El miedo. Las respuestas, quizá. El final. Tu final es un pájaro azul muerto. La puerta se raja y termino de abrirla a patadas. La linterna de Caitlyn ilumina otra habitación de trabajo, esta con tres bancos que rodean una mesa de operaciones, y lo que hay sobre la mesa nos hace retroceder horrorizados, porque parece un cuerpo humano decapitado, pero no lo es. Es un cuerpo artificial, un cuerpo falso de plástico compuesto de miembros artificiales; un torso con base de silicona conectado toscamente a una monstruosa mezcla de miembros con diferentes tonos de piel. Un siniestro experimento híbrido de miembros artificiales.

Salgo corriendo hacia la siguiente puerta a la izquierda en este túnel del terror, esta casa embrujada que parece salida de una feria; pronto aparecerá un hombre sin dientes en la taquilla, vendiendo palomitas y otra entrada para el búnker de los horrores de Tytus Broz. Clavo el hacha en la puerta, esta vez con más fuerza, porque ya tengo experiencia. Una vez, dos. Crack. Madera astillada cuando la puerta se abre. Le doy una patada para terminar de abrirla y entro sin aliento en esta nueva habitación, con el corazón acelerado ante el impacto de lo que encontraré. La luz de Caitlyn rebota errática por la habitación. Paredes de hormigón. *Flash.* Estanterías. *Flash.* Botes de cristal. Cajas rectangulares de cristal. Hay algo dentro de las cajas. Algo difícil de ver en la oscuridad, con la escasa luz de la linterna de Caitlyn. Especímenes científicos, me dice mi cerebro, reemplazando los hechos siniestros con algo que puedo entender. El pez piedra que mi antiguo profesor del instituto, Bill Cadbury, tenía sobre su mesa en un frasco con líquido de conservación. Esos frascos de especímenes que veía en el museo de Queensland en las excursiones escolares, frascos con materia orgánica. Estrellas de mar en conserva. Anguilas en conserva. Ornitorrincos en conserva. Eso tiene sentido. Es algo que entiendo. La luz de Caitlyn repara en otra mesa de operaciones en el centro de la habitación y, sobre la mesa, otro cuerpo artificial de miembros conectados. Otro cuerpo construido con pies, piernas y brazos artificiales; cuatro miembros y un torso de mujer con mangas de silicona. Esto lo entiendo. Esto está dentro de mi conocimiento. Ciencia. Experimentación. Ingeniería. Investigación.

Pero, un momento. Un momento, Slim. Los pechos de ese cuerpo de mujer adulta están pálidos y flácidos y... y...

—Dios mío —susurra Caitlyn. Se descuelga la cámara del hombro izquierdo y, en una especie de trance, saca varias fotografías de la habitación.

—Es real —dice—. Son de verdad, Eli.

Clic. Se dispara el *flash* de la cámara, demasiado brillante para una habitación tan oscura. Me hace daño en los ojos, pero ilumina la habitación. Clic, vuelve a hacerlo. Y esta vez mis ojos se han ajustado lo suficiente para distinguir la habitación entera. No son ornitorrincos. No son anguilas. Las cajas de cristal están llenas de miembros humanos. Diez, quince cajas distribuidas por las estanterías que recubren las paredes. Una mano humana flota dentro de una solución de formaldehído de color cobrizo. Un pie humano flota a través del cristal. Un antebrazo sin mano. Una pantorrilla cortada limpiamente a la altura del tobillo, de modo que parece una pata de jamón. Clic. El intenso *flash* ilumina la mesa de operaciones y Caitlyn vomita al instante porque el cuerpo que hay sobre la mesa es una amalgama de miembros desparejados, todos congelados en el tiempo. Plastinados. Impregnados en disolvente plástico. Bañados en un polímero líquido. Curados y endurecidos en esta habitación que huele a hospital.

—¿Qué coño está pasando aquí, Eli? —pregunta Caitlyn.

Le quito la linterna y paso la luz por el cuerpo que hay sobre la mesa de operaciones. Los miembros están cubiertos con una resina epoxi, de modo que brillan con la luz, parecen las partes del cuerpo de una figura de cera. Cada miembro está desconectado del otro. Los pies están colocados contra las espinillas y los muslos, pero no están pegados. Los brazos están situados junto a las articulaciones de los hombros, pero sin llegar a conectarse. Es como si hubiéramos entrado en una especie de juego macabro para resolver un problema en el que se pide a los niños que compongan un cuerpo humano a partir de las partes que vayan encontrando en una caja de juguetes. Deslizo la luz por el cuerpo. Piernas. Vientre. Pechos. Y la cabeza de una mujer que sonreía junto a unas flores falsas en una foto familiar, tomada en un centro comercial, que aparecía en la página tres del *Courier-Mail* de hoy. Es la cabeza plastinada de Regina Penn.

Junto a la mesa de operaciones hay una bandeja metálica con ruedas sobre la que reposa un enorme cubo blanco de plástico lleno con un líquido que huele a tóxico, otra especie de fluido de conservación. Doy dos pasos hacia el cubo, me asomo y descubro la cabeza del marido de Regina, Glenn, que me mira.

Le devuelvo la linterna a Caitlyn, salgo corriendo de esta habitación de los horrores, levanto el hacha y la hundo en la puerta blanca que hay al otro lado del pasillo.

—¡Eli, más despacio! —grita Caitlyn.

Pero no puedo ir más despacio. No puedo, Slim. Noto la pesadez en los brazos, estoy cansado, pero al mismo tiempo siento la energía que me provocan la sorpresa, el miedo y la curiosidad.

Vuelvo a golpear con el hacha y reviento la cerradura de la puerta. Le doy una patada y la abro.

Me quedo de pie en el umbral de la puerta, jadeante. Caitlyn me roza el hombro derecho cuando entra y recorre este espacio con la linterna, describiendo un arco de ciento ochenta grados. La habitación huele a plástico cocido. La habitación huele a trabajo, a desinfectante y a formaldehído. No hay mesa de operaciones en el centro, solo mesas de trabajo a los lados y muchas estanterías por las paredes. La luz de Caitlyn repara en las mesas y vemos una colección de herramientas desperdigadas: instrumentos para cortar, para rebanar, para moldear, martillos y sierras, objetos oscuros para un trabajo oscuro. Hay más herramientas que salen de una vieja bolsa negra de cuero, tirada de medio lado, como la bolsa de un corredor de apuestas. Junto a la bolsa negra hay una colección de frascos más pequeños. Estos frascos son del tamaño de los botes de mantequilla de cacahuete. Me acerco a ellos.

—¿Me dejas la linterna? —le pregunto a Caitlyn.

Acerco la luz y levanto un frasco al azar de entre los diez que debe de haber, todos llenos de líquido de conservación. Tiene una etiqueta hecha con un trozo de cinta de carrocero pegada a la tapa amarilla del bote. Paso la luz por la etiqueta, que tiene escrito en cursiva: *Varón, 24, oreja i.* Sujeto el bote frente a la luz para inspeccionar la oreja izquierda de un hombre de veinticuatro años flotando en el líquido.

Levanto un segundo frasco.

Varón, 41, pulgar d.

Voy pasando la linterna por las etiquetas de los distintos botes.

Varón, 37, hallux d.

Me acerco el frasco a los ojos y veo el dedo gordo de un pie.

Varón, 34, anular d.

Examino seis frascos más y enfoco el último con la linterna.

Varón, 13, índice d.

Levanto el frasco. La luz de la linterna de Caitlyn hace que el líquido brille como un mar dorado. Y dentro de ese mar dorado hay un dedo índice derecho que me recuerda a casa, porque tiene una peca en el nudillo central que me recuerda a la peca que Irene, la chica de Slim, tenía en la cara interna del muslo izquierdo, esa peca que se convirtió en algo sagrado para Slim cuando estaba en prisión. Parece una locura, Slim, le dije, pero yo tengo una peca en el nudillo central del índice derecho y tengo la impresión de que esa peca me trae suerte. Es mi peca de la suerte, Slim. Mi absurda peca sagrada.

—¿Qué pasa? —pregunta Caitlyn.

—Es mi... —No puedo terminar la frase. No puedo decirla en voz alta porque no sé si es real—. Es... mío.

—Esto es una locura, Eli. Tenemos que salir de aquí.

Apunto con la linterna hacia las estanterías que hay por encima de mí. Ahora me siento fuerte porque estoy completo y porque esto es un sueño. Estoy soñando. Esta pesadilla es una fantasía.

Y, por supuesto, hay cabezas humanas en las estanterías. Las caras de criminales de poca monta. Plastinados. Las grotescas cabezas plastinadas de criminales de poca monta y de primer nivel. Trofeos, quizá. Herramientas de investigación, más bien. Pelo negro, pelo castaño y rubio. Un hombre con bigote. Un hombre polinesio. Hombres con labios hinchados y caras desfiguradas donde recibieron el golpe durante su tortura. Me marean estas caras. Siento náuseas.

—Eli, vámonos —insiste Caitlyn.

Pero hay una cabeza que me detiene. Una cabeza que me congela. La linterna la encuentra al final de una estantería que tengo encima. Y sé de inmediato que me hallo en mitad de un momento traumático. El trauma está en mí, y el trauma que sucederá ya ha sucedido. Pero la cara hace que me mueva. Esta cara a la que quiero.

Alcanzo la bolsa negra que hay sobre la mesa, la vuelco y el instrumental que hay dentro cae al suelo de hormigón con un fuerte estruendo.

—¿Qué estás haciendo? —me pregunta Caitlyn.

Levanto el brazo derecho para alcanzar la estantería.

—Vamos a necesitar esto —respondo.

—¿Para qué? —pregunta ella mientras aparta la mirada, visiblemente asqueada.

—Para el final de Tytus Broz.

* * *

Llevo el hacha en la mano y la bolsa negra de cuero colgada del hombro. Avanzo detrás de Caitlyn mientras recorremos el pasillo de vuelta hacia la salida. Sentimos la esperanza en el corazón y el corazón en la garganta.

—Espera —le digo, y me detengo en seco—. ¿Qué pasa con la puerta que hay al final?

—Que la abra la poli —responde ella—. Nosotros ya hemos visto suficiente.

Niego con la cabeza.

—Bevan —murmuro.

Me doy la vuelta y corro hacia esa última puerta cerrada con llave al final del pasillo, cargando con el hacha encima del hombro. Esto es lo que hace un buen hombre, Slim. Los hombres buenos son valientes y atrevidos y actúan por intuición, sin planificar, por decisión propia. Esta es mi decisión, Slim. Hacer lo que es correcto, no lo que es fácil. Crac. El hacha se clava en la última puerta. Hacer lo que es humano. August lo haría. Crac. Lyle lo habría hecho. Crac. Mi padre lo haría. Crac.

Los hombres buenos-malos de mi vida me ayudan a golpear con esta hacha oxidada. El picaporte se desprende y la puerta astillada se abre.

La empujo y me quedo en el umbral. Noto la luz débil de la linterna de Caitlyn a mi espalda, iluminando por encima de mi hombro derecho hasta detenerse en unos ojos azules. Un niño de ocho años llamado Bevan Penn. Pelo corto y castaño. La cara manchada. Caitlyn deja quieta la linterna sobre el chico y la escena se vuelve más clara. El muchacho está de pie en una habitación vacía con suelo y paredes de hormigón, como las demás. Pero en esta no hay mesas ni estanterías. Solo hay un taburete acolchado. Y sobre ese taburete hay un teléfono rojo, y el chico tiene el auricular del teléfono rojo pegado a la oreja. Parece confuso. Asustado también. Pero hay algo más. Certeza.

Me ofrece el auricular a mí. Quiere que lo agarre, pero niego con la cabeza.

—Bevan, vamos a sacarte de aquí —le digo.

El chico asiente. Deja caer la cabeza y llora. Ha perdido la cabeza aquí abajo. Vuelve a ofrecerme el auricular. Me acerco más a él y agarro el auricular con cuidado. Me lo llevo a la oreja derecha.

—¿Diga?

—Hola, Eli —dice la voz al teléfono.

La misma voz de la última vez. La voz de un hombre. Un hombre muy hombre. Voz profunda y rasgada, cansada quizá.

—Hola.

Caitlyn me observa, asombrada. Le doy la espalda. Miro a los ojos al chico, Bevan Penn, que me observa sin expresión alguna.

—Soy yo, Eli —me dice el hombre—. Soy Gus.

—¿Cómo me has encontrado aquí abajo?

—He marcado el número de Eli Bell —responde—. He marcado. El 77...

—Ya sé cuál es el número —le digo, interrumpiéndole—. 773 8173.

—Eso es, Eli.

—Sé que esto no es real —le aseguro.

—Sssshhh —dice el hombre—. Ella ya piensa que estás loco.

—Sé que solo eres la voz de mi cabeza —respondo—. Eres producto de mi imaginación. Te utilizo para escapar de momentos muy traumáticos.

—¿Escapar? —repite el hombre—. ¿Igual que Slim por encima de los muros de Boggo Road? Escapar de ti mismo, Eli, ¿verdad? Como el Houdini de tu propia cabeza.

—773 8173 —le digo—. Ese es el número que escribíamos en la calculadora cuando éramos pequeños. Es «Eli Bell» escrito boca abajo y del revés.

—¡Brillante! —exclama el hombre—. Boca abajo y del revés, como el universo, ¿verdad, Eli? ¿Sigues teniendo el hacha?

—Sí.

—Bien —dice el hombre—. Ya viene, Eli.

—¿Quién?

—Ya está aquí, Eli.

Y entonces el tubo fluorescente fijado al techo parpadea dos veces y se enciende. Dejo caer el auricular, que queda colgando del cable. El pasillo subterráneo queda iluminado, las luces del techo cobran vida gracias a la fuente de energía principal.

—Joder —susurra Caitlyn—. ¿Quién es ese?

—Es Iwan Krol —respondo.

* * *

Las chanclas son lo primero que oímos, las suelas de goma de ese hombre amenazante que desciende los escalones de hormigón que conducen al interior de este búnker del infierno. *Flap, flap, flap, flap.* La goma contra el hormigón. Camina por el pasillo. Oímos las puertas reventadas abrirse una a una. La primera a la izquierda. La primera a la derecha. *Flap, flap, flap, flap.* Se abre la segunda puerta a la izquierda. Un largo silencio. El sonido de la segunda puerta a la derecha al abrirse. Un largo crujido de bisagras. Otro largo silencio. *Flap, flap, flap, flap.* La goma sobre el hormigón. Ya está cerca. Demasiado cerca. Mis huesos débiles se tensan. Mi corazón de principiante se congela. Y mi determinación de principiante se esfuma.

Iwan Krol llega hasta la puerta de esta habitación. La habitación del teléfono rojo. Se queda en la puerta. Lleva chanclas azules y una camisa de manga corta de color azul claro metida por dentro de los pantalones cortos, de color azul oscuro. Ya es un hombre anciano. Pero sigue siendo alto, musculoso y bronceado.

Hay fuerza en esos brazos. Un hombre que dirige una granja cuando no está amputando miembros a criminales de medio pelo que cometieron el fatal error de conocer a Tytus Broz. El pelo plateado que antes le salía del cuero cabelludo y llevaba recogido en una coleta ha desaparecido, igual que la coleta. Sus ojos oscuros. Y esa sonrisa de loco que indica que le gusta tener a tres inocentes acorralados en una habitación bajo tierra.

—Solo hay una salida —dice sonriente.

Nosotros nos encontramos en el rincón más alejado de la habitación de hormigón; Caitlyn y yo formamos un escudo protector en torno a Bevan Penn, que se encoge a nuestras espaldas. Ya no sujeto el hacha, porque es Bevan quien la sujeta, la oculta en mi espalda, siguiendo mi dudoso plan para poder escapar de esta pesadilla.

—Somos periodistas del *Courier-Mail* —dice Caitlyn.

Retrocedemos más hacia el rincón, hasta que ya no nos queda espacio para seguir moviéndonos.

—Nuestro editor está al corriente de nuestro paradero.

Iwan Krol asiente. Sopesa las posibilidades. Mira a Caitlyn a los ojos.

—Lo que querías decir es: «Erais periodistas del *Courier-Mail*» —dice—. Y si, por casualidad, vuestro editor se encuentra en ese fastuoso evento de la ciudad con mi jefe y, en efecto, está pensando que estáis aquí metidos, bajo el jardín de mi jefe, entonces... —Se encoge de hombros y se saca un largo cuchillo de caza de detrás de sus pantalones—, supongo que será mejor que me dé prisa.

Avanza hacia nosotros como un boxeador de pesos pesados que abandona su rincón al oír la campana. Con actitud de depredador.

Dejo que se acerque. Más. Y más. A tres metros de distancia. A dos metros.

A medio metro.

—Ahora —digo.

Y Caitlyn apunta con su cámara a la cara de Iwan Krol y hace saltar el *flash*. El depredador gira la cabeza, cegado por un instante, y está aún tratando de recuperar la visión cuando el hacha, que ahora sujeto, describe un largo arco hacia su cuerpo. Quiero darle en el torso, pero el *flash* de la cámara es tan brillante que me ciega a mí también y fallo el golpe. La hoja oxidada del hacha pasa de largo su pecho, su tripa y su cintura, pero encuentra carne al final de su recorrido y queda alojada en mitad de su pie izquierdo. La hoja del hacha le atraviesa limpiamente el pie y esa estúpida chancla azul y se queda clavada en el hormigón. Él se mira el pie, paralizado por la escena. Nosotros también estamos paralizados. Curiosamente, no grita de dolor. Se queda mirándose el pie como un brontosaurio habría contemplado el fuego. Levanta la pierna izquierda y el extremo del tobillo del pie se eleva con ella, pero los cinco dedos permanecen pegados al hormigón. Cinco dedos mugrientos que descansan sobre un trozo cortado de chancla de goma.

Su mirada y mi mirada se apartan al mismo tiempo del pie y se encuentran a la misma altura. Está furioso. Rojo de ira. El depredador. La muerte.

—¡Corred! —grito.

Iwan Krol mueve su cuchillo a toda velocidad hacia mi cuello, pero yo también soy veloz. Soy Peter Sterling, de los Parramatta Eels, me agacho y esquivo el brazo asesino de un rival de los Canterbury Bulldogs. La pesada bolsa de cuero negra que llevo bajo el hombro izquierdo es ahora mi vieja pelota de fútbol. Me agacho y voy hacia la izquierda mientras Caitlyn y Bevan Penn corren hacia la derecha y nos encontramos los tres en la puerta de este lugar horrible y oscuro.

—¡Vamos! —grito.

Bevan va delante, después Caitlyn y, por último, yo.

—No os paréis —les ordeno.

Corremos sin parar. Dejamos atrás las puertas abiertas de estas habitaciones de espanto, estas habitaciones de Frankenstein con sus partes corporales falsas y reales, estos laboratorios subterráneos de diseño donde la locura y la determinación arraigan porque, en la tierra, estamos mucho más cerca del infierno. Corremos. Corremos. Hacia las escaleras para volver a salir a la vida. Hacia las escaleras que nos conducirán a un futuro en el que participo. Primer escalón, segundo escalón, tercer escalón. Me giro mientras subo las escaleras y lo último que veo del laboratorio de juegos subterráneo de Tytus Broz es a un psicópata polaco llamado Iwan Krol que cojea por el pasillo de hormigón y dibuja un rastro de sangre con el pie cortado por un hacha. La sangre es bermellón.

* * *

Los neumáticos del Ford Meteor chirrían al doblar la esquina en Countess Street para entrar en Roma Street. Caitlyn cambia de marcha con la mano izquierda y gira el volante con movimientos rápidos y decididos, pisando el acelerador para entrar y salir de las curvas. Hay algo en su mirada. Trauma, quizá. La magnitud de la exclusiva, quizá. Lo que me recuerda al trabajo. Lo que me recuerda a Brian Robertson.

La cara del reloj del Ayuntamiento de Brisbane es del mismo color plateado que la luna llena. La cara del reloj dice que son las siete y treinta y cinco de la tarde, no he entregado a tiempo el artículo para el periódico de mañana. Me imagino a Brian Robertson en su despacho, doblando barras de acero, furioso mientras maldice mi nombre por no llenar veinte escasos centímetros de color sobre las hazañas de un Defensor de Queensland llamado Tytus Broz.

Veo a Bevan Penn en el reflejo del espejo retrovisor. Va sentado en el asiento de atrás. Mira por la ventanilla, contempla la luna llena. No ha dicho una sola palabra desde que los neumáticos de nuestro coche levantaran una nube de polvo que envolvió ese inmenso jacarandá de Bellbowrie. Quizá no vuelva a decir nunca una sola palabra. Hay cosas que no se pueden expresar con palabras.

—No hay lugar para aparcar —anuncia Caitlyn—. No hay un puto hueco.

Las aceras de Adelaide Street están llenas de coches.

—Joder —añade.

Gira con fuerza el volante. El Ford atraviesa Adelaide Street y se sube al bordillo de King George Square, punto de encuentro de la ciudad de Brisbane, una plaza pavimentada con jardines bien cuidados, estatuas militares y una fuente rectangular en la que mean los niños cuando han bebido demasiada limonada en la ceremonia anual de encendido de las luces del árbol de Navidad.

Caitlyn echa el freno frente a las puertas del ayuntamiento.

Un joven guardia de seguridad corre hacia el coche. Caitlyn baja la ventanilla.

—No pueden aparcar aquí —dice el guardia, desconcertado, visiblemente preocupado por esta inesperada amenaza a la seguridad del ayuntamiento.

—Lo sé —responde ella—. Llame a la policía. Dígales que Bevan Penn está en mi coche. No me moveré hasta que no vengan.

Caitlyn vuelve a subir la ventanilla y el guardia de seguridad saca la radio que lleva en el cinturón.

Le hago un gesto a Caitlyn con la cabeza.

—Enseguida vuelvo —le digo.

Ella me sonríe.

—Le mantendré distraído —me dice—. Buena suerte, Eli Bell.

El guardia de seguridad empieza a hablar por la radio. Salgo del coche y me alejo en dirección contraria al ayuntamiento, paso junto a la fuente y atravieso la plaza, pero entonces me doy la vuelta y tomo un camino más largo y clandestino para llegar hasta la puerta principal del ayuntamiento, tras el guardia de seguridad, que está demasiado ocupado gritando a Caitlyn a través de la ventanilla subida del coche. Dentro me encuentro con un mostrador de recepción. Una joven mujer indígena sentada detrás.

—Vengo a los premios —le digo.

—¿Su nombre, señor?

—Eli Bell.

Ella revisa un montón de papeles con nombres impresos. Llevo la bolsa negra colgada del hombro izquierdo. Me la quito y la dejo en el suelo para que no la vea.

—¿Han anunciado ya los premios de la comunidad?

—Creo que están anunciándolos ahora —me responde.

Encuentra mi nombre y lo marca con un bolígrafo. Arranca una entrada de un fajo y me la entrega.

—Está usted en la fila M, señor —me indica—. Asiento siete.

Me dirijo hacia las puertas del auditorio. Una amplia sala circular construida para la música. Unas quinientas butacas rojas y personas importantes con trajes negros y bonitos vestidos, divididas en dos grupos que separa un pasillo central. El suelo de madera pulida conduce hasta un escenario de madera, también pulida, con cinco niveles de gradas para el coro construidas frente a un imponente fondo de tuberías acústicas plateadas.

La maestra de ceremonias esta noche es la mujer que presenta las noticias en el Canal Siete, Samantha Bruce. Sale todas las tardes, justo después de *La ruleta de la fortuna*. Mi padre dice que Samantha Bruce es un doblete. Una ganancia asegurada. Es guapa y además es lista. Hace poco confesó su adoración por la presentadora, cuando le pregunté si alguna vez consideraría la posibilidad de casarse con otra mujer, y me respondió con su teoría del

doblete y que su cita soñada sería una noche con Samantha Bruce
en el restaurante Kookas, durante la cual Samantha Bruce lo mi-
raría con deseo a través de la mesa, susurrando la misma palabra
una y otra vez: «Perestroika». Entonces le pregunté a mi padre
cuál sería el equivalente femenino a un triplete.

—Shuang Chen —respondió.

—¿Quién es Shuang Chen? —pregunté.

—Una asistente de dentista de Shanghái sobre la que leí una
vez.

—¿Y por qué es un triplete?

—Porque nació con tres tetas.

Samantha Bruce se inclina hacia el micrófono.

—Pasemos ahora a los Defensores de la Comunidad —anuncia la presentadora—. Estos son los héroes de Queensland no re-
conocidos a los que siempre dejamos en último lugar. Bueno,
damas y caballeros, esta noche los pondremos en primer lugar en
nuestro corazón colectivo.

El auditorio abarrotado aplaude. Recorro el pasillo central,
mirando las letras de las filas al borde de los asientos. Fila P de
«por qué». Fila H de «la hora que le ha llegado a Tytus Broz». Fila
M de «mi madre y mi padre». Sentados juntos en mitad de la fila
M. Mis padres. Hay dos asientos vacíos a su lado. Mi madre está
resplandeciente con un vestido negro que brilla con una luz que
se proyecta desde arriba. Levanto la mirada y descubro que esa
luz procede del techo del auditorio. Todo el techo es una luna
plateada que resalta los verdes, rojos y morados que brillan en el
escenario. La luna llena dentro de este teatro.

Mi padre lleva una chaqueta gris que obviamente ha comprado por un dólar cincuenta en el St Vinnies de Sandgate. Pantalones aguamarina. El sentido de la moda de un agorafóbico
desde hace veinte años que nunca ve a suficientes seres humanos como para estar al corriente de las tendencias. Pero ha lo-

grado venir, y el hecho de que esté aquí y permanezca sentado me emociona. Soy un ñoño. Incluso después de todo. Toda esa locura retorcida bajo tierra. Y aquí están de nuevo las lágrimas.

Un acomodador me da una palmadita en el hombro.

—¿Se ha perdido? —me pregunta.

—No, no me he perdido —respondo.

Mi madre me ve por el rabillo del ojo. Sonríe y me hace un gesto de apremio con la mano para que me acerque.

La presentadora comienza a leer nombres por el micrófono.

—Magdalena Godfrey, de Coopers Plains —dice.

Magdalena Godfrey entra orgullosa en el escenario por el lado izquierdo. Sonríe al recibir una medalla de oro con un lazo bermellón y un certificado de manos de un hombre de traje que hay en el escenario. El hombre del traje rodea a Magdalena con un brazo y la conduce hacia un fotógrafo que hay en el foso, que le saca tres fotos mientras ella sonríe tontamente por encima de su certificado. Al tercer disparo, Magdalena muerde su medalla de oro a modo de chiste.

—Sourav Goldy, de Stretton —continúa Samantha Bruce.

Sourav Goldy sale al escenario, hace una reverencia y acepta el certificado y la medalla de oro.

Me abro paso entre seis personas que encogen las rodillas cortésmente para dejarme pasar entre los asientos. Les golpeo la cabeza y los hombros con la bolsa negra al pasar.

—¿Dónde narices estabas? —me pregunta mi madre.

—Estaba trabajando en un artículo.

—¿Qué narices llevas en esa bolsa?

Mi padre se inclina hacia delante.

—Ssshhh —dice—. Gus está arriba.

—August Bell, de Bracken Ridge.

August sale al escenario. La chaqueta negra no le queda bien, lleva la corbata demasiado floja, a sus pantalones chinos color crema les sobran diez centímetros de largo y lleva el pelo revuelto, pero está feliz, y también lo está mi madre, que deja caer al suelo el programa de mano para poder tener las dos manos libres para aplaudir al raro y generoso de su hijo mudo.

Mi padre se mete el índice y el pulgar en la boca y lanza un silbido inapropiado, como si estuviera llamando a un perro para que volviese a casa al anochecer.

Animados por los aplausos de mi madre, los demás asistentes comienzan a aplaudir también, y eso hace que mi madre se enorgullezca tanto que tiene que levantarse para no explotar.

August le estrecha la mano al hombre del traje y acepta su medalla y su certificado. Sonríe con orgullo para la fotografía; saluda a la multitud y mi madre le devuelve el saludo, pese a que el gesto de August era más general, como el de una reina al saludar a sus súbditos desde el coche. Mi madre está atravesando las seis fases del amor maternal: orgullo, euforia, arrepentimiento, gratitud, esperanza y otra vez orgullo. Todas esas fases las pasa entre lágrimas. August sale entonces del escenario por el lado derecho.

Me pongo en pie y comienzo a pasar entre las rodillas de la gente que hay sentada a mi derecha.

—Perdón —digo—. Disculpe. Lo siento. Lo lamento.

—Eli —susurra mi madre con un grito ahogado—. ¿Dónde vas?

Me doy la vuelta y le hago un gesto que, confío, le traslade mi esperanza de regresar a mi asiento lo antes posible. Corro por el pasillo central hacia la parte trasera del auditorio y llego hasta una puerta lateral que da a un pasillo donde se encuentra el personal entre bastidores, vestido con camisas y pantalones negros, yendo de un lado para otro con cafeteras, tazas de té y fuentes plateadas con bollitos y galletas. Avanzo unos pasos corriendo, pero después continúo andando cuando una mujer de aspecto oficial e importante me mira con desconfianza. Le sonrío con seguridad, como si este fuese mi lugar. Convicción, Slim. Me muevo por arte de magia. Ella no sabe nada porque me muevo por arte de magia. Me meto por una puerta que parece que conduce hacia los servicios y la mujer de aspecto oficial y mirada desconfiada sigue caminando y se aleja por el pasillo. Vuelvo a salir por la misma puerta por la que acabo de entrar y me cuelo con disimulo por detrás de una cortina negra que hay a un lado del escenario.

August. Camina hacia mí. Sonríe ilusionado con su medalla dorada, que se agita en su pecho con la energía de sus pasos al salir del escenario. Pero su sonrisa se esfuma cuando ve que mi sonrisa se esfuma.

—¿Qué sucede, Eli?

—Lo he encontrado, Gus.

—¿A quién?

Abro la bolsa negra y August mira dentro. Se queda mirando. No dice nada.

Señala hacia un lado con la cabeza. «Sígueme».

Corre hacia la puerta de una sala de espera situada a un lado del escenario y la abre con rapidez. Es una sala enmoquetada. Hay mesas y sillas. Fundas negras de instrumentos. Altavoces. Una fuente llena de pieles de naranja y de melón, trozos de sandía a medio comer. August se acerca a una mesita de ruedas con una bandeja encima. Sobre la bandeja hay una caja cubierta con un pañuelo de seda rojo. Junto a la caja, una etiqueta con un nombre. *Tytus Broz*. August levanta una esquina del pañuelo de seda y deja al descubierto la caja de cristal de Tytus Broz con el prototipo de brazo de silicona. Su gran descubrimiento. Su gran regalo al Estado de Queensland.

August dice algo sin palabras. Y lo que dice es: «Pásame la bolsa, Eli».

* * *

Volvemos a salir de detrás de la cortina negra y llegamos al pasillo del auditorio. Avanzamos con rapidez. Los hermanos Bell. Los supervivientes, Eli y August, el Defensor de Queensland. El medallista dorado y su hermano pequeño, que lo adora. Caminamos con decisión. Entonces la mujer que antes me miró mal vuelve a mirarme igual al cruzarnos por el pasillo, y el tiempo se detiene en este momento, porque la mujer está acompañando a un hombre hacia bastidores. Un anciano vestido de blanco. Traje blanco. Pelo blanco. Zapatos blancos. Huesos blancos. El anciano me ve la cara y su mente lo registra solo cuando yo ya he pasado junto a él. El tiempo y la perspectiva. El tiempo no existe y, desde cualquier perspectiva, en esta escena Tytus Broz se detendría y se rascaría la cabeza mientras se pregunta por el chico con el que se acaba de cruzar, que llevaba colgada del hombro una bolsa negra igual a la que él guarda en su búnker del terror. Y, desde cualquier perspectiva, Tytus se quedaría perplejo, porque, cuando el tiempo recuperase su velocidad habitual, nosotros ya nos habríamos ido. Habríamos escapado. Nos habríamos ido a ver a nuestros padres.

* * *

—Y por fin llegamos al último premio de la noche, damas y caballeros —anuncia la presentadora—. Un único ganador que merece nuestro Premio al Defensor Sénior de Queensland.

Vuelvo a abrirme paso entre las rodillas de las seis sufridas personas que están sentadas junto a nosotros en la fila M. August espera en el pasillo central.

Le hago un gesto a mi madre para indicarle que tenemos que irnos. Levanto los pulgares por encima del hombro y señalo a August. Llego hasta mi asiento.

—Tenemos que irnos, chicos —les digo.

—No seas tan maleducado, Eli —me responde mi madre—. Nos quedaremos hasta el último premio.

Le pongo una mano en el hombro y la miro con seriedad. Con más seriedad que nunca.

—Por favor, mamá —le digo—. Este premio no querrás verlo.

Y la presentadora del Canal Siete llama al escenario al primer Defensor Sénior de Queensland.

—¡Tytus Broz!

Mi madre mira entonces hacia el escenario y tarda unos segundos en relacionar el nombre con la figura del traje blanco que avanza despacio por el escenario para recoger su premio. Se levanta. No dice nada. Se mueve.

* * *

—¿A qué viene tanta prisa? —pregunta mi padre cuando llegamos hasta las puertas de entrada del ayuntamiento.

Pero su tren de pensamiento descarrila al ver las luces de dos coches de policía en King George Square, aparcados en V para bloquear el paso al Ford Meteor de Caitlyn.

Unos diez agentes de uniforme caminan hacia nosotros. Otros dos agentes de policía acompañan a Bevan Penn al asiento trasero de un coche patrulla. La mirada de Bevan se cruza con la mía en mitad del caos. Asiente con la cabeza. Noto en ese gesto el agradecimiento. La confusión. La supervivencia. El silencio.

—¿Qué coño está pasando aquí? —pregunta mi padre.

Caitlyn Spies camina entre los agentes de policía. Los guía, de hecho. Spies cava profundo. Entra en el vestíbulo del ayuntamiento y señala a través de las puertas del auditorio.

—Ya está ahí arriba —anuncia—. Es ese hombre de blanco.

Los agentes de policía entran en el auditorio.

—¿Qué está pasando, Eli? —pregunta mi madre.

Nuestras miradas siguen a los agentes de policía mientras ocupan sus posiciones dispersos por el auditorio, a la espera de que Tytus Broz termine un largo y pomposo discurso sobre las últimas cuatro décadas que ha dedicado a la comunidad de minusválidos de Queensland.

—Es el final de Tytus Broz, mamá —le digo.

Caitlyn se acerca a mí.

—¿Estás bien? —me pregunta.

—Sí. ¿Y tú?

—Sí. Han enviado tres coches patrulla a la casa de Bellbowrie.

Caitlyn mira entonces a mis padres, que contemplan la escena como si fuera un aterrizaje lunar.

—Hola —dice ella.

—Esta es mi madre, Frances —le digo—. Y este es mi padre, Robert. Y mi hermano, Gus.

—Yo soy Caitlyn.

Mi madre le estrecha la mano. Mi padre y Gus sonríen.

—¿Así que tú eres esa de la que no para de hablar? —pregunta mi madre.

—Mamá —digo en tono cortante.

Mi madre está mirando a Caitlyn, sonríe.

—Eli dice que eres una mujer muy especial.

Pongo los ojos en blanco.

—Bueno —responde Caitlyn—. Creo que estoy empezando a darme cuenta ahora de lo especiales que son sus hijos, señora Bell.

Señora Bell. Eso no lo oigo con frecuencia. A mi madre le gusta tanto como a mí.

Caitlyn desvía la mirada hacia el auditorio. Tytus Broz sigue hablando en el escenario. Está hablando sobre la generosidad y sobre cómo aprovechar al máximo el tiempo que tenemos en la Tierra. No le vemos la cara desde aquí, porque hay demasiada gente arremolinada en el vestíbulo frente a las puertas del auditorio.

—Seguid insistiendo —dice Tytus—. No os rindáis jamás. Sea lo que sea lo que queréis conseguir, perseverad. No perdáis nunca la oportunidad de transformar vuestras fantasías más salvajes en vuestros recuerdos favoritos.

Tose y se aclara la garganta.

—Esta noche tengo una sorpresa para todos vosotros —anuncia, grandilocuente, Tytus Broz—. El resultado del trabajo de mi vida. Una visión para el futuro. Un futuro en el que los jóvenes australianos que no cuentan con todos los regalos de nuestro Dios glorioso sí contarán, en cambio, con el ingenio humano.

Hace una pausa.

—Samantha, si haces el favor.

La perspectiva, Slim. Ángulos infinitos en un único momento. Tal vez haya quinientas personas en este auditorio, y cada una de esas personas contempla el momento desde su perspectiva individual. Me lo imagino, porque mis ojos solo pueden ver a Caitlyn. No vemos el escenario desde aquí, pero oímos el sonido del público al reaccionar cuando Samantha Bruce retira el pañuelo de seda rojo para revelar, en una caja de cristal, el trabajo de la vida de Tytus. Oímos los gritos de horror del público, que se extienden desde la fila A hasta la Z. La gente se altera. Una mujer llora. Los hombres gritan sorprendidos y escandalizados.

—¿Qué está pasando, Eli? —me pregunta mi madre.

Me vuelvo hacia ella.

—Lo he encontrado, mamá.

—¿A quién?

Veo a los agentes de policía corriendo por el pasillo central. Otros agentes rodean a Tytus Broz desde ambos lados del auditorio. August y yo nos miramos. «Tu final es un pájaro azul muerto. Tu final es un pájaro azul muerto».

Me lo imagino todo en la cabeza, desde la perspectiva de la gente sentada aún en la fila M.

El capitán Ahab se ahoga en un mar de policías de Queensland. Los policías de azul se llevan a rastras a Tytus Broz, agarrando sus brazos viejos y frágiles por las mangas de su traje blanco. Le colocan esos brazos a la espalda. Los miembros de la audiencia se tapan los ojos con las manos; las mujeres, con sus vestidos de cóctel, gritan y contienen las arcadas. Tytus Broz sale a rastras del escenario mientras mira, mira, mira desconcertado la caja de cristal y se pregunta cómo diablos es posible que el brazo de silicona que representaba el trabajo de toda una vida ha podido ser sustituido por la cabeza cortada y plastinada del primer hombre al que quise.

* * *

El tiempo, Slim. Acaba con el tiempo antes de que él acabe contigo. Ahora avanza despacio. Todos se mueven a cámara lenta y no sé si soy yo el responsable. Las luces de policía, con sus destellos rojos, azules y silenciosos. Ese movimiento lento de cabeza de August que indica que está orgulloso de mí. Que indica que él sabía que iba a ocurrir exactamente así. Que iba a desarrollarse todo en el abarrotado vestíbulo del ayuntamiento, con gente corriendo para abandonar el edificio, agarrando sus bolsos y sus paraguas, tropezando con sus largos vestidos de noche. Hombres importantes que descargan su consternación y su trauma sobre los organizadores del evento. La mujer que me había mirado mal está llorando, abrumada por el caos provocado por esa cabeza cortada en el escenario. La sonrisa cómplice de August y su dedo índice derecho, que utiliza como bolígrafo para escribirme un mensaje en el aire.

August se aleja, camina arrastrando los pies con elegancia,

muy tranquilo, en dirección a mis padres, que están de pie a un lado de las puertas de entrada al ayuntamiento. Quieren darme mi espacio. Quieren darme mi tiempo. Tiempo con la chica de mis sueños. Ella está frente a mí, a un metro de distancia; los policías y los espectadores van y vienen alrededor de nuestra burbuja.

—¿Qué acaba de ocurrir? —me pregunta ella.

—No lo sé. —Me encojo de hombros—. Ha ocurrido demasiado deprisa.

Caitlyn niega con la cabeza.

—¿De verdad estabas hablando con alguien por ese teléfono?

Lo pienso durante un momento.

—Ya no lo sé. ¿Tú crees que sí?

Ella se queda mirándome a los ojos.

—Tengo que pensarlo un poco más —responde, y señala con la cabeza a un grupo de agentes de policía—. Los agentes quieren que vayamos a la comisaría de Roma Street —me informa—. ¿Quieres venir conmigo?

—Me van a llevar mis padres —respondo.

Ella mira desde el vestíbulo hacia mi madre, mi padre y August, que ahora esperan en el borde de King George Square.

—Pensé que serían diferentes, tu madre y tu padre —comenta.

—Ah, ¿sí? —pregunto entre risas.

—Son muy amables. Parecen tan normales como cualquier padre.

—Llevan ya un tiempo esforzándose por trabajar esa normalidad.

Caitlyn asiente. Tiene las manos en los bolsillos. Da saltitos sobre sus zapatos de tacón. Quiero decir algo para permanecer en este momento, para congelarlo, pero solo puedo hacer que el tiempo vaya más despacio, aún no he aprendido a detenerlo.

—Mañana Brian querrá que escriba todo esto —continúa Caitlyn—. ¿Qué crees que debería decirle?

—Deberías decirle que lo escribirás, hasta el último detalle —respondo—. La verdad. Toda la verdad.

—Sin miedo.

—Sin favores.

—¿Quieres escribirlo conmigo?

—Pero yo no soy reportero de sucesos.

—Aún no —me dice—. ¿Lo firmamos juntos?

Firmar junto a Caitlyn Spies. Un sueño. Una historia en tres palabras.

—Caitlyn y Eli —le digo.

Ella sonríe.

—Sí —me dice—. Caitlyn y Eli.

Caitlyn regresa junto al grupo de policías. Camino hacia la entrada del auditorio. El lugar está ya casi vacío. Un agente de la policía forense está en el escenario inspeccionando con cuidado la caja de cristal de Tytus Broz, que vuelve a estar cubierta por el pañuelo rojo. Levanto la mirada y contemplo el techo blanco en forma de luna, como cuatro cuartos de un círculo que se juntan para formar una luna llena. Veo el comienzo en ese techo y veo el final. Veo a mi hermano, August, sentado en la verja de la casa de Darra, con el sol a su espalda, mientras escribe en el aire esas palabras que me han seguido a lo largo de mi corta vida: «Tu final es un pájaro azul muerto».

* * *

Doy la espalda al auditorio y camino hacia la salida, pero una figura se planta frente a mí. Una figura alta y delgada, vieja y fuerte. Lo primero que veo son sus zapatos, unos zapatos de vestir de cuero negro, desgastados. Pantalones negros de vestir. Una

camisa azul sin corbata y una vieja chaqueta negra y arrugada.
Veo la cara de Iwan Krol y es la cara de la muerte. Pero mi columna lo reconoce primero, al igual que los huesos adolescentes
de mis pantorrillas, que me ayudan a moverme. Doy un salto
para alejarme, pero no logro esquivar la hoja afilada oculta en su
puño derecho, que me apuñala en el lado derecho del estómago.
Parece un jirón. Como si alguien me hubiera desgarrado la tripa
y hubiera metido el dedo dentro para retorcerlo como si buscara
algo que no debería haberme comido. Algo que me comí hace
mucho tiempo, como el universo. Me tambaleo hacia atrás, mirando a Iwan Krol como si aún no me creyera que pudiera ser
capaz de hacer algo así. Que pudiera ser tan frío, pese a todo lo
que sé de él, pese a todo lo que he visto. Que pudiera apuñalar
a un joven en una noche como esta, la noche eléctrica en la que
Caitlyn y Eli vieron el futuro y vieron el pasado y sonrieron
a ambas cosas. Me siento mareado y de pronto tengo la boca
seca. Tardo unos segundos en darme cuenta de que Iwan Krol
viene hacia mí para una segunda estocada, la estocada final. Y
ni siquiera veo la cuchilla con la que me ha apuñalado. La tiene
escondida en alguna parte. En la manga, quizá. En los bolsillos.
Corre, Eli. Corre. Pero no puedo correr. La herida del vientre
me hace doblarme de dolor. Trato de gritar, pero no puedo, porque para gritar hay que usar los músculos de la tripa, y esos han
sido apuñalados. Lo único que hago es tambalearme. Hacia la
izquierda. Me alejo de Iwan Krol. Y rezo para que me vea la policía reunida a las puertas del ayuntamiento, pero no me ven con
todo el movimiento causado por los espectadores reunidos en el
vestíbulo, que comentan el horror de la cabeza cortada, ajenos al
horror del chico y de la bestia que lleva la navaja. Iwan Krol me
ha sorprendido con una puñalada perfecta propia de la cárcel, me
ha pinchado como lo haría un preso. Rápido y sin aspavientos.
Sin montar escenas.

Me llevo la mano derecha a la tripa y la veo teñida de sangre. Me tambaleo hacia la escalera que hay a mi izquierda. Una elegante escalera de mármol y madera que asciende formando un arco hasta el segundo piso. Voy subiendo peldaño a peldaño e Iwan Krol camina detrás de mí, arrastrando su pie mutilado, que evidentemente lleva vendado y metido en un zapato de cuero negro. Dos tullidos jugando al gato y al ratón, uno de ellos más acostumbrado que el otro al dolor físico. La palabra «ayuda», Eli. Dila en voz alta. Solo dila. «A...». Pero no me sale. «Ayu...». La herida no me permite gritar. Tres espectadores del público bajan por las escaleras desde el segundo piso; un hombre de traje y dos mujeres con vestidos de cóctel, una de ellas con una bufanda blanca y peluda, como si se hubiera echado sobre los hombros un lobo blanco. Me abalanzo hacia ellos con las manos en la tripa. Ven la sangre en mis manos y en la camisa, bajo la vieja chaqueta negra que tomé prestada del armario de la redacción.

—¡Ayuda! —consigo decir, lo suficientemente alto para que me oigan.

La mujer de la bufanda blanca grita asustada y retrocede como si yo estuviera ardiendo o fuese un apestado.

—Me ha... cuchillo —le digo al hombre que bajaba acompañado de las dos mujeres, y este hombre relaciona mi tripa manchada de sangre con el hombre que se arrastra detrás de mí con una mirada salida de mil infiernos diferentes.

—Eh, deténgase —exige el hombre de traje, colocándose con valentía frente a Iwan Krol, que lo apuñala sin dudar justo en la parte superior del hombro derecho, con un movimiento veloz y disimulado que hace que el hombre caiga al instante sobre la escalera de mármol.

—¡Harold! —exclama la mujer de la bufanda blanca. La otra mujer suelta un grito ensordecedor, baja corriendo las escaleras y atraviesa el vestíbulo hacia los agentes de policía. Sigo avanzando, llego al final de las escaleras, giro hacia la derecha y atravieso una puerta de madera marrón sin nombre. Llego a otro pasillo que avanza describiendo una curva durante unos veinte metros. Miro hacia atrás y veo las gotas de sangre que voy dejando a mi paso, migas de sangre para la bestia cuyos resuellos me indican que es más lenta que yo, pero tiene más hambre. Atravieso otra puerta sin nombre —no hay gente, nadie que pueda salvar al chico— y esta nueva puerta da a una escalera que asciende en zigzag hacia otro nivel, pero este nivel lo conozco. Conozco este espacio de paredes blancas y conozco este ascensor. Lo conozco, Slim. Esta es la sala de mi infancia. La sala donde conocimos al tipo de mantenimiento que nos mostró cómo funcionan los relojes de la ciudad y cómo son las caras del reloj desde dentro.

Me tambaleo hacia el viejo ascensor amarillo de acero de la torre del reloj y trato de abrir la puerta de la jaula, pero está cerrada con llave, y oigo a Iwan Krol abriendo las puertas detrás de mí, así que me acerco a la puerta de las escaleras de mantenimiento. Las escaleras secretas de tu amigo Clancy Mallett, Slim, las que nos mostró hace años, las que están al doblar la esquina, al otro lado de la puerta.

En la escalera está todo a oscuras. Empiezo a perder fuerzas. No puedo respirar bien. La tripa ya ni siquiera me duele tanto, porque lo que me duele es el resto del cuerpo. Ahora me siento adormecido, pero sigo moviéndome. Subiendo por las escaleras secretas. Estas escaleras de hormigón zigzaguean hacia arriba, ocho o nueve escalones empinados y entonces me choco contra una pared que no veo, luego giro y subo otros ocho o nueve peldaños y me choco contra otra pared dura, y giro de nuevo, y subo ocho o nueve peldaños más. Seguiré así hasta que me caiga, Slim. Seguiré subiendo. Pero entonces me detengo porque quiero tumbarme sobre estos escalones y cerrar los ojos, pero quizá es a eso a lo que llaman morirse, y no quiero hacer eso, Slim, porque todavía tengo muchas cosas que preguntarle a Caitlyn Spies, muchas cosas que preguntarles a mis padres sobre cómo se enamoraron, sobre cómo nací; sobre August y la piscina lunar, y todas esas cosas que iban a contarme cuando fuera mayor. Tengo que llegar a ser mayor. Mis ojos se cierran un instante. Oscuridad. Oscuridad. La larga oscuridad. Entonces los abro, porque oigo que la puerta que conduce a las escaleras secretas se abre más abajo, veo un haz de luz amarilla que inunda el hueco de la entrada antes de que todo vuelva a la oscuridad al cerrarse la puerta. Muévete, Eli Bell. Muévete. Sube. Oigo a Iwan Krol por detrás de mí, resollando y aspirando el aire frío y húmedo del hueco de la escalera. Sus piernas tullidas de psicópata y su corazón retorcido le impulsan escaleras arriba en busca de mi cuello, de mis ojos y de mi corazón, de todo aquello que desea apuñalar. El monstruo de Frankenstein. El monstruo de Tytus. Me arrastro hacia arriba un tramo más de escalones, después otro, y otro más. La mujer con el lobo blanco alrededor del cuello. Ella gritó en esa escalera de mármol. Gritó con tanta fuerza que la policía tuvo que oírla. Sigue caminando, Eli. Sigue avanzando. Diez tramos de escaleras. Estoy listo para irme a dormir, Slim. Once tramos de escaleras. Doce. Estoy listo para morirme, Slim. Trece.

Y entonces llego hasta una pared que no tiene más escaleras en zigzag. Solo una puerta fina con un picaporte. La luz. La habitación con las luces que brillan de noche a través de las cuatro caras del reloj del Ayuntamiento de Brisbane. El reloj del norte. El reloj del sur. El del este y el oeste. Iluminados desde aquí para la ciudad de Brisbane. El sonido de la maquinaria del reloj. Ruedas y engranajes que giran y encajan unos con otros, sin comenzar en ningún punto, pero sin terminar tampoco. Perpetuos. Un suelo de hormigón y, en el centro, el hueco del ascensor de jaula. Cuatro enormes caras de reloj en los lados de la torre, motores en la base de cada reloj, protegidos por una carcasa metálica.

Tengo ambas manos en la tripa, me tambaleo por el suelo de hormigón que rodea el hueco del ascensor, paso frente a la cara este del reloj, la sangre gotea en mis zapatos y en el hormigón, paso frente a la cara sur y la cara oeste del reloj. Se me cierran los ojos. Tengo sed. Estoy muy cansado. Se me cierran los ojos. Llego hasta la cara norte del reloj y ya no me queda ningún sitio al que ir, el suelo termina aquí, bloqueado por una puerta de rejilla metálica de protección que da acceso al ascensor. Caigo al suelo, me incorporo y me quedo apoyado contra la carcasa metálica del motor que mueve las pesadas manecillas de acero negro del reloj de la cara norte. El minutero se mueve una vez y, con las manos en la tripa, presionando la herida para que deje de sangrar, memorizo la hora en el reloj desde dentro. La hora de la muerte. Las nueve menos dos minutos.

Oigo que la puerta de la sala de motores se abre y se cierra. Oigo las pisadas de Iwan Krol. Un pie camina y el otro se arrastra. Y entonces lo veo a través de los cables y de las vigas de acero de la jaula del ascensor. Se encuentra en un lado de la habitación y yo estoy en el otro. El hueco del ascensor entre nosotros. Yo solo quiero dormir. Me siento tan muerto que ya ni siquiera me asusta. No le tengo miedo. Estoy enfadado. Estoy furioso. Quiero venganza. Pero solo puedo canalizar esa ira hacia mi corazón, nada más. No puedo usar las manos para incorporarme, ni las piernas para levantarme.

Iwan Krol pasa cojeando frente a la cara este del reloj, después la sur y la oeste, hasta doblar la esquina y toparse conmigo, con mi cuerpo tendido en el suelo frente a la cara norte del reloj, mi carne apuñalada e inservible y mis huesos débiles sin tuétano.

Se acerca más. Solo oigo sus resuellos y su zapato izquierdo arrastrándose por el hormigón. De cerca parece muy viejo. Le veo las arrugas, las líneas de la frente, como zanjas resecas en un desierto. Tiene la cara llena de manchas solares. Le han extirpado la mitad de la nariz quirúrgicamente. ¿Cómo puede estar tan lleno de odio a una edad tan avanzada?

Se acerca más. Un paso, se arrastra. Dos pasos, se arrastra. Tres pasos, se arrastra. Y entonces se detiene.

Está de pie frente a mí, me observa como si yo fuera un perro muerto. Un pájaro muerto. Un pájaro azul muerto. Se arrodilla, apoyando el peso en su pie derecho para aliviar la presión de su pie izquierdo cortado. Entonces me aprieta. Me busca el pulso en el cuello. Me abre las solapas de la chaqueta negra para examinar con claridad la herida de mi vientre. Me levanta la camisa para estudiar la herida. Me aprieta el hombro. Me estruja el brazo izquierdo con las manos. Me estruja el bíceps izquierdo. Está palpándome los huesos.

Quiero preguntarle qué está haciendo, pero estoy demasiado cansado para hablar. Quiero preguntarle si cree que es un buen hombre, pero mis labios no se mueven. Quiero preguntarle en qué momento en su vida su corazón se volvió tan frío y su mente tan trastornada. Entonces vuelve a tocarme el cuello, me palpa los huesos del cuello y me aprieta la nuez con el pulgar y el índice. Después limpia el cuchillo en mis pantalones, frota ambos lados de la hoja. Y respira profundamente, y siento su aliento en la cara. Después acerca el cuchillo limpio a mi cuello.

Y en ese momento se abre la puerta de la sala de motores. Entran tres policías de uniforme. Gritan cosas.

Se me cierran los ojos. Los policías gritan.

—Apártate.

—Apártate.

—Tira el cuchillo.

La hoja fría del cuchillo en mi cuello.

Una explosión. Un disparo. Dos disparos. Balas que rebotan en el metal y en el hormigón.

El cuchillo se aleja momentáneamente de mi cuello y me elevo,

es Iwan Krol quien me levanta. Se me nubla la vista. Sé que él
está detrás de mí y sé que su cuchillo presiona mi nuez, y también sé que las camisas que tengo delante son azules. Hombres de
azul con las armas levantadas.

—Sabéis que lo haré —dice él.

Entonces adelante, me gustaría poder decir. Ya estoy muerto.
Mi final era un pájaro azul muerto.

Me empuja hacia delante y mis piernas se mueven con él. Y
el movimiento de los pies hace que se mueva mi chaqueta, y algo
se mueve en el interior de mi chaqueta. Meto la mano derecha
con sus cuatro dedos en el bolsillo de la chaqueta y agarro algo de
cristal. Algo cilíndrico. Un frasco.

—Atrás —grita Iwan Krol—. Atrás.

Noto la presión de la hoja del cuchillo en la garganta. Estamos
tan pegados que siento su aliento y su saliva en la oreja. Y nos
paramos porque la policía no puede retroceder más.

—Baja el cuchillo —dice un agente, tratando de calmar las
cosas—. No lo hagas.

El tiempo se detiene, Slim. El tiempo no existe. Está congelado en este momento.

Entonces vuelve a empezar, porque se de la algo humano para
entenderlo, algo que construimos para recordarnos que enveje-
cemos, una campana ensordecedora que repica sobre nuestras cabezas. Una campana que yo no había visto al entrar en esta sala
de motores. Una campana que suena nueve veces. Talán. Talán.
Talán. El sonido nos obstruye los oídos. Nos asfixia la mente. Y
le nubla el sentido por un momento a Iwan Krol, porque no se
defiende cuando le estampo en la sien derecha el frasco de cristal
que contiene mi dedo índice amputado. Retrocede y aparta el
cuchillo de mi cuello, lo suficiente para que yo me deje caer al
suelo, como un peso muerto, aterrizo de culo y ruedo como un
perro que ha aprendido a hacerse el muerto.

No sé hacia dónde vuelan las balas de las pistolas de los agentes. Es solo mi perspectiva desde los ojos de un muerto. Es mi perspectiva de este momento, Slim. Con la cara pegada al hormigón. El mundo de medio lado. Los zapatos negros de los agentes de policía que se mueven hacia algo que hay detrás de mí. Una figura que entra corriendo por la puerta. Una cara que se inclina frente a mí.

Mi hermano, August. Mis ojos se cierran. Parpadeo. Mi hermano. August. Parpadeo.

Me susurra al oído.

—Te pondrás bien, Eli —me dice—. Te pondrás bien. Regresarás. Siempre regresas.

No puedo hablar. Mi boca no me permite hablar. Estoy mudo. Mi dedo índice izquierdo garabatea una frase en el aire que solo mi hermano mayor sabrá leer antes de que desaparezca.

«El chico que se comió el universo».

El chico que se comió el universo

Esto no es el cielo. Esto no es el infierno. Esto es el patio de la prisión de Boggo Road, pabellón número 2.

Está vacío. No hay ni un alma viva en este lugar, salvo... salvo el hombre arrodillado que cuida del jardín con su uniforme de prisionero y su pala. Un jardín de rosas rojas y amarillas; plantas de lavanda y lirios morados bajo un sol caliente y un cielo azul sin nubes.

—Eh, chico —dice el hombre sin mirarme.

—Eh, Slim —le digo.

Se pone en pie y se sacude la tierra de las rodillas y de las manos.

—El jardín está fantástico, Slim.

—Gracias —responde—. Si consigo que no se acerquen las orugas, todo irá bien.

Deja caer la pala y señala con la cabeza hacia un lado.

—Vamos —me dice—, tenemos que sacarte de aquí.

Atraviesa el patio. La hierba es espesa y verde, y se traga mis pies. Slim me conduce hasta una pared de ladrillo marrón que bordea el pabellón número 2. Hay una cuerda con nudos que cuelga desde un gancho clavado en lo alto del muro.

Slim asiente. Tira con fuerza de la cuerda, dos veces, para asegurarse de que está tirante.

—Sube, chico —me dice mientras me entrega la cuerda.

—¿Qué es esto, Slim?

—Es tu gran huida, Eli —me explica.

Miro hacia arriba. Conozco esta pared.

—¡Es el alto de Halliday! —exclamo.

Slim asiente.

—Adelante —me dice—. Te estás quedando sin tiempo.

—Acaba con el tiempo, ¿eh, Slim?

Él asiente.

—Antes de que él acabe contigo.

Empiezo a trepar por la pared, impulsándome con los pies apoyados en los nudos de la cuerda de Slim.

La cuerda parece real, me quema las manos a medida que subo. Llego a lo alto del muro y miro hacia abajo para ver a Slim, que sigue allí, en la hierba.

—¿Qué hay al otro lado del muro, Slim? —le pregunto.

—Las respuestas —me dice.

—¿A qué, Slim?

—A las preguntas.

Me pongo de pie sobre el borde grueso del muro de ladrillo marrón de la prisión y contemplo una playa de arena amarilla a mis pies, pero esa playa no llega hasta el agua del océano, sino hasta el universo, un vacío negro e infinito lleno de galaxias, planetas, supernovas y miles de fenómenos astronómicos que suceden al unísono. Explosiones rosas y moradas. Momentos de combustión de color naranja, verde y amarillo intenso, y todas esas estrellas brillantes sobre el lienzo negro y eterno del espacio.

Hay una chica en la playa, mojándose los dedos de los pies en el océano del universo. Gira la cabeza y me encuentra aquí subido, en el muro. Sonríe.

—Vamos —me dice—. Salta. —Me hace gestos para que me acerque a ella—. Vamos, Eli.

Y entonces salto.

La chica salva al chico

El Ford Meteor avanza a toda velocidad por Ipswich Road. Caitlyn Spies empuja con la mano izquierda la palanca de cambios y gira el volante con demasiada fuerza para tomar la salida de Darra.

—¿Y crees que era yo la que estaba en la playa? —me pregunta.

—Bueno... sí —respondo—. Luego abrí los ojos y mi familia estaba allí.

A quien primero vi fue a August. Me miraba igual que me miraba en la sala de motores de la torre del reloj. Pensé que estaba otra vez allí, hasta que vi el gotero y la vía clavada en mi mano. Palpé la cama del hospital. Mi madre se acercó corriendo a la cama cuando vio que me despertaba. Me pidió que dijera algo para saber que estaba vivo de verdad.

—Ab... —dije, humedeciéndome los labios para hablar—. Abr... —lo intenté de nuevo.

—¿Qué dices, Eli? —preguntó mi madre, angustiada.

—Abrazo de grupo —logré pronunciar al fin.

Mi madre me asfixió con un abrazo y August nos abrazó a ambos. Mi madre me llenó de lágrimas y de babas antes de volverse hacia mi padre, que estaba sentado en un sillón situado en el rincón de la habitación.

—Se refiere a ti también, Robert —dijo mi madre.

Y aquello fue una especie de invitación a muchas otras cosas para mi padre, empezando por el abrazo que intentaba fingir que no deseaba.

—Y fue entonces cuando tú entraste en la habitación del hospital —le digo a Caitlyn.

—¿Y por eso crees que te traje de vuelta? —pregunta ella.

—Bueno, es bastante evidente, ¿no?

—Siento estropearte la magia, amigo, pero fueron los médicos de Urgencias del hospital los que te trajeron de vuelta.

El coche entra en un bache de la carretera de la estación. El navajazo de mi tripa grita pidiendo atención. Solo ha pasado un mes desde lo del ayuntamiento. Debería estar en la cama viendo *Los días de nuestra vida*. No debería estar en este viejo coche. No debería estar trabajando.

—Lo siento —me dice Caitlyn.

Los médicos del hospital dicen que soy un milagro andante. Un bicho raro de la ciencia médica. El cuchillo me alcanzó la parte superior del hueso pélvico al clavarse. Y el hueso impidió que el cuchillo llegara más allá.

—¡Debes de tener unos huesos fuertes! —dijo el médico.

August sonrió al oír eso. Dijo que me había dicho que regresaría. August sabe cosas porque es un año mayor que yo y que el universo.

Caitlyn gira por Ebrington Street y pasamos por delante del parque de Ducie Street, con el campo de críquet por el que una vez seguí a Lyle a medianoche cuando iba a recoger la droga de Bich Dang. Hace una vida de aquello. Otra dimensión. Otro yo.

El coche se detiene delante de mi antigua casa en Sandakan Street. La casa de Lyle. La casa de los padres de Lyle.

Estamos rememorando la historia. Brian Robertson lo quiere todo. El ascenso y la caída de Tytus Broz, el hombre que todos los periódicos de Australia han tenido en portada durante el último mes. Brian va a convertir nuestra historia en una serie de crónica negra en cinco partes, con relatos especiales en primera persona del chico que vio de cerca parte de esa historia, con sus propios ojos, desde su perspectiva. Firmado por los dos. Caitlyn Spies y Eli Bell. Caitlyn se encargará de las ideas. Yo me encargaré del color y de los detalles.

—Detalles, Eli —me dijo Brian Robertson—. Quiero hasta el último detalle. Todo lo que recuerdes.

No dije nada.

—¿Cómo lo llamamos? —preguntó Brian en la reunión editorial—. ¿Cuál será el titular para esta descabellada saga?

No dije nada.

* * *

Llamo a la puerta de la casa. Mi antigua casa. Un hombre se acerca a la puerta. Tendrá cuarenta y tantos años. La piel negra de un africano. Dos niñas sonrientes alrededor de sus piernas. Le explico por qué he venido. Soy el chico que fue apuñalado por Iwan Krol. Antes vivía aquí. Aquí es donde se llevaron a Lyle Orlik. Aquí es donde comenzó mi historia. Necesito enseñarle a mi compañera algo que hay dentro de mi antigua casa.

Recorremos el pasillo hasta la habitación de Lena. La habitación del amor verdadero. La habitación de la sangre. Paredes azules de amianto. Partes sin color en los agujeros que Lyle tapó con masilla. Ahora es el dormitorio de una niña. Hay Muñecas Repollo sobre una cama pequeña con una colcha rosa. Pósteres de *Mi pequeño Pony* en las paredes.

El hombre africano se llama Rana. Se queda en la puerta del

antiguo dormitorio de Lena. Le pregunto si le importaría que echara un vistazo dentro del armario empotrado de la habitación. Rana niega con la cabeza. Deslizo la puerta corredera del armario. Aprieto contra la pared del fondo y la pared se desencaja. Rana se queda perplejo al ver la habitación secreta. Le pregunto si le importaría que Caitlyn y yo entráramos en el hueco secreto construido dentro de la casa. Él niega con la cabeza.

Nuestros pies aterrizan en la tierra fría y húmeda. Caitlyn enciende su pequeña linterna verde. El pequeño círculo de luz blanca recorre las paredes subterráneas de ladrillo de la habitación secreta de Lyle. La luz se detiene en un teléfono rojo que hay sobre un taburete acolchado.

Miro a Caitlyn. Ella toma aliento y se aparta del teléfono, como si fuera cosa de brujería, algo maldito. Me acerco a él porque siento el impulso. Me detengo delante del teléfono. Me quedo en silencio durante unos segundos. Entonces el teléfono suena. Me giro hacia Caitlyn, confuso. Ella no reacciona.

Ring, ring.

Me acerco más.

Ring, ring.

Me vuelvo hacia Caitlyn.

—¿Oyes eso? —le pregunto.

Me acerco más.

—Déjalo, Eli —dice Caitlyn.

Más cerca.

—Pero ¿lo oyes?

Ring, ring.

Extiendo la mano y agarro el auricular, y estoy a punto de llevármelo a la oreja cuando Caitlyn apoya su mano suavemente en la mía.

—Déjalo sonar, Eli —me dice—. Lo que te va a decir ya lo sabes, ¿verdad?

Coloca su otra mano detrás de mi cabeza y la desliza por mi nuca.

Y el teléfono suena de nuevo mientras ella se acerca a mí. Y el teléfono suena de nuevo cuando ella cierra los ojos y posa sus labios en los míos. Y recordaré este momento a través de las estrellas que veo en el techo de esta habitación secreta, y de los planetas que giran alrededor de las estrellas, y del polvo de un millón de galaxias diseminadas por su labio inferior. Recordaré este beso a través del *Big Bang*. Recordaré el final a través del principio.

Y entonces el teléfono deja de sonar.

Agradecimientos

Lo mismo que ellos, yo sembré la semilla
de la sabiduría, y me he sacrificado
para que germinase. Coseché estas verdades:
«que vine como el viento, que me iré como el agua».

Hacia el universo...

Los Rubaiyat, de Omar Khayyám

Arthur «Slim» Halliday fue un amigo breve y único en un capítulo breve y profundo de mi infancia. Hay dos libros maravillosos sobre la extraordinaria vida de Slim que me ayudaron a llenar algunos huecos de mi novela: *Slim Halliday: The Taxi Driver Killer,* de Ken Blanch, y *Houdini of Boggo Road: The Life and Escapades of Slim Halliday,* de Christopher Dawson. Gracias, como siempre, a Rachel Clarke y al equipo de la biblioteca de los archivos del *Courier-Mail.*

Catherine Milne construyó este universo con el movimiento más prometedor y tranquilizador de su cabeza. Creyó desde el principio, igual que el resto de personas maravillosas en HarperCollins Australia, desde James Kellow hasta Alice Wood, pasando por el genio Scott Forbes y su mirada de halcón. Gracias también a las correctoras Julia Stiles, Pam Dunne y Lu Sierra por su valioso trabajo.

La editora de *The Weekend Australian Magazine,* Christine Middap, es la mejor editora del mundo y no tenía razón alguna para creer en mí hace mucho tiempo, pero lo hizo, y este libro existe gracias a ella. Mi más profundo agradecimiento a Paul Whittaker, Michelle Gunn, John Lehmann, Helen Trinca, Hedley Thomas, Michael McKenna, Michael Miller, Chris Mitchell, Campbell Reid, David Fagan y todos mis magníficos compañeros de aventura, fotógrafos y periodistas de *The Australian, The Courier-Mail* y *Brisbane News,* pasados y presentes.

Ha habido varios ángeles creativos subidos a mi hombro a lo largo de este viaje, y estaré siempre en deuda con Nikki Gemmell, Caroline Overington, Matthew Condon, Susan Johnson, Frances Whiting, Sean Sennett, Mark Schliebs, Sean Parnell, Sarah Elks, Christine Westwood, Tania Stibbe, Mary Garden, Greg y Caroline Kelly y Slade y Felicia Gibson por las palabras adecuadas en los momentos adecuados. Hay tres auténticos héroes culturales para mí —Tim Rogers, David Wenham y Geoffrey Robertson— que hicieron que valiese la pena escribir el libro solo para que ellos lo leyeran.

Eli Bell y su gran corazón querrían dar las gracias a Emillie Dalton, Fiona Brandis-Dalton y a todos los demás Dalton, Farmer, Franzmann y O'Connor.

Un especial agradecimiento a Ben Hart, Kathy Young, Jason Freier y la familia Freier, Alara Cameron, Brian Robertson, Tim Broadfoot, Chris Stoikov, Travis Kenning, Rob Henry, Adam Hansen, Billy Dale, Trevor Hollywood y Edward Louis Severson III por estar ahí entonces.

Y, por último, gracias a las tres preciosas chicas que siempre salvan al chico. El universo empieza y termina en vosotras. Mi otra mitad.